ΤΟ ΚΟΡΙΤΣΙ ΣΤΟΝ ΙΣΤΟ ΤΗΣ ΑΡΑΧΝΗΣ

ΤΙΤΛΟΣ ΠΡΩΤΟΤΥΠΟΥ: DET SOM INTE DÖDAR OSS
Από τις Εκδόσεις Norstedts, Στοκχόλμη 2015
ΤΙΤΛΟΣ ΒΙΒΛΙΟΥ: **Το κορίτσι στον ιστό της αράχνης**
ΣΥΓΓΡΑΦΕΑΣ: David Lagercrantz
ΜΕΤΑΦΡΑΣΗ: Ξενοφών Παγκαλιάς
ΕΠΙΜΕΛΕΙΑ – ΔΙΟΡΘΩΣΗ ΚΕΙΜΕΝΟΥ: Βασιλική Κνήτου
ΗΛΕΚΤΡΟΝΙΚΗ ΣΕΛΙΔΟΠΟΙΗΣΗ: DTP Εκδόσεων Ψυχογιός

© David Lagercrantz & Moggliden AB, 2015
Published by agreement with Norstedts Agency.
© Φωτογραφίας εξωφύλλου: Paul Stuart
© ΕΚΔΟΣΕΙΣ ΨΥΧΟΓΙΟΣ Α.Ε., Αθήνα 2015

Πρώτη έκδοση: Οκτώβριος 2015, 12.000 αντίτυπα

Έντυπη έκδοση ISBN 978-618-01-1245-0
Ηλεκτρονική έκδοση ISBN 978-618-01-1246-7

Τυπώθηκε στην Ευρωπαϊκή Ένωση, σε χαρτί ελεύθερο χημικών ουσιών, προερχόμενο αποκλειστικά και μόνο από δάση που καλλιεργούνται για την παραγωγή χαρτιού.

Το παρόν έργο πνευματικής ιδιοκτησίας προστατεύεται κατά τις διατάξεις του Ελληνικού Νόμου (Ν. 2121/1993 όπως έχει τροποποιηθεί και ισχύει σήμερα) και τις διεθνείς συμβάσεις περί πνευματικής ιδιοκτησίας. Απαγορεύεται απολύτως η άνευ γραπτής αδείας του εκδότη κατά οποιονδήποτε τρόπο ή μέσο αντιγραφή, φωτοανατύπωση και εν γένει αναπαραγωγή, διανομή, εκμίσθωση ή δανεισμός, μετάφραση, διασκευή, αναμετάδοση, παρουσίαση στο κοινό σε οποιαδήποτε μορφή (ηλεκτρονική, μηχανική ή άλλη) και η εν γένει εκμετάλλευση του συνόλου ή μέρους του έργου.

ΕΚΔΟΣΕΙΣ ΨΥΧΟΓΙΟΣ Α.Ε.
Έδρα: Τατοΐου 121, 144 52 Μεταμόρφωση
Βιβλιοπωλείο: Εμμ. Μπενάκη 13-15, 106 78 Αθήνα
Τηλ.: 2102804800 • fax: 2102819550 • e-mail: info@psichogios.gr • **www.psichogios.gr**

PSICHOGIOS PUBLICATIONS S.A.
Head Office: 121, Tatoiou Str., 144 52 Metamorfossi, Greece
Bookstore: 13-15, Emm. Benaki Str., 106 78 Athens, Greece
Tel.: 2102804800 • fax: 2102819550 • e-mail: info@psichogios.gr • **www.psichogios.gr**

ΝΤΑΒΙΝΤ ΛΑΓΚΕΡΚΡΑΝΤΖ

ΤΟ ΚΟΡΙΤΣΙ ΣΤΟΝ ΙΣΤΟ ΤΗΣ ΑΡΑΧΝΗΣ

Μετάφραση από τα σουηδικά:
Ξενοφών Παγκαλιάς

ΠΡΟΛΟΓΟΣ
ΞΗΜΕΡΩΜΑ, ΕΝΑΝ ΧΡΟΝΟ ΠΡΙΝ

Αυτή η διήγηση αρχίζει με ένα όνειρο, όχι και κανένα σπουδαίο όνειρο. Είναι μόνο ένα χέρι, που σταθερά και ρυθμικά χτυπάει το στρώμα στο παλιό δωμάτιο της οδού Λουνταγκάταν.

Αυτό, όμως, κάνει τη Λίσμπετ Σαλάντερ να σηκωθεί από το κρεβάτι της νωρίς τα ξημερώματα. Μετά κάθεται στον υπολογιστή της κι αρχίζει το κυνήγι.

ΜΕΡΟΣ 1
ΤΟ ΑΓΡΥΠΝΟ ΜΑΤΙ
1-21 ΝΟΕΜΒΡΙΟΥ

Η NSA (National Security Agency), δηλαδή η Υπηρεσία Εθνικής Ασφαλείας, είναι μία κεντρική κρατική υπηρεσία του Υπουργείου Άμυνας των ΗΠΑ. Το αρχηγείο της NSA βρίσκεται στο Φορτ Μιντ του Μέριλαντ, επί της οδικής αρτηρίας Πατάξαντ.

Η NSA, από την ίδρυσή της το 1952, ασχολείται με την ασφάλεια των επικοινωνιών – σήμερα κυρίως με το ίντερνετ και τις τηλεπικοινωνίες. Στη διάρκεια των χρόνων έχουν αυξηθεί οι τομείς ενασχόλησης της υπηρεσίας και τώρα πια παρακολουθεί περισσότερες από είκοσι εκατομμύρια τηλεφωνικές συνδιαλέξεις και ηλεκτρονικά μηνύματα καθημερινά.

ΚΕΦΑΛΑΙΟ 1
ΑΡΧΕΣ ΝΟΕΜΒΡΙΟΥ

Ο Φρανς Μπάλντερ θεωρούσε τον εαυτό του έναν άθλιο πατέρα. Αν και ο Άουγκουστ ήταν ήδη οκτώ χρονών, ποτέ πριν δεν είχε προσπαθήσει καν να μπει στον ρόλο του πατέρα και κανένας δε θα μπορούσε να ισχυριστεί πως και τώρα ένιωθε καλά με αυτόν τον ρόλο. Αλλά ήταν καθήκον του, έτσι το έβλεπε. Το αγόρι περνούσε άσχημα με την πρώην γυναίκα του και το καθοίκι τον άντρα της, τον Λάσε* Βέστμαν.

Γι' αυτόν τον λόγο ο Φρανς Μπάλντερ είχε δηλώσει παραίτηση από τη δουλειά του στη Σίλικον Βάλεϊ, είχε επιστρέψει αεροπορικώς στη Σουηδία και τώρα στεκόταν –σχεδόν σε κατάσταση σοκ– στο αεροδρόμιο Αρλάντα της Στοκχόλμης και περίμενε ταξί. Ο καιρός ήταν απαίσιος. Η βροχή και ο άνεμος τον ράπιζαν στο πρόσωπο και για εκατοστή φορά αναρωτιόταν αν πράγματι είχε ενεργήσει σωστά.

Αυτός, ένας κλασικός εγωκεντρικός ηλίθιος, θα γινόταν πατέρας πλήρους απασχόλησης. Δεν ήταν τελείως παρανοϊκό; Ίσως καλύτερα να άρχιζε να δουλεύει σε ζωολογικό κήπο. Δεν ήξερε τίποτε από παιδιά, σχεδόν τίποτε από τη ζωή και το πιο παράξενο απ' όλα: κανένας δεν τον είχε παρακαλέσει να το κάνει αυτό. Καμία μητέρα, καμία γιαγιά δεν τηλεφώνησε για να τον παρα-

---

* Υποκοριστικό του ονόματος Λαρς. (Σ.τ.Μ.)

καλέσει και να του πει ότι έπρεπε να αναλάβει τις ευθύνες του. Το αποφάσισε μόνος του και τώρα, σκεφτόταν, παρά την παλιά δικαστική απόφαση κηδεμονίας και χωρίς καμία προειδοποίηση, είχε βρεθεί να πηγαίνει στο σπίτι της πρώην γυναίκας του για να πάρει το αγόρι. Ήταν σίγουρο ότι θα γινόταν της τρελής. Θα έτρωγε σίγουρα ένα γερό χέρι ξύλο από κείνο το καθοίκι, τον Λάσε Βέστμαν. Τώρα, όμως, ήταν πια αργά για τέτοιες σκέψεις. Μπήκε σε ένα ταξί με οδηγό μια γυναίκα που μασούσε μανιακά τσίχλα και προσπαθούσε να πιάσει κουβέντα μαζί του. Δεν τον είχε πετύχει σε καλή μέρα, όμως. Ο Φρανς Μπάλντερ δεν είχε διάθεση για φλυαρίες.

Καθόταν στο πίσω κάθισμα και σκεφτόταν τον γιο του και όλα όσα είχαν συμβεί το τελευταίο διάστημα. Ο Άουγκουστ δεν ήταν η μοναδική ούτε καν η κύρια αιτία που είχε σταματήσει να δουλεύει στην εταιρεία «Σολιφόν». Όλη του η ζωή βρισκόταν σε ένα μεταβατικό στάδιο και ο Φρανς ένιωσε προς στιγμήν να αμφιβάλλει αν πράγματι θα μπορούσε να τα αντέξει όλα αυτά. Στον δρόμο για τη συνοικία της Στοκχόλμης Βάσασταν ένιωθε σαν να τον εγκατέλειπε και το τελευταίο ίχνος κουράγιου και πίεσε τον εαυτό του να μην τα παρατήσει. Δεν έπρεπε να κάνει πίσω τώρα.

Όταν έφτασαν στον οδό Τουρσγκάταν πλήρωσε το ταξί, έβγαλε τα πράγματά του από το πορτμπαγκάζ και τα άφησε έξω από την είσοδο – το μόνο που κρατούσε ανεβαίνοντας τα σκαλοπάτια ήταν η άδεια βαλίτσα και ο πολύχρωμος παγκόσμιος χάρτης που είχε αγοράσει στο διεθνές αεροδρόμιο του Σαν Φρανσίσκο. Μετά στάθηκε ασθμαίνοντας έξω από την πόρτα, έκλεισε τα μάτια του, φαντάστηκε όλες τις πιθανές σκηνές καβγάδων και τρέλας και σκέφτηκε: τελικά ποιος θα μπορούσε να τους κατηγορήσει; Κανένας δεν έχει το δικαίωμα να εμφανιστεί από το πουθενά και να τους αρπάξει το παιδί από το σπίτι, πόσο μάλλον ένας πατέρας που το μόνο πράγμα που είχε κάνει ως τώρα ήταν να καταθέτει χρηματικά ποσά σε έναν τραπεζικό λογαριασμό. Αλλά η κατάσταση ήταν επείγουσα – έτσι το αντιλαμβανόταν και παρόλο που θα ήθελε όσο τίποτε άλλο να το αποφύγει, τελικά ανασκουμπώθηκε και χτύπησε το κουδούνι.

Δεν πήρε καμία απάντηση, όχι στην αρχή. Μετά η πόρτα άνοιξε και ο Φρανς είδε τον Λάσε Βέστμαν να στέκεται εκεί, με τα έντονα γαλανά μάτια του, το μυώδες στήθος και τα τεράστια χέρια του, που νόμιζε κανείς ότι ήταν φτιαγμένα για να κακοποιούν κόσμο κι αυτή ήταν η αιτία που συχνά έπαιζε ρόλους κακού στο σινεμά, αν και κανένας από τους ρόλους –γι' αυτό ήταν σίγουρος ο Φρανς Βάλντερ– δεν ήταν τόσο κακός όσο εκείνος που έπαιζε καθημερινά.

«Ω, Χριστέ μου», είπε ο Λάσε Βέστμαν. «Καθόλου άσχημα. Ήρθε για επίσκεψη η ιδιοφυΐα αυτοπροσώπως».

«Ήρθα για να πάρω τον Άουγκουστ», είπε ο Φρανς.

«Τι πράγμα;»

«Σκέφτηκα να πάρω τον Άουγκουστ, Λαρς».

«Θα πρέπει να αστειεύεσαι».

«Ποτέ δεν έχω αστειευτεί λιγότερο», είπε ο Φρανς προσπαθώντας να ακουστεί σίγουρος και τότε εμφανίστηκε από κάποιο δωμάτιο στ' αριστερά η πρώην σύζυγός του, η Χάνα, που ομολογουμένως δεν ήταν τόσο όμορφη όσο παλιά. Είχαν συμβεί πολλά ατυχή γεγονότα από τότε και φυσικά είχαν μεσολαβήσει πάρα πολλά τσιγάρα και ποτά. Ένιωσε, όμως, ένα κύμα τρυφερότητας να φουσκώνει μέσα του, ιδιαίτερα όταν πρόσεξε μια μελανιά στον λαιμό της, τη στιγμή που κι εκείνη έδειχνε, παρ' όλα αυτά, σαν να ήθελε να πει μερικά λόγια καλωσορίσματος. Αλλά δεν πρόλαβε να ανοίξει το στόμα της.

«Και γιατί τόσο ενδιαφέρον ξαφνικά;» είπε ο Λάσε Βέστμαν.

«Γιατί φτάνει πια. Ο Άουγκουστ χρειάζεται ένα ασφαλές σπίτι».

«Κι αυτό θα του το προσφέρεις εσύ, κύριε "Εφευρετάκια"; Έχεις κάνει ποτέ τίποτε άλλο στη ζωή σου εκτός από το να κοιτάζεις την οθόνη του υπολογιστή;»

«Έχω αλλάξει», είπε ο Φρανς νιώθοντας αξιολύπητος, μεταξύ άλλων επειδή ήξερε πολύ καλά ότι δεν είχε αλλάξει καθόλου.

Έτρεμε κιόλας όταν ο Λάσε Βέστμαν ήρθε προς το μέρος του με το τεράστιο σώμα και την υποβόσκουσα οργή του. Ήταν απελπιστικά ξεκάθαρο ότι ο Φρανς δε θα είχε τίποτε απολύτως να αντι-

παρατάξει αν αυτός εδώ ο παλαβός τού ορμούσε και ότι η όλη ιδέα ήταν εξαρχής μια σκέτη τρέλα. Παραδόξως, όμως, δεν ακολούθησε καμία έκρηξη, καμία σκηνή, μόνο ένα πικρόχολο χαμόγελο και μία δήλωση:
«Μάλιστα, πολύ ωραία!»
«Τι εννοείς;»
«Απλώς, ότι έφτασε η ώρα, έτσι δεν είναι, Χάνα; Επιτέλους λίγη αίσθηση ευθύνης από τον κύριο "Κατειλημμένο". Μπράβο, μπράβο!» συνέχισε ο Λάσε Βέστμαν χτυπώντας θεατρινίστικα τα χέρια του και αυτό ήταν που φόβισε περισσότερο τον Φρανς Μπάλντερ – το πόσο εύκολα άφηναν το αγόρι να φύγει από κει.
Χωρίς να διαμαρτυρηθούν παρά μόνο συμβολικά. Τον άφησαν να πάρει μαζί του το παιδί. Ίσως να θεωρούσαν τον Άουγκουστ σκέτο βάρος. Δεν μπορούσε να το ξέρει. Η Χάνα έριξε στον Φρανς μερικές δυσερμήνευτες ματιές, τα χέρια της έτρεμαν και το σαγόνι της ήταν σφιγμένο. Του έκανε ελάχιστες ερωτήσεις. Κανονικά έπρεπε να τον είχε περάσει από ανάκριση, να πρόβαλλε χίλιες απαιτήσεις, να του έκανε παραινέσεις και να ανησυχούσε που θα άλλαζε η ρουτίνα του παιδιού. Αντί για όλα αυτά, είπε μόνο:
«Είσαι σίγουρος; Θα τα καταφέρεις;»
«Είμαι σίγουρος», είπε ο Φρανς και μετά πήγαν στο δωμάτιο του Άουγκουστ. Ο Φρανς τον έβλεπε τώρα για πρώτη φορά μετά από έναν χρόνο και βάλε. Ένιωσε να ντρέπεται.
Πώς είχε μπορέσει να εγκαταλείψει ένα τέτοιο παιδί; Ο Άουγκουστ ήταν τόσο όμορφος και ασυνήθιστος, με τα σγουρά, πυκνά μαλλιά, το λεπτό κορμί και το σοβαρό γαλανό του βλέμμα πλήρως απορροφημένο σ' ένα τεράστιο παζλ με ένα ιστιοφόρο. Όλη του η όψη ήταν σαν να φώναζε «μη με ενοχλείς». Ο Φρανς πήγε αργά αργά προς το μέρος του, σαν να πλησίαζε ένα άγνωστο, απρόβλεπτο πλάσμα.
Ωστόσο, κατάφερε να αποσπάσει την προσοχή του αγοριού, να το κάνει να τον πιάσει από το χέρι και να τον ακολουθήσει στον διάδρομο. Δε θα το ξεχνούσε ποτέ αυτό. Τι να σκεφτόταν άραγε ο Άουγκουστ; Τι να νόμιζε; Δεν κοιτούσε ούτε τον Φρανς ούτε τη μητέρα του και βεβαίως αγνοούσε ό,τι συνέβαινε γύρω

του και όλα τα αποχαιρετιστήρια λόγια που του απηύθυναν οι άλλοι. Μετά τον πήρε μαζί του και μπήκαν στο ασανσέρ. Τόσο απλά. Τόσο εύκολα.

Ο Άουγκουστ ήταν αυτιστικός. Ενδεχομένως να ήταν και διανοητικά καθυστερημένος, αν και δεν είχαν ποτέ ασφαλείς ενδείξεις γι' αυτό και μπορούσε κανείς να υποψιαστεί το αντίθετο αν τον έβλεπε από μακριά. Το περίφημο, συγκεντρωμένο του πρόσωπο καθρέφτιζε την ιδιοσυγκρασία ενός αυτοκράτορα ή ας πούμε έστω πως τον τύλιγε μία αυτοκρατορική αύρα – τίποτα γύρω του δεν άξιζε να του δώσει σημασία. Αλλά με μια πιο κοντινή ματιά διέκρινε κανείς ζωντάνια στο βλέμμα του, κι ας μην είχε πει ακόμα την πρώτη του λέξη.

Ο μικρός είχε ανατρέψει όλα τα προγνωστικά που είχαν δοθεί όταν ήταν δύο χρονών. Εκείνον τον καιρό οι γιατροί είχαν πει ότι ο Άουγκουστ ανήκε πιθανώς στη μειοψηφία των αυτιστικών παιδιών που δεν ήταν μειωμένης διανοητικής ικανότητας και αν του παρείχαν εντατική συμπεριφορική θεραπεία, οι προοπτικές θα ήταν αρκετά καλές. Αλλά τίποτα δεν είχε εξελιχθεί όπως είχαν ελπίσει και, ειλικρινά, ο Φρανς Μπάλντερ δεν ήξερε τι είχε συμβεί με όλες αυτές τις προσπάθειες υποστήριξης ή με την πορεία του αγοριού στο σχολείο. Ο Φρανς ζούσε στον δικό του κόσμο, την είχε κοπανήσει για τις ΗΠΑ και εκεί είχε έρθει σε σύγκρουση με όλους και με όλα.

Είχε φερθεί σαν ηλίθιος. Αλλά τώρα θα ξεπλήρωνε το χρέος του, θα φρόντιζε τον γιο του και προς αυτήν την κατεύθυνση δραστηριοποιήθηκε με μεγάλη αποφασιστικότητα. Ζήτησε όλο το ιατρικό του ιστορικό, τηλεφώνησε σε ειδικούς και παιδαγωγούς και πολύ σύντομα διαπίστωσε ότι τα χρήματα που έστελνε δεν είχαν ξοδευτεί για τη φροντίδα του Άουγκουστ, αλλά είχαν καταλήξει αλλού – σίγουρα στα γλέντια και στα χρέη του Λάσε Βέστμαν από τον τζόγο. Φαίνεται ότι είχαν εγκαταλείψει το αγόρι στην τύχη του, με συνέπεια να υποφέρει από τις βασανιστικές του εμμονές, ενώ δεν αποκλείεται να είχε υποστεί και πράγματα χειρότερα από την εγκατάλειψη - γι' αυτόν τον λόγο είχε επιστρέψει ο Φρανς στη Σουηδία.

Του είχε τηλεφωνήσει ένας ψυχολόγος να τον ρωτήσει για κάτι μυστηριώδεις μελανιές στο σώμα του παιδιού - αυτές τις μελανιές τις είχε δει και ο Φρανς. Υπήρχαν παντού, στα χέρια, στα πόδια, στο στήθος και στους ώμους του Άουγκουστ. Σύμφωνα με τη Χάνα είχαν προκληθεί κατά τη διάρκεια των κρίσεων, όταν το παιδί χτυπούσε εδώ κι εκεί το σώμα του. Τη δεύτερη κιόλας μέρα, ο Φρανς είδε μία τέτοια κρίση που του έκοψε τη χολή, αλλά θεώρησε ότι δεν αιτιολογούσε τις μελανιές.

Υποψιαζόταν χρήση βίας και ζήτησε τη βοήθεια ενός παθολόγου και ενός πρώην αστυνομικού που τον γνώριζε προσωπικά και παρόλο που κι αυτοί δεν μπορούσαν με βεβαιότητα να επαληθεύσουν τις υποψίες του, ο Φρανς ένιωθε την ανησυχία του να αυξάνει κι αυτό τον οδήγησε στη σύνταξη μίας σειράς επιστολών και καταγγελιών. Ήταν σαν να είχε ξεχάσει τελείως το αγόρι. Διαπίστωσε ότι ήταν πολύ εύκολο να το ξεχάσει κανείς. Ο Άουγκουστ καθόταν ως επί το πλείστον στο πάτωμα, στο δωμάτιο που του είχε φτιάξει ο Φρανς στη βίλα του στην περιοχή Σαλτσεμπάντεν - ένα δωμάτιο με παράθυρα που έβλεπαν στη θάλασσα- και έφτιαχνε τα παζλ του. Τρομερά δύσκολα παζλ, με εκατοντάδες κομμάτια, που αυτός ως βιρτουόζος συνέθετε κι αμέσως μετά διέλυε πάλι, μόνο και μόνο για να τα ξαναρχίσει από την αρχή.

Τον πρώτο καιρό ο Φρανς τον κοίταζε με θαυμασμό. Ήταν σαν να έβλεπε έναν μεγάλο καλλιτέχνη την ώρα της δουλειάς του και καμιά φορά είχε την ψευδαίσθηση ότι από στιγμή σε στιγμή το αγόρι θα σήκωνε το κεφάλι του και θα του έλεγε κάποια σωστή φράση. Ο Άουγκουστ, όμως, δεν έλεγε ποτέ ούτε λέξη και όταν σήκωνε το κεφάλι του από το παζλ κοίταζε δίπλα του, προς το παράθυρο και τις ακτίνες του ήλιου που λαμπύριζαν πάνω στο νερό· μετά ο Φρανς τον άφηνε στη ησυχία του. Ο Άουγκουστ καθόταν εκεί στη μοναξιά του και ο Φρανς σπανίως τον έβγαζε έξω, έστω και μέχρι τον κήπο.

Τυπικά δεν μπορούσε να έχει τη φροντίδα του παιδιού, επομένως δεν ήθελε να μπλεχτεί σε περιπέτειες πριν ξεκαθαριστεί νομικά το θέμα και γι' αυτό άφηνε την οικονόμο του σπιτιού, τη Λότι Ρασκ, να φροντίζει για όλα τα ψώνια - καθώς επίσης για το μαγείρεμα και το καθάρισμα του σπιτιού. Ο Φρανς Μπάλντερ δεν ήταν καλός σ' αυτά τα πράγματα. Χειριζόταν άψογα τους υπολογιστές και τους αλγόριθμούς του αλλά τίποτα παραπάνω. Όσο περνούσε ο καιρός, όλο και περισσότερο ασχολιόταν μ' αυτούς και με την αλληλογραφία του με τους δικηγόρους, ενώ τα βράδια κοιμόταν το ίδιο άθλια όπως και στις ΗΠΑ.

Στη γωνία τον περίμεναν καταιγίδες και μηνύσεις και κάθε βράδυ έπινε ένα μπουκάλι κόκκινο κρασί, συνήθως Αμαρόνε, πράγμα που δεν τον βοηθούσε και πολύ, μόνο βραχυπρόθεσμα. Είχε αρχίσει να νιώθει όλο και χειρότερα και φανταζόταν τον εαυτό του να εξαϋλώνεται ή να εξαφανίζεται σε κάποιο αφιλόξενο μέρος, μακριά από κάθε έννοια τιμής και υπόληψης. Αλλά ένα Σάββατο του Νοεμβρίου συνέβη κάτι. Ήταν ένα ανεμοδαρμένο και κρύο βράδυ όταν αυτός και ο Άουγκουστ προχωρούσαν κατά μήκος της οδού Ρινγβέγκεν στο Σεντερμάλμ και κρύωναν.

Είχαν πάει για δείπνο στης Φαράχ Σαρίφ, στην οδό Ζινκενσβέγκ, και ο Άουγκουστ έπρεπε εδώ και ώρα να είχε πάει για ύπνο. Αλλά το δείπνο είχε παρατραβήξει και ο Φρανς Μπάλντερ είχε φλυαρήσει αρκετά. Το είχε αυτό το χαρακτηριστικό η Φαράχ. Έκανε τον κόσμο να της ανοίγει την καρδιά του. Αυτή και ο Φρανς γνωρίζονταν από τότε που σπούδαζαν πληροφορική στο Ιμπέριαλ Κόλετζ του Λονδίνου και σήμερα η Φαράχ ήταν από τους λίγους ανθρώπους στη χώρα που βρίσκονταν στο δικό του επίπεδο ή τουλάχιστον από τους λίγους που μπορούσαν σε ικανοποιητικό βαθμό να παρακολουθήσουν τις σκέψεις του, πράγμα που ήταν σκέτη λύτρωση για τον Φρανς: να βρίσκεται με κάποιον που τον κατανοούσε.

Συγχρόνως, όμως, τον έθελγε και παρά τις πολλές του προσπάθειες δεν είχε καταφέρει να τη ρίξει. Ο Φρανς Μπάλντερ δεν ήταν καλός στο να ρίχνει τις γυναίκες. Αλλά τούτη τη φορά τής είχε αποσπάσει έναν αποχαιρετιστήριο εναγκαλισμό που σχεδόν είχε πλησιάσει το φιλί, πράγμα που ο ίδιος εξέλαβε ως μεγάλη πρόοδο και ήταν αυτό που σκεφτόταν όταν μαζί με τον Άουγκουστ περνούσαν έξω από το γήπεδο του Ζινκενσντάμ.

Ο Φρανς αποφάσισε την επόμενη φορά να κανονίσει να φυλάξει κάποιος τον Άουγκουστ και τότε, ίσως... Ποιος ξέρει; Λίγο πιο πέρα γάβγιζε ένας σκύλος. Μια γυναικεία φωνή ακουγόταν κάπου πίσω του, χαρούμενη ή μπορεί και θυμωμένη. Ο Φρανς κοίταξε προς την οδό Χουρνσγκάταν και σκέφτηκε να πάρει ένα ταξί ή το μετρό προς το Σλούσεν. Φαινόταν ότι θα βρέξει και μόλις έφτασε στη διάβαση των πεζών το φανάρι έγινε κόκκινο. Στην απέναντι πλευρά στεκόταν ένας καταπονημένος άντρας γύρω στα σαράντα που του φάνηκε κάπως γνωστός και ακριβώς εκείνη τη στιγμή έπιασε το χέρι του Άουγκουστ.

Ήθελε να είναι σίγουρος ότι ο γιος του θα σταματούσε στο πεζοδρόμιο και τότε το ένιωσε: το χέρι του αγοριού ήταν σφιγμένο, θαρρείς κι ο μικρός αντιδρούσε σε κάτι. Εκτός αυτού, το βλέμμα του ήταν έντονο και καθαρό, λες κι εκείνη η ανεξέλεγκτη κίνηση στη ματιά του είχε εξαφανιστεί με τρόπο μαγικό και ο Άουγκουστ, αντί να κοιτάζει προς τα μέσα, στον δικό του κόσμο, καταλάβαινε κάτι βαθύτερο και μεγαλύτερο για τη διάβαση και τη διασταύρωση απ' ό,τι όλοι εμείς οι άλλοι και γι' αυτό, όταν το φανάρι έγινε πράσινο, ο Φρανς το αγνόησε τελείως.

Άφησε τον γιο του να στέκεται εκεί, παρακολουθώντας τη σκηνή και χωρίς να ξέρει το γιατί, τον κατέλαβε μία μεγάλη συγκίνηση, πράγμα που τον παραξένεψε και τον ίδιο. Ήταν μόνο μία ματιά, τίποτε άλλο, κι αυτή η ματιά δεν ήταν καν ιδιαίτερα λαμπερή ή χαρούμενη. Θύμιζε, όμως, στον Φρανς κάτι απόμακρο και ξεχασμένο που λαγοκοιμόταν στη μνήμη του και για πρώτη φορά εδώ και πάρα πολύ καιρό ένιωσε να γεννιέται μέσα του η ελπίδα.

ΚΕΦΑΛΑΙΟ 2
20 ΝΟΕΜΒΡΙΟΥ

Ο Μίκαελ Μπλούμκβιστ δεν είχε κοιμηθεί περισσότερο από καμιά-δυο ώρες, όχι για κανέναν άλλο λόγο, αλλά επειδή είχε ξαγρυπνήσει διαβάζοντας ένα αστυνομικό μυθιστόρημα της Ελίζαμπεθ Τζορτζ. Δεν ήταν και ιδιαίτερα έξυπνο αυτό που είχε κάνει. Το ίδιο εκείνο πρωί ο γκουρού της εφημεριδογραφίας Ούβε Λεβίν της «Σέρνερ Μίντια» θα ανέπτυσσε το πρόγραμμα του περιοδικού *Μιλένιουμ* και ο Μίκαελ έπρεπε να είναι ξεκούραστος και ετοιμοπόλεμος.

Αλλά δεν είχε καμία διάθεση να είναι συνετός. Γενικά δεν είχε διάθεση για τίποτα. Σηκώθηκε απρόθυμα και έφτιαξε έναν ασυνήθιστα δυνατό καπουτσίνο στη Γιούρα Ιμπρέσα Χ7, μία μηχανή του καφέ που είχε έρθει κάποτε στο σπίτι του συνοδευόμενη από ένα σημείωμα –«Έτσι κι αλλιώς δεν μπορώ να τη χρησιμοποιήσω, απ' ό,τι λες»– και τώρα στεκόταν στην κουζίνα του σαν μνημείο από περασμένες καλές εποχές. Δεν είχε πλέον καμία επαφή με το πρόσωπο που του την είχε στείλει και θεωρούσε ότι ούτε και η δουλειά του ήταν πια ιδιαίτερα τονωτική.

Κατά τη διάρκεια του προηγούμενου Σαββατοκύριακου είχε φτάσει στο σημείο να σκεφτεί μήπως έπρεπε να ψαχτεί και να κάνει κάτι άλλο κι αυτή ήταν μία πολύ δραστική ιδέα για έναν άντρα σαν τον Μίκαελ Μπλούμκβιστ. Το *Μιλένιουμ* ήταν η ζωή και το πάθος του και πολλά από τα σημαντικότερα και καλύτερα που του είχαν συμβεί είχαν σχέση με το περιοδικό. Αλλά τίποτα δε διαρκεί για πάντα, ίσως ούτε καν η αγάπη του για το *Μιλένιουμ*, ενώ από την άλλη δεν ήταν πια και η προσφορότερη εποχή για να είναι κανείς ιδιοκτήτης ενός περιοδικού που ασχολείται με την ερευνητική δημοσιογραφία.

Όλες οι εκδόσεις που επιδίωκαν κάτι μεγάλο και σοβαρό αιμορραγούσαν και δεν μπορούσε να μην του περνάει απ' τον νου η σκέψη ότι το δικό του όραμα για το *Μιλένιουμ* ίσως ήταν ωραίο και αληθινό σε ένα θεωρητικά υψηλό επίπεδο, αλλά όχι και απαραιτήτως αναγκαίο ώστε να καταφέρει να επιβιώσει το περιοδικό. Μπήκε στο σαλόνι πίνοντας μικρές γουλιές καφέ και κοίταξε προς το Κανάλι Ρινταρφιέρντεν. Εκεί έξω μαινόταν η θύελλα.

Από ένα γαϊδουροκαλόκαιρο που φώτιζε την πόλη ως τα μέσα Οκτωβρίου και είχε κρατήσει τους υπαίθριους χώρους ανοιχτούς πολύ περισσότερο απ' ό,τι συνήθως, το είχε γυρίσει σε έναν διαβολεμένο καιρό, με δυνατούς ανέμους και νεροποντές, που έκανε τον κόσμο να διπλώνεται στα δυο και να βαδίζει γρήγορα. Ο Μίκαελ δεν είχε βγει καθόλου έξω το Σαββατοκύριακο, αν και βέβαια δεν έφταιγε μόνο ο καιρός γι' αυτό. Είχε καταστρώσει μεγαλεπήβολα σχέδια για να πάρει τη ρεβάνς, αλλά όλα είχαν πάει στράφι κι αυτό δεν ταίριαζε στον χαρακτήρα του – ούτε το ένα αλλά ούτε και το άλλο.

Ο Μίκαελ δεν ήταν κανένας κόπανος από κείνους που νιώθουν πάντα υποχρεωμένοι να ανταποδίδουν τα χτυπήματα και σε σύγκριση με άλλες εμβληματικές μορφές των σουηδικών μίντια, δεν υπέφερε από κείνο το είδος της μεγαλομανίας που έπρεπε συνεχώς να τρέφεται και να επιβεβαιώνεται. Από την άλλη, είχαν περάσει δύσκολα χρόνια τελευταία και μόλις πριν από έναν μήνα ο οικονομικός ρεπόρτερ Βίλιαμ Μποργκ είχε γράψει ένα χρονογράφημα στο περιοδικό *Μπίζνες Λάιφ* του συγκροτήματος «Σέρνερ» με τίτλο: «Πέρασε η εποχή του Μίκαελ Μπλούμκβιστ».

Το ότι γράφτηκε ένα τέτοιο χρονογράφημα και πήρε μεγάλη δημοσιότητα αποτελούσε φυσικά απόδειξη ότι η θέση του Μπλούμκβιστ ήταν ακόμα ισχυρή, ενώ κανένας δεν μπορούσε να ισχυριστεί ότι το συγκεκριμένο κείμενο ήταν ιδιαίτερα καλογραμμένο ή πρωτότυπο. Θα μπορούσε εύκολα να αντιμετωπιστεί σαν άλλη μία προσωπική επίθεση ενός ζηλόφθονου συναδέλφου. Αλλά για κάποιον λόγο, που ο Μίκαελ ποτέ δεν μπόρεσε να καταλάβει, το θέμα μεγάλωσε και πήρε διαστάσεις, πράγμα που πιθανώς μπορούσε αρχικά να ερμηνευτεί στο πλαίσιο μίας συζήτησης για τον ρόλο των δημοσιογράφων – κατά πόσο δηλαδή έπραττε σωστά κάποιος σαν τον Μπλούμκβιστ «που αναζητούσε συνεχώς τα σφάλματα των εκπροσώπων της βιομηχανίας και της οικονομίας και ήταν αγκιστρωμένος στην παρωχημένη δημοσιογραφία της δεκαετίας του '70» ή μήπως ήταν προτιμότερη η στάση του ίδιου του Βίλιαμ Μποργ, ο οποίος «είχε απαλλαγεί από κάθε διάθεση κακεντρέχειας και έβλεπε το μεγαλείο όλων αυτών των σημαντικών προσώπων, που είχαν επαναφέρει στο προσκήνιο τη σουηδική επιχειρηματικότητα».

Αλλά βήμα το βήμα η συζήτηση είχε εκτροχιαστεί και διάφοροι υποστήριζαν πικρόχολα ότι δεν ήταν καθόλου τυχαίο που ο Μπλούμκβιστ είχε βουλιάξει τα τελευταία χρόνια, «καθώς θεωρούσε ότι όλες οι μεγάλες επιχειρήσεις διοικούνταν από απατεώνες» και γι' αυτόν τον λόγο έγραφε «τόσο σκληρά και άστοχα άρθρα». Έλεγαν ότι αυτή η τακτική δεν είχε μέλλον. Ως και ο παλιός μεγαλοαπατεώνας Χανς-Έρικ Βένερστρεμ, που ισχυριζόταν ότι ο Μπλούμκβιστ τον είχε στείλει στον θάνατο, απέσπασε σχόλια συμπάθειας και παρόλο που τα σοβαρά μίντια κρατήθηκαν απ' έξω, στα κοινωνικά μίντια τον έφτυναν κανονικά, υβρεολογώντας συχνά, και δεχόταν ένα σωρό επιθέσεις – και όχι μόνο από τους οικονομικούς ρεπόρτερ και τους εκπροσώπους των επιχειρήσεων, που όλοι τους είχαν μία καλή αιτία να επιτεθούν στον εχθρό τους, που προς στιγμήν ήταν αδύναμος.

Μία σειρά νεότεροι ρεπόρτερς άρπαξαν την ευκαιρία να κάνουν το κομμάτι τους, επισημαίνοντας ότι ο Μίκαελ Μπλούμκβιστ δε σκεφτόταν σύμφωνα με την εποχή μας, αφού δεν έκανε χρήση ούτε του Twitter ούτε του Facebook, και τον εκλάμβαναν ως ένα παλαιό σκήνωμα άλλων εποχών, τότε που υπήρχε χρήμα και μπορούσε ο καθένας να κάνει βουτιά στα πιο παράξενα αρχεία και χαρτιά· άλλοι πάλι άρπαξαν την ευκαιρία και έφτιαχναν διάφορα αστεία συνθήματα, όπως «στον καιρό του Μπλούμκβιστ» και άλλα παρόμοια. Η όλη κατάσταση ήταν μια σούπα ηλιθιοτήτων και κανένας δεν άντεχε να ασχοληθεί λιγότερο μ' αυτές τις αηδίες απ' ό,τι ο ίδιος – τουλάχιστον έτσι είχε πείσει τον εαυτό του.

Από την άλλη, δε βοηθούσε ιδιαίτερα και το γεγονός ότι δεν είχε να επιδείξει ούτε ένα καλό άρθρο μετά την υπόθεση Ζαλατσένκο και το *Μιλένιουμ* βρισκόταν πραγματικά σε κρίση. Η έκδοση ήταν ακόμα εντάξει – είκοσι μία χιλιάδες συνδρομητές. Αλλά τα έσοδα από τις διαφημίσεις είχαν μειωθεί δραματικά, ενώ δεν είχαν πια έξτρα εισοδήματα από μπεστ σέλερ βιβλία και καθώς η Χάριετ Βάνιερ δεν μπορούσε να ενισχύσει το περιοδικό με νέα κεφάλαια, το συμβούλιο είχε επιτρέψει, παρά την αντίθεση του Μίκαελ, στη νορβηγική αυτοκρατορία των μίντια «Σέρνερ» να αγοράσει το τριάντα τοις εκατό των μετοχών. Δεν ήταν τόσο παράξενο όσο φαινόταν αρχικά. Το κονσόρτσιουμ «Σέρνερ» εξέδιδε ημερήσιες εφημερίδες και εβδομαδιαία περιοδικά, είχε στην ιδιοκτησία του μία μεγάλη ιστοσελίδα γνωριμιών, δύο τηλεοπτικά συνδρομητικά κανάλια, μία ποδοσφαιρική ομάδα της πρώτης κατηγορίας και λογικά δεν είχε λόγο να ενδιαφέρεται για ένα περιοδικό σαν το *Μιλένιουμ*.

Αλλά οι εκπρόσωποι του «Σέρνερ» –ιδιαίτερα ο διευθυντής εκδόσεων Ούβε Λεβίν– τους είχε διαβεβαιώσει ότι το κονσόρτσιουμ χρειαζόταν ένα περιοδικό κύρους στην εκδοτική του σφαίρα και πως «όλοι» στο συμβούλιο του κονσόρτσιουμ θαύμαζαν το *Μιλένιουμ* και δεν επιθυμούσαν τίποτε άλλο εκτός από το να συνεχίσει το περιοδικό την έκδοσή του όπως και πριν. «Δεν είμαστε εδώ για να βγάλουμε λεφτά!» ήταν τα λόγια του Λεβίν. «Θέλουμε να κάνουμε κάτι σημαντικό» και αμέσως φρόντισε για την κατάθεση ενός αξιόλογου ποσού στο ταμείο του περιοδικού.

Στην αρχή το «Σέρνερ» δεν ανακατευόταν στην ύλη του περιοδικού. Η δουλειά προχωρούσε ως συνήθως, αν και με κάπως καλύτερο προϋπολογισμό, οπότε ένας καινούργιος αέρας φύσηξε στη σύνταξη του περιοδικού. Καμιά φορά ως και ο ίδιος ο Μίκαελ Μπλούμκβιστ ένιωθε πως είχε πια τον χρόνο να ασχολείται με τη δημοσιογραφία αντί να ανησυχεί για τα οικονομικά. Και περίπου την εποχή που άρχισαν οι επιθέσεις εναντίον του –ποτέ δεν μπόρεσε να βγάλει από τον νου του τη σκέψη ότι το κονσόρτσιουμ επωφελείτο από την κατάσταση- οι συνθήκες άλλαξαν και άρχισαν να εμφανίζονται οι πρώτες πιέσεις.

Ήταν αυτονόητο, είπε ο Λεβίν, ότι το περιοδικό θα συνέχιζε να σκάβει ως το κόκαλο, διατηρώντας το λογοτεχνικό του ύφος, το κοινωνικό του πάθος και όλα τα σχετικά. Αλλά δε χρειαζόταν όλα του τα άρθρα να αφορούν οικονομικές ατασθαλίες, αδικίες και πολιτικά σκάνδαλα. Είπε ακόμα ότι μπορούσε κανείς, αν ήθελε, να κάνει πολύ καλή δημοσιογραφία και για θέματα που αφορούσαν την κοσμική ζωή -επώνυμους, πρεμιέρες, τέτοια πράγματα- και ύστερα μίλησε με πάθος για τα περιοδικά *Βάνιτι Φέαρ* και *Εσκουάιερ* των ΗΠΑ, καθώς επίσης για τον Γκέι Τελίζ* και το κλασικό του πορτρέτο για τον Σινάτρα, με τίτλο «Ο Φρανκ Σινάτρα έκανε Χρυσό», για τον Νόρμαν Μέιλερ**, τον Τρούμαν Καπότε, τον Τομ Γουλφ κι ένας Θεός ξέρει για ποιον άλλο.

Ο Μίκαελ Μπλούμκβιστ, τελικά, δεν είχε καμία αντίρρηση επί του θέματος, όχι σ' εκείνη τη φάση. Ο ίδιος είχε κάνει πριν από μισό χρόνο περίπου ένα μεγάλο ρεπορτάζ για τη βιομηχανία των παπαράτσι και αν έβρισκε μία καλή και σοβαρή οπτική γωνία, θα μπορούσε να κάνει το πορτρέτο οποιουδήποτε επώνυμου. Δεν είναι το θέμα που κρίνει την καλή δημοσιογραφία, συνήθιζε να λέει. Είναι ο τρόπος προσέγγισης. Όχι, αν για κάτι είχε αντιρρήσεις ήταν γι' αυτό που διάβαζε ανάμεσα στις αράδες: γινόταν το πρώ-

---

* Gay Talese (1932): Αμερικανός συγγραφέας και δημοσιογράφος. Τη δεκαετία του '60 έγραφε για τους *Νιού Γιόρκ Τάιμς* (*New York Times*) και το περιοδικό *Εσκουάιερ* (*Esquire*) διαμορφώνοντας ουσιαστικά το είδος της λογοτεχνικής δημοσιογραφίας. Τα πιο διάσημα άρθρα του είναι για τον Τζο ΝτιΜάτζιο και τον Φρανκ Σινάτρα. (Σ.τ.Ε.)

** Norman Kingsley Mailer (1923 - 2007): Αμερικανός συγγραφέας, δημοσιογράφος, θεατρικός συγγραφέας, σεναριογράφος και σκηνοθέτης. Μαζί με τον Τρούμαν Καπότε, την Τζόαν Ντίντιον και τον Τομ Γουλφ ίδρυσαν το ρεύμα της νέας δημοσιογραφίας, που αποτελεί διασταύρωση του δοκιμίου και του μη-λογοτεχνικού μυθιστορήματος. Τιμήθηκε δύο φορές με το Βραβείο Πούλιτζερ και μία φορά με το Εθνικό Βραβείο Βιβλίου. (Σ.τ.Ε.)

το βήμα για μία μεγαλύτερη επέμβαση και κατά συνέπεια το *Μιλένιουμ* επρόκειτο σταδιακά να καταλήξει σαν οποιοδήποτε άλλο περιοδικό του κονσόρτσιουμ, δηλαδή μία έκδοση που μπορούσαν να αλλάζουν όπως στον διάβολο ήθελαν, ώσπου να γίνει κερδοφόρα – και ανούσια.

Γι' αυτό, όταν ο Μίκαελ άκουσε πως ο Ούβε Λεβίν είχε προσλάβει έναν σύμβουλο και του είχε αναθέσει να κάνει μία σειρά από έρευνες αγοράς των οποίων τα αποτελέσματα θα παρουσίαζε τη Δευτέρα, έφυγε για το σπίτι του την Παρασκευή το μεσημέρι και πέρασε πολλές ώρες καθισμένος στο γραφείο ή στο κρεβάτι του, προετοιμάζοντας διάφορους πύρινους λόγους, στους οποίους εξηγούσε γιατί έπρεπε το *Μιλένιουμ* να διατηρήσει το αρχικό του όραμα: στα προάστια σημειώνονταν διαρκώς αναταραχές. Ένα ρατσιστικό κόμμα είχε μπει στη Βουλή. Η μισαλλοδοξία αυξανόταν. Ο φασισμός προωθούσε διαρκώς τις θέσεις του και παντού υπήρχαν άστεγοι και ζητιάνοι. Η Σουηδία έχει γίνει από πολλές απόψεις μία χώρα ντροπής. Είχε σκεφτεί ένα σωρό ωραίες και βαρύγδουπες λέξεις και βίωνε ολόκληρη σειρά από φανταστικούς θριάμβους στα όνειρα που έκανε ξύπνιος, λέγοντας πολλές εύστοχες και πειστικές αλήθειες και κάνοντας τελικά τη σύνταξη και όλο το κονσόρτσιουμ «Σέρνερ» να αναθεωρήσουν τις πλάνες τους και να αποφασίσουν ομόφωνα να τον ακολουθήσουν.

Ωστόσο, όταν το σκέφτηκε λίγο πιο ρεαλιστικά, διαπίστωσε πόσο ελαφρά ζύγιζαν αυτά τα μεγάλα λόγια όταν δεν μπορούσε κανείς να τα υποστηρίξει από καθαρά οικονομική άποψη. Το χρήμα κάνει τη διαφορά κι όλα τ' άλλα είναι σκατά! Αυτό που προείχε ήταν να πηγαίνει καλά το περιοδικό. Μετά θα μπορούσαν να αλλάξουν τον κόσμο. Έτσι δούλευαν τα πράγματα, οπότε αντί να σχεδιάζει ένα σωρό οργισμένους λόγους αναρωτιόταν μήπως θα ήταν καλύτερο να έβρισκε ένα δυνατό θέμα. Η ελπίδα μιας συνταρακτικής αποκάλυψης ίσως να ξυπνούσε την αυτοπεποίθηση της συντακτικής ομάδας και να τους έκανε να γράψουν στα παλιά τους τα παπούτσια τις έρευνας αγοράς του Λεβίν και τα προγνωστικά για την επιχειρηματικότητα του *Μιλένιουμ* ή ό,τι άλλο είχε σκοπό να τους ξεφουρνίσει.

Μετά το τεράστιο *σκουπ** του Μπλούμκβιστ, αυτός είχε γίνει κάτι σαν κέντρο ειδήσεων. Κάθε μέρα έπαιρνε διάφορες πληροφορίες για απάτες και οικονομικές ατασθαλίες. Οι περισσότερες από αυτές ήταν σκέτα παραμύθια, πρέπει να πούμε. Δικομανείς, μηχανορράφοι, ψεύτες και σπουδαιοφανείς τύποι έρχονταν με τις πιο απίθανες ιστορίες, που δεν άντεχαν στον παραμικρό έλεγχο ή τουλάχιστον δεν ήταν αρκετά ενδιαφέρουσες για να καταλήξουν σε άρθρο. Από την άλλη, καμιά φορά, ένα μοναδικό θέμα μπορούσε να κρύβεται πίσω από κάτι τελείως μπανάλ ή καθημερινό. Σε μία απλή ασφαλιστική υπόθεση ή σε μία συνηθισμένη καταγγελία εξαφάνισης κάποιου προσώπου μπορούσε να κρύβεται μία μεγάλη ιστορία. Ποτέ δεν μπορούσε να ξέρει κανείς. Η κάθε υπόθεση έπρεπε να εξετάζεται μεθοδικά και να τη βλέπει κανείς χωρίς παρωπίδες. Γι' αυτό το Σάββατο το πρωί κάθισε μπροστά στον υπολογιστή του, άνοιξε τα σημειωματάριά του και ξανακοίταξε όλες τις υποθέσεις που είχε αρχειοθετήσει.

Ασχολήθηκε ως τις πέντε το απόγευμα και φυσικά ανακάλυψε μερικά πράγματα που πριν από δέκα χρόνια ίσως να τον κινητοποιούσαν, αλλά τώρα δεν τον συγκινούσαν καθόλου κι αυτό ήταν ένα κλασικό πρόβλημα – το ήξερε καλύτερα από τον καθένα. Μετά από μερικές δεκαετίες στο επάγγελμα ένιωθε ότι γνώριζε σχεδόν τα πάντα και παρά το ότι, καθαρά θεωρητικά, καταλάβαινε ότι η τάδε ή η δείνα ιστορία μπορούσε να οδηγήσει σε ένα καλό θέμα, δεν τσιμπούσε, οπότε με μία ακόμα δυνατή μπόρα να μαστιγώνει τη στέγη του σπιτιού, προτίμησε να σταματήσει να δουλεύει και να ξαναπιάσει το βιβλίο της Ελίζαμπεθ Τζορτζ.

Δεν έφταιγε μόνο η τάση φυγής που τον είχε καταλάβει, έπεισε τον εαυτό του. Καμιά φορά οι καλύτερες ιδέες βρίσκονται σε νάρκη – αυτή ήταν η εμπειρία του. Και εκεί που ασχολείσαι με κάτι τελείως διαφορετικό, ξαφνικά τα κομμάτια του παζλ μπαίνουν στη θέση τους. Δεν του ερχόταν, όμως, καμία άλλη πιο εποικοδομητική σκέψη απ' το να ξαπλώνει συχνότερα και να διαβάζει μυ-

---

* Scoop: μεγάλη δημοσιογραφική επιτυχία. (Σ.τ.Μ.)

θιστορήματα και όταν το πρωινό της Δευτέρας έφτασε με ακόμα χειρότερο καιρό, είχε διαβάσει ένα ολόκληρο αστυνομικό μυθιστόρημα της Τζορτζ και μισό ακόμα, συν τρία παλιά τεύχη του *Νιου Γιόρκερ* που βρίσκονταν παρατημένα πάνω στο κομοδίνο.

Τώρα καθόταν στο σαλόνι με τον καπουτσίνο στο χέρι και κοίταζε την κακοκαιρία έξω από το παράθυρο. Ένιωθε κουρασμένος, κενός, αλλά με ένα απότομο τίναγμα –σαν να είχε αποφασίσει έξαφνα να γίνει και πάλι δυναμικός και δραστήριος– σηκώθηκε, φόρεσε τις μπότες του και το χειμωνιάτικο πανωφόρι του και βγήκε έξω. Ήταν μία θλιβερή παρωδία.

Οι παγωμένες σταγόνες της βροχής τον τρυπούσαν ως το κόκαλο, οπότε κατευθύνθηκε βιαστικά προς την οδό Χουρνσγκάταν, που διακρινόταν μπροστά του βυθισμένη μέσα σε ένα ασυνήθιστο γκρίζο χρώμα. Φαινόταν σαν να είχαν ληστέψει όλη την περιοχή του Σέντερ από τα χρώματά της. Ούτε ένα λαμπερό φύλλο δε στριφογύριζε στον αέρα και ο Μίκαελ, με το κεφάλι σκυφτό και τα χέρια σταυρωμένα στο στήθος, προσπέρασε την εκκλησία Μαρία Μαγκνταλένα με κατεύθυνση προς το Σλούσεν, έως ότου έστριψε στην ανηφόρα της οδού Γετγκάταν και ως συνήθως πέρασε ανάμεσα απ' την μπουτίκ «Μόνκι» και το μπαρ «Ίντιγο». Μετά ανέβηκε στο περιοδικό, που βρισκόταν στον τέταρτο όροφο, ακριβώς πάνω από τα γραφεία της Greenpeace κι ενώ βρισκόταν ακόμα στον διάδρομο άκουσε το βουητό από τις ομιλίες. Ήταν ασυνήθιστα πολύς κόσμος εκεί μέσα. Είχε μαζευτεί όλο το προσωπικό της ομάδας σύνταξης, συν οι σημαντικότεροι ελεύθεροι συνεργάτες και τρία άτομα από το «Σέρνερ», δύο σύμβουλοι και ο Ούβε Λεβίν – ο Ούβε που λόγω της συγκυρίας δεν ήταν τόσο καλοντυμένος όσο συνήθιζε. Δεν έδειχνε σαν διευθυντής και προφανώς είχε υιοθετήσει μερικές νέες εκφράσεις, μεταξύ άλλων και τον λαϊκό χαιρετισμό «γεια χαρά».

«Γεια χαρά, Μίκε, πώς πάει;»

«Από σένα εξαρτάται», απάντησε ο Μίκαελ χωρίς να εννοεί τίποτα το αρνητικό.

Αλλά παρατήρησε ότι τα λόγια του ερμηνεύτηκαν ως κήρυξη πολέμου, ο Ούβε του έγνεψε αυστηρά, τον προσπέρασε και πήγε και κάθισε σε μία από τις καρέκλες που είχαν βάλει στην αίθουσα σύνταξης, διαμορφώνοντάς τη σαν ένα μικρό αμφιθέατρο.

Ο Ούβε Λεβίν ξερόβηξε και κοίταξε ανήσυχος προς τη μεριά του Μίκαελ Μπλούμκβιστ. Ο κορυφαίος δημοσιογράφος, που φαινόταν ετοιμοπόλεμος όταν συναντήθηκαν προηγουμένως στο άνοιγμα της πόρτας, δεν έδειχνε τώρα διατεθειμένος να αρχίσει καβγάδες ή επιχειρηματολογίες. Αυτό, όμως, δεν καθησύχασε καθόλου τον Ούβε. Ο ίδιος και ο Μπλούμκβιστ ήταν πολύ παλιότερα αναπληρωτές δημοσιογράφοι στην ημερήσια εφημερίδα *Εξπρέσεν*. Εκείνον τον καιρό έγραφαν συνήθως τίποτα μικροειδήσεις κι ένα σωρό άλλες βλακείες. Μετά, όμως, στην ταβέρνα, ονειρεύονταν τα μεγάλα ρεπορτάζ και τις αποκαλύψεις και μιλούσαν πολλές ώρες, λέγοντας πως δε θα ένιωθαν ποτέ ικανοποιημένοι με τα συνηθισμένα, κοινά θέματα, αλλά πάντα θα ερευνούσαν εις βάθος. Ήταν νέοι, φιλόδοξοι και ήθελαν να τα κάνουν όλα με τη μία. Ο Ούβε, καμιά φορά, νοσταλγούσε εκείνη την εποχή, όχι τον μισθό φυσικά και τις ώρες εργασίας ούτε καν την ελεύθερη ζωή στα μπαρ και όλες τις κοπέλες, αλλά τα όνειρα – ένιωθε να του λείπει η δυναμική τους. Ένιωθε να νοσταλγεί τη ζωηρή του θέληση να αλλάξει την κοινωνία και τη δημοσιογραφία και να γράφει με τέτοιον τρόπο, που θα έκανε τον κόσμο να σταματήσει και την εξουσία να τρέμει και βεβαίως –ήταν αναπόφευκτο, ακόμα και για έναν επιτυχημένο επιχειρηματία όπως ήταν αυτός πια–, πότε πότε αναρωτιόταν: τι είχαν απογίνει όλα αυτά; Πού είχαν πάει τα όνειρά του;

Ο Μίκαελ Μπλούμκβιστ είχε μείνει πιστός στα παλιά τους όνειρα – και όχι μόνο επειδή ήταν αυτός που είχε κάνει μερικές από τις μεγαλύτερες αποκαλύψεις της εποχής. Ο Μίκαελ έγραφε πράγματι με εκείνη τη δύναμη και το πάθος που είχαν φανταστεί τότε και ποτέ δεν έσκυβε το κεφάλι στις πιέσεις των εκπροσώπων της εξουσίας ούτε παρέκκλινε των πιστεύω του, αλλά ο Ούβε ήταν αυτός που... Ναι, τελικά ήταν αυτός που είχε κάνει την επιτυχημένη καριέρα, έτσι δεν είναι; Σήμερα έβγαζε σίγουρα δέκα φορές περισσότερα από τον Μπλούμκβιστ και ήταν πολύ ευχαριστημένος. Ποιο ήταν το όφελος του Μίκε από όλες εκείνες τις δημοσιογραφικές επιτυχίες, απ' τη στιγμή που δεν μπορούσε να αγοράσει ένα καλύτερο εξοχικό από κείνη τη μικρή παράγκα που είχε στο Σάντχαμν; Για όνομα του Θεού, τι είχε αυτή η παράγκα σε σύγκριση με το νέο σπίτι του Ούβε στις Κάννες; Τίποτα! Όχι, αυτός ήταν που είχε διαλέξει τον σωστό δρόμο και κανένας άλλος.

Αντί να γυρίζει εδώ κι εκεί στον ημερήσιο Τύπο, ο Ούβε είχε προσληφθεί από το «Σέρνερ» ως αναλυτής των μίντια και είχε προσωπική σχέση με τον ιδιοκτήτη του κονσόρτσιουμ Χάακον Σέρνερ, πράγμα που του είχε αλλάξει τη ζωή και τον είχε κάνει πλούσιο. Σήμερα ήταν επικεφαλής των εκδοτικών δραστηριοτήτων για μία σειρά εντύπων και καναλιών και το γούσταρε πολύ αυτό. Αγαπούσε την εξουσία, τα χρήματα και όλα όσα συνεπάγονταν, αλλά... ήταν μεγαλόψυχος και αναγνώριζε ότι πότε πότε ονειρευόταν κι εκείνα τα άλλα, σε μικρές δόσεις βέβαια, αλλά το έκανε. Ήθελε να τον θεωρούν κι αυτόν έναν καλό συντάκτη, όπως τον Μπλούμκβιστ, και σίγουρα γι' αυτό είχε επιμείνει τόσο πολύ να αγοράσουν ένα μέρος του *Μιλένιουμ*. Χάρη σ' ένα πουλάκι που κάτι του ψιθύρισε στο αυτί, είχε μάθει ότι το περιοδικό βρισκόταν σε οικονομική κρίση και ότι η διευθύντρια σύνταξης, η Έρικα Μπέργκερ, που πάντα τη γούσταρε, ήθελε να κρατήσει στο περιοδικό τους δύο δημοσιογράφους που είχε προσλάβει τελευταία, τη Σοφί Μέλκερ και τον Έμιλ Γκραντέν, και δε θα μπορούσε να το κάνει αν το περιοδικό δεν ενισχυόταν με νέα κεφάλαια. Με λίγα λόγια, ο Ούβε είδε την ευκαιρία ενός απρόσμενου ανοίγματος για να εισχωρήσει σε ένα από τα προϊόντα κύρους των μίντια της Σουηδίας. Αλλά κανένας δεν μπορούσε να ισχυριστεί ότι η διεύθυνση του «Σέρνερ» ήταν ιδιαίτερα ενθουσιασμένη μ' αυτήν την ιδέα. Το αντίθετο μάλιστα, γκρίνιαζαν ότι το *Μιλένιουμ* ήταν παλιομοδίτικο, αριστερόφερνε και είχε μία τάση να εμπλέκεται σε καβγάδες με σημαντικούς διαφημιστές και συνεργάτες και αν ο Ούβε δεν είχε επιχειρηματολογήσει με τόσο πάθος, σίγουρα δε θα είχε γίνει τίποτα. Αυτός, όμως, είχε επιμείνει. Μία επένδυση στο *Μιλένιουμ* ήταν σαν μία σταγόνα στον ωκεανό για το κονσόρτσιουμ, τους είπε, ένα ασήμαντο ποντάρισμα, που ίσως δεν απέφερε μεγάλα κέρδη, αλλά θα μπορούσε να αποφέρει κάτι σπουδαιότερο, δηλαδή αξιοπιστία, και μπορούσε να πει κανείς ότι το «Σέρνερ» τη χρειαζόταν εκείνη την εποχή: μετά από όλες εκείνες τις μειώσεις προσωπικού που είχαν κάνει και τις διαμάχες που ακολούθησαν, η αξιοπιστία δεν ήταν και το μεγαλύτερο πλεονέκτημα του κονσόρτσιουμ, οπότε ένα ποντάρισμα στο *Μιλένιουμ* θα έδειχνε πως, παρ' όλα αυτά, το κονσόρτσιουμ ενδιαφερόταν για τη δημοσιογραφία και την ελευθεροτυπία. Η διεύθυνση του «Σέρνερ», βέβαια, δε συμπαθούσε ιδιαίτερα την ελευθεροτυπία ή τη σε βάθος ερευνητική δημοσιογραφία α λα *Μιλένιουμ*. Λίγη περισσότερη αξιοπιστία, όμως, δε θα έκανε και κακό. Όλοι το καταλάβαιναν αυτό κι έτσι ο Ούβε πραγματοποίησε την αγορά, που για μεγάλο χρονικό διάστημα φαινόταν ότι ήταν επιτυχής για όλες τις πλευρές.

Το «Σέρνερ» έτυχε μεγάλης δημοσιότητας και το *Μιλένιουμ* μπόρεσε να κρατήσει το προσωπικό του και να ποντάρει σε αυτό που ήξερε να κάνει καλά ως περιοδικό –καλογραμμένα και ουσιαστικά ρεπορτάζ–, ενώ ο ίδιος, ο Ούβε, έλαμπε σαν ήλιος και συμμετείχε μάλιστα και σε μία ανοιχτή συζήτηση στο «Κλαμπ των Εκδοτών», όπου είπε με όλη του τη μετριοφροσύνη:

«Πιστεύω στις καλές επιχειρήσεις. Πάντα πάλευα για την ερευνητική δημοσιογραφία».

Και μετά... δεν ήθελε ούτε να το σκέφτεται. Τα γραπτά εναντίον του Μπλούμκβιστ άρχισαν να δημοσιεύονται το ένα μετά το άλλο και αρχικά ο Ούβε δε δυσαρεστήθηκε κιόλας. Από τότε που ο Μίκαελ μεσουρανούσε ως το μεγάλο αστέρι της δημοσιογραφίας, ο Ούβε ένιωθε κάποια κρυφή χαρά όποτε τα μίντια τον χλεύαζαν. Αλλά αυτήν τη φορά η ικανοποίηση δεν κράτησε για πολύ. Ο νεότερος γιος του Σέρνερ, ο Τούρβαλντ, είδε την αναστάτωση στα κοινωνικά μίντια και το έκανε μεγάλο θέμα, όχι βέβαια επειδή τον ενδιέφερε. Ο Τούρβαλντ δεν ήταν το άτομο που ενδιαφερόταν για τις απόψεις των δημοσιογράφων. Αλλά του άρεσε να ασκεί εξουσία.

Αγαπούσε τις ραδιουργίες και τώρα έβλεπε μπροστά του την ευκαιρία να κερδίσει μερικούς πόντους ή ενδεχομένως και να προγκήξει τους γέρους της διεύθυνσης, οπότε σε ελάχιστο χρονικό διάστημα κατάφερε να κάνει τον γενικό διευθυντή Στιγκ Σμιτ -που έως πρόσφατα δεν είχε καιρό για τέτοια μικροπράγματα- να δηλώσει ότι το *Μιλένιουμ* δεν μπορούσε να αποτελεί για πάντα εξαίρεση, αλλά ότι έπρεπε να προσαρμοστεί στη νέα εποχή, ακριβώς όπως όλα τα άλλα προϊόντα του κονσόρτσιουμ.

Ο Ούβε, που πρόσφατα είχε υποσχεθεί στην Έρικα Μπέργκερ ότι δε θα ανακατευόταν στη δουλειά της σύνταξης του περιοδικού, παρά μόνο ως «φίλος και σύμβουλος», ένιωσε ότι βρισκόταν δεμένος πισθάγκωνα και αναγκάστηκε να παίξει ένα πολύπλοκο παρασκηνιακό παιχνίδι. Με όλους τους δυνατούς τρόπους προσπάθησε να πάρει μαζί του την Έρικα, τη Μάλιν και τον Κρίστερ, προκειμένου να υποστηρίξουν τους νέους στόχους, που ποτέ δεν είχαν περιγραφεί -κάτι που προκύπτει ξαφνικά σε περίοδο πανικού, σπάνια περιγράφεται αναλυτικά-, αλλά που πίστευε ότι γενικά κι αόριστα θα ανανέωναν το περιοδικό και θα αύξαναν την εμπορικότητά του.

Ο Ούβε τόνισε φυσικά ότι το θέμα δεν ήταν σε καμία περίπτωση να συμβιβαστούν και να αποκλίνουν από την πάντα θαρραλέα και αυθάδη στάση του περιοδικού, αν και τελικά δεν ήταν και πολύ σίγουρος τι εννοούσε. Ήξερε μόνο ότι ήθελε να φέρει περισσότερη κοσμική λάμψη στο περιοδικό για να ικανοποιήσει τα αφεντικά του, ενώ οι μακροσκελείς έρευνες και οι έλεγχοι του επιχειρηματικού κόσμου έπρεπε να περιοριστούν, επειδή μπορούσαν να εξοργίσουν τους διαφημιστές και να προκαλέσουν εχθρική διάθεση προς τη διεύθυνση - αν και αυτό το τελευταίο δεν το είπε βέβαια στην Έρικα.

Δεν ήθελε κανέναν αχρείαστο καβγά και για σιγουριά είχε εμφανιστεί στην ομάδα της σύνταξης ντυμένος πιο απλά απ' ό,τι συνήθως. Απέφυγε να τους προκαλέσει με κανένα γυαλιστερό κοστούμι και μαντίλι στον λαιμό – ρούχα που είχαν γίνει μόδα στα κεντρικά γραφεία. Αντί γι' αυτά φορούσε μπλουτζίν, ένα απλό λευκό πουκάμισο και μία σκούρα μπλε μπλούζα με V λαιμό που

δεν ήταν καν από κασμίρι, ενώ τα μακριά σγουρά μαλλιά του – που ήταν το αντάρτικο σήμα κατατεθέν του– ήταν δεμένα σε αλογοουρά, ακριβώς όπως συνήθιζαν να τα δένουν και οι πιο ζόρικοι δημοσιογράφοι της τηλεόρασης. Αλλά το βασικότερο ήταν ότι φρόντισε ν' αρχίσει την ομιλία του με όλη την ταπεινότητα που είχε μάθει στα διάφορα σεμινάρια για διευθυντές.
«Γεια και χαρά σας», είπε. «Τι χάλια καιρός! Το έχω πει ήδη πολλές φορές, αλλά ευχαρίστως το επαναλαμβάνω: εμείς του "Σέρνερ" είμαστε πολύ περήφανοι που συμμετέχουμε σ' αυτό το μεγάλο ταξίδι, το οποίο για μένα προσωπικά σημαίνει και κάτι παραπάνω. Είναι η συμμετοχή σε περιοδικά όπως το *Μιλένιουμ* που κάνει τη δουλειά μου σημαντική, που με κάνει να θυμάμαι γιατί κάποτε αποφάσισα να δραστηριοποιηθώ σ' αυτό το επάγγελμα. Θυμάσαι, Μίκε, τότε που καθόμασταν στο μπαρ της Όπερας και ονειρευόμασταν τι θα κάναμε μαζί; Όχι ότι ξεμεθύσαμε και ποτέ από τότε, χα, χα!»

Ο Μίκαελ Μπλούμκβιστ δεν έδειχνε να θυμάται τίποτε απ' όλα αυτά. Αλλά ο Ούβε Λεβίν δε φάνηκε να πτοείται.

«Όχι, όχι, δε σκοπεύω να γίνω νοσταλγικός», συνέχισε, «και δεν υπάρχει κανένας λόγος να το κάνω. Εκείνη την εποχή έπεφταν αμέτρητα χρήματα στα μίντια. Ακόμα και για έναν ασήμαντο φόνο στην Κροκεμόλα, νοικιάζαμε ελικόπτερο, κλείναμε ολόκληρο όροφο στο πιο πολυτελές ξενοδοχείο και παραγγέλναμε σαμπάνια για τα μεθεόρτια. Ξέρετε, όταν ήμουν έτοιμος να φύγω για το πρώτο μου ταξίδι στο εξωτερικό, ρώτησα τον δημοσιογράφο Ουλφ Νίλσον, που ασχολιόταν με τα διεθνή θέματα, ποια ήταν η αξία του γερμανικού μάρκου. "Ιδέα δεν έχω", μου απάντησε, "την ισοτιμία του συναλλάγματος την καθορίζω μόνος μου". Χα, χα! Έτσι φουσκώναμε τους λογαριασμούς εκείνον τον καιρό – θυμάσαι, Μίκε; Ίσως ήταν τότε που ήμασταν περισσότερο δημιουργικοί. Τότε αρκούσε απλώς να πληκτρολογούμε στα σβέλτα τα άρθρα μας και πουλάγαμε αμέτρητα φύλλα. Αλλά από τότε έχουν αλλάξει πολλά πράγματα – το ξέρουμε όλοι μας αυτό. Ο ανταγωνισμός έχει γίνει αμείλικτος και τώρα πια δεν είναι εύκολο να βγάλει κανείς λεφτά με τη δημοσιογραφία, ούτε καν όταν έχει την καλύτερη συντακτική ομάδα της Σουηδίας, όπως είσαστε εσείς, οπότε σκέφτηκα να μιλήσουμε λίγο σήμερα για τις προκλήσεις του μέλλοντος. Όχι πως φαντάζομαι ότι θα σας μάθω τίποτα το καινούργιο – ούτε που το διανοούμαι. Θα σας δώσω μόνο λίγο υλικό για να το συζητήσουμε. Εμείς από το "Σέρνερ" κάναμε μερικές έρευνες αγοράς για το αναγνωστικό κοινό σας και για το πώς βλέπει η κοινή γνώμη το *Μιλένιουμ*. Κάποιες από αυτές ίσως σας κάνουν να αναπηδήσετε από φόβο, αλλά αντί να αποθαρρυνθείτε, να το δείτε σαν πρόκληση και να σκεφτείτε ότι εκεί έξω βρίσκεται σε εξέλιξη ένα τελείως τρελό προτσές αλλαγών».

Ο Ούβε έκανε μία μικρή παύση – σκεφτόταν μήπως η έκφραση «τελείως τρελό» ήταν λανθασμένη, μία παρατραβηγμένη προσπάθεια να φανεί άνετος και νεανικός, και αν σε γενικές γραμμές είχε αρχίσει τη συζήτηση πάρα πολύ ελαφρά και με χιούμορ. «Δεν πρέπει ποτέ κανείς να υποτιμά την έλλειψη χιούμορ των κακοπληρωμένων ηθικολόγων», όπως συνήθιζε να λέει και ο Χάακον Σέρνερ. *Αλλά όχι*, αποφάσισε ο Ούβε, *θα το κανονίσω τούτο δω.*
Θα τους πάρω με το μέρος μου.

Ο Μίκαελ Μπλούμκβιστ είχε σταματήσει να ακούει εκεί που ο Ούβε είπε ότι όλοι έπρεπε να σκεφτούν την «ψηφιακή τους ωρίμανση», και γι' αυτό δεν τον άκουσε ούτε κι όταν ανέφερε ότι η νέα γενιά δε γνώριζε το *Μιλένιουμ* ούτε και τον Μίκαελ Μπλούμκβιστ. Ήταν λίγο ατυχής η στιγμή που διάλεξε να το πει, γιατί ίσα ίσα εκείνη την ώρα ο Μίκαελ είχε μπουχτίσει και είχε φύγει για το κουζινάκι, οπότε δεν είχε την παραμικρή ιδέα ότι ο Νορβηγός σύμβουλος Άρον Ούλμαν είπε μεταξύ άλλων τελείως ανοιχτά:
«Θλιβερό. Τόσο πολύ φοβάται ότι θα τον ξεχάσουν;»
Αλλά η αλήθεια ήταν ότι εκείνη τη στιγμή αυτό ήταν το λιγότερο που απασχολούσε τον Μίκαελ Μπλούμκβιστ. Ήταν οργισμένος, γιατί φαινόταν ότι ο Ούβε Λεβίν νόμιζε πως οι έρευνες αγοράς ήταν αυτές που θα τους έσωζαν. Δεν ήταν οι ηλίθιες αναλύσεις αγοράς που είχαν στήσει εκείνο το περιοδικό. Ήταν το

πάθος και η θέρμη. Το *Μιλένιουμ* είχε φτάσει στην κορυφή, γιατί όλοι δούλευαν γι' αυτό που θεωρούσαν σωστό και σημαντικό, χωρίς να σηκώνουν το δάχτυλο ψηλά για να δουν από πού φυσάει, και τώρα καθόταν στο κουζινάκι και αναρωτιόταν πόση ώρα θα έπαιρνε μέχρι να εμφανιστεί εκεί η Έρικα.

Η απάντηση ήταν σχεδόν δύο λεπτά. Από τον ήχο των τακουνιών της προσπάθησε να καταλάβει πόσο θυμωμένη ήταν. Αλλά εκείνη, όταν βρέθηκε να στέκεται μπροστά του, χαμογελούσε αποκαρδιωμένη.

«Πώς είσαι;» τον ρώτησε.

«Δεν άντεχα ν' ακούω».

«Καταλαβαίνεις βέβαια ότι ο κόσμος θυμώνει όταν συμπεριφέρεσαι μ' αυτόν τον τρόπο».

«Το καταλαβαίνω».

«Και υποθέτω ότι επίσης καταλαβαίνεις πως το "Σέρνερ" δεν μπορεί να κάνει τίποτε απολύτως χωρίς τη δική μας συγκατάθεση. Έχουμε ακόμα τον έλεγχο».

«Σκατά έλεγχο έχουμε. Είμαστε όμηροί τους, Ρίκι*, δεν το καταλαβαίνεις; Αν δεν κάνουμε ό,τι λένε, θα αποσύρουν τη βοήθειά τους και θα μας στείλουν στο χείλος του γκρεμού», είπε αυτός λίγο δυνατά και θυμωμένα και όταν η Έρικα του έγνεψε με το κεφάλι να κατεβάσει τον τόνο της φωνής του, εκείνος πρόσθεσε κάπως πιο προσεκτικά:

«Λυπάμαι. Κάνω σαν παιδί. Αλλά τώρα λέω να φύγω για το σπίτι. Πρέπει να σκεφτώ».

«Έχεις αρχίσει να ακολουθείς μειωμένο ωράριο εργασίας;»

«Μαντεύω ότι έχω αρκετές υπερωρίες και λέω να τις πάρω ως άδεια».

«Και βέβαια έχεις. Δέχεσαι επισκέψεις απόψε;»

«Δεν ξέρω. Πραγματικά δεν ξέρω, Έρικα», της είπε και μετά έφυγε από το περιοδικό και κατηφόρισε τη Γετγκάταν.

---

* Υποκοριστικό του ονόματος Έρικα. (Σ.τ.Μ.)

Ο άνεμος και η βροχή τον μαστίγωναν στο πρόσωπο, κρύωνε, έβριζε και για λίγο βρέθηκε να αναρωτιέται αν θα έμπαινε στο μαγαζί με τα βιβλία τσέπης προκειμένου να αγοράσει άλλο ένα αγγλικό αστυνομικό μυθιστόρημα για να ξεφύγει. Αλλά αντί γι' αυτό έστριψε στην οδό Σαντ Πολσγκάταν και τη στιγμή που βρισκόταν ακριβώς έξω από το εστιατόριο με το σούσι, χτύπησε το κινητό του. Ήταν σίγουρος πως του τηλεφωνούσε η Έρικα. Αλλά τελικά ήταν η Περνίλα, η κόρη του, που προφανώς είχε επιλέξει λάθος στιγμή να τηλεφωνήσει σε έναν πατέρα που ήδη είχε τύψεις για το γεγονός ότι έκανε ελάχιστα πράγματα μαζί της.

«Γεια σου, θησαυρέ μου», απάντησε.

«Τι είναι αυτό που ακούγεται;»

«Η θύελλα, υποθέτω».

«Οκέι, οκέι θα είμαι σύντομη. Μπήκα στο "Μπίσοπς Αρνέ", στο τμήμα δημιουργικής γραφής».

«Α, τώρα θέλεις να γράψεις», είπε με ύφος πολύ σκληρό, στα όρια του σαρκασμού, πράγμα που απ' όποια μεριά και να το εξέταζε κανείς ήταν φυσικά τελείως άδικο.

Θα έπρεπε μόνο να τη συγχαρεί και να της ευχηθεί καλή τύχη. Αλλά η Περνίλα είχε πολλά ανήσυχα χρόνια πίσω της, κατά τη διάρκεια των οποίων περνούσε από τη μία θρησκευτική σέκτα στην άλλη και διάβαζε σκόρπια πράγματα χωρίς ποτέ να τελειώνει κάτι κι αυτός είχε βαρεθεί να την ακούει να του δηλώνει πως άλλαξε και πάλι ρότα.

«Δεν έδειξες να χαίρεσαι κιόλας».

«Συγγνώμη, Περνίλα. Δεν είμαι στα καλά μου σήμερα».

«Και πότε είσαι;»

«Θέλω μόνο να βρεις κάτι που να σου ταιριάζει πραγματικά. Δεν ξέρω αν το γράψιμο είναι καλή ιδέα, δεδομένης της κατάστασης που επικρατεί στον συγκεκριμένο τομέα».

«Δε σκοπεύω να γράφω τίποτα πληκτικά δημοσιογραφικά κείμενα σαν κι εσένα».

«Και τι θα κάνεις;»

«Θα γράψω πραγματικά».

«Οκέι», είπε εκείνος. «Από λεφτά πώς είσαι;»

«Δουλεύω έξτρα στο "Γουέινς Κόφι"».
«Θέλεις να έρθεις το βράδυ για φαγητό να το συζητήσουμε;»
«Δεν προλαβαίνω, γεράκο μου. Ήθελα μόνο να σ' το πω», του είπε κλείνοντας το τηλέφωνο και παρόλο που ο Μίκαελ προσπάθησε να δει θετικά τον ενθουσιασμό της, η διάθεσή του έγινε ακόμα χειρότερη και προχώρησε βιαστικά στην πλατεία Μαριατόργετ, πέρασε την οδό Χουρνσγκάταν και κατευθύνθηκε προς το διαμέρισμά του, ένα ρετιρέ στην οδό Μπελμανσγκάταν.

Ένιωθε σαν να είχε μόλις φύγει από κει και τον κατέλαβε η παράξενη αίσθηση πως δεν είχε πια δουλειά και ότι βρισκόταν καθ' οδόν προς μία νέα φάση ζωής, όπου αντί να του βγαίνει η ψυχή θα είχε άπειρο ελεύθερο χρόνο και για μια στιγμή σκέφτηκε να συμμαζέψει το διαμέρισμα. Υπήρχαν εφημερίδες, περιοδικά, βιβλία και ρούχα παντού. Αντί γι' αυτό, πήρε από το ψυγείο δύο μπίρες Ουρκέλ, κάθισε στον καναπέ του σαλονιού και σκέφτηκε την όλη κατάσταση με ψυχραιμία ή τουλάχιστον τόσο ψύχραιμα όσο βλέπει κανείς τη ζωή έχοντας πρώτα κατεβάσει δύο μπίρες. Τι θα έκανε;

Ιδέα δεν είχε και το πιο ανησυχητικό απ' όλα μάλλον ήταν ότι δεν είχε καμία διάθεση να το παλέψει. Το αντίθετο, ένιωθε παραιτημένος, λες και το *Μιλένιουμ* είχε εξοριστεί πια από τη σφαίρα των ενδιαφερόντων του και για ακόμα μία φορά βρέθηκε να αναρωτιέται: μήπως είχε έρθει η ώρα να ασχοληθεί με κάτι καινούργιο; Αυτό θα ήταν φυσικά μία μεγάλη προδοσία εις βάρος της Έρικας και των άλλων. Αλλά ήταν πράγματι ο κατάλληλος άνθρωπος για να διευθύνει ένα περιοδικό που ζούσε από διαφημίσεις και συνδρομητές; Ίσως να ταίριαζε καλύτερα κάπου αλλού· όμως, πού βρισκόταν αυτό το μέρος;

Ακόμα και οι μεγάλες εφημερίδες υπέφεραν τώρα πια και το μόνο μέρος όπου υπήρχαν περιθώρια και λεφτά για την ερευνητική δημοσιογραφία ήταν η κρατική δημόσια ενημέρωση, η ερευνητική ομάδα της εκπομπής «Έκο» και η Σουηδική Ραδιοφωνία/Τηλεόραση... Ναι, γιατί όχι; Σκέφτηκε την Κάισα Όκερμαν, ένα συμπαθέστατο άτομο που συναντούσε πότε πότε και έπιναν κανένα ποτηράκι. Η Κάισα ήταν διευθύντρια στην εκπομπή της Ραδιοφωνίας/Τηλεόρασης «Αποστολή διερεύνησης» και εδώ και πολλά χρόνια προσπαθούσε να τον πείσει να δουλέψει μαζί της. Ποτέ, όμως, δεν είχε βρεθεί η κατάλληλη ευκαιρία.

Ό,τι και να του είχε προτείνει η Κάισα, οι υποσχέσεις της πως θα τον υποστήριζε σε κάθε περίπτωση και η διασφάλιση απόλυτης εχεμύθειας από μέρους της, δεν αρκούσαν για να τον πείσουν. Το *Μιλένιουμ* ήταν το σπίτι και η καρδιά του. Αλλά τώρα... ίσως θα μπορούσε να φύγει από κει, αν φυσικά η προσφορά ίσχυε ακόμα μετά απ' όλες εκείνες τις αηδίες που γράφονταν εναντίον του. Πολλά πράγματα είχε κάνει σ' αυτό το επάγγελμα αλλά ποτέ τηλεόραση, εκτός από τη συμμετοχή του σε εκατοντάδες συζητήσεις και πρωινάδικα. Μία δουλειά στην εκπομπή «Αποστολή διερεύνησης» ίσως να του έδινε κάποια νέα αναλαμπή.

Χτύπησε το κινητό του και προς στιγμήν χάρηκε. Άσχετο αν ήταν η Έρικα ή η Περνίλα, θα ήταν φιλικός και πραγματικά θα τις άκουγε. Αλλά όχι, το τηλεφώνημα είχε απόκρυψη, οπότε ο Μίκαελ απάντησε επιφυλακτικά.

«Είσαι ο Μίκαελ Μπλούμκβιστ;» είπε μία φωνή που ακουγόταν νεανική.

«Ναι», αποκρίθηκε αυτός.

«Έχεις χρόνο να μιλήσεις;»

«Αν μου πεις ποιος είσαι, τότε ναι, ίσως».

«Το όνομά μου είναι Λίνους Μπραντέλ».

«Οκέι, Λίνους, τι θέλεις;»

«Έχω ένα θέμα για σένα».

«Σ' ακούω».

«Θα σ' το πω αν κάνεις μια βόλτα ως το "Μπίσοπς Αρμς", στην άλλη πλευρά του δρόμου, και με συναντήσεις εκεί».

Ο Μίκαελ εκνευρίστηκε. Δεν ήταν μόνο ο προστακτικός τόνος του συνομιλητή του, αλλά και το γεγονός πως αυτός ο αγενής τύπος κυκλοφορούσε στη δική του γειτονιά.

«Νομίζω ότι αρκεί το τηλέφωνο».

«Τούτο δεν είναι κάτι που συζητιέται σε ανοιχτή γραμμή».

«Γιατί νιώθω κουρασμένος μιλώντας μαζί σου, Λίνους;»

«Ίσως είχες μια κουραστική μέρα».

«Είχα μία κακή μέρα κι εσύ την κάνεις ακόμα χειρότερη».

«Βλέπεις; Κατέβα στο "Μπίσοπς" τώρα, να σε κεράσω μια μπίρα και να σου πω κάτι αρκετά ζόρικο».

Το μόνο που πραγματικά ήθελε να κάνει ο Μίκαελ ήταν να ξεφωνήσει: «Σταμάτα να μου λες τι να κάνω!» Αντί γι' αυτό όμως είπε – χωρίς καν να το καταλάβει ή πιθανώς επειδή στην πραγματικότητα δεν είχε τίποτα καλύτερο να κάνει από το να κάθεται εκεί και να συλλογίζεται το μέλλον του:

«Τις μπίρες μου τις πληρώνω μόνος μου. Αλλά, οκέι, έρχομαι».

«Έξυπνο από μέρους σου».

«Αλλά, Λίνους...»

«Ναι;»

«Αν αρχίσεις να μακρολογείς και να μου αραδιάζεις ένα κάρο θεωρίες συνωμοσίας ή να μου λες ότι ο Έλβις ζει και ότι ξέρεις ποιος σκότωσε τον Ούλοφ Πάλμε και δεν μπεις αμέσως στο ψητό, θα σηκωθώ και θα φύγω».

«Δίκαιο μου ακούγεται», είπε ο Λίνους Μπραντέλ.

ΚΕΦΑΛΑΙΟ 3
20 ΝΟΕΜΒΡΙΟΥ

Η Χάνα Μπάλντερ στεκόταν στην κουζίνα του διαμερίσματος επί της οδού Τουργκάταν και κάπνιζε Κάμελ άφιλτρα. Φορούσε ένα μπλε μπουρνούζι, κάτι φαγωμένες καφέ παντόφλες και παρόλο που τα μαλλιά της ήταν πυκνά και όμορφα και η ίδια ήταν ακόμα μία ωραία γυναίκα, φαινόταν σαφώς καταπονημένη. Τα χείλη της ήταν πρησμένα και το έντονο μακιγιάζ γύρω από τα μάτια της δεν είχε μόνο αισθητικούς σκοπούς. Η Χάνα Μπάλντερ είχε φάει πάλι ξύλο.

Η Χάνα Μπάλντερ έτρωγε συχνά ξύλο. Θα ήταν φυσικά ψέμα αν έλεγε κανείς πως το είχε συνηθίσει. Κανένας δε συνηθίζει αυτού του είδους την κακοποίηση. Ανήκε, όμως, στην καθημερινότητά της και τώρα πια δε θυμόταν καν πόσο χαρούμενος άνθρωπος ήταν κάποτε. Ο φόβος είχε γίνει φυσικό κομμάτι της προσωπικότητάς της και εδώ και καιρό κάπνιζε εξήντα τσιγάρα τη μέρα και έπαιρνε ηρεμιστικά χάπια.

Λίγο πιο μέσα στο διαμέρισμα μονολογούσε βρίζοντας ο Λάσε Βέστμαν, πράγμα που δεν την παραξένευε καθόλου. Αυτή ήξερε εδώ και καιρό ότι ο Λάσε είχε μετανιώσει για τη γενναιόδωρη χειρονομία του προς τον Φρανς. Εδώ που τα λέμε, ευθύς εξαρχής ήταν μυστήριο. Ο Λάσε εξαρτιόταν από τα λεφτά που έστελνε ο Φρανς για τον Άουγκουστ. Για μεγάλες χρονικές περιόδους ο Λάσε ζούσε με αυτά τα λεφτά και πολλές φορές είχε αναγκαστεί η Χάνα να πει ψέματα, γράφοντας διάφορα μέιλ, για τα απρό-

σμενα έξοδα που είχαν προκύψει όσον αφορά την αμοιβή κάποιου παιδαγωγού ή για κάποια ειδική θεραπεία, που φυσικά δεν είχαν προσφέρει ποτέ στο παιδί, και γι' αυτό ήταν τόσο παράξενη η αντίδρασή του:
Γιατί είχε παραιτηθεί απ' όλα αυτά και είχε αφήσει τον Φρανς να πάρει μαζί του το παιδί;
Η Χάνα ήξερε την απάντηση. Είχε να κάνει με την υπεροψία που του προξενούσε το αλκοόλ. Ήταν η υπόσχεση για έναν ρόλο σε μία αστυνομική σειρά του τηλεοπτικού προγράμματος TV4 που του είχε φουσκώσει τα μυαλά ακόμα πιο πολύ. Αλλά κυρίως ήταν ο Άουγκουστ. Ο Λάσε είχε την άποψη ότι το αγόρι ήταν ανατριχιαστικό και σκοτεινό κι αυτό ήταν το πιο ακαταλαβίστικο απ' όλα. Πώς μπορούσε κάποιος να απεχθάνεται τον Άουγκουστ;
Ο μικρός καθόταν όλη την ώρα στο πάτωμα με τα παζλ του και δεν ενοχλούσε κανέναν. Παρ' όλα αυτά, ο Λάσε έδειχνε να τον μισεί και ενδεχομένως είχε να κάνει με τη ματιά του, αυτήν την παράξενη ματιά που κοιτούσε περισσότερο προς τα μέσα παρά προς τα έξω και που συνήθως έκανε τους άλλους ανθρώπους να χαμογελούν και να λένε πως το αγόρι πρέπει να είχε μία πλούσια εσωτερική ζωή· για κάποιον λόγο, όμως, αυτά δεν άγγιζαν το πετσί του Λάσε.
«Γαμώτο, Χάνα! Η ματιά του με διαπερνάει ολόκληρο», ξεφώνιζε.
«Μα, εσύ λες ότι είναι ηλίθιος».
«Είναι ηλίθιος, αλλά όπως και να 'χει, υπάρχει κάτι σκοτεινό πάνω του. Νιώθω σαν να θέλει να μου κάνει κακό».
Όλα αυτά ήταν απλώς ηλιθιότητες και τίποτε άλλο. Ο Άουγκουστ ούτε καν κοίταζε προς τη μεριά του Λάσε –ούτε και κανέναν άλλο κοίταζε– και σίγουρα δεν ήθελε να κάνει κακό σε κανέναν. Ο εξωτερικός κόσμος ήταν μόνο ενόχληση γι' αυτόν κι ένιωθε τρισευτυχισμένος όταν ήταν κλεισμένος στη γυάλα του. Αλλά ο Λάσε, μες στις κραιπάλες του, νόμιζε ότι το αγόρι είχε σχεδιάσει κάποιου είδους εκδίκηση και προφανώς γι' αυτό είχε αφήσει τα λεφτά και τον Άουγκουστ να εξαφανιστούν από τη ζωή τους. Ήταν τόσο οικτρό. Έτσι τουλάχιστον το είχε ερμηνεύσει η Χάνα.

Αλλά τώρα που στεκόταν στον νεροχύτη της κουζίνας και κάπνιζε νευρικά το τσιγάρο της, αναρωτιόταν αν, παρ' όλα αυτά, δεν κρυβόταν και μια δόση αλήθειας στις τρέλες του Λάσε. Ίσως πράγματι να τον μισούσε ο Άουγκουστ. Ίσως ήθελε πραγματικά να τον τιμωρήσει για όλα τα χτυπήματα που είχε δεχτεί και ίσως... η Χάνα έκλεισε τα μάτια της και δάγκωσε τα χείλη της... ίσως το αγόρι να μισούσε και την ίδια.

Είχε αρχίσει να κάνει τέτοιες σκοτεινές σκέψεις τα βράδια που την έπιανε μία αβάσταχτη θλίψη και αναρωτιόταν μήπως η ίδια και ο Λάσε είχαν κάνει ζημιά στον Άουγκουστ. «Είμαι ένας κακός άνθρωπος», μουρμούρισε κι εκείνη τη στιγμή κάτι της φώναξε ο Λάσε. Δεν άκουσε.

«Τι;» τον ρώτησε.

«Πού στο διάβολο είναι η απόφαση κηδεμονίας;»

«Τι να την κάνεις;»

«Θα αποδείξω ότι δεν έχει κανένα δικαίωμα να τον πάρει».

«Πριν από λίγο χαιρόσουν που απαλλάχτηκες απ' αυτόν».

«Ήμουν μεθυσμένος και βλάκας».

«Και τώρα ξαφνικά είσαι ξεμέθυστος και έξυπνος;»

«Απερίγραπτα έξυπνος», φώναξε και ήρθε προς το μέρος της θυμωμένος και έτοιμος για ένα χέρι ξύλο. Η Χάνα έκλεισε τα μάτια κι αναρωτήθηκε για χιλιοστή φορά γιατί όλα πήγαιναν τόσο στραβά.

Ο Φρανς Μπάλντερ δεν έμοιαζε πια με τον ευπρεπή υπάλληλο που είχε εμφανιστεί στο σπίτι της πρώην συζύγου του. Τώρα τα μαλλιά του ήταν όρθια, το πάνω χείλος του γυάλιζε από τον ιδρώτα και ήταν τουλάχιστον τρεις μέρες που δεν είχε ξυριστεί και κάνει ντους. Παρ' όλες τις προθέσεις του να γίνει μπαμπάς πλήρους απασχόλησης και παρά την έντονη στιγμή ελπίδας και συγκίνησης στην οδό Χουρνσγκάταν, καθόταν πάλι βαθιά συλλογισμένος – τόσο, που έμοιαζε σχεδόν οργισμένος.

Έτριζε τα δόντια του, ενώ εδώ και ώρες ο κόσμος και η θύελλα εκεί έξω είχαν σταματήσει να υπάρχουν γι' αυτόν· έτσι δεν πρόσεξε κάτι που γινόταν κοντά στα πόδια του. Ήταν κάτι μικρές, αδύναμες κινήσεις, σαν κάποια γάτα ή άλλο ζώο να είχε χωθεί ανάμεσα στα πόδια του και μετά από λίγο κατάλαβε ότι ήταν ο Άουγκουστ, που είχε τρυπώσει κάτω από το γραφείο. Ο Φρανς τον κοίταξε με τα μάτια ορθάνοιχτα – μάτια που παρ' όλα αυτά δεν μπορούσαν να δουν καθαρά και ανεπηρέαστα.

«Τι θέλεις;»

Ο Άουγκουστ κοίταξε προς τα πάνω με ένα παρακλητικό, καθαρό βλέμμα.

«Τι;» συνέχισε ο Φρανς. «Τι;»

Και τότε κάτι συνέβη.

Το αγόρι πήρε ένα χαρτί που βρισκόταν στο πάτωμα γεμάτο με κβαντικούς αλγόριθμους και άρχισε να σέρνει το χέρι του μπρος-πίσω με ανυπομονησία – προς στιγμήν ο Φρανς νόμισε ότι θα τον έπιανε κάποια καινούργια κρίση. Αλλά όχι, ο Άουγκουστ παρίστανε ότι έγραφε κάτι με νευρικές κινήσεις και τότε ο Φρανς έσκυψε προς τη μεριά του και γι' άλλη μια φορά θυμήθηκε κάτι σημαντικό και μακρινό, ακριβώς όπως στη διασταύρωση στην οδό Χουρνσγκάταν. Μόνο που τώρα κατάλαβε τι ήταν.

Θυμήθηκε τα δικά του παιδικά χρόνια, τότε που οι αριθμοί και οι εξισώσεις ήταν πράγματα σημαντικότερα και από την ίδια του τη ζωή, οπότε λάμποντας ολόκληρος φώναξε:

«Θέλεις να μετρήσεις, έτσι δεν είναι; Φυσικά και θέλεις να μετρήσεις», και την επόμενη στιγμή πετάχτηκε πάνω, πήγε κι έφερε στιλό, μπογιές, μια κόλλα Α4 με γραμμές και τα ακούμπησε μπροστά στον Άουγκουστ, στο πάτωμα.

Μετά έγραψε την πιο εύκολη αριθμητική ακολουθία που μπορούσε να θυμηθεί. Την ακολουθία του Φιμπονάτσι, όπου κάθε νέος αριθμός είναι το άθροισμα των δύο προηγουμένων –1, 1, 2, 3, 5, 8, 13, 21, αφήνοντας χώρο για το επόμενο άθροισμα, που ήταν το 34–, αλλά σκέφτηκε ότι ίσως αυτό να ήταν πολύ απλό, οπότε έγραψε και μία γεωμετρική πρόοδο: 2, 6, 18, 54... όπου ο κάθε αριθμός πολλαπλασιάζεται επί 3 και έφτασε ως το 162 – ένα τέτοιο πρόβλημα μπορεί να λυθεί από ένα ευφυές παιδί, σκέφτηκε ο Φρανς, και δε χρειάζεται εξειδικευμένες γνώσεις. Η άποψή του για τα απλά μαθηματικά ήταν με άλλα λόγια αρκετά ιδιαίτερη και άρχισε αμέσως να ονειρεύεται ότι το αγόρι δεν ήταν καθόλου καθυστερημένο, αλλά ότι έμοιαζε περισσότερο σαν δικό του αντίγραφο, αφού και ο ίδιος είχε αργήσει να μιλήσει και να ενταχθεί στην κοινωνική ζωή, αν και κατανοούσε τις μαθηματικές σχέσεις πολύ πριν πει την πρώτη του λέξη.

Κάθισε πολλή ώρα δίπλα στο παιδί και περίμενε. Όμως τίποτα δε συνέβη. Ο Άουγκουστ κοίταζε τους αριθμούς με το γυάλινο βλέμμα του, σαν να ήλπιζε ότι η απάντηση θα αναδυόταν από το χαρτί. Στο τέλος τον άφησε μόνο του, πήγε στον πάνω όροφο, ήπιε λίγο νερό και συνέχισε να δουλεύει στο τραπέζι της κουζίνας με χαρτί και μολύβι. Αλλά τώρα η συγκέντρωσή του είχε χαθεί, οπότε άρχισε να ξεφυλλίζει το καινούργιο τεύχος του περιοδικού *Νιού Σάιεντιστ* και έτσι πέρασε η επόμενη μισή ώρα, ίσως και λίγο περισσότερο.

Μετά σηκώθηκε και πήγε πάλι κάτω, στον Άουγκουστ. Στην αρχή φαινόταν σαν να μην είχε συμβεί τίποτα. Ο Άουγκουστ καθόταν σκυμμένος, όπως ακριβώς τον είχε αφήσει. Μετά ο Φρανς ανακάλυψε κάτι που αρχικά του κίνησε απλώς την περιέργεια.

Την επόμενη στιγμή, όμως, ένιωσε πως βρισκόταν μπροστά σε κάτι που ήταν εντελώς ανεξήγητο.

Δεν ήταν και πολλοί οι θαμώνες στο «Μπίσοπς Αρμς». Δεν είχε νυχτώσει καν ακόμα και ο καιρός δεν προσφερόταν για βόλτες, ούτε καν μέχρι το μπαρ της γειτονιάς. Κι όμως, φωνές και γέλια υποδέχτηκαν τον Μίκαελ – και μια βραχνή φωνή:
«"Κάλε Μπλούμκβιστ*"!»
Ήταν ένας κοκκινοπρόσωπος άντρας με μακριά κατσαρά μαλλιά και στριφτό μουστάκι, που ο Μίκαελ είχε δει πολλές φορές στη γειτονιά και νόμιζε ότι λεγόταν Άρνε – ένας τύπος που κατέφθανε στο μπαρ στις δύο ακριβώς, κάθε μεσημέρι, με την ακρί-

---

* Μυθιστορηματικός ήρωας της Άστριντ Λίντγκρεν. (Σ.τ.Ε.)

βεια ρολογιού. Σήμερα, όμως, είχε πάει λίγο νωρίτερα και είχε καθίσει σε ένα τραπέζι στην αριστερή πλευρά του μπαρ, μαζί με τρεις συμπότες του.

«Μίκαελ», τον διόρθωσε ο Μίκαελ χαμογελώντας.

Ο Άρνε –ή όπως αλλιώς λεγόταν– και οι φίλοι του γέλασαν, λες και το σωστό όνομα του Μίκαελ ήταν ό,τι πιο αστείο είχαν ακούσει.

«Έχεις καμιά φοβερή δημοσιογραφική ιστορία στα σκαριά;» συνέχισε ο Άρνε.

«Σκέφτομαι να αποκαλύψω όλους τους σκοτεινούς τύπους που συχνάζουν στο "Μπίσοπς Αρμς"».

«Πιστεύεις ότι η Σουηδία είναι έτοιμη για ένα τόσο δυνατό θέμα;»

«Όχι, ενδεχομένως όχι».

Στον Μίκαελ άρεσε πραγματικά αυτή η παρέα, όχι ότι αντάλλασσαν ποτέ τίποτα περισσότερο από μερικές φράσεις και χαιρετισμούς, αλλά οι συγκεκριμένοι τύποι αποτελούσαν μέρος εκείνης της καθημερινότητας που τον έκανε να νιώθει τόσο καλά στη γειτονιά και δεν παρεξηγήθηκε καθόλου όταν κάποιος απ' αυτούς τού πέταξε:

«Άκουσα ότι είσαι τελειωμένος».

Το αντίθετο μάλιστα, τα λόγια αυτά τον έκαναν να συνειδητοποιήσει πόσο ασήμαντη, σχεδόν αστεία ήταν η όλη ιστορία.

«*Τελειωμένος δεκαπέντε χρόνια τώρα, αγκαλιά μ' ένα μπουκάλι, ομορφιά δε μένει άλλη*», απάντησε με μερικούς στίχους του Φρεντίν* κοιτώντας τριγύρω στην αίθουσα για κάποιον που θα έδειχνε αρκετά σοβαρός ώστε να πιάσει κουβέντα με έναν κουρασμένο δημοσιογράφο. Εκτός από τον Άρνε και την παρέα του, όμως, δεν ήταν κανένας άλλος εκεί, οπότε πήγε στον Αμίρ, στο μπαρ.

Ο Αμίρ ήταν ένας εύρωστος, εγκάρδιος τύπος, σκληρά εργα-

---

* Gustaf Fröding (1860 - 1911): Σουηδός ποιητής και συγγραφέας. Οι στίχοι είναι από το ποίημα «Skalden Wennerbom» («Ο ποιητής Βένερμπομ»). (Σ.τ.Ε.)

ζόμενος, πατέρας τεσσάρων παιδιών, που είχε πάρει το μαγαζί εδώ και μερικά χρόνια. Αυτός και ο Μίκαελ ήταν αρκετά καλοί φίλοι· όχι τόσο επειδή ο Μίκαελ ήταν συχνός θαμώνας, αλλά επειδή είχαν βοηθήσει ο ένας τον άλλο σε τελείως διαφορετικά πράγματα. Μια-δυο φορές που ο Μπλούμκβιστ δεν είχε προλάβει να πάει στο Σιστεμπουλάγκετ* και περίμενε γυναικεία συντροφιά, είχε πάρει απ' τον Αμίρ μερικά μπουκάλια κόκκινο κρασί και ο ίδιος με τη σειρά του είχε βοηθήσει έναν φίλο του Αμίρ χωρίς χαρτιά να στείλει κάποιες επιστολές σε διάφορες υπηρεσίες.

«Και σε τι οφείλουμε την τιμή της επίσκεψής σου;» είπε ο Αμίρ.

«Έχω ένα ραντεβού εδώ».

«Ενδιαφέρον ραντεβού;»

«Δε νομίζω. Πώς είναι η Σάρα;»

Η Σάρα ήταν η σύζυγος του Αμίρ, που είχε εγχειριστεί πρόσφατα στον γοφό.

«Γκρινιάζει και καταπίνει χάπια».

«Ζόρικο ακούγεται. Να της δώσεις τους χαιρετισμούς μου».

«Θα το κάνω», είπε ο Αμίρ κι έπειτα άρχισαν να μιλάνε περί ανέμων και υδάτων.

Ο Λίνους Μπραντέλ, όμως, δε φαινόταν πουθενά και ο Μίκαελ σκέφτηκε ότι του είχαν κάνει πλάκα. Από την άλλη, υπήρχαν πλάκες πολύ χειρότερες απ' το να στείλεις κάποιον στο μπαρ της γειτονιάς κι έτσι έμεινε εκεί κανένα τέταρτο ακόμα, συζητώντας για διάφορα οικονομικά και ιατρικά θέματα, πριν κατευθυνθεί προς την πόρτα – και τότε εμφανίστηκε ο νεαρός.

Δεν ήταν ότι ο Άουγκουστ είχε συμπληρώσει τους σωστούς αριθμούς. Κάτι τέτοιο δε θα εντυπωσίαζε ιδιαίτερα έναν άντρα σαν τον Φρανς Μπάλντερ. Το εντυπωσιακό ήταν αυτό που βρισκόταν δίπλα από το χαρτί με τους αριθμούς και που με μια πρώτη ματιά έμοιαζε σαν φωτογραφία ή ζωγραφιά, αλλά στην πραγματι-

---

* Systembolaget: το κρατικό μονοπώλιο αλκοόλ της Σουηδίας. (Σ.τ.Μ.)

κότητα ήταν ένα σκίτσο, μία πιστή απεικόνιση του φαναριού της Χουρνσγκάταν απ' όπου είχαν περάσει πριν από μερικά βράδια. Δεν ήταν απλώς μία εκπληκτική απεικόνιση του τοπίου, ως και στην παραμικρή του λεπτομέρεια – ήταν ζωγραφισμένο κυριολεκτικά με μαθηματική ακρίβεια. Έλαμπε από φως. Ο Άουγκουστ, χωρίς να έχει διδαχτεί ποτέ από κανέναν οτιδήποτε είχε σχέση με την τρισδιάστατη απόδοση ή πώς δουλεύει ένας καλλιτέχνης με τις σκιές και το φως, φαινόταν ότι κατείχε απόλυτα την τεχνική. Το κόκκινο φανάρι έφεγγε προς το μέρος τους και γύρω του το σκοτάδι του φθινοπώρου που κάλυπτε τη Χουρνσγκάταν ήταν λες και είχε πάρει φωτιά, ενώ στη μέση του δρόμου φαινόταν ο άντρας που ο Φρανς είχε δει και θυμόταν αμυδρά. Το πρόσωπο του άντρα ήταν κομμένο πάνω από τα φρύδια. Έδειχνε φοβισμένος ή τουλάχιστον ιδιαίτερα ανήσυχος, λες και ο Άουγκουστ τον είχε φέρει εκτός ισορροπίας και περπατούσε τρεκλίζοντας κάπως. Μα, που να πάρει ο διάβολος, πώς είχε μπορέσει το παιδί να τα ζωγραφίσει όλα αυτά;

«Θεέ μου», είπε ο Φρανς. «Εσύ το ζωγράφισες αυτό;»

Ο Άουγκουστ δεν κατένευσε, δεν κούνησε καν το κεφάλι του, παρά συνέχισε να κοιτάζει λοξά, πέρα προς το παράθυρο, και τότε τον Φρανς Μπάλντερ τον κατέλαβε η παράξενη βεβαιότητα πως η ζωή του από δω και μπρος δε θα ήταν ποτέ πια η ίδια.

Ο Μίκαελ δεν ήξερε τι ακριβώς περίμενε να δει, ίσως κάποιον νεαρό από τη Στούρεπλαν, έναν νεαρό δανδή. Αυτός που ήρθε, όμως, ήταν σαν αλήτης, ένας κοντός τύπος με σκισμένο μπλουτζίν, μακρύ άλουστο μαλλί και κάτι το θολό κι αμφιλεγόμενο στη ματιά του. Ίσως ήταν είκοσι πέντε χρονών, μπορεί και νεότερος, είχε ακμή, μία φράντζα που του έκρυβε τα φρύδια και μία άσχημη πληγή στο στόμα. Ο Λίνους Μπραντέλ δεν έμοιαζε καθόλου με τον τύπο του ανθρώπου που θα μπορούσε να αποκαλύψει στον Μίκαελ κάποιο μεγάλο θέμα.

«Ο Λίνους Μπραντέλ, υποθέτω».

«Σωστά. Λυπάμαι που άργησα. Έπεσα πάνω σε ένα κορίτσι

που γνώριζα. Πηγαίναμε στην ίδια τάξη στην τρίτη γυμνασίου κι αυτή...»

«Ας μη μακρηγορούμε», τον διέκοψε ο Μίκαελ και τον οδήγησε σε ένα τραπέζι στο βάθος της αίθουσας.

Όταν πήγε κοντά τους ο Αμίρ, χαμογελώντας διακριτικά, παρήγγειλαν δύο Γκίνες και μετά έμειναν για λίγο σιωπηλοί. Ο Μίκαελ δεν μπορούσε να καταλάβει γιατί ήταν τόσο εκνευρισμένος. Δεν το συνήθιζε - ίσως να οφειλόταν σε όλο αυτό το δράμα με το «Σέρνερ». Χαμογέλασε στον Άρνε και την παρέα του, που τους κοίταζαν όλο περιέργεια.

«Θα μπω κατευθείαν στο θέμα», είπε ο Λίνους.

«Καλό μου ακούγεται αυτό».

«Το ξέρεις το "Σούπερκραφτ";»

Ο Μίκαελ Μπλούμκβιστ δεν ήξερε και πολλά από ηλεκτρονικά παιχνίδια. Αλλά για το «Σούπερκραφτ» ως κι αυτός ακόμα κάτι είχε ακουστά.

«Κατ' όνομα, ναι».

«Τίποτα περισσότερο;»

«Όχι».

«Τότε δεν ξέρεις ότι αυτό που χαρακτηρίζει το παιχνίδι ή το κάνει τόσο ιδιαίτερο είναι το γεγονός πως διαθέτει μία ιδιαίτερη Α.Ι.*-λειτουργία, που σε κάνει να μπορείς να επικοινωνήσεις με έναν πολεμιστή για θέματα στρατηγικής, χωρίς να είσαι τελείως σίγουρος, τουλάχιστον όχι στην αρχή, αν μιλάς με έναν πραγματικό άνθρωπο ή με μία ψηφιακή δημιουργία».

«Τι μου λες», είπε ο Μίκαελ. Τίποτα δεν τον ενδιέφερε λιγότερο απ' ό,τι τα κόλπα ενός ηλεκτρονικού παιχνιδιού.

«Είναι μία μικρή επανάσταση στον τομέα κι εγώ συμμετείχα στη δημιουργία του», συνέχισε ο Λίνους Μπραντέλ.

«Συγχαρητήρια. Θα πρέπει να τα 'κονόμησες χοντρά».

«Αυτό είναι το θέμα μου».

«Τι εννοείς;»

---

* Artificial Intelligence: Τεχνητή Νοημοσύνη. (Σ.τ.Μ.)

«Μας έκλεψαν την τεχνική και τώρα η "Τρουγκέιμς" βγάζει δισεκατομμύρια απ' αυτό, ενώ εμείς δεν παίρνουμε μία».

Αυτό το έργο το είχε ξαναδεί ο Μίκαελ. Κάποτε είχε μιλήσει με μία γηραιά κυρία, που ισχυριζόταν ότι στην πραγματικότητα ήταν εκείνη που είχε γράψει τα βιβλία του Χάρι Πότερ και ότι η Τζ. Κ. Ρόουλινγκ της τα είχε κλέψει μέσω τηλεπάθειας.

«Και πώς έγινε αυτό;»

«Μας χάκαραν».

«Και πώς το ξέρετε;»

«Έχει διαπιστωθεί από τους ειδικούς της FRA* - μπορώ να σου δώσω κι ένα όνομα, αν θέλεις, για να...»

Ο Λίνους σταμάτησε.

«Ναι;»

«Τίποτα. Αλλά και η Säpo** είχε αναμειχθεί, μπορείς να μιλήσεις με την Γκαμπριέλα Γκρέιν εκεί, μία αναλύτρια, που νομίζω ότι θα σ' το επιβεβαιώσει. Κατέθεσε κι επίσημη αναφορά για το συγκεκριμένο θέμα πέρυσι. Έχω τον αριθμό πρωτοκόλλου εδώ...»

«Ώστε δεν είναι και κανένα νέο, με άλλα λόγια», τον διέκοψε ο Μίκαελ.

«Όχι, όχι με αυτήν την έννοια. Τα τεχνολογικά περιοδικά *Νι Τεκνίκ* και *Κομπιούτερ Σουίντεν* έγραψαν για το συγκεκριμένο θέμα. Αλλά επειδή ο Φρανς δεν ήθελε να μιλήσει γι' αυτό και έφτασε στο σημείο μια-δυο φορές ακόμα και να αρνηθεί ότι είχε γίνει κάποια εισβολή, η όλη ιστορία δεν είχε συνέχεια».

«Αλλά όπως και να 'ναι, μιλάμε για μια παλιά ιστορία».

«Επί της ουσίας, ναι».

«Και γιατί να σε ακούσω, Λίνους;»

«Επειδή ο Φρανς έχει επιστρέψει από το Σαν Φρανσίσκο στη Σουηδία και φαίνεται ότι κατάλαβε τι είχε συμβεί. Νομίζω ότι κάθεται πάνω σε μία ωρολογιακή βόμβα. Έχει γίνει τελείως μανια-

---

* FRA (Försvarets Radioanstalt): Κρατική Υπηρεσία Ασφαλείας και Προστασίας, σουηδικών συμφερόντων. (Σ.τ.Μ.)
** SÄPO (Säkerhetspolisen): η ΕΥΠ Σουηδίας – στη συνέχεια ΕΥΠ. (Σ.τ.Μ.)

κός σε θέματα ασφαλείας. Χρησιμοποιεί μόνο κρυπτογραφημένους κώδικες στα μέιλ και στο τηλέφωνο και πριν από λίγες μέρες εγκατέστησε έναν συναγερμό σπιτιού με κάμερες, υπέρυθρους ανιχνευτές κι όλα τα σχετικά. Νομίζω ότι θα έπρεπε να του μιλήσεις - γι' αυτό επικοινώνησα μαζί σου. Ένας άντρας σαν κι εσένα θα μπορούσε να τον κάνει να ανοιχτεί. Εμένα δε μ' ακούει».

«Δηλαδή με πρόσταξες να έρθω εδώ κάτω, επειδή φαίνεται ότι κάποιος Φρανς κάθεται πάνω σε μία ωρολογιακή βόμβα;»

«Όχι, Μπλούμκβιστ, όχι "κάποιος Φρανς", αλλά ο Φρανς Μπάλντερ με τ' όνομα, ο ίδιος αυτοπροσώπως - σ' το είπα αυτό; Ήμουν ένας από τους βοηθούς του».

Ο Μίκαελ έψαξε στη μνήμη του, αλλά το μόνο άτομο που μπορούσε να θυμηθεί με το επίθετο Μπάλντερ ήταν η Χάνα, η ηθοποιός - τι να είχε απογίνει άραγε αυτή;

«Ποιος είναι αυτός ο Μπάλντερ;»

Ο Λίνους του έριξε μια τόσο περιφρονητική ματιά, που ο Μίκαελ σάστισε.

«Πού ζεις; Στον Άρη; Ο Φρανς Μπάλντερ είναι ένας θρύλος. Ένας όρος. Ένα δεδομένο».

«Αλήθεια;»

«Για τ' όνομα του Θεού, ναι. Μπες στο Google και θα δεις. Έγινε καθηγητής πληροφορικής στο πανεπιστήμιο όταν ήταν μόνο είκοσι επτά ετών και εδώ και είκοσι χρόνια είναι παγκόσμια αυθεντία στην έρευνα της Τεχνητής Νοημοσύνης. Δεν υπάρχει άλλος που να 'ναι τόσο μπροστά στην εξέλιξη των κβαντικών υπολογιστών και των δικτύων. Βρίσκει όλη την ώρα τρελές, ανορθόδοξες λύσεις. Είναι ένας όμορφος, ασυνήθιστος νους. Σκέφτεται μόνο πρωτοπόρα και επαναστατικά και όπως ίσως θα μπορούσες να υποθέσεις, η ψηφιακή βιομηχανία τον κυνηγάει εδώ και χρόνια. Αλλά ο Μπάλντερ αρνιόταν να μπει στην υπηρεσία κάποιας μεγάλης εταιρείας. Ήθελε να δουλεύει μόνος του - αν και πάντα είχε μερικούς βοηθούς, που τους ξέσκιζε. Απαιτεί αποτελέσματα, μόνο αποτελέσματα και πορεύεται με τον δικό του τρόπο: "Τίποτα δεν είναι αδύνατον. Η δουλειά μας είναι να μεταφέρουμε τα σύνορα προς τα μπρος" και πάει λέγοντας. Αλλά οι άνθρωποί του τον ακούνε. Κάνουν τα πάντα γι' αυτόν. Θα πέθαιναν για χάρη του, που λέει ο λόγος. Για μας, τους νεότερους, είναι Θεός».

«Καταλαβαίνω».

«Αλλά μη νομίζεις ότι είμαι κανένας άκριτος θαυμαστής του – κάθε άλλο. Υπάρχει ένα τίμημα που πληρώνεις δουλεύοντας κοντά του, το ξέρω καλύτερα απ' τον καθένα. Μαζί του μπορείς να κάνεις εκπληκτικά πράγματα. Αλλά ίσως και να γίνεις κομμάτια. Ο Φρανς δεν μπορεί να φροντίσει τον γιο του. Τα έκανε μούσκεμα με τρόπο ασυγχώρητο – υπάρχουν πολλές τέτοιες ιστορίες· για βοηθούς που έσπασαν τα μούτρα τους και κατέστρεψαν τη ζωή τους κι ένας Θεός ξέρει πόσα άλλα. Παρά το γεγονός, όμως, ότι πάντα ήταν έτσι, σαν δαιμονισμένος –κάποιες φορές θα έλεγες κι απελπισμένος–, ποτέ άλλοτε δεν είχε συμπεριφερθεί μ' αυτόν τον τρόπο· να έχει τέτοια εμμονή με θέματα ασφαλείας. Είναι κι αυτός ένας λόγος που είμαι τώρα εδώ μαζί σου. Θέλω να του μιλήσεις. Ξέρω ότι βρίσκεται στα ίχνη μιας μεγάλης ανακάλυψης».

«Το ξέρεις...»

«Πρέπει να με καταλάβεις, ο τύπος είναι νορμάλ – δε μιλάμε για κανέναν παρανοϊκό. Το αντίθετο μάλιστα – το παράξενο είναι που έχει αποφύγει την παράνοια, δεδομένου του επιπέδου στο οποίο κινείται ο νους του. Τώρα, όμως, έχει κλειδωθεί στο σπίτι του και δε βγαίνει σχεδόν ποτέ έξω. Φαίνεται φοβισμένος και ο συγκεκριμένος άνθρωπος συνήθως δε φοβάται τίποτα. Είναι περισσότερο ο τύπος του άντρα που κινείται παρορμητικά και ορμάει σε όλα».

«Και αυτός ο Φρανς ασχολιόταν με ηλεκτρονικά παιχνίδια;» ρώτησε ο Μίκαελ χωρίς να κρύβει τη δυσπιστία του.

«Λοιπόν... ο Φρανς ήξερε ότι εμείς την είχαμε ψωνίσει με τα παιχνίδια και ήταν της άποψης ότι έπρεπε να δουλεύουμε σε έναν τομέα που να μας αρέσει. Άλλωστε το πρόγραμμα A.I. που είχε εξελίξει ταίριαζε και σ' αυτόν τον τομέα. Ήταν ένα τέλειο πειραματικό εργαστήρι και πετύχαμε φοβερά αποτελέσματα. Ανοίξαμε νέους ορίζοντες. Το μόνο θέμα ήταν ότι...»

«Μπες στο ψητό, Λίνους».

«Η ιστορία έχει ως εξής: ο Μπάλντερ και οι δικηγόροι που

ασχολούνται με τις πατέντες συνέταξαν μία σχετική αίτηση για τα περισσότερο καινοτόμα κομμάτια του προγράμματος. Και τότε ήρθε το πρώτο σοκ. Ένας Ρώσος τεχνικός της "Τρουγκέιμς" είχε υποβάλει μία αίτηση λίγο νωρίτερα και έτσι μπλόκαρε την αίτηση του Φρανς, πράγμα που μόνο τυχαίο δεν ήταν. Αλλά επί της ουσίας δεν έπαιζε και κανέναν σπουδαίο ρόλο. Η αίτηση πατέντας ήταν μόνο μία γραφειοκρατική λεπτομέρεια στην όλη ιστορία. Το θέμα ήταν πώς στο διάβολο είχαν μυριστεί αυτοί τι είχαμε κάνει εμείς και επειδή όλοι μας ήμασταν πιστοί μέχρι θανάτου στον Φρανς, απέμενε μόνο ένα ενδεχόμενο: πρέπει να μας είχαν χακάρει παρά τα μέτρα ασφαλείας που είχαμε πάρει».

«Τότε ήρθατε σε επαφή με την ΕΥΠ και τη FRA;»

«Όχι από την αρχή. Ο Φρανς δεν τα πάει και πολύ καλά με τους τύπους που φοράνε γραβάτα και δουλεύουνε σε κάποιο γραφείο εννιά με πέντε. Προτιμάει τα κολασμένα ψώνια που βρίσκονται μπροστά στον υπολογιστή όλη νύχτα και γι' αυτό αναζήτησε μία μυστήρια χάκερ που είχε συναντήσει κάπου κι εκείνη είπε αμέσως ότι είχαμε υπάρξει θύματα εισβολής. Η τύπισσα βέβαια δε μας έκανε και καμιά σπουδαία εντύπωση. Δε θα την προσλάμβανα ποτέ στην εταιρεία μου, αν καταλαβαίνεις τι εννοώ, και δεν αποκλείεται να έλεγε απλώς ασυναρτησίες. Αλλά τα πιο σημαντικά συμπεράσματά της επιβεβαιώθηκαν αργότερα και από τους ανθρώπους της FRA».

«Αλλά κανένας δεν ήξερε ποιος σας χάκαρε;»

«Όχι, όχι, δεν είναι καθόλου εύκολο να προσπαθήσεις να ανιχνεύσεις εισβολή από χάκερ. Αλλά ήταν σίγουρο πως είχαμε να κάνουμε με επαγγελματίες. Είχαμε φροντίσει πολύ για την ασφάλεια των υπολογιστών μας».

«Και τώρα πιστεύεις ότι ο Φρανς Μπάλντερ έχει μάθει κάτι για τη συγκεκριμένη υπόθεση;»

«Είμαι βέβαιος. Αλλιώς δε θα συμπεριφερόταν τόσο ύποπτα. Είμαι σίγουρος ότι έμαθε κάτι όταν ήταν στη "Σολιφόν"».

«Εκεί δούλευε;»

«Ναι, όσο παράξενο κι αν ακούγεται. Όπως σου είπα ήδη, ο Φρανς παλιότερα είχε αρνηθεί να δεσμευτεί στη βιομηχανία της πληροφορικής. Ανέκαθεν γκρίνιαζε πως πρέπει να μένει κανείς μακριά απ' αυτά τα κυκλώματα, να είναι ελεύθερος, να μη γίνεται σκλάβος των δυνάμεων του εμπορίου και όλα τα σχετικά. Όμως, ξαφνικά, εκεί που ήμασταν με κατεβασμένα τα παντελόνια και μας είχαν κλέψει την τεχνική μας, ο Φρανς τσίμπησε σε μία προσφορά της "Σολιφόν" και κανένας μας δεν καταλάβαινε τι έγινε. Οκέι, του πρόσφεραν τεράστιο μισθό, απόλυτη ελευθερία και πάει λέγοντας: "Κάνε ό,τι στο διάβολο θέλεις, αλλά δούλεψε για μας" – και ίσως κάτι τέτοιο ν' ακούγεται πολύ ζόρικο. Και θα ήταν όντως για οποιονδήποτε άλλον, όχι όμως και για τον Φρανς Μπάλντερ. Ο τύπος είχε πάρει άπειρες φορές παρόμοιες προσφορές από την "Google", την "Apple" και όλες τις εταιρείες που μπορείς να φανταστείς. Γιατί ήταν ξαφνικά τόσο ενδιαφέρουσα η προσφορά της "Σολιφόν"; Δε μας έδωσε ποτέ καμία εξήγηση. Μάζεψε απλώς τα πράγματά του και εξαφανίστηκε και απ' όσο ξέρω, στην αρχή όλα πήγαιναν περίφημα. Ο Φρανς εξέλιξε την τεχνική μας και πιστεύω ότι ο ιδιοκτήτης της "Σολιφόν", ο Νίκολας Γκραντ, είχε αρχίσει να ονειρεύεται δισεκατομμύρια. Υπήρχε μεγάλος αναβρασμός. Αλλά μετά κάτι συνέβη».

«Κάτι για το οποίο στην ουσία εσύ δεν ξέρεις και πολλά πράγματα, να υποθέσω».

«Όχι, δεν ξέρω, γιατί χάσαμε την επαφή μας. Ο Φρανς χάθηκε απ' όλο τον κόσμο. Απ' ό,τι καταλαβαίνω, όμως, κάτι πρέπει να έχει συμβεί, κάτι σοβαρό. Ο Φρανς πάντα έκανε κηρύγματα περί ειλικρίνειας και μιλούσε πολύ θερμά για το *Wisdom of Crows**, τη σημασία του να χρησιμοποιεί κανείς τη γνώση των πολλών, ναι, όλο αυτό το σκεπτικό που κρύβεται πίσω από το λειτουργικό σύστημα Linux. Αλλά στη "Σολιφόν" κρατούσε μυστικά ως και τα σημεία στίξης ακόμα και από τους πιο κοντινούς του συνεργάτες και ξαφνικά ήρθε το μπαμ – παραιτήθηκε σε χρόνο μηδέν, επέ-

---

* Βιβλίο του Αμερικανού δημοσιογράφου Τζέιμς Σουρογούικι (James Surowiecki), που εκδόθηκε το 2004, με θέμα τη συλλογική ευφυΐα και τους λόγους για τους οποίους αυτή υπερβαίνει την ατομική. Ο τίτλος θα μπορούσε να αποδοθεί στα ελληνικά ως *Η σοφία των κοράκων*. (Σ.τ.Μ.)

στρεψε στη Σουηδία και τώρα κάθεται στο σπίτι του στο Σαλτσεμπάντεν, δε βγαίνει ούτε στον κήπο και ελάχιστα τον ενδιαφέρει η εξωτερική του εμφάνιση».

«Το θέμα που μου προτείνεις, λοιπόν, Λίνους, αφορά έναν καθηγητή που φαίνεται πιεσμένος και που δε νοιάζεται για το πώς δείχνει – πώς το ξέρεις τώρα αυτό, αφού δε βγαίνει έξω, είναι άλλο θέμα».

«Ναι, αλλά, νομίζω...»

«Κι εγώ νομίζω, Λίνους, πως η ιστορία σου μπορεί να είναι καλή. Αλλά δυστυχώς δεν κάνει για μένα. Δεν είμαι ρεπόρτερ πληροφορικής – είμαι ένας άντρας της παλαιολιθικής εποχής, όπως έγραψε και κάποιος πολύ έξυπνος πριν από μερικές μέρες. Θα σου συνιστούσα να έρθεις σε επαφή με τον Ραούλ Σίγκβαρντσον της εφημερίδας *Σβένσκα Μοργκονπόστεν*. Αυτός γνωρίζει τα πάντα στον τομέα της πληροφορικής».

«Όχι, όχι, ο Σίγκβαρντσον είναι μικρού διαμετρήματος. Τούτο δω είναι πάνω από τις δυνάμεις του».

«Νομίζω ότι τον υποτιμάς».

«Έλα τώρα, μην κάνεις πίσω. Αυτή μπορεί να είναι η θριαμβική σου επάνοδος, Μπλούμκβιστ».

Ο Μίκαελ έκανε ένα κουρασμένο νεύμα χαιρετισμού στον Αμίρ, που σκούπιζε ένα τραπέζι λίγο πιο πέρα.

«Μπορώ να σου δώσω μία συμβουλή, Λίνους;»

«Τι... ναι... βεβαίως».

«Την επόμενη φορά που θα προσπαθήσεις να πουλήσεις μια ιστορία, φρόντισε να μην εξηγήσεις στον ρεπόρτερ τι θα σήμαινε για τον ίδιο το όλο θέμα. Ξέρεις πόσες φορές μού έχουν πει παρόμοιες ιστορίες; "Αυτό το θέμα θα είναι το μεγαλύτερο στη ζωή σου. Ετούτο είναι μεγαλύτερο κι από το Γουότεργκεϊτ". Όσο πιο αντικειμενικός είσαι, Λίνους, τόσο πιο μακριά θα πας».

«Εννοούσα απλώς ότι...»

«Τι εννοούσες;»

«Ότι πρέπει να του μιλήσεις. Πιστεύω ότι θα του αρέσεις. Μοιάζετε οι δυο σας – είσαστε ασυμβίβαστοι τύποι».

Ο Λίνους έδειχνε να έχει χάσει την αυτοπεποίθησή του από τη

μια στιγμή στην άλλη και ο Μίκαελ αναρωτιόταν μήπως είχε φανεί πολύ σκληρός. Συνήθιζε πάντα –ήταν θέμα αρχής για τον ίδιο–, να είναι φιλικός και ενθαρρυντικός με τους πληροφοριοδότες του, όσο τρελοί κι αν ακούγονταν, όχι μόνο επειδή μπορεί όντως να κρυβόταν μια καλή ιστορία πίσω από μια παλαβή αφήγηση, αλλά επειδή ήξερε ότι συχνά ο ίδιος αποτελούσε το τελευταίο τους αποκούμπι. Πολλοί στρέφονταν προς εκείνον, όταν όλοι οι άλλοι είχαν σταματήσει να τους ακούν. Αρκετά συχνά ο Μίκαελ αποτελούσε την τελευταία ελπίδα των ανθρώπων και δεν υπήρχε κανένας λόγος να είναι ειρωνικός απέναντί τους.

«Άκου», του είπε. «Είχα μία διαβολεμένα κακή μέρα και ειλικρινά δεν ήθελα να ακουστώ τόσο σαρκαστικός».

«Εντάξει».

«Και πράγματι έχεις δίκιο», συνέχισε Μίκαελ. «Υπάρχει κάτι που με ενδιαφέρει σ' αυτήν την ιστορία. Είπες ότι συναντήσατε μία γυναίκα χάκερ».

«Ναι, αλλά η συγκεκριμένη δεν έχει καμία σχέση με την όλη υπόθεση. Απλώς φαίνεται ότι ξύπνησε την κοινωνική ευαισθησία του Μπάλντερ».

«Φαινόταν, όμως, να ξέρει τη δουλειά της».

«Ή είχε δίκιο καθαρά από τύχη. Έλεγε ένα κάρο μαλακίες».

«Τη συνάντησες, δηλαδή;»

«Ναι, μόλις έφυγε ο Μπάλντερ για τη Σίλικον Βάλεϊ».

«Πριν από πόσο καιρό συνέβη αυτό;»

«Πριν από εννιά μήνες. Είχα μεταφέρει τους υπολογιστές μας στο διαμέρισμά μου επί της οδού Μπραντινγκσκάταν. Δεν μπορώ να πω ότι ήμουν και στην καλύτερή μου φάση. Ήμουν μόνος, απένταρος και δεν είχα συνέλθει απ' το μεθύσι. Το σπίτι μου ήταν σαν βομβαρδισμένο, μόλις είχα μιλήσει στο τηλέφωνο με τον Φρανς και τα λόγια του μου είχαν ακουστεί σαν πατρικό κήρυγμα. Είπε πολλά μαζί: "Μην την κρίνεις από το παρουσιαστικό της", "τα φαινόμενα απατούν", κι ένα κάρο τέτοιες μαλακίες. Εντάξει, κι εγώ δεν είμαι αυτό που ονειρεύεται ο μέσος άνθρωπος για την κόρη του. Ποτέ μου δεν έχω φορέσει σακάκι και γραβάτα και ξέρω καλύτερα απ' τον καθένα πώς συνηθίζει να είναι ο κόσμος στον κύ-

κλο των χάκερ. Όπως και να 'ναι, καθόμουν εκεί και περίμενα αυτήν την τύπισσα. Σκεφτόμουν ότι θα μου χτυπούσε την πόρτα. Αλλά εκείνη την άνοιξε και μπήκε μέσα».
«Πώς ήταν το παρουσιαστικό της;»
«Μαντάρα... ή για να είμαι πιο δίκαιος, με τον τρόπο της ήταν αρκετά σέξι. Αλλά και τελείως χάλια».
«Λίνους, δεν εννοούσα να κάνεις κριτική στο παρουσιαστικό της. Θέλω μόνο να ξέρω πώς ήταν ντυμένη και αν ενδεχομένως είπε το όνομά της».
«Ιδέα δεν έχω ποια ήταν», συνέχισε ο Λίνους, «αν και νομίζω ότι από κάπου την ήξερα – από κάτι κακό μάλλον. Είχε τατουάζ, ένα σωρό σκουλαρίκια και έμοιαζε σαν μαυροντυμένος ροκάς, κωλόπαιδο ή πανκ και ήταν απίστευτα αδύνατη».
Χωρίς καν να το συνειδητοποιήσει ο Μίκαελ έγνεψε στον Αμίρ να φέρει άλλη μία Γκίνες.
«Και μετά τι έγινε;» ρώτησε ο Μίκαελ.
«Θα σου πω. Σκέφτηκα ότι δε χρειαζόταν ν' αρχίσουμε αμέσως, οπότε κάθισα στο κρεβάτι μου –δεν υπήρχε κι άλλο μέρος να καθίσει κανείς– και πρότεινα να πάρουμε ένα ποτό. Και εκείνη ξέρεις τι έκανε; Μου είπε να βγω έξω. Με διέταξε να φύγω από το σπίτι μου σαν να ήταν το πιο φυσικό πράγμα στον κόσμο κι εγώ φυσικά αρνήθηκα. Προσπάθησα να τη μεταπείσω: "Εδώ μένω, είναι το σπίτι μου". Αλλά το μόνο που μου είπε ήταν: "Φύγε, εξαφανίσου", οπότε είδα ότι δεν είχα άλλη λύση από το να πάρω δρόμο. Έλειψα πολλή ώρα. Όταν επέστρεψα, τη βρήκα ξαπλωμένη στο κρεβάτι μου να καπνίζει –τελείως αρρωστημένη φάση– και να διαβάζει ένα βιβλίο για τη θεωρία των χορδών ή κάτι παρόμοιο και μπορεί και να την κοίταξα λοξά, δεν ξέρω. Μου εξήγησε ότι δεν είχε σκοπό να κοιμηθεί μαζί μου, ούτε λίγο. "Ούτε λίγο", είπε και δε νομίζω να με κοίταξε ούτε μία φορά στα μάτια. Μου ξεφούρνισε ότι είχαμε έναν δούρειο ίππο στους υπολογιστές μας, ένα RAT*, και ότι αναγνώριζε τον τρόπο εισβολής, το κατώφλι

---

* RAT (Remote Administrator Tool): πρόγραμμα απομακρυσμένης δια-

μοναδικότητας στον προγραμματισμό. "Σας την έχουν φέρει", μου είπε. Μετά την έκανε».
«Δε χαιρέτησε;»
«Ούτε λέξη δεν είπε».
Ο Μίκαελ άφησε να του ξεφύγει ένα: «Χριστέ μου».
«Για να είμαι ειλικρινής, νομίζω ότι μάλλον το έπαιζε. Ο άντρας από τη FRA που εξέτασε το ίδιο πράγμα λίγο καιρό αργότερα και λογικά ήταν πιο έμπειρος σε αυτού του είδους τις εισβολές και παραβιάσεις, είπε με κατηγορηματικό τρόπο ότι δεν μπορούσε να βγάλει κανείς τέτοια συμπεράσματα και όσο κι αν έψαξε στον υπολογιστή δεν μπόρεσε να βρει κανέναν παλιό κατασκοπευτικό ιό. Παρ' όλα αυτά, όμως, συμμεριζόταν την άποψη –Μόλντε τον έλεγαν, Στέφαν Μόλντε– ότι είχαμε πέσει θύματα εισβολής».

«Αυτή η κοπέλα, δε σου συστήθηκε με κάποιον τρόπο;»

«Την πίεσα να μου πει το όνομά της, αλλά το μόνο που μου αποκρίθηκε κι αυτό με δυσαρέσκεια, ήταν ότι μπορούσα να τη λέω Πίπη – φυσικά ήμουν σίγουρος πως δεν ήταν το πραγματικό της όνομα, κι όμως, παρ' όλα αυτά...»

«Τι;»

«Νομίζω ότι της ταίριαζε».

«Άκουσέ με», είπε ο Μίκαελ. «Μέχρι πριν από λίγο ήμουν έτοιμος να φύγω για το σπίτι μου».

«Ναι, το παρατήρησα».

«Αλλά τώρα η κατάσταση αλλάζει άρδην. Δεν είπες ότι ο Φρανς Μπάλντερ γνώριζε αυτό το κορίτσι;»

«Ναι».

«Τότε θέλω να συναντήσω τον Φρανς Μπάλντερ το συντομότερο δυνατόν».

«Εξ αιτίας της τύπισσας;»

«Κάπως έτσι».

χείρισης, που επιτρέπει σε έναν χρήστη ΗΥ να ελέγξει από απόσταση έναν άλλο ΗΥ. (Σ.τ.Μ.)

«Εντάξει, ωραία», είπε σκεφτικός ο Λίνους. «Αλλά δεν είναι εύκολο να τον βρεις. Έχει γίνει πολύ μυστηριώδης, όπως σου είπα ήδη. Έχεις iPhone;»
«Ναι, έχω».
«Τότε, ξέχασέ το. Ο Φρανς ισχυρίζεται ότι η "Apple" λίγο-πολύ έχει πουληθεί στην NSA. Για να μιλήσεις μαζί του πρέπει να αγοράσεις ένα Blackphone* ή να δανειστείς ένα Android και να κατεβάσεις ένα ειδικό πρόγραμμα κρυπτογράφησης. Αλλά θα προσπαθήσω να τον κάνω να επικοινωνήσει μαζί σου, για να μπορέσετε να κανονίσετε μία συνάντηση σε ένα σίγουρο μέρος».
«Ωραία, Λίνους, σ' ευχαριστώ».

Ο Μίκαελ έμεινε στο εστιατόριο για λίγο ακόμα μετά την αναχώρηση του Λίνους και ήπιε την Γκίνες του κοιτώντας τη θύελλα έξω. Πίσω του, ο Άρνε και η παρέα του γελούσαν για κάτι. Αλλά ο Μίκαελ είχε βυθιστεί στις σκέψεις του και δεν άκουγε τίποτα – δεν αντιλήφθηκε καν τον Αμίρ, όταν εκείνος κάθισε δίπλα του και άρχισε να φλυαρεί για την τελευταία πρόγνωση του καιρού.
Ερχόταν απίστευτο κρύο. Η θερμοκρασία θα έπεφτε στους μείον δέκα. Περίμεναν τις πρώτες χιονοπτώσεις της χρονιάς, που δε θα ήταν καθόλου ήπιες. Μία από τις χειρότερες θύελλες αναμενόταν να πλήξει τη χώρα, με ανέμους που θα μαστίγωναν φρενιασμένα.
«Μπορεί να εξελιχθεί σε τυφώνα», είπε ο Αμίρ και ο Μίκαελ, που ακόμα δεν άκουγε, απάντησε κοφτά:
«Ωραία».
«Ωραία;»

---

* Το Blackphone είναι ένα «έξυπνο τηλέφωνο» (smartphone) που κατασκευάστηκε από την SGP Technologies και παρέχει τη δυνατότητα κρυπτογράφησης, καθώς και άλλα χαρακτηριστικά σχετικά με την ασφάλεια, που καλύπτουν τηλεφωνικές συνδιαλέξεις, μηνύματα ηλεκτρονικού ταχυδρομείου, απλά μηνύματα και χρήση του διαδικτύου. (Σ.τ.Ε.).

«Ναι. Τι... Σε κάθε περίπτωση, καλύτερα από το να μην έχουμε καθόλου καιρό».

«Ναι, αλήθεια. Αλλά εσύ πώς είσαι; Φαίνεσαι σοκαρισμένος. Δεν ήταν καλή η συνάντησή σου;»

«Ναι, καλή ήταν».

«Αλλά άκουσες κάτι συγκλονιστικό, έτσι δεν είναι;»

«Δεν ξέρω ακριβώς. Αλλά αυτήν την εποχή τα πράγματα δε μου πάνε και τόσο καλά. Σκέφτομαι να φύγω απ' το *Μιλένιουμ*».

«Νόμιζα ότι ήσουν ένα μ' αυτό το περιοδικό».

«Έτσι νόμιζα κι εγώ. Αλλά φαίνεται πως τελικά όλα έχουν τον χρόνο τους».

«Έτσι είναι», είπε ο Αμίρ. «Ο γερο-πατέρας μου συνήθιζε να λέει ότι και το παντοτινό έχει τον χρόνο του».

«Και τι εννοούσε μ' αυτό;»

«Νομίζω ότι είχε κατά νου την παντοτινή αγάπη. Το είχε πει λίγο πριν αφήσει τη μάνα μου».

Ο Μίκαελ κρυφογέλασε.

«Ας είναι. Ούτε κι εγώ είμαι καλός στην παντοτινή αγάπη. Το αντίθετο μάλιστα...»

«Ναι, Μίκαελ;»

«Υπάρχει μια γυναίκα που γνώριζα και που έχει χαθεί από τη ζωή μου εδώ και πολύ καιρό».

«Ζόρικο».

«Ναι, είναι κάπως περίεργο το θέμα. Αλλά τώρα ξαφνικά πήρα ένα σημάδι ζωής απ' αυτήν —τουλάχιστον έτσι νομίζω— και ίσως αυτό με έκανε να φαίνομαι λίγο παράξενος».

«Καταλαβαίνω».

«Αυτά λοιπόν – νομίζω ότι πρέπει να πάω στο σπίτι τώρα. Τι χρωστάω;»

«Το κανονίζουμε αργότερα».

«Ωραία. Φρόντισε τον εαυτό σου, Αμίρ», είπε, προσπέρασε τους μόνιμους θαμώνες, που του πέταξαν μερικές ακόμα εξυπνάδες, και μετά βγήκε έξω στη θύελλα.

Το βίωνε σαν να βρισκόταν κοντά στον θάνατο. Ο αέρας τού τρυπούσε το κορμί και παρ' όλα αυτά στάθηκε ακίνητος για λίγο, χαμένος στις αναμνήσεις του. Άρχισε να προχωράει σιγά σιγά προς το σπίτι, αλλά φτάνοντας διαπίστωσε ότι για κάποιον λόγο δυσκολευόταν να ανοίξει την πόρτα. Χρειάστηκε να κάνει διάφορα κόλπα με το κλειδί, ώσπου τελικά κατάφερε να μπει. Μετά πέταξε τα παπούτσια του, κάθισε μπροστά στον υπολογιστή κι άρχισε να ψάχνει πληροφορίες για τον καθηγητή Φρανς Μπάλντερ.

Δεν μπορούσε να συγκεντρωθεί, όμως, και έπιανε διαρκώς τον εαυτό του να αναρωτιέται, όπως και τόσες άλλες φορές μέχρι τότε, πού στον δαίμονα είχε εξαφανιστεί εκείνη όλον αυτόν τον καιρό. Εκτός από μερικές, ελάχιστες πληροφορίες που είχε πάρει κάποια στιγμή από το παλιό αφεντικό της, τον Ντράγκαν Αρμάνσκι, δεν είχε ξανακούσει λέξη γι' αυτήν. Σαν να την είχε καταπιεί η γη και παρόλο που έμεναν αρκετά κοντά, δεν είχε δει ούτε τη σκιά της καιρό τώρα και ακριβώς γι' αυτό τον επηρέασαν τόσο πολύ τα λόγια του Λίνους.

Ίσως βέβαια η κοπέλα που είχε πάει στο σπίτι του Λίνους εκείνη τη μέρα να ήταν κάποια άλλη. Ακουγόταν πιθανό, αλλά όχι ιδιαίτερα πειστικό. Ποια άλλη, εκτός από τη Λίσμπετ Σαλάντερ, θα έμπαινε κάπου χωρίς να κοιτάζει τον κόσμο στα μάτια, θα έδιωχνε έναν άντρα από το σπίτι του και θα ανακάλυπτε τα πιο κρυφά μυστικά στους υπολογιστές του, ξεφουρνίζοντας ατάκες του στιλ: «Δε σκέφτομαι να κοιμηθώ μαζί σου, ούτε καν λίγο»; Πρέπει να ήταν η Λίσμπετ – και το όνομα Πίπη ήταν τόσο χαρακτηριστικό γι' αυτήν.

Το όνομα στο κουδούνι του διαμερίσματός της επί της οδού Φισκαργκάταν ήταν «Β. Κούλα»* κι ο Μίκαελ καταλάβαινε φυσικά πως η Λίσμπετ δε θα χρησιμοποιούσε το πραγματικό της όνομα. Το πραγματικό της όνομα ήταν συνδεδεμένο με μεγάλα δράματα και παραφροσύνες. Πού να βρισκόταν τώρα; Πάντως δεν ήταν η πρώτη φορά που εξαφανιζόταν. Όπως και να 'χει, από κείνη τη μέρα που ο Μίκαελ είχε χτυπήσει την πόρτα του διαμερίσματός

---

* Η ηρωίδα της Άστριντ Λίντγκρεν Πίπη Φακιδομύτη ζει στη Βίλα Βιλεκούλα. (Σ.τ.Ε.)

της στην οδό Λουνταγκάταν και την είχε επιπλήξει επειδή είχε γράψει μία αρκετά προσωπική ανάλυση γι' αυτόν, ποτέ άλλοτε δεν είχαν απομακρυνθεί τόσο πολύ ο ένας από τον άλλο και ένιωθε λίγο παράξενα. Η Λίσμπετ ήταν... ναι, τι διάβολο του ήταν τελικά; Δεν ήταν φίλη του. Τους φίλους τούς συναντάει κανείς. Οι φίλοι δεν εξαφανίζονται. Δε μαθαίνεις γι' αυτούς τυχαία, επειδή μπόρεσαν να παρεισφρήσουν στον υπολογιστή κάποιου. Στην ουσία, όμως, ένιωθε πάντα συνδεδεμένος μαζί της και πάνω απ' όλα ανησυχούσε γι' αυτήν – δεν μπορούσε να κάνει αλλιώς. Ο παλιός της κηδεμόνας, ο Χόλγκερ Παλμγκρέν, συνήθιζε βέβαια να λέει ότι η Λίσμπετ πάντα τα κατάφερνε. Παρά τα φρικτά παιδικά της χρόνια –ή ίσως χάρη σ' αυτά–, είχε εξελιχθεί σε έναν άνθρωπο που επιβίωνε σε όλες τις καταστάσεις και σίγουρα υπήρχε κάποια αλήθεια σ' αυτό.

Δεν υπήρχαν και εγγυήσεις, όμως, όχι για ένα κορίτσι με αυτές τις συνθήκες διαβίωσης και με την ικανότητα ν' αποκτά τόσους εχθρούς. Ίσως να έχει ξεφύγει τελείως, όπως είχε υπονοήσει ο Ντράγκαν Αρμάνσκι, όταν αυτός και ο Μίκαελ είχαν συναντηθεί για φαγητό στο εστιατόριο «Γκοντόλεν» πριν από κανένα εξάμηνο πάνω-κάτω. Ήταν μια ανοιξιάτικη μέρα, ένα Σάββατο, που ο Ντράγκαν είχε επιμείνει να τον κεράσει μπίρα, σναπς και όλα τα σχετικά. Ο Μίκαελ είχε την αίσθηση ότι ο Ντράγκαν ήθελε να μιλήσει για να ξεδώσει και παρά το γεγονός ότι, επίσημα, είχαν συναντηθεί σαν δύο παλιοί καλοί φίλοι, δεν υπήρχε καμία αμφιβολία ότι στην πραγματικότητα ο Ντράγκαν ήθελε να μιλήσει για τη Λίσμπετ και μετά από μερικά ποτά είχε αρχίσει να γίνεται συναισθηματικός.

Μεταξύ άλλων ο Ντράγκαν του είχε πει ότι η επιχείρησή του, η «Μίλτον Σεκιούριτι», είχε εγκαταστήσει μία σειρά ατομικών συναγερμών σε ένα γηροκομείο στο προάστιο Χεγκντάλεν – καλά μηχανήματα, είπε.

Αλλά τι να το κάνεις αν υπάρχει διακοπή ρεύματος και κανένας δεν ενδιαφέρεται για την επανασύνδεσή του; Ε, αυτό ακριβώς είχε συμβεί εκεί. Έγινε διακοπή ρεύματος στο γηροκομείο αργά κάποιο βράδυ και κατά τη διάρκεια της νύχτας που ακολούθησε, κάποια από τις ηλικιωμένες, μία γηραιά κυρία ονόματι Ρουτ Όκερμαν, έπεσε και μετά βάλθηκε η καημένη να χτυπάει επί ώρες τον συναγερμό, αλλά χωρίς αποτέλεσμα. Το πρωί η κατάστασή της ήταν αρκετά κρίσιμη και επειδή εκείνη την εποχή οι εφημερίδες είχαν επικεντρωθεί στα προβλήματα και τις ελλείψεις στη φροντίδα των ηλικιωμένων, το θέμα πήρε μεγάλες διαστάσεις. Το καλό ήταν ότι η Ρουτ τα κατάφερε. Η ατυχία, όμως, σ' αυτήν την περίπτωση ήταν ότι ο γιος της ανήκε στα κορυφαία μέλη του ακροδεξιού κόμματος «Δημοκράτες της Σουηδίας» και όταν αναρτήθηκε στην Avpixlat, την ιστοσελίδα του κόμματος, η πληροφορία ότι ο Αρμάνσκι ήταν Άραβας, ακολούθησε μία έκρηξη σχολίων. Εκατοντάδες ανώνυμοι πολίτες έγραφαν ότι «αυτά συμβαίνουν όταν οι *μπλάταρ** μάς προμηθεύουν τεχνολογία» και ο Ντράγκαν το πήρε βαριά, ιδιαίτερα επειδή πρόσβαλαν σκληρά και τη γηραιά μητέρα του.

Αλλά ξαφνικά, σαν να είχε ενεργήσει ένα μαγικό ραβδάκι, όλοι αυτοί οι σχολιαστές δεν ήταν ανώνυμοι πια. Το αντίθετο, αναγραφόταν ακριβώς πώς λέγονταν, πού έμεναν, πού δούλευαν και πόσων χρονών ήταν. Τα στοιχεία των σχολιαστών είχαν αποδοθεί με άριστη καταγραφή – λες και είχαν όλοι τους συμπληρώσει κάποιο έντυπο. Θα μπορούσε να πει κανείς ότι αποκαλύφθηκε όλο το σάιτ και αποδείχτηκε ότι δεν ήταν μόνο διάφοροι κοινωνικά απροσάρμοστοι εκείνοι που είχαν γράψει, αλλά και πολλοί επώνυμοι, ακόμα και επαγγελματικοί ανταγωνιστές του Αρμάνσκι και για μεγάλο χρονικό διάστημα όλοι αυτοί βρέθηκαν εκτεθειμένοι. Δεν καταλάβαιναν τίποτα. Τραβούσαν τα μαλλιά τους και στο τέλος κατάφεραν να κλείσει η ιστοσελίδα, ορκιζόμενοι να εκδικηθούν τους υπαίτιους. Με τη διαφορά, βέβαια, ότι κανένας δεν ήξερε ποιος κρυβόταν πίσω απ' όλα αυτά – εκτός, βέβαια, από τον Ντράγκαν Αρμάνσκι.

«Ήταν μια χαρακτηριστική δουλειά της Λίσμπετ», είπε, «και

---

* «Blatte» (πληθυντικός «blattar»): υποτιμητική ονομασία για τους ξένους στη Σουηδία. (Σ.τ.Μ.)

περιττό να σου πω ότι είχε την απόλυτη στήριξή μου - δεν είμαι αρκετά μεγαλόψυχος για να λυπηθώ όλους αυτούς που εκτέθηκαν, όσο κι αν στο επάγγελμά μου επιδιώκουμε την πλήρη ασφάλεια των δεδομένων. Ξέρεις, δεν είχα ακούσει νέα της για πάρα πολύ καιρό και ήμουν απόλυτα πεπεισμένος ότι με αγνοούσε τελείως, ναι, ότι αδιαφορούσε για μένα όπως και για όλους τους άλλους. Τότε, όμως, συνέβη αυτό που σου περιγράφω - και ήταν υπέροχο. Η Λίσμπετ πήρε το μέρος μου κι εγώ της έστειλα ένα τεράστιο ευχαριστώ με ένα μέιλ - προς μεγάλη μου έκπληξη, πήρα απάντηση. Ξέρεις τι μου έγραφε;»

«Όχι».

«Μία μόνο φράση: "Πώς στο διάβολο μπορείτε να προστατεύετε τον ελεεινό Σάντβαλ στην κλινική του Εστερμάλμ;"»

«Και ποιος είναι αυτός ο Σάντβαλ;»

«Ένας πλαστικός χειρουργός, που του παρείχαμε προσωπική ασφάλεια επειδή είχε χουφτώσει μία νεαρή Εσθονή που είχε κάνει εγχείρηση στήθους. Η κοπέλα ήταν η γκόμενα ενός γνωστού κακοποιού».

«Τι μου λες!»

«Ακριβώς - μεγάλη του βλακεία, βέβαια. Απάντησα στη Λίσμπετ ότι ούτε κι εγώ πίστευα πως ο Σάντβαλ ήταν το καλύτερο παιδί. Το ήξερα πως δεν ήταν. Αλλά προσπάθησα να της υποδείξω ότι εμείς δεν μπορούμε να κάνουμε τέτοιου τύπου εκτιμήσεις· ότι δεν μπορούμε να προστατεύουμε μόνο τους ηθικούς ανθρώπους. Ακόμα και τα αρσενικά γουρούνια έχουν δικαίωμα στην ασφάλεια και αφού ο Σάντβαλ είχε δεχτεί σοβαρές απειλές και είχε ζητήσει τη βοήθειά μας, εμείς του την παρείχαμε - με τη διπλάσια αμοιβή. Τόσο απλά».

«Αλλά η Λίσμπετ δε δέχτηκε την εξήγησή σου, ε;»

«Πάντως δε μου απάντησε - τουλάχιστον όχι με μέιλ. Αν και μας έστειλε ένα άλλο μήνυμα, θα μπορούσε να πει κανείς».

«Και ποιο ήταν αυτό;»

«Πήγε στους φρουρούς ασφαλείας που είχαμε στην κλινική και τους διέταξε να μείνουν ψύχραιμοι. Νομίζω ότι τους ανέφερε και το όνομά μου. Μετά προσπέρασε όλους τους ασθενείς, τις νοσο-

κόμες και τους γιατρούς και μπήκε στο ιατρείο του Σάντβαλ. Του έσπασε τρία δάχτυλα και τον απείλησε με τα χειρότερα».
«Για όνομα του Θεού».
«Είναι το λιγότερο που μπορεί να πει κανείς. Θεοπάλαβο. Εννοώ, να συμπεριφερθεί μ' αυτόν τον τρόπο μπροστά σε τόσους μάρτυρες και μάλιστα μέσα σε μία κλινική;»
«Ναι, τελείως τρελό».
«Και φυσικά, μετά έγινε της κακομοίρας – φωνές, καταγγελίες, μηνύσεις και όλα τα επακόλουθα. Καταλαβαίνεις: να σπάσει τα δάχτυλα ενός χειρουργού που είχε δεσμευτεί να κάνει ένα σωρό ακριβοπληρωμένα *λίφτινγκ*, λιποαναρροφήσεις και όλα τα σχετικά. Κάτι τέτοια είναι που κάνουν τους κορυφαίους δικηγόρους να βλέπουν δολάρια παντού».
«Τι έγινε μετά;»
«Τίποτα. Το παραμικρό και ίσως αυτό είναι το πιο παράξενο απ' όλα. Η ιστορία έσβησε, προφανώς ο ίδιος ο χειρουργός δεν ήθελε να δώσει συνέχεια. Και όμως, Μίκαελ, ήταν σκέτη παραφροσύνη. Κανένας ισορροπημένος άνθρωπος δεν μπαίνει σε μια κλινική μέρα μεσημέρι για να σπάσει τα δάχτυλα ενός γιατρού. Ούτε καν η Λίσμπετ Σαλάντερ σε περίοδο ανισορροπίας δε θα έκανε κάτι τέτοιο».
Ο Μίκαελ δεν ήταν και τόσο σύμφωνος με αυτήν την ανάλυση. Η ιστορία τού ακουγόταν αρκετά λογική – τουλάχιστον με τη λογική της Λίσμπετ· και στο συγκεκριμένο θέμα ο ίδιος μπορούσε να πει πως ήταν ειδικός. Ο Μίκαελ ήξερε καλύτερα από τον καθένα πόσο λογικά σκεφτόταν αυτή η γυναίκα, όχι με τον τρόπο που το συνηθίζει ο μέσος άνθρωπος, αλλά λογικά βάσει των δεδομένων που έθετε η ίδια και ο Μίκαελ δεν αμφέβαλλε στιγμή ότι ο συγκεκριμένος γιατρός είχε κάνει χειρότερα πράγματα από το να χουφτώσει τη λάθος γκόμενα. Από την άλλη, όμως, δεν μπορούσε να αποφύγει τη σκέψη ότι κάτι δεν πήγαινε καλά με τη Λίσμπετ – ήταν ολοφάνερο πως αυτήν τη φορά δεν είχε εκτιμήσει σωστά το ρίσκο που πήρε.
Στον νου του τριγύριζε η ιδέα ότι εκείνη *ήθελε* να μπερδευτεί σε ιστορίες πάλι, εξαιτίας κάποιας δικής της φαντασίωσης ότι κά-

τι τέτοιο θα την αναζωογονούσε με κάποιον τρόπο. Αν και ήταν μάλλον άδικο να σκέφτεται έτσι. Στην πραγματικότητα δεν ήξερε τίποτα για τα κίνητρά της. Τώρα πια αγνοούσε τα πάντα για τη ζωή της και ενώ η θύελλα μαστίγωνε τα παράθυρα κι αυτός καθόταν μπροστά στον υπολογιστή του και έψαχνε στοιχεία στο Google για τον Φρανς Μπάλντερ, προσπαθούσε να δει τη θετική πλευρά αυτής της ιστορίας: το γεγονός ότι, έστω και έμμεσα, έτυχε πάλι να πέσει πάνω της. Κάτι ήταν κι αυτό. Σκέφτηκε ότι μάλλον θα έπρεπε να χαίρεται που εκείνη δεν είχε αλλάξει καθόλου. Η Λίσμπετ φαινόταν να είναι η ίδια όπως πάντα και ίσως –ποιος ξέρει;– να του είχε δώσει κι ένα θέμα. Για κάποιο λόγο ο Λίνους τον είχε εκνευρίσει από την πρώτη στιγμή και ενδεχομένως να είχε αδιαφορήσει για το όλο ζήτημα, αν και δεν το έβρισκε εντελώς ανούσιο. Όταν, όμως, έκανε την εμφάνισή της στη διήγηση η Λίσμπετ, άρχισε μεμιάς να το βλέπει με άλλα μάτια.

Κανένας δεν μπορούσε να αμφισβητήσει τη νοημοσύνη της και αν εκείνη είχε διαθέσει χρόνο για την υπόθεση, ναι, τότε ίσως υπήρχε λόγος και για τον ίδιο να εμβαθύνει σ' αυτή. Θα μπορούσε τουλάχιστον να το ελέγξει λίγο πιο προσεκτικά και με λίγη τύχη να μάθει και κάτι για τη Λίσμπετ. Το βασικό ερώτημα που τον απασχολούσε ήταν σχετικά απλό:

Γιατί είχε αποφασίσει η Λίσμπετ να ανακατευτεί;

Δεν ήταν καμιά περιοδεύουσα σύμβουλος ψηφιακής τεχνολογίας, αν και φυσικά μπορούσε να θυμώνει για τις κοινωνικές αδικίες. Μπορούσε να επεμβαίνει και να αποδίδει τη δική της δικαιοσύνη. Αλλά ήταν κάπως παράξενο για μια γυναίκα που δε δίσταζε να χακάρει οποιονδήποτε, να εξοργίζεται τώρα για μία ψηφιακή παραβίαση. Να σπάσει τα χέρια ενός χειρουργού – ωραία! Αλλά το να δείξει ενδιαφέρον για παράνομες παρεισφρήσεις σε υπολογιστές ήταν σαν να έκλεβε γλειφιτζούρι από μωρό παιδί – σωστά; Από την άλλη, ο ίδιος ο Μίκαελ δεν ήξερε τίποτα για το όλο θέμα.

Λογικά θα κρυβόταν κάποια ιστορία πίσω απ' τη συγκεκριμένη υπόθεση. Ίσως αυτή και ο Βάλντερ να ήταν φίλοι ή συνεργάτες. Δεν ήταν απίθανο, οπότε αποφάσισε να κάνει μία αναζήτηση στο Google, πληκτρολογώντας και τα δύο ονόματα μαζί, αλλά χωρίς αποτέλεσμα - εν πάση περιπτώσει, δε βρήκε τίποτα που να σήμαινε κάτι. Ο Μίκαελ σταμάτησε για λίγο και έμεινε να κοιτάζει έξω τη θύελλα. Σκεφτόταν ένα τατουάζ, έναν δράκο που στόλιζε μια αδύνατη πλάτη· ύστερα μία απότομη αλλαγή θερμοκρασίας στη Φάγκερστα και έναν ανοιχτό τάφο στην Γκοσεμπέργια.

Έπειτα συνέχισε να ψάχνει για τον Φρανς Μπάλντερ και τα στοιχεία που βρήκε δεν ήταν και λίγα. Ο καθηγητής είχε δύο εκατομμύρια χτυπήματα και παρ' όλα αυτά δεν ήταν εύκολο να βρει πουθενά το βιογραφικό του. Τα περισσότερα ήταν επιστημονικά άρθρα και σχόλια και φαινόταν ότι ο Φρανς Μπάλντερ δεν έδινε συνεντεύξεις. Γι' αυτό όλες οι λεπτομέρειες της ζωής του καλύπτονταν από κάποιο είδος μυθικής αύρας, σαν να είχαν παραφουσκωθεί και εξιδανικευτεί από τους φοιτητές και θαυμαστές του.

Κάπου έγραφε ότι κατά την παιδική του ηλικία θεωρούσαν τον Φρανς καθυστερημένο, ώσπου μια μέρα πήγε στον διευθυντή του σχολείου στο Εκερέ και του υπέδειξε ένα λάθος που υπήρχε στο βιβλίο των μαθηματικών, στο κεφάλαιο των φανταστικών αριθμών. Εισήγαγαν τη διόρθωση στις επόμενες εκδόσεις του βιβλίου και την επόμενη χρονιά ο Φρανς κέρδισε σε έναν πανσουηδικό διαγωνισμό μαθηματικών. Ισχυρίζονταν ότι μπορούσε να μιλήσει ανάποδα και να δημιουργήσει δικές του παλινδρομικές φράσεις. Σε κάποιο πρώιμο κείμενό του, που είχε δημοσιευτεί στο διαδίκτυο, ο Φρανς ασκούσε κριτική στο μυθιστόρημα *Ο πόλεμος των κόσμων** του Χ. Τζ. Γουέλς, επειδή δεν μπορούσε να καταλάβει πώς γινόταν όντα που ήταν πολύ ανώτερα από μας στα πάντα να μην μπορούν να καταλάβουν κάτι τόσο θεμελιώδες, όπως η διαφορά της βακτηριακής χλωρίδας μεταξύ του πλανήτη Άρη και της Γης.

Μετά το γυμνάσιο σπούδασε πληροφορική στο Ιμπέριαλ Κό-

---

* Το βιβλίο κυκλοφορεί στα ελληνικά, σε μετάφραση Γιώργου Κυριαζή, από τις εκδόσεις Ερατώ (Αθήνα, 2015). (Σ.τ.Ε.)

λετζ του Λονδίνου και η διατριβή που έκανε αργότερα αφορούσε τους αλγόριθμους σε ουδέτερα δίκτυα, καταλήγοντας σε συμπεράσματα που είχαν θεωρηθεί κοσμοϊστορικής σημασίας. Έγινε ο νεότερος καθηγητής του Πολυτεχνείου της Στοκχόλμης και τον εξέλεξαν μέλος της Βασιλικής Ακαδημίας Τεχνολογικών Επιστημών. Στην παρούσα φάση θεωρούνταν παγκόσμια αυθεντία στον τομέα της «Τεχνολογικής μοναδικότητας» – κατάσταση στην οποία η ευφυΐα των υπολογιστών ξεπερνά την ανθρώπινη.

Ο τύπος δεν ήταν ιδιαίτερα εντυπωσιακός ή ωραίος. Σε όλες τις φωτογραφίες έδειχνε σαν ατημέλητος μικρός δαίμονας, με μικρά μάτια, ενώ τα μαλλιά του πετάγονταν προς όλες τις κατευθύνσεις. Είχε παντρευτεί τη γοητευτική ηθοποιό Χάνα Λιντ, μετέπειτα Μπάλντερ. Το ζευγάρι είχε αποκτήσει έναν γιο, που σύμφωνα με κάποιο ρεπορτάζ απογευματινής εφημερίδας με τίτλο «Η μεγάλη θλίψη της Χάνας» ήταν διανοητικά καθυστερημένος, αν και το αγόρι δε φαινόταν καθόλου καθυστερημένο – τουλάχιστον όχι στη φωτογραφία του άρθρου.

Η συζυγική ζωή δεν κράτησε πολύ και κατά τη διάρκεια μίας επεισοδιακής δικαστικής διαμάχης για την επιμέλεια του παιδιού στο δικαστήριο της Νάκα, έκανε την εμφάνισή του στο δράμα και το τρομερό παιδί του θεάτρου, ο Λάσε Βέστμαν, ο οποίος είχε δηλώσει άκρως επιθετικά ότι ο Μπάλντερ δεν έπρεπε να αναλάβει το παιδί, επειδή ενδιαφερόταν περισσότερο για την «ευφυΐα των υπολογιστών παρά των παιδιών». Ο Μίκαελ δεν εμβάθυνε περισσότερο στην προβληματική του διαζυγίου, αλλά επικεντρώθηκε στο να προσπαθήσει να καταλάβει το ερευνητικό έργο του Μπάλντερ και τις δικαστικές διαμάχες στις οποίες ήταν αναμεμειγμένος. Πέρασε κάμποση ώρα διαβάζοντας, βυθισμένος σε μία περίπλοκη επιχειρηματολογία για την κβαντική διαδικασία των υπολογιστών.

Μετά μπήκε στα αρχεία του και άνοιξε έναν φάκελο που είχε δημιουργήσει πριν από έναν χρόνο περίπου. Ο φάκελος λεγόταν «Το κουτί της Λίσμπετ». Δεν είχε την παραμικρή ιδέα αν εκείνη χάκαρε ακόμα τον υπολογιστή του ή αν την ενδιέφερε καθόλου η δημοσιογραφική του δουλειά. Ήλπιζε, όμως, ότι η Λίσμπετ εξακολουθούσε να τον παρακολουθεί και τώρα αναρωτιόταν μήπως έπρεπε να της γράψει έναν μικρό χαιρετισμό. Το πρόβλημα ήταν ότι δεν είχε ιδέα τι να της γράψει.

Οι μακροσκελείς, προσωπικές επιστολές δεν ήταν γι' αυτήν – το μόνο που θα κατάφερνε θα ήταν να την εκνευρίσει. Καλύτερα να προσπαθούσε να γράψει κάτι σύντομο και αινιγματικό. Οπότε πληκτρολόγησε την ερώτηση:

«Ποια είναι η γνώμη μας για την τεχνητή νοημοσύνη του Φρανς Μπάλντερ;»

Μετά σηκώθηκε όρθιος, πήγε στο παράθυρο και έμεινε να κοιτάζει έξω, τη θύελλα.

ΚΕΦΑΛΑΙΟ 4
20 ΝΟΕΜΒΡΙΟΥ

Ο Έντγουιν Νίνtχαμ ή αλλιώς ο «Εντ-Νεντ», όπως καμιά φορά τον αποκαλούσαν, δεν ήταν και ο πιο καλοπληρωμένος τεχνικός ασφαλείας των ΗΠΑ, αλλά ήταν ο καλύτερος και ο πιο περήφανος. Ο πατέρας του, ο Σάμι, ήταν ένας παλιάνθρωπος μεγάλου διαμετρήματος, ένας ζόρικος αλκοολικός που πότε πότε έκανε καμιά δουλειά στο λιμάνι, αλλά συχνά την κοπανούσε για άγρια μεθύσια και όχι σπάνια κατέληγε στο κρατητήριο ή στις πρώτες βοήθειες, πράγμα που φυσικά δεν ήταν ευχάριστο για κανέναν.

Εντούτοις, το διάστημα της σούρας του ήταν η καλύτερη περίοδος για την οικογένεια. Όταν αυτός ήταν έξω και μεθοκοπούσε, επικρατούσε κάτι σαν ανάπαυλα στο σπίτι και η μητέρα, η Ρίτα, μπορούσε να σφίξει στην αγκαλιά της τα παιδιά και να τους πει ότι όλα θα πήγαιναν καλά. Στην πραγματικότητα, όμως, τίποτα δεν πήγαινε καλά. Η οικογένεια έμενε στο Ντόρτσεστερ της Βοστόνης και όποτε ο πατέρας θυμόταν να μαζευτεί στο σπίτι, σάπιζε τη Ρίτα στο ξύλο και εκείνη ζούσε για ώρες καμιά φορά και μέρες μέσα στην τουαλέτα και εκεί μέσα έτρεμε και έκλαιγε.

Στις χειρότερες περιόδους της ζωής της η γυναίκα ξερνούσε αίμα και κανένας δεν εξεπλάγη ιδιαίτερα όταν πέθανε μόνο σαράντα έξι χρονών από εσωτερική αιμορραγία ή όταν η μεγάλη αδερφή του Εντ έπεσε στα ναρκωτικά κι ακόμα λιγότερο όταν ο πατέρας και τα παιδιά ισορροπούσαν στα όρια του να μείνουν άστεγοι.

Ο τρόπος που μεγάλωνε ο Εντ προμήνυε μια ζωή με προβλήματα και στα χρόνια της εφηβείας του ανήκε σε μια συμμορία που λεγόταν «Φάκερς*» - ήταν ο φόβος και ο τρόμος του Ντόρτσεστερ και ασχολούνταν με καβγάδες, επιθέσεις και ληστείες καταστημάτων. Ο καλύτερος φίλος του Εντ, ένα αγόρι που λεγόταν Ντάνιελ Γκότφριντ, δολοφονήθηκε αφού πρώτα τον κρέμασαν σε ένα τσιγκέλι για κρέατα και μετά τον κομμάτιασαν με μια ματσέτα. Τα χρόνια της εφηβείας του, ο Εντ στεκόταν στο χείλος του γκρεμού.

Το παρουσιαστικό του Εντ είχε από πολύ νωρίς κάτι το έντονο και βίαιο, του έλειπαν δύο δόντια στην πάνω σειρά και δε βοηθούσε και πολύ το γεγονός ότι δε γέλαγε ποτέ. Ήταν γεροδεμένος, ψηλός και άφοβος και κατά κανόνα το πρόσωπό του είχε πάντα ίχνη που προέρχονταν από καβγάδες με τον πατέρα του ή με τις άλλες συμμορίες. Οι περισσότεροι δάσκαλοι στο σχολείο τον έτρεμαν. Όλοι ήταν πεπεισμένοι ότι θα κατέληγε στη φυλακή ή με μια σφαίρα στο κεφάλι. Αλλά υπήρχαν και κάποιοι ενήλικοι που άρχισαν να ασχολούνται μαζί του - πιθανώς επειδή ανακάλυψαν ότι τα λαμπερά μπλε μάτια του δεν έκρυβαν μόνο επιθετικότητα και βία.

Ο Εντ είχε μία ασυγκράτητη διάθεση να ανακαλύπτει πράγματα, μία ενέργεια που τον έκανε να ρουφάει ένα βιβλίο με τον ίδιο ζήλο που κατέστρεφε το εσωτερικό ενός δημοτικού λεωφορείου και συχνά απέφευγε να πάει στο σπίτι του στη διάρκεια της μέρας. Του άρεσε να κάθεται στην αίθουσα τεχνολογίας του σχολείου, όπου υπήρχαν δύο ηλεκτρονικοί υπολογιστές, και εκεί περνούσε τη μια ώρα μετά την άλλη. Ένας δάσκαλος της φυσικής που ονομαζόταν Λάρσον, όνομα που έμοιαζε σουηδικό, παρατήρησε την ικανότητα του Εντ με τις μηχανές και μετά από μία εξέταση -όπου συμμετείχαν οι υπηρεσίες κοινωνικής πρόνοιας- του παραχωρήθηκε μία υποτροφία και του δόθηκε η δυνατότητα να αλλάξει σχολείο, πηγαίνοντας σε κάποιο όπου οι μαθητές ενδιαφέρονταν για τις σπουδές τους.

---

* «Fuckers»: οι «γαμιάδες». (Σ.τ.Ε.)

Ο Εντ άρχισε να διαπρέπει στα μαθήματα και πήρε κι άλλες υποτροφίες και τιμητικές διακρίσεις και στο τέλος -πράγμα που έμοιαζε με μικρό θαύμα, αν σκεφτεί κανείς πώς ήταν τα προγνωστικά στην αρχή- άρχισε να σπουδάζει Μηχανολογία και Επιστήμη Υπολογιστών στο MIT της Μασαχουσέτης. Έγραψε τη διδακτορική διατριβή του, με θέμα που αφορούσε τα ασυμμετρικά κρυπτογραφικά συστήματα, όπως ο κρυπτογραφικός αλγόριθμος RSA. Μετά συνέχισε στη «Microsoft» και την «Cisco», ενώ αργότερα τον προσέλαβαν στην NSA, την Υπηρεσία Εθνικής Ασφαλείας στο Φορτ Μιντ του Μέριλαντ.

Το βιογραφικό του δεν ήταν και το καλύτερο για τη συγκεκριμένη δουλειά και αυτό όχι μόνο εξαιτίας της παραβατικής συμπεριφοράς στην εφηβεία του. Είχε καπνίσει ένα σωρό μαριχουάνα στο κολέγιο, είχε σοσιαλιστικές τάσεις, ακόμα και αναρχικά ιδανικά και δύο φορές τον είχαν βάλει μέσα γιατί ως ενήλικος είχε βιαιοπραγήσει – όχι τίποτα μεγάλες ιστορίες, κάτι καβγάδες σε μπαρ. Ο χαρακτήρας του είχε παραμείνει βίαιος και όλοι όσοι τον ήξεραν απέφευγαν να τσακωθούν μαζί του.

Αλλά στην NSA διέκριναν τα άλλα προσόντα του κι αυτό συνέβη το φθινόπωρο του 2001. Οι αμερικανικές μυστικές υπηρεσίες χρειάζονταν απεγνωσμένα τεχνικούς πληροφορικής και προσλάμβαναν σχεδόν οποιονδήποτε. Τα χρόνια που ακολούθησαν κανένας δεν αμφισβήτησε την αφοσίωση και τον πατριωτισμό του Εντ και αν κάποιος το έκανε, τα πλεονεκτήματα βάραιναν περισσότερο.

Ο Εντ δεν ήταν μόνο μία εξαιρετική ιδιοφυΐα. Ως άνθρωπος είχε εμμονή με την ακρίβεια και ήταν πολύ αποδοτικός, πράγμα που αποτελούσε θετικότατο χαρακτηριστικό για κάποιον που είχε προσληφθεί από εκείνη τη μυστική αμερικανική υπηρεσία για να προστατεύσει την ψηφιακή ασφάλεια. Κανένας κόπανος δε θα παραβίαζε το σύστημά του. Για τον Εντ αυτό ήταν καθαρά προσωπικό θέμα. Σύντομα έγινε αναντικατάστατος στο Φορτ Μιντ και ο κόσμος περίμενε στην ουρά για να τον συμβουλευτεί. Πολλοί εξακολουθούσαν να τον φοβούνται και συχνά ξαπόστελνε με άγριο τρόπο τους συναδέλφους, ενώ είχε διαβολοστείλει ακόμα και τον ίδιο τον γενικό διευθυντή της Υπηρεσίας, τον θρυλικό ναύαρχο Τσαρλς Ο' Κόνορ.

«Άφησε το παραγεμισμένο σκατοκέφαλό σου να σκέφτεται αυτά που καταλαβαίνει», του είχε ξεφουρνίσει στα μούτρα ο Εντ, όταν ο ναύαρχος είχε προσπαθήσει να εκφράσει μιαν άποψη για τη δουλειά του Εντ.

Αλλά ο Τσαρλς Ο' Κόνορ και όλοι οι άλλοι άφηναν κάτι τέτοια να περνάνε. Ήξεραν ότι ο Εντ φώναζε και θύμωνε επειδή είχε δίκιο – επειδή οι άλλοι ήταν απρόσεκτοι με τους κανόνες ασφαλείας ή μιλούσαν για πράγματα που δεν καταλάβαιναν. Ποτέ δεν αναμείχθηκε στον τομέα κατασκοπείας της Υπηρεσίας, αν και με την ισχύ της αρμοδιότητάς του είχε πλήρη πρόσβαση. Η Υπηρεσία μερικά χρόνια αργότερα βρέθηκε μπροστά σε μία θύελλα διαμαρτυριών, καθώς εκπρόσωποι από δεξιά και αριστερά την έβλεπαν σαν τον Σατανά, σαν τον ενσαρκωμένο Μεγάλο Αδερφό του Όργουελ. Για τον Εντ, όμως, η Υπηρεσία μπορούσε να κάνει ότι διάβολο ήθελε όσο τα συστήματα ασφαλείας του ήταν ακριβή και άρτια και καθώς δεν είχε αποκτήσει ακόμα οικογένεια, έμενε λίγο πολύ στη δουλειά.

Ο Εντ ήταν ένα δυνατό χαρτί, που αν και είχε δώσει αφορμές για μία σειρά προσωπικών ελέγχων, κανείς δεν είχε να του προσάψει τίποτα, εκτός από μερικά γερά μεθύσια. Τα τελευταία χρόνια είχε αρχίσει να γίνεται κάπως ευαίσθητος και μιλούσε γι' αυτά που είχε περάσει, αλλά δεν υπήρχε κανένα στοιχείο που να δείχνει ότι ανέφερε ποτέ σε κάποιον άλλο με τι ασχολιόταν στη δουλειά του. Στον υπόλοιπο κόσμο δεν έλεγε απολύτως τίποτα και αν καμιά φορά συνέβαινε να τον πιέσει κανείς, επέμενε πάντα στα ψέματα που επιβεβαιώνονταν στο ίντερνετ και στις βάσεις δεδομένων.

Δεν ήταν καθόλου τυχαίο ή αποτέλεσμα ραδιουργιών ή πονηρών παιχνιδιών που είχε ανεβεί στην ιεραρχία και είχε γίνει ο ανώτερος υπεύθυνος ασφαλείας στα κεντρικά γραφεία φέρνοντας τα πάνω κάτω, «με τέτοιον τρόπο ώστε κανένας εξυπνάκιας να μην μπορέσει να μας ρίξει σφαλιάρα στη μούρη». Ο Εντ και η ομάδα του είχαν αυξήσει τον εσωτερικό έλεγχο παρακολούθησης όλων των σημείων και κατά τη διάρκεια ατελείωτων νυχτών είχαν δημιουργήσει κάτι που αυτός αποκαλούσε άλλοτε «ένα αδιαπέραστο τείχος» και άλλοτε «ένα οξύθυμο μικρό λαγωνικό».

«Κανένα καθοίκι δεν μπορεί να εισβάλει στο σύστημα και κανένα καθοίκι δεν μπορεί να κινηθεί εκεί μέσα χωρίς άδεια», έλεγε και ήταν πολύ περήφανος γι' αυτό.

Τουλάχιστον ήταν περήφανος ως εκείνο το καταραμένο πρωινό του Νοεμβρίου. Η μέρα ήταν όμορφη και ανέφελη. Τίποτε από τον κολασμένο καιρό που πλήγωνε την Ευρώπη δε σκίαζε το Μέριλαντ. Ο κόσμος φορούσε πουκάμισα και ελαφρά μπουφανάκια και ο Εντ, που με το πέρασμα του χρόνου είχε αποκτήσει κοιλίτσα, πήγε με το χαρακτηριστικό λικνιστό περπάτημά του στο αυτόματο μηχάνημα του καφέ.

Με το δικαίωμα που του παρείχε η υπηρεσιακή του θέση, αγνοούσε τελείως το ευπρεπές ντύσιμο. Φορούσε μπλουτζίν και ένα κόκκινο καρό πουκάμισο μαραγκού που έβγαινε έξω από το παντελόνι του και όταν κάθισε μπροστά στον υπολογιστή του αναστέναξε. Δεν ένιωθε και τόσο καλά. Πονούσε η πλάτη και το δεξί του γόνατο και έβριζε επειδή η συνάδελφός του, η παλιά μπατσίνα του FBI, η αθυρόστομη και αρκετά γοητευτική Αλόνα Κασάλες, είχε καταφέρει να τον πάρει μαζί της για τζόκινγκ προχθές, πιθανώς από καθαρό σαδισμό.

Το καλό ήταν ότι δεν υπήρχε τίποτα βιαστικό να κάνει. Θα έστελνε μόνο ένα εσωτερικό υπόμνημα με κάποιους νέους κανονισμούς στους υπεύθυνους του COST, ενός προγράμματος συνεργασίας με τις μεγάλες εταιρείες υψηλής τεχνολογίας. Αλλά δεν πρόλαβε να γράψει και πολλά με τη συνηθισμένη σκληρή του γλώσσα: «*Για να μην μπει κανείς στον πειρασμό να γίνει πάλι ηλίθιος και για να συνεχίσει να είναι ένας καλός παρανοϊκός παράγοντας στον κυβερνοχώρο, θέλω να σας επισημάνω ότι...*» όταν τον διέκοψε ένα από τα προειδοποιητικά του σινιάλα.

Αυτό δεν του άρεσε καθόλου. Τα προειδοποιητικά του συστήματα ήταν τόσο ευαίσθητα, που αντιδρούσαν στην ελάχιστη εκτροπή κατά τη ροή πληροφοριών. Σίγουρα ήταν κάποια μικρή ανωμαλία, σημάδι ότι κάποιος πιθανώς προσπαθούσε να υπερβεί τη δικαιοδοσία του ή κάτι άλλο παρόμοιο, μία παρέκκλιση.

Το γεγονός, όμως, ήταν ότι δεν πρόλαβε να το ελέγξει. Την επόμενη στιγμή συνέβη κάτι τόσο αλλόκοτο, που για κάμποση ώρα αρνιόταν να το πιστέψει. Καθόταν μόνο και κοίταζε την οθόνη. Ήξερε ακριβώς τι είχε συμβεί. Τουλάχιστον το ήξερε με εκείνο το μέρος του εγκεφάλου του που σκεφτόταν ακόμα λογικά. Ήταν ένα RAT στο εσωτερικό δίκτυο NSANet της Υπηρεσίας και σε οποιαδήποτε άλλη περίπτωση θα είχε σκεφτεί: «Θα τα λιώσω αυτά τα καθοίκια». Αλλά εδώ, στο πιο κλειστό και ελεγχόμενο σύστημα απ' όλα, σε αυτό που ο ίδιος και η ομάδα του είχαν αλωνίσει ένα εκατομμύριο φορές μόνο τον τελευταίο χρόνο για να ανακαλύψουν το απειροελάχιστο ίχνος αδυναμίας, εδώ, όχι, όχι, δεν ήταν δυνατόν.

Χωρίς να το συνειδητοποιήσει, έκλεισε τα μάτια του, σαν να ήλπιζε ότι τα πάντα θα εξαφανίζονταν αρκεί να τα κράταγε κλειστά για αρκετή ώρα. Αλλά όταν κοίταξε πάλι στην οθόνη, είδε ότι κάτι είχε προστεθεί στη φράση που ο ίδιος είχε ξεκινήσει να γράφει. Η δική του φράση «*θέλω να σας επισημάνω ότι...*» συνεχιζόταν από μόνη της με τις λέξεις: «*πρέπει να σταματήσετε να κάνετε παρανομίες και τελικά αυτό είναι πολύ εύκολο. Αυτός που παρακολουθεί τον κόσμο, στο τέλος γίνεται ο ίδιος αντικείμενο παρακολούθησης. Υπάρχει μία θεμελιώδης δημοκρατική λογική σε αυτό*».

«Που να πάρει ο διάβολος», μουρμούρισε – πράγμα που σήμαινε ότι, τουλάχιστον, είχε αρχίσει κάπως να συνέρχεται.

Αλλά τότε το κείμενο συνεχίστηκε: «*Μην αγανακτείς, Εντ. Ακολούθησε κι εσύ την περιήγηση. Έχω Root**» και τότε ο Εντ ούρλιαξε. Η λέξη «Root», διέλυσε όλη του την ύπαρξη και για ένα ολόκληρο λεπτό, όσο ο υπολογιστής σάρωνε με ιλιγγιώδη ταχύτητα τα πιο απόρρητα μέρη του συστήματος, νόμιζε ότι θα πάθαινε καρδιακή προσβολή. Σαν μέσα από πυκνή ομίχλη, κατάλαβε ότι είχε αρχίσει να μαζεύεται κόσμος γύρω του.

---

* Ένας χρήστης ΗΥ που είναι ή μπορεί να γίνει «Root», έχει πρόσβαση σε όλο το λειτουργικό σύστημα του ΗΥ. (Σ.τ.Μ.)

Η Χάνα Μπάλντερ έπρεπε να βγει έξω για ψώνια. Δεν είχαν μπίρες ούτε και τίποτα φαγώσιμο στο ψυγείο. Εκτός αυτού, ο Λάσε μπορεί να ερχόταν σπίτι από στιγμή σε στιγμή και δε θα χαιρόταν καθόλου αν δεν έβρισκε ούτε μία μπίρα. Αλλά ο καιρός εκεί έξω ήταν απαίσιος και γι' αυτό το ανέβαλλε. Καθόταν στην κουζίνα και κάπνιζε, αν κι αυτό έκανε κακό στο δέρμα της —και όχι μόνο— και κοιτούσε τον κατάλογο με τις επαφές στο τηλέφωνό της. Πέρασε δυο-τρεις φορές όλο τον κατάλογο με την ελπίδα να βρει κάποιο νέο όνομα. Φυσικά δε βρήκε κανένα. Ήταν τα ίδια παλιά άτομα, άνθρωποι που είχαν κουραστεί μαζί της και μη βρίσκοντας τίποτα καλύτερο, τηλεφώνησε στη Μία. Η Μία ήταν η ατζέντης της και κάποτε ήταν οι καλύτερες φίλες – κορίτσια που ονειρεύονταν ότι θα κατακτούσαν μαζί τον κόσμο. Τώρα η Χάνα ήταν μόνο ένα βάρος στη συνείδηση της Μία και δεν ήξερε πόσες συγγνώμες και αόριστα λόγια είχε ακούσει το τελευταίο διάστημα. «Δεν είναι εύκολο να γερνούν οι γυναίκες ηθοποιοί, μπλα, μπλα». Αυτό δεν το άντεχε. Γιατί δεν της έλεγε στα ίσια: «Είσαι τελειωμένη, Χάνα. Ο κόσμος δε σ' αγαπάει πια».

Όπως ήταν αναμενόμενο η Μία δεν απάντησε και καλύτερα έτσι. Καμιά τους δε θα ένιωθε καλά μετά τη συνδιάλεξη. Η Χάνα δεν κατάφερε να εμποδίσει τον εαυτό της απ' το να ρίξει μια ματιά στο δωμάτιο του Άουγκουστ, μόνο και μόνο για να νιώσει ότι είχε χάσει και τον τελευταίο ρόλο της ζωής της, εκείνον της μητέρας, πράγμα που κατά παράδοξο τρόπο φάνηκε να της δίνει νέες δυνάμεις. Απολάμβανε λοιπόν τη θλίψη της, έτσι καθώς στεκόταν εκεί και αναρωτιόταν αν θα έβγαινε έξω για ν' αγοράσει μπίρες. Και τότε χτύπησε το τηλέφωνο.

Ήταν ο Φρανς και η Χάνα στράβωσε λίγο τα μούτρα της. Σκεφτόταν όλη τη μέρα –αλλά δεν είχε τολμήσει να το κάνει– να του τηλεφωνήσει και να του πει ότι ήθελε πίσω τον Άουγκουστ, όχι μόνο επειδή της έλειπε το αγόρι ή ακόμα λιγότερο επειδή πίστευε ότι ο γιος της θα περνούσε καλύτερα μ' αυτούς. Τον ήθελε μόνο για να αποφύγει μια καταστροφή, τίποτε άλλο.

Και ο Λάσε ήθελε να γυρίσει πίσω το αγόρι για να παίρνει τη διατροφή κι ένας Θεός ξέρει τι θα συνέβαινε αν ο Λάσε εμφανιζόταν στο Σαλτσεμπάντεν για να διεκδικήσει το δίκιο του. Ίσως άρπαζε τον Άουγκουστ από το σπίτι κόβοντάς του τη χολή και ρίχνοντας ένα γερό χέρι ξύλο στον Φρανς. Έπρεπε να δώσει στον Φρανς να το καταλάβει αυτό. Αλλά όταν σήκωσε το τηλέφωνο και προσπάθησε να του το πει, ήταν αδύνατον να μιλήσει μαζί του. Ο Φρανς άρχισε να τη βομβαρδίζει με μια παράξενη ιστορία, λέγοντας πως «όλα ήταν μοναδικά και φανταστικά».

«Συγγνώμη, Φρανς, δεν καταλαβαίνω. Για τι πράγμα μιλάς;» του είπε.

«Ο Άουγκουστ είναι σοφός. Είναι μία διάνοια».

«Έχεις τρελαθεί τελείως;»

«Το αντίθετο, καλή μου, είμαι καλύτερα από ποτέ. Πρέπει να έρθεις εδώ, ναι, αμέσως. Αυτός είναι ο μόνος τρόπος. Δε γίνεται να το καταλάβει κανείς αλλιώς. Πληρώνω το ταξί. Σ' το υπόσχομαι, θα τα χάσεις τελείως. Ξέρεις, ο μικρός πρέπει να έχει φωτογραφική μνήμη και με κάποιον αδιανόητο τρόπο έχει ανακαλύψει τελείως μόνος του όλα τα μυστικά του προοπτικού σχεδίου. Είναι τόσο όμορφο, Χάνα, τόσο ακριβές. Εκπέμπει μία λάμψη σαν από άλλο κόσμο».

«Τι ακριβώς είναι αυτό που εκπέμπει λάμψη;»

«Το φανάρι του. Δεν άκουσες, αυτό που περάσαμε πριν από μερικά βράδια και που τώρα του έχει κάνει μία σειρά από τέλειες απεικονίσεις, ναι, περισσότερο κι από τέλειες...»

«Περισσότερο...»

«Πώς να σ' το πω; Δεν το έχει απλώς αντιγράψει, Χάνα, δεν το έχει μόνο αιχμαλωτίσει επακριβώς αλλά έχει προσθέσει κάτι, μία καλλιτεχνική διάσταση. Υπάρχει μία παράξενη φλόγα σε αυτό που έχει κάνει και παραδόξως κάτι το μαθηματικό, σαν να κατανοεί την αξονομετρία».

«Αξο...;»

«Παράτα το, Χάνα! Πρέπει να έρθεις εδώ και να το δεις με τα μάτια σου», συνέχισε ο Φρανς και σιγά σιγά η Χάνα άρχισε να καταλαβαίνει.

Ο Άουγκουστ είχα αρχίσει στα καλά καθούμενα να ζωγραφίζει σαν βιρτουόζος ή τουλάχιστον αυτό ισχυριζόταν ο πατέρας του, πράγμα που θα ήταν φυσικά υπέροχο αν ήταν αλήθεια. Αλλά το λυπηρό με τη Χάνα ήταν πως η ίδια δεν ένιωθε χαρούμενη και στην αρχή δεν καταλάβαινε το γιατί. Όμως, το κατάλαβε μετά. Ήταν επειδή το θαύμα είχε συμβεί στο σπίτι του Φρανς. Το αγόρι είχε μείνει στο σπίτι μαζί μ' εκείνη και τον Λάσε για χρόνια και δεν είχε συμβεί απολύτως τίποτα. Ο Άουγκουστ καθόταν εδώ με τα παζλ και τους κύβους του και δεν έλεγε ούτε λέξη, είχε μόνο τα δυσάρεστα ξεσπάσματά του, που κατά τη διάρκειά τους φώναζε με την οξεία, βασανιστική φωνή του τινάζοντας το σώμα του μπρος-πίσω και ξαφνικά, μετά από μερικές εβδομάδες με τον πατέρα του αποδεικνυόταν διάνοια.

Αυτό παραπήγαινε. Όχι ότι δε χαιρόταν για το αγόρι. Όμως πονούσε κιόλας και το χειρότερο απ' όλα, δεν ήταν τόσο έκπληκτη όσο θα έπρεπε να είναι. Δεν καθόταν κουνώντας το κεφάλι και μουρμουρίζοντας «αδύνατον, αδύνατον». Το αντίθετο, ένιωθε σαν να το είχε προαισθανθεί – όχι ακριβώς ότι ο γιος της θα έκανε ακριβείς απεικονίσεις των φαναριών, αλλά ότι υπήρχε και κάτι άλλο κάτω από την επιφάνεια.

Το είχε διαβάσει στα μάτια του, σ' εκείνο το βλέμμα που πότε πότε φαινόταν σαν να καταγράφει τα πάντα γύρω του. Το είχε νιώσει στον τρόπο του αγοριού να ακούει τους δασκάλους του και στο νευρικό ξεφύλλισμα των βιβλίων των μαθηματικών που του είχε αγοράσει. Πάνω απ' όλα, το είχε προαισθανθεί βλέποντας τους αριθμούς του. Τίποτα δεν ήταν πιο παράξενο από τους αριθμούς του. Καθόταν και έγραφε ατελείωτες σειρές από μεγάλους αριθμούς, που η Χάνα είχε προσπαθήσει πραγματικά να τους καταλάβει ή τουλάχιστον να καταλάβει τι αφορούσαν. Αλλά όσο κι αν προσπαθούσε δεν τα κατάφερνε και τώρα υπέθετε ότι ήταν κάτι σημαντικό εκείνοι οι ακατανόητοι αριθμοί. Η ίδια παραήταν δυστυχισμένη και απορροφημένη στα δικά της για να καταλάβει τι συνέβαινε με τους αριθμούς του γιου της – έτσι δεν ήταν;

«Δεν ξέρω», του είπε.

«Δεν ξέρεις τι πράγμα;» απάντησε εκνευρισμένος ο Φρανς.

«Δεν ξέρω αν μπορώ να έρθω», συνέχισε εκείνη και την ίδια στιγμή άκουσε θόρυβο στην εξώπορτα.

Ο Λάσε κατέφθασε με τον επίσης μέθυσο φίλο του, τον Ρόγκερ Βίντερ, πράγμα που την έκανε να οπισθοχωρήσει από φόβο, να μουρμουρίσει μια συγγνώμη στον Φρανς και για χιλιοστή φορά να σκεφτεί πόσο κακή μαμά ήταν.

Ο Φρανς είχε μείνει με το τηλέφωνο στο χέρι. Στεκόταν στο πάτωμα της κρεβατοκάμαρας, που έμοιαζε σαν σκακιέρα, και έβριζε. Είχε ζητήσει να του φτιάξουν ένα τέτοιο πάτωμα, διότι ταίριαζε με την αίσθησή του για την τάξη των μαθηματικών και επειδή τα τετράγωνα του σκακιού αναπαράγονταν ως το άπειρο στους καθρέφτες της ντουλάπας που βρισκόταν δίπλα από το κρεβάτι. Υπήρχαν μέρες που έβλεπε την αντανάκλαση των τετραγώνων εκεί μέσα σαν έναν παλλόμενο γρίφο, σαν κάτι το σχεδόν ζωντανό που έβγαινε από την κανονικότητα του σχηματισμού των τετραγώνων, ακριβώς όπως οι σκέψεις και τα όνειρα βγαίνουν από τα νετρόνια του εγκεφάλου ή από τους δυαδικούς κώδικες των προγραμμάτων ΗΥ. Αλλά τούτη δω τη στιγμή ο Φρανς είχε βυθιστεί σε άλλου είδους σκέψεις.

«Μικρέ μου. Τι τρέχει με τη μητέρα σου;» είπε.

Ο Άουγκουστ καθόταν στο πάτωμα κοντά του και έτρωγε ένα σάντουιτς με πίκλες και τυρί. Κοίταξε προς τα πάνω με σταθερό βλέμμα και τότε κατέλαβε τον Φρανς ένα παράξενο προαίσθημα ότι ο γιος του θα έλεγε κάτι το απολύτως λογικό και έξυπνο. Αλλά φυσικά αυτό ήταν τελείως ηλίθιο. Ο Άουγκουστ δε μιλούσε καθόλου και δεν ήξερε τίποτε από γυναίκες που παραμελήθηκαν και έσβησαν και η εντύπωση του Φρανς οφειλόταν αποκλειστικά και μόνο στις ζωγραφιές.

Εκείνες οι ζωγραφιές –τρεις ως τώρα– νόμιζε κάποιες στιγμές ότι ήταν απόδειξη όχι μόνο καλλιτεχνικού και μαθηματικού ταλέντου, αλλά με κάποιον τρόπο και σοφίας. Τα έργα ήταν τόσο ώριμα και σύνθετα στη γεωμετρική τους ακρίβεια, που ο Φρανς δεν μπορούσε να τα αντιπαραβάλλει με την εικόνα του Άουγκουστ ως καθυστερημένου. Ή πιο σωστά, δεν ήθελε να τα αντιπαραβάλλει, γιατί είχε βέβαια προ καιρού καταλάβει τι αφορούσαν – κι αυτό όχι μόνο επειδή, όπως όλοι οι άλλοι, είχε δει την ταινία *Ο άνθρωπος της βροχής*.

Ως πατέρας ενός αυτιστικού αγοριού είχε έρθει φυσικά αρκετά νωρίς σε επαφή με το σύνδρομο *σαβάντ**, αυτό που περιγράφει ανθρώπους με σοβαρές διανοητικές αδυναμίες, που όμως έχουν εξαιρετικές ικανότητες σε ορισμένους τομείς – ικανότητες που συχνά, με τον ένα ή τον άλλο τρόπο, περιλαμβάνουν μία φανταστική μνήμη, τόσο δυνατή, που μπορεί να ανακαλέσει απίστευτες λεπτομέρειες. Ο Φρανς ήδη από την αρχή υπέθετε ότι πολλοί γονείς ήλπιζαν σε κάτι τέτοιο, σαν βραβείο παρηγοριάς μετά τη διάγνωση. Αλλά τα προγνωστικά ήταν εναντίον τους.

Σύμφωνα με τις στατιστικές, φαίνεται πως είχε το ένα στα δέκα αυτιστικά παιδιά που διέθεταν κάποιου είδους ικανότητα του συνδρόμου *σαβάντ* – και ως επί το πλείστον δεν ήταν οι ίδιες ικανότητες όπως στην ταινία *Ο άνθρωπος της βροχής*. Υπήρχαν για παράδειγμα αυτιστικά άτομα που μπορούσαν να πουν τι μέρα έπεφτε μία συγκεκριμένη ημερομηνία σε μία χρονική περίοδο εκατοντάδων ετών – ναι, σε ακραίες περιπτώσεις, σε χρονική περίοδο σαράντα χιλιάδων χρόνων.

Άλλα διέθεταν γνώσεις σε κάποιον περιορισμένο τομέα, θυμούνταν, για παράδειγμα, τα δρομολόγια των λεωφορείων ή αριθμούς τηλεφώνων. Μερικά μπορούσαν να κάνουν με τον νου πολύπλοκες αριθμητικές πράξεις, να θυμούνται πώς ήταν ο καιρός όλων των ημερών που είχαν ζήσει ή είχαν την ικανότητα να πουν με ακρίβεια δευτερολέπτου τι ώρα ήταν, χωρίς να κοιτάξουν ρολόι. Υπήρχε λίγο πολύ, μία ολόκληρη γκάμα ταλέντων και απ' ό,τι καταλάβαινε ο Φρανς, τα άτομα που είχαν αυτές τις ικανότητες αποκαλούνταν διάνοιες *σαβάντ* – άνθρωποι που είχαν μία μοναδική ικανότητα, λαμβανομένης υπόψη της γενικής τους αναπηρίας.

---

* Ο όρος «σύνδρομο του σοφού» ή «σύνδρομο του σαβάντ» (από το αγγλικό savant, σοφός) χρησιμοποιείται για να περιγράψει το χαρακτηριστικό γνώρισμα ενός προσώπου που φέρει μια σοβαρή αναπτυξιακή ή διανοητική αναπηρία σε συνδυασμό με μια εξαιρετική διανοητική ικανότητα σε ένα ορισμένο πεδίο. (Σ.τ.Μ.)

Μετά υπήρχε μία άλλη ομάδα που ήταν πολύ μικρότερη και σε αυτήν ήλπιζε ο Φρανς ότι ανήκε και ο Άουγκουστ. Ήταν οι λεγόμενοι ιδιοφυείς σαβάντ, άτομα των οποίων οι ικανότητες ήταν μοναδικές όπως και να το έβλεπε κανείς. Όπως για παράδειγμα ο Κιμ Πικ, που είχε πεθάνει πρόσφατα από καρδιακή προσβολή. Ο Κιμ δεν μπορούσε να ντυθεί μόνος του και είχε έντονα διανοητικά προβλήματα. Όμως είχε μπορέσει να αποστηθίσει δώδεκα χιλιάδες βιβλία και μπορούσε να απαντήσει αμέσως σε οποιοδήποτε ερώτημα σχετικό με γεγονότα και στοιχεία που αναφέρονταν στα συγκεκριμένα βιβλία. Ήταν σαν μια τράπεζα πληροφοριών. «Κομπιούτερ» τον αποκαλούσαν.

Μετά ήταν μουσικοί όπως ο Λέσλι Λέμκερ, τυφλός και καθυστερημένος, που μια φορά όταν ήταν δεκάξι χρονών σηκώθηκε τα μεσάνυχτα και χωρίς παιδεία ή εξάσκηση έπαιξε τέλεια το πρώτο κοντσέρτο πιάνου του Τσαϊκόφσκι, που το είχε ακούσει στην τηλεόραση. Αλλά κυρίως ήταν άνθρωποι όπως ο Στίβεν Γουίτσιρ, ένας αυτιστικός Άγγλος, που ήταν πολύ κλειστός ως παιδί και που είπε την πρώτη του λέξη όταν ήταν έξι χρονών – μία λέξη που έτυχε να είναι «χαρτί».

Ο Στιβ μπορούσε οκτώ, δέκα χρονών να σχεδιάσει τέλεια τεράστια οικοδομήματα με την παραμικρή λεπτομέρεια, αφού πρώτα τους είχε ρίξει μια στιγμιαία ματιά. Κάποια φορά πετούσε με ελικόπτερο πάνω από το Λονδίνο και κοιτούσε τα σπίτια και τους δρόμους εκεί κάτω. Όταν κατέβηκε από το ελικόπτερο σχεδίασε ολόκληρη την πόλη σε μία υπέροχη πανοραμική εικόνα. Όμως δε θύμιζε καθόλου φωτοτυπικό μηχάνημα. Υπήρχε μία εξαίσια αυτονομία στο έργο του και αργότερα θεωρούνταν μεγάλος καλλιτέχνης σε όλα τα επίπεδα. Ήταν αγόρια σαν τον Άουγκουστ – μάλιστα, αγόρια.

Μόνο ένας στους έξι σαβάντ είναι κορίτσι και πιθανώς αυτό σχετίζεται με μία από τις μεγαλύτερες αιτίες του αυτισμού – ότι καμιά φορά κυκλοφορεί πολλή τεστοστερόνη στη μήτρα, κυρίως βέβαια όταν κυοφορούνται τα αγόρια. Η τεστοστερόνη μπορεί να βλάψει τους ιστούς του εγκεφάλου του εμβρύου και πάντα προσβάλλεται η αριστερή πλευρά του εγκεφάλου, επειδή αυτή αναπτύσσεται πιο αργά και είναι περισσότερο ευπαθής. Το σύνδρομο σαβάντ προκύπτει από την ανάπτυξη του δεξιού ημισφαιρίου του εγκεφάλου, που προσπαθεί να εξισορροπήσει τις βλάβες στο αριστερό.

Αλλά εξαιτίας του ότι τα ημισφαίρια είναι διαφορετικά –στο αριστερό οφείλεται η αφηρημένη σκέψη και η ικανότητα για πολύπλοκους συσχετισμούς– το αποτέλεσμα είναι ιδιαίτερο. Εμφανίζεται ένα νέο είδος προοπτικής, μία ικανότητα για ιδιαίτερη προσήλωση στις λεπτομέρειες και αν ο Φρανς είχε καταλάβει σωστά, πρέπει αυτός και ο Άουγκουστ να είχαν δει το φανάρι με διαφορετικό τρόπο. Όχι μόνο επειδή το αγόρι ήταν πιο συγκεντρωμένο, αλλά και επειδή ο εγκέφαλος του Φρανς διαχώρισε και απέρριψε ταχύτατα όλα τα μη σημαντικά και επικεντρώθηκε στο κεντρικό, στην ασφάλεια φυσικά και στο μήνυμα του φαναριού: προχώρα ή σταμάτα. Κατά πάσα πιθανότητα, η ματιά του είχε θολώσει και από πολλά άλλα, κυρίως από τη Φαράχ Σαρίφ. Γι' αυτόν η διάβαση πεζών έρρεε ταυτόχρονα με όλο το κύμα των αναμνήσεων και προσδοκιών του, ενώ για τον Άουγκουστ η όλη σκηνή φάνταζε σταθερή, όπως ακριβώς ήταν.

Ο Άουγκουστ είχε αποτυπώσει ως και την τελευταία λεπτομέρεια – και το τοπίο και τον αόριστα γνωστό άντρα που ακριβώς εκείνη τη στιγμή διέσχιζε τον δρόμο. Μετά είχε κρατήσει στον νου του την εικόνα σαν ένα όμορφο σκίτσο και μόνο αφού πέρασαν καμιά-δυο εβδομάδες ένιωσε την ανάγκη να τη βγάλει από μέσα του. Και το πιο παράξενο απ' όλα: είχε ζωγραφίσει περισσότερα πράγματα από το φανάρι και τον άντρα. Είχε βάλει στη ζωγραφιά του κάτι το ανησυχαστικό και ο Φρανς δεν μπορούσε να διώξει απ' τον νου του την ιδέα ότι ο Άουγκουστ ήθελε να του πει: «Δες τι μπορώ να κάνω!» Για εκατοστή φορά κοίταξε τη ζωγραφιά και ένιωσε λες κι ένα καρφί τρυπούσε την καρδιά του.

Τον κατέλαβε ένας παράξενος φόβος. Δεν καταλάβαινε ακριβώς το γιατί. Αλλά είχε να κάνει με αυτόν τον άντρα στη ζωγραφιά. Το βλέμμα του ήταν κενό και σκληρό. Το σαγόνι του ήταν σφιγμένο και τα χείλη του τόσο παράξενα λεπτά, σαν να μην υπήρχαν, αν και αυτή η λεπτομέρεια δεν μπορούσε να του καταλογιστεί. Φαινόταν, όμως, όλο και πιο τρομακτικός όσο τον κοίταζε ο Φρανς και ξαφνικά πάγωσε από τον φόβο, λες και είχε χτυπήσει μέσα του ένα προειδοποιητικό καμπανάκι.

«Σ' αγαπώ, αγόρι μου», μουρμούρισε, σχεδόν χωρίς να καταλαβαίνει τι λέει, και πιθανώς επανέλαβε τη φράση καμιά-δυο φορές γιατί είχε αρχίσει να νιώθει τις λέξεις όλο και πιο ξένες στο στόμα του.

Αντιλήφθηκε με πόνο ότι ποτέ άλλοτε δεν είχε ξαναπεί αυτές τις λέξεις και όταν συνήλθε από το πρώτο σοκ, σκέφτηκε ότι υπήρχε κάτι το βαθιά αναξιοπρεπές σ' αυτό. Ήταν απαραίτητο κάποιο μοναδικό χάρισμα για να μπορέσει να αγαπήσει το παιδί του; Αυτό ήταν πολύ τυπικό για τον Φρανς. Σε όλη του τη ζωή ήταν πάντα αγκιστρωμένος στα αποτελέσματα των πράξεων.

Ό,τι δεν ήταν καινοτόμο ή υψηλού επιπέδου δεν τον ενδιέφερε και όταν άφησε τη Σουηδία για τη Σίλικον Βάλεϊ δεν είχε αφιερώσει ούτε μία σκέψη στον Άουγκουστ. Ο γιος του ήταν μόνο ένα εμπόδιο στην πορεία του Φρανς, που ετοιμαζόταν να ανακαλύψει ένα σωρό κοσμοϊστορικά πράγματα.

Αλλά τώρα όλα θα άλλαζαν, υποσχέθηκε. Θα ξεχνούσε τις έρευνές του και όλα αυτά που τον είχαν ταλαιπωρήσει και κυνηγήσει τους τελευταίους μήνες και θα αφιερωνόταν μόνο στο παιδί.

Όπως και να είχε η κατάσταση, θα γινόταν ένας καινούργιος άνθρωπος.

ΚΕΦΑΛΑΙΟ 5
20 ΝΟΕΜΒΡΙΟΥ

Πώς είχε καταλήξει η Γκαμπριέλα Γκρέιν στην ΕΥΠ δεν το είχε καταλάβει κανένας, λιγότερο απ' όλους η ίδια. Ήταν το είδος του κοριτσιού που όλοι μάντευαν ότι θα είχε ένα εξαιρετικό μέλλον. Το γεγονός ότι τώρα ήταν τριάντα τριών χρονών και δεν ήταν διάσημη, πλούσια ή παντρεμένη έκανε τις παλιές της φίλες στο Γιουρσχόλμ να ανησυχούν.

«Τι συμβαίνει μ' εσένα, Γκαμπριέλα; Θα είσαι αστυνόμος σε όλη σου τη ζωή;»

Δεν άντεχε πια να τις αντικρούει ή να εξηγεί ότι δεν ήταν αστυνόμος, ότι την είχαν επιλέξει ως αναλύτρια και ότι σήμερα έγραφε πολύ πιο εξειδικευμένα κείμενα απ' ό,τι είχε κάνει ποτέ στο Υπουργείο Εξωτερικών ή κατά τη διάρκεια των καλοκαιριών, ως συντάκτρια κυρίων άρθρων στην ημερήσια εφημερίδα *Σβένσκα Νταγκμπλάντετ*. Εκτός αυτού, σε κάθε περίπτωση, δεν μπορούσε να μιλήσει για τα περισσότερα απ' αυτά. Ήταν καλύτερα να μη λέει τίποτα και να αδιαφορεί για όλες εκείνες τις ανοησίες περί υψηλής κοινωνικής θέσης. Έπρεπε απλώς να παραδεχτεί ότι μία δουλειά στην ΕΥΠ εκλαμβανόταν ως ο απόλυτος πάτος του πηγαδιού – και από τις πλούσιες φιλενάδες της κι ακόμα περισσότερο από τους διανοούμενους φίλους της.

Στα δικά τους μάτια η ΕΥΠ ήταν κάτι δεξιοί βρομιάρηδες που κυνηγούσαν Κούρδους και Άραβες, ωθούμενοι από κρυφά ρατσιστικά κίνητρα, ενώ συγχρόνως δε δίσταζαν να προβαίνουν σε βαριές εγκληματικές πράξεις και νομικές παραβάσεις για να καλύπτουν παλιούς Σοβιετικούς μεγαλοκατασκόπους – και η ίδια βέβαια, καμιά φορά, συμφωνούσε μαζί τους. Υπήρχαν νοσηρές αντιλήψεις και ανικανότητα στην υπηρεσία και η υπόθεση Ζαλατσένκο παρέμενε η μεγάλη ντροπή της. Αλλά δεν ήταν αυτή όλη η αλήθεια.

Εκτελούσαν μία ενδιαφέρουσα και σημαντική εργασία, κυρίως τώρα με όλες αυτές τις έρευνες, και η Γκαμπριέλα καμιά φορά πίστευε ότι ήταν εκεί, στην ΕΥΠ, που εκφράζονταν οι πιο ενδιαφέρουσες σκέψεις και όχι στα άρθρα του Τύπου ή στις αίθουσες των ακαδημαϊκών, που διατείνονταν ότι κατανοούσαν καλύτερα τις ανακατατάξεις που συντελούνταν στην υφήλιο. Βεβαία, συχνά αναρωτιόταν: *Πώς κατέληξα εγώ εδώ και γιατί παρέμεινα;* Πιθανώς εν μέρει επειδή είχε κολακευτεί. Η ίδια η Χελένα Κραφτ, η γενική διευθύντρια της ΕΥΠ, που τότε μόλις είχε αναλάβει τη θέση, είχε έρθει σε επαφή με την Γκαμπριέλα λέγοντάς της ότι η υπηρεσία μετά από όλες τις καταστροφές και τα αρνητικά άρθρα έπρεπε να αρχίσει να προσλαμβάνει κόσμο με καινούργιο τρόπο. «Πρέπει να αρχίσουμε να σκεφτόμαστε όπως οι Βρετανοί», της είπε, «και να προσελκύσουμε στην οργάνωση τις πραγματικές διάνοιες από τα πανεπιστήμια, και ειλικρινά, Γκαμπριέλα, δεν υπάρχει καταλληλότερο πρόσωπο από σένα» – δε χρειαζόταν να της πει τίποτα παραπάνω.

Η Γκαμπριέλα προσλήφθηκε ως αναλύτρια στο τμήμα αντικατασκοπείας και αργότερα στο τμήμα ασφαλείας της βιομηχανίας, παρά το ότι εκ πρώτης όψεως δεν ήταν κατάλληλη γι' αυτήν τη δουλειά, με την έννοια ότι ήταν νεαρή και γυναίκα και σαν να μην έφταναν αυτά ήταν και εξαιρετικά όμορφη. Όμως, ήταν κατάλληλη από όλες τις άλλες απόψεις. Την αποκαλούσαν «το κοριτσάκι του μπαμπά» και «τρωκτικό της υψηλής κοινωνίας», σχόλια που προκαλούσαν αναίτιες προστριβές. Κατά τ' άλλα, όμως, ήταν μία άκρως επιτυχημένη επιλογή, ήταν γρήγορη και δεκτική και με μία ικανότητα να σκέφτεται εκτός των καθιερωμένων πλαισίων. Εκτός αυτού, μιλούσε και ρωσικά.

Είχε μάθει τη γλώσσα παράλληλα με τις σπουδές της στο Οικονομικό Πανεπιστήμιο της Στοκχόλμης, εκεί που είχε υπάρξει πρότυπο φοιτήτριας αλλά, στην ουσία, ποτέ δεν ένιωθε ιδιαίτερα ευχαριστημένη. Ονειρευόταν κάτι μεγαλύτερο από μία θέση στον επιχειρηματικό κόσμο και μετά το πτυχίο της ζήτησε δουλειά στο Υπουργείο Εξωτερικών, όπου φυσικά την προσέλαβαν. Αλλά ούτε κι εκεί ένιωθε ότι η δουλειά τής κινούσε το ενδιαφέρον. Οι διπλωμάτες ήταν κάτι δύσκαμπτοι, καλοχτενισμένοι τύποι και ήταν τότε που είχε έρθει σ' επαφή μαζί της η Χελένα Κραφτ και τώρα πήγαιναν πια πέντε χρόνια που δούλευε στην ΕΥΠ και σιγά σιγά όλοι την είχαν παραδεχτεί σαν τη διάνοια που ήταν, αν κι αυτό δεν ήταν πάντα τόσο εύκολο.

Και σήμερα δεν ήταν καθόλου εύκολα τα πράγματα – και όχι μόνο εξαιτίας του παλιόκαιρου. Ο προϊστάμενος του τμήματος Ράγκναρ Ούλοφσον είχε έρθει στο γραφείο της. Έδειχνε ξινισμένος και κακόκεφος και της υπέδειξε ότι δεν μπορούσε, που να πάρει ο διάβολος, να φλερτάρει όταν πηγαίνει κάπου για λογαριασμό της υπηρεσίας.

«Φλερτάρω;» του είπε.

«Έχουν έρθει λουλούδια εδώ».

«Και φταίω εγώ γι' αυτό;»

«Πιστεύω ότι έχεις ευθύνη, ναι. Πρέπει να συμπεριφερόμαστε άψογα και αυστηρά όταν είμαστε σε υπηρεσία. Εκπροσωπούμε μία υψηλή κεντρική υπηρεσία».

«Περίφημα, καλέ μου Ράγκναρ! Από σένα μαθαίνει κανείς πάντα κάτι. Τώρα καταλαβαίνω ότι είναι δικό μου λάθος που ο διευθυντής ερευνών της "Έρικσον" δεν μπορεί να ξεχωρίσει μεταξύ ευγενούς συμπεριφοράς και φλερτ. Επιτέλους συνειδητοποιώ ότι είναι δική μου ευθύνη που μερικοί άντρες είναι ασυγκράτητοι και βλέπουν μία σεξουαλική πρόκληση σε ένα απλό χαμόγελο».

«Μη σαχλαμαρίζεις», της είπε ο Ράγκναρ φεύγοντας. Μετά η Γκαμπριέλα το μετάνιωσε.

Τέτοιες αντιδράσεις σπάνια οδηγούν σε κάτι. Από την άλλη, άκουγε ένα σωρό βλακείες, καιρό τώρα.

Είχε φτάσει η ώρα να σταθεί όρθια και να υπερασπιστεί τον εαυτό της. Άρχισε να καθαρίζει κακόκεφη το γραφείο της και βρήκε μία ανάλυση από το βρετανικό GCHQ* για τη ρωσική βιομηχανική κατασκοπεία εναντίον ευρωπαϊκών επιχειρήσεων υψηλής τεχνολογίας που ακόμα δεν είχε προλάβει να διαβάσει. Τότε χτύπησε το τηλέφωνο. Ήταν η Χελένα Κραφτ και η Γκαμπριέλα χάρηκε. Ως τώρα η Χελένα δεν την είχε πάρει ποτέ για να διαμαρτυρηθεί ή να γκρινιάξει για κάτι – το αντίθετο μάλιστα.

«Θα μπω κατευθείαν στο θέμα», είπε η Χελένα. «Δέχτηκα ένα τηλεφώνημα από τις ΗΠΑ και μάλλον πρόκειται για κάτι επείγον. Μπορείς να μιλήσεις στο Cisco τηλέφωνό σου; Έχουμε κανονίσει μία σίγουρη γραμμή».

«Φυσικά».

«Ωραία, θέλω να μου ερμηνεύσεις την πληροφορία και να αξιολογήσεις αν υπάρχει κάτι σ' αυτήν. Ακούγεται σοβαρό, αλλά μου προξενεί μια παράξενη αίσθηση η πληροφοριοδότρια – που παρεμπιπτόντως λέει ότι σε ξέρει».

«Σύνδεσέ την».

Ήταν η Αλόνα Κασάλες από την NSA στο Μέριλαντ που τους είχε πάρει – αν και προς στιγμήν η Γκαμπριέλα αναρωτήθηκε αν ήταν πραγματικά αυτή. Την τελευταία φορά που είχαν συναντηθεί σε μία διάσκεψη στην Ουάσινγκτον, η Αλόνα ήταν μία σίγουρη και χαρισματική εισηγήτρια, της οποίας η παρουσίαση αφορούσε αυτό που με έναν ελαφρύ ευφημισμό αποκαλούσε «ενεργή αναγνώριση σημάτων» –δηλαδή *χάκινγκ*– και μετά αυτή και η Γκαμπριέλα είχαν πιει μερικά ποτά μαζί. Η Γκαμπριέλα, παρά τη θέλησή της, είχε μαγευτεί από την Αλόνα. Η Αλόνα κάπνιζε σιγαρίλος, είχε μία βαθιά και αισθησιακή φωνή που ευχαρίστως εκφραζόταν με μονοσύλλαβα και συχνά άφηνε σεξουαλικά υπονοούμενα. Αλλά τώρα στο τηλέφωνο ακουγόταν πολύ συγχυσμένη και πότε πότε έχανε τον ειρμό της με έναν τελείως ακατανόητο τρόπο.

---

* GCHQ: Government Communications Headqaurters (Κυβερνητικό Γραφείο Επικοινωνιών). (Σ.τ.Μ.)

Την Αλόνα δεν την έπιανε εύκολα νευρικότητα και συνήθως δε δυσκολευόταν να παραμείνει στο θέμα. Ήταν σαράντα οκτώ χρονών, μεγαλόσωμη και αθυρόστομη, με μεγάλο στήθος και δύο πανέξυπνα μικρά μάτια, που μπορούσαν να προκαλέσουν αμηχανία σε οποιονδήποτε. Συχνά έδειχνε να διαβάζει τη σκέψη του συνομιλητή της και κανένας δεν μπορούσε να πει ότι έτρεφε ιδιαίτερο σεβασμό για τους προϊσταμένους της. Κατσάδιαζε οποιονδήποτε –ακόμα και τον ίδιο τον υπουργό Δικαιοσύνης– κι αυτή ήταν μία από τις αιτίες που ο «Εντ-Νεντ» τη γούσταρε. Κανένας από τους δυο τους δεν ενδιαφερόταν για την ιεραρχία, οπότε ένας διευθυντής μυστικής υπηρεσίας σε μία μικρή χώρα σαν τη Σουηδία για την Αλόνα δε σήμαινε και τίποτα το σπουδαίο.

Και όμως, μετά τους συνηθισμένους ελέγχους ασφαλείας, είχε χάσει τελείως την ψυχραιμία της. Αλλά αυτό δεν είχε να κάνει με τη Χελένα Κραφτ, παρά με το δράμα που μόλις είχε αρχίσει να εκτυλίσσεται στον χώρο με τα ανοιχτά γραφεία πίσω της. Βέβαια όλοι ήταν συνηθισμένοι στις εκρήξεις του Εντ. Ο Εντ μπορούσε να φωνάζει, να ουρλιάζει και να χτυπάει τη γροθιά του στο γραφείο χωρίς να υπάρχει κάποιος ιδιαίτερος λόγος. Αλλά κάτι της έλεγε πως τούτο δω τώρα ήταν άλλου επιπέδου.

Ο άντρας είχε σχεδόν παραλύσει και ενώ η Αλόνα καθόταν εκεί και ψέλλιζε συγκεχυμένες λέξεις στο τηλέφωνο, διάφοροι μαζεύονταν γύρω του, πολλοί απ' αυτούς έβγαζαν τα τηλέφωνά τους και όλοι χωρίς καμία εξαίρεση έδειχναν αναστατωμένοι ή φοβισμένοι. Αλλά και η Αλόνα τα είχε χάσει, ήταν πολύ σοκαρισμένη, κι έτσι δεν έκλεισε το τηλέφωνο ούτε παρακάλεσε να μιλήσουν αργότερα. Άφησε να τη συνδέσουν και κατέληξε εκεί που ήθελε, στην Γκαμπριέλα Γκρέιν, εκείνη την υπέροχη νεαρή αναλύτρια που είχε συναντήσει στην Ουάσιγκτον και που είχε επιχειρήσει να καμακώσει – παρόλο που δεν τα είχε καταφέρει, η Αλόνα είχε μείνει με ένα αίσθημα βαθιάς ευχαρίστησης από τη γνωριμία τους.

«Γεια σου, φιλενάδα», της είπε. «Πώς είσαι;»

«Μια χαρά», απάντησε η Γκαμπριέλα. Έχουμε έναν δαιμονισμένο καιρό, αλλιώς όλα καλά».

«Είχαμε πράγματι μία υπέροχη συνάντηση τελευταία, έτσι δεν είναι;»
«Ναι, ήταν πολύ ωραία. Είχα πονοκέφαλο από τα ποτά όλη την άλλη μέρα. Υποθέτω, όμως, ότι δε με πήρες για να μου ζητήσεις να βγούμε».
«Όχι, δυστυχώς, λυπάμαι. Τηλεφωνώ διότι έχουμε πιάσει ένα μήνυμα που περιέχει σοβαρή απειλή εναντίον ενός Σουηδού ερευνητή».
«Ποιου;»
«Για μεγάλο χρονικό διάστημα δεν μπορούσαμε να ερμηνεύσουμε την πληροφορία ούτε να καταλάβουμε ποια χώρα αφορούσε. Είχαν χρησιμοποιήσει ασαφείς κωδικές λέξεις και πολλά στοιχεία ήταν κρυπτογραφημένα και αδύνατον να ερμηνευτούν, αλλά, όπως συμβαίνει συχνά, όταν έχεις μικρά κομμάτια, σαν παζλ... τι σκατά...»
«Συγγνώμη;»
«Περίμενε λίγο».
Ο υπολογιστής της Αλόνα αναβόσβησε. Μετά έσβησε τελείως και απ' ό,τι κατάλαβε το ίδιο συνέβη και με όλους τους άλλους υπολογιστές εκεί γύρω. Για μια στιγμή αναρωτήθηκε τι να έκανε. Θα συνέχιζε τη συνδιάλεξη, τουλάχιστον προς το παρόν – ίσως να ήταν μόνο μία διακοπή ρεύματος, αν και τα φώτα άναβαν.
«Περιμένω», είπε η Γκαμπριέλα.
«Ευχαριστώ, ευγενικό εκ μέρους σου. Πρέπει να με συγχωρήσεις. Γίνεται της τρελής εδώ πέρα. Πού είχα μείνει;»
«Έλεγες για κάτι κομμάτια παζλ».
«Ακριβώς, ακριβώς, συνδέσαμε τα κομμάτια, υπάρχει πάντα κάποιος που δεν είναι προσεκτικός, όσο επαγγελματίες και να θέλουν να φαίνονται, ή κάποιοι που...»
«Ναι;»
«...μιλάνε, λένε μία διεύθυνση ή κάτι άλλο, σ' αυτήν την περίπτωση περισσότερο ένα...»
Η Αλόνα σώπασε πάλι. Ο ίδιος ο διοικητής, ο Τζόνι Ίνγκραμ, ένα από τα πραγματικά μεγάλα στελέχη της υπηρεσίας με επαφές πολύ ψηλά, στον Λευκό Οίκο, είχε μπει στην αίθουσα. Ο Τζόνι

Ίνγκραμ προσπαθούσε βέβαια να δείχνει άνετος και υπεράνω όλων, όπως πάντα. Είπε και ένα αστειάκι σε μια ομάδα λίγο παραπέρα. Αλλά δεν έπειθε κανέναν. Κάτω από τη γυαλισμένη και ηλιοκαμένη επιφάνεια –από τότε που ήταν επικεφαλής του κρυπτολογικού κέντρου της NSA στο Όαχου ήταν ηλιοκαμένος όλον τον χρόνο– υπήρχε μια αγωνία στο βλέμμα του και τώρα φαινόταν ότι ήθελε την προσοχή όλων.

«Εμπρός, είσαι ακόμα εκεί;» είπε η Γκαμπριέλα στην άλλη άκρη της γραμμής.

«Δυστυχώς πρέπει να διακόψω τη συνδιάλεξη. Θα τα πούμε αργότερα», είπε η Αλόνα και έκλεισε το τηλέφωνο. Τώρα είχε αρχίσει να ανησυχεί.

Πλανιόταν στον αέρα μια αίσθηση αλλόκοτη, λες και είχε συμβεί κάτι τρομακτικό, ίσως μία νέα μεγάλη τρομοκρατική επίθεση. Αλλά ο Τζόνι Ίνγκραμ συνέχιζε να παριστάνει τον ήρεμο και παρά το ότι έτριβε τα χέρια του και ο ιδρώτας γυάλιζε στο πάνω χείλος και στο μέτωπό του, τόνιζε συνεχώς ότι δεν είχε συμβεί τίποτα το σοβαρό. Αφορούσε κάποιον ιό, είπε, που είχε προσπαθήσει να εισβάλει στο εσωτερικό δίκτυο της υπηρεσίας παρά τα μέτρα ασφαλείας.

«Για σιγουριά έχουμε κλείσει όλους τους σέρβερ μας», είπε και προς στιγμήν πράγματι η ομήγυρη ηρέμησε. «Τι διάβολο – ένας ιός», έλεγαν όλοι, «δεν είναι και τόσο σοβαρό».

Αλλά μετά ο Τζόνι Ίνγκραμ άρχισε να φλυαρεί και να υπεκφεύγει και τότε η Αλόνα δεν μπόρεσε να κρατηθεί άλλο και του φώναξε:

«Μίλα καθαρά!»

«Δεν ξέρουμε πολλά ακόμα, πριν από λίγο συνέβη. Αλλά πιθανώς είχαμε μία εισβολή. Θα επανέλθουμε αμέσως μόλις μάθουμε περισσότερα», απάντησε ο Τζόνι Ίνγκραμ φανερά ανήσυχος τώρα, ενώ στην αίθουσα ακούστηκαν διάφορα μουρμουρητά.

«Οι Ιρανοί είναι πάλι;» ρώτησε κάποιος.

«Νομίζουμε...» συνέχισε ο Ίνγκραμ.

Δεν πρόλαβε να συνεχίσει. Αυτός που έπρεπε να σταθεί εκεί μπροστά τους απ' την αρχή και να τους εξηγήσει τι είχε συμβεί τον διέκοψε απότομα, σήκωσε από την καρέκλα όλο το αρκουδίσιο του ανάστημα και εκείνη τη στιγμή κανένας δεν μπορούσε να αρνηθεί ότι είχε μία όντως επιβλητική παρουσία. Αν ο Εντ Νίντχαμ πριν από λίγο ήταν ισοπεδωμένος και σοκαρισμένος, τώρα εξέπεμπε μία τεράστια αποφασιστικότητα.

«Όχι», ούρλιαξε. «Είναι ένας χάκερ, ένας σατανικός σούπερ χάκερ, που θα του κόψω τ' αρχίδια».

Η Γκαμπριέλα είχε φορέσει το παλτό της κι ετοιμαζόταν να πάει στο σπίτι της όταν της τηλεφώνησε και πάλι η Αλόνα Κασάλες και στην αρχή η Γκαμπριέλα εκνευρίστηκε. Ήθελε να φύγει πριν η θύελλα εκεί έξω αγριέψει κι άλλο. Σύμφωνα με τα νέα στο ραδιόφωνο, η ταχύτητα του ανέμου θα έφτανε τα τριάντα μέτρα το δευτερόλεπτο, η θερμοκρασία θα κατέβαινε στους μείον δέκα βαθμούς κι αυτή φορούσε ελαφρά ρούχα.

«Συγγνώμη που άργησα», είπε η Αλόνα Κασάλες. «Είχαμε ένα θεότρελο πρωινό εδώ πέρα. Επικρατεί χάος».

«Το ίδιο κι εδώ», απάντησε η Γκαμπριέλα κοιτάζοντας το ρολόι της.

«Αλλά όπως σου είπα και νωρίτερα, έχω μία σημαντική υπόθεση ή τουλάχιστον έτσι νομίζω. Δεν είναι κι εύκολο να αξιολογηθεί. Μόλις άρχισα να καταγράφω μια ομάδα Ρώσων, σ' το είπα αυτό;»

«Όχι».

«Καλά, υπάρχουν πιθανώς και Γερμανοί και Αμερικανοί μεταξύ τους, ίσως και κάνα-δυο Σουηδοί».

«Για τι είδους ομάδα μιλάμε;»

«Εγκληματίες –σοφιστικέ εγκληματίες, πρέπει να πω– που δε ληστεύουν τράπεζες ούτε πουλάνε ναρκωτικά, αλλά κλέβουν μυστικά επιχειρήσεων και απόρρητες επιχειρηματικές πληροφορίες».

«"Black hats"».

«Δεν είναι απλώς χάκερς. Εκβιάζουν κόσμο και τον εξαγοράζουν. Ίσως ασχολούνται και με το παλιομοδίτικο σπορ των δολοφονιών. Αλλά ειλικρινά δεν έχω και πολλά στοιχεία γι' αυτούς.

Τα περισσότερα που έχω είναι κάτι κρυπτογραφημένες λέξεις, ανεπιβεβαίωτες συνδέσεις και κάνα-δυο πραγματικά ονόματα – κάτι νεαροί προγραμματιστές σε χαμηλές θέσεις. Η ομάδα ασχολείται με υψηλού επιπέδου βιομηχανική κατασκοπεία και γι' αυτό η υπόθεση έφτασε σ' εμένα. Φοβόμαστε ότι αμερικανική υψηλού επιπέδου τεχνολογία καταλήγει σε ρωσικά χέρια».

«Καταλαβαίνω».

«Αλλά δεν είναι εύκολο να τους πλησιάσει κανείς. Κρυπτογραφούν πολύ καλά και όσο κι αν έχω προσπαθήσει δεν έχω καταφέρει να πλησιάσω περισσότερο την ηγετική ομάδα. Το μόνο που έχω βρει είναι ότι ο ηγέτης τους λέγεται "Θάνος"».

«"Θάνος";»

«Ναι, μία συντόμευση του "Θάνατος", απ' τον θεό που προσωποποιούσε τον θάνατο στην ελληνική μυθολογία – ήταν γιος της Νύχτας και δίδυμος αδελφός του ΄Υπνου».

«Πολύ δραματικό».

«Μάλλον παιδιάστικο. Ο Θάνος είναι ένας ήρωας-καταστροφέας στα *Μάρβελ Κόμικς*, ξέρεις εκείνη τη σειρά με ήρωες, όπως ο Χαλκ, ο Άιρον Μαν και ο Κάπτεν Αμέρικα, αν και βέβαια αυτό δεν είναι ιδιαίτερα ρωσικό αλλά σίγουρα είναι... πώς να το πω...»

«Ειρωνικό και υπεροπτικό;»

«Ναι, λες και είναι καμιά παρέα αναιδών σπουδαστών κολεγίου που μας κάνουν πλάκα κι αυτό με εξοργίζει. Ειλικρινά είναι ένα σωρό πράγματα που με ενοχλούν σε όλη αυτήν την ιστορία και γι' αυτό μου κίνησε το ενδιαφέρον όταν μέσω της ανίχνευσης στοιχείων μάθαμε ότι σε αυτό το δίκτυο μπορεί να υπάρχει ένας αποστάτης, κάποιος που ίσως θα μπορούσε να μας δώσει πρόσβαση – αν μπορούσαμε μόνο να τον πάρουμε με το μέρος μας πριν τον ανακαλύψουν. Αλλά όταν ερευνήσαμε λίγο περισσότερο την υπόθεση, διαπιστώσαμε ότι τα πράγματα δεν ήταν όπως νομίζαμε αρχικά».

«Από ποια άποψη;»

«Δεν ήταν κάποιος εγκληματίας που αποστάτησε αλλά το αντίθετο, ένα τίμιο άτομο που τελείωσε τη δουλειά του σε μια εται-

ρεία όπου η εν λόγω οργάνωση είχε κατασκόπους, οι οποίοι πιθανώς από σύμπτωση έμαθαν κάτι σημαντικό».
«Συνέχισε».
«Η εκτίμησή μας είναι ότι το συγκεκριμένο άτομο σήμερα απειλείται σοβαρά. Χρειάζεται προστασία. Και ως πριν από λίγο δεν είχαμε την παραμικρή ιδέα πού να τον αναζητήσουμε. Δεν ξέραμε καν ούτε σε ποια εταιρεία είχε δουλέψει. Αλλά τώρα νομίζουμε ότι τον έχουμε βρει», συνέχισε η Αλόνα. «Τις τελευταίες μέρες ένας απ' αυτούς τους τύπους έτυχε να υπαινιχθεί κάτι γι' αυτόν τον άντρα και να σχολιάσει πως μ' αυτόν εξαφανίστηκε ό,τι είχε να κάνει με το ΑΤΠ».
«Με το ΑΤΠ;»
«Ναι, ακουγόταν κρυπτογραφημένο και παράξενο, αλλά είχε το πλεονέκτημα ότι ήταν συγκεκριμένο και μας παρείχε μια δυνατότητα αναζήτησης, ναι, ακριβώς, η φράση "ό,τι έχει να κάνει με το ΑΤΠ" δεν απέφερε τίποτε, αλλά ούτε γενικά το ΑΤΠ σε σχέση με κάποια εταιρεία. Υποθέσαμε ότι θα επρόκειτο για κάποια εταιρεία υψηλής τεχνολογίας κι αυτό μας οδηγούσε συνεχώς στο ίδιο αποτέλεσμα – στον Νίκολας Γκραντ και το μότο του: "Ανοχή, Ταλέντο και Πυκνότητα"».
«Μιλάμε για τη "Σολιφόν"», είπε η Γκαμπριέλα.
«Έτσι νομίζουμε κι εμείς. Τουλάχιστον φαίνεται ότι το κομμάτι που έλειπε μπήκε στη θέση του και γι' αυτό αρχίσαμε να ψάχνουμε ποιος είχε τελειώσει κάποια δουλειά στη "Σολιφόν" το τελευταίο διάστημα και στην αρχή δεν καταλήξαμε πουθενά – υπάρχει μεγάλη κινητικότητα σ' αυτήν την εταιρεία. Νομίζω ότι αυτό είναι και μία από τις βασικές αρχές τους. Οι διάνοιες πηγαινοέρχονται. Αλλά τότε αρχίσαμε να σκεφτόμαστε τα τρία γράμματα. Ξέρεις τι εννοεί ο Γκραντ μ' αυτά;»
«Όχι ακριβώς».
«Είναι η συνταγή του για τη δημιουργικότητα. Λέγοντας "ανοχή", εννοεί ότι απαιτείται ανοχή και για αταίριαστες ιδέες και για αταίριαστα άτομα· όσο πιο μεγάλη αποδοχή σε αταίριαστα άτομα ή γενικά σε μειονότητες, τόσο πιο μεγάλη αποδοχή για νέου είδους ιδέες. Είναι λίγο σαν τον Ρίτσαρντ Φλόριντα, ξέρεις,

και τον "δείκτη ομοφυλοφιλίας*" του. Εκεί που υπάρχει ανοχή για άτομα σαν εμένα, υπάρχει και μεγαλύτερη αποδοχή και δημιουργικότητα».

«Τα πολύ ομοιογενή και συντηρητικά περιβάλλοντα δεν επιτυγχάνουν τίποτα».

«Ακριβώς. Και τα ταλέντα –ναι, για ταλέντα μιλάει– δεν επιτυγχάνουν απλώς καλά αποτελέσματα, αλλά έλκουν κοντά τους και άλλες διάνοιες. Δημιουργούν ένα περιβάλλον στο οποίο όλοι θέλουν να ανήκουν και ήδη από την αρχή ο Γκραντ προσπάθησε να προσελκύσει τους καλύτερους του τομέα. Άσε τις διάνοιες να αποφασίσουν για την κατεύθυνση και τον στόχο και όχι το αντίθετο».

«Και με την "πυκνότητα" τι εννοεί;»

«Ότι αυτά τα ταλέντα θα βρίσκονται κοντά μεταξύ τους. Δε θα απαιτείται κάποια περίπλοκη γραφειοκρατική διαδικασία για να συναντηθούν. Δε θα χρειάζεται να κανονίζουν συναντήσεις και να μιλάνε με γραμματείς. Θα μπορούν να πηγαίνουν ο ένας στον άλλο και ν' αρχίζουν την κουβέντα. Οι ιδέες θα μπορούν να διακινούνται χωρίς κωλύματα και, όπως σίγουρα γνωρίζεις, η "Σολιφόν" εξελίχθηκε σ' ένα μοναδικά επιτυχημένο πείραμα. Παρήγαγαν καινοτόμες τεχνολογίες σε μία σειρά από τομείς – ναι, ακόμα και για μας στην NSA, αν και αυτό θέλω να μείνει μεταξύ μας. Αλλά μετά εμφανίστηκε μία καινούργια διάνοια, ένας συμπατριώτης σου και μ' αυτόν...»

«... χάθηκε το ΑΤΠ».

«Ακριβώς».

«Κι αυτός ήταν ο Μπάλντερ».

«Σωστά, αν και δε νομίζω ότι υπό κανονικές συνθήκες ο Μπάλ-

---

* Ο Αμερικανός κοινωνιολόγος Ρίτσαρντ Φλόριντα (Richard Florida) έχει διατυπώσει τη θεωρία των «δημιουργικών τάξεων», που συμβάλλουν στην πολιτιστική και οικονομική ανάπτυξη των πόλεων. Στην προσπάθειά του να ταξινομήσει τα αστικά περιβάλλοντα και να μελετήσει τη δυναμική τους, χρησιμοποιεί τον «δείκτη μποέμικης ζωής», τον «δείκτη ομοφυλοφιλίας», τον «δείκτη πολυμορφίας», κτλ. (Σ.τ.Ε.)

ντερ έχει προβλήματα ανοχής ή και "πυκνότητας". Αλλά ήδη από την αρχή έριξε κάτι σαν μαύρο πέπλο γύρω του και αρνιόταν να μοιραστεί οτιδήποτε. Σε χρόνο μηδέν κατάφερε να καταστρέψει το καλό κλίμα μεταξύ των κορυφαίων ερευνητών της εταιρείας, ιδιαίτερα όταν άρχισε να κατηγορεί τους συναδέλφους του ότι ήταν κλέφτες και προδότες. Εκτός αυτού είχε και μία σκηνή με τον ιδιοκτήτη, τον Νίκολας Γκραντ. Αλλά ο Γκραντ αρνιόταν να μιλήσει για το τι αφορούσε – είπε μόνο ότι ήταν ένα θέμα ιδιωτικής φύσης. Μετά από μικρό χρονικό διάστημα, ο Μπάλντερ δήλωσε παραίτηση».

«Το ξέρω».

«Και οι περισσότεροι χάρηκαν όταν έφυγε. Η ατμόσφαιρα στην εταιρεία βελτιώθηκε και οι άνθρωποι άρχισαν πάλι να εμπιστεύονται ο ένας τον άλλο, τουλάχιστον σε κάποιον βαθμό. Αλλά ο Νίκολας Γκραντ δεν ήταν ευχαριστημένος και κυρίως δεν ήταν ευχαριστημένοι οι δικηγόροι του. Ο Μπάλντερ είχε πάρει μαζί του αυτό που είχε εξελίξει στη "Σολιφόν" και υπήρχε η γενική εντύπωση –ίσως ακριβώς επειδή κανένας δεν ήξερε τι ήταν και οι διαδόσεις διαδέχονταν η μία την άλλη– ότι είχε βρει κάτι εντυπωσιακό που μπορούσε να φέρει επανάσταση στην κβαντική τεχνολογία ΗΥ με την οποία ασχολιόταν η "Σολιφόν"».

«Και από καθαρά νομική άποψη, αυτό που είχε εξελίξει ο Μπάλντερ ανήκε στην εταιρεία και όχι προσωπικά σε αυτόν».

«Ακριβώς. Και παρά το ότι ο Μπάλντερ μιλούσε για κλοπή, σε τελική ανάλυση αυτός ήταν ο κλέφτης και όπως ξέρεις σύντομα θα σκάσει η βόμβα στα δικαστήρια, εκτός κι αν ο Μπάλντερ καταφέρει να φοβίσει αυτούς τους κορυφαίους δικηγόρους με τα όσα γνωρίζει. Οι πληροφορίες που έχει είναι η ασφάλεια ζωής του, έτσι τους μήνυσε και μπορεί να 'χει και δίκιο. Αλλά στη χειρότερη περίπτωση αυτό μπορεί να προξενήσει και...»

«Τον θάνατό του».

«Τουλάχιστον αυτό είναι που με ανησυχεί», συνέχισε η Αλόνα. «Έχουμε ολοένα και ισχυρότερες ενδείξεις πως κάτι σοβαρό ετοιμάζεται και τώρα κατάλαβα από τη διευθύντριά σου ότι εσύ μπορείς να μας βοηθήσεις με αυτό το κομμάτι του παζλ».

Η Γκαμπριέλα έριξε μια ματιά στη θύελλα εκεί έξω και σκέφτηκε ότι θα ήθελε να ήταν στο σπίτι της, μακριά από οτιδήποτε άλλο. Έβγαλε, όμως, το παλτό της και κάθισε στην καρέκλα της με μεγάλη δυσαρέσκεια.

«Για τι ακριβώς χρειάζεστε βοήθεια;»

«Τι νομίζεις ότι είναι αυτό που γνωρίζει ο Μπάλντερ;»

«Να υποθέσω ότι δεν καταφέρατε να κάνετε ούτε υποκλοπή τηλεφωνημάτων αλλά ούτε και να τον χακάρετε;»

«Δεν απαντάω σ' αυτό, καρδιά μου. Αλλά εσύ τι νομίζεις;»

Η Γκαμπριέλα θυμόταν πως ο Φρανς Μπάλντερ στεκόταν εκεί, στο άνοιγμα της πόρτας, πριν από λίγο καιρό και μουρμούριζε ότι ονειρευόταν «μια καινούργια ζωή» – τι εννοούσε τέλος πάντων μ' αυτό;

«Υποθέτω πως γνωρίζεις», είπε η Γκαμπριέλα, «ότι ο Μπάλντερ θεωρούσε ότι του είχαν κλέψει την έρευνά του ήδη όταν βρισκόταν εδώ, στη Σουηδία. Η FRA διενήργησε μία αρκετά μεγάλη έρευνα και εν μέρει του έδωσε δίκιο, και ας μην προχώρησε παραπέρα την υπόθεση. Εκείνη την εποχή συνάντησα τον Μπάλντερ για πρώτη φορά και δε μου άρεσε ιδιαίτερα. Με έπρηξε με τα δικά του και ήταν τυφλός για οτιδήποτε δεν αφορούσε τον εαυτό του και την έρευνά του. Θυμάμαι ότι σκέφτηκα πως καμία πρόοδος στον κόσμο δεν αξίζει τέτοια μονομέρεια. Αν απαιτείται τέτοιου είδους στάση για να γίνει κανείς παγκόσμια προσωπικότητα, δε θα ήθελα να γίνω ποτέ, ούτε καν στα όνειρά μου. Αλλά ίσως να επηρεάστηκα από τη δικαστική απόφαση εναντίον του».

«Την απόφαση κηδεμονίας;»

«Ναι, είχε μόλις χάσει κάθε δικαίωμα να φροντίσει τον αυτιστικό γιο του, επειδή τον αγνοούσε ολοκληρωτικά και δεν είχε καν αντιληφθεί ότι ολόκληρη βιβλιοθήκη είχε πέσει πάνω στο κεφάλι του παιδιού, οπότε όταν άκουσα ότι ο καθένας και όλοι μαζί είχαν στραφεί εναντίον του στη "Σολιφόν", το κατάλαβα πάρα πολύ καλά. Λίγο πολύ, του άξιζε σκέφτηκα».

«Μετά όμως;»

«Μετά επέστρεψε στη Σουηδία και συζητήθηκε αν έπρεπε να του παρασχεθεί κάποιου είδους προστασία – τότε ήταν που τον

συνάντησα ξανά. Ήταν πριν από μερικές εβδομάδες και πραγματικά ξαφνιάστηκα. Ο τύπος έδειχνε ολοκληρωτικά αλλαγμένος. Όχι μόνο επειδή είχε ξυρίσει τα γένια του, είχε φροντίσει την κόμμωσή του και είχε χάσει κιλά. Φαινόταν πιο συγκαταβατικός, ακόμα και λίγο αβέβαιος. Τίποτε από την παλιά δαιμονοπληξία του δεν υπήρχε πια και θυμάμαι ότι τον ρώτησα αν ανησυχούσε για τις δικαστικές διαμάχες που τον περίμεναν. Ξέρεις τι μου απάντησε;»
«Όχι».
«Μου εξήγησε, άκρως σαρκαστικά, ότι δεν ανησυχούσε, επειδή όλοι είμαστε ίσοι ενώπιον του νόμου».
«Και τι εννοούσε μ' αυτό;»
«Ότι είμαστε ίσοι, αν πληρώνουμε τα ίδια. Στον δικό του κόσμο, είπε, ο νόμος δεν ήταν παρά ένα ξίφος που διαπερνούσε τύπους σαν κι αυτόν. Ναι, ήταν ανήσυχος. Επίσης ήταν ανήσυχος, γιατί γνώριζε πράγματα που δεν ήταν εύκολο να τα κουβαλάει μαζί του, αν και αυτά ίσως μπορούσαν να τον σώσουν».
«Αλλά δεν είπε τι ήταν;»
«Δεν ήθελε να χάσει το καλύτερο χαρτί που είχε, είπε. Ήθελε να περιμένει για να δει πόσο μακριά ήταν διατεθειμένος να το πάει ο αντίπαλός του. Αλλά διέκρινα ότι ήταν ταραγμένος και κάποια στιγμή τού ξέφυγε ότι βεβαίως και υπήρχαν άνθρωποι που ήθελαν το κακό του».
«Με ποιον τρόπο;»
«Όχι με φυσική βία, εννοούσε. Ήταν περισσότερο η έρευνά του και η τιμή του που ήθελαν να πλήξουν, είπε. Αλλά δεν είμαι απολύτως σίγουρη ότι πράγματι πίστευε ότι το θέμα θα σταματούσε εκεί και γι' αυτό του πρότεινα να πάρει έναν σκύλο για φύλακα. Του είπα ότι ένας σκύλος θα ήταν υπέροχη συντροφιά για κάποιον που έμενε σε προάστιο και σ' ένα πάρα πολύ μεγάλο σπίτι. Αλλά εκείνος δεν ήθελε. "Δεν μπορώ να έχω σκύλο τώρα", είπε κοφτά».
«Γιατί όχι;»
«Πραγματικά δεν ξέρω. Αλλά είχα την αίσθηση ότι κάτι τον πίεζε και δε διαμαρτυρήθηκε ιδιαίτερα όταν φρόντισα για την εγκατάσταση ενός προηγμένου συστήματος συναγερμού στο σπίτι του. Μόλις έγινε η εγκατάσταση».

«Από ποιον;»

«Από μία εταιρεία προστασίας με την οποία συνεργαζόμαστε συχνά, τη "Μίλτον Σεκιούριτι"».

«Καλά, πολύ καλά. Παρ' όλα αυτά, θα ήθελα να σας προτείνω να τον μεταφέρετε σε άλλο σπίτι».

«Τόσο άσχημη είναι η κατάσταση;»

«Υπάρχει κίνδυνος να είναι κι αυτό αρκεί – δε συμφωνείς;»

«Ναι, βέβαια», είπε η Γκαμπριέλα. «Μπορείς να μου στείλεις αμέσως τα σχετικά έγγραφα για να μιλήσω με τον προϊστάμενό μου;»

«Θα γίνει – αλλά δεν ξέρω τι μπορώ να βρω τούτη τη στιγμή. Είχαμε... πάρα πολύ σοβαρά προβλήματα με το δίκτυο».

«Έχει η υπηρεσία σας την πολυτέλεια για τέτοια προβλήματα;»

«Όχι, η αλήθεια είναι πως δεν την έχει. Θα επανέλθω, καρδιά μου», είπε και έκλεισε το τηλέφωνο. Η Γκαμπριέλα έμεινε μερικά λεπτά τελείως ακίνητη, κοιτάζοντας έξω τη θύελλα που μαστίγωνε όλο και αγριότερα το παράθυρο.

Μετά έβγαλε το Blackphone της και τηλεφώνησε στον Φρανς Μπάλντερ. Τον πήρε ξανά και ξανά. Όχι μόνο για να τον προειδοποιήσει και για να του πει να αλλάξει σπίτι, αλλά επειδή της ήρθε ξαφνικά η επιθυμία να μιλήσει μαζί του και να μάθει τι εννοούσε όταν έλεγε:

«Τις τελευταίες μέρες ονειρεύομαι μια καινούργια ζωή».

Αλλά χωρίς κανείς να το ξέρει ή να μπορεί να το φανταστεί, ο Φρανς Μπάλντερ ήταν απασχολημένος με το να παρακινεί τον γιο του να κάνει ακόμα μια ζωγραφιά, λουσμένη με εκείνο το παράξενο, απόκοσμο φως.

ΚΕΦΑΛΑΙΟ 6
20 ΝΟΕΜΒΡΙΟΥ

Οι λέξεις αναβόσβηναν στην οθόνη του υπολογιστή:
«*Mission Accomplished**!»
Ο «Πανούκλας» άφησε να του ξεφύγει μία βραχνή, σχεδόν παρανοϊκή κραυγή κι αυτό ήταν μάλλον απροσεξία. Αλλά οι γείτονες, αν τυχόν τον είχαν ακούσει, δε θα μπορούσαν ούτε καν να διανοηθούν τι αφορούσε. Το σπίτι του «Πανούκλα» δεν έδειχνε και τόσο σαν ένα μέρος για παραβιάσεις συστημάτων ασφαλείας σε ανώτερο διεθνές επίπεδο.
Έμοιαζε περισσότερο σαν το λημέρι ενός αλήτη. Ο «Πανούκλας» έμενε στην οδό Χεγκλινταβέγκεν, στο Σουντμπιμπέργ, μία τελείως άθλια περιοχή με πληκτικά τετραώροφα κτίρια με ξεθωριασμένα τούβλα και για το διαμέρισμά του πράγματι δεν υπήρχε τίποτα το θετικό που θα μπορούσε να πει κανείς. Δε μύριζε μόνο ξινίλα και μούχλα. Στο γραφείο του υπήρχαν κάθε είδους σκουπίδια, υπολείμματα από τα «ΜακΝτόναλντς», κουτιά κόκακόλας, τσαλακωμένα χαρτιά από μπλοκ, ψίχουλα από βουτήματα, άπλυτες κούπες καφέ και άδειες σακούλες από καραμέλες και παρά το γεγονός ότι ένα μέρος απ' όλα αυτά είχε καταλήξει στο καλάθι των αχρήστων, είχε κι αυτό να το αδειάσει εδώ κι εβδομάδες και δεν μπορούσε να προχωρήσει κανείς ούτε βήμα

---

* «Αποστολή εξετελέσθη!» (Σ.τ.Μ.)

στο διαμέρισμα χωρίς να πατάει ψίχουλα και βρομιές. Όλα αυτά, όμως, δε θα εξέπλητταν κανέναν που τον ήξερε.

Ο «Πανούκλας» ήταν ένας νεαρός που συνήθως δεν έκανε ντους ούτε άλλαζε ρούχα άσκοπα. Ζούσε κυριολεκτικά καθισμένος μπροστά στον υπολογιστή του, αλλά ακόμα και όταν δεν είχε πολλή δουλειά, έδειχνε το ίδιο αξιοθρήνητος: παχύσαρκος, ξεμαλλιασμένος και αφρόντιστος, παρά την προσπάθειά του να αφήσει μία μικρή μοντέρνα γενειάδα. Αυτή η γενειάδα εδώ και καιρό είχε μεταμορφωθεί σε έναν άμορφο θάμνο. Ο «Πανούκλας» ήταν μεγαλόσωμος σαν γίγαντας, έγερνε λίγο στο πλάι και ξεφυσούσε όταν κινιόταν. Ήξερε, όμως, να κάνει άλλα πράγματα.

Μπροστά στον υπολογιστή ήταν ένας βιρτουόζος, ένας χάκερ που ταξίδευε χωρίς εμπόδια στον κυβερνοχώρο και που ίσως μόνο ένας τον ξεπερνούσε – ή μία θα μπορούσε να πει κανείς. Και μόνο να βλέπεις πώς χόρευαν τα δάχτυλά του πάνω στο πληκτρολόγιο, ήταν χάρμα οφθαλμών. Ήταν τόσο ελαφρύς και ευκίνητος στο διαδίκτυο όσο βαρύς και χοντροκαμωμένος ήταν στον άλλο, τον πραγματικό κόσμο και ενώ κάποιος γείτονας από πάνω, ο κύριος Γιάνσον πιθανώς, του χτυπούσε τώρα το πάτωμα, εκείνος απάντησε στο μήνυμα που μόλις είχε πάρει:

«"Σφήγκα", είσαι διάνοια. Θα έπρεπε να σου στήσουν άγαλμα».

Μετά έγειρε προς τα πίσω με ένα μακάριο χαμόγελο και προσπάθησε να ξαναφέρει στον νου του όλη την αλληλουχία των γεγονότων και κυρίως να απολαύσει για λίγο τον θρίαμβο, πριν αρχίσει να φορτώνει τη «Σφήγκα» με όλες τις αναγκαίες λεπτομέρειες, προκειμένου να βεβαιωθεί, μεταξύ άλλων, ότι θα εξαφάνιζε όλα τα ίχνη της. Κανένας δε θα μπορούσε να τους εντοπίσει, κανένας.

Και παλιότερα είχαν κοντραριστεί με σημαντικές οργανώσεις. Αλλά τώρα η σύγκρουση είχε περάσει σε καινούργιο επίπεδο και πολλοί από την εκλεκτή ομάδα στην οποία ανήκε, τη λεγόμενη «Δημοκρατία των χάκερς», είχαν τις αντιρρήσεις τους για την ιδέα, κυρίως η ίδια η «Σφήγκα». Η «Σφήγκα» μπορούσε να τα βάλει με οποιαδήποτε επίσημη υπηρεσία ή πρόσωπο αν χρειαζόταν. Αλλά δεν της άρεσε να μαλώνει μόνο για χάρη του καβγά.

Δε γούσταρε τέτοιου είδους παιδιάστικα χακαρίσματα. Δεν

ήταν το είδος του ατόμου που θα παραβίαζε σούπερ υπολογιστές μόνο και μόνο για να το παίξει σημαντική. Η «Σφήγκα» ήθελε να έχει πάντα έναν ξεκάθαρο στόχο και πάντα έκανε τις διαβολεμένες της αναλύσεις για τις συνέπειες. Ζύγιζε τις μακροπρόθεσμες συνέπειες κόντρα στην άμεση ανάγκη της για ικανοποίηση και κανένας δεν μπορούσε να ισχυριστεί ότι από αυτήν την άποψη ήταν ιδιαίτερα έξυπνο να χακάρει την NSA. Είχε επιτρέψει, όμως, να την πείσουν και κανένας δεν καταλάβαινε το γιατί.

Ίσως χρειαζόταν κάποιο ερέθισμα. Ίσως να βαριόταν και να ήθελε να προξενήσει το χάος για να μην πεθάνει από βαριεστημάρα. Ή –όπως ισχυρίζονταν κάποια μέλη της ομάδας– βρισκόταν σε πόλεμο με την NSA και γι' αυτό η παραβίαση δεν είχε άλλον σκοπό πέρα από την προσωπική της εκδίκηση. Άλλοι στην ομάδα αμφισβητούσαν και αυτήν την εκδοχή και ισχυρίζονταν ότι η «Σφήγκα» αναζητούσε πληροφορίες – ότι έψαχνε στοιχεία για κάποια υπόθεση από τότε που ο πατέρας της, ο Αλεξάντερ Ζαλατσένκο, είχε δολοφονηθεί στο νοσοκομείο Σαλγκρένσκα στο Γκέτεμπουργκ.

Κανένας, όμως, δεν ήξερε να πει με σιγουριά. Η «Σφήγκα» είχε πάντα τα μυστικά της και τελικά δεν έπαιζε κανέναν ρόλο το γιατί το είχε κάνει – ή τουλάχιστον έτσι είχαν προσπαθήσει να πείσουν τους εαυτούς τους. Αν εκείνη ήθελε να τους βοηθήσει, ευχαρίστως αποδέχονταν τη βοήθειά της και δε χρειαζόταν να ανησυχούν που στην αρχή δεν είχε δείξει ενθουσιασμό ή κάποιο άλλο συναίσθημα. Τουλάχιστον δεν τους είχε φέρει αντίρρηση κι αυτό ήταν αρκετό.

Με τη συμμετοχή της «Σφήγκας» η όλη υπόθεση ήταν πιο ελπιδοφόρα και όλοι στην ομάδα ήξεραν καλύτερα από τον καθένα ότι τα τελευταία χρόνια η NSA είχε υπερβεί κατά πολύ τις δικαιοδοσίες της. Σήμερα η οργάνωση παρακολουθούσε τις συνδιαλέξεις όχι μόνο τρομοκρατών και πιθανών παραβατών των κανόνων ασφαλείας, ούτε μόνο σημαντικούς ηγέτες όπως οι ξένοι αρχηγοί κρατών ή ανθρώπους της εξουσίας, αλλά τα πάντα, σχεδόν τα πάντα. Εκατομμύρια, δισεκατομμύρια, τρισεκατομμύρια συνδιαλέξεις, αλληλογραφίες και δραστηριότητες στο διαδίκτυο παρακολουθούνταν και αρχειοθετούνταν και κάθε μέρα που περνούσε η NSA προωθούσε τις θέσεις της, χωνόταν ολοένα και περισσότερο στην ιδιωτική ζωή όλων μας και μεταμορφωνόταν σε ένα μεγάλο, επίβουλο μάτι παρακολούθησης.

Ήταν αλήθεια ότι κανένα μέλος της «Δημοκρατίας των χάκερ» δεν αποτελούσε παράδειγμα προς μίμηση. Όλοι τους, χωρίς εξαίρεση, είχαν εισβάλει σε δίκτυα και συστήματα, ενώ δεν είχαν το παραμικρό δικαίωμα. Αυτοί ήταν, ας πούμε, οι κανόνες του παιχνιδιού. Ένας χάκερ περνάει τα όρια καλώς ή κακώς, είναι ένα άτομο που μόνο χάρην της ασχολίας του αψηφά κανόνες και διευρύνει τα σύνορα της γνώσης του, χωρίς να τον νοιάζει πάντα για τις διαφορές μεταξύ του ιδιωτικού και του δημόσιου.

Αλλά δε στερούνταν ηθικής και γνώριζαν από προσωπική πείρα πως η εξουσία διαφθείρει, κυρίως η εξουσία χωρίς έλεγχο, και σε κανέναν από αυτούς δεν άρεσε η σκέψη ότι οι χειρότερες και περισσότερο αδίστακτες εισβολές χάκερ δε γίνονταν πια από μεμονωμένους αντάρτες και παράνομους αλλά από κρατικούς κολοσσούς, που ήθελαν να ελέγχουν τους πολίτες τους. Ο «Πανούκλας», ο «Τρίνιτι», ο «Μπομπ ο Σκύλος», ο «Φλίπερ», ο «Ζοντ», η «Κατ» και όλη η ομάδα της «Δημοκρατίας των χάκερς», είχαν αποφασίσει να αντεπιτεθούν χακάροντας την NSA και χτυπώντας τη με τον έναν ή τον άλλον τρόπο.

Αυτό βέβαια δεν ήταν εύκολο. Ήταν σαν να προσπαθεί κανείς να κλέψει χρυσό από το Φορτ Νοξ και σαν υπεροπτικοί ηλίθιοι που ήταν, δεν ήθελαν μόνο να μπουν στο σύστημα της NSA· ήθελαν να το διευθύνουν. Ήθελαν να αποκτήσουν ένα σούπερ στάτους χρήστη –ή Root για να μιλήσουμε στη γλώσσα Linux– και για να το καταφέρουν αυτό έπρεπε να βρουν άγνωστες τρύπες στην ασφάλεια, αυτές που αποκαλούσαν «Zero days» – πρώτα στην πλατφόρμα των σέρβερς της NSA και μετά στο εσωτερικό της δίκτυο, το NSANet, από το οποίο γινόταν όλη η δουλειά παρακολούθησης της υπηρεσίας, σε παγκόσμιο επίπεδο.

Ο Ρίτσαρντ Φούλερ δούλευε στη NISIRT, την NSA Information System Incident Response Team, την Ομάδα Απόκρισης Περιστατικών Πληροφοριακών Συστημάτων, που επέβλεπε το εσωτερικό δίκτυο της υπηρεσίας και συνεχώς κυνηγούσε διαρροές και εισβολές. Ήταν ένας εξαιρετικός και αξιόπιστος άντρας – πτυχίο νομικής από το Χάρβαρντ, ρεπουμπλικάνος, παλιό μπακ στο ράγκμπι, ο ιδανικός πατριώτης αν πίστευε κανείς το βιογραφικό του. Αλλά ο «Μπομπ ο Σκύλος» κατάφερε να πληροφορηθεί από μια παλιά ερωμένη του Φούλερ ότι ο τύπος ήταν διπολικός, πιθανώς και χρήστης κοκαΐνης.

Όταν εκνευριζόταν έκανε όλων των ειδών τις ανοησίες, μεταξύ άλλων και να κατεβάζει φακέλους και αρχεία χωρίς πρώτα να εφαρμόσει τους υποχρεωτικούς κανόνες ασφαλείας. Ήταν αρκετά εμφανίσιμος τύπος, αν και έμοιαζε περισσότερο με οικονομικό παράγοντα –ένας Γκόρντον Γκέκο– παρά με μυστικό πράκτορα, και κάποιος, πιθανώς ο «Μπομπ ο Σκύλος», πέταξε την ιδέα να πάει η «Σφήγκα» στη Βαλτιμόρη, εκεί που έμενε ο Φούλερ, να κοιμηθεί μαζί του και να τον βάλει να γλείψει το βάζο με το μέλι.

Η «Σφήγκα» τους διαβολόστειλε όλους μαζί.

Κατόπιν απέρριψε την άλλη ιδέα τους, σύμφωνα με την οποία θα έφτιαχναν ένα αρχείο με στοιχεία που θα φαίνονταν ατόφιος δυναμίτης για εισβολές και διαρροές στα κεντρικά γραφεία στο Φορτ Μιντ, ένα αρχείο που θα μόλυναν με ένα πρόγραμμα κατασκοπείας, ένα εξελιγμένο trojan με υψηλό κατώφλι πρωτοτυπίας, που θα δημιουργούσαν ο «Πανούκλας» και η «Σφήγκα». Το σκεπτικό ήταν ότι μετά θα άφηναν διάφορα ίχνη στο δίκτυο που θα προσέλκυαν τον Φούλερ στον φάκελο και στην καλύτερη περίπτωση θα τον εκνεύριζαν τόσο ώστε να παραμελήσει τους κανόνες ασφαλείας. Δεν ήταν καθόλου κακό σχέδιο, καθόλου – θα μπορούσε να τους οδηγήσει στο σύστημα της NSA χωρίς να αναγκαστούν να κάνουν μία εισβολή που πιθανώς θα μπορούσε να εντοπιστεί.

Αλλά η «Σφήγκα» δε σκόπευε, είπε, να καθίσει και να περιμένει ώσπου αυτός ο μάπας ο Φούλερ να κάνει κάποια βλακεία. Η ίδια δεν ήθελε να εξαρτάται από τα λάθη των άλλων, ήταν γενικά αδιάλλακτη και πεισματάρα και κανένας δεν παραξενεύτηκε όταν έξαφνα δήλωσε πως ήθελε να αναλάβει προσωπικά την όλη επιχείρηση και παρά το ότι αυτό έγινε αφορμή για καβγάδες και διαμαρτυρίες, στο τέλος ενέδωσαν, αλλά φυσικά με την προϋπόθεση ότι θα εφάρμοζε μία σειρά από μέτρα και είναι αλήθεια ότι η Λίσμπετ σημείωσε προσεκτικά τα ονόματα και τα στοιχεία των τεχνικών του δικτύου της NSA που είχαν πληροφορηθεί και ζήτησε βοήθεια με αυτό που αποκαλείται «fingerprintoperation»: χαρτογράφηση της πλατφόρμας των σέρβερς και του λειτουργικού συστήματος. Αλλά μετά απ' αυτό, η «Σφήγκα» έκλεισε την πόρτα στη «Δημοκρατία των χάκερς» και στον υπόλοιπο κόσμο, και ο «Πανούκλας» δεν είχε την παραμικρή ιδέα αν άκουγε καθόλου τις συμβουλές του, για παράδειγμα ότι δεν έπρεπε να χρησιμοποιήσει το handle, το ψευδώνυμό της, και ότι δεν έπρεπε να δουλεύει από το σπίτι της, αλλά από κάποιο απομακρυσμένο ξενοδοχείο, με πλαστή ταυτότητα, μη τυχόν και τα λαγωνικά της NSA κατόρθωναν να την εντοπίσουν μέσω των διαδοχικών λαβυρίνθων του δικτύου Tor*. Αλλά, φυσικά, εκείνη έκανε τα πάντα με τον δικό της τρόπο και ο «Πανούκλας» δεν μπορούσε να κάνει τίποτε άλλο από το να κάθεται στο γραφείο του στο Σουντμπιμπέργ και να περιμένει, με σπασμένα νεύρα, και ως εκείνη τη στιγμή δεν είχε την παραμικρή ιδέα ποιο δρόμο είχε επιλέξει η Λίσμπετ.

Μόνο ένα πράγμα ήξερε με σιγουριά: αυτό που είχε καταφέρει η «Σφήγκα» ήταν μοναδικό και θρυλικό και ενώ η θύελλα λυσσομανούσε εκεί έξω, σκούπισε μερικά ψίχουλα από το γραφείο του, έσκυψε στον υπολογιστή του και έγραψε:

«*Πες μου! Πώς νιώθεις;*»

«*Άδεια*», του απάντησε εκείνη.

Άδεια.

Έτσι ένιωθε. Η Λίσμπετ Σαλάντερ δεν είχε κοιμηθεί σχεδόν καθόλου μία εβδομάδα τώρα, είχε φάει και πιει ελάχιστα και τώρα πονούσε το κεφάλι της, τα μάτια της έκαιγαν, τα χέρια της έτρεμαν κι αυτό που ήθελε περισσότερο απ' όλα ήταν να πετάξει όλα της τα μηχανήματα στο πάτωμα. Αλλά κατά βάθος ήταν και ευχα-

---

* «The onion router». (Σ.τ.Μ.)

ριστημένη, αν και όχι για τον λόγο που νόμιζαν ο «Πανούκλας» και οι άλλοι στη «Δημοκρατία των χάκερς». Ήταν ευχαριστημένη επειδή είχε μάθει κάτι καινούργιο για την ομάδα των εγκληματιών που χαρτογραφούσε και μπορούσε πια να αποδείξει τη συνάφεια που υπήρχε, κάτι που παλιότερα υπέθετε απλώς ή μάντευε. Αλλά αυτό το κρατούσε για τον εαυτό της και την εξέπληττε που οι άλλοι νόμιζαν ότι είχε χακάρει το σύστημα μόνο και μόνο για τη χαρά του να το καταφέρει.

Η Λίσμπετ δεν ήταν καμιά έφηβη τρελαμένη από τις ορμόνες, ούτε καμία ηλίθια που ζητούσε να αποδείξει ότι ισορροπούσε σε τεντωμένο σκοινί. Πέφτοντας με τα μούτρα σε ένα τόσο χοντρό παιχνίδι ήθελε κάτι άκρως συγκεκριμένο, αν και ήταν αλήθεια ότι κάποτε το χακάρισμα ήταν κάτι περισσότερο από ένα απλό εργαλείο γι' αυτήν. Κατά τη διάρκεια των χειρότερων στιγμών της παιδικής της ηλικίας, αυτός ήταν ο τρόπος της να δραπετεύει και να νιώθει λιγότερο παγιδευμένη.

Με τη βοήθεια των υπολογιστών μπόρεσε να γκρεμίσει εμπόδια και τείχη που είχαν χτίσει γύρω της και να ζήσει στιγμές ελευθερίας και σίγουρα υπήρχε κάτι απ' αυτήν την αίσθηση και τώρα.

Αλλά, πάνω απ' όλα, ήταν σε κυνήγι κι αυτό είχε κάνει από την ώρα που είχε ξυπνήσει νωρίς το πρωί, έχοντας πρώτα ονειρευτεί εκείνο το χέρι που χτυπούσε συνεχώς και ρυθμικά το στρώμα του κρεβατιού της στην οδό Λουνταγκάταν και κανένας δεν μπορούσε να ισχυριστεί ότι αυτό το κυνήγι ήταν εύκολο. Οι αντίπαλοι κρύβονταν πίσω από προπετάσματα καπνού και ίσως γι' αυτό η Λίσμπετ Σαλάντερ ήταν ασυνήθιστα δύστροπη και απότομη το τελευταίο διάστημα. Ήταν λες κι ένα καινούργιο σκοτάδι απλωνόταν πάνω της, όλο και πιο πυκνό, και εκτός από έναν μεγαλόσωμο, φωνακλά προπονητή πυγμαχίας, ονόματι Ομπίνζε, και κάνα-δυο εραστές και ερωμένες, δε συναντούσε ποτέ κανέναν και περισσότερο από κάθε άλλη φορά έδειχνε πραγματικά σκοτισμένη. Τα μαλλιά της ήταν μπλεγμένα, η ματιά της σκοτεινή και παρόλο που το προσπαθούσε πού και πού, δεν είχε γίνει καλύτερη στο να εκφράζεται ευγενικά.

Η Λίσμπετ έλεγε πάντα την αλήθεια –διαφορετικά δεν έλεγε τίποτα– και το διαμέρισμά της στην οδό Φισκαργκάταν... ήταν από μόνο του μια άλλη ιστορία. Ήταν μεγάλο σαν διαμέρισμα επταμελούς οικογένειας και παρά το ότι είχαν περάσει χρόνια, παρέμενε σχεδόν άδειο και καθόλου ευχάριστο για σπιτικό. Υπήρχαν μόνο μερικά έπιπλα από την IKEA εδώ κι εκεί, τοποθετημένα στην τύχη, και η Λίσμπετ δεν είχε καν ένα στερεοφωνικό, εν μέρει πιθανώς επειδή δεν καταλάβαινε τίποτε από μουσική. Έβλεπε τη μουσική περισσότερο σαν διαφορική εξίσωση παρά σαν ένα κομμάτι του Μπετόβεν, ας πούμε. Όμως ήταν πλούσια σαν Μίδας. Τα λεφτά που είχε κλέψει κάποτε από τον απατεώνα Χανς-Έρικ Βένερστρεμ ξεπερνούσαν τώρα τα πέντε δισεκατομμύρια. Αλλά με τρόπο παράδοξο —αν και τυπικό γι' αυτήν και τον χαρακτήρα της— η τεράστια περιουσία δεν είχε αφήσει κανένα ίχνος πάνω της, εκτός ίσως από το γεγονός ότι η ύπαρξη των χρημάτων την είχε κάνει περισσότερο άφοβη. Το τελευταίο διάστημα είχε επιδοθεί σε αρκετά δραστικές πράξεις, όπως το να σπάσει τα δάχτυλα ενός βιαστή και να περιπλανιέται στο εσωτερικό δίκτυο της NSA.

Δεν ήταν διόλου απίθανο να είχε ξεπεράσει τα όρια εκεί. Αλλά το είχε θεωρήσει απαραίτητο και για αμέτρητες μέρες και νύχτες είχε απορροφηθεί τελείως, ξεχνώντας οτιδήποτε άλλο. Τώρα, εκ των υστέρων, ανοιγόκλεινε τα κουρασμένα μάτια της κοιτώντας τα δύο γραφεία της που ήταν ενωμένα σε ορθή γωνία. Πάνω στα γραφεία βρίσκονταν τα μηχανήματά της, ο δικός της συνηθισμένος υπολογιστής και ένας άλλος που είχε αγοράσει για τεστ και στον οποίο είχε εγκαταστήσει ένα αντίγραφο από τον σέρβερ και το λειτουργικό σύστημα της NSA.

Είχε κάνει πολλές εισβολές στον υπολογιστή για τα τεστ με ένα ειδικά γραμμένο πρόγραμμα fuzzing που έψαχνε για λάθη ή παραθυράκια στην πλατφόρμα. Μετά το συμπλήρωσε με debugging, black box και betaattacks. Το αποτέλεσμα στο οποίο κατέληξε ήταν η βάση του δικού της λογισμικού κατασκοπείας, το δικό της RAT και γι' αυτό δεν είχε παραλείψει κανένα σημείο. Πέρασε ολόκληρο το σύστημα από πάνω μέχρι κάτω και μόνο έτσι μπόρεσε να εγκαταστήσει ένα αντίγραφο του συστήματος στον δικό της υπολογιστή. Αν είχε εισβάλει στην πραγματική πλατφόρμα, θα το είχαν προσέξει αμέσως οι τεχνικοί της NSA, θα αντιδρούσαν και τότε η ιστορία θα έπαιρνε τέλος.

Τώρα μπορούσε να δουλεύει χωρίς να την ενοχλεί κανένας, τη μια μέρα μετά την άλλη, χωρίς να κοιμάται και να τρώει και αν συνέβαινε να αφήσει τον υπολογιστή, ήταν για να λαγοκοιμηθεί λίγο ή για να ζεστάνει καμιά πίτσα στον φούρνο μικροκυμάτων. Κατά τ' άλλα δούλευε ώσπου να κοκκινίσουν τα μάτια της, ειδικά με το Zeroday Exploit, το πρόγραμμα που αναζητούσε άγνωστα κενά στο σύστημα ασφαλείας και που θα αναβάθμιζε το στάτους της μόλις έμπαινε μέσα στο πρόγραμμα, πράγμα που, ειλικρινά, ήταν τρομερό.

Η Λίσμπετ έγραψε ένα πρόγραμμα που όχι μόνο της έδινε τον έλεγχο του συστήματος, αλλά και τη δυνατότητα να διευθύνει οτιδήποτε μέσα σε ένα εσωτερικό δίκτυο για το οποίο είχε σκόρπιες γνώσεις κι αυτό ήταν το πιο εξωφρενικό απ' όλα.

Δε θα έμπαινε απλώς μέσα στο σύστημα. Θα προχωρούσε στο NSANet, το οποίο ήταν ένα ανεξάρτητο σύμπαν, σχεδόν καθόλου συνδεδεμένο με το συνηθισμένο δίκτυο. Μπορεί η Λίσμπετ να έδειχνε σαν μία έφηβη που δεν είχε περάσει κανένα μάθημα στο σχολείο. Αλλά με τους πηγαίους κωδικούς του προγράμματος και με γενικά λογικές συναρτήσεις, το μυαλό της δούλευε ρολόι και αυτό που είχε δημιουργήσει ήταν ένα νέο λογισμικό κατασκοπείας, ένας πολύ εξελιγμένος ιός που ζούσε τη δική του ζωή και όταν στο τέλος ένιωθε ικανοποιημένη με τη δουλειά της, θα ακολουθούσε η επόμενη φάση. Τότε θα σταματούσε να παίζει στους δικούς της υπολογιστές και θα επιχειρούσε την πραγματική επίθεση.

Γι' αυτό έβγαλε μία κάρτα SIM της εταιρείας «T-Μομπάιλ» που είχε αγοράσει στο Βερολίνο και την έβαλε στο δικό της τηλέφωνο. Μετά συνδέθηκε μέσω αυτού, αν και ίσως έπρεπε να βρίσκεται κάπου αλλού, πολύ μακριά, σε ένα άλλο μέρος του κόσμου, ίσως μεταμφιεσμένη με την άλλη της ταυτότητα, εκείνη της Ιρέν Νέσερ.

Τώρα αν οι τεχνικοί ασφαλείας της NSA ήταν ικανοί και δραστήριοι, πιθανώς θα μπορούσαν να την εντοπίσουν από το τηλεφωνικό κέντρο της εταιρείας «Τέλενορ», που βρισκόταν πλησιέστερα στο σπίτι της. Δε θα έφταναν φυσικά ως το δικό της τηλέφωνο, σίγουρα όχι με τα τεχνικά μέσα που διέθεταν. Αλλά θα πλησίαζαν πολύ κι αυτό δεν ήταν καθόλου καλό. Όμως είχε την άποψη ότι τα πλεονεκτήματα του να βρίσκεται στο σπίτι της υπερτερούσαν και είχε πάρει όλα τα δυνατά μέτρα ασφαλείας. Όπως και τόσοι άλλοι χάκερ, χρησιμοποιούσε ένα Tor δίκτυο το οποίο έκανε τη δική της κυκλοφορία να αναπηδά μεταξύ χιλιάδων άλλων χρηστών. Ήξερε πάντως ότι ούτε το Tor ήταν σίγουρο σε αυτήν την περίπτωση –η NSA χρησιμοποιούσε ένα πρόγραμμα που λεγόταν Egotistical Giraffe, το οποίο μπορούσε να αποκρυπτογραφήσει το Tor– και γι' αυτό ασχολήθηκε πάρα πολύ με το να βελτιώσει ακόμα περισσότερο την προσωπική της προστασία. Και μετά απ' αυτό, επιχείρησε την εισβολή της.

Έσκισε την πλατφόρμα του συστήματος σαν να ήταν ένα κομμάτι χαρτί. Αλλά δεν υπήρχε λόγος να γίνεται υπεροπτική. Τώρα έπρεπε να βρει γρήγορα τους τεχνικούς που είχε τα ονόματά τους και να βάλει το λογισμικό κατασκοπείας της σε κάποιον από τους φακέλους τους, προκειμένου να δημιουργήσει μία γέφυρα μεταξύ του δικτύου του σέρβερ και του εσωτερικού δικτύου κι αυτή δεν ήταν καμιά απλή επιχείρηση, καθόλου απλή. Δεν έπρεπε να αρχίσουν να χτυπούν διάφορα προειδοποιητικά μηνύματα, ούτε και να μπουν σε λειτουργία αντιικά προγράμματα. Στο τέλος επέλεξε έναν άντρα που λεγόταν Τομ Μπρίκινριτζ, πήρε τα στοιχεία του και μπήκε στο NSANet και τότε... τεντώθηκαν όλοι οι μύες του σώματός της. Μπροστά στα μάτια της, τα εξαντλημένα, άυπνα μάτια της, άρχισαν να συμβαίνουν πράγματα μαγικά.

Το λογισμικό κατασκοπείας την έβαζε όλο και πιο βαθιά σε αυτό το πιο απόκρυφο από τα απόκρυφα συστήματα και φυσικά ήξερε πού την οδηγούσε. Θα πήγαινε στο Active Directory ή το αντίστοιχό του για να αναβαθμιστεί το στάτους της. Από μία μικρή, μη καλοδεχούμενη επισκέπτρια, θα γινόταν μία σούπερ χρήστρια σε αυτό το πυκνοκατοικημένο σύμπαν. Κατόπιν προσπάθησε να κάνει μία επισκόπηση του συστήματος, πράγμα αρκετά δύσκολο. Μάλλον ήταν σχεδόν ακατόρθωτο, ενώ από την άλλη δεν είχε και πολύ χρόνο στη διάθεσή της.

Βιαζόταν, βιαζόταν και πάλευε σκληρά να καταλάβει τη δομή

του συστήματος αναζήτησης, να καταλάβει τις κωδικοποιημένες λέξεις, τις εκφράσεις και τις παραπομπές, όλες τις ακατανόητες λέξεις του εσωτερικού δικτύου, και βρισκόταν στο σημείο να τα παρατήσει όταν βρήκε ένα αρχείο, μαρκαρισμένο ως «Top Secret, NOFORN» –No foreign distribution– τίποτα ιδιαίτερα περίεργο.

Αλλά σε συνδυασμό με μερικές linked list επικοινωνίας μεταξύ του Σίγκμουντ Έκερβαλντ της «Σολιφόν» και των τεχνικών κυβερνοχώρου του τμήματος Εποπτείας Στρατηγικών Τεχνολογιών της NSA, τα στοιχεία αυτά ήταν σκέτος δυναμίτης. Η Λίσμπετ χαμογέλασε και αποστήθισε ως και την παραμικρή λεπτομέρεια αν και την επόμενη στιγμή άρχισε να βρίζει δυνατά, όταν είδε ένα ακόμα αρχείο που απ' ό,τι φαινόταν είχε να κάνει μ' αυτά. Το αρχείο ήταν κρυπτογραφημένο και γι' αυτό δεν έβλεπε κάποια άλλη διέξοδο εκτός από το να το κατεβάσει και υπέθεσε ότι σ' αυτήν την περίπτωση κάποιο σήμα προειδοποίησης θα έμπαινε σε λειτουργία στο Φορτ Μιντ.

Η κατάσταση άρχισε να γίνεται επείγουσα. Εκτός αυτού ήταν υποχρεωμένη να ασχοληθεί με την επίσημη αποστολή της, αν το «επίσημη» ήταν η σωστή λέξη για την περίπτωση. Αλλά είχε υποσχεθεί στον «Πανούκλα» και τους άλλους στη «Δημοκρατία των χάκερς» να ξεβρακώσει κανονικά την NSA και να κάμψει λίγο την περηφάνια της οργάνωσης, οπότε προσπάθησε να μάθει με ποιον θα μπορούσε να επικοινωνήσει. Ποιος θα έπαιρνε το μήνυμά της;

Διάλεξε τον Έντγουιν Νίντχαμ, τον «Εντ-Νεντ». Το όνομά του εμφανιζόταν συνεχώς σε όλα τα θέματα που αφορούσαν την ασφάλεια του συστήματος και όταν η Λίσμπετ βρήκε στα γρήγορα μερικά στοιχεία γι' αυτόν στο εσωτερικό δίκτυο, ένιωσε έναν απρόθυμο σεβασμό. Ο «Εντ-Νεντ» ήταν αστέρι. Αλλά τώρα αυτή τον είχε υπερφαλαγγίσει πλήρως, αν και προς στιγμήν δίστασε μη ξέροντας αν έπρεπε να συνεχίσει.

Η εισβολή της θα επέφερε αναστάτωση. Αλλά η αναστάτωση ήταν αυτό ακριβώς που ήθελε να προκαλέσει, οπότε προχώρησε στην επίθεση. Δεν είχε την παραμικρή ιδέα τι ώρα ήταν. Μπορεί να ήταν μέρα ή νύχτα, φθινόπωρο ή άνοιξη και μόνο αμυδρά, πολύ πίσω στη συνείδησή της, υπέθετε ότι η θύελλα εκεί έξω είχε δυναμώσει κι άλλο, λες και ο καιρός ήταν συγχρονισμένος με το πραξικόπημά της, την ώρα που εκεί μακριά στο Μέριλαντ -όχι και πολύ μακριά από την περίφημη διασταύρωση Μπάλτιμορ Πάρκγουεϊ και Μέριλαντ Ρουτ 32- ο «Εντ-Νεντ» είχε αρχίσει να γράφει ένα μέιλ. Δεν έγραψε και πολλά, διότι το επόμενο δευτερόλεπτο η Λίσμπετ μπήκε στο μέιλ του και πρόσθεσε: *«Αυτός που παρακολουθεί τον κόσμο, στο τέλος γίνεται ο ίδιος αντικείμενο παρακολούθησης. Υπάρχει μία θεμελιώδης δημοκρατική λογική σε αυτό»* και για λίγο ένιωσε ότι οι φράσεις της είχαν πετύχει τον στόχο - λαμπρή ιδέα. Απόλαυσε για λίγο τη γλυκιά γεύση της εκδίκησης και μετά πήρε μαζί της τον «Εντ-Νεντ» για μία περιήγηση στο σύστημα. Οι δυο τους χόρευαν και προσπερνούσαν έναν κόσμο που αναβόσβηνε και που έπρεπε να παραμείνει κρυφός με οποιαδήποτε τίμημα.

Ήταν αναμφίβολα μία συναρπαστική εμπειρία, αλλά από την άλλη... Όταν αποσυνδέθηκε και όλοι οι φάκελοι μηδενίστηκαν αυτόματα, ήρθε το χτύπημα. Ήταν όπως μετά από οργασμό με λάθος παρτενέρ κι εκείνες οι φράσεις που μόλις πριν από λίγο είχε θεωρήσει πετυχημένες, της φάνταζαν τώρα παιδιάστικες και τυπικές για χάκερ. Ξαφνικά επιθυμούσε να πιει και να μεθύσει, αυτό μονάχα. Με κουρασμένα, αργά βήματα πήγε στην κουζίνα και πήρε ένα μπουκάλι Τούλαμορ Ντιου και δυο-τρεις μπίρες να βρέξει τον λαιμό της. Έπειτα κάθισε μπροστά στους υπολογιστές της κι άρχισε να πίνει. Όχι για να το γιορτάσει, καθόλου. Τίποτα πάνω της δε θύμιζε νικήτρια. Το μόνο που είχε απομείνει ήταν... ναι, τι ήταν; Πείσμα ίσως.

Έπινε ασταμάτητα, ενώ η θύελλα λυσσομανούσε έξω και οι ζητωκραυγές έρχονταν βροχηδόν από τη «Δημοκρατία των χάκερς». Αλλά τίποτε απ' αυτά δεν την ενδιέφερε πια. Δεν μπορούσε ούτε καν να σταθεί όρθια και αφού σάρωσε με μία απότομη κίνηση το γραφείο, έμεινε να κοιτάζει αδιάφορα τα μπουκάλια και τα σταχτοδοχεία που έπεσαν στο πάτωμα. Μετά σκέφτηκε τον Μίκαελ Μπλούμκβιστ.

Ήταν σίγουρα το αλκοόλ. Ο Μπλούμκβιστ συνήθιζε να έρχεται στις σκέψεις της όταν ήταν μεθυσμένη, ακριβώς όπως εμφανίζονται στα μεθύσια οι παλιοί εραστές και χωρίς καν να το συνειδητοποιεί χάκαρε τον υπολογιστή του - κι αυτός δεν ήταν ακριβώς σαν τα συστήματα της NSA. Εδώ και πάρα πολύ καιρό είχε έτοιμο κωδικό για τον υπολογιστή του και προς στιγμήν αναρωτήθηκε τι δουλειά είχε να τρυπώσει εκεί πέρα.

Της ήταν αδιάφορος, σωστά; Ο Μίκαελ ανήκε στην ιστορία, ένας ελκυστικός ηλίθιος που είχε ερωτευτεί κάποτε κι αυτό το λάθος δε σκόπευε να το ξανακάνει. Όχι, τελικά έπρεπε να αποσυνδεθεί και να μη ρίξει ούτε ματιά σε υπολογιστή για διάστημα εβδομάδων. Όμως παρέμεινε στον σέρβερ του και την επόμενη στιγμή άστραψαν τα μάτια της. Αυτός ο κόπανος είχε έναν φάκελο που τον ονόμαζε «Το κουτί της Λίσμπετ» και εκεί μέσα υπήρχε μία ερώτηση:

«Ποια είναι η γνώμη μας για την τεχνητή νοημοσύνη του Φρανς Μπάλντερ;»

Η Λίσμπετ, παρά τα χάλια της, χαμογέλασε και εν μέρει αυτό οφειλόταν στον Φρανς Μπάλντερ.

Ο τύπος ανήκε στο είδος των ψώνιων της πληροφορικής που αυτή γούσταρε, τελείως βαρεμένος με κρυπτογραφημένους κώδικες, κβαντικές διαδικασίες και λογικές πιθανότητες. Αλλά κυρίως χαμογέλασε διαπιστώνοντας ότι ο Μίκαελ Μπλούμκβιστ είχε σκοντάψει στην ίδια περιοχή όπως κι εκείνη και παρόλο που σκεφτόταν αρκετή ώρα να κλείσει τον υπολογιστή και να πάει για ύπνο, του απάντησε:

«Η νοημοσύνη του Μπάλντερ δεν είναι καθόλου τεχνητή. Πώς είναι η δική σου αυτήν την εποχή;
»Και τι θα γίνει, Μπλούμκβιστ, αν δημιουργήσουμε μία μηχανή που να είναι λίγο πιο έξυπνη από εμάς;»

Μετά πήγε σε ένα από τα υπνοδωμάτιά της, έπεσε στο κρεβάτι φορώντας τα ρούχα της και λιποθύμησε.

ΚΕΦΑΛΑΙΟ 7
20 ΝΟΕΜΒΡΙΟΥ

Είχε γίνει και κάτι άλλο στο περιοδικό, κάτι που δεν ήταν καλό. Αλλά η Έρικα δεν ήθελε να του πει λεπτομέρειες από το τηλέφωνο. Επέμενε να πάει στο σπίτι του. Ο Μίκαελ προσπάθησε να την αποτρέψει:

«Θα κρυώσουν τα ωραία σου οπίσθια!»

Εκείνη, όμως, δεν άκουγε τίποτα και αν δεν ήταν ο τόνος της φωνής της, ο Μίκαελ θα χαιρόταν για την επιμονή της. Από την ώρα που είχε φύγει από το περιοδικό ήθελε να μιλήσει μαζί της και ίσως να την παρασύρει στο υπνοδωμάτιο και να της βγάλει τα ρούχα. Αλλά κάτι του έλεγε πως τώρα αυτό δεν ήταν της στιγμής – η Έρικα ακουγόταν ταραγμένη, είχε μουρμουρίσει μάλιστα και μια «συγγνώμη», πράγμα που τον ανησύχησε ακόμα πιο πολύ.

«Παίρνω κατευθείαν ταξί», του είπε. Αργούσε, όμως, να φτάσει και επειδή δεν είχε τίποτε άλλο να κάνει ο Μίκαελ πήγε στο μπάνιο και κοιτάχτηκε στον καθρέφτη. Είχε περάσει και καλύτερες μέρες. Τα μαλλιά του ήταν μπλεγμένα κι ακούρευτα και είχε σακούλες κάτω από τα μάτια. Γι' αυτό έφταιγε, κυρίως, η Ελίζαμπεθ Τζορτζ. Ο Μίκαελ βλαστήμησε, μετά βγήκε από το μπάνιο και άρχισε να συμμαζεύει το διαμέρισμα.

Τουλάχιστον γι' αυτό δε θα 'χε αφορμή να διαμαρτυρηθεί η Έρικα. Όσο καιρό και να γνώριζαν ο ένας τον άλλον, όσο συνδεδεμένη και να ήταν η ζωή τους, ο Μίκαελ είχε ακόμα ένα μικρό κόμπλεξ. Ήταν γιος εργάτη και ελεύθερος, ενώ εκείνη ήταν η παντρεμένη κυρία της υψηλής κοινωνίας με το τέλειο σπίτι στο Σαλτσεμπάντεν και σε κάθε περίπτωση δε θα ήταν και άσχημα να ήταν ευπρεπές το σπίτι του. Γέμισε το πλυντήριο πιάτων, καθάρισε τον νεροχύτη, πήγε έξω και πέταξε τα σκουπίδια.

Πρόλαβε ακόμα να σκουπίσει με την ηλεκτρική σκούπα το σαλόνι, να ποτίσει τα λουλούδια στο παράθυρο, να τακτοποιήσει τα ράφια της βιβλιοθήκης και τις εφημερίδες, όταν χτύπησε η πόρτα. Ένα ανυπόμονο άτομο θα έμπαινε κατευθείαν μέσα και όταν άνοιξε την πόρτα και την είδε, συγκινήθηκε. Η Έρικα ήταν ξεπαγιασμένη.

Έτρεμε σαν το φύλλο κι αυτό δεν οφειλόταν μόνο στον καιρό. Τα ρούχα που φορούσε είχαν συμβάλλει κι αυτά. Ούτε καν σκούφο δεν είχε. Η περιποιημένη πρωινή κόμμωσή της ήταν πια παρελθόν και στο δεξί της μάγουλο υπήρχε κάτι καινούργιο, που έμοιαζε σαν πληγή.

«Ρίκι», της είπε. «Πώς είσαι;»
«Πάγωσαν τα ωραία μου οπίσθια. Δε στάθηκε δυνατόν να βρω ταξί».
«Τι έπαθες στο μάγουλό σου;»
«Γλίστρησα και χτύπησα. Τρεις φορές, νομίζω».
Ο Μίκαελ κοίταξε προς τα κάτω και είδε τις ψηλοτάκουνες καφέ ιταλικές μπότες της.
«Έχεις και τέλειες μπότες χιονιού».
«Τέλειες, δε λες τίποτα. Για να μη μιλήσουμε για την απόφασή μου να παραλείψω το καλσόν το πρωί. Ιδιοφυές».
«Έλα μέσα να σε ζεστάνω».
Εκείνη έπεσε στην αγκαλιά του και έτρεμε ακόμα πιο πολύ. Ο Μίκαελ την αγκάλιασε σφιχτά.
«Συγγνώμη», του είπε πάλι.
«Για ποιο πράγμα;»
«Για όλα. Για το "Σέρνερ". Ήμουν ηλίθια».
«Μην υπερβάλλεις τώρα, Ρίκι».
Σκούπισε με το χέρι του το χιόνι από τα μαλλιά και το μέτωπό της και εξέτασε προσεκτικά την πληγή στο μάγουλό της.
«Όχι, όχι, πρέπει να σου μιλήσω», του είπε εκείνη.

«Ναι, αλλά πρώτα θα σου βγάλω τα ρούχα και θα γεμίσω με ζεστό νερό την μπανιέρα. Θέλεις κι ένα ποτήρι κόκκινο κρασί;»

Εκείνη ήθελε· έμεινε πολλή ώρα στην μπανιέρα κι ο Μίκαελ της γέμισε το ποτήρι δύο ή τρεις φορές. Καθόταν δίπλα της, στο καπάκι της λεκάνης, ακούγοντας αυτά που του έλεγε και παρά τα πολλά δυσοίωνα νέα, η συνομιλία είχε κάτι το συμφιλιωτικό. Ήταν σαν να γκρέμιζαν ένα τείχος που είχαν υψώσει μεταξύ τους το τελευταίο διάστημα.

«Ξέρω ότι από την αρχή με θεωρούσες ηλίθια», του είπε. «Μη διαμαρτύρεσαι τώρα, σε ξέρω καλά. Αλλά πρέπει να καταλάβεις ότι εγώ, ο Κρίστερ και η Μάλιν δε βλέπαμε άλλη λύση. Είχαμε προσλάβει τον Έμιλ και τη Σοφί και ήμασταν τόσο περήφανοι γι' αυτό. Δεν υπήρχαν πιο περιζήτητοι δημοσιογράφοι τότε, έτσι δεν είναι; Περάσαμε σε άλλο επίπεδο. Δείξαμε ότι βρισκόμασταν σε άνοδο και έγινε μεγάλος ντόρος για εμάς πάλι, θετικά ρεπορτάζ στο *Ρεζουμέ* και στο *Ντάγκενς Μίντια**. Ήταν όπως τον παλιό καλό καιρό και ειλικρινά, για μένα προσωπικά, σήμαινε πάρα πολλά, χώρια που υποσχέθηκα στον Έμιλ και τη Σοφί ότι μπορούσαν να νιώθουν ασφαλείς στο περιοδικό. Τα οικονομικά μας είναι σταθερά, τους είπα. Έχουμε τη Χάριετ Βάνιερ πίσω μας. Μπορούμε να διαθέσουμε χρήματα για φανταστικά και σε βάθος ρεπορτάζ. Ναι, όπως καταλαβαίνεις, το πίστευα αυτό. Αλλά μετά...»

«Μετά χαμήλωσε λιγάκι ο ουρανός».

«Ακριβώς. Δεν ήταν μόνο η κρίση στα έντυπα και οι διαφημίσεις που βούλιαξαν. Ήταν κι όλο εκείνο το μπέρδεμα με το κονσόρτσιουμ "Βάνιερ". Δεν ξέρω αν το αντιλήφθηκες σε όλη του την έκταση. Καμία φορά θεωρώ ότι ήταν σαν πραξικόπημα. Όλοι οι διεφθαρμένοι άντρες της οικογένειας και οι γυναίκες βέβαια –ναι, αν κάποιος τους ξέρει, αυτός είσαι εσύ–, όλοι οι γνωστοί ρατσιστές και οπισθοδρομικοί συμμάχησαν και έμπηξαν το μαχαίρι στην πλάτη της Χάριετ. Δεν ξεχνώ ποτέ την τηλεφωνική συνδιά-

---

* Περιοδικά υψηλού κύρους. (Σ.τ.Μ.)

λεξη μαζί της. "Με πατήσανε κάτω", μου είπε. "Με διαμέλισαν".

Κι αυτό φυσικά έγινε κυρίως λόγω των προσπαθειών της να ανανεώσει το κονσόρτσιουμ και της απόφασής της να επιλέξει τον Ντάβιντ Γκόλντμαν για το διοικητικό συμβούλιο, τον γιο του ραβίνου Βίκτορ Γκόλντμαν. Αλλά υπήρχαμε κι εμείς στο όλο σκηνικό, όπως ξέρεις.

Ο Αντρέι μόλις είχε γράψει το ρεπορτάζ του για τους ζητιάνους της Στοκχόλμης, που όλοι μας είχαμε την άποψη ότι ήταν το καλύτερο που είχε κάνει ποτέ και που είχε αντίκτυπο παντού, ακόμα και στο εξωτερικό. Αλλά οι Βάνιερ...»

«Το θεώρησαν μία αριστερή ανοησία».

«Χειρότερα απ' αυτό, Μίκαελ: προπαγάνδα "για τεμπέληδες κοπρίτες, που δεν άντεχαν να βρουν δουλειά"».

«Έτσι είπαν;»

«Κάτι παρόμοιο, αλλά υποθέτω ότι δεν τους έφταιγε το ρεπορτάζ. Ήταν μόνο η δικαιολογία τους για να υπονομεύσουν ακόμα περισσότερο τον ρόλο της Χάριετ στο κονσόρτσιουμ. Ήθελαν να πάρουν απόσταση απ' όλα όσα εκπροσωπούσαν ο Χένρικ και η Χάριετ».

«Τι ηλίθιοι!»

«Θεέ μου, ναι, σωστά, αλλά όπως και να 'χει, μας τσάκισαν. Θυμάμαι εκείνες τις μέρες. Ήταν σαν να μου είχαν τραβήξει το χαλί κάτω απ' τα πόδια, και φυσικά –το ξέρω, το ξέρω–, έπρεπε να είχα φροντίσει να συμμετέχεις κι εσύ σ' αυτό. Αλλά νόμιζα ότι θα ήταν προς όφελος όλων μας αν συνέχιζες να είσαι συγκεντρωμένος στις δικές σου ιστορίες».

«Και παρ' όλα αυτά δε συνέβαλα και με τίποτα το ιδιαίτερο».

«Προσπάθησες, Μίκαελ, προσπάθησες στ' αλήθεια. Αλλά αυτό που ήθελα να σου πω είναι ότι ακριβώς τότε, όταν όλα είχαν πιάσει πάτο, μου τηλεφώνησε ο Ούβε Λεβίν».

«Κάποιος θα τον είχε πληροφορήσει τι συνέβαινε».

«Σίγουρα, και δε χρειάζεται να σου πω ότι στην αρχή ήμουν πολύ επιφυλακτική. Θεωρούσα το "Σέρνερ" μια σκέτη σαχλαμάρα των ταμπλόιντ. Αλλά ο Ούβε ξεπέρασε τον εαυτό του στη φλυαρία και με προσκάλεσε στο καινούργιο μεγάλο σπίτι του στις Κάννες».

«Τι πράγμα;»
«Ναι, συγγνώμη, ούτε κι αυτό σ' το είχα πει. Υποθέτω ότι ντρεπόμουν. Αλλά θα πήγαινα στο Διεθνές Φεστιβάλ Κινηματογράφου για να κάνω το πορτρέτο εκείνης της Ιρανής σκηνοθέτιδας· ξέρεις, εκείνης που καταδίωκαν επειδή είχε κάνει το ντοκιμαντέρ για την εννιάχρονη Σάρα που λιθοβόλησαν. Σκέφτηκα, λοιπόν, ότι δεν πείραζε και τόσο αν το "Σέρνερ" βοηθούσε με τα έξοδα του ταξιδιού. Όπως και να 'χε, έμεινα με τον Ούβε όλη τη νύχτα και μιλούσαμε, αλλά η γνώμη μου για το "Σέρνερ" δεν άλλαξε. Ο τύπος καυχιόταν σε βαθμό ηλιθιότητας και αράδιαζε ένα σωρό μπαρούφες, σαν πωλητής. Στο τέλος, όμως, άρχισα να τον ακούω και ξέρεις γιατί;»
«Επειδή ήταν καλός στο σεξ».
«Χα, χα, όχι – ήταν η σχέση του μαζί σου».
«Ήθελε να κοιμηθεί μαζί μου κι όχι μ' εσένα;»
«Σε θαύμαζε απεριόριστα».
«Μαλακίες».
«Όχι, Μίκαελ, κάνεις λάθος σ' αυτό. Ο τύπος αγαπάει την εξουσία, τα λεφτά και το σπίτι του στις Κάννες. Αλλά περισσότερο τον έτρωγε το γεγονός ότι δεν τον θεωρούν τόσο ασυμβίβαστο όσο εσένα. Αν μιλάμε για αναγνώριση, Μίκαελ, αυτός είναι φτωχός κι εσύ πάμπλουτος. Βαθιά μέσα του ήθελε να ήταν σαν κι εσένα, το κατάλαβα αμέσως αυτό, και ναι, θα έπρεπε να είχα σκεφτεί ότι ένας τέτοιος θαυμασμός μπορούσε να γίνει επικίνδυνος. Όλη η ιστορία εναντίον σου αυτό αφορούσε – το καταλαβαίνεις, βέβαια. Ο ασυμβίβαστος χαρακτήρας σου κάνει τους ανθρώπους να νιώθουν αξιολύπητοι. Τους υπενθυμίζεις με την ύπαρξή σου και μόνο πόσο πολύ έχουν πουληθεί και όσο πιο πολύ σε εκθειάζουν, τόσο πιο αξιολύπητοι γίνονται οι ίδιοι. Σε τέτοιες περιπτώσεις υπάρχει μόνο ένας τρόπος να αμυνθεί κανείς: να σε ρίξουν στον βούρκο. Αν βουλιάξεις, αυτοί νιώθουν καλύτερα. Οι διαβολές τούς δίνουν μια στάλα αξιοπρέπειας – τουλάχιστον έτσι νομίζουν».
«Ευχαριστώ, Έρικα, αλλά πραγματικά αδιαφορώ για τις τελευταίες ιστορίες».
«Ναι, το ξέρω, ή εν πάση περιπτώσει το ελπίζω. Αλλά αυτό που

κατάλαβα ήταν ότι ο Ούβε ήθελε να συμμετάσχει, για να νιώσει σαν ένας από μας. Ήθελε να κλέψει λίγη από τη φήμη μας και νόμιζα ότι αυτό ήταν αρκετά καλό ως κίνητρο. Αν ήθελε να δείχνει το ίδιο άνετος μ' εσένα, θα ήταν τελείως καταστροφικό γι' αυτόν να μεταμορφώσει το *Μιλένιουμ* σε ένα συνηθισμένο εμπορικό προϊόν του "Σέρνερ". Αν γινόταν γνωστός ως το άτομο που κατέστρεψε ένα από τα πιο μυθικά περιοδικά της Σουηδίας, τα τελευταία απομεινάρια της δικής του υπόληψης θα εξαφανίζονταν για πάντα. Γι' αυτό τον πίστεψα πραγματικά τότε, όταν είπε ότι τόσο ο ίδιος όσο και το κονσόρτσιουμ χρειάζονταν ένα περιοδικό κύρους, ένα άλλοθι, αν θέλεις, και ότι αυτός θα μας βοηθούσε απλώς να κάνουμε το είδος της δημοσιογραφίας που πιστεύουμε. Βέβαια ήθελε να συμμετέχει στο περιοδικό, αλλά αυτό το εξέλαβα ως φιλαρέσκεια· ότι ήθελε να το παίξει λίγο, για να μπορεί να λέει στους ματσωμένους φίλους του ότι ήταν ο εκπρόσωπός μας ή κάτι παρόμοιο. Δεν πίστευα ποτέ ότι θα στρεφόταν εναντίον της ψυχής του περιοδικού».

«Πάντως αυτό ακριβώς έχει κάνει».

«Ναι, δυστυχώς».

«Και τι απέγινε, λοιπόν, η ωραία σου ψυχολογική θεωρία;»

«Υποτίμησα τη δύναμη του οπορτουνισμού. Όπως διαπίστωσες, ο Ούβε και το "Σέρνερ" ήταν άψογοι απέναντί μας ως το σημείο που άρχισαν οι διαβολές εναντίον σου, αλλά μετά...»

«Αυτός το εκμεταλλεύτηκε».

«Όχι, όχι, κάποιος άλλος το έκανε. Κάποιος που ήθελε να του τη φέρει. Μόνο μετά κατάλαβα ότι ο Ούβε είχε δυσκολευτεί να πείσει τους άλλους να αγοράσουν ένα μερίδιό μας. Όπως καταλαβαίνεις, δεν πάσχουν όλοι στο "Σέρνερ" από συμπλέγματα δημοσιογραφικής κατωτερότητας. Οι περισσότεροι είναι απλοί επιχειρηματίες και περιφρονούν την άποψη ότι τάχα εκπροσωπούν κάτι σπουδαίο και τα παρόμοια. Αυτοί εκνευρίζονται με τον "ψεύτικο ιδεαλισμό" του Ούβε, όπως είπαν, και με αφορμή τις διαβολές εναντίον σου βρήκαν την ευκαιρία να τον στριμώξουν».

«Τι μου λες!»

«Δεν το φαντάζεσαι καν. Στην αρχή όλα φαίνονταν εντάξει.

Ήρθαν μόνο μερικές απαιτήσεις για μία μικρή προσαρμογή στους όρους της αγοράς και όπως γνωρίζεις κι εγώ πίστευα ότι κάποιες από αυτές τουλάχιστον θα μας ωφελούσαν. Έχω κι εγώ σκεφτεί αρκετά πώς θα μπορέσουμε να πλησιάσουμε τις νεότερες ηλικίες. Νόμιζα ότι τα είχαμε ξεκαθαρίσει αρκετά τα πράγματα με τον Ούβε, οπότε δεν ανησυχούσα και τόσο για την παρουσίασή του σήμερα».

«Το πρόσεξα».

«Αλλά τότε δεν είχε ξεσπάσει ακόμα ο σαματάς».

«Και για ποιον σαματά μιλάμε;»

«Αυτόν που ξέσπασε όταν σαμποτάρισες την εισήγηση του Ούβε».

«Δε σαμποτάρισα τίποτα, Έρικα. Έφυγα μόνο».

Η Έρικα ήταν ξαπλωμένη στην μπανιέρα. Ήπιε μια γουλιά από το ποτήρι της, μετά χαμογέλασε λίγο θλιμμένα.

«Πότε θα συνειδητοποιήσεις ότι είσαι ο Μίκαελ Μπλούμκβιστ;» του είπε.

«Νόμιζα ότι σιγά σιγά είχα αρχίσει να το συνειδητοποιώ».

«Δε σου φαίνεται, γιατί τότε θα καταλάβαινες ότι όταν ο Μίκαελ Μπλούμκβιστ φεύγει κατά τη διάρκεια μιας παρουσίασης του δικού του περιοδικού, αυτό γίνεται αμέσως μεγάλο θέμα, άσχετα με το αν ο Μίκαελ Μπλούμκβιστ το θέλει ή όχι».

«Ζητώ συγγνώμη για το σαμποτάζ μου».

«Όχι, όχι, δε σε κατηγορώ, όχι πια. Τώρα είμαι εγώ αυτή που ζητάει συγγνώμη, όπως διαπιστώνεις. Εγώ είμαι που μας οδήγησα σε αυτήν την κατάσταση. Σίγουρα θα καταλήγαμε σε αποτυχία, άσχετα με το αν έφευγες εσύ ή όχι. Αυτοί περίμεναν απλώς μία αφορμή για να πέσουν πάνω μας».

«Τι ακριβώς συνέβη;»

«Όταν έφυγες, χάσαμε όλοι μας τον μπούσουλα και ο Ούβε, του οποίου η αυτοπεποίθηση είχε δεχτεί ακόμα ένα πλήγμα, παράτησε την παρουσίαση. "Δεν υπάρχει κανένας λόγος", είπε. Μετά τηλεφώνησε στα κεντρικά γραφεία, τους ανέφερε τι συνέβη και δε θα με εξέπληττε καθόλου αν δραματοποίησε αρκετά την κατάσταση. Ο θαυμασμός που ήλπιζα ότι σου έτρεφε πιθανώς μεταμορφώθηκε σε κάτι μικροπρεπές και κακόβουλο. Μετά από καμιά ώρα επέστρεψε και είπε ότι το κονσόρτσιουμ ήταν έτοιμο να επενδύσει μεγάλα ποσά στο *Μιλένιουμ* και να χρησιμοποιήσει όλα του τα κανάλια για να προωθήσει εμπορικά το περιοδικό».

«Και απ' ό,τι φαίνεται αυτό δεν ήταν καλό».

«Όχι, και το ήξερα πριν καν ξεστομίσει την παραμικρή λέξη. Φαινόταν στην έκφραση του προσώπου του –θα την έλεγες έκφραση τρόμου και θριάμβου μαζί– και στην αρχή δυσκολευόταν να βρει τις λέξεις. Έλεγε ασυναρτησίες και τέλος μάς δήλωσε ότι το κονσόρτσιουμ ήθελε να έχει μεγαλύτερο έλεγχο στη δραστηριότητα του περιοδικού και απαιτούσε μία ανανέωση του περιεχομένου και περισσότερες αναφορές σε διασημότητες. Αλλά μετά...»

Η Έρικα έκλεισε τα μάτια, έφερε το χέρι στα βρεγμένα της μαλλιά και ήπιε το κρασί που είχε απομείνει στο ποτήρι της.

«Ναι, Έρικα;»

«Είπε ότι ήθελαν να φύγεις από τη σύνταξη του περιοδικού».

«Τι πράγμα;»

«Βέβαια, ούτε αυτός ούτε η διοίκηση του κονσόρτσιουμ δεν μπορούσαν να το πουν ανοιχτά κι ακόμα λιγότερο να ρισκάρουν τίτλους όπως "Το Σέρνερ απολύει τον Μπλούμκβιστ", οπότε ο Ούβε εκφράστηκε αρκετά έξυπνα και είπε ότι θα ήθελε να έχεις πιο ελεύθερα χέρια και να επικεντρωθείς σε αυτό που ξέρεις να κάνεις καλύτερα: το ρεπορτάζ. Πρότεινε μία στρατηγική μετάθεση στο Λονδίνο και ένα γερό τρεχούμενο συμβόλαιο».

«Στο Λονδίνο;»

«Είπε ότι η Σουηδία είναι μικρή για έναν άντρα με τη δική σου εμβέλεια, αλλά καταλαβαίνεις τι σημαίνει αυτό».

«Πιστεύουν ότι δε θα μπορέσουν να πραγματοποιήσουν τις αλλαγές τους, αν είμαι κι εγώ στη σύνταξη;»

«Κάπως έτσι. Ταυτόχρονα νομίζω ότι κανένας τους δεν εξεπλάγη ιδιαίτερα όταν εγώ, ο Κρίστερ και η Μάλιν είπαμε ότι "δεν είναι καν διαπραγματεύσιμο", για να μη μιλήσουμε για την αντίδραση του Αντρέι».

«Τι έκανε αυτός;»

«Σχεδόν ντρέπομαι να σου το πω. Ο Αντρέι σηκώθηκε όρθιος και είπε ότι αυτό ήταν ό,τι πιο επαίσχυντο είχε ακούσει ποτέ στη ζωή του. Είπε πως εσύ είσαι ό,τι καλύτερο έχουμε στη χώρα, ένας πρόμαχος της δημοκρατίας και της δημοσιογραφίας και ότι όλο το κονσόρτσιουμ "Σέρνερ" θα έπρεπε να πάει να κρυφτεί κάπου, αν διέθετε ίχνος ντροπής. Είπε ακόμα ότι είσαι ένας σπουδαίος άντρας».

«Το παράκανε».

«Ναι, αλλά είναι όντως εξαιρετικός νεαρός».

«Πράγματι είναι. Και τι έκαναν αυτοί του "Σέρνερ";»

«Ο Ούβε ήταν φυσικά έτοιμος και για μια τέτοια αντίδραση. Μπορείτε φυσικά να αγοράσετε το μερίδιό μας, είπε. Μόνο που...»

«Η τιμή έχει ανέβει», συμπλήρωσε ο Μίκαελ.

«Ακριβώς. Σύμφωνα με κάθε τύπο θεμελιώδους ανάλυσης, είπε, φαίνεται ότι η αξία του μεριδίου του "Σέρνερ" έχει τουλάχιστον διπλασιαστεί από τότε που μπήκε το κονσόρτσιουμ στο περιοδικό με το σκεπτικό της υπεραξίας και το θετικό κλίμα που έχει δημιουργήσει».

«Θετικό κλίμα; Τρελοί είναι;»

«Καθόλου – είναι έξυπνοι και θέλουν να μας ξεσκίσουν. Ίσως μάλιστα θέλουν να πετύχουν μ' έναν σμπάρο δυο τρυγόνια: να τα 'κονομήσουν εξοντώνοντας μας οικονομικά από τη μια και να εξαφανίσουν έναν ανταγωνιστή από την άλλη».

«Τι σκατά θα κάνουμε;»

«Αυτό που ξέρουμε να κάνουμε καλύτερα απ' τον καθένα: θα παλέψουμε. Θα βάλω από τα δικά μου λεφτά, θα αγοράσουμε το μερίδιό τους και θα κάνουμε το καλύτερο περιοδικό της βόρειας Ευρώπης».

«Πολύ ωραία, Έρικα, και μετά; Θα αντιμετωπίσουμε τεράστιες οικονομικές δυσκολίες και ούτε καν εσύ δε θα μπορείς να κάνεις κάτι γι' αυτό».

«Το ξέρω, αλλά θα τα καταφέρουμε. Έχουμε ξεπεράσει και πριν δύσκολες καταστάσεις. Εσύ κι εγώ κατεβάζουμε για λίγο καιρό τους μισθούς μας στο μηδέν. Τα καταφέρνουμε, έτσι δεν είναι;»

«Όλα έχουν ένα τέλος, Έρικα».

«Μην το λες αυτό. Μην το ξαναπείς ποτέ!»
«Ούτε κι όταν αυτή είναι η αλήθεια;»
«Ιδιαίτερα τότε».
«Οκέι».
«Δεν έχεις τίποτα στα σκαριά;» συνέχισε εκείνη. «Κάτι, οτιδήποτε, που να χτυπήσει κατακέφαλα τα ΜΜΕ της Σουηδίας;»
Ο Μίκαελ έκρυψε το κεφάλι στις παλάμες του και για κάποιον λόγο σκέφτηκε την Περνίλα, την κόρη του, που του είπε πως σε σύγκριση μ' αυτόν ήθελε να γράψει κάτι «πραγματικό» – τι τέλος πάντων ήταν αυτό που δεν ήταν «πραγματικό» στα δικά του γραπτά;
«Δε νομίζω», της είπε.
Η Έρικα χτύπησε με δύναμη το χέρι της στο νερό, που πετάχτηκε βρέχοντάς του τις κάλτσες.
«Γαμώτο, κάτι πρέπει να έχεις. Δεν ξέρω κανέναν άλλο σ' αυτήν τη χώρα που να παίρνει τόσες πληροφορίες».
«Οι πιο πολλές είναι απλώς σκουπίδια», της είπε. «Αλλά ίσως... πριν από λίγο εξέταζα ένα θέμα».
Αυτή ανασηκώθηκε καθιστή στην μπανιέρα.
«Τι θέμα;»
«Όχι, τίποτα», διόρθωσε εκείνος. «Ευσεβείς πόθοι μόνο».
«Στη θέση που βρισκόμαστε πρέπει να έχουμε τέτοιους πόθους».
«Ναι, αλλά δεν είναι τίποτα – μόνο καπνός και τίποτα το χειροπιαστό».
«Υπάρχει, όμως, κάτι μέσα σου που πιστεύει σ' αυτήν την ιστορία, έτσι δεν είναι;»
«Πιθανώς, αλλά αυτό έχει να κάνει με μια ασήμαντη λεπτομέρεια, που δε σχετίζεται καν με το θέμα».
«Και ποια είναι αυτή;»
«Ότι οι παλιοί μου σύμμαχοι είναι μπλεγμένοι στην ιστορία».
«Και το κορίτσι της καρδιάς σου;»
«Ακριβώς».
«Ακούγεται πολλά υποσχόμενο, έτσι δεν είναι;» είπε η Έρικα και σηκώθηκε γυμνή και όμορφη από την μπανιέρα.

ΚΕΦΑΛΑΙΟ 8
ΒΡΑΔΥ 20 ΝΟΕΜΒΡΙΟΥ

Ο Άουγκουστ ήταν γονατισμένος στο πάτωμα του υπνοδωματίου με τα τετράγωνα και παρατηρούσε μία νεκρή φύση υπό το φως κεριού: δύο πράσινα μήλα και ένα πορτοκάλι σε ένα μπλε πιάτο που του είχε ετοιμάσει ο πατέρας του. Αλλά δε γινόταν τίποτα. Ο Άουγκουστ κοιτούσε ανέκφραστος την κακοκαιρία εκεί έξω και ο Φρανς αναρωτιόταν: μήπως ήταν βλακώδες να δίνει του παιδιού έτοιμα μοτίβα;

Όποτε ο γιος του κοιτούσε κάτι, αυτό προφανώς εντυπωνόταν στις σκέψεις του, οπότε γιατί να ζωγραφίσει κάτι που είχε επιλέξει ο μπαμπάς του; Λογικά ο Άουγκουστ είχε χιλιάδες εικόνες στο κεφάλι του και ίσως ένα πιάτο και μερικά φρούτα ήταν μία εντελώς χαζή και λάθος επιλογή. Ο Άουγκουστ ίσως ενδιαφερόταν για άλλα πράγματα και ο Φρανς βρέθηκε να αναρωτιέται ξανά: μήπως το αγόρι ήθελε να πει κάτι με το φανάρι; Η ζωγραφιά δεν ήταν μόνο μία απλή απεικόνιση. Το κόκκινο φως του φαναριού φώτιζε σαν ένα κακό αγριεμένο μάτι, και ίσως –τι ήξερε ο Φρανς;– ο Άουγκουστ είχε νιώσει να απειλείται από εκείνον τον άντρα στη διάβαση.

Ο Φρανς κοίταξε τον γιο του για εκατομμυριοστή φορά σήμερα. Ήταν μεγάλη ντροπή, έτσι; Πριν θεωρούσε τον Άουγκουστ παράξενο και ακατανόητο. Τώρα αναρωτιόταν πάλι μήπως ο ίδιος και ο γιος του έμοιαζαν περισσότερο απ' όσο πίστευε ο Φρανς. Στον καιρό του οι γιατροί δεν έκαναν και πολλές διαγνώσεις. Τότε αντιμετώπιζαν τους ανθρώπους αρκετά επιπόλαια ως παράξενους και καθυστερημένους. Ο ίδιος είχε πράγματι υπάρξει διαφορετικός, παραήταν σοβαρός, ανέκφραστος και κανένας στην αυλή του σχολείου δε θεωρούσε πως ήταν ιδιαίτερα ευχάριστος. Από την άλλη, ο ίδιος θεωρούσε ότι ούτε και τα άλλα παιδιά ήταν ιδιαίτερα ευχάριστα – ο Φρανς δραπέτευε στους αριθμούς και στις εξισώσεις του και απέφευγε τα περιττά λόγια.

Δε θα τον είχαν κατατάξει στους αυτιστικούς όπως τον Άουγκουστ. Αλλά σίγουρα θα του είχαν κολλήσει την ταμπέλα του συνδρόμου Άσπεργκερ κι αυτό μπορούσε να είναι καλό ή κακό – δεν έπαιζε και κανέναν ιδιαίτερο ρόλο. Το σημαντικό ήταν ότι ο ίδιος και η Χάνα είχαν νομίσει ότι η όσο το δυνατόν γρηγορότερη διάγνωση του Άουγκουστ θα τους βοηθούσε. Όμως είχαν συμβεί τόσο λίγα πράγματα και μόνο τώρα, που ο γιος ήταν οκτώ χρονών, ο Φρανς κατάλαβε ότι το αγόρι είχε ένα ιδιαίτερο χάρισμα, που λογικά είχε να κάνει και με την αίσθηση του χώρου και με τα μαθηματικά. Γιατί η Χάνα και ο Λάσε δεν είχαν αντιληφθεί τίποτε απ' όλα αυτά;

Αν και ο Λάσε ήταν ένα ελεεινό κάθαρμα, η Χάνα κατά βάθος ήταν ένα δεκτικό και υπέροχο άτομο. Ο Φρανς δε θα ξεχνούσε ποτέ την πρώτη φορά που συναντήθηκαν. Ήταν ένα βράδυ απονομών της Βασιλικής Ακαδημίας Τεχνολογίας στο δημαρχείο της Στοκχόλμης και θα του έδιναν ένα βραβείο που τον ίδιο δεν τον ενδιέφερε καθόλου. Σε όλη τη διάρκεια του δείπνου ένιωθε πλήξη και νοσταλγούσε τον υπολογιστή στο σπίτι του, όταν μία όμορφη γυναίκα που κάτι του θύμιζε αμυδρά –οι γνώσεις του Φρανς για τους επώνυμους ήταν άκρως περιορισμένες– τον πλησίασε και άρχισε να του μιλάει. Η εικόνα που είχε ο Φρανς για τον εαυτό του δεν είχε αλλάξει με τα χρόνια: μέσα του εξακολουθούσε να είναι το ψώνιο του σχολείου Τάπστρεμ που τα κορίτσια κοίταζαν με περιφρόνηση.

Δεν μπορούσε να καταλάβει τι είχε δει σ' αυτόν μία γυναίκα σαν τη Χάνα, που εκείνον τον καιρό –το έμαθε σύντομα αυτό– βρισκόταν στο απόγειο της καριέρας της. Αλλά τον αποπλάνησε και έκανε έρωτα μαζί του εκείνη τη νύχτα με τέτοιον τρόπο που καμία άλλη γυναίκα πριν δεν είχε κάνει. Μετά ακολούθησε ίσως η πιο ευτυχισμένη περίοδος στη ζωή του Φρανς. Και όμως... οι δυαδικοί αριθμοί νίκησαν την αγάπη.

Ο ίδιος διέλυσε τον γάμο τους και μετά όλα πήγαν κατά διαβόλου. Ανέλαβε ο Λάσε Βέστμαν, η Χάνα έσβησε –πιθανώς και ο Άουγκουστ– και ο Φρανς θα έπρεπε φυσικά να είχε εξοργιστεί γι' αυτό. Αλλά ήξερε ότι κι ο ίδιος κουβαλούσε μεγάλη ευθύνη. Είχε αγοράσει την ελευθερία του αδιαφορώντας για τον γιο του και ίσως ήταν αλήθεια αυτό που ειπώθηκε στη διάρκεια της δίκης για την επιμέλεια – ότι εκείνος είχε επιλέξει να ακολουθήσει το όνειρό του εγκαταλείποντας το παιδί του. Τι πανηλίθιος που είχε υπάρξει!

Πήρε το λάπτοπ του και αναζήτησε στο Google πληροφορίες για το σύνδρομο *σαβάντ*. Είχε ήδη παραγγείλει μία σειρά βιβλίων, μεταξύ αυτών και το κλασικό *Νησίδες ευφυΐας*, του καθηγητή Ντάρολντ Α. Τρέφερτ*. Όπως συνήθιζε πάντα, σκέφτηκε να μάθει όλα όσα μπορούσε για το συγκεκριμένο θέμα. Κανένας κόπανος ψυχολόγος ή παιδαγωγός δε θα μπορούσε να ξέρει περισσότερα και να πει τι ακριβώς χρειαζόταν ο Άουγκουστ αυτήν την εποχή. Ο ίδιος θα το ανακάλυπτε πολύ πριν από οποιονδήποτε άλλο και γι' αυτό συνέχιζε τώρα την αναζήτηση. Αυτήν τη φορά κόλλησε σε μία διήγηση για το αυτιστικό κορίτσι Νάντια.

Τη ζωή της είχε εξιστορήσει η Λόρνα Σελφ στο βιβλίο της *Νάντια: μία περίπτωση εξαιρετικής σχεδιαστικής ικανότητας σε αυτιστικό παιδί***, όπως και ο Όλιβερ Σακς στο *Ο άνθρωπος που μπέρδεψε τη γυναίκα του με ένα καπέλο**** και ο Φρανς διάβαζε εντυπωσιασμένος. Ήταν μία συγκινητική ιστορία και από πολλές απόψεις μία παράλληλη περίπτωση. Ακριβώς όπως και ο Άουγκουστ, η Νάντια φαινόταν απολύτως υγιής όταν γεννήθηκε και

---

* *Islands of Genius*, Darold A. Treffert, Jessika Kingsley Pub (2010). (Σ.τ.Μ.)
** *Nadia: a case of extraordinary drawing ability in an autistic child*, Lorna Selfe, Psychology Press (2011). (Σ.τ.Ε.)
*** Το βιβλίο κυκλοφορεί στα ελληνικά, σε μετάφραση Κώστα Πόταγα, από τις εκδόσεις Άγρα (Αθήνα, 2011). (Σ.τ.Ε.)

μόνο σιγά σιγά κατάλαβαν οι γονείς της ότι κάτι δεν πήγαινε καλά. Το κορίτσι δε μιλούσε. Δεν κοίταζε τους άλλους στα μάτια. Δεν της άρεσε καθόλου να την αγγίζουν και δεν αντιδρούσε στα χαμόγελα και στα παιχνίδια της μαμάς της. Συνήθως ήταν σιωπηλή και κλειστή και έκοβε με ψυχαναγκαστική εμμονή κάτι χαρτιά σε απίθανα λεπτές λωρίδες. Στα έξι της χρόνια δεν είχε πει ακόμα ούτε λέξη.

Ζωγράφιζε, όμως, σαν τον Ντα Βίντσι. Ήδη σε ηλικία τριών ετών είχε αρχίσει, έτσι ξαφνικά, να ζωγραφίζει άλογα, και σε αντίθεση με τα άλλα παιδιά δεν άρχιζε με την εξωτερική φόρμα, με το σύνολο, αλλά με κάποια μικρή λεπτομέρεια, ένα πέταλο, την μπότα ενός ιππέα, και το πιο παράξενο απ' όλα: ζωγράφιζε γρήγορα. Με τρομερή ταχύτητα συνέδεε τα κομμάτια, ένα εδώ, ένα εκεί, σε ένα τέλειο σύνολο: ένα άλογο που έτρεχε ή περπατούσε αργά. Μετά από προσπάθειες που είχε κάνει στην εφηβική του ηλικία, ο Φρανς ήξερε ότι δεν υπάρχει πιο δύσκολο πράγμα από το να ζωγραφίσει κανείς ένα ζώο εν κινήσει. Όσο και να προσπαθούμε, το αποτέλεσμα είναι αφύσικο, άκαμπτο. Απαιτείται ένας αριστοτέχνης για να μπορέσει να αποδοθεί η κίνηση με πιστότητα. Η Νάντια ήταν αριστοτέχνης ήδη από την ηλικία των τριών χρόνων.

Τα άλογά της ήταν τέλειες αποδόσεις, καμωμένες με ελαφρύ χέρι, αν και φαινόταν πως δεν ήταν απόρροια μακράς ενασχόλησης. Η δεξιοτεχνία της ξεχυνόταν προς τα μπρος σαν το νερό από ένα φράγμα που έσπασε, πράγμα που κατέπληξε την εποχή της. Πώς μπορούσε να το κάνει αυτό; Πώς ήταν δυνατόν με μερικές μόνο γρήγορες κινήσεις του χεριού να πηδήξει αιώνες μπροστά στην ιστορία της τέχνης; Οι Αυστραλοί ερευνητές Άλαν Σνίντερ και Τζον Μίτσελ εξέτασαν τις ζωγραφιές της και το 1999 διατύπωσαν μία θεωρία που αργά αργά κέρδισε την αναγνώριση – είπαν ότι όλοι μας έχουμε μία ικανότητα μέσα μας να εκδηλώσουμε αυτού του τύπου τη δεξιοτεχνία, η οποία, όμως, είναι μπλοκαρισμένη στους περισσότερους από εμάς.

Βλέπουμε μία μπάλα ποδοσφαίρου ή οτιδήποτε άλλο και δεν καταλαβαίνουμε αμέσως ότι είναι ένα τρισδιάστατο αντικείμενο. Ο εγκέφαλός μας, όμως, ερμηνεύει με αστραπιαία ταχύτητα μία σειρά από λεπτομέρειες, σκιές που πέφτουν και διαφορές σε βάθος και αποχρώσεις και από κει βγάζουμε συμπεράσματα για τη μορφή. Δεν το συνειδητοποιούμε, βέβαια. Αλλά απαιτείται μία ανάλυση των επί μέρους στοιχείων πριν καταλάβουμε κάτι τόσο απλό: ότι αυτό που βλέπουμε είναι μία μπάλα και όχι ένα τσίρκο.

Ο εγκέφαλος δημιουργεί ο ίδιος την τελική μορφή και όταν το κάνει, δε βλέπουμε πια όλες τις λεπτομέρειες που αντιληφθήκαμε αρχικά. Ας πούμε ότι το δάσος κρύβει τα δέντρα. Αλλά αυτό που παρατήρησαν ο Μίτσελ και ο Σνίντερ ήταν πως αν καταφέρναμε να έχουμε πρόσβαση στην πρώτη εικόνα που δημιουργείται από τον εγκέφαλό μας, θα μπορούσαμε να βλέπουμε τον κόσμο με έναν τελείως νέο τρόπο και ίσως να μπορούσαμε να τον αναδημιουργήσουμε λίγο ευκολότερα, ακριβώς όπως έκανε και η Νάντια, δίχως προηγούμενη ενασχόληση.

Με άλλα λόγια, η ιδέα ήταν ότι η Νάντια είχε πρόσβαση στην πρωταρχική εικόνα, στο βασικό υλικό του εγκεφάλου. Η μικρή έβλεπε πλήθος από ανεπεξέργαστες λεπτομέρειες και σκιές και ήταν γι' αυτό που άρχιζε πάντα με μία μικρή λεπτομέρεια, όπως ένα πέταλο ή μία μύτη, και όχι με το σύνολο, γιατί το σύνολο κατά τη δική μας έννοια ακόμα δεν είχε δημιουργηθεί. Παρά το ότι ο Φρανς εντόπιζε μερικά προβλήματα σε αυτήν τη θεωρία ή τουλάχιστον, όπως πάντα, είχε ένα σωρό κριτικά ερωτήματα, η βασική ιδέα τού άρεσε.

Ήταν, από πολλές απόψεις, ένας παρόμοιος πρωταρχικός συλλογισμός αυτό που πάντα έψαχνε και στις δικές του έρευνες, μία προοπτική που δεν έπαιρνε τα πράγματα ως δεδομένα, αλλά έβλεπε τις μικρές λεπτομέρειες πέρα από το προφανές, και γενικά ένιωθε ολοένα και περισσότερο συνεπαρμένος από το θέμα και διάβαζε με αυξανόμενο ενδιαφέρον, ως τη στιγμή που ένιωσε να ανατριχιάζει σύγκορμος. Του ξέφυγε μια βρισιά και κοίταξε με μια σουβλιά άγχους τον γιο του. Αλλά δεν ήταν τα επιστημονικά δεδομένα που έκαναν τον Φρανς να ανατριχιάσει. Ήταν η περιγραφή των πρώτων χρόνων της Νάντιας στο σχολείο.

Έβαλαν τη Νάντια σε μία τάξη για αυτιστικά παιδιά. Η εκπαίδευσή της είχε επικεντρωθεί στο να την κάνουν να αρχίσει να μιλάει και το κορίτσι σημείωνε πρόοδο. Ερχόταν η μία λέξη μετά την άλλη. Αλλά το τίμημα ήταν υψηλό. Με το που άρχισε να μιλάει, χάθηκε το εξαιρετικό ταλέντο της στη ζωγραφική και σύμφωνα με τη συγγραφέα Λόρνα Σελφ, πιθανώς η μία γλώσσα αντικατέστησε την άλλη. Η Νάντια, από το να είναι ένα φαινόμενο ζωγραφικής ιδιοφυΐας, έγινε ένα συνηθισμένο, με σοβαρή αναπηρία αυτιστικό κορίτσι, που μιλούσε βέβαια λίγο, αλλά είχε χάσει τελείως την ικανότητα με την οποία είχε εκπλήξει όλον τον κόσμο. Άξιζε τον κόπο; Για να πει απλώς μερικές λέξεις;

Όχι, ήθελε να ξεφωνίσει ο Φρανς, γιατί και ο ίδιος ήταν πάντα πρόθυμος να πληρώσει οποιοδήποτε τίμημα για να γίνει ιδιοφυΐα στον δικό του τομέα. Προτιμότερο να είσαι ένα άτομο που δεν μπορεί να κάνει μία λογική συζήτηση σε ένα δείπνο, παρά να είσαι μία μετριότητα. Οτιδήποτε εκτός του κανονικού! Αυτό ήταν το δικό του μότο σε όλη του τη ζωή, αν και... δεν ήταν τόσο ανόητος ώστε να μην κατανοεί ότι οι δικές του ελιτίστικες αρχές δεν ήταν απαραίτητα ένας καλός μπούσουλας σε αυτήν την περίπτωση. Ίσως μερικές υπέροχες ζωγραφιές να μην ήταν τίποτα μπροστά στο να μπορεί κάποιος να ζητήσει ένα ποτήρι γάλα ή να ανταλλάξει μερικές φράσεις με έναν φίλο ή έναν πατέρα - τι ήξερε αυτός;

Όμως, αρνιόταν να βρεθεί προ μίας τέτοιας επιλογής. Δεν άντεχε να αναγκαστεί να επιλέξει ή να απορρίψει το πιο φανταστικό πράγμα που είχε συμβεί στη ζωή του Άουγκουστ. Όχι, όχι... δεν υπήρχε κανένα τέτοιο ερώτημα. Κανένας γονιός δε θα χρειαζόταν να επιλέξει μεταξύ των δύο - ιδιοφυΐα ή μη ιδιοφυΐα. Κανένας δεν μπορούσε να ξέρει εκ των προτέρων τι ήταν καλύτερο για το παιδί.

Όσο πιο πολύ το σκεφτόταν, τόσο πιο παράλογο το έβρισκε και κατέληξε ότι δεν το πίστευε αυτό ή μάλλον ότι *δεν ήθελε* να το πιστέψει. Στο κάτω κάτω, η Νάντια ήταν μόνο μία περίπτωση και μία περίπτωση δεν αποτελούσε επιστημονική βάση.

Έπρεπε να μάθει περισσότερα κι έτσι συνέχισε την αναζήτηση στο διαδίκτυο. Τότε χτύπησε το τηλέφωνό του. Είχε χτυπήσει πολλές φορές τις τελευταίες ώρες. Ήταν ένα κρυφό νούμερο, που μεταξύ άλλων το είχε και ο Λίνους, ο παλιός βοηθός του, που τα περνούσε δύσκολα και που δεν τον εμπιστευόταν καν, αλλά όπως και να 'ταν δεν είχε την παραμικρή διάθεση να μιλήσει μαζί του. Ήθελε να συνεχίσει να διαβάζει για τη μοίρα της Νάντιας, τίποτε άλλο.

Πάντως τελικά απάντησε – ίσως από καθαρή αμηχανία. Ήταν η Γκαμπριέλα Γκρέιν, η γοητευτική αναλύτρια από την ΕΥΠ, και ο Φρανς έπιασε τον εαυτό του να χαμογελάει. Αν και του άρεσε περισσότερο η Φαράχ Σαρίφ, η Γκαμπριέλα ήταν μία καλή δεύτερη επιλογή. Είχε λαμπερά, όμορφα μάτια και σκεφτόταν με αστραπιαία ταχύτητα. Ο Φρανς είχε αδυναμία στις έξυπνες γυναίκες.

«Γκαμπριέλα», της είπε. «Θα ήθελα πολύ να μιλήσω μαζί σου, αλλά δεν έχω χρόνο. Βρίσκομαι στη μέση μιας σημαντικής δουλειάς».

«Γι' αυτό που θέλω να σου πω, έχεις σίγουρα χρόνο», του απάντησε αυτή σε ασυνήθιστα αυστηρό τόνο. «Βρίσκεσαι σε κίνδυνο».

«Σαχλαμάρες, Γκαμπριέλα, σ' το είπα. Οι τύποι προσπαθούν να με στριμώξουν. Αλλά αυτό είναι όλο».

«Φρανς, φοβάμαι ότι έχουμε καινούργια στοιχεία, από μία άκρως εξειδικευμένη πηγή. Φαίνεται ότι υπάρχει πράγματι μία ορατή απειλή».

«Τι εννοείς;» τη ρώτησε, όχι τελείως αδιάφορος πια.

Με το τηλέφωνο ανάμεσα στο αυτί και τον ώμο του, συνέχισε να αναζητάει πληροφορίες για τη χαμένη ευφυΐα της Νάντιας.

«Δυσκολεύομαι να αξιολογήσω τα στοιχεία, όμως με ανησυχούν, Φρανς. Νομίζω ότι αξίζει να τα πάρει κανείς σοβαρά».

«Τότε θα τα πάρω κι εγώ στα σοβαρά. Υπόσχομαι να είμαι ιδιαίτερα προσεκτικός. Θα μείνω στο σπίτι, όπως το συνηθίζω. Αλλά είμαι λίγο απασχολημένος, όπως σου είπα, και εκτός αυτού είμαι αρκετά σίγουρος ότι κάνεις λάθος. Στη "Σολιφόν"...»

«Ναι, ναι, μπορεί να κάνω λάθος», τον διέκοψε. «Είναι πολύ

πιθανόν. Αλλά σκέψου, τι θα γίνει αν έχω δίκιο; Αν υπάρχει μία απειροελάχιστη πιθανότητα να έχω δίκιο;»
«Ναι, εντάξει, αλλά...»
«Άφησε τα "αλλά", Φρανς. Άκουσέ με. Νομίζω ότι η ανάλυσή σου είναι ορθή. Κανένας στη "Σολιφόν" δε θέλει να σου κάνει κακό, από φυσική άποψη. Είναι μία πολιτισμένη εταιρεία. Αλλά φαίνεται ότι κάποιος ή κάποιοι στην εταιρεία έχουν επαφές με μία εγκληματική οργάνωση, μία τρομερά επικίνδυνη ομάδα με διασυνδέσεις στη Ρωσία και στη Σουηδία και είναι από κει που έρχεται η απειλή».

Για πρώτη φορά ο Φρανς τράβηξε τη ματιά του από τον υπολογιστή. Ήξερε ότι ο Σίγκμουντ Έκερβαλ της "Σολιφόν" συνεργαζόταν με μία εγκληματική οργάνωση. Είχε πληροφορηθεί και μερικές κωδικοποιημένες λέξεις για τον ηγέτη, αλλά δεν μπορούσε να καταλάβει γιατί να στραφούν εναντίον του – ή μήπως μπορούσε;

«Μία εγκληματική οργάνωση;» μουρμούρισε.

«Ακριβώς», συνέχισε η Γκαμπριέλα. «Και λογικό δεν είναι; Είχες κάνει κι εσύ τέτοιες σκέψεις, σωστά; Πως όταν αρχίσει να κλέβει κανείς τις ιδέες των άλλων, τότε έχει ξεπεράσει τα όρια και αρχίζει ο κατήφορος».

«Νομίζω ότι εγώ μίλησα για μια ομάδα δικηγόρων. Με μία ομάδα καλών δικηγόρων, μπορεί κανείς να κλέψει οτιδήποτε. Οι δικηγόροι είναι οι μπράβοι της εποχής μας».

«Οκέι, ίσως. Αλλά άκου τώρα, δεν έχω κάποια απόφαση για προστασία ακόμα. Γι' αυτό θέλω να σε μεταφέρω σε σίγουρο μέρος. Σκέφτομαι να έρθω να σε πάρω τώρα αμέσως».

«Τι πράγμα;»
«Νομίζω ότι πρέπει να ενεργήσουμε αμέσως».
«Ξέχνα το», της είπε. «Εγώ και...»
Δίστασε.
«Έχεις μαζί σου και κάποιον άλλον;» τον ρώτησε.
«Όχι, όχι, δεν μπορώ να πάω πουθενά τώρα».
«Δεν ακούς τι σου λέω;»
«Ακούω και πολύ καλά μάλιστα. Αλλά με όλο τον σεβασμό, νομίζω ότι προσπαθείς να με τρομάξεις».

«Όταν σε απειλούν, Φρανς, καλό είναι να τρομάζεις και λίγο. Το άτομο που επικοινώνησε μαζί μου... ναι, τελικά δεν πρέπει να σ' το πω αλλά... ήταν μία πράκτορας της NSA που δουλεύει στη χαρτογράφηση αυτής της οργάνωσης».

«Πράκτορας της NSA;» ξεφύσησε ο Φρανς.

«Ξέρω ότι είσαι δύσπιστος απέναντί τους».

«Δύσπιστος είναι το λιγότερο».

«Οκέι, οκέι. Αλλά τούτη τη φορά οι τύποι είναι με το μέρος σου – τουλάχιστον η πράκτορας που μου τηλεφώνησε. Πρόκειται για αξιόπιστο άτομο. Μέσω υποκλοπής, άκουσε κάτι που μπορεί να είναι και σχέδιο δολοφονίας».

«Εναντίον μου;»

«Έχουμε πολλές ενδείξεις προς αυτήν την κατεύθυνση».

«"Πολλές ενδείξεις"... κάπως επιπόλαιο μου ακούγεται».

Εκείνη τη στιγμή ο Άουγκουστ άπλωσε το χέρι προς τα μολύβια του και ο Φρανς, με κάποιον τρόπο, κατάφερε να προσηλωθεί σ' αυτό.

«Θα μείνω εδώ», συνέχισε.

«Πρέπει να αστειεύεσαι».

«Όχι, όχι. Μετακομίζω ευχαρίστως αν βρείτε κι άλλα στοιχεία, αλλά όχι τώρα. Εκτός αυτού, ο συναγερμός που εγκατέστησε η "Μίλτον Σεκιούριτι" είναι εξαιρετικός. Έχω κάμερες και αισθητήρες παντού».

«Μιλάς σοβαρά;»

«Ναι και ξέρεις πως είμαι ιδιαίτερα επίμονος τύπος».

«Έχεις κανένα όπλο;»

«Μα τι σου συμβαίνει, Γκαμπριέλα; Εγώ, όπλο! Το πιο επικίνδυνο πράγμα που έχω εδώ είναι ο καινούργιος μου κόπτης τυριού».

«Άκουσέ με...» άρχισε να του λέει εκείνη, αλλά δε συνέχισε.

«Πες μου».

«Θα φροντίσω για τη φρούρησή σου, είτε το θέλεις είτε όχι. Δε χρειάζεται να σκοτίζεσαι γι' αυτό. Ούτε καν θα το πάρεις είδηση, υποθέτω. Αλλά αφού επιμένεις τόσο πολύ, έχω να σου δώσω μία άλλη συμβουλή».

«Και ποια είναι αυτή;»
«Δημοσιοποίησέ το - κάτι τέτοιο θα μπορούσε να λειτουργήσει σαν ασφάλεια ζωής. Πες στα ΜΜΕ αυτά που ξέρεις - ίσως τότε να μην έχει πια νόημα το να σε βγάλουν απ' τη μέση».
«Θα το σκεφτώ».
Ο Φρανς διέκρινε στη φωνή της Γκαμπριέλας ότι κάτι άλλο της αποσπούσε την προσοχή.
«Ναι;» είπε αυτός.
«Περίμενε λίγο», του απάντησε. «Έχω και μιαν άλλη συνδιάλεξη στη γραμμή. Πρέπει να...»
Εκείνη εξαφανίστηκε και ο Φρανς, που λογικά είχε τόσα άλλα να σκεφτεί, τούτη τη στιγμή σκεφτόταν μόνο ένα πράγμα: θα έχανε ο Άουγκουστ την ικανότητά του να ζωγραφίζει αν τον μάθαιναν να μιλάει;
«Είσαι ακόμα εκεί;» τον ρώτησε μετά από λίγο η Γκαμπριέλα.
«Φυσικά».
«Δυστυχώς πρέπει να κλείσουμε. Αλλά σου υπόσχομαι ότι θα φροντίσω να έχεις κάποιου είδους φρούρηση το συντομότερο δυνατόν. Θα τα πούμε. Να προσέχεις».
Ο Φρανς έκλεισε το τηλέφωνο και αναστέναξε, σκέφτηκε πάλι τη Χάνα και τον Άουγκουστ, το καρό πάτωμα που καθρεφτιζόταν στην ντουλάπα των ρούχων και οτιδήποτε άλλο που στην προκειμένη περίπτωση δεν ήταν ιδιαίτερα σημαντικό, και μουρμούρισε:
«Όπου να 'ναι, τελειώνουν όλα».
Μέσα του αναγνώριζε ότι δεν ήταν απίθανο, καθόλου μάλιστα, αν και όλη την ώρα αρνιόταν να πιστέψει ότι το πράγμα θα έφτανε τόσο μακριά. Αλλά τι ήξερε ο Φρανς απ' αυτά; Τίποτε. Άσε που δεν άντεχε να ασχοληθεί τώρα. Συνέχισε την αναζήτηση για τη μοίρα της Νάντιας και τι μπορεί να σήμαινε για τον γιο του, πράγμα που ήταν τελείως ανόητο. Προσποιούταν ότι δε συνέβαινε τίποτα. Παρά την απειλή, εκείνος συνέχιζε να σερφάρει και σύντομα έπεσε πάνω σε έναν καθηγητή νευρολογίας, έναν κορυφαίο ειδικό του συνδρόμου σαβάντ, ονόματι Τσαρλς Έντελμαν, και αντί να διαβάσει περισσότερα όπως συνήθιζε -ο Μπάλντερ προτιμού-

σε πάντοτε τα γραπτά έναντι των ανθρώπων–, τηλεφώνησε στο νοσοκομείο Καρολίνσκα.

Μετά είδε ότι η ώρα ήταν περασμένη. Ο Έντελμαν δε βρισκόταν στη δουλειά και το ιδιωτικό του τηλέφωνο ήταν απόρρητο. Για περίμενε τώρα... ο τύπος ήταν επικεφαλής στο λεγόμενο Εκλίντεν, ένα ίδρυμα για αυτιστικά παιδιά με ιδιαίτερες ικανότητες και ο Φρανς τηλεφώνησε εκεί. Το τηλέφωνο χτύπησε πολλές φορές και μετά απάντησε μία κυρία που συστήθηκε ως αδελφή Λίντρους.

«Συγγνώμη που ενοχλώ τόσο αργά», είπε ο Φρανς Μπάλντερ.

«Ψάχνω τον καθηγητή Έντελμαν. Μήπως είναι εκεί;»

«Ναι, εδώ είναι. Κανένας δεν μπορεί να φύγει για το σπίτι του μ' αυτόν τον καιρό. Ποιος τον ζητάει;»

«Φρανς Μπάλντερ», απάντησε εκείνος και πρόσθεσε σε περίπτωση που πιθανώς βοηθούσε: «Καθηγητής Φρανς Μπάλντερ».

«Περιμένετε λίγο», είπε η αδελφή Λίντρους. «Θα ρωτήσω αν έχει χρόνο».

Ο Φρανς κοίταζε τον Άουγκουστ, που είχε πιάσει πάλι τα μολύβια του αλλά δίσταζε και ο Φρανς ένιωσε να τον κυριεύει ανησυχία, σαν να είχε πάρει ένα δυσοίωνο μήνυμα. *Μία εγκληματική οργάνωση*, σκέφτηκε.

«Τσαρλς Έντελμαν», είπε μία φωνή. «Είναι πράγματι ο καθηγητής Μπάλντερ στο τηλέφωνο;»

«Ακριβώς, ο ίδιος. Έχω ένα μικρό αγόρι που...»

«Δε φαντάζεσαι πόσο μεγάλη τιμή μού κάνεις», συνέχισε ο Έντελμαν. «Μόλις επέστρεψα από ένα συνέδριο στο Στάνφορντ, όπου μιλήσαμε, μεταξύ άλλων, για τις έρευνές σου γύρω από τα ουδέτερα δίκτυα – ναι, θέσαμε μάλιστα και το ερώτημα μήπως εμείς οι νευρολόγοι μπορούμε να μάθουμε μερικά πράγματα για τον εγκέφαλο από την πίσω πόρτα, μέσω της έρευνας για την Τεχνητή Νοημοσύνη. Αναρωτιόμαστε...»

«Αισθάνομαι πολύ κολακευμένος», τον διέκοψε ο Φρανς. «Αλλά τώρα έχω μία μικρή ερώτηση να σου κάνω».

«Μα, φυσικά. Είναι κάτι που χρειάζεσαι για τις έρευνές σου;»

«Όχι, απλώς έχω έναν αυτιστικό γιο. Είναι οκτώ χρονών και ακόμα δεν έχει πει τις πρώτες του λέξεις, αλλά πριν από λίγες μέ-

ρες βρεθήκαμε να περιμένουμε σε ένα φανάρι στην οδό Χουρνσγκάταν και μετά...»
«Ναι;»
«Ο μικρός κάθισε και ζωγράφισε τέλεια το περιστατικό, με απίστευτη ταχύτητα. Το αποτέλεσμα είναι φοβερό!»
«Και θέλεις τώρα να έρθω και να δω τι έκανε ο γιος σου;»
«Πολύ θα χαιρόμουν. Αλλά δεν είναι αυτός ο λόγος που σε παίρνω. Ανησυχώ σοβαρά. Έχω διαβάσει ότι οι ζωγραφιές του μπορεί να είναι η γλώσσα επικοινωνίας του με τον κόσμο και ότι μπορεί να χάσει την ικανότητά του αυτή, αν μάθει να μιλάει· πως ο ένας τρόπος να εκφράζεται μπορεί να αντικατασταθεί με κάποιον άλλο».
«Έχεις διαβάσει για τη Νάντια, βέβαια».
«Πώς το ξέρεις;»
«Γιατί πάντοτε πέφτω πάνω στην ίδια ιστορία. Μπορώ να σε λέω Φρανς;»
«Βεβαίως».
«Πολύ καλά, Φρανς. Είμαι πολύ χαρούμενος που μου τηλεφώνησες και μπορώ να σου πω ότι δεν υπάρχει λόγος να ανησυχείς. Η Νάντια ήταν η εξαίρεση που επιβεβαιώνει τον κανόνα, τίποτε άλλο. Όλες οι έρευνες δείχνουν ότι η γλωσσική εξέλιξη εμβαθύνει το ταλέντο *σαβάντ*. Δες μόνο την περίπτωση του Στίβεν Γουίλτσιρ – γι' αυτόν έχεις διαβάσει, έτσι δεν είναι;»
«Είναι εκείνος που ζωγράφισε όλο το Λονδίνο;»
«Ακριβώς. Ο συγκεκριμένος έχει εξελιχθεί με όλους τους τρόπους, καλλιτεχνικά, διανοητικά και γλωσσικά. Σήμερα θεωρείται ένας μεγάλος καλλιτέχνης. Γι' αυτό ησύχασε, Φρανς. Βεβαίως και συμβαίνει να χάσει ένα παιδί τη *σαβάντ* ικανότητά του, αλλά συχνά αυτό οφείλεται σε διαφορετικούς λόγους. Βαριούνται ή τους συμβαίνει κάτι άλλο. Υποθέτω ότι διάβασες πως η Νάντια έχασε τη μητέρα της την ίδια εβδομάδα».
«Ναι».
«Ίσως αυτό να ήταν η κύρια αιτία. Ναι, φυσικά ούτε εγώ ούτε και κανένας άλλος το ξέρει με σιγουριά. Αλλά δεν οφειλόταν στο ότι είχε αρχίσει να μαθαίνει να μιλάει. Δεν υπάρχει σχεδόν κα-

νένα άλλο κείμενο για παρόμοια εξέλιξη και δε σ' το λέω μόνο επειδή αυτή είναι η δική μου επιστημονική θεωρία. Σήμερα όλοι όσοι ασχολούμαστε με το θέμα συμφωνούμε ότι οι *σαβάντ* μόνο κερδισμένοι θα είναι αν εξελίξουν τις διανοητικές τους ικανότητες σε όλα τα επίπεδα».

«Το εννοείς αυτό;»

«Ναι, απόλυτα».

«Ο μικρός είναι καλός και με τους αριθμούς».

«Αλήθεια;» είπε ο Τσαρλς Έντελμαν με αμφιβολία.

«Γιατί το λες αυτό;»

«Διότι μία καλλιτεχνική ικανότητα σε έναν *σαβάντ* σπανίως συνδυάζεται με μία μαθηματική. Αφορά δύο διαφορετικές διάνοιες που δεν είναι καθόλου συγγενικές και που καμιά φορά φαίνεται σαν να μπλοκάρουν η μία την άλλη».

«Κι όμως, έτσι είναι. Οι ζωγραφιές του διακρίνονται από γεωμετρική ακρίβεια, λες κι έχει μετρήσει τις διαστάσεις».

«Άκρως ενδιαφέρον. Πότε μπορώ να τον συναντήσω;»

«Δεν ξέρω ακριβώς. Σαν πρώτη κίνηση, ήθελα μόνο μία συμβουλή».

«Τότε η συμβουλή μου είναι αναμφισβήτητα η εξής: παρότρυνέ τον. Άφησέ τον να εξελίξει τις ικανότητές του με όλους τους δυνατούς τρόπους».

«Εγώ...»

Ο Φρανς ένιωσε ένα παράξενο βάρος στο στήθος του και ξαφνικά δυσκολευόταν να βρει τις λέξεις.

«Θέλω μόνο να σε ευχαριστήσω», συνέχισε. «Να σ' ευχαριστήσω ειλικρινά. Τώρα θα πρέπει να...»

«Είναι μεγάλη τιμή για μένα να μιλάω μαζί σου και θα ήταν υπέροχο να συναντήσω εσένα και τον γιο σου. Έχω εξελίξει ένα αρκετά εκλεπτυσμένο τεστ για *σαβάντ* – αν μου επιτρέπεις να καυχηθώ λίγο. Μαζί θα μπορούσαμε να καταλάβουμε το αγόρι καλύτερα».

«Ναι, βέβαια, θα ήταν υπέροχο. Αλλά τώρα πρέπει να...» μουρμούρισε ο Φρανς, χωρίς να ξέρει τι θέλει να πει. «Αντίο κι ευχαριστώ».

«Εντάξει, λοιπόν. Ελπίζω να σε ακούσω σύντομα πάλι».

Ο Φρανς έκλεισε το τηλέφωνο και έμεινε για λίγο ακίνητος με τα χέρια σταυρωμένα στο στήθος, κοιτώντας τον Άουγκουστ, που καθόταν διστακτικός κρατώντας ακόμα το κίτρινο μολύβι και κοίταζε το αναμμένο κερί. Μετά οι ώμοι του Φρανς τραντάχτηκαν σαν να τους διαπέρασε ρεύμα και ξαφνικά του ήρθαν δάκρυα στα μάτια. Πολλά θα μπορούσε να πει κανείς για τον καθηγητή Μπάλντερ, αλλά σίγουρα δεν ήταν ο τύπος του ανθρώπου που έκλαιγε άσκοπα.

Δε θυμόταν πότε του είχε ξανασυμβεί κάτι τέτοιο τελευταία φορά. Δεν ήταν όταν πέθανε η μητέρα του και σίγουρα ούτε όταν είχε δει ή διαβάσει τίποτα το συνταρακτικό – ο ίδιος θεωρούσε τον εαυτό του ασυγκίνητο σαν πέτρινη κολόνα. Αλλά τώρα, μπροστά στον γιο του και τις σειρές από μολύβια και μπογιές, ο καθηγητής έκλαιγε σαν παιδί και το άφησε να συμβαίνει. Φυσικά, οφειλόταν στα λόγια του Τσαρλς Έντελμαν.

Ο Άουγκουστ μπορούσε να μάθει να μιλάει και να συνεχίσει να ζωγραφίζει κι αυτό ήταν μεγαλειώδες. Αλλά, βέβαια, ο Φρανς δεν έκλαιγε μόνο γι' αυτό. Ήταν και το δράμα της "Σολιφόν". Ήταν η απειλή δολοφονίας. Ήταν τα μυστικά που γνώριζε και η αποθυμιά της Χάνας, της Φαράχ ή οποιουδήποτε ανθρώπου που μπορούσε να γεμίσει το κενό μέσα του.

«Μικρό μου αγόρι», είπε τόσο συγκινημένος και αναστατωμένος, που δεν πρόσεξε πως το λάπτοπ του μπήκε σε λειτουργία και έδειχνε εικόνες από μία κάμερα παρακολούθησης στον κήπο του σπιτιού του.

Εκεί έξω στον κήπο, μέσα στην άγρια θύελλα, περπατούσε ένας ψηλός και λεπτός άντρας που φορούσε δερμάτινο μπουφάν και ένα κατεβασμένο κασκέτο που του έκρυβε επιμελώς το πρόσωπο. Όποιος και αν ήταν, ήξερε ότι τον τραβούσαν οι κάμερες παρακολούθησης και παρόλο που έδειχνε αδύνατος και ευκίνητος, κάτι στον λικνιστό του βηματισμό, στο καθαρά θεατρινίστικο βάδισμά του, θύμιζε πυγμάχο βαρέων βαρών στον δρόμο για το ρινγκ.

Η Γκαμπριέλα Γκρέιν καθόταν στο γραφείο της στην ΕΥΠ και έκανε μία έρευνα στο δίκτυο και στα αρχεία της υπηρεσίας. Όμως δε βρήκε και πολλά κι αυτό οφειλόταν φυσικά στο ότι δεν ήξερε τι ακριβώς έψαχνε. Αλλά κάτι καινούργιο και ανησυχητικό την έτρωγε, κάτι αόριστο και ασαφές.

Την είχαν διακόψει όταν μιλούσε με τον Μπάλντερ. Ήταν η Χελένα Κραφτ, η γενική διευθύντρια της ΕΥΠ, που τη ζητούσε πάλι για την ίδια υπόθεση όπως και νωρίτερα. Η Αλόνα Κασάλες της NSA ήθελε να της μιλήσει κι αυτήν τη φορά η Αλόνα ακουγόταν πολύ πιο ήρεμη, ενώ τη φλέρταρε πάλι λίγο.

«Φτιάξατε τους υπολογιστές σας;» τη ρώτησε η Γκαμπριέλα.

«Χα... ναι, είχε γίνει λίγο τσίρκο εδώ πέρα, αλλά δεν ήταν και τίποτα το σοβαρό. Θέλω να σου ζητήσω συγγνώμη που ακουγόμουν λίγο μυστηριώδης την περασμένη φορά που μιλήσαμε· αν και μάλλον θα πρέπει να το ξανακάνω, εν μέρει, τώρα. Θέλω να σου δώσω κι άλλες πληροφορίες, αλλά θα πρέπει να τονίσω και πάλι ότι θεωρώ την απειλή για τον καθηγητή Μπάλντερ πραγματική και σοβαρή και ας μην ξέρουμε κάτι στα σίγουρα. Έχετε προλάβει ν' ασχοληθείτε καθόλου με το θέμα;»

«Του μίλησα. Αρνείται ν' αφήσει το σπίτι του. Είπε ότι βρισκόταν στη μέση κάποιας σημαντικής δουλειάς. Θα φροντίσω για τη φρούρησή του».

«Περίφημα. Με έχεις εντυπωσιάσει, δεσποινίς Γκρέιν. Δεν έπρεπε κάποια σαν εσένα να δουλεύει στην "Γκόλντμαν Σακς" και να βγάζει εκατομμύρια;»

«Δεν είναι το στιλ μου».

«Ούτε και το δικό μου. Δε θα έλεγα όχι στα λεφτά, αλλά αυτό το κακοπληρωμένο ψάξιμο μου ταιριάζει καλύτερα. Λοιπόν, καρδιά μου, έτσι έχει η κατάσταση. Απ' τη δική μας σκοπιά, η υπόθεση δε θεωρείται και τίποτα μεγάλο – όμως εγώ έχω την άποψη ότι πρόκειται για λάθος εκτίμηση. Και όχι μόνο επειδή είμαι πεπεισμένη ότι αυτή η οργάνωση αποτελεί μία απειλή για τα εθνικά μας συμφέροντα. Πιστεύω, επίσης, ότι υπάρχουν και πολιτικές προεκτάσεις. Ένας απ' αυτούς του Ρώσους τεχνικούς πληροφορικής που σου ανέφερα, ένα πρόσωπο ονόματι Ανατόλι Σαμπάροφ, έχει σχέ-

σεις με ένα περιβόητο μέλος του ρωσικού κοινοβουλίου, τον Ιβάν Γκριμπάνοφ, ο οποίος είναι μεγαλομέτοχος της "Γκάζπρομ"».
«Καταλαβαίνω».
«Αλλά τα περισσότερα είναι ακόμα μόνο εικασίες και έχω αφιερώσει πολύ χρόνο στην προσπάθειά μου να βρω την ταυτότητα του ηγέτη».
«Αυτού που λέγεται "Θάνος";»
«Ή αυτής».
«Αυτής;»
«Ναι, πιθανώς όμως να κάνω λάθος. Αυτού του είδους οι εγκληματικές οργανώσεις συνηθίζουν να εκμεταλλεύονται γυναίκες και όχι να τις αναδεικνύουν σε ηγετικές θέσεις και ως επί το πλείστον αυτή η φιγούρα έχει αναφερθεί ως "αυτός"».
«Τι είναι τότε αυτό που σε κάνει να νομίζεις ότι μπορεί να είναι γυναίκα;»
«Ένα είδος σεβασμού, θα μπορούσε να πει κανείς. Μιλούν γι' αυτό το πρόσωπο όπως μιλούν πάντα οι άντρες για γυναίκες που ποθούν και θαυμάζουν».
«Μια καλλονή, δηλαδή».
«Έτσι φαίνεται, αλλά ίσως είναι απλώς λίγος ομοφυλόφιλος ερωτισμός που μυρίστηκα και κανένας δε θα ήταν πιο χαρούμενος από μένα αν οι Ρώσοι γκάνγκστερ ή οι Ρώσοι που κάνουν κουμάντο ασχολούνταν λίγο περισσότερο μ' αυτόν τον τομέα».
«Χα, αλήθεια».
«Αλλά κυρίως σ' το αναφέρω για να έχεις τα μάτια σου ανοιχτά αν αυτή η ιστορία καταλήξει στο γραφείο σου. Ξέρεις, υπάρχουν και αρκετοί δικηγόροι ανακατεμένοι. Υπάρχουν πάντα δικηγόροι ανακατεμένοι, έτσι δεν είναι; Με τους χάκερ μπορούν να κλέψουν και με τους δικηγόρους να νομιμοποιήσουν τα κλεμμένα. Πώς το είπε ο Μπάλντερ;»
«Είμαστε ίσοι ενώπιον του νόμου – αν πληρώνουμε τα ίδια».
«Ακριβώς, όποιος έχει την οικονομική δυνατότητα για μία καλή υπεράσπιση μπορεί τώρα πια να βάλει χέρι σε οτιδήποτε. Ξέρεις βέβαια τους νομικούς αντιπάλους του Μπάλντερ, το δικηγορικό γραφείο "Ντάκστοουν & Σία"».

«Ναι, βέβαια».

«Επομένως ξέρεις ότι στο γραφείο αυτό απευθύνονται οι μεγάλες επιχειρήσεις τεχνολογίας όταν θέλουν να ξεσκίσουν εφευρέτες που ελπίζουν σε κάποια μικρή αποζημίωση για τις δημιουργίες τους».

«Βεβαίως, αυτά τα έμαθα όταν ασχολούμασταν με τις δικαστικές περιπέτειες του Χόκαν Λανς».

«Άλλη ανατριχιαστική ιστορία κι αυτή, έτσι δεν είναι; Αλλά το πιο ενδιαφέρον εδώ είναι ότι το γραφείο "Ντάκστοουν & Σία" αναφέρεται σε μία από τις ελάχιστες συνδιαλέξεις που καταφέραμε να ανιχνεύσουμε και να διαβάσουμε απ' αυτό το εγκληματικό δίκτυο, παρόλο που το γραφείο αναφέρεται ως "Ντ.Σ." ή και ως "Ντ."».

«Δηλαδή η "Σολιφόν" κι αυτοί οι εγκληματίες έχουν τους ίδιους δικηγόρους».

«Έτσι φαίνεται. Και σαν να μην έφτανε αυτό, τώρα το "Ντάκστοουν & Σία" θα ανοίξει γραφείο και στη Στοκχόλμη. Και ξέρεις πώς το μάθαμε;»

«Όχι», είπε η Γκαμπριέλα, νιώθοντας ήδη αγχωμένη.

Ήθελε να κλείσει το τηλέφωνο και να φροντίσει αμέσως για τη φρούρηση του Μπάλντερ.

«Μέσω της παρακολούθησης του συγκεκριμένου δικτύου», συνέχισε η Αλόνα. «Ο Σαμπάροφ το ανέφερε παρεμπιπτόντως, πράγμα που σημαίνει ότι υπάρχει σχέση με το γραφείο. Η οργάνωση ήξερε για το άνοιγμα του γραφείου πριν αυτό ανακοινωθεί επίσημα».

«Τι μου λες;»

«Ναι, και στη Στοκχόλμη το "Ντάκστοουν & Σία" θα συνεργαστεί με έναν Σουηδό δικηγόρο που λέγεται Κένι Μπρουντίν, έναν ποινικολόγο που ανέκαθεν είχε τη φήμη ότι βρισκόταν λίγο πιο κοντά στους πελάτες του».

«Αν μη τι άλλο, υπάρχει μία φωτογραφία που φιγουράριζε στον απογευματινό Τύπο που δείχνει τον Κένι Μπρουντίν να διασκεδάζει με τους γκάνγκστερ φίλους του και κάποιο κολ γκερλ», είπε η Γκαμπριέλα.

«Την έχω δει και μαντεύω ότι ο κύριος Μπρουντίν είναι μια καλή αρχή αν θέλετε και εσείς να ασχοληθείτε μ' αυτήν την ιστορία. Ποιος ξέρει, ίσως αυτός να είναι ο συνδετικός κρίκος μεταξύ των μεγάλων οικονομικών συμφερόντων και του συγκεκριμένου δικτύου».

«Θα το κοιτάξω», απάντησε η Γκαμπριέλα. «Αλλά τώρα έχω μερικά άλλα πράγματα που πρέπει να φροντίσω. Θα τα ξαναπούμε».

Κατόπιν τηλεφώνησε στον υπεύθυνο του εφημερεύοντος τμήματος της ΕΥΠ για τη φρούρηση ατόμων, που απόψε δεν ήταν άλλος από τον Στιγκ Ίτεργκρεν κι αυτό δεν έκανε καλύτερη την κατάσταση. Ο Στιγκ Ίτεργκρεν ήταν εξήντα χρονών, παχύσαρκος και αλκοολικός κι αυτό που γούσταρε περισσότερο ήταν να παίζει χαρτιά και να ρίχνει πασιέντσες στο διαδίκτυο. Καμιά φορά τον αποκαλούσαν «Ο κύριος τίποτα δεν είναι δυνατόν», και γι' αυτό του εξήγησε την κατάσταση με το πιο υπηρεσιακό της ύφος και απαίτησε να έχει προσωπική φρούρηση ο καθηγητής Φρανς Μπάλντερ το συντομότερο δυνατόν. Ο Στιγκ Ίτεργκρεν απάντησε, ως συνήθως, πως αυτό είναι πολύ δύσκολο και πιθανώς να μην μπορεί να γίνει και όταν εκείνη του αντέτεινε ότι επρόκειτο για διαταγή της γενικής διευθύντριας της ΕΥΠ, αυτός μουρμούρισε κάτι που ακούστηκε σαν «το κλαμένο μουνί».

«Αυτό δεν το άκουσα», του είπε. «Αλλά κουνήσου και φρόντισε να γίνει γρήγορα», πράγμα που φυσικά δεν έγινε και ενώ η Γκαμπριέλα περίμενε και χτυπούσε νευρικά τα δάχτυλά της στο γραφείο, αναζήτησε πληροφορίες για το γραφείο «Ντάκστοουν & Σία» και όλα όσα μπορούσε να βρει γι' αυτά που της είχε πει η Αλόνα και τότε την κατέλαβε μία αίσθηση πως αντιμετώπιζε κάτι ανησυχητικά γνωστό.

Αλλά δεν μπορούσε να βγάλει άκρη και πριν καταλήξει κάπου ξανατηλεφώνησε στον Στιγκ Ίτεργκρεν, για να διαπιστώσει φυσικά ότι κανένας από την υπηρεσία προστασίας δεν ήταν διαθέσιμος. Είχαν ασυνήθιστα πολλά πράγματα απόψε, είπε, κάποια εκδήλωση της βασιλικής οικογένειας με το ζευγάρι των διαδόχων της Νορβηγίας και ακόμα ο αρχηγός του ρατσιστικού κόμματος

«Δημοκράτες της Σουηδίας» είχε δεχτεί ένα παγωτό στο κεφάλι πριν προλάβουν να επέμβουν οι σωματοφύλακές του και όλα αυτά συνέβαλαν ώστε να αναγκαστεί η υπηρεσία να αυξήσει τη φρούρηση κατά τη διάρκεια του λόγου του αργά το βράδυ στην πόλη Σεντερτέλγιε.

Ο Ίτεργκρεν είχε διατάξει «δύο φανταστικούς άντρες της υπηρεσίας για τη διασφάλιση της τάξης» που λέγονταν Πέτερ Μπλουμ και Νταν Φλινκ να αναλάβουν τη φρούρηση του καθηγητή και ως εκ τούτου η Γκαμπριέλα θα έπρεπε να νιώθει ικανοποιημένη, αν και τα ονόματα Μπλουμ και Φλινκ την παρέπεμψαν στους Κλινγκ και Κλανγκ στις ιστορίες της Πίπης Φακιδομύτη και προς στιγμήν την κατέλαβαν κακά προαισθήματα. Μετά θύμωσε με τον εαυτό της.

Ήταν τόσο τυπικό για ανθρώπους του δικού της επιπέδου να κρίνουν τους άλλους μόνο από το όνομά τους. Θα ένιωθε πιο ανήσυχη αν τους έλεγαν Γίλεντοφς ή τίποτα τέτοιο. Τότε θα ήταν σίγουρα εκφυλισμένοι και μαλθακοί. *Θα είναι εντάξει μ' αυτούς*, σκέφτηκε και αποτίναξε την ανησυχία της.

Μετά συνέχισε να δουλεύει. Θα ήταν μία μακριά νύχτα.

ΚΕΦΑΛΑΙΟ 9
ΝΥΧΤΑ 21 ΝΟΕΜΒΡΙΟΥ

Η Λίσμπετ ξύπνησε με το σώμα της οριζόντια στο μεγάλο διπλό κρεβάτι και αντιλήφθηκε ότι μόλις είχε ονειρευτεί τον πατέρα της. Μία απροσδιόριστη αίσθηση απειλής την πλάκωσε σαν βαρύ πανωφόρι. Αλλά τότε θυμήθηκε το προηγούμενο βράδυ και θεώρησε ότι αυτό μπορούσε να είναι και μία χημική αντίδραση του σώματός της. Είχε έναν τρομερό πονοκέφαλο από το μεθύσι και με τρεμάμενα πόδια σηκώθηκε, πήγε στο μεγάλο μπάνιο με το τζακούζι, τα μάρμαρα και όλη του την ηλίθια πολυτέλεια, για να κάνει εμετό. Αλλά το μόνο που κατάφερε ήταν να σωριαστεί στο πάτωμα και να μείνει εκεί βαριανασαίνοντας.

Μετά σηκώθηκε και κοιτάχτηκε στον καθρέφτη. Η εικόνα που αντίκρισε δεν ήταν ιδιαίτερα ενθαρρυντική. Τα μάτια της ήταν κατακόκκινα. Από την άλλη, ήταν μόλις περασμένα μεσάνυχτα. Δεν πρέπει να είχε κοιμηθεί περισσότερο από μερικές ώρες. Έβγαλε από το ντουλαπάκι του μπάνιου ένα ποτήρι και το γέμισε με νερό. Αλλά την ίδια στιγμή επέστρεψαν οι μνήμες από το όνειρο και έσφιξε δυνατά το ποτήρι, που έσπασε στο χέρι της κόβοντάς την. Το αίμα έσταξε στο πάτωμα, η Λίσμπετ βλαστήμησε και κατάλαβε ότι δεν υπήρχε περίπτωση να ξανακοιμηθεί. Να προσπαθούσε να αποκρυπτογραφήσει τον φάκελο που κατέβασε χθες; Όχι, θα ήταν ανώφελο, τουλάχιστον τώρα. Τύλιξε με μια πετσέτα το χέρι της, πήγε στη βιβλιοθήκη και πήρε μία νέα μελέτη της φυσικού Τζούλι Τάμετ από το Πρίνστον, που περιέγραφε πώς ένα μεγάλο αστέρι καταρρέει μέσα σε μία μαύρη τρύπα και ξάπλωσε στον κόκκινο καναπέ δίπλα στο παράθυρο, προς τη μεριά του Σλούσεν και του Ρινταρφιέρντεν. Όταν άρχισε να διαβάζει, ένιωσε λίγο καλύτερα. Το αίμα από το χέρι της έσταζε στις σελίδες του βιβλίου και ο πονοκέφαλος δε σταματούσε. Αλλά σιγά σιγά βυθίστηκε στην ανάγνωση και πότε πότε κρατούσε σημειώσεις στο περιθώριο. Ήξερε καλύτερα από τον καθένα ότι ένα άστρο κρατιέται ζωντανό από δύο αντικρουόμενες δυνάμεις, τις εκρήξεις του πυρήνα στο εσωτερικό του που θέλει να το διευρύνει και τη βαρύτητα που το κρατάει ενωμένο. Αυτό το αντιλαμβανόταν σαν μία πράξη ισορροπίας, έναν αγώνα που για μεγάλο διάστημα είναι ισόπαλος, στο τέλος, όμως, όταν τα καύσιμα τελειώνουν και οι εκρήξεις μειώνονται σε δύναμη, προκύπτει ένας νικητής. Όταν η βαρύτητα υπερτερεί, το ουράνιο σώμα συρρικνώνεται σαν ένα μπαλόνι που χάνει αέρα και γίνεται ολοένα και μικρότερο. Ένα αστέρι μπορεί κατ' αυτόν τον τρόπο να εξαφανιστεί τελείως. Με μία καταπληκτική κομψότητα, όπως εκφράζεται στον τύπο:

$$r_{sch} = 2\, GM\, /c^9$$

όπου G είναι η σταθερά της βαρύτητας, ο Καρλ Σβάρτστσιλντ είχε περιγράψει ήδη κατά τον Πρώτο Παγκόσμιο πόλεμο το στάδιο που ένα άστρο συμπιέζεται τόσο πολύ, που ούτε καν το φως δεν μπορεί να φύγει από μέσα του και όταν φτάνει σε αυτήν την κατάσταση δεν υπάρχει πια επιστροφή. Σε μία τέτοια κατάσταση το ουράνιο σώμα είναι καταδικασμένο να καταρρεύσει. Κάθε του άτομο απορροφάται προς τα μέσα, προς ένα ενιαίο σημείο, όπου ο χώρος και ο χρόνος δεν υπάρχουν πια και, πιθανώς, συμβαίνουν ακόμα πιο παράξενα πράγματα, στοιχεία καθαρά παράλογα μέσα στο καθορισμένο από νόμους σύμπαν.

Αυτό το ενιαίο σημείο, που ίσως αποτελεί κάτι παραπάνω από ένα σημείο, είναι κάποιου είδους συμβάν, ένας τελικός σταθμός για όλους τους γνωστούς νόμους της φυσικής και περιβάλλεται από έναν ορίζοντα συμβάντων που σχηματίζουν μαζί αυτό που αποκαλείται «μαύρη τρύπα». Στη Λίσμπετ άρεσαν οι μαύρες τρύπες. Ένιωθε συγγενικά μαζί τους.

Όπως η Τζούλι Τάμετ, όμως, κατά κύριο λόγο δεν ενδιαφερόταν για τις ίδιες τις μαύρες τρύπες, αλλά για τη διαδικασία που τις δημιουργεί και κυρίως για το γεγονός ότι η συρρίκνωση των αστέρων αρχίζει στο απέραντο, εκτεταμένο μέρος του σύμπαντος, που εμείς συνηθίζουμε να εξηγούμε με τη θεωρία της σχετικότητας του Αϊνστάιν, αλλά τελειώνει στον μικρό κόσμο που εξαφανίζεται και που υπακούει στις αρχές της κβαντομηχανικής.

Η Λίσμπετ ήταν και παρέμενε σίγουρη πως αν μπορούσε μόνο να περιγράψει τη διαδικασία, θα μπορούσε να ενώσει τις δύο ανόμοιες γλώσσες, την κβαντοφυσική και τη θεωρία της σχετικότητας. Αλλά σίγουρα αυτό ήταν πάνω από τις δυνάμεις της, όπως ακριβώς και εκείνη η κωλοκρυπτογράφηση και στο τέλος βρέθηκε να σκέφτεται πάλι τον πατέρα της.

Κατά τη διάρκεια των παιδικών της χρόνων, αυτός ο ελεεινός είχε βιάσει κατ' επανάληψη τη μητέρα της. Οι βιασμοί συνεχίζονταν ώσπου η μητέρα της έπαθε ανεπανόρθωτη ζημιά και η ίδια η Λίσμπετ, δώδεκα χρονών τότε, του το ανταπέδωσε με έναν τρομερό τρόπο. Εκείνο τον καιρό δεν είχε την παραμικρή ιδέα ότι ο πατέρας της ήταν ένας κορυφαίος Ρώσος αποστάτης κατάσκοπος της σοβιετικής μυστικής υπηρεσίας GRU, και ακόμα λιγότερο, δεν ήξερε ότι ένα ιδιαίτερο τμήμα της ΕΥΠ που λεγόταν «Τμήμα» τον προστάτευε με όλα τα δυνατά μέσα. Όμως, αυτή ήδη από τότε είχε καταλάβει ότι υπήρχε κάποιο μυστικό όσον αφορά τον πατέρα της, ένα σκοτεινό σημείο που δεν επιτρεπόταν σε κανένα να το πλησιάσει ή καν να υποδείξει ότι υπήρχε. Κι αφορούσε ακόμα και κάτι τόσο απλό όπως το όνομά του.

Σε όλες τις επιστολές και τα έγγραφα αναφερόταν ως Καρλ Άξελ Μπουντίν και όλοι οι ξένοι τον αποκαλούσαν Καρλ. Αλλά η οικογένεια στην οδό Λουντγκάταν ήξερε ότι αυτό ήταν ψέμα και ότι το πραγματικό του όνομα ήταν Ζάλα ή πιο σωστά Αλεξάντερ Ζαλατσένκο. Ήταν ένας άντρας που εύκολα μπορούσε να φοβίσει κόσμο, ενώ ο ίδιος περιβαλλόταν από έναν μανδύα που τον έκανε άτρωτο – έτσι τουλάχιστον το καταλάβαινε η Λίσμπετ.

Αν και εκείνη τότε δεν ήξερε το μυστικό του, είχε καταλάβει ότι ο πατέρας της μπορούσε να κάνει οτιδήποτε και κανείς δε θα τον ενοχλούσε. Αυτός ήταν και ένας από τους λόγους που ο πατέρας της εξέπεμπε εκείνη τη φοβερή αυτοπεποίθηση. Ήταν ένα άτομο που κανένας δεν μπορούσε να πλήξει με τους συνήθεις τρόπους και ο ίδιος είχε απόλυτη επίγνωση ως προς αυτό. Άλλους μπαμπάδες μπορούσε να τους καταγγείλει κανείς στις κοινωνικές υπηρεσίες και στην αστυνομία. Αλλά ο Ζάλα είχε δυνάμεις πίσω του που βρίσκονταν υπεράνω όλων αυτών κι εκείνο που θυμόταν η Λίσμπετ από το όνειρο που είχε δει πριν από λίγο ήταν η μέρα που βρήκε τη μητέρα της λιπόθυμη στο πάτωμα και αποφάσισε να του κάνει μεγάλο κακό.

Ήταν αυτό το περιστατικό και άλλο ένα πράγμα που αποτελούσαν τις δικές της πραγματικές μαύρες τρύπες.

Ο συναγερμός χτύπησε στη 01:18 και ο Φρανς Μπάλντερ ξύπνησε με ένα τίναγμα. Κάποιος ήταν μέσα στο σπίτι; Ένιωσε έναν απερίγραπτο φόβο και άπλωσε το χέρι του στο κρεβάτι. Ο Άουγκουστ κοιμόταν δίπλα του. Το αγόρι πρέπει να είχε τρυπώσει στο κρεβάτι ως συνήθως και τώρα κλαψούριζε, λες κι ο ήχος από τη σειρήνα του συναγερμού είχε τρυπώσει στα όνειρά του. *Μικρό μου αγόρι*, σκέφτηκε ο Φρανς. Μετά κοκάλωσε. Ακούγονταν βήματα; Όχι, σίγουρα θα το φαντάστηκε. Όπως και να 'ταν, δεν μπορούσε να ακούσει τίποτε άλλο πέρα από τη σειρήνα. Έριξε μια ανήσυχη ματιά έξω από το παράθυρο. Φαινόταν σαν να φυσούσε περισσότερο από ποτέ. Το νερό μαστίγωνε την ξύλινη αποβάθρα και την άκρη της παραλίας. Τα γυάλινα παράθυρα έτρεμαν, τραντάζονταν από τη θύελλα. Μήπως ο αέρας είχε ενεργοποιήσει τον συναγερμό; Ίσως να ήταν τόσο απλό.

Όμως έπρεπε να το ελέγξει, να τηλεφωνήσει για βοήθεια αν χρειαζόταν και να διαπιστώσει αν η προστασία που του είχε υποσχεθεί η Γκαμπριέλα Γκρέιν είχε φτάσει εκεί. Δύο άντρες από την υπηρεσία για τη διασφάλιση της τάξης ετοιμάζονταν να πάνε στον Φρανς εδώ και ώρες. Το πράγμα είχε καταντήσει σκέτη κωμωδία.

Αυτοί οι δύο εμποδίζονταν όλη την ώρα από την κακοκαιρία και από μία σειρά κόντρα διαταγές που λάμβαναν: Ελάτε να βοηθήσετε σ' αυτό και σ' εκείνο! Ήταν πότε το ένα και πότε το άλλο κι ο Φρανς συμφωνούσε με την Γκαμπριέλα - αντιλαμβανόταν ότι ο χειρισμός του θέματος ήταν απελπιστικά ακατάλληλος. Αλλά αυτό ήταν κάτι που θα τον απασχολούσε αργότερα. Τώρα έπρεπε να τηλεφωνήσει. Ο Άουγκουστ ξύπναγε ή ετοιμαζόταν να ξυπνήσει και γι' αυτό ο Φρανς έπρεπε να κάνει κάτι γρήγορα. Ένας Άουγκουστ σε υστερία που χτυπιέται στην άκρη του κρεβατιού ήταν το τελευταίο που του χρειαζόταν τώρα. Οι ωτοασπίδες, σκέφτηκε ξαφνικά, οι παλιές πράσινες ωτοασπίδες που είχε αγοράσει στο αεροδρόμιο της Φρανκφούρτης...

Τις έβγαλε από το κομοδίνο δίπλα στο κρεβάτι και τις πίεσε προσεκτικά στ' αυτιά του γιου του. Μετά τον σκέπασε, τον φίλησε στο μάγουλο και του χάιδεψε τα μακριά, σγουρά μαλλιά του. Έπειτα φρόντισε να είναι σωστά διπλωμένος ο γιακάς της πιτζάμας και το κεφάλι του να ακουμπάει όμορφα στο μαξιλάρι. Ήταν παράλογο. Ο Φρανς φοβόταν και βιαζόταν πολύ ή τουλάχιστον έτσι έπρεπε να είναι.

Παρ' όλα αυτά καθυστερούσε τις κινήσεις του και ασχολιόταν με τον γιο του. Ίσως να ήταν απλοί συναισθηματισμοί τη στιγμή της κρίσης· ή να 'θελε να αναβάλει τη συνάντηση με αυτό που τον περίμενε εκεί έξω και για μία στιγμή σκέφτηκε ότι καλό θα ήταν να είχε κάποιο όπλο. Όχι ότι θα ήξερε και πώς να το χρησιμοποιήσει.

Ήταν ένας καταραμένος προγραμματιστής, που το τελευταίο διάστημα είχε αποκτήσει πατρικά αισθήματα - αυτό ήταν όλο. Δεν έπρεπε να είχε μπλεχτεί σ' ετούτη την ιστορία. Να πάρει ο διάβολος τη «Σολιφόν», την NSA και όλες τις εγκληματικές οργανώσεις! Αλλά τώρα έπρεπε να σφίξει τα δόντια του· με σιγανά, αβέβαια βήματα πήγε στο χολ και πριν κάνει οτιδήποτε άλλο, πριν καν κοιτάξει τον δρόμο εκεί έξω, έκλεισε τον συναγερμό. Ο ήχος της σειρήνας είχε αποσυντονίσει όλο του το νευρικό σύστημα και στην ξαφνική ησυχία που ακολούθησε βρέθηκε να στέκεται ακίνητος στο χολ, τελείως ανίκανος για οποιασδήποτε μορφής αντίδραση.

Τότε χτύπησε το κινητό του και παρόλο που αναπήδησε από τον φόβο του, ήταν ευγνώμων για τον περισπασμό.

«Ναι», απάντησε.

«Γεια σας, είμαι ο Γιούνας Άντερμπεργ από τη "Μίλτον Σεκιούριτι". Είναι όλα καλά;»

«Τι; Ναι... έτσι νομίζω. Ενεργοποιήθηκε ο συναγερμός μου».

«Το ξέρω και σε τέτοιες περιπτώσεις σύμφωνα με τις οδηγίες μας θα πρέπει να πάτε στο ιδιαίτερο δωμάτιο, κάτω στο υπόγειο, και να κλειδώσετε την πόρτα. Είσαστε εκεί τώρα;»

«Ναι», απάντησε ψέματα.

«Καλά. Πολύ καλά. Ξέρετε τι έχει συμβεί;»

«Όχι. Ξύπνησα από τον συναγερμό. Δεν έχω την παραμικρή ιδέα για ποιο λόγο ενεργοποιήθηκε. Μπορεί να οφείλεται στην κακοκαιρία;»

«Δε νομίζω... περιμένετε λίγο!»

Η φωνή του Γιούνας Άντερμπεργ ακούστηκε αβέβαιη.

«Τι συμβαίνει;» ρώτησε αγχωμένος ο Φρανς.

«Φαίνεται...»

«Μίλα, που να πάρει ο διάβολος. Είμαι τρομοκρατημένος».

«Συγγνώμη, ήρεμα, ήρεμα... εξετάζω τη βιντεοσκόπηση από τις κάμερες και φαίνεται ότι...»

«Φαίνεται τι;»

«Ότι έχετε επισκέψεις. Ένας άντρας, ναι, μπορείτε να το δείτε κι εσείς μετά, ένας άντρας με παράξενο βάδισμα, σκούρα γυαλιά ηλίου και κασκέτο περιφερόταν στο εξωτερικό του σπιτιού σας. Ήρθε εκεί δύο φορές, αν και όπως είπα... μόλις το ανακάλυψα. Θα πρέπει να το ελέγξω καλύτερα, για να μπορέσω να σας πω κάτι περισσότερο».

«Τι τύπος ήταν;»

«Ακούστε, δεν είναι εύκολο να τον περιγράψω».

Ο Γιούνας Άντερμπεργ εξέταζε πάλι τις εικόνες.

«Αλλά ίσως... δεν ξέρω... όχι, δεν πρέπει να κάνω υποθέσεις τόσο γρήγορα», συνέχισε.

«Σε παρακαλώ, κάν' το. Χρειάζομαι κάτι συγκεκριμένο. Για να νιώσω λίγο καλύτερα».

«Οκέι, τότε θα μπορούσε να πει κανείς ότι υπάρχει τουλάχιστον ένα πράγμα που είναι καθησυχαστικό».

«Και ποιο είναι αυτό;»

«Ο τρόπος που βαδίζει. Ο άντρας αυτός περπατάει σαν πρεζόνι – σαν κάποιος που μόλις έχει πάρει ένα σωρό ναρκωτικά. Υπάρχει κάτι το υπερβολικά άκαμπτο και άρρυθμο στον τρόπο που κινείται κι αυτό θα μπορούσε να σημαίνει ότι δεν είναι παρά ένας συνηθισμένος ναρκομανής και μικροκλέφτης. Από την άλλη πλευρά...»

«Ναι;»

«Κρύβει το πρόσωπό του πάρα πολύ καλά και έτσι...»

Ο Γιούνας σώπασε πάλι.

«Συνέχισε!»

«Περιμένετε λίγο».

«Με αγχώνεις, το ξέρεις;»

«Δεν είναι αυτός ο σκοπός μου. Αλλά ξέρετε...»

Ο Μπάλντερ ανατρίχιασε. Ακούστηκε η μηχανή ενός αυτοκινήτου στην είσοδο του γκαράζ του.

«... σας έρχονται επισκέψεις».

«Τι να κάνω;»

«Μείνετε εκεί που είστε».

«Οκέι», είπε ο Φρανς και έμεινε εκεί που ήταν, λίγο πολύ παραλυμένος, σε ένα τελείως διαφορετικό μέρος του σπιτιού από κείνο που νόμιζε ο Γιούνας Άντερμπεργ.

Όταν το τηλέφωνο χτύπησε στη 01:58 ο Μίκαελ Μπλούμκβιστ ήταν ακόμα ξύπνιος. Αλλά καθώς το τηλέφωνο ήταν στην τσέπη του τζιν του, που ήταν ριγμένο στο πάτωμα, δεν πρόλαβε να απαντήσει. Εκτός αυτού ήταν ένας αριθμός με απόκρυψη – ο Μίκαελ βλαστήμησε, ξανάπεσε στο κρεβάτι και έκλεισε τα μάτια του.

Δε θα περνούσε άλλη μία νύχτα άυπνος. Από την ώρα που είχε κοιμηθεί η Έρικα, λίγο μετά τα μεσάνυχτα, αυτός στριφογύριζε ξαπλωμένος και σκεφτόταν τη ζωή του χωρίς να νιώθει ότι υπήρχαν και πολλά καλά σ' αυτήν – ούτε καν η σχέση του με την Έρικα. Την αγαπούσε εδώ και δεκαετίες και απ' ό,τι φαινόταν το ίδιο ένιωθε κι εκείνη γι' αυτόν.

Αλλά δεν ήταν το ίδιο εύκολο τώρα πια που ο Μίκαελ είχε αρχίσει να συμπαθεί τον Γκρέγκερ. Ο Γκρέγκερ Μπέκμαν ήταν καλλιτέχνης, σύζυγος της Έρικας και κανένας δεν μπορούσε να τον αποκαλέσει ζηλιάρη ή μικροπρεπή. Το αντίθετο, ο Γκρέγκερ είχε καταλάβει ότι η Έρικα δε θα ξεπερνούσε ποτέ τον έρωτά της για τον Μίκαελ ούτε θα μπορούσε να κρατηθεί και να μην του βγάλει τα ρούχα και δεν είχε εξοργιστεί ούτε είχε απειλήσει να μετακομίσει με τη σύζυγό του στην Κίνα. Απλώς είχαν κάνει μία συμφωνία: «Μπορείς να είσαι μαζί του – αλλά θα γυρίζεις πάντα σ' εμένα». Και έτσι έγινε.

Είχαν δημιουργήσει ένα ερωτικό τρίγωνο, μία αντισυμβατική σχέση, όπου η Έρικα τις περισσότερες φορές κοιμόταν στο σπίτι της στο Σαλτσεμπάντεν με τον Γκρέγκερ, αλλά πότε πότε στο σπίτι του Μίκαελ, στην οδό Μπελμανσγκάταν, και στο πέρασμα των χρόνων ο Μπλούμκβιστ είχε σκεφτεί ότι αυτή ήταν πραγματικά μία φανταστική λύση, τέτοια που πολλά ζευγάρια που ζούσαν κάτω από δικτατορικούς εξαναγκασμούς έπρεπε να βρουν. Κάθε φορά η Έρικα έλεγε: «Αγαπώ τον άντρα μου περισσότερο όταν μπορώ να είμαι και μαζί σου» κι όταν ο Γκρέγκερ σε κάποιο κοκτέιλ πάρτι έβαζε το χέρι του στους ώμους του Μίκαελ με διάθεση αδελφικού εναγκαλισμού, ο Μίκαελ ευχαριστούσε το καλό του άστρο γι' αυτήν τη διευθέτηση.

Όμως το τελευταίο διάστημα είχε αρχίσει να αμφιβάλλει, ίσως επειδή διέθετε περισσότερο χρόνο για να σκέφτεται τη ζωή του και είχε καταλήξει στο συμπέρασμα ότι όλα όσα λέγονται «συμφωνίες» δεν είναι απαραίτητα κι έτσι.

Αντίθετα, μπορεί το ένα μέρος εσκεμμένα να επιβάλλει κάτι, υπό το πρόσχημα μίας κοινής απόφασης, και με το πέρασμα του χρόνου συχνά φαίνεται ότι κάποιος έχει υποφέρει, παρ' όλες τις διαβεβαιώσεις για το αντίθετο – και ειλικρινά, η χθεσινή συνομιλία της Έρικας με τον Γκρέγκερ δεν πρέπει να είχε γίνει υπό των ήχο χειροκροτημάτων. Ποιος ξέρει, ίσως και ο Γκρέγκερ να αγρυπνούσε αυτήν τη στιγμή.

Ο Μίκαελ πίεσε τον εαυτό του να σκεφτεί κάτι άλλο. Για λίγη ώρα προσπάθησε ως και να ονειρευτεί ξύπνιος. Αλλά δε βοήθησε και πολύ και στο τέλος σηκώθηκε αποφασισμένος να κάνει κάτι χρήσιμο – γιατί να μη διάβαζε κάτι για τη βιομηχανική κατασκοπεία ή ακόμα καλύτερα να σχεδίαζε ένα εναλλακτικό οικονομικό σχέδιο για το *Μιλένιουμ*; Ντύθηκε, κάθισε μπροστά στον υπολογιστή του και κοίταξε τα μέιλ του. Τα περισσότερα ήταν σκουπίδια, ως συνήθως, αν και μερικά από αυτά τού αναπτέρωσαν το ηθικό. Ήταν ενθουσιώδεις παροτρύνσεις από τον Κρίστερ, τη Μάλιν, τον Αντρέι Ζάντερ και τη Χάριετ Βάνιερ ενόψει των επερχόμενων μαχών με το «Σέρνερ» και τους απάντησε με έναν τόνο πολύ πιο θερμό απ' αυτόν που του επέτρεπε η πραγματική του διάθεση. Μετά κοίταξε τον φάκελο της Λίσμπετ, χωρίς να περιμένει τίποτε. Αλλά ξαφνικά έλαμψε το πρόσωπό του. Του είχε απαντήσει. Για πρώτη φορά μετά από μεγάλο διάστημα είχε δώσει σημεία ζωής:

«Η νοημοσύνη του Μπάλντερ δεν είναι καθόλου τεχνητή. Πώς είναι η δική σου αυτήν την εποχή;
»Και τι θα γίνει, Μπλούμκβιστ, αν δημιουργήσουμε μία μηχανή που να είναι λίγο πιο έξυπνη από εμάς;»

Ο Μίκαελ χαμογέλασε και θυμήθηκε την τελευταία φορά που είχαν συναντηθεί για καφέ στο «Καφέμπαρ» επί της οδού Σαντ Πολσγκάταν κι έτσι του πήρε λίγο χρόνο ώσπου να σκεφτεί ότι το μήνυμά της ήταν όλο κι όλο δύο φράσεις, εκ των οποίων η πρώτη εμπεριείχε έναν φιλικό χλευασμό, που δυστυχώς έκρυβε και μια δόση αλήθειας. Αυτά που είχε γράψει στο περιοδικό το τελευταίο διάστημα στερούνταν ευφυΐας και αυθεντικής αξίας ως δημοσιεύσεις. Όπως και τόσοι άλλοι δημοσιογράφοι έγραφε απλώς χρησιμοποιώντας δοκιμασμένες πρακτικές και εκφράσεις. Όμως τώρα δεν μπορούσε να κάνει κάτι γι' αυτό και τον διασκέδαζε περισσότερο η δεύτερη ερώτηση της Λίσμπετ, το μικρό της αίνιγμα – όχι ότι τον ενδιέφερε ιδιαίτερα, αλλά ήθελε να της απαντήσει με κάτι πνευματώδες.

Αν δημιουργήσουμε μία μηχανή που είναι πιο έξυπνη από εμάς, σκέφτηκε, *τι θα συμβεί;* Πήγε στην κουζίνα, άνοιξε ένα μπουκάλι με μεταλλικό νερό και κάθισε στο τραπέζι. Στο αποκάτω διαμέρισμα η κυρία Γκέρνερ έβηχε αρκετά άσχημα και κάπου μακριά στην πόλη, καταμεσής στη θύελλα, ακουγόταν η σειρήνα ενός ασθενοφόρου. *Ναι,* απάντησε στον εαυτό του, *τότε θα έχουμε μία μηχανή που θα μπορεί να κάνει όλα τα έξυπνα πράγματα που μπορούμε να κάνουμε κι εμείς, συν λίγα περισσότερα, για παράδειγμα...* Γέλασε δυνατά και κατάλαβε τι κρυβόταν στο ερώτημα. Μία τέτοια μηχανή θα πρέπει να μπορεί να δημιουργήσει κάτι που θα 'ναι πιο έξυπνο από την ίδια, επειδή εμείς μπορούμε να το κάνουμε αυτό – και τότε τι θα συμβεί;

Φυσικά και η νέα μηχανή θα μπορεί με τη σειρά της να κάνει κάτι πιο έξυπνο και ακριβώς το ίδιο θα συμβεί με την επόμενη, την επόμενη και την επόμενη και σύντομα η αιτία για όλα αυτά, ο ίδιος ο άνθρωπος, δε θα σημαίνει τίποτα. Θα φτάναμε σε μία έκρηξη ευφυΐας πέρα από κάθε έλεγχο, όπως στις ταινίες *Μάτριξ*. Ο Μίκαελ χαμογέλασε, γύρισε πίσω στον υπολογιστή του και έγραψε:

«Αν δημιουργήσουμε μία τέτοια μηχανή, θα έχουμε έναν κόσμο όπου ούτε καν η Λίσμπετ Σαλάντερ δε θα είναι τόσο θρασύς».

Κατόπιν έμεινε ακίνητος για λίγο να κοιτάζει έξω από το παράθυρο –όσο μπορούσε κανείς να δει μέσα στη χιονοθύελλα– και πότε πότε έριχνε καμιά ματιά μέσα από την ανοιχτή πόρτα προς την Έρικα, που κοιμόταν βαριά και δεν είχε ιδέα για μηχανές που ήταν πιο έξυπνες από το άνθρωπο ή εν πάση περιπτώσει, δεν την απασχολούσαν τούτη τη στιγμή. Μετά έβγαλε το τηλέφωνό του.

Του φάνηκε πως είχε χτυπήσει και πράγματι έτσι ήταν: του είχε έρθει ένα μήνυμα και ανησύχησε λίγο, δεν ήξερε γιατί. Αλλά αν εξαιρούσε κανείς τις παλιές ερωμένες που τηλεφωνούσαν μεθυσμένες και ήθελαν σεξ, συνήθως τη νύχτα έρχονταν κακές ειδήσεις και γι' αυτό κοίταξε αμέσως το μήνυμα. Η φωνή στον τηλεφωνητή ακουγόταν πολύ αγχωμένη:

«Το όνομά μου είναι Φρανς Μπάλντερ. Είναι αγένεια βέβαια να σου τηλεφωνώ τόσο αργά. Ζητώ συγγνώμη γι' αυτό. Αλλά βρίσκομαι σε κρίσιμη κατάσταση ή τουλάχιστον έτσι πιστεύω και μόλις πληροφορήθηκα ότι με έψαχνες κι αυτό είναι πράγματι μία παράξενη σύμπτωση. Έχω μερικά πράγματα να σου πω, που νομίζω ότι θα σε ενδιαφέρουν. Θα χαρώ πολύ αν μου τηλεφωνήσεις το συντομότερο δυνατόν. Έχω την αίσθηση ότι το θέμα επείγει».

Μετά ο Φρανς Μπάλντερ του έδινε το τηλέφωνό του και μία ηλεκτρονική διεύθυνση. Ο Μίκαελ τα σημείωσε και έμεινε για λίγο ακίνητος χτυπώντας τα δάχτυλά του στο τραπέζι. Μετά του τηλεφώνησε.

Ο Φρανς Μπάλντερ ήταν ξαπλωμένος στο κρεβάτι, ανήσυχος και φοβισμένος ακόμα. Πάντως ήταν λίγο πιο ήρεμος τώρα. Το αυτοκίνητο που είχε έρθει στο γκαράζ του ήταν από την αστυνομία. Ήταν δύο άντρες γύρω στα σαράντα, ένας πολύ ψηλός και ένας πολύ κοντός, που και οι δύο έδειχναν γεμάτοι αυτοπεποίθηση, φαίνονταν κάπως αλαζονικοί, ήταν εξίσου κοντοκουρεμένοι, αλλά του φέρθηκαν με ευγένεια και με τον ανάλογο σεβασμό ζήτησαν συγγνώμη για την αργοπορία.

«Έχουμε πληροφορηθεί για την κατάσταση από τη "Μίλτον Σεκιούριτι" και από την Γκαμπριέλα Γκρέιν της ΕΥΠ», του εξήγησαν.

Επομένως ήξεραν ότι ένας άντρας με κασκέτο και σκούρα γυαλιά ηλίου περιφερόταν νωρίτερα στον κήπο του σπιτιού κι ότι έπρεπε να βρίσκονται σε επιφυλακή. Γι' αυτό αρνήθηκαν το κάλεσμά του για ένα φλιτζάνι ζεστό τσάι στην κουζίνα. Ήθελαν να μπορούν να επιτηρούν το σπίτι, πράγμα που του Φρανς του φάνηκε ορθό και επαγγελματικό. Δεν του έκαναν και καμία ιδιαιτέρα θετική εντύπωση. Είχε πάρει τα τηλέφωνά τους και μετά είχε επιστρέψει στο κρεβάτι όπου ακόμα κοιμόταν ο Άουγκουστ, κουλουριασμένος, με τις πράσινες ωτοασπίδες στ' αυτιά του.

Αλλά όπως ήταν φυσικό ο Φρανς δεν είχε μπορέσει να ξανακοιμηθεί. Αφουγκραζόταν θορύβους έξω στη θύελλα και στο τέλος σηκώθηκε καθιστός στο κρεβάτι. Έπρεπε να ασχοληθεί με κάτι, αλλιώς θα τρελαινόταν. Άκουσε το κινητό του. Είχε δύο μηνύματα από τον Λίνους Μπραντέλ, που ακουγόταν επίμονος και επιθετικός συγχρόνως και στην αρχή ο Φρανς ήθελε να κλείσει το τηλέφωνο. Δεν άντεχε να ακούει την γκρίνια του Λίνους.

Όμως πληροφορήθηκε μερικά ενδιαφέροντα πράγματα. Ο Λίνους είχε μιλήσει με τον Μίκαελ Μπλούμκβιστ, τον δημοσιογράφο του περιοδικού *Μιλένιουμ* και τώρα ήθελε ο Μπλούμκβιστ να έρθει σ' επαφή με τον Φρανς, πράγμα που τον έκανε να σκεφτεί: *Μίκαελ Μπλούμκβιστ. Θα γίνει αυτός ο συνδετικός μου κρίκος με τον έξω κόσμο;*

Ο Φρανς Μπάλντερ δεν ήξερε και πολλά για τους Σουηδούς δημοσιογράφους. Αλλά τον Μίκαελ Μπλούμκβιστ τον είχε ακουστά και απ' ό,τι γνώριζε ήταν ένα άτομο που πάντα ερευνούσε εις βάθος και δεν υποχωρούσε ποτέ σε πιέσεις. Δεν ήταν απαραίτητα ο καταλληλότερος άνθρωπος γι' αυτήν τη δουλειά, και ο Φρανς θυμόταν ότι είχε ακούσει κάποιους να εκφράζονται με όχι και τόσο κολακευτικά λόγια για τον Μπλούμκβιστ· γι' αυτό σηκώθηκε και πήγε να τηλεφωνήσει στην Γκαμπριέλα Γκρέιν – την Γκαμπριέλα, που ήξερε σχεδόν τα πάντα για το παρασκήνιο των ΜΜΕ και που είχε πει ότι θα έμενε ξύπνια όλη τη νύχτα.

«Γεια σου», του απάντησε αυτή κατευθείαν. «Θα σου τηλεφωνούσα τώρα. Κοιτάζω αυτήν τη στιγμή τον άντρα από τις κάμερες παρακολούθησης. Πάντως, πρέπει να σε μεταφέρουμε αμέσως».

«Για τ' όνομα του Θεού, Γκαμπριέλα, τώρα είναι εδώ και οι αστυνομικοί. Βρίσκονται ακριβώς έξω από την πόρτα μου».

«Ο άντρας δε χρειάζεται να έρθει πάλι από την πόρτα του σπιτιού».

«Και για ποιο λόγο να ξανάρθει εδώ; Ο τύπος έδειχνε σαν πρεζόνι – έτσι μου είπαν από τη "Μίλτον Σεκιούριτι"».

«Δεν είμαι και τόσο σίγουρη γι' αυτό. Κρατούσε κάποιο κουτί, με εργαλεία ίσως. Δε θα πρέπει να πάρουμε ρίσκα».

Ο Φρανς έριξε μια ματιά στον Άουγκουστ δίπλα του.

«Ευχαρίστως να μετακομίσω αύριο. Θα ήταν ίσως το καλύτερο για τα νεύρα μου. Αλλά απόψε δεν κάνω τίποτα – νομίζω ότι οι αστυνομικοί σου φαίνονται επαγγελματίες, εν πάση περιπτώσει σε ικανοποιητικό βαθμό».

«Σκοπεύεις να μουλαρώσεις;»

«Ναι, αυτό σκέφτομαι να κάνω».

«Οκέι, τότε θα φροντίσω ώστε ο Φλινκ και ο Μπλουμ να κινούνται και να ελέγχουν όλον τον κήπο».

«Ωραία, ωραία. Α, και κάτι ακόμα. Με συμβούλεψες να το "δημοσιοποιήσω" – το θυμάσαι;»

«Ναι... ναι... Αυτή δεν είναι και η πιο συνηθισμένη συμβουλή από την ΕΥΠ –έτσι δεν είναι;–, πάντως ακόμα θεωρώ ότι είναι μία καλή ιδέα. Αλλά πρώτα θα ήθελα να μας πεις τι ξέρεις. Αρχίζω να έχω κακά προαισθήματα γι' αυτήν την ιστορία».

«Τότε να τα πούμε αύριο το πρωί. Αλλά, άκου, τι νομίζεις για τον Μίκαελ Μπλούμκβιστ από το *Μιλένιουμ*; Θα μπορούσε να είναι το άτομο στο οποίο θα μιλούσα;»

«Αν θέλεις να τρελάνεις τους συναδέλφους μου, τότε μ' αυτόν πρέπει να μιλήσεις».

«Τόσο χάλια είναι;»

«Εδώ στην ΕΥΠ τον αποφεύγουν σαν τη χολέρα. "Αν βρίσκεται ο Μίκαελ Μπλούμκβιστ στο κατώφλι του σπιτιού σου, τότε όλη η χρόνια πήγε στράφι", συνηθίζουν να λένε. Όλοι εδώ, συμπεριλαμβανομένης και της Χελένας Κραφτ, θα σε απέτρεπαν με τον πιο κατηγορηματικό τρόπο από μια τέτοια κίνηση».

«Όμως εγώ ρωτάω εσένα».

«Κι εγώ σου απαντάω ότι το σκέφτηκες σωστά. Είναι ένας πολύ καλός δημοσιογράφος».

«Όμως έχει δεχτεί αρνητικές κριτικές».

«Βεβαίως, το τελευταίο διάστημα λένε πως είναι ξεπερασμένος και δεν επιλέγει αρκετά θετικά και χαρούμενα θέματα. Είναι ένας δημοσιογράφος παλιάς κοπής και ερευνητής υψηλού επιπέδου. Έχεις τα στοιχεία του;»

«Μου τα έδωσε ο παλιός μου βοηθός».

«Ωραία, υπέροχα. Αλλά πριν επικοινωνήσεις μαζί του, πρέπει πρώτα να μιλήσεις μ' εμάς. Μου το υπόσχεσαι;»

«Σ' το υπόσχομαι, Γκαμπριέλα. Τώρα θα προσπαθήσω να κοιμηθώ λίγο».

«Καλά θα κάνεις. Εγώ θα επικοινωνήσω με τον Φλινκ και τον Μπλουμ και θα κανονίσω αύριο να μεταφερθείς κάπου με ασφάλεια».

Όταν έκλεισε το τηλέφωνο, προσπάθησε και πάλι να ηρεμήσει. Αλλά ήταν το ίδιο αδύνατον τώρα όπως και πριν και ο κακός καιρός τού προξενούσε έμμονες ιδέες. Ένιωθε σαν κάτι κακό να κυκλοφορούσε εκεί έξω στη βροχή και να κατευθυνόταν προς αυτόν και όσο και να μην ήθελε να είναι τσιτωμένος, αφουγκραζόταν κάθε διαφορετικό ήχο γύρω του και όσο περνούσε η ώρα γινόταν ολοένα και πιο νευρικός και ανήσυχος.

Η αλήθεια είναι ότι υποσχέθηκε να μιλήσει πρώτα στην Γκαμπριέλα. Αλλά μετά από λίγο ένιωθε ότι δεν μπορούσε να περιμένει. Όλα αυτά που είχε κρατήσει μέσα του ζητούσαν απεγνωσμένα να βγουν, αν και καταλάβαινε ότι αυτό ήταν παράλογο. Τίποτα δεν μπορούσε να είναι τόσο επείγον. Η ώρα ήταν πολύ περασμένη και άσχετα με αυτά που είχε πει η Γκαμπριέλα, λογικά ο Φρανς ήταν πιο ασφαλής από ποτέ. Είχε αστυνομική προστασία και ένα πρώτης τάξεως σύστημα συναγερμού. Αλλά τίποτα δε βοηθούσε. Ήταν αναστατωμένος και γι' αυτό έβγαλε τον αριθμό που του είχε δώσει ο Λίνους και τηλεφώνησε, αλλά, φυσικά, ο Μπλούμκβιστ δεν απάντησε.

Και γιατί να το έκανε; Ήταν πάρα πολύ αργά, οπότε ο Φρανς του άφησε ένα μήνυμα, μιλώντας κάπως γρήγορα και ψιθυριστά, για να μη ξυπνήσει τον Άουγκουστ, και μετά πήγε και άναψε τη λάμπα του κομοδίνου στη μεριά του. Κοίταξε λίγο τη βιβλιοθήκη στη δεξιά πλευρά του κρεβατιού.

Στη βιβλιοθήκη υπήρχαν βιβλία που δεν είχαν να κάνουν με τη δουλειά του και έπιασε αμέσως αφηρημένος και ανήσυχος να ξεφυλλίζει ένα παλιό μυθιστόρημα του Στίβεν Κινγκ, την *Ονειροπαγίδα**. Αλλά τότε άρχισε να σκέφτεται ακόμα περισσότερο τους

---

* Το βιβλίο κυκλοφορεί στα ελληνικά, σε μετάφραση Μιχάλη Μακρό-

κακούς δαίμονες που κινούνται στο σκοτάδι κατά τη διάρκεια της νύχτας και έμεινε αρκετή ώρα έτσι, με το βιβλίο στο χέρι, και εκείνη τη στιγμή κάτι του συνέβη. Του ήρθε μία σκέψη, ένας έντονος φόβος, που σίγουρα κατά τη διάρκεια της μέρας θα τον απέρριπτε σαν ανοησία αλλά τούτη τη στιγμή τον ένιωθε ως άκρως πραγματικό και ξαφνικά τον κατέλαβε η επιθυμία να μιλήσει με τη Φαράχ Σαρίφ ή μάλλον με τον Στίβεν Γουορμπάρτον στο Λος Άντζελες, που σίγουρα ήταν ξύπνιος, και ενώ το σκεφτόταν και φανταζόταν όλα τα τρομερά σενάρια, κοίταξε έξω προς τη βροχή και τη νύχτα και τα ανήσυχα σύννεφα που κάλπαζαν στον ουρανό. Εκείνη τη στιγμή χτύπησε το τηλέφωνο, σαν να είχε ακούσει την παράκλησή του. Φυσικά δεν ήταν ούτε η Φαράχ ούτε ο Στίβεν.

«Λέγομαι Μίκαελ Μπλούμκβιστ», είπε μία φωνή. «Με έψαχνες».

«Ακριβώς. Ζητώ συγγνώμη που τηλεφώνησα τόσο αργά».

«Δεν πειράζει. Ήμουν ξύπνιος».

«Το ίδιο κι εγώ. Μπορείς να μιλήσεις τώρα;»

«Βεβαίως – μόλις απάντησα με ένα μήνυμα σε ένα άτομο που νομίζω ότι γνωρίζουμε και οι δυο μας. Λέγεται Σαλάντερ».

«Πώς;»

«Συγγνώμη, ίσως να παρεξήγησα. Αλλά είχα την εντύπωση ότι την είχες προσλάβει για να ελέγξει τους υπολογιστές σας και να ανιχνεύσει πιθανές εισβολές».

Ο Φρανς γέλασε.

«Ναι, Θεέ μου, ήταν ένα πολύ ιδιαίτερο κορίτσι», είπε. «Αλλά δε μου είπε ποτέ το επώνυμό της, παρά το ότι είχαμε πολλές επαφές για κάποιο διάστημα. Υπέθεσα ότι είχε τους λόγους της και δεν την πίεσα ποτέ. Τη συνάντησα σε ένα σεμινάριό μου στο Πολυτεχνείο της Στοκχόλμης. Ευχαρίστως να σου μιλήσω γι' αυτό, ήταν πράγματι φανταστικό. Αλλά εκείνο που ήθελα να σε ρωτήσω είναι... ναι, σίγουρα θα νομίζεις ότι είναι θεοπάλαβη ιδέα».

«Καμιά φορά μού αρέσουν οι θεοπάλαβες ιδέες».

«Τι θα έλεγες να ερχόσουν εδώ τώρα, αμέσως. Θα σήμαινε

_____
πουλου, από τις εκδόσεις Bell / Χαρλένικ Ελλάς (Αθήνα, 2003). (Σ.τ.Ε.)

πολλά για μένα. Έχω ένα θέμα που νομίζω ότι είναι δυναμίτης. Μπορώ να σου πληρώσω το ταξί».

«Ευγενικό εκ μέρους σου, αλλά καλύπτουμε μόνοι μας τα έξοδά μας. Γιατί πρέπει να μιλήσουμε μέσα στη νύχτα;»

«Επειδή...» ο Φρανς δίστασε. «Επειδή έχω την αίσθηση ότι επείγει – ή σωστότερα κάτι παραπάνω από αίσθηση. Μόλις προ ολίγου έμαθα ότι απειλείται η ζωή μου και μόνο πριν από καμιά ώρα κάποιος περιφερόταν στον κήπο του σπιτιού μου. Για να είμαι ειλικρινής, φοβάμαι και θέλω να αποκαλύψω αυτά που γνωρίζω. Δε θέλω να τα ξέρω μόνο εγώ πια».

«Οκέι».

«Οκέι, τι;»

«Έρχομαι, αν καταφέρω να βρω κάποιο μέσο».

Ο Φρανς του έδωσε τη διεύθυνση και έκλεισε το τηλέφωνο. Μετά τηλεφώνησε στον καθηγητή Στίβεν Γουορμπάρτον στο Λος Άντζελες και είχαν μία έντονη συνομιλία σε μία κρυπτογραφημένη γραμμή για περίπου είκοσι με τριάντα λεπτά. Μετά σηκώθηκε, φόρεσε ένα τζιν και μία μαύρη πόλο μπλούζα κι έβγαλε ένα μπουκάλι Αμαρόνε, σε περίπτωση που ο Μπλούμκβιστ ενδιαφερόταν γι' αυτού του είδους τη διασκέδαση. Αλλά δεν πρόλαβε να περάσει ούτε το άνοιγμα της πόρτας. Τινάχτηκε γεμάτος φόβο.

Νόμιζε ότι είχε αντιληφθεί κάποια κίνηση, κάποιον που προσπέρασε και κοίταξε νευρικά προς την αποβάθρα και το νερό. Αλλά δεν είδε τίποτα. Το τοπίο ήταν ίδιο όπως και πριν, έρημο και μαστιγωμένο από τον καιρό και προσπάθησε να πείσει τον εαυτό του πως ήταν απλώς μία φαντασίωση, ένα παράγωγο της ψυχολογικής κατάστασης στην οποία βρισκόταν. Μετά έφυγε από το υπνοδωμάτιο, προχωρώντας παράλληλα προς το μεγάλο παράθυρο με κατεύθυνση το πάνω πάτωμα. Αλλά ένιωσε μία καινούργια ανησυχία, γύρισε βιαστικά προς τα πίσω κι αυτήν τη φορά διέκρινε πράγματι κάποιον κοντά στο σπίτι των γειτόνων του, των Σέντερβαλς. Μία φιγούρα έτρεχε εκεί πέρα, προστατευμένη από τα δέντρα και παρόλο που ο Φρανς δεν πρόλαβε να τον δει για πολλή ώρα, παρατήρησε ότι ήταν ένας μεγαλόσωμος άντρας με σακίδιο στην πλάτη και σκούρα ρούχα. Ο άντρας έτρεχε μισοσκυμμένος και κάτι στις κινήσεις του φανέρωνε επαγγελματισμό, σαν να είχε τρέξει έτσι πολλές φορές, ίσως σε κάποιον μακρινό πόλεμο. Έδειχνε γεμάτος ενέργεια και εξασκημένος και ο Φρανς σκέφτηκε πως η όλη σκηνή ήταν σαν να είχε βγει από ταινία τρόμου και ίσως γι' αυτό άργησε λίγο πριν βγάλει το τηλέφωνο από την τσέπη του και προσπαθήσει να καταλάβει ποιος από τους αριθμούς στον κατάλογο κλήσεων ήταν των αστυνομικών εκεί έξω.

Δεν είχε αποθηκεύσει τον αριθμό τους στις επαφές του, μόνο τους είχε τηλεφωνήσει για να υπάρχει το νούμερο και τώρα ήταν αβέβαιος. Ποιο ήταν το δικό τους; Δεν ήξερε και με τρεμάμενο χέρι πάτησε κάποιο που νόμιζε ότι ήταν των αστυνομικών. Στην αρχή δεν απάντησε κανένας, μετά ακούστηκε μία φωνή που ξεφυσούσε:

«Μπλουμ εδώ. Τι συμβαίνει;»

«Είδα έναν άντρα να τρέχει κατά μήκος των δέντρων στο διπλανό σπίτι. Δεν ξέρω πού είναι τώρα. Ίσως να βρίσκεται στον δρόμο προς το μέρος σας».

«Οκέι, θα το ελέγξουμε».

«Φαινόταν...» συνέχισε ο Φρανς.

«Τι;»

«Δεν ξέρω – γρήγορος».

Ο Νταν Φλινκ και ο Πέτερ Μπλουμ κάθονταν στο αστυνομικό αυτοκίνητο και κουβέντιαζαν για τη νεαρή συνάδελφό τους, την Άννα Μπερζέλιους, και το μέγεθος του πισινού της. Ο Πέτερ και ο Νταν είχαν χωρίσει πρόσφατα.

Τα διαζύγιά τους, στην αρχή, ήταν αρκετά επώδυνα. Και οι δύο είχαν μικρά παιδιά, συζύγους που ένιωθαν προδομένες και πεθερικά που τους αποκαλούσαν ανεύθυνα καθοίκια. Αλλά όταν πέρασε κάποιο διάστημα και τα πράγματα ηρέμησαν, είχαν από κοινού την κηδεμονία των παιδιών και καινούργια, αν και απλά σπίτια, καθώς και πλήρη επίγνωση του ίδιου πράγματος: είχαν στερηθεί τη ζωή του ελεύθερου και τελευταία, στη διάρκεια των εβδομάδων που δεν είχαν τα παιδιά, το είχαν ρίξει έξω όσο ποτέ πριν, και μετά, ακριβώς όπως στην εφηβεία, κάθονταν και σχολίαζαν όλες τις λεπτομέρειες από τα πάρτι που είχαν πάει και όλες τις γυναίκες που είχαν επιθεωρήσει από πάνω ως κάτω, ενώ κριτίκαραν λεπτομερώς τα σώματά τους και τις επιδόσεις τους στο κρεβάτι. Αλλά αυτήν τη φορά δεν πρόλαβαν να εμβαθύνουν όσο επιθυμούσαν στο θέμα του πισινού της Άννας Μπερζέλιους.

Χτύπησε το τηλέφωνο του Πέτερ και αναπήδησαν κι οι δυο μαζί, εν μέρει επειδή ο Πέτερ είχε αλλάξει ήχο κλήσης, επιλέγοντας μία ακραία εκδοχή του «Satisfaction», αλλά κυρίως επειδή η νύχτα, η θύελλα και η μοναξιά εδώ έξω τους έκαναν να σκιάζονται εύκολα. Εκτός αυτών, ο Πέτερ είχε το τηλέφωνο στην κωλότσεπη και επειδή το παντελόνι του ήταν στενό –η ζωή των πάρτι είχε κάνει την κοιλιά του να ξεχειλίζει– του πήρε λίγο χρόνο ώσπου να το βγάλει. Όταν έκλεισε το τηλέφωνο, έδειχνε ανήσυχος.

«Τι συμβαίνει;» ρώτησε ο Νταν.

«Ο Μπάλντερ είδε κάποιον άντρα, έναν σβέλτο τύπο, απ' ό,τι φαίνεται».

«Πού;»

«Εκεί κάτω στα δέντρα, δίπλα στο γειτονικό σπίτι. Αλλά πιθανώς να έρχεται προς το μέρος μας».

Ο Πέτερ και ο Νταν βγήκαν από το αυτοκίνητο και η παγωνιά τούς ξάφνιασε για άλλη μία φορά. Είχαν βγει έξω πολλές φορές αυτήν τη μακριά νύχτα. Αλλά καμιά δεν είχαν παγώσει έτσι, ως το μεδούλι, και για μια στιγμή στέκονταν μόνο και κοίταζαν αδέξια, πότε δεξιά και πότε αριστερά. Μετά πήρε το πρόσταγμα ο Πέτερ –που ήταν ο ψηλός– και είπε στον Νταν να μείνει εκεί, στον δρόμο, ενώ ο ίδιος προχώρησε προς τα κάτω, κοντά στο νερό.

Ήταν ένας μικρός κατήφορος που περνούσε δίπλα από τον φράχτη ενός σπιτιού και μία μικρή αλέα με νεοφυτεμένα δέντρα. Είχε πέσει αρκετό χιόνι, ήταν γλιστερά και λίγο πιο κάτω ήταν το νερό, το Μπαγκενσφιέρντεν νόμιζε ο Πέτερ και πράγματι, σκέφτηκε, ήταν παράξενο που το νερό δεν είχε παγώσει. Ίσως επειδή ήταν άγρια τα κύματα. Η θύελλα ήταν εξωφρενική και ο Πέτερ έβρισε γι' αυτό και για τη νυχτερινή βάρδια που τον ταλαιπωρούσε και του χάλαγε τον όμορφο ύπνο του. Παρ' όλα αυτά προσπάθησε να κάνει τη δουλειά του - όχι με όλη του την καρδιά, αλλά το έκανε.

Προσπαθούσε να ξεχωρίσει θορύβους και κοίταζε τριγύρω, αλλά στην αρχή δε διέκρινε τίποτα το ιδιαίτερο. Από την άλλη, ήταν σκοτάδι. Μόνο ένας φανοστάτης φώτιζε το οικόπεδο ακριβώς μπροστά στην αποβάθρα κι αυτός προχώρησε προς τα κάτω, προσπέρασε μία πράσινη ή γκρίζα ξύλινη καρέκλα που είχε παρασύρει εκεί η θύελλα και την επόμενη στιγμή είδε τον Φρανς Μπάλντερ μέσα από το μεγάλο παράθυρο.

Ο Μπάλντερ ήταν στο εσωτερικό του σπιτιού, μακριά από τα παράθυρα, σκυμμένος πάνω από ένα μεγάλο κρεβάτι, σε στάση που φανέρωνε ένταση. Ίσως να έφτιαχνε την κουβέρτα, δεν ήταν εύκολο να πει κανείς. Φαινόταν ότι ήταν απασχολημένος με κάποια λεπτομέρεια του κρεβατιού, αλλά ο Πέτερ δε χρειαζόταν να νοιάζεται γι' αυτό. Έπρεπε να ελέγξει τον κήπο. Όμως κάτι στη στάση του σώματος του Μπάλντερ τον εντυπωσίασε, αποσπώντας του την προσοχή για ένα ή δύο δευτερόλεπτα. Μετά επανήλθε πάλι στην πραγματικότητα.

Είχε μία παγερή αίσθηση ότι κάποιος τον παρακολουθούσε και στράφηκε απότομα με άγριο βλέμμα. Αλλά δεν είδε τίποτα, όχι στην αρχή, και μόλις είχε αρχίσει να ηρεμεί όταν αντιλήφθηκε δύο πράγματα συγχρόνως - μία απότομη κίνηση δίπλα στους σιδερένιους κάδους σκουπιδιών δίπλα στον φράχτη και το θόρυβο ενός αυτοκινήτου στον δρόμο. Το αυτοκίνητο σταμάτησε και άνοιξε η μια του πόρτα.

Στην ουσία τίποτε απ' αυτά δεν ήταν αξιοπρόσεκτο. Η κίνηση στους κάδους μπορεί να ήταν από κάποιο ζώο και φυσικά μπορούσαν να έρχονται κι εδώ αυτοκίνητα μες στη νύχτα. Όμως ο Πέτερ τέντωσε το σώμα του όσο γινόταν και για μια στιγμή έμεινε να στέκεται έτσι εκεί, μη ξέροντας με ποιον τρόπο να αντιδράσει. Τότε ακούστηκε η φωνή του Νταν.

«Κάποιος έρχεται».

Ο Πέτερ δεν κουνήθηκε. Ένιωσε ότι τον παρακολουθούν και ασυνείδητα έπιασε το υπηρεσιακό όπλο στον γοφό του, ενώ ξαφνικά βρέθηκε να σκέφτεται τη μητέρα του, την πρώην γυναίκα και τα παιδιά του, λες και επρόκειτο να γίνει κάτι πάρα πολύ σοβαρό. Αλλά δεν πρόλαβε να προχωρήσει περισσότερο τις σκέψεις του. Ο Νταν φώναξε πάλι, αλλά τώρα διακρινόταν απόγνωση στον τόνο της φωνής του:

«Αστυνομία, σταμάτα που να πάρει ο διάβολος», και τότε ο Πέτερ έτρεξε προς τα πάνω στον δρόμο, αν και δε θεωρούσε πως αυτή ήταν η πιο ορθή επιλογή. Δεν μπορούσε να απαλλαγεί από την υποψία ότι άφηνε κάτι απειλητικό και δυσάρεστο εκεί κάτω στους κάδους. Αλλά αν ο συνάδελφός του φώναζε μ' αυτόν τον τρόπο, τότε δεν είχε άλλη επιλογή –έτσι δεν ήταν;– και κάπου μέσα του ένιωσε ξαλαφρωμένος – είχε φοβηθεί περισσότερο απ' ό,τι ήθελε να παραδεχτεί και γι' αυτό έτρεξε και βγήκε παραπατώντας πάνω στον δρόμο.

Λίγο πιο πέρα ο Νταν κυνηγούσε έναν άντρα με φαρδιές πλάτες και πολύ ελαφρά ρούχα και παρόλο που ο Πέτερ σκέφτηκε ότι ο άντρας δεν μπορούσε να χαρακτηριστεί ως ένας «σβέλτος τύπος», έτρεξε από πίσω τους και λίγο μετά τον έριξαν κάτω στην άκρη του χαντακιού, ακριβώς δίπλα από κάνα-δυο γραμματοκιβώτια και ένα φανάρι που φώτιζε όλο το σκηνικό.

«Ποιος σκατά είσαι εσύ;» ξεφώνισε ο Νταν πολύ αγριεμένος –ίσως να είχε φοβηθεί κι αυτός– και εκείνη τη στιγμή ο άντρας τούς κοίταξε με ένα απορημένο και κατατρομαγμένο βλέμμα.

Ο άντρας δε φορούσε σκούφο, είχε λίγο πάγο στα γένια και τα μαλλιά του, φαινόταν ότι κρύωνε και γενικά δεν ένιωθε καλά. Το κυριότερο, όμως, ήταν ότι το πρόσωπό του φάνταζε πάρα πολύ γνωστό.

Προς στιγμήν ο Πέτερ νόμιζε ότι είχαν συλλάβει κάποιον διαβόητο, καταζητούμενο κακοποιό και για λίγο ένιωσε πολύ περήφανος.

Ο Φρανς Μπάλντερ γύρισε στο υπνοδωμάτιο και σκέπασε τον Άουγκουστ, ίσως για να τον κρύψει κάτω από την κουβέρτα, αν τυχόν συνέβαινε κάτι. Μετά του ήρθε μία τρελή σκέψη, που οφειλόταν σε αυτό που μόλις είχε νιώσει και που είχε ενισχυθεί από τη συνομιλία του με τον Στίβεν Γουορμπάρτον, μια σκέψη που στην αρχή απέρριψε σαν μεγαλειώδη ανοησία, σαν κάτι που μπορούσε να σου έρθει στον νου μες στη νύχτα, όταν νιώθεις σαστισμένος από ταραχή και φόβο. Μετά σκέφτηκε ότι εκείνη η ιδέα δεν ήταν καινούργια, αλλά αντίθετα, είχε ωριμάσει στο ασυνείδητό του κατά τη διάρκεια των ατελείωτων νυχτών αγρύπνιας στις ΗΠΑ και γι' αυτό πήρε το λάπτοπ του, τον δικό του σούπερ υπολογιστή που ήταν συνδεδεμένος με μία σειρά άλλα μηχανήματα για να μπορεί να έχει μεγάλη χωρητικότητα, καθώς περιείχε και το δικό του πρόγραμμα Τεχνητής Νοημοσύνης, στο οποίο είχε αφιερώσει όλη του τη ζωή και έτσι... ήταν αδιανόητο, δεν ήταν;

Ούτε καν το σκέφτηκε. Έσβησε τον φάκελο και όλο το *μπακ απ*, νιώθοντας σαν ένας κακός θεός που έσβηνε μια ζωή και ίσως αυτό ακριβώς να έκανε. Κανένας δεν ήξερε, ούτε καν ο ίδιος, και για μια στιγμή έμεινε να κάθεται και να αναρωτιέται αν θα κατέρρεε τώρα από μεταμέλεια και τύψεις συνείδησης. Το έργο της ζωής του εξαφανίστηκε με μερικά χτυπήματα στο πληκτρολόγιο.

Αλλά παραδόξως ένιωθε πιο ήρεμος, σαν να είχε τουλάχιστον προστατευτεί από ένα πράγμα. Κατόπιν σηκώθηκε και κοίταξε πάλι έξω τη νύχτα και τη θύελλα. Τότε χτύπησε το τηλέφωνο. Ήταν ο Νταν Φλινκ, ο δεύτερος αστυνομικός.

«Θέλω μόνο να σου πω ότι συλλάβαμε το άτομο που είδες», είπε ο αστυνομικός. «Με άλλα λόγια μπορείς να είσαι ήσυχος. Έχουμε τον πλήρη έλεγχο της κατάστασης».

«Ποιος είναι αυτός που συλλάβατε;» ρώτησε ο Φρανς.

«Δεν μπορώ να ξέρω. Είναι πολύ μεθυσμένος και πρέπει να τον ηρεμήσουμε. Ήθελα μόνο να σου το πω. Θα ξαναμιλήσουμε».

Ο Φρανς άφησε το τηλέφωνο πάνω στο κομοδίνο, ακριβώς δίπλα από το λάπτοπ, και προσπάθησε να συγχαρεί τον εαυτό του. Τώρα ο άντρας είχε συλληφθεί και το ερευνητικό του έργο δεν μπορούσε να καταλήξει σε λάθος χέρια. Όμως, δεν έλεγε να ηρεμήσει. Στην αρχή δεν καταλάβαινε το γιατί. Μετά συνειδητοποίησε ότι αυτό με το μεθύσι δεν του κολλούσε. Αυτός που είχε τρέξει κατά μήκος των δέντρων μόνο μεθυσμένος δεν ήταν.

Πέρασε λίγη ώρα πριν ο Πέτερ Μπλουμ αντιληφθεί ότι δεν είχαν συλλάβει κανέναν διαβόητο καταζητούμενο κακοποιό αλλά τον ηθοποιό Λάσε Βέστμαν, που έπαιζε ρόλους κακοποιού και μπράβου στην τηλεόραση και που δεν ήταν καταζητούμενος· κι αυτή η διαπίστωση δεν τον καθησύχασε καθόλου. Όχι μόνο επειδή προαισθάνθηκε ξανά ότι ήταν λάθος ν' αφήσει τα δέντρα και τους κάδους εκεί κάτω, αλλά γιατί αμέσως κατάλαβε ότι αυτό το ιντερμέτζο μπορούσε να οδηγήσει σε σκάνδαλο και πρωτοσέλιδα στις εφημερίδες.

Αυτό το ήξερε ο Πέτερ για τον Λάσε Βέστμαν, πως ότι έκανε ο τύπος συχνά κατέληγε στις απογευματινές εφημερίδες και κανένας δε θα μπορούσε να ισχυριστεί ότι ο Βέστμαν έδειχνε χαρούμενος τώρα. Βογκούσε, έβριζε και προσπαθούσε να σηκωθεί όρθιος, ενώ ο Πέτερ προσπαθούσε να καταλάβει τι στο διάβολο γύρευε αυτός εκεί μες στη νύχτα.

«Εδώ μένεις;» τον ρώτησε.

«Δεν έχω κανέναν λόγο να σου πω το παραμικρό», ούρλιαξε ο Λάσε Βέστμαν και τότε ο Πέτερ στράφηκε στον Νταν, θέλοντας να καταλάβει πώς είχε αρχίσει όλο αυτό το δράμα.

Αλλά ο Νταν στεκόταν ήδη πιο πέρα και μιλούσε στο τηλέφωνο, προφανώς με τον Φρανς Μπάλντερ. Ήθελε να δείξει ότι ήταν καλός στη δουλειά του και ότι είχαν συλλάβει τον ύποπτο, αν υποθέσουμε ότι αυτός ήταν ο πραγματικός ύποπτος.

«Μπήκες νωρίτερα στον κήπο του καθηγητή Φρανς Μπάλντερ;»

«Δεν άκουσες τι σου είπα; Δε σας λέω κουβέντα. Γαμώτο, περπατάω εδώ γύρω τελείως ειρηνικά και τότε έρχεται αυτός ο τρελός με το πιστόλι στο χέρι. Είναι τελείως σκανδαλώδες. Ξέρετε ποιος είμαι;»

«Ξέρω ποιος είσαι κι αν έχουμε συμπεριφερθεί άσχημα σου ζητώ συγγνώμη. Θα έχουμε την ευκαιρία να μιλήσουμε γι' αυτό. Αλλά τούτη τη στιγμή έχουμε μία πολύ δύσκολη περίσταση και απαιτώ να μου πεις αμέσως τι δουλειά είχες στο σπίτι του καθηγητή Μπάλντερ – όχι, όχι, μην προσπαθείς να ξεφύγεις τώρα!»

Στο τέλος ο Λάσε Βέστμαν στάθηκε στα πόδια του και δε φαινόταν να θέλει να ξεφύγει καθόλου. Δυσκολευόταν λίγο να κρατήσει την ισορροπία του, ξερόβηξε κάπως μελοδραματικά και έφτυσε στον αέρα. Η ροχάλα δεν έφτασε και πολύ μακριά, παρά γύρισε πίσω σαν βλήμα και πάγωσε πάνω στο μάγουλό του.

«Ξέρεις κάτι;» είπε σκουπίζοντας το μάγουλό του.

«Όχι».

«Δεν είμαι εγώ ο κακοποιός σ' αυτήν την ιστορία».

Ο Πέτερ κοίταξε ανήσυχος προς το νερό και τη δεντροστοιχία και αναρωτήθηκε ακόμα μια φορά τι είχε δει εκεί κάτω. Όμως στεκόταν εδώ, παραλυμένος από το παράλογο της κατάστασης.

«Και ποιος είναι;»

«Ο Μπάλντερ».

«Γιατί;»

«Έχει πάρει τον γιο της κοπέλας μου».

«Και γιατί το έκανε αυτό;»

«Μη ρωτάτε εμένα, που να πάρει ο διάβολος. Ρωτήστε την ιδιοφυΐα εκεί μέσα! Αυτός ο μαλάκας δεν είχε κανένα δικαίωμα να τον πάρει», είπε ο Λάσε Βέστμαν, ψαχουλεύοντας στη μέσα τσέπη του παλτού του, λες και κάτι γύρευε να βρει εκεί.

«Ο Μπάλντερ δεν έχει κανένα παιδί εκεί μέσα, αν έτσι πιστεύεις».

«Αλήθεια;»

«Αλήθεια!»

«Κι εσύ σκέφτηκες να έρθεις εδώ, μες στα μαύρα μεσάνυχτα, τύφλα στο μεθύσι και να πάρεις το παιδί;» συνέχισε ο Πέτερ, έτοιμος να πει κάτι πιο βαρύ, όταν τον διέκοψε ένας ήχος που ακούστηκε από τη μεριά του νερού.

«Τι ήταν αυτό;» είπε.

«Τι πράγμα;» απάντησε ο Νταν, που τώρα στεκόταν δίπλα του, αλλά φαινόταν πως δεν είχε ακούσει το παραμικρό – και αλήθεια, ο ήχος δεν ήταν ιδιαίτερα δυνατός, τουλάχιστον όχι από το σημείο όπου βρίσκονταν.

Πάντως ο ήχος έκανε τον Πέτερ να ανατριχιάσει, θυμίζοντάς του πώς είχε νιώσει όταν ήταν εκεί κάτω στους κάδους και ήθελε να πάει ξανά εκεί για να δει τι συνέβαινε, αλλά δίστασε πάλι.

Ίσως να φοβόταν ή ήταν γενικά αναποφάσιστος και ανίκανος – δεν ήταν εύκολο να ξέρει τι απ' όλα ίσχυε. Αλλά κοίταξε ανήσυχος τριγύρω και άκουσε άλλο ένα αυτοκίνητο που πλησίαζε.

Ήταν ένα ταξί, που τους προσπέρασε και σταμάτησε στην καγκελόπορτα του Μπάλντερ, πράγμα που έδωσε στον Πέτερ μία αιτία για να μείνει εκεί στον δρόμο και ενώ ο οδηγός και ο επιβάτης κανόνιζαν το κόμιστρο, αυτός έριξε άλλη μια ανήσυχη ματιά κάτω προς το νερό, νομίζοντας ότι άκουσε και πάλι κάτι, έναν ήχο διόλου καθησυχαστικό κι αυτήν τη φορά.

Αλλά δεν μπορούσε να πει με σιγουριά και στο μεταξύ η πόρτα του αυτοκινήτου άνοιξε, βγήκε ένας άντρας και μετά από λίγες στιγμές σύγχυσης ο Πέτερ αναγνώρισε τον δημοσιογράφο Μίκαελ Μπλούμκβιστ – γιατί, που να πάρει ο διάβολος, έπρεπε να μαζευτούν όλοι οι επώνυμοι εκεί πέρα, μες στη μαύρη νύχτα;

ΚΕΦΑΛΑΙΟ 10
21 ΝΟΕΜΒΡΙΟΥ ΝΩΡΙΣ ΤΟ ΠΡΩΙ

Ο Φρανς Μπάλντερ βρισκόταν στο υπνοδωμάτιο. Στεκόταν δίπλα στον υπολογιστή και το τηλέφωνο και κοίταζε τον Άουγκουστ, που αναδευόταν ταραγμένος στο κρεβάτι. Αναρωτιόταν τι να ονειρευόταν το αγόρι. Ήταν κάποιος κόσμος που τον καταλάβαινε; Ένιωσε ότι ήθελε να μάθει. Ένιωσε ότι ήθελε ν' αρχίσει να ζει και να μην είναι πια θαμμένος στους αλγόριθμους και στους πηγαίους κώδικες. Δεν ήθελε πια να φοβάται και να νιώθει παρανοϊκός.

Λαχταρούσε να είναι ευτυχισμένος και να μη βασανίζεται από αυτό το μόνιμο *βάρος στο στήθος του*, αλλά αντίθετα, να εμπλακεί σε κάτι άγριο και μεγαλειώδες, σε μία ρομαντική ιστορία ίσως, *μία σχέση αγάπης* και κατά τη διάρκεια μερικών έντονων στιγμών σκέφτηκε μία ολόκληρη σειρά από γυναίκες που τον είχαν εντυπωσιάσει: την Γκαμπριέλα, τη Φαράχ και ένα σωρό άλλες.

Σκέφτηκε και τη γυναίκα που προφανώς ονομαζόταν Σαλάντερ. Είχε νιώσει μαγεμένος απ' αυτήν και τώρα που την ξαναθυμόταν ένιωθε ότι είχε δει κάτι καινούργιο πάνω της, κάτι που ήταν πολύ γνωστό και άγνωστο συγχρόνως και ξαφνικά κατάλαβε τι ήταν: το κορίτσι τού θύμιζε τον Άουγκουστ. Αυτό ήταν παλαβό, βέβαια. Ο Άουγκουστ ήταν ένα μικρό αυτιστικό αγόρι και η Λίσμπετ δεν ήταν βέβαια μεγάλη και πιθανώς είχε κάτι το αγορίστικο πάνω της. Αλλά στα υπόλοιπα ήταν το ακριβώς αντίθετο. Ήταν μαυροντυμένη, πανκ και ασυμβίβαστη. Όμως, σκεφτόταν τώρα, η ματιά της είχε την ίδια παράξενη λάμψη όπως και του Άουγκουστ όταν κοίταζε το φανάρι της Χουρνσγκάταν.

Ο Φρανς είχε συναντήσει τη Λίσμπετ σε ένα σεμινάριο στο Πολυτεχνείο της Στοκχόλμης όπου αυτός είχε μιλήσει για το «singular point», την υποθετική κατάσταση όπου οι υπολογιστές είναι πιο ευφυείς από τους ανθρώπους. Είχε ξεκινήσει την εισήγησή του εξηγώντας τον όρο «singularity» με τη μαθηματική και φυσική του έννοια, όταν άνοιξε η πόρτα και μία μαυροντυμένη και αδύνατη κοπέλα μπήκε μέσα στην αίθουσα. Αρχικά σκέφτηκε πως ήταν τραγικό που τα πρεζόνια δεν είχαν κάπου αλλού να πάνε. Μετά αναρωτήθηκε αν η κοπέλα ήταν πράγματι ναρκομανής. Δε φαινόταν τσακισμένη υπό αυτήν την έννοια. Έδειχνε, όμως, κουρασμένη, ταλαίπωρη και φυσικά έδινε την εντύπωση ότι δεν άκουγε απολύτως τίποτε από την εισήγησή του. Καθόταν απλώς εκεί, αδιάφορη, και στο τέλος, κατά τη διάρκεια της ανάλυσης του συλλογισμού για το «singular point» σε μαθηματικό πλαίσιο, εκεί όπου οι οριακοί παράμετροι γίνονται ατελείωτοι, τη ρώτησε ποια ήταν η γνώμη της γι' αυτό. Ήταν προκλητικό εκ μέρους του. Γιατί ήθελε να της φορτώσει το κεφάλι με τις δικές του, γλυκανάλατες θεωρίες; Κι όμως...

Η κοπέλα σήκωσε το κεφάλι της και του είπε ότι, αντί να πετάει δεξιά κι αριστερά ασαφείς έννοιες, έπρεπε να γίνει πιο δύσπιστος βλέποντας τη βάση των μετρήσεών του να καταρρέει. Δεν ήταν τόσο ένα είδος φυσικής κατάρρευσης σε πραγματικό χρόνο, όσο μία απόδειξη ότι τα μαθηματικά του δεν είναι επαρκή και γι' αυτό γενικά ήταν σκέτη ανοησία από την πλευρά του να περιβάλλει με μια αύρα μυστηρίου τα «singular points» στις μαύρες τρύπες όταν το μεγάλο πρόβλημα ήταν ολοφάνερα ότι έλειπε ένας κβαντομηχανικός τρόπος για να μετρήσει τη βαρύτητα.

Κατόπιν, με απίστευτη σαφήνεια –που προξένησε ένα μουρμουρητό σε όλη την αίθουσα–, έκανε μία λεπτομερή κριτική όλων των θεωρητικών στους οποίους είχε παραπέμψει εκείνος, κάνοντάς τον τελικά να φωνάξει με οργή:

«Ποια στο διάβολο είσαι εσύ;»

Έτσι είχαν πρωτογνωριστεί και αργότερα η Λίσμπετ θα τον

εξέπληττε κάμποσες φορές ακόμα. Η Λίσμπετ εύκολα κατάλαβε με τι ασχολιόταν ο Φρανς και όταν αυτός τελικά διαπίστωσε ότι του είχαν κλέψει την τεχνολογία του, την παρακάλεσε να τον βοηθήσει, πράγμα που τους είχε συνδέσει στενά. Από τότε μοιράζονταν ένα μυστικό και τώρα εκείνος στεκόταν στην κρεβατοκάμαρα και τη σκεφτόταν. Αλλά οι σκέψεις του διακόπηκαν απότομα. Τον κατέκλυσε μία νέα αίσθηση δυσφορίας και κοίταξε έξω από το άνοιγμα της πόρτας προς το μεγάλο παράθυρο, κατά τη μεριά του νερού.

Μπροστά του στεκόταν η ψηλή φιγούρα ενός άντρα με σκούρα ρούχα και ένα στενό μαύρο σκούφο με μία μικρή λάμπα στο μέτωπο. Η φιγούρα έκανε κάτι με το παράθυρο. Το τράβηξε ξαφνικά και με μεγάλη πίεση, σαν ένας καλλιτέχνης που άρχιζε την παράστασή του και πριν καν προλάβει ο Φρανς να φωνάξει, όλο το τζάμι έπεσε και η φιγούρα άρχισε να κινείται.

Η φιγούρα αποκαλούσε τον εαυτό της Γιαν Χόλτσερ και τις περισσότερες φορές δήλωνε πως δούλευε σε θέματα ασφαλείας στη βιομηχανία. Στην πραγματικότητα ήταν ένας Ρώσος παλιός ελίτ στρατιώτης, που ασχολιόταν με τη βιομηχανική κατασκοπεία. Εκτελούσε αποστολές σαν κι αυτήν και κατά κανόνα η προκαταρκτική εργασία ήταν τόσο ακριβής, που τα ρίσκα δεν ήταν τόσο μεγάλα όσο θα υπέθετε κανείς.

Είχε μία μικρή ομάδα από ικανούς ανθρώπους και, ομολογουμένως, ο ίδιος δεν ήταν και τόσο νέος πια. Ήταν πενήντα ενός. Αλλά διατηρούσε τη φόρμα του με σκληρή προπόνηση και ήταν γνωστός για την αποτελεσματικότητα και την ικανότητά του να αυτοσχεδιάζει. Αν προέκυπταν νέες συνθήκες, τις λάμβανε υπόψη και άλλαζε το αρχικό του σχέδιο. Σε γενικές γραμμές αντισταθμιζε με την εμπειρία του το χαμένο νεανικό του σφρίγος και καμιά φορά —στον μικρό κύκλο που μπορούσε να μιλήσει ανοιχτά— έκανε λόγο για κάτι σαν έκτη αίσθηση, μία ικανότητα που είχε αποκτήσει. Τα χρόνια τον είχαν μάθει πότε να περιμένει και πότε να χτυπάει και παρά το ότι είχε φανεί πεσμένος πριν από κάνα-δυο χρόνια και είχε δείξει στοιχεία αδυναμίας -ανθρωπιάς θα έλεγε η κόρη του- τώρα ένιωθε τον εαυτό του ικανότερο από ποτέ.

Είχε ξαναγυρίσει η χαρά της δουλειάς, η παλιά αίσθηση της έντασης και της αγωνίας, παρόλο που έπαιρνε ακόμα δέκα mg Στεσολίντ* τη μέρα πριν από κάθε αποστολή. Αλλά αυτό το έκανε επειδή του αύξανε την ακρίβεια με τα όπλα. Ο Γιαν παρέμενε νηφάλιος και πανέτοιμος σε κρίσιμες στιγμές και κυρίως, έφερνε σε πέρας πάντα αυτό που έπρεπε να κάνει. Ο Γιαν Χόλτσερ δεν ήταν ένα άτομο που πρόδιδε ή εγκατέλειπε. Έτσι έβλεπε τον εαυτό του.

Απόψε, όμως, παρά το ότι ο εντολέας του είχε τονίσει πως η υπόθεση επείγει, είχε σκεφτεί μήπως έπρεπε να διακόψει την επιχείρηση. Η κακοκαιρία ήταν βέβαια ένας παράγοντας. Οι συνθήκες εργασίας ήταν απρόβλεπτες. Πάντως η κακοκαιρία δεν ήταν αρκετή για να τον κάνει να αναβάλει τη δουλειά. Ήταν Ρώσος και στρατιώτης, είχε πολεμήσει σε συνθήκες πολύ χειρότερες απ' αυτές και μισούσε τους ανθρώπους που γκρίνιαζαν για μικροπράγματα.

Αυτό που τον ανησυχούσε ήταν η αστυνομική προστασία που ήρθε ξαφνικά και χωρίς προειδοποίηση. Δεν έδινε μία για τους αστυνομικούς που ήταν εκεί. Κρύφτηκε, τους παρακολούθησε και είδε πως περιφέρονταν εκεί γύρω στον κήπο με φανερή δυσθυμία, σαν μικρά αγόρια που τα υποχρέωσαν να βγουν έξω με κακό καιρό. Προτιμούσαν να κάθονται στο αυτοκίνητό τους και να λένε μαλακίες και φοβόντουσαν εύκολα - ιδιαίτερα ο ψηλός.

Εκείνου ειδικά φαινόταν να μην του αρέσει καθόλου το σκοτάδι, η θύελλα και το μαύρο νερό. Πριν από λίγη ώρα, είχε σταθεί εκεί τελείως τρομοκρατημένος και κοιτούσε επίμονα προς τα δέντρα, πιθανώς επειδή διαισθανόταν την παρουσία του Γιαν, αλλά αυτό δεν ανησύχησε τον Γιαν. Ήξερε πως τελείως αθόρυβα και αστραπιαία μπορούσε να του κόψει τον λαιμό. Όμως όλα αυτά δεν ήταν καλά. Αν και οι μπάτσοι ήταν αρχάριοι, η αστυνομι-

---

* Stesolid: αγχολυτικό φάρμακο. (Σ.τ.Ε.)

κή προστασία αύξανε σημαντικά τα ρίσκα και πρώτα απ' όλα ήταν μία ένδειξη ότι κάτι στον σχεδιασμό είχε διαρρεύσει και γι' αυτό υπήρχε αυξημένη ετοιμότητα. Ίσως να είχε μιλήσει ο καθηγητής και τότε η όλη επιχείρηση θα ήταν άνευ σημασίας, θα δυσκόλευε την κατάστασή και ο Γιαν ούτε καν για ένα δευτερόλεπτο δεν ήθελε να εκθέσει τον εντολέα του σε περιττά ρίσκα. Θεωρούσε ότι αυτό ήταν ένα μέρος της δύναμής του. Έβλεπε πάντα τη συνολική εικόνα και παρά τον επαγγελματισμό του, συχνά ήταν αυτός που προέτρεπε τους άλλους να είναι συνετοί.

Δεν ήξερε πόσες εγκληματικές οργανώσεις στην πατρίδα είχαν διαλυθεί και εξαφανιστεί επειδή έκαναν άλογη χρήση βίας. Η βία μπορεί να προκαλέσει σεβασμό. Η βία μπορεί να φοβίσει, να επιβάλει τη σιωπή και να απομακρύνει ρίσκα και απειλές. Αλλά μπορεί επίσης να προκαλέσει το χάος και μία ολόκληρη σειρά από περιττές συνέπειες και όλα αυτά τα σκεφτόταν εκεί που ήταν κρυμμένος πίσω από τα δέντρα και τους κάδους. Μάλιστα για μερικά δευτερόλεπτα ήταν έτοιμος να διακόψει την επιχείρηση και να γυρίσει στο δωμάτιο του ξενοδοχείου του. Όμως, δεν έγινε έτσι.

Κάποιος ήρθε και απέσπασε την προσοχή των αστυνομικών και τότε ο Γιαν είδε μία δυνατότητα, ένα άνοιγμα και χωρίς να είναι απολύτως βέβαιος για το πώς θα προχωρούσε, έβαλε τη λάμπα στο μέτωπό του. Πήρε το διαμάντι κοπής γυαλιού και το όπλο του, ένα 1911 R1 Κάρι με ειδικά κατασκευασμένο σιγαστήρα, και τα ζύγισε στο χέρι του. Μετά είπε αυτό που πάντα συνήθιζε:

«Γενηθήτω το θέλημά σου, αμήν».

Όμως, έμεινε ακίνητος. Η αβεβαιότητα δεν τον άφηνε. Ήταν σωστό αυτό που πήγαινε να κάνει; Θα έπρεπε να κινηθεί αστραπιαία. Από την άλλη, γνώριζε το σπίτι μέσα κι έξω και ο Γιούρι είχε έρθει εδώ δύο φορές για να χακάρει το σύστημα συναγερμού. Εκτός αυτού οι μπάτσοι ήταν απελπιστικά ερασιτέχνες. Αν και θα μπορούσε να καθυστερήσει εκεί μέσα –αν ο καθηγητής, για παράδειγμα, δεν είχε τον υπολογιστή δίπλα στο κρεβάτι του όπως όλοι ισχυρίζονταν και οι αστυνομικοί προλάβαιναν να έρθουν για να τον βοηθήσουν–, άνετα μπορούσε ο Γιαν να τους εκτελέσει κι

αυτούς. Κατά βάθος το ευχόταν και γι' αυτό μουρμούρισε άλλη μία φορά:
«Γενηθήτω το θέλημά σου, αμήν».

Κατόπιν απασφάλισε το όπλο και μετακινήθηκε γρήγορα προς το μεγάλο παράθυρο που βρισκόταν απ' τη μεριά του νερού και εξέτασε το εσωτερικό του σπιτιού, κυρίως λόγω της αβεβαιότητας της όλης κατάστασης. Αλλά αντέδρασε ασυνήθιστα αμήχανα όταν είδε τον Φρανς Μπάλντερ να στέκεται εκεί μέσα στο υπνοδωμάτιο σε βαθιά περισυλλογή και, ομολογουμένως, προσπάθησε να πείσει τον εαυτό του ότι όλα πήγαιναν καλά. Ο στόχος του φαινόταν ολοκάθαρα. Για άλλη μια φορά, όμως, είχε ένα κακό προαίσθημα και ξαναέκανε την ίδια σκέψη: *Να διακόψω την επιχείρηση;*
Δεν το έκανε. Τέντωσε το δεξί του χέρι, έσυρε με όλη του τη δύναμη το διαμάντι πάνω στο τζάμι και το πίεσε. Το παράθυρο έπεσε με μεγάλο θόρυβο, αυτός μπήκε μέσα και σήκωσε το όπλο προς τον Φρανς Μπάλντερ, που τον κοίταζε με έκπληκτο βλέμμα και κουνούσε το χέρι του σαν σε απεγνωσμένο χαιρετισμό. Μετά ο καθηγητής, σαν να βρισκόταν σε έκσταση, άρχισε να λέει δυνατά κάτι ακατάληπτο που ακουγόταν σαν προσευχή, σαν λιτανεία. Αλλά αντί για «Θεέ» ή «Χριστέ», ο Γιαν άκουσε τη λέξη «ηλίθιε». Δεν κατάλαβε περισσότερα και εν πάση περιπτώσει δεν είχε και καμία σημασία. Και άλλοτε του είχαν αποδώσει πολλούς χαρακτηρισμούς.
Δεν έδειξε κανένα έλεος.

Γρήγορα γρήγορα και σχεδόν αθόρυβα, η φιγούρα προχώρησε από το χολ στο υπνοδωμάτιο. Ο Φρανς πρόλαβε να σκεφτεί ότι ο συναγερμός δεν είχε μπει σε λειτουργία και πρόσεξε το σχέδιο μιας αράχνης στην μπλούζα του άντρα, ακριβώς κάτω από τον ώμο, και μία λεπτή, μακριά ουλή στο μέτωπό του, κάτω από τον σκούφο με τη λάμπα.
Μετά είδε το όπλο. Ο άντρας είχε στρέψει ένα πιστόλι προς το μέρος του κι εκείνος σήκωσε το χέρι του σε μια μάταια προσπάθεια να προφυλαχθεί, σκεφτόμενος τον Άουγκουστ. Ναι, παρά το

ότι κινδύνευε προφανώς η ζωή του και τον είχε αρπάξει στα νύχια του ο φόβος, σκεφτόταν τον γιο του και τίποτε άλλο. Ας συνέβαινε ότι ήθελε, ας πέθαινε ο ίδιος. Αλλά όχι ο Άουγκουστ και γι' αυτό φώναξε:

«Μη σκοτώσεις το παιδί μου, είναι ηλίθιο, δεν καταλαβαίνει τίποτα».

Αλλά ο Φρανς Μπάλντερ δεν ήξερε πόσα πρόλαβε να πει. Ο κόσμος σβήστηκε, ενώ η νύχτα και η κακοκαιρία εκεί έξω φάνηκαν να έρχονται καταπάνω του και όλα σκοτείνιασαν.

Ο Γιαν Χόλτσερ πυροβόλησε και ακριβώς όπως το περίμενε, η ακρίβειά του ήταν τέλεια. Πέτυχε τον Φρανς Μπάλντερ δύο φορές στο κεφάλι και ο καθηγητής έπεσε στο πάτωμα σαν σκιάχτρο· δεν υπήρχε καμιά αμφιβολία ότι ήταν νεκρός. Όμως ήταν κάτι που δεν του άρεσε. Ένας αέρας που φύσηξε από τη μεριά του νερού του έγλειψε τον σβέρκο σαν ένα κρύο, ζωντανό ον και για λίγο δεν καταλάβαινε τι του συνέβαινε.

Όλα είχαν πάει σύμφωνα με το σχέδιο και λίγο πιο πέρα βρισκόταν ο υπολογιστής του Μπάλντερ, ακριβώς όπως του είχαν πει. Θα μπορούσε απλώς να τον πάρει και να τρέξει έξω. Έπρεπε να είναι αστραπιαία αποτελεσματικός. Αλλά στεκόταν εκεί, σαν στήλη άλατος και μετά από μία μικρή αργοπορία διαπίστωσε το γιατί.

Στο μεγάλο διπλό κρεβάτι, σχεδόν τελείως κρυμμένο κάτω από το σκέπασμα, ήταν ξαπλωμένο ένα μικρό παιδί, με μακριά, ανακατεμένα, σγουρά μαλλιά και τον κοίταζε με ένα κενό βλέμμα κι αυτό το βλέμμα τον άγγιξε πάρα πολύ και δεν είχε να κάνει μόνο με το ότι φαινόταν σαν να τον διαπερνούσε. Ήταν και κάτι ακόμα. Από την άλλη, όμως, δεν έπαιζε και κανένα ρόλο.

Έπρεπε να ολοκληρώσει την αποστολή του, τίποτα δε θα έβαζε σε περιπέτεια την επιχείρηση, δεν έπρεπε να διατρέξουν κανέναν κίνδυνο κι εδώ υπήρχε ένας αυτόπτης μάρτυρας, ενώ δεν έπρεπε να υπάρχει κανένας μάρτυρας, ιδιαίτερα τώρα που είχε αποκαλύψει το πρόσωπό του και γι' αυτό σήκωσε το πιστόλι του

προς το παιδί και κοίταξε τα παράξενα γυαλιστερά του μάτια, μουρμουρίζοντας για τρίτη φορά:
«Γενηθήτω το θέλημά σου, αμήν».

Ο Μίκαελ Μπλούμκβιστ βγήκε από το ταξί. Φορούσε ένα ζευγάρι μαύρες μπότες, μία άσπρη γούνα με γιακά που είχε ψαρέψει στην γκαρνταρόμπα του και έναν παλιό γούνινο σκούφο που είχε κληρονομήσει από τον πατέρα του. Η ώρα ήταν τρεις παρά είκοσι το πρωί. Το δελτίο ειδήσεων έλεγε για ένα σοβαρό δυστύχημα με ένα φορτηγό που είχε μπλοκάρει την οδική αρτηρία Βερμντελέντεν. Αλλά ο Μίκαελ και ο οδηγός του ταξί τα είχαν αποφύγει όλα αυτά, κινούμενοι διά μέσου των σκοτεινών και μαστιγωμένων από την κακοκαιρία προαστίων. Ο Μίκαελ ένιωθε πολύ κουρασμένος και περισσότερο απ' οτιδήποτε άλλο θα ήθελε να είχε μείνει σπίτι, να ξάπλωνε δίπλα στην Έρικα και να ξανακοιμόταν.

Αλλά δεν είχε μπορέσει να πει όχι στον Μπάλντερ. Δεν καταλάβαινε ακριβώς το γιατί. Μπορεί να ήταν εξαιτίας της αίσθησης του καθήκοντος, μίας αίσθησης ότι δεν μπορούσε να είναι άνετος τώρα που το περιοδικό βρισκόταν σε κρίση ή πάλι μπορεί να έφταιγε που ο Μπάλντερ ακουγόταν τόσο μόνος και φοβισμένος και ο Μίκαελ είχε νιώσει συμπάθεια και περιέργεια. Όχι ότι πίστευε πως θα άκουγε και τίποτα το συνταρακτικό. Υπολόγιζε τελείως ψυχρά ότι θα απογοητευόταν. Ίσως να καθόταν εκεί, μαζί του, σαν θεραπευτής περισσότερο, σαν ένας νυχτερινός φύλακας στη θύελλα. Από την άλλη, ποτέ δεν ξέρει κανείς και σκέφτηκε πάλι τη Λίσμπετ. Η Λίσμπετ σπάνια έκανε κάτι χωρίς να έχει κάποια πολύ καλή αιτία. Εκτός των άλλων, ο Φρανς Μπάλντερ ήταν πέρα από κάθε αμφιβολία ένα ενδιαφέρον άτομο, που δεν είχε δώσει ποτέ καμία συνέντευξη. *Μπορεί να έχει ενδιαφέρον τελικά*, σκέφτηκε ο Μίκαελ και κοίταξε γύρω του στο σκοτάδι.

Ένα φανοστάτης με μπλε φως έφεγγε το σπίτι, που δεν ήταν καθόλου άσχημο – σχεδιασμένο με μεγάλα παράθυρα, το όλο οικοδόμημα έμοιαζε σαν τρένο. Δίπλα στο γραμματοκιβώτιο στεκόταν ένας ψηλός αστυνομικός, γύρω στα σαράντα, ελαφρά ηλιοκα-

μένος, με κάτι το καταπονημένο και νευρικό στα χαρακτηριστικά του προσώπου του. Λίγο πιο πέρα στον δρόμο στεκόταν ένας κοντύτερος συνάδελφός του και μάλωνε με έναν μεθυσμένο άντρα που κουνούσε τα χέρια. Ήταν ξεκάθαρο πως εδώ συνέβαιναν πολύ περισσότερα απ' ό,τι είχε υπολογίσει ο Μίκαελ.
«Τι τρέχει;» ρώτησε τον ψηλό αστυνομικό.
Δεν πήρε καμία απάντηση. Χτύπησε το τηλέφωνο του αστυνομικού και ο Μίκαελ κατάλαβε αμέσως ότι κάτι είχε συμβεί. Ο συναγερμός δεν ακουγόταν όπως θα έπρεπε να ακούγεται. Αλλά δε διέθεσε χρόνο για ν' ακούσει καλύτερα. Διέκρινε έναν ήχο που ερχόταν από τον κήπο, έναν ήχο που προξενούσε ανησυχία και ασυναίσθητα τον συνέδεσε με το τηλεφώνημα. Έκανε κάνα-δυο βήματα δεξιά και κοίταξε προς την κατηφόρα που έβγαζε σε μία αποβάθρα στο νερό και προς άλλον ένα φανοστάτη που φώτιζε με ένα μπλε φως. Εκείνη τη στιγμή φάνηκε από το πουθενά μία φιγούρα που έτρεχε και ο Μίκαελ κατάλαβε πως κάτι δεν πήγαινε καθόλου καλά.

Ο Γιαν Χόλτσερ έβαλε το δάχτυλο στη σκανδάλη και ετοιμαζόταν να πυροβολήσει το αγόρι, όταν στον δρόμο ακούστηκε ένα αυτοκίνητο και τότε δίστασε. Αλλά δεν ήταν για το αυτοκίνητο που είχε έρθει. Ήταν για τη λέξη «ηλίθιος» που ξανάρθε στη σκέψη του και φυσικά κατάλαβε ότι ο καθηγητής είχε κάθε λόγο να πει ψέματα την τελευταία στιγμή της ζωής του. Αλλά όταν ο Γιαν κοίταξε το παιδί, αναρωτήθηκε μήπως τελικά ήταν αλήθεια.
Η ακινησία του σώματος του παιδιού παραήταν μεγάλη και στο πρόσωπό του ζωγραφιζόταν περισσότερο απορία παρά φόβος, λες και δεν καταλάβαινε τίποτε απ' όσα συνέβαιναν. Το βλέμμα του ήταν τελείως κενό και επίπεδο.
Ανήκε σε έναν άλαλο, ανίδεο άνθρωπο κι αυτό δεν ήταν απλώς μια εντύπωση του Γιαν. Θυμήθηκε κάτι που είχε διαβάσει κατά τη διάρκεια της έρευνάς του. Ο Μπάλντερ είχε πράγματι ένα πολύ καθυστερημένο παιδί, αλλά στις εφημερίδες και στην απόφαση του δικαστηρίου αναφερόταν πως δεν είχε ο ίδιος την κηδεμονία

του. Τώρα πάντως το παιδί ήταν εδώ και ο Γιαν ούτε ήθελε ούτε και χρειαζόταν να το σκοτώσει. Θα ήταν άσκοπο και ασυγχώρητο για έναν επαγγελματία κι αυτή η σκέψη τού προκάλεσε μία μεγάλη και ξαφνική ανακούφιση, που θα τον έκανε καχύποπτο αν ήταν λίγο πιο προσεκτικός με τον εαυτό του.

Έτσι, κατέβασε το πιστόλι, πήρε τον υπολογιστή και το τηλέφωνο από το κομοδίνο και τα έβαλε στο σακίδιό του. Μετά βγήκε τρέχοντας έξω στη θύελλα και στη νύχτα ακολουθώντας το σχέδιο διαφυγής που είχε καταστρώσει. Αλλά δεν έφτασε μακριά. Άκουσε μια φωνή πίσω του και στράφηκε. Εκεί πάνω στον δρόμο στεκόταν ένας άντρας που δεν ήταν ούτε ο ψηλός ούτε ο κοντός αστυνομικός, αλλά ένας καινούργιος τύπος με γούνα και σκούφο και με ένα τελείως διαφορετικό κύρος στο παρουσιαστικό του και ίσως γι' αυτό ακριβώς ο Γιαν Χόλτσερ ξανασήκωσε το πιστόλι του. Υποψιαζόταν κάποιον κίνδυνο.

Ο άντρας που τους προσπέρασε τρέχοντας ήταν μαυροντυμένος, καλογυμνασμένος, είχε μία λάμπα στον σκούφο του και κατά κάποιον τρόπο που ο Μίκαελ δεν μπορούσε να εξηγήσει του φαινόταν ότι ο τύπος αυτός ήταν ένα μέρος από κάτι άλλο μεγαλύτερο, μία οργανωμένη επιχείρηση. Ο Μίκαελ περίμενε πως περισσότερες παρόμοιες φιγούρες θα ξεπηδούσαν μέσα από το σκοτάδι, πράγμα που του προξένησε μια βαθιά ενόχληση. Φώναξε:

«Εε, σταμάτα!»

Λάθος. Ο Μίκαελ το κατάλαβε την ίδια στιγμή που το σώμα του άντρα ακινητοποιήθηκε, ακριβώς σαν του στρατιώτη σε πόλεμο, και σίγουρα γι' αυτό ο Μίκαελ αντέδρασε τόσο γρήγορα. Όταν ο άντρας τράβηξε το όπλο του και με μία εκπληκτική αυτοπεποίθηση πυροβόλησε, ο Μίκαελ είχε ήδη πέσει πίσω από τη γωνία του σπιτιού. Ο πυροβολισμός δεν ακούστηκε. Αλλά επειδή προσέκρουσε στο γραμματοκιβώτιο του Μπάλντερ, δεν υπήρχε καμία αμφιβολία για το τι είχε συμβεί και ο ψηλός αστυνομικός διέκοψε απότομα την τηλεφωνική του συνομιλία. «Τι τσίρκο είναι τούτο δω; Τι συμβαίνει;» φώναξε μια δυνατή φωνή, που ακούστηκε

παράξενα γνωστή, και τότε οι αστυνομικοί άρχισαν να μιλούν μεταξύ τους νευρικά και έντονα:
«Πυροβολεί κάποιος;»
«Έτσι νομίζω».
«Τι θα κάνουμε;»
«Πρέπει να καλέσουμε ενισχύσεις».
«Μα, εκείνος εκεί το σκάει».
«Να το ελέγξουμε», απάντησε ο ψηλός και με αργές, αμφίβολες κινήσεις, σαν να ήθελαν να εξαφανιστεί αυτός που πυροβόλησε, έβγαλαν τα όπλα τους και κατευθύνθηκαν προς το νερό.
Λίγο πιο κει στη χειμωνιάτικη νύχτα, γάβγιζε ένας σκύλος, ένας μικρός, επίμονος σκύλος, και από την πλευρά του νερού φυσούσε δυνατά. Το χιόνι στροβιλιζόταν και το έδαφος ήταν γλιστερό. Ο κοντύτερος από τους αστυνομικούς παρά λίγο να πέσει και χειρονομούσε σαν κλόουν. Με λίγη τύχη θα απέφευγαν να συναντήσουν τον άντρα εκεί κάτω. Ο Μίκαελ ένιωθε ότι η φιγούρα θα τους έβγαζε απ' τη μέση με μεγάλη ευκολία. Ο γρήγορος και αποτελεσματικός τρόπος που είχε στραφεί τραβώντας το όπλο του υποδήλωνε ότι ήταν εκπαιδευμένος για στιγμές σαν κι ετούτη και ο Μίκαελ αναρωτιόταν αν μπορούσε να κάνει κάτι.
Δεν είχε τρόπο να αμυνθεί. Όμως σηκώθηκε όρθιος, τίναξε το χιόνι από τα ρούχα του, κοίταξε προσεκτικά προς την κατηφόρα ξανά και απ' ό,τι κατάλαβε δε συνέβαινε τίποτα το δραματικό. Οι αστυνομικοί προχωρούσαν κατά μήκος του νερού προς τη γειτονική βίλα. Αλλά από τον μαυροντυμένο σκοπευτή δε φαινόταν ίχνος πια και τότε ο Μίκαελ πήγε κι αυτός προς τα κάτω και δεν του πήρε πολλή ώρα να προσέξει ένα σπασμένο τζάμι στην πρόσοψη του σπιτιού.
Μία μεγάλη τρύπα έχασκε στο σπίτι και ίσια μπροστά του, εκεί μέσα, μία πόρτα ήταν ανοιχτή και αναρωτιόταν αν έπρεπε να φωνάξει τους αστυνομικούς. Δεν το έκανε. Αντιλήφθηκε κάτι, ένα σιωπηλό, παράξενο κλαψούρισμα και γι' αυτό μπήκε μέσα στο σπίτι από το σπασμένο παράθυρο, βρέθηκε σε έναν διάδρομο με ένα υπέροχο πάτωμα βελανιδιάς που γυάλιζε ελαφρά στο σκοτάδι και σιγά σιγά πήγε προς την ανοιχτή πόρτα. Ο ήχος ερχόταν από κει.

«Μπάλντερ», φώναξε. «Εγώ είμαι, ο Μίκαελ Μπλούμκβιστ. Είσαι καλά;»

Δεν πήρε καμία απάντηση. Αλλά ο ήχος από το κλαψούρισμα δυνάμωνε ολοένα και παίρνοντας μια βαθιά ανάσα μπήκε μέσα στο δωμάτιο. Στάθηκε ακίνητος, τελείως παραλυμένος και αργότερα δεν ήξερε να πει τι ακριβώς ήταν αυτό που είχε δει πρώτα ούτε καν τι τον είχε φοβίσει· ίσως το σώμα στο πάτωμα, γεμάτο αίματα, ψυχρό και άκαμπτο.

Ίσως να ήταν και το θέαμα στο μεγάλο διπλό κρεβάτι εκεί δίπλα, αν και δεν το πρόσεξε αμέσως. Ήταν ένα μικρό παιδί, ίσως επτά, οκτώ χρονών, ένα αγόρι με όμορφα χαρακτηριστικά και μακριά σγουρά μαλλιά, που φορούσε μπλε καρό πιτζάμες και σκληρά, μεθοδικά χτυπούσε το σώμα του στην άκρη του κρεβατιού και στον τοίχο. Το αγόρι έκανε ό,τι μπορούσε για να τραυματίσει τον εαυτό του και όταν κλαψούριζε δεν ακουγόταν σαν ένα παιδί που έκλαιγε, αλλά μάλλον σαν κάποιος που προσπαθούσε να χτυπήσει όσο πιο δυνατά μπορούσε και πριν καν ο Μίκαελ προλάβει να σκεφτεί λογικά, έτρεξε προς το μέρος του παιδιού. Αλλά αυτό δεν έκανε την κατάσταση καλύτερη. Το αγόρι κλοτσούσε άγρια προς όλες τις μεριές.

«Ήσυχα», προσπάθησε να το ηρεμήσει ο Μίκαελ. «Ήσυχα», ξαναείπε και αγκάλιασε με τα δυο του χέρια το παιδί.

Αλλά το αγόρι γύρισε και του ξέφυγε με μία καταπληκτική, εκρηκτική δύναμη και κατάφερε –ίσως επειδή ο Μίκαελ δεν ήθελε να τον κρατήσει σφιχτά– να γλιστρήσει από την αγκαλιά του και να τρέξει διά μέσου της πόρτας έξω στον διάδρομο, ξυπόλητος πάνω στα σπασμένα γυαλιά του παραθύρου. Ο Μίκαελ έτρεξε πίσω του φωνάζοντας «όχι, όχι» και τότε συνάντησε τους αστυνομικούς.

Στέκονταν έξω στο χιόνι, με μία έκφραση απόλυτης σύγχυσης.

ΚΕΦΑΛΑΙΟ 11
21 ΝΟΕΜΒΡΙΟΥ

Μετά διαπιστώθηκε για ακόμα μία φορά ότι η αστυνομία δεν είχε κινηθεί οργανωμένα και ο αποκλεισμός της περιοχής έγινε όταν ήταν πια αργά. Ο άντρας που πυροβόλησε τον καθηγητή Φρανς Μπάλντερ είχε απομακρυνθεί με άνεση και με όλη του την ησυχία και οι αστυνομικοί που βρίσκονταν εκεί, ο Πέτερ Μπλουμ και ο Νταν Φλινκ, που στην υπηρεσία τους αποκαλούσαν χλευαστικά «Καζανόβες», είχαν αργήσει να σημάνουν συναγερμό ή τουλάχιστον δεν το είχαν κάνει με την αποφασιστικότητα και το κύρος που απαιτούσε η περίσταση.

Οι τεχνικοί και οι εμπειρογνώμονες του τμήματος Δίωξης Εγκλήματος δεν έφτασαν εκεί πριν από τις τρεις και είκοσι και μαζί μ' αυτούς και μία νεαρή κυρία, που συστήθηκε ως Γκαμπριέλα Γκρέιν. Οι περισσότεροι νόμιζαν ότι ήταν συγγενής βλέποντας την έξαλλη κατάσταση στην οποία βρισκόταν, αλλά αργότερα έμαθαν ότι ήταν αναλύτρια στην ΕΥΠ και είχε σταλεί εκεί από τη διευθύντρια της υπηρεσίας. Όχι ότι τη διευκόλυνε και σε τίποτε αυτό. Βάσει των προκαταλήψεων στην υπηρεσία της αστυνομίας ή πιθανώς επειδή τη θεωρούσαν ξένο σώμα, της ανατέθηκε η ευθύνη του παιδιού.

«Φαίνεται πως τα καταφέρνεις καλά», της είπε ο επικεφαλής των αστυνομικών Έρικ Ζέτερλουντ όταν είδε την Γκαμπριέλα να σκύβει προσεκτικά για να εξετάσει τα ματωμένα πόδια του παιδιού και παρά το ότι η Γκαμπριέλα του μίλησε απότομα, εξηγώντας του ότι είχε άλλα πράγματα με τα οποία έπρεπε ν' ασχοληθεί, υποχώρησε όταν κοίταξε το αγόρι στα μάτια.

Ο Άουγκουστ -έτσι λεγόταν- ήταν σαν απολιθωμένος από τον τρόμο και είχε περάσει πολλή ώρα καθισμένος στο πάτωμα του πάνω ορόφου, χαϊδεύοντας με το χέρι του μηχανικά ένα περσικό χαλί. Ο Πέτερ Μπλουμ, που σε άλλες περιπτώσεις δεν ήταν και τόσο ενεργητικός, βρήκε ένα ζευγάρι κάλτσες και έβαλε λευκοπλάστη στα πόδια του αγοριού. Ταυτόχρονα διαπιστώθηκε ότι το παιδί είχε μελανιές σε όλο του το σώμα και ματωμένα χείλη. Σύμφωνα με τον δημοσιογράφο Μίκαελ Μπλούμκβιστ -του οποίου η παρουσία είχε προκαλέσει νευρικότητα στο σπίτι- το αγόρι χτυπούσε το κεφάλι του στην άκρη του κρεβατιού και στον τοίχο και μετά είχε τρέξει ξυπόλητο πάνω στα γυαλιά του σπασμένου παραθύρου στον κάτω όροφο.

Η Γκαμπριέλα Γκρέιν, που για κάποιον λόγο δε θέλησε να συστηθεί στον Μίκαελ Μπλούμκβιστ, κατάλαβε αμέσως ότι ο Άουγκουστ ήταν μάρτυρας της όλης σκηνής. Αλλά δεν κατάφερε να επικοινωνήσει μαζί του και να τον παρηγορήσει. Προφανώς οι συνηθισμένες αγκαλιές και η τρυφερότητα δεν ήταν η σωστή μέθοδος. Ο Άουγκουστ ηρέμησε όταν η Γκαμπριέλα κάθισε κοντά του, λίγο πιο πέρα, και ασχολιόταν με τα δικά της και μόνο μία και μοναδική φορά φάνηκε να αντιδρά κάπως. Ήταν όταν η Γκαμπριέλα, στην τηλεφωνική της συνομιλία με τη Χελένα Κραφτ, ανέφερε τον αριθμό της οδού, το 79. Αλλά δεν το πολυσκέφτηκε αυτό τότε και αμέσως μετά επικοινώνησε με την οργισμένη Χάνα Μπάλντερ.

Η Χάνα ήθελε να πάρει αμέσως πίσω το παιδί και εξήγησε, έχοντας τα κάπως χαμένα, ότι η Γκαμπριέλα έπρεπε να βρει ένα παζλ, ιδιαίτερα εκείνο με τη ναυαρχίδα «Βάσα», που ο Φρανς έπρεπε να το έχει κάπου εκεί. Εκείνη δεν κατηγόρησε τον πρώην σύζυγό της ότι είχε πάρει παράνομα το παιδί και δεν μπορούσε να απαντήσει στο ερώτημα γιατί ο αρραβωνιαστικός της είχε πάει εκεί και απαιτούσε να πάρει πίσω το αγόρι. Σε κάθε περίπτωση, δεν ήταν η φροντίδα του παιδιού που είχε οδηγήσει εκεί τον Λάσε Βέστμαν.

Σε γενικές γραμμές η ύπαρξη του αγοριού έδωσε απαντήσεις σε μερικά ερωτήματα της Γκαμπριέλας. Κατάλαβε γιατί ο Φρανς Μπάλντερ αποκρινόταν με υπεκφυγές σε ορισμένα θέματα και γιατί δεν ήθελε να έχει έναν σκύλο φύλακα. Κατά τη διάρκεια των πρωινών ωρών η Γκαμπριέλα κανόνισε να πάνε εκεί ένας ψυχολόγος και ένας γιατρός και να μεταφέρουν τον Άουγκουστ στη μητέρα του στη Βάσασταν, αν δεν διαπίστωναν ότι το παιδί έχρηζε άμεσης ιατρικής φροντίδας. Μετά της ήρθε μία τελείως διαφορετική σκέψη.

Ίσως το κίνητρο της δολοφονίας να μην ήταν απαραίτητα το να κλείσουν για πάντα το στόμα του Φρανς Μπάλντερ. Οι εκτελεστές ίσως είχαν θελήσει να τον ληστέψουν – με στόχο όχι κάτι τόσο μπανάλ όπως τα χρήματα, φυσικά, αλλά το ερευνητικό του έργο. Με τι είχε ασχοληθεί ο Μπάλντερ τον τελευταίο χρόνο της ζωής του δεν το ήξερε η Γκαμπριέλα. Ίσως να μην το ήξερε και κανένας άλλος εκτός από τον ίδιο. Αλλά δεν ήταν και δύσκολο να μαντέψει κανείς τι περίπου ήταν: κατά πάσα πιθανότητα μία εξέλιξη του προγράμματός του για την Τεχνητή Νοημοσύνη, που ήδη όταν το είχαν κλέψει την πρώτη φορά, θεωρείτο επαναστατικό.

Οι συνάδελφοί του στη «Σολιφόν» είχαν κάνει τα πάντα για να αποκτήσουν πρόσβαση σ' αυτό, και σύμφωνα με τον Φρανς, που του ξέφυγε κάποια φορά, ο ίδιος το φυλούσε όπως μία μητέρα το μωρό της, πράγμα που σήμαινε, σκέφτηκε η Γκαμπριέλα, ότι θα κοιμόταν μαζί του ή τουλάχιστον θα το είχε κοντά στο κρεβάτι του. Γι' αυτό, σηκώθηκε και πήγε στην κρεβατοκάμαρα στο κάτω πάτωμα, εκεί που τώρα δούλευαν οι τεχνικοί της αστυνομίας.

«Υπήρχε κανένας υπολογιστής εδώ μέσα;» ρώτησε.

Οι τεχνικοί κούνησαν αρνητικά το κεφάλι τους και η Γκαμπριέλα έβγαλε το κινητό της και τηλεφώνησε πάλι στη Χελένα Κραφτ. Διαπίστωσαν γρήγορα ότι ο Λάσε Βέστμαν είχε εξαφανιστεί. Στη γενική σύγχυση που είχε επικρατήσει, αυτός είχε βρει την ευκαιρία να φύγει από κει, πράγμα που έκανε τον επικεφαλής της αστυνομίας Έρικ Ζέτερλουντ να ουρλιάζει και να βρίζει, ιδιαίτερα όταν αποδείχτηκε ότι ο Βέστμαν δεν ήταν ούτε στο σπίτι του στην οδό Τουργκάταν.

Ο Έρικ Ζέτερλουντ σκεφτόταν να τον κηρύξει καταζητούμενο κι αυτό ήταν η αφορμή που ο νεαρός συνάδελφός του, ο Άξελ Άντερσον, ρώτησε αν ο Βέστμαν έπρεπε να θεωρείται επικίνδυνος. Μάλλον ο Άντερσον δεν μπορούσε να ξεχωρίσει τον Βέστμαν από τους ρόλους που έπαιζε. Αλλά προς υποστήριξή του θα μπορούσε να πει κανείς ότι η κατάσταση γινόταν ολοένα και πιο συγκεχυμένη.

Εκείνη η δολοφονία δεν είχε να κάνει με κάποιο συνηθισμένο οικογενειακό ξεκαθάρισμα, κανένα μεθύσι που είχε ξεφύγει, καμία εγκληματική πράξη εν βρασμώ, αντίθετα επρόκειτο για μία ψυχρή, καλοσχεδιασμένη επίθεση εναντίον ενός κορυφαίου Σουηδού ερευνητή. Και τα πράγματα ζόρισαν κι άλλο όταν ο γενικός διευθυντής της αστυνομίας Γιαν-Χένρικ Ρολφ επικοινώνησε μαζί του και του είπε ότι η συγκεκριμένη δολοφονία έπρεπε να εκληφθεί ως ένα σοβαρό χτύπημα εναντίον των βιομηχανικών συμφερόντων της Σουηδίας. Ξαφνικά ο Έρικ Ζέτερλουντ βρισκόταν στο κέντρο ενός εθνικού γεγονότος μεγάλου διαμετρήματος και παρά το ότι δεν είχε και το πιο οξύ μυαλό στο σώμα της αστυνομίας, κατάλαβε πως ό,τι έκανε τώρα θα ήταν υψίστης σημασίας για την επικείμενη έρευνα.

Ο Έρικ Ζέτερλουντ, που μόλις πριν από δύο μέρες είχε κλείσει τα σαράντα ένα και ακόμα κουβαλούσε πάνω του τα επακόλουθα από το πάρτι των γενεθλίων, δεν είχε ξαναβρεθεί ποτέ πριν, ούτε κατά διάνοια, επικεφαλής μιας έρευνας αυτού του επιπέδου. Το ότι το έκανε, αν και μόνο για μερικές ώρες, οφειλόταν φυσικά στο ότι δεν υπήρχαν διαθέσιμοι ειδικοί στη διάρκεια της νύχτας και στο ότι οι προϊστάμενοί του είχαν επιλέξει να μην ξυπνήσουν τους κυρίους της Εγκληματολογικής Υπηρεσίας ή κάποιον άλλο έμπειρο της αστυνομίας της Στοκχόλμης.

Ο Έρικ Ζέτερλουντ βρισκόταν στο κέντρο της ανακατωσούρας, με μία αυξανόμενη αίσθηση αβεβαιότητας, και ξεφώνιζε τις διαταγές του. Κυρίως προσπαθούσε να βάλει σε λειτουργία την επιχείρηση έρευνας πόρτα-πόρτα στη γύρω περιοχή. Ήθελε να έχει όσο το δυνατόν περισσότερες μαρτυρίες, αν και δεν ήλπιζε και σε πολλά. Ήταν νύχτα και με θύελλα. Οι γείτονες ενδεχομένως δε θα είχαν δει τίποτε. Από την άλλη, δεν μπορούσε να ξέρει κανείς. Είχε ανακρίνει επίσης τον Μίκαελ Μπλούμκβιστ - τι στο διάβολο έκανε εκεί πέρα ο Μπλούμκβιστ;

Η παρουσία ενός από τους γνωστότερους Σουηδούς δημοσιογράφους δε διευκόλυνε την κατάσταση και προς στιγμήν ο Ζέτερλουντ ένιωσε ότι ο Μπλούμκβιστ τον παρατηρούσε με κριτική διάθεση, για να μπορέσει να γράψει κανένα αποκαλυπτικό άρθρο. Ο Μπλούμκβιστ ήταν προφανώς ταραγμένος και κατά τη διάρκεια της ανάκρισης φάνηκε ευγενικός και πρόθυμος να βοηθήσει.

Όμως δεν είχε και πολλά να πει. Όλα είχαν γίνει τόσο γρήγορα κι αυτό ίσως ήταν το πιο αξιοπρόσεκτο, είχε σχολιάσει ο δημοσιογράφος.

Υπήρχε κάτι το βίαιο και αποτελεσματικό στον τρόπο που είχε κινηθεί ο ύποπτος και δεν ήταν κάποια υπερβολικά τολμηρή εικασία, άφησε να εννοηθεί ο Μπλούμκβιστ, αν θεωρούσαν ότι ο άντρας είχε υπάρξει ή ήταν στρατιωτικός, ενδεχομένως ελίτ στρατιώτης. Ο τρόπος που γύρισε πίσω και πυροβόλησε έδειχνε πως ήταν άριστα εκπαιδευμένος και παρά το ότι είχε μία λάμπα στον στενό μαύρο σκούφο του, ο Μπλούμκβιστ δεν είχε διακρίνει καθόλου τα χαρακτηριστικά του προσώπου του. Η απόσταση ήταν μεγάλη και συγχρόνως ο Μίκαελ είχε κάνει βουτιά όταν η φιγούρα στράφηκε. Προφανώς ήταν χαρούμενος που ακόμα ζούσε. Γι' αυτό μπορούσε μόνο να περιγράψει το σώμα και τα ρούχα και, πράγματι, το έκανε πολύ καλά. Σύμφωνα με τον δημοσιογράφο ο άντρας δεν ήταν και πολύ νέος, ίσως και πάνω από σαράντα. Ήταν καλογυμνασμένος και ψηλότερος από τον μέσο όρο, κάπου ανάμεσα στο ένα κι ογδόντα πέντε με ένα ενενήντα πέντε, μεγαλόσωμος, με λεπτή μέση και φαρδιούς ώμους, φορούσε μπότες και τα ρούχα του έμοιαζαν στρατιωτικά. Είχε ένα σακίδιο στην πλάτη και πιθανώς ένα μαχαίρι στερεωμένο στον δεξή μηρό του.

Ο Μίκαελ Μπλούμκβιστ πίστευε ότι ο άντρας είχε εξαφανιστεί προς τα κάτω στο νερό, προσπερνώντας τις γειτονικές βίλες, πράγμα που συμφωνούσε με τις μαρτυρίες του Πέτερ Μπλουμ και του Νταν Φλινκ. Οι αστυνομικοί δεν είχαν προλάβει να δουν καθόλου τον άντρα. Αλλά είχαν ακούσει τα βήματά του που χάθηκαν παράλληλα προς το νερό και μάταια τον είχαν καταδιώξει - ή εν πάση περιπτώσει έτσι ισχυρίζονταν. Ο Έρικ Ζέτερλουντ δεν ήταν ιδιαίτερα πεπεισμένος γι' αυτό.

Πιθανώς ο Μπλουμ και ο Φλινκ να είχαν κωλώσει, αυτό πίστευε ο Έρικ, και είχαν σταθεί εκεί στο σκοτάδι χεσμένοι από τον φόβο τους, χωρίς να κάνουν απολύτως τίποτα. Σε κάθε περίπτωση, εκείνη τη στιγμή έγινε το μεγάλο λάθος. Αντί να οργανωθεί η δύναμη της αστυνομίας και να χαρτογραφήσει τις εξόδους από την περιοχή προσπαθώντας να την αποκλείσει, δεν είχε γίνει τίποτε απ' αυτά. Ο Φλινκ και ο Μπλουμ προφανώς δεν είχαν καταλάβει εξαρχής ότι είχε διαπραχθεί μία δολοφονία και αμέσως μετά είχαν βρεθεί να ασχολούνται με ένα ξυπόλητο μικρό παιδί που έτρεξε έξω από το σπίτι σε κατάσταση υστερίας και σίγουρα δεν ήταν εύκολο να έχουν καθαρό τον νου τους. Πάντως ο χρόνος έτρεχε και παρά το ότι ο Μίκαελ Μπλούμκβιστ ήταν συγκρατημένος στην περιγραφή του, ήταν εύκολο να κατανοήσει κανείς ότι και ο ίδιος επέκρινε τις ενέργειές τους. Είχε ρωτήσει δύο φορές τους αστυνομικούς αν είχαν σημάνει συναγερμό και του είχαν απαντήσει με ένα νεύμα του κεφαλιού.

Αργότερα, όταν ο Μίκαελ άκουσε τη συνομιλία του Φλινκ με το κέντρο άμεσης δράσης, κατάλαβε ότι εκείνο το νεύμα ήταν ένα όχι ή, στην καλύτερη περίπτωση, μια ένδειξη σύγχυσης. Όπως και να 'χει, άργησαν να σημάνουν συναγερμό και όταν το έκαναν, τα πράγματα δεν είχαν ακολουθήσει τον ορθό τρόπο, προφανώς επειδή η περιγραφή του Φλινκ ήταν ελλιπής.

Η έλλειψη αποτελεσματικότητας είχε μεταδοθεί και σε άλλα επίπεδα και ο Έρικ Ζέτερλουντ ήταν απίθανα χαρούμενος που δε θα τον βάραινε αυτό. Στη συγκεκριμένη φάση, δεν είχε ακόμη αναμειχθεί στην υπόθεση. Από την άλλη, τώρα ήταν εδώ και δεν έπρεπε να κάνει τα πράγματα χειρότερα. Η λίστα των επιτυχιών του το τελευταίο διάστημα δεν ήταν και τόσο εντυπωσιακή και έπρεπε να αδράξει την ευκαιρία και να δείξει ποιος ήταν ή, σε κάθε περίπτωση, να μην τα κάνει μούσκεμα.

Στεκόταν στο κατώφλι της κρεβατοκάμαρας και μόλις είχε τελειώσει τη συνομιλία του με τη «Μίλτον Σεκιούριτι», σχετικά με τη φιγούρα που στη διάρκεια της νύχτας είχε κάνει την εμφάνισή της στις βιντεοκάμερες. Ήταν ένας άντρας που δε συμφωνούσε σε τίποτα με την περιγραφή του πιθανού δολοφόνου που είχε κάνει ο Μπλούμκβιστ, αντίθετα μάλλον, αυτός φαινόταν σαν ένα αδύνατο πρεζόνι, που προφανώς είχε γνώσεις υψηλής τεχνολογίας. Στη «Μίλτον Σεκιούριτι» ήταν της άποψης ότι αυτός ο τύπος είχε χακάρει τον συναγερμό, θέτοντας εκτός λειτουργίας όλες τις κάμερες και τους ανιχνευτές, πράγμα που καθιστούσε την όλη υπόθεση πιο πολύπλοκη.

Δεν ήταν μόνο ο επαγγελματισμός της επιχείρησης. Ήταν η ίδια η ιδέα της διάπραξης μιας δολοφονίας, παρά την αστυνομική προστασία και το σύγχρονο σύστημα συναγερμού. Αυτό δεν έδειχνε τεράστια αυτοπεποίθηση; Ο Έρικ ήθελε να πάει στο κάτω πάτωμα, όπου βρίσκονταν οι τεχνικοί. Όμως, στεκόταν ακόμα εδώ πάνω, βαθιά ενοχλημένος, με τελείως κενό βλέμμα, ώσπου η ματιά του σταμάτησε πάνω στον γιο του Μπάλντερ, που ήταν βέβαια ο κύριος μάρτυρας, αλλά που προφανώς δεν μπορούσε να πει ούτε λέξη και που γενικά δεν καταλάβαινε τίποτε από αυτά που του έλεγαν.

Ο Έρικ πρόσεξε ότι το αγόρι κρατούσε ένα μικρό κομμάτι από ένα τεράστιο παζλ· μετά άρχισε να βαδίζει προς τη σκάλα που οδηγούσε στον κάτω όροφο. Την επόμενη στιγμή κοκάλωσε. Σκέφτηκε την πρώτη εντύπωση που είχε όταν είδε το παιδί. Όταν είχε μπει στο σπίτι και δεν ήξερε και πολλά απ' αυτά που είχαν συμβεί, το αγόρι του είχε δώσει την εντύπωση ότι ήταν όπως οποιοδήποτε παιδί. Δεν υπήρχε κάτι σ' αυτό που να το ξεχωρίζει, είχε σκεφτεί, τίποτα εκτός απ' το τρομοκρατημένο βλέμμα και τους τσιτωμένους ώμους του. Ο Έρικ θα μπορούσε να τον περιγράψει σαν ένα ασυνήθιστα όμορφο αγόρι, με μεγάλα μάτια και μακριά σγουρά μαλλιά. Μετά έμαθε ότι το αγόρι ήταν αυτιστικό και βαριά καθυστερημένο. Αυτό του το είπαν, δεν το είχε καταλάβει από μόνος του, πράγμα που σήμαινε –έτσι νόμιζε– ότι ο δολοφόνος ή ήξερε το αγόρι από παλιά ή καταλάβαινε ακριβώς την κατάστασή του. Αλλιώς δε θα τον άφηνε να ζήσει και να ρισκάρει να αναγνωριστεί σε μία διαδικασία αναγνώρισης υπόπτων, έτσι δεν είναι; Παρά το ότι ο Έρικ δεν ολοκλήρωσε τη σκέψη του, ένιωσε να αφυπνίζεται και έκανε μερικά βιαστικά βήματα προς το αγόρι.

«Πρέπει να τον ανακρίνουμε, τώρα αμέσως», είπε με φωνή που χωρίς να το θέλει ακούστηκε δυνατή και εκνευρισμένη.

«Για τ' όνομα το Θεού, κοίτα να είσαι πολύ προσεκτικός με το παιδί», είπε ο Μίκαελ Μπλούμκβιστ, που κατά σύμπτωση βρισκόταν εκεί δίπλα.

«Εσύ μην ανακατεύεσαι», του ούρλιαξε. «Ίσως να ξέρει τον δράστη. Πρέπει να φέρουμε τα άλμπουμ με φωτογραφίες υπόπτων και να του τα δείξουμε. Πρέπει με κάποιον τρόπο...»

Το αγόρι τον διέκοψε πετώντας το παζλ με μια ξαφνική κίνηση και ο Έρικ Ζέτερλουντ δε βρήκε τίποτε άλλο να κάνει πέρα από το να μουρμουρίσει μια συγγνώμη και να πάει κάτω στους τεχνικούς του.

Όταν ο Έρικ Ζέτερλουντ είχε φύγει για το κάτω πάτωμα, ο Μίκαελ Μπλούμκβιστ έμεινε και παρατηρούσε το αγόρι. Ένιωθε ότι το παιδί κάτι θα πάθαινε πάλι, ίσως μία νέα κρίση και το τελευταίο πράγμα που θα ήθελε στον κόσμο ήταν να τραυματιστεί ξανά. Αλλά αντί γι' αυτό, το αγόρι κοκάλωσε και μετά άρχισε να στριφογυρίζει το δεξί του χέρι με ιλιγγιώδη ταχύτητα πάνω από το χαλί.

Μετά σταμάτησε απότομα και κοίταξε ψηλά με παρακλητικό ύφος και ενώ προς στιγμήν ο Μίκαελ αναρωτήθηκε τι να σήμαινε αυτό, η προσοχή του αποσπάστηκε όταν ο ψηλός αστυνομικός –που είχε μάθει ότι ονομαζόταν Πέτερ Μπλουμ– μπήκε μέσα στο δωμάτιο, έκατσε δίπλα στο παιδί και προσπάθησε να το βοηθήσει να φτιάξει το παζλ. Ο Μίκαελ έφυγε από κει και πήγε στην κουζίνα για να ησυχάσει λίγο. Ήταν κουρασμένος του θανατά και ήθελε να πάει σπίτι του. Όμως, πρώτα έπρεπε να δει μερικές φωτογραφίες από μία από τις κάμερες παρακολούθησης. Δεν ήξερε πότε θα γινόταν αυτό. Όλα αργοπορούσαν και έδειχναν μπερδεμένα και ανοργάνωτα και ο Μίκαελ λαχταρούσε με απόγνωση το κρεβάτι του.

Ως τώρα είχε ήδη μιλήσει δύο φορές με την Έρικα, πληροφορώντας την τι είχε συμβεί και παρά το γεγονός ότι ήξεραν ακόμα ελάχιστα πράγματα για τη δολοφονία, ήταν σύμφωνοι ότι ο Μίκαελ θα έγραφε ένα μεγάλο άρθρο στο επόμενο τεύχος του περιοδικού. Όχι μόνο επειδή θεωρούσαν ότι το έγκλημα ήταν ένα μεγάλο δράμα και η ζωή του Φρανς Μπάλντερ άξιζε να περιγραφεί· ο Μίκαελ είχε, επίσης, μία προσωπική συμμετοχή στο όλο θέμα κι αυτό θα ανέβαζε το ρεπορτάζ και θα του παρείχε ένα πλεονέκτημα σε σύγκριση με τους ανταγωνιστές. Μόνο η δραματική του συνομιλία με το θύμα που τον έκανε να έρθει εδώ τη νύχτα, θα έδινε στο άρθρο του απρόσμενη ένταση.

Κανένας από τους δυο τους δε χρειάστηκε να πει λέξη για το «Σέρνερ» και την κρίση του περιοδικού. Αυτό υπονοείτο στη συνομιλία και η Έρικα είχε ήδη κανονίσει ο μόνιμος αναπληρωτής Αντρέι Ζάντερ να κάνει την προεργασία στην έρευνα, ενώ ο Μίκαελ θα πήγαινε για ύπνο. Του είχε πει αρκετά κατηγορηματικά –σαν τρυφερή μητέρα και αυταρχική διευθύντρια σύνταξης συγχρόνως– ότι αρνιόταν να είναι διαλυμένος ο κορυφαίος δημοσιογράφος της πριν καν αρχίσει η δουλειά.

Ο Μίκαελ το δέχτηκε χωρίς αντιρρήσεις. Ο Αντρέι ήταν φιλόδοξος και συμπαθής και ο Μίκαελ θα ένιωθε πολύ καλά να ξυπνήσει με όλη την προκαταρκτική έρευνα έτοιμη και, ακόμα καλύτερα, αν υπήρχαν και λίστες με τους ανθρώπους του στενού περιβάλλοντος απ' τους οποίους θα μπορούσε να πάρει συνέντευξη, και για λίγη ώρα, έτσι για να έχει κάτι άλλο να σκεφτεί, αναλογίστηκε τα μόνιμα προβλήματα του Αντρέι με τις γυναίκες, που εκείνος είχε περιγράψει στον Μίκαελ μερικά βράδια που είχαν περάσει μαζί στο εστιατόριο «Κβάρνεν». Ο Αντρέι ήταν νέος, ευφυής και χαριτωμένος. Θα μπορούσε να ήταν κελεπούρι για οποιαδήποτε. Αλλά ένεκα κάποιας αδυναμίας στον χαρακτήρα του, τον παρατούσαν συνεχώς κι αυτό το έπαιρνε πολύ βαριά. Ο Αντρέι ήταν ένας αδιόρθωτος ρομαντικός. Ονειρευόταν συνεχώς τον μεγάλο έρωτα και το μεγάλο σκουπ.

Ο Μίκαελ κάθισε στο τραπέζι της κουζίνας του Μπάλντερ και κοίταξε έξω στο σκοτάδι. Μπροστά του πάνω στο τραπέζι, δίπλα σε ένα σπιρτόκουτο, ένα τεύχος του περιοδικού Νιου Σάιεντιστ και ένα μπλοκ με ακατανόητες εξισώσεις, υπήρχε μία όμορφη, αλλά λίγο απειλητική ζωγραφιά μίας διάβασης. Δίπλα στο φανάρι φαινόταν ένας άντρας με θολά, μισόκλειστα μάτια και λεπτά χείλη. Ο άντρας ήταν σε κίνηση, όμως μπορούσε κανείς να διακρίνει την κάθε ρυτίδα στο μέτωπό του, τις δίπλες του μπουφάν και του παντελονιού του. Δεν έδειχνε και ιδιαίτερα ευχάριστος τύπος. Είχε ένα σημάδι σε σχήμα καρδιάς στο πιγούνι του.

Αυτό που χαρακτήριζε τη ζωγραφιά, όμως, ήταν το φως από το φανάρι· φώτιζε με ένα μεστό, ανήσυχο φως που είχε αποδοθεί πάρα πολύ καλά, με κάποιου είδους μαθηματική τεχνική. Σχεδόν μπορούσε κανείς να διακρίνει γεωμετρικά σχήματα πίσω του. Πιθανώς ο Φρανς Μπάλντερ να ζωγράφιζε στον ελεύθερο χρόνο του και ο Μίκαελ αναρωτήθηκε λίγο για το θέμα. Δεν ήταν καθόλου παραδοσιακό. Από την άλλη, γιατί κάποιο άτομο σαν τον Μπάλντερ να ζωγράφιζε ηλιοβασιλέματα και πλοία; Ένα φανάρι ήταν σίγουρα το ίδιο ενδιαφέρον όπως οτιδήποτε άλλο. Ο Μίκαελ ήταν συνεπαρμένος από την αίσθηση της αποτύπωσης της στιγμής στη ζωγραφιά. Ακόμα κι αν ο Μπάλντερ είχε καθίσει και μελετήσει το φανάρι, δεν μπορεί να είχε παρακαλέσει τον άντρα να περνάει και να ξαναπερνάει τη διάβαση για να τον ζωγραφίσει. Ίσως ο άντρας να ήταν μία εικονική προσθήκη ή ο Μπάλντερ να είχε φωτογραφική μνήμη, ακριβώς όπως... Ο Μίκαελ έπεσε σε βαθιά σκέψη. Μετά πήρε το κινητό του και τηλεφώνησε ξανά στην Έρικα.

«Είσαι στον δρόμο για το σπίτι;» τον ρώτησε εκείνη.

«Όχι ακόμα, δυστυχώς. Πρέπει να δω μερικά πράγματα πρώτα. Αλλά θα ήθελα να μου κάνεις μια χάρη».

«Είμαι και για τίποτε άλλο εγώ;»

«Μπορείς να πας στον υπολογιστή μου και να τον ανοίξεις; Ξέρεις τον κωδικό μου, έτσι δεν είναι;»

«Ξέρω τα πάντα για σένα».

«Ωραία, ωραία. Πήγαινε στα αρχεία μου και άνοιξε έναν φάκελο που λέγεται "Το κουτί της Λίσμπετ"».

«Αρχίζω να καταλαβαίνω προς τα πού πάει τούτο δω».

«Αλήθεια; Θέλω να γράψεις το εξής κείμενο...»

«Περίμενε λίγο, πρέπει να το βρω πρώτα. Οκέι, τώρα... περίμενε, υπάρχουν ήδη κάποια πράγματα εδώ μέσα».
«Παράτα τα. Έτσι θέλω να το κάνεις, πάνω απ' όλα τ' άλλα. Είσαι έτοιμη;»
«Ναι, έτοιμη».
«Γράψε: *Λίσμπετ, ίσως ήδη το ξέρεις, ο Φρανς Μπάλντερ είναι νεκρός, πυροβολημένος με δύο σφαίρες στο κεφάλι. Μπορείς να προσπαθήσεις να βρεις γιατί κάποιος τον ήθελε νεκρό;"»
«Αυτό είναι όλο;»
«Δεν είναι και λίγο, αν σκεφτείς ότι δεν έχουμε επικοινωνήσει εδώ και πάρα πολύ καιρό. Σίγουρα θα με θεωρήσει αρκετά θρασύ που ρωτάω και μόνο. Αλλά δε νομίζω ότι θα ήταν επιζήμιο για εμάς αν είχαμε τη βοήθειά της».
«Λίγη παράνομη δραστηριότητα δε θα ήταν επιζήμια, εννοείς».
«Αυτό δεν το άκουσα. Ελπίζω να ιδωθούμε σύντομα».
«Κι εγώ το ελπίζω».

Η Λίσμπετ είχε καταφέρει να ξανακοιμηθεί και ξύπνησε στις επτά και μισή το πρωί. Δεν ήταν και στα καλύτερά της. Πονούσε το κεφάλι της και αισθανόταν άσχημα. Πάντως ήταν καλύτερα από πριν, οπότε ντύθηκε στα γρήγορα, έφαγε ένα βιαστικό πρωινό που το αποτελούσαν δύο μικρές μπαγκέτες που τις ζέστανε στον φούρνο των μικροκυμάτων και ήπιε ένα μεγάλο ποτήρι κόκα-κόλα. Μετά έβαλε τα ρούχα της προπόνησης σε μια μαύρη τσάντα και βγήκε έξω. Η θύελλα είχε κοπάσει. Όμως παντού υπήρχαν σκουπίδια και εφημερίδες που τα είχε παρασύρει ο αέρας. Πέρασε την πλατεία του Μοσεμπάκε και κατευθύνθηκε προς τα κάτω, παίρνοντας τη Γετγκάταν και πιθανώς μονολογούσε.

Έδειχνε θυμωμένη και τουλάχιστον δύο άτομα παραμέρισαν για να περάσει. Αλλά η Λίσμπετ δεν ήταν καθόλου θυμωμένη, μόνο συγκεντρωμένη και αποφασιστική. Δεν είχε την παραμικρή διάθεση να κάνει προπόνηση. Ήθελε μόνο να κρατήσει τη ρουτίνα της και να αποβάλει τα δηλητήρια από το σώμα της. Γι' αυτό συνέχισε προς τα κάτω στην οδό Χουρνσγκάταν και όταν έφτασε στη λεγόμενη Καμπούρα της Χουρνσγκάταν, έστριψε δεξιά προς το κλαμπ πυγμαχίας «Ζίρο», που βρισκόταν έναν όροφο κάτω στο υπόγειο και που εκείνο το πρωινό φαινόταν περισσότερο ρημαγμένο από ποτέ. Το μέρος χρειαζόταν ένα βάψιμο και γενικά ένα φρεσκάρισμα. Τίποτα δε φαινόταν να έχει αλλάξει εκεί μέσα από τη δεκαετία του '70, ούτε στον εσωτερικό διάκοσμο ούτε στις αφίσες. Ακόμα ο Άλι και ο Φόρμαν φιγουράριζαν στους τοίχους. Ήταν ακόμα σαν την επόμενη μέρα μετά το θρυλικό ματς στην Κινσάσα κι αυτό οφειλόταν στο ότι ο Ομπίνζε, που ήταν υπεύθυνος για το κλαμπ, είχε δει το ματς εκεί όταν ήταν μικρός και μετά έτρεχε στους δρόμους στη διάρκεια του μουσώνα και φώναζε «Ali, bomaye*!» Αυτή η ενθουσιώδης τρεχάλα δεν ήταν μόνο η πιο ευτυχισμένη στιγμή της ζωής του, αλλά αποτελούσε αυτό που ο ίδιος αποκαλούσε το τελευταίο σημείο των «αθώων του ημερών».

Όχι πολύ καιρό μετά αναγκάστηκε να φύγει με την οικογένειά του για να σωθούν από την τρομοκρατία του Μομπούτο και μετά απ' αυτό τίποτα δεν ήταν ίδιο πια και ίσως δεν ήταν τελικά καθόλου παράξενο που ήθελε να διασώσει εκείνη την ιστορική στιγμή ή με κάποιον τρόπο να τη μεταδώσει παραπέρα, σε αυτόν τον ξεχασμένο και από τον Θεό χώρο πυγμαχίας στο Σεντερμάλμ της Στοκχόλμης. Ο Ομπίνζε ακόμα μιλούσε για εκείνο το ματς. Βέβαια μιλούσε συνεχώς, επί παντός επιστητού.

Ήταν μεγαλόσωμος, καραφλός, πολυλογάς ο Θεός να σε φυλάει και ένας από κείνους εκεί μέσα που γλυκοκοίταζαν τη Λίσμπετ, αν και ο ίδιος, όπως και πολλοί άλλοι, τη θεωρούσε λίγοπολύ τρελή. Κατά περιόδους προπονούνταν σκληρότερα από οποιονδήποτε άλλον εκεί πέρα και χτυπούσε δυνατά τις μπάλες, τους σάκους και τους αντιπάλους της στην προπόνηση. Είχε μια πρωτόγνωρη, ξέφρενη ενέργεια, που ο Ομπίνζε δεν είχε δει ποτέ πριν και μια φορά, πριν τη γνωρίσει καλύτερα, της είχε προτείνει να πυγμαχήσει επαγγελματικά. Το θυμωμένο ρουθούνισμα που πή-

---

* «Άλι, σκότωσέ τον». (Σ.τ.Μ.)

ρε σαν απάντηση τον έκανε να μην ξαναρωτήσει, αλλά δεν καταλάβαινε γιατί η Λίσμπετ προπονούταν τόσο σκληρά –εν τέλει ίσως δε χρειαζόταν και καμιά απάντηση. Μπορεί κανείς να προπονείται σκληρά χωρίς ιδιαίτερο λόγο. Ήταν προτιμότερο από το να μεθάει. Ήταν καλύτερο απ' οτιδήποτε άλλο και ίσως να ήταν και αλήθεια αυτό που του είπε αργά κάποιο βράδυ, πριν από κάνα χρόνο, ότι ήθελε να είναι σε καλή φυσική κατάσταση αν ξαναμπερδευόταν σε καμιά φασαρία.

Ο Ομπίνζε ήξερε ότι παλιότερα το είχε κάνει. Το είχε βρει στο Google. Είχε διαβάσει ό,τι υπήρχε γι' αυτή στο διαδίκτυο και καταλάβαινε πολύ καλά ότι ήθελε να είναι σε πολύ καλή φόρμα αν τυχόν εμφανιζόταν ξανά κανένας εφιάλτης από το παρελθόν της. Κανείς δεν μπορούσε να το καταλάβει αυτό καλύτερα από τον Ομπίνζε. Και οι δύο γονείς του είχαν δολοφονηθεί από τους μπράβους του Μομπούτο.

Αυτό που δεν καταλάβαινε ήταν γιατί η Λίσμπετ κατά διαστήματα παρατούσε τελείως την προπόνηση, το έριχνε στην ξάπλα και επέμενε να τρώει κωλόφαγα. Αυτού του είδους οι απότομες μεταπτώσεις ήταν ακατανόητες για κείνον και όταν η Λίσμπετ μπήκε στην αίθουσα εκείνο το πρωί, πάντα μαυροντυμένη και μ' ένα σωρό σκουλαρίκια όπως πάντα, είχε πολύ καιρό να τη δει.

«Γεια σου, ομορφιά μου. Πού ήσουν;» τη ρώτησε.

«Έκανα κάτι τρομερά παράνομο».

«Δε με παραξενεύει. Πλάκωσες καμιά συμμορία μηχανόβιων ή τίποτα τέτοιο;»

Σ' αυτό το αστείο η Λίσμπετ δεν απάντησε καν. Προχώρησε μουτρωμένη προς τα αποδυτήρια και τότε αυτός έκανε κάτι που ήξερε ότι εκείνη θα το μισούσε. Στάθηκε μπροστά της και την κοίταξε κατάρπόσωπο.

«Τα μάτια σου είναι κόκκινα».

«Με τέτοιο μεθύσι που 'κανα... Φύγε από κει!»

«Τότε δε θέλω να σε βλέπω εδώ. Το ξέρεις».

«Άσε τις μαλακίες. Θέλω να μου αλλάξεις τα φώτα», του φώναξε. Και πήγε ν' αλλάξει. Μετά βγήκε έξω με το τεράστιο σορτς πυγμαχίας και το λευκό μπλουζάκι της με τη μαύρη νεκροκεφαλή στο στήθος κι αυτός δεν είχε άλλη επιλογή από το να τη σπάσει στο ξύλο.

Την πίεσε πολύ και η Λίσμπετ έκανε εμετό τρεις φορές στο καλάθι για τα σκουπίδια, ενώ ο Ομπίνζε τη στόλιζε όσο πιο καλά μπορούσε. Μετά αυτή εξαφανίστηκε, άλλαξε και έφυγε από κει χωρίς να πει αντίο και ο Ομπίνζε, όπως έκανε πολύ συχνά σε τέτοιες στιγμές, αφέθηκε να μελαγχολήσει. Ίσως να ήταν και λίγο ερωτευμένος. Δεν τον άφηνε αδιάφορο – πώς ήταν δυνατόν να αισθάνεται διαφορετικά για μία κοπέλα που πυγμαχούσε μ' αυτόν τον τρόπο.

Το τελευταίο που είδε απ' αυτήν ήταν οι φτέρνες της, που εξαφανίστηκαν προς τα πάνω στη σκάλα, και δεν είχε την παραμικρή ιδέα ότι ο κόσμος της ήρθε κατακέφαλα όταν βγήκε στη Χουρνσγκάταν. Η Λίσμπετ στηρίχτηκε στον τοίχο βαριανασαίνοντας. Μετά συνέχισε προς το διαμέρισμά της στη Φισκαργκάταν και όταν έφτασε εκεί ήπιε άλλο ένα μεγάλο ποτήρι κόκα-κόλα και μισό λίτρο χυμό. Μετά προσγειώθηκε στο κρεβάτι και έμεινε να κοιτάζει το ταβάνι για δέκα, δεκαπέντε λεπτά, ενώ σκεφτόταν πότε το ένα και πότε το άλλο, τα singular points και τον Ορίζοντα Γεγονότων, μερικές ιδιαίτερες παραμέτρους της εξίσωσης του Στρέντινγκερ, τον «Εντ-Νεντ» και ένα σωρό άλλα. Δε σηκώθηκε παρά μόνο όταν ο κόσμος απέκτησε και πάλι τα χρώματά του και πήγε στον υπολογιστή της. Όσο και να μην το ήθελε, την ωθούσε εκεί μία δύναμη που από τα παιδικά της χρόνια δεν είχε μειωθεί. Τούτο δω, όμως, το πρωινό δεν ήταν διατεθειμένη να μπει σε περιπέτειες. Χάκαρε μόνο τον υπολογιστή του Μίκαελ Μπλούμκβιστ και την επόμενη στιγμή πάγωσε. Δεν το χωρούσε ο νους της. Πρόσφατα είχαν αστειευτεί για τον Μπάλντερ. Τώρα ο Μίκαελ έγραφε πως ο Μπάλντερ είχε δολοφονηθεί με δύο σφαίρες στο κεφάλι.

«Στο διάβολο», μουρμούρισε και μπήκε να δει τις απογευματινές εφημερίδες.

Δεν έλεγαν ακόμα τίποτα γι' αυτό, τουλάχιστον όχι τίποτα σαφές. Αλλά δε χρειάζονταν και πολλά για να καταλάβει κανείς ότι στον Μπάλντερ αναφερόταν η είδηση για έναν «Σουηδό καθηγητή που τον πυροβόλησαν στο σπίτι του στο Σαλτσεμπάντεν». Η αστυνομία δεν έλεγε κουβέντα προς το παρόν και οι δημοσιογράφοι δεν ήταν και τίποτα φοβερά λαγωνικά, ενδεχομένως επειδή δεν είχαν καταλάβει τη σπουδαιότητα του θέματος ή δεν είχαν διαθέσει χρόνο γι' αυτό. Υπήρχαν προφανώς σημαντικά γεγονότα από την προηγούμενη νύχτα: η θύελλα, η διακοπή ρεύματος σε όλη τη χώρα και μερικές ειδήσεις για επώνυμους, που η Λίσμπετ δεν άντεχε ούτε καν να προσπαθήσει να καταλάβει.

Για τη δολοφονία έγραφαν πως είχε διαπραχθεί στις τρεις το πρωί και η αστυνομία έψαχνε για αυτόπτες μάρτυρες στη γειτονιά. Δεν είχαν ακόμα κάποιον ύποπτο, αλλά προφανώς οι μάρτυρες είχαν παρατηρήσει άγνωστα και ύποπτα πρόσωπα στον κήπο του σπιτιού. Η αστυνομία αναζητούσε κι άλλες πληροφορίες γι' αυτά. Στο τέλος των άρθρων αναφερόταν πως αργότερα, κατά τη διάρκεια της μέρας, ο Μπουμπλάνσκι, ο αστυνομικός επιθεωρητής της Δίωξης Εγκλήματος, θα έδινε συνέντευξη Τύπου. Η Λίσμπετ χαμογέλασε λίγο θλιμμένα για το τελευταίο. Παλιότερα είχε κάτι πάρε-δώσε μαζί του –με τον «Μπούμπλα*», όπως συχνά τον αποκαλούσαν– και σκέφτηκε πως όσο δεν έβαζαν τίποτα μαλάκες στην ομάδα του, η έρευνα μπορούσε να γίνει αρκετά αποτελεσματικά.

Μετά διάβασε ακόμα μία φορά το μήνυμα του Μίκαελ Μπλούμκβιστ. Ο Μίκαελ ήθελε βοήθεια κι αυτή χωρίς καν να το σκεφτεί του έγραψε «οκέι». Όχι μόνο επειδή την παρακαλούσε. Γι' αυτήν ήταν κάτι προσωπικό. Δεν ένιωθε θλίψη με τη γνωστή έννοια· αντίθετα, ήταν οργή, μία παγωμένη οργή που χτυπούσε μέσα της σαν δείκτης ρολογιού και παρά το ότι ένιωθε κάποιον σεβασμό για τον Γιαν Μπουμπλάνσκι δεν εμπιστευόταν άκριτα τα όργανα της τάξης.

Ήταν συνηθισμένη να παίρνει την κατάσταση στα χέρια της και είχε όλους τους πιθανούς λόγους να θέλει να μάθει γιατί είχε δολοφονηθεί ο Φρανς Μπάλντερ. Γιατί δεν ήταν τυχαίο ότι τον είχε αναζητήσει και είχε ενδιαφερθεί για την κατάστασή του. Πιθανόν οι εχθροί του να ήταν και δικοί της εχθροί.

---

* «Φούσκα», στα σουηδικά. (Σ.τ.Μ.)

Η όλη ιστορία είχε αρχίσει με το παλιό ερώτημα: μήπως ο πατέρας της με κάποιον τρόπο ζούσε ακόμα; Ο Αλεξάντερ Ζαλατσένκο, ο Ζάλα, δεν είχε σκοτώσει μόνο τη μητέρα της, αλλά είχε καταστρέψει και τα παιδικά της χρόνια. Ήταν επικεφαλής ενός εγκληματικού δικτύου που πουλούσε ναρκωτικά και όπλα και ζούσε με το να εκμεταλλεύεται γυναίκες – σύμφωνα με τη δική της εμπειρία, ένα τέτοιο τέρας δεν εξαφανίζεται έτσι απλά. Αλλάζει απλώς μορφές και από εκείνη τη μέρα, πριν από έναν χρόνο, που η Λίσμπετ είχε ξυπνήσει το πρωί στο ξενοδοχείο «Σλος Ελμάου» στις βαυαρικές Άλπεις, διενεργούσε τη δική της έρευνα για το τι είχε απογίνει η κληρονομιά.

Οι παλιοί συνεργάτες του πατέρα της αποδείχτηκε ότι είχαν εξελιχθεί σε τύπους αποτυχημένους, διεφθαρμένους κακοποιούς, ελεεινούς νταβατζήδες ή γκάνγκστερ της κακιάς ώρας. Κανένας τους δεν ήταν κακοποιός της κλάσης του πατέρα της και η Λίσμπετ πίστευε για μεγάλο διάστημα πως η οργάνωση είχε αποδυναμωθεί και καταρρεύσει μετά τον θάνατο του Ζαλατσένκο. Αλλά δεν τα παράτησε. Και στο τέλος έπεσε πάνω σε κάτι που έδειχνε προς μία τελείως απρόσμενη κατεύθυνση. Ήταν τα ίχνη ενός από τους νεαρούς ακόλουθους του Ζάλα, ενός Σίγκφριντ Γκρούμπερ.

Ο Γκρούμπερ, όσο ακόμα βρισκόταν στη ζωή ο Ζάλα, ήταν ένας από τους ευφυέστερους στο διαδίκτυο και σε σύγκριση με όλους τους άλλους συντρόφους του, αυτός είχε πτυχία και πληροφορικής και οικονομίας κι αυτά τον είχαν βάλει σε εκλεκτούς κύκλους. Σήμερα αποτελούσε αντικείμενο έρευνας σε καμιά-δυο αστυνομικές υποθέσεις για σοβαρές εγκληματικές ενέργειες εναντίον επιχειρήσεων υψηλής τεχνολογίας: κλοπή νέας τεχνολογίας, εκβιασμό, κατασκοπεία και παράνομη παρείσφρηση.

Σε νορμάλ καταστάσεις η Λίσμπετ δε θα ακολουθούσε τα ίχνη του πέρα απ' αυτό· κυρίως επειδή το θέμα, ανεξάρτητα από τη συμμετοχή του Γκρούμπερ, φαινόταν ότι δεν είχε να κάνει με την παλιά δραστηριότητα του πατέρα της. Και τίποτα δεν την απασχολούσε λιγότερο από το γεγονός ότι κάνα-δυο ισχυρά κονσόρτσιουμ είχαν χάσει μερικές από τις τεχνολογικές καινοτομίες τους. Αλλά μετά όλα άλλαξαν.

Σε κάποια απόρρητη έκθεση που χάκαρε από την GCHQ στο Τσέλτενχαμ, είχε πέσει πάνω σε κάτι κωδικοποιημένες λέξεις που σχετίζονταν με την ομάδα στην οποία φαινόταν ότι ανήκε τώρα ο Γκρούμπερ κι αυτές οι λέξεις την έκαναν να ταραχτεί. Μετά απ' αυτό δεν μπορούσε να παρατήσει την ιστορία. Συγκέντρωσε όσα στοιχεία μπορούσε για την ομάδα και στο τέλος, σε ένα απλό, ερασιτεχνικό σάιτ για χάκερ, έπεσε πάνω σε μία επαναλαμβανόμενη φήμη ότι κάποια οργάνωση είχε κλέψει το πρόγραμμα Τεχνητής Νοημοσύνης του Μπάλντερ και το είχε πουλήσει στη ρωσοαμερικανική εταιρεία ηλεκτρονικών παιχνιδιών «Τρουγκέιμς».

Με αφορμή αυτά τα στοιχεία, είχε πάει στη διάλεξη του καθηγητή στο Πολυτεχνείο της Στοκχόλμης και είχε διαφωνήσει μαζί του για τα singular points μέσα στις μαύρες τρύπες – ή τουλάχιστον αυτή ήταν μία από τις αιτίες.

ΜΕΡΟΣ 2
ΟΙ ΛΑΒΥΡΙΝΘΟΙ ΤΗΣ ΜΝΗΜΗΣ
21-23 ΝΟΕΜΒΡΙΟΥ

Ειδητική μνήμη – σπουδή προσώπων με ειδητική μνήμη ή όπως συνήθως λέγεται, φωτογραφική μνήμη.

Η έρευνα έδειξε ότι οι άνθρωποι με ειδητική μνήμη γίνονται νευρικοί ή στρεσάρονται ευκολότερα απ' ό,τι άλλοι.

Η πλειοψηφία, αλλά όχι όλοι οι άνθρωποι με ειδητική μνήμη, είναι αυτιστικοί. Υπάρχει επίσης σχέση μεταξύ φωτογραφικής μνήμης και συναισθησίας – η κατάσταση όπου δύο ή περισσότερες αισθήσεις είναι συνδεδεμένες, για παράδειγμα όταν οι αριθμοί «γίνονται αντιληπτοί» με χρώματα και κάθε σειρά αριθμών σχηματίζει έναν πίνακα στις σκέψεις.

ΚΕΦΑΛΑΙΟ 12
21 ΝΟΕΜΒΡΙΟΥ

Ο Γιαν Μπουμπλάνσκι περίμενε πώς και πώς την ελεύθερη μέρα του και μία μακρά συζήτηση με τον ραβίνο Γκόλντμαν, της ενορίας του Σέντερ, για μερικά ερωτήματα που τον βασάνιζαν το τελευταίο διάστημα σχετικά με την ύπαρξη του Θεού. Δεν ήταν βέβαια στα πρόθυρα να γίνει άθεος. Αλλά η έννοια του Θεού τον προβλημάτιζε ολοένα και περισσότερο και ήθελε να μιλήσει γι' αυτό, για τα ατελέσφορα συναισθήματα που τον βασάνιζαν εσχάτως και ίσως ακόμα για τη διάθεσή του να δηλώσει παραίτηση από τη δουλειά.

Ο Γιαν Μπουμπλάνσκι θεωρούσε τον εαυτό του έναν καλό εξιχνιαστή δολοφονιών. Το ποσοστό εξιχνίασης συνολικά ήταν εξαιρετικό και πότε πότε ένιωθε ακόμα να τον γοητεύει η δουλειά του. Αλλά δεν ήταν σίγουρος ότι ήθελε να συνεχίσει να εξιχνιάζει δολοφονίες. Ίσως να μπορούσε να εκπαιδευτεί σε κάτι άλλο πριν να είναι αργά. Ονειρευόταν να διδάξει, να κάνει τους νέους ανθρώπους να αναπτυχθούν και να πιστέψουν στον εαυτό τους, ίσως επειδή συχνά ο ίδιος βυθιζόταν σε μια διάθεση αμφισβήτησης του δικού του εαυτού. Αλλά δεν ήξερε ποιο μάθημα θα ήθελε να διδάξει. Ο Γιαν Μπουμπλάνσκι δεν είχε αποκτήσει ποτέ κάποια ιδιαίτερη ειδικότητα, εκτός αυτής που του έγραφε η μοίρα του: στις βίαιες πράξεις και τις νοσηρές διαστροφές, κι αυτό ήταν κάτι που σίγουρα δεν ήθελε να διδάξει.

Η ώρα ήταν οκτώ και δέκα το πρωί και στεκόταν μπροστά στον

καθρέφτη του μπάνιου του, δοκιμάζοντας το κιπά του, που δυστυχώς ήταν πάρα πολύ παλιό. Κάποτε είχε ένα όμορφο γαλάζιο χρώμα και ήταν αρκετά ακριβό. Τώρα ήταν πια άχρωμο και φθαρμένο σαν μία μικρή συμβολική εικόνα της δικής του εξέλιξης, έτσι νόμιζε, γιατί σίγουρα δεν μπορούσε να ισχυριστεί πως ήταν ευχαριστημένος με το παρουσιαστικό του.

Ένιωθε πολύ χοντρός, τσακισμένος και φαλακρός και αφηρημένα πήρε το μυθιστόρημα του Σίνγκερ *Ο μάγος του Λούμπλιν*, που είχε αγαπήσει με πάθος και που για πολλά χρόνια είχε αφήσει δίπλα στην τουαλέτα, μην τυχόν και του ερχόταν η διάθεση να το διαβάσει τις φορές που είχε εντερικές διαταραχές. Αλλά τώρα δεν πρόλαβε και πολλές αράδες. Χτύπησε το τηλέφωνο και η διάθεσή του χάλασε όταν είδε πως του τηλεφωνούσε ο επικεφαλής της εισαγγελίας Ρίκαρντ Έκστρεμ. Μία συνομιλία με τον Έκστρεμ δε σήμαινε μόνο δουλειά, αλλά πιθανώς δουλειά που ήταν επείγουσα πολιτικά και επικοινωνιακά. Αλλιώς ο Έκστρεμ θα είχε ξεγλιστρήσει σαν το φίδι.

«Γεια σου, Ρίκαρντ, χαίρομαι που σ' ακούω», είπε ψέματα ο Μπουμπλάνσκι. «Αλλά δυστυχώς είμαι απασχολημένος».

«Τι... όχι, όχι, όχι γι' αυτό, Γιαν. Αυτό δεν μπορείς να το χάσεις. Άκουσα ότι έχεις άδεια σήμερα».

«Ομολογουμένως, αλλά είμαι στον δρόμο για...» –δεν ήθελε να πει συναγωγή. Ο εβραϊσμός του δεν ήταν ιδιαίτερα δημοφιλής στο σώμα– «...τον γιατρό», συμπλήρωσε.

«Είσαι άρρωστος;»

«Όχι πραγματικά».

«Τι εννοείς μ' αυτό; Σχεδόν άρρωστος;»

«Κάτι τέτοιο».

«Τότε δεν υπάρχει κανένα πρόβλημα. Σχεδόν άρρωστοι είμαστε όλοι μας, έτσι δεν είναι; Πρόκειται για μία πολύ σημαντική υπόθεση, Γιαν. Ως και η υπουργός Βιομηχανίας, η Λίσα Γκριν, με πήρε τηλέφωνο και είναι απόλυτα σύμφωνη να αναλάβεις εσύ την υπόθεση».

«Δυσκολεύομαι πάρα πολύ να πιστέψω ότι η Λίσα Γκριν ξέρει ποιος είμαι».

«Ναι, καλά, ίσως να μη θυμάται ακριβώς τ' όνομά σου - και δεν της πέφτει και λόγος, εδώ που τα λέμε. Αλλά είμαστε όλοι σύμφωνοι πως χρειαζόμαστε έναν ειδικό μεγάλου κύρους».

«Οι κολακείες δεν περνάνε σ' εμένα πια, Ρίκαρντ. Τι αφορά η υπόθεση;» είπε και αμέσως το μετάνιωσε.

Το να ρωτήσει και μόνο ήταν σαν να είχε πει σχεδόν το ναι και φάνηκε αμέσως ότι ο Ρίκαρντ Έκστρεμ το εξέλαβε σαν μισή νίκη.

«Ο καθηγητής Φρανς Μπάλντερ δολοφονήθηκε την περασμένη νύχτα στο σπίτι του στο Σαλισεμπάντεν».

«Και ποιος είναι αυτός;»

«Ένας από τους διάσημους ερευνητές μας σε παγκόσμιο επίπεδο. Είναι πρωτοπόρος στην τεχνική της Α.Ι.».

«Σε τι;»

«Δούλευε με τα ανεξάρτητα δίκτυα, την ψηφιακή κβαντομηχανική και άλλα παρόμοια».

«Ακόμα δεν καταλαβαίνω τίποτα».

«Με άλλα λόγια, προσπαθούσε να κάνει τους υπολογιστές να σκέφτονται, να προσομοιάσουν στον ανθρώπινο εγκέφαλο».

Να προσομοιάσουν στον ανθρώπινο εγκέφαλο; Ο Γιαν Μπουμπλάνσκι αναρωτιόταν τι γνώμη θα είχε γι' αυτό ο ραβίνος Γκόλντμαν.

«Πιστεύεται ότι παλιότερα είχε υπάρξει θύμα βιομηχανικής κατασκοπείας», συνέχισε ο Έκστρεμ. «Γι' αυτόν τον λόγο ενδιαφέρεται το Υπουργείο Βιομηχανίας. Σίγουρα ξέρεις πόσο εμφατικά μιλάει η Λίσα Γκριν για την προστασία της σουηδικής έρευνας και των καινοτόμων τεχνολογιών».

«Ναι, μάλλον».

«Επίσης, προφανώς είχε προηγηθεί και κάποια απειλή. Ο Μπάλντερ είχε αστυνομική προστασία».

«Εννοείς ότι παρά την προστασία δολοφονήθηκε;»

«Ίσως δεν ήταν και η καλύτερη προστασία του κόσμου - ήταν ο Φλινκ και ο Μπλουμ».

«Οι "Καζανόβες";»

«Ναι, και τους είχαν στείλει εκεί στη μέση της νύχτας, στη διάρκεια της θύελλας και ενώ επικρατούσε χάος. Προς υποστήριξή τους πρέπει να πει κανείς ότι τα πράγματα δεν ήταν εύκολα γι' αυτούς. Υπήρχε μεγάλη σύγχυση. Ο Φρανς Μπάλντερ πυροβολήθηκε στο κεφάλι, ενώ οι δύο αστυνομικοί ήταν αναγκασμένοι να ασχοληθούν με έναν μεθυσμένο που από το πουθενά είχε εμφανιστεί στην πόρτα του σπιτιού. Ναι, καταλαβαίνεις, ο δολοφόνος επωφελήθηκε από αυτό το μικρό κενό απροσεξίας».

«Δεν ακούγεται καλό».

«Όχι, ακούγεται πολύ αντιεπαγγελματικό και σαν να μην έφτανε αυτό, είχαν χακάρει και τον συναγερμό του σπιτιού».

«Ώστε ήταν πολλοί;»

«Έτσι νομίζουμε. Εκτός αυτού...»

«Ναι;»

«Υπάρχουν και μερικές αδιευκρίνιστες λεπτομέρειες».

«Που θα αρέσουν στα ΜΜΕ;»

«Που θα ενθουσιάσουν τα ΜΜΕ», συνέχισε ο Έκστρεμ. «Αυτός ο μεθυσμένος που εμφανίστηκε εκεί δεν είναι άλλος από τον Λάσε Βέστμαν».

«Τον ηθοποιό;»

«Ακριβώς. Και αυτό είναι πολύ ενοχλητικό».

«Επειδή θα το κάνουν πρωτοσέλιδο;»

«Εν μέρει και γι' αυτό, αλλά επίσης επειδή ρισκάρουμε να μας έρθουν στο κεφάλι ένα σωρό απρεπείς ιστορίες διαζυγίου. Ο Λάσε Βέστμαν ισχυριζόταν ότι είχε πάει εκεί για να πάρει τον οκτάχρονο γιο της γυναίκας του, που ήταν στο σπίτι του Φρανς Μπάλντερ, ένα αγόρι που... Περίμενε λίγο τώρα... πρέπει να σ' τα πω σωστά... που ο Μπάλντερ ήταν ο βιολογικός του πατέρας, ο οποίος όμως σύμφωνα με δικαστική απόφαση δεν ήταν ικανός να φροντίσει το παιδί».

«Γιατί δεν μπορούσε ένας καθηγητής που κάνει τους υπολογιστές να προσομοιάζουν στον ανθρώπινο εγκέφαλο να φροντίσει το παιδί του;»

«Επειδή στο παρελθόν είχε δείξει στοιχεία πλήρους αμέλειας και αντί να φροντίζει το παιδί του δούλευε και γενικότερα ήταν ένας άθλιος πατέρας, αν έχω καταλάβει καλά. Όπως και να 'χει, είναι μία ευαίσθητη υπόθεση. Αυτό το μικρό αγόρι, που δεν έπρεπε να είναι στο σπίτι του Μπάλντερ, είναι πιθανώς μάρτυρας της δολοφονίας».

«Για όνομα του Θεού. Και τι λέει ο μικρός;»

«Τίποτα».

«Παραείναι σοκαρισμένος;»

«Σίγουρα, αλλά δε λέει ποτέ του τίποτα. Είναι μουγκός και βαριά καθυστερημένος. Οπότε δε θα μας είναι χρήσιμος».

«Οπότε έχουμε μία προμελετημένη δολοφονία χωρίς ουσιαστικά μάρτυρες».

«Πρέπει να δούμε μήπως υπήρχε και κάποια άλλη αιτία που ο Λάσε Βέστμαν εμφανίστηκε εκεί, ακριβώς τη στιγμή που ο δολοφόνος μπήκε στον πρώτο όροφο του σπιτιού και πυροβόλησε τον Μπάλντερ. Είναι πάρα πολύ σημαντικό να ανακριθεί αμέσως ο Βέστμαν».

«Αν αναλάβω εγώ την υπόθεση».

«Βεβαίως και θα το κάνεις».

«Είσαι τόσο σίγουρος;»

«Δεν έχεις άλλη επιλογή, θα έλεγα. Εκτός αυτού, σου έχω κρατήσει το καλύτερο για το τέλος».

«Και τι είναι αυτό;»

«Ο Μίκαελ Μπλούμκβιστ».

«Τι τρέχει μ' αυτόν;»

«Για κάποιον λόγο βρισκόταν κι αυτός εκεί. Νομίζω ότι ο Φρανς Μπάλντερ τον είχε καλέσει για να του αποκαλύψει κάτι».

«Μέσα στη νύχτα;»

«Προφανώς».

«Και μετά τον πυροβόλησαν;»

«Πάνω που ο Μπλούμκβιστ ετοιμαζόταν να χτυπήσει την πόρτα – ο δημοσιογράφος φαίνεται ότι είδε στιγμιαία τον δολοφόνο».

Ο Γιαν Μπουμπλάνσκι γέλασε. Ήταν τελείως λανθασμένη αντίδραση και δεν μπορούσε να την εξηγήσει ούτε στον εαυτό του. Ίσως ήταν μία νευρική αντίδραση ή πιθανώς μία αίσθηση ότι η ζωή επαναλαμβανόταν.

«Συγγνώμη;» είπε ο Ρίκαρντ Έκστρεμ.

«Βήχω λίγο. Λοιπόν, τώρα φοβόσαστε ότι θα σας κάτσει στον σβέρκο ένας ιδιωτικός ερευνητής που θα σας εκθέσει».

«Χμ, ναι, ίσως. Σε κάθε περίπτωση υποθέτουμε ότι το *Μιλένιουμ* έχει ήδη ξεκινήσει να ερευνά το θέμα και είναι γεγονός ότι αυτήν τη στιγμή έχω κάποιο νομικό πλαίσιο για να τους σταματήσουμε ή τουλάχιστον να τους περιορίσουμε. Δεν είναι απίθανο να θεωρηθεί ότι αφορά την ασφάλεια της χώρας».

«Ώστε έχουμε και την ΕΥΠ στο κεφάλι μας;»

«Ουδέν σχόλιον», απάντησε ο Έκστρεμ.

Άντε στο διάβολο, σκέφτηκε ο Μπουμπλάνσκι.

«Είναι ο Ράγκναρ Ούλοφσον και οι άλλοι της βιομηχανικής αντικατασκοπείας που δουλεύουν μ' αυτό;» ρώτησε.

«Ουδέν σχόλιον, όπως είπα. Πότε μπορείς ν' αρχίσεις;»

Άντε στο διάβολο ακόμα μια φορά, σκέφτηκε ο Μπουμπλάνσκι.

«Ξεκινάω με τις εξής προϋποθέσεις», είπε μετά. «Θέλω τη συνηθισμένη ομάδα μου. Τη Σόνια Μούντιγκ, τον Κουρτ Σβένσον, τον Γέρκερ Χόλμπεργ και την Αμάντα Φλουντ».

«Βεβαίως, οκέι, αλλά θα έχεις και τον Χανς Φάστε».

«Ποτέ στη ζωή μου. Μόνο πάνω απ' το πτώμα μου».

«Συγγνώμη, Γιαν, αυτό δεν είναι διαπραγματεύσιμο. Να χαίρεσαι που επιλέγεις όλους τους υπόλοιπους».

«Δηλαδή ο Φάστε θα είναι ο μικρός ρουφιάνος της ΕΥΠ;»

«Όχι, φυσικά, αλλά πιστεύω ότι όλες οι ομάδες εργασίες νιώθουν καλά όταν έχουν κάποιον που σκέφτεται κάθετα».

«Δηλαδή ενώ όλοι εμείς οι υπόλοιποι έχουμε αποβάλει τις προκαταλήψεις μας, θα ξαναγυρίσουμε πάλι σ' αυτές;»

«Μην αστειεύεσαι».

«Ο Χανς Φάστε είναι ηλίθιος».

«Όχι, Γιαν, πράγματι δεν είναι. Μάλλον είναι...»

«Τι;»

«Μετριοπαθής. Είναι ένα άτομο που δεν αφήνει να τον παρασύρουν τα τελευταία φεμινιστικά ρεύματα».

«Αλλά ούτε και το πρώτο ρεύμα. Αυτός μάλλον πρόσφατα έχει αναγνωρίσει το δικαίωμα ψήφου των γυναικών».

«Τώρα τα παραλές, Γιαν. Ο Χάσε* Φάστε είναι ένας άκρως αξιόλογος και πιστός συνεργάτης, δε θέλω άλλη κουβέντα ως προς αυτό. Έχεις και άλλες απαιτήσεις;»

Να πας να πνιγείς, σκέφτηκε ο Γιαν.

«Θέλω να επισκεφτώ τον γιατρό μου και στο μεταξύ θέλω η Σόνια Μούντιγκ να είναι επικεφαλής της έρευνας».

«Είναι πράγματι συνετό αυτό;»

«Είναι πάρα πολύ συνετό», βρυχήθηκε ο Γιαν.

«Οκέι, οκέι, θα φροντίσω ώστε ο Έρικ Ζέτερλουντ να της παραδώσει τα στοιχεία της υπόθεσης», απάντησε ο Ρίκαρντ Έκστρεμ, στραβώνοντας τα μούτρα του.

Ο Ρίκαρντ Έκστρεμ δεν ήταν καθόλου σίγουρος ότι είχε πράξει σωστά που δέχτηκε να συμμετάσχει σ' αυτήν την υπόθεση.

Η Αλόνα Κασάλες σπάνια δούλευε τις νύχτες. Είχε καταφέρει να μην το κάνει εδώ και πολλά χρόνια και μάλλον δικαίως είχε επικαλεστεί τους ρευματισμούς της, που κατά διαστήματα την ανάγκαζαν να παίρνει δυνατά χάπια κορτιζόνης, εξαιτίας των οποίων το πρόσωπό της είχε πάρει το σχήμα του φεγγαριού. Η πίεσή της ανέβαινε στα ύψη κι αυτή χρειαζόταν τον ύπνο και την ηρεμία της. Όμως ήταν ακόμα στη δουλειά. Η ώρα ήταν περασμένες τρεις και δέκα το πρωί. Είχε οδηγήσει από το σπίτι της στο Λαουρέλ του Μέριλαντ, ακολουθώντας την 175 Ιστ, με ψιλοβρόχι, και είχε αφήσει πίσω της την πινακίδα «NSA, επόμενη δεξιά, μόνο προσωπικό».

Προσπέρασε τα εμπόδια και τον ηλεκτρικό φράχτη, κατευθύνθηκε προς το μαύρο, σε σχήμα κύβου, κεντρικό οικοδόμημα στο Φορτ Μιντ και πάρκαρε στο μεγάλο προεξέχον πάρκινγκ, ακριβώς δίπλα από τον γαλανό θόλο που έμοιαζε με μπαλάκι του γκολφ με τις πάμπολλες παραβολικές αντένες, πέρασε από τις μπάρες ασφαλείας και μετά κατευθύνθηκε προς το γραφείο της στον δω-

---

* Υποκοριστικό του Χανς. (Σ.τ.Μ.)

δέκατο όροφο. Δε συνέβαιναν και πολλά πράγματα αυτήν την ώρα εκεί πάνω.

Όμως την εξέπληξε η ένταση στην ατμόσφαιρα και δεν άργησε πολύ να καταλάβει ότι οφειλόταν στην αίσθηση της ύψιστης σοβαρότητας η οποία επικρατούσε στον εργασιακό χώρο και που τη μετέδιδαν κυρίως ο «Εντ-Νεντ» και οι χάκερ του· παρόλο που γνώριζε τον Εντ πάρα πολύ καλά, δε νοιάστηκε να τον χαιρετήσει.

Ο Εντ έκανε σαν δαιμονισμένος, στεκόταν όρθιος και κατσάδιαζε άγρια έναν νεαρό άντρα, του οποίου το πρόσωπο ακτινοβολούσε μία παγωμένη χλομή λάμψη – ήταν γενικά ένας παράξενος τύπος, κατά τη γνώμη της Αλόνας, ακριβώς όπως και όλοι οι άλλοι νεαροί χάκερ που είχε επιστρατεύσει ο Εντ. Ο νεαρός ήταν αδύνατος, αναιμικός και τα μαλλιά του έμοιαζαν βγαλμένα από την κόλαση. Εκτός αυτού ήταν καμπούρης και είχε ένα τικ στους ώμους. Τιναζόταν σε τακτά διαστήματα, πιθανώς να ήταν πολύ φοβισμένος και η κατάσταση δεν έγινε καλύτερη όταν ο Εντ κλότσησε το ένα πόδι της καρέκλας. Ο νεαρός φαινόταν να περιμένει ένα ξεγυρισμένο χαστούκι. Αλλά τότε συνέβη κάτι απρόσμενο.

Ο Εντ ηρέμησε και ανακάτεψε τα μαλλιά του νεαρού σαν στοργικός πατέρας, πράγμα που δεν του ταίριαζε καθόλου – δεν τον χαρακτήριζαν η τρυφερότητα και οι σαχλαμάρες. Ήταν ένας καουμπόι που δε θα έκανε ποτέ κάτι τόσο αμφισβητήσιμο όπως το να αγκαλιάσει έναν άντρα. Ίσως, όμως, να ήταν τόσο απελπισμένος, που δοκίμαζε ως και λίγη ανθρωπιά. Ο Εντ είχε ξεκουμπώσει το παντελόνι του. Είχε ρίξει στο πουκάμισό του καφέ ή κόκα-κόλα, το πρόσωπό του είχε ένα νοσηρό κατακόκκινο χρώμα και η φωνή του ήταν βαριά και βραχνή σαν να είχε φωνάξει πολύ και η Αλόνα ήταν της άποψης ότι κανένας άνθρωπος στην ηλικία του και τόσο υπέρβαρος δεν έπρεπε να δουλεύει τόσο σκληρά.

Παρά το ότι είχε περάσει μόνο μισή μέρα, όλα εκεί γύρω έδειχναν σαν να είχε περάσει μία εβδομάδα. Παντού υπήρχαν φλιτζάνια από καφέδες, υπολείμματα φαγητού, πεταμένα καπέλα και μπλούζες και από τα σώματά τους αναδυόταν μία ξινή μυρωδιά από τον ιδρώτα και την ένταση. Η ομάδα ασχολιόταν με το να ανα-

ποδογυρίσει όλο τον κόσμο για να βρει τον χάκερ και η Αλόνα τους φώναξε με προσποιητή ζωηράδα:
«Βαράτε τους, παιδιά!»
«Μόνο να ήξερες!»
«Ωραία, ωραία, τσακίστε το καθοίκι!»
Δεν το εννοούσε κιόλας. Στα κρυφά πίστευε ότι εκείνη η εισβολή είχε και λίγη πλάκα. Πολλοί απ' αυτούς νόμιζαν ότι μπορούσαν να κάνουν ό,τι θέλουν, σαν να κάθονταν σε απόρθητο φρούριο, και γι' αυτό ίσως τους έκανε καλό να καταλάβουν ότι και η αντίθετη πλευρά μπορούσε να τους χτυπήσει. «Αυτός που παρακολουθεί τον λαό, στο τέλος παρακολουθείται κι αυτός από τον λαό», θα μπορούσε να είχε γράψει ο χάκερ, και θα είχε πολλή πλάκα, σκέφτηκε, αν και βέβαια αυτό δεν ήταν αλήθεια.

Εδώ στο Ανάκτορο του Παζλ υπήρχε η απόλυτη υπεροχή και η δική τους ανεπάρκεια φαινόταν μόνο όταν προσπαθούσαν να καταλάβουν κάτι πραγματικά σοβαρό, όπως έκανε η ίδια τώρα. Ήταν η Κατρίν Χόπκινς που της τηλεφώνησε και την ξύπνησε για να της πει ότι ο Σουηδός καθηγητής δολοφονήθηκε στο σπίτι του έξω από τη Στοκχόλμη και παρά το ότι αυτό δεν ήταν και τίποτα σπουδαίο για την NSA –τουλάχιστον όχι ακόμα– σήμαινε παρ' όλα αυτά κάτι για την ίδια την Αλόνα.

Η δολοφονία απέδειξε ότι η Αλόνα είχε ερμηνεύσει τα μηνύματα σωστά και τώρα έπρεπε να δει αν μπορούσε να προχωρήσει ένα βήμα πιο μπροστά, οπότε μπήκε στον υπολογιστή της και έβγαλε την εικόνα επισκόπησης της οργάνωσης, όπου ο αμφιλεγόμενος και μυστηριώδης «Θάνος» ήταν στην κορυφή και αποκάτω υπήρχαν ονόματα συγκεκριμένων ατόμων, όπως ο Ιβάν Γκριμπάνοφ, μέλος του ρωσικού Κοινοβουλίου και ο Γερμανός Γκρούμπερ, άνθρωπος με υψηλή πανεπιστημιακή μόρφωση, εμπλεκόμενος στο παρελθόν σε μια μεγάλη ιστορία *τράφικινγκ*.

Τελικά δεν καταλάβαινε γιατί η υπόθεση ήταν χαμηλής προτεραιότητας για τους προϊσταμένους της. Η ίδια πίστευε πως δεν ήταν καθόλου απίθανο εκείνη η οργάνωση να είχε κρατική προστασία ή σχέσεις με τη ρωσική υπηρεσία ασφαλείας και όλο αυτό θα μπορούσε να το θεωρήσει κανείς σαν πόλεμο εμπορίου μεταξύ Ανατολής και Δύσης. Αν και τα στοιχεία ήταν λιγοστά και οι αποδείξεις ασαφείς, υπήρχαν ξεκάθαρες ενδείξεις ότι είχε κλαπεί δυτική τεχνολογία και είχε καταλήξει σε ρωσικά χέρια.

Αλλά ήταν αλήθεια πως όλη αυτή η ιστορία ήταν συγκεχυμένη και δεν ήταν πάντα εύκολο να ξέρει κανείς αν είχε διαπραχθεί παρανομία ή αν παρόμοια τεχνολογία, από καθαρή σύμπτωση, είχε αναπτυχθεί και σε κάποιο άλλο μέρος. Η κλοπή σε θέματα εμπορίου και βιομηχανίας ήταν τώρα πια μία αόριστη έννοια. Γίνονταν κλοπές και δανεισμοί συνέχεια, καμιά φορά ως μέρος της δημιουργικής ανταλλαγής και καμιά φορά επειδή οι παρανομίες είχαν νομική κάλυψη.

Οι μεγάλες επιχειρήσεις ξέσκιζαν κανονικά τις μικρές με τη βοήθεια απειλητικών δικηγόρων και κανένας δεν έβλεπε τίποτα το παράξενο στο γεγονός ότι οι μοναχικοί καινοτόμοι ήταν λίγο πολύ χωρίς την προστασία του νόμου. Εκτός αυτού συχνά η βιομηχανική κατασκοπεία και οι επιθέσεις των χάκερ εκλαμβάνονταν όχι ως τίποτε άλλο παρά ως απόδειξη ευφυΐας, και κανένας δεν ισχυριζόταν ότι αυτοί στο Ανάκτορο του Παζλ είχαν συνεισφέρει σε κάποια ηθική ανάταση όσον αφορά το συγκεκριμένο θέμα.

Από την άλλη... Δεν ήταν το ίδιο εύκολο να μειωθεί η σημασία της δολοφονίας και η Αλόνα αποφάσισε με όλη την επισημότητα να αναποδογυρίσει κάθε κομμάτι του παζλ και να προσπαθήσει να διεισδύσει στην οργάνωση. Δεν πήγε και μακριά. Πρόλαβε μόνο να τεντώσει τα χέρια της και να τρίψει τον σβέρκο της όταν άκουσε βήματα πίσω της.

Ήταν ο Εντ και έδειχνε σαν τρελός, τελείως γερτός και σκεβρωμένος. Μάλλον είχε κι αυτός πρόβλημα στην πλάτη του. Ένιωθε καλύτερα τον σβέρκο της, κοιτάζοντάς τον και μόνο.

«Εντ, σε τι οφείλω την τιμή;»

«Αναρωτιέμαι μήπως έχουμε ένα κοινό πρόβλημα».

«Κάτσε κάτω, μπάρμπα. Πρέπει να καθίσεις».

«Ή να με τεντώσουν στον πάγκο του Προκρούστη. Ξέρεις, από τη δική μου περιορισμένη οπτική γωνία...»

«Μην υποτιμάς τον εαυτό σου τώρα, Εντ».

«Δεν υποτιμώ τον εαυτό μου, ούτε κατά διάνοια. Αλλά όπως ξέρεις, δε με νοιάζει ποιος βρίσκεται ψηλά ή χαμηλά, ούτε ποιος νομίζει το ένα ή το άλλο. Εστιάζω στα δικά μου. Προστατεύω τα συστήματά μας και το μόνο που πραγματικά με εντυπωσιάζει είναι η επαγγελματική επιδεξιότητα».

«Εσύ θα προσλάμβανες και τον ίδιο τον Σατανά, αν ήταν ικανός τεχνικός πληροφορικής».

«Σε κάθε περίπτωση, νιώθω σεβασμό για οποιονδήποτε εχθρό, αν είναι αρκετά επιδέξιος. Μπορείς να το καταλάβεις αυτό;»

«Ναι, μπορώ».

«Αρχίζω να σκέφτομαι ότι είμαστε ίδιοι, αυτός κι εγώ, μόνο που βρεθήκαμε από καθαρή σύμπτωση στις αντίθετες πλευρές. Όπως σίγουρα έχεις ακούσει, ένα RAT εισέβαλε στον σέρβερ μας κι από κει στο εσωτερικό δίκτυο κι αυτό το πρόγραμμα, Αλόνα...»

«Ναι;»

«Είναι σαν κομμάτι μουσικής. Τόσο μεστό και καλογραμμένο».

«Συνάντησες, λοιπόν, έναν αξιόμαχο εχθρό».

«Χωρίς αμφιβολία. Και το ίδιο ισχύει και για τους δικούς μου εκεί πέρα. Το παίζουν οργισμένοι και πατριώτες ή ό,τι διάβολο το παίζουν. Αλλά στην πραγματικότητα θέλουν πάνω απ' όλα να συναντήσουν τον χάκερ και να παλέψουν μαζί του· κάποια στιγμή σκέφτηκα: *Οκεί, ωραία, ξεπεράστε το. Η ζημιά ίσως δεν είναι και τόσο μεγάλη. Είναι μόνο ένας ευφυής χάκερ που θέλει να το παίξει μεγάλος και ίσως να βγει και κάτι καλό απ' αυτό. Έχουμε ήδη μάθει πάρα πολλά πράγματα για τις αδυναμίες μας κυνηγώντας αυτόν τον τύπο. Αλλά μετά...*»

«Ναι;»

«Μετά άρχισα να σκέφτομαι μήπως την πάτησα και σ' αυτό το σημείο – μήπως όλη αυτή η επίδειξη με τον σέρβερ των μέιλ δεν ήταν παρά ένα προπέτασμα, μία πρόσοψη για να κρύψει κάτι άλλο».

«Όπως, ας πούμε;»

«Όπως το να μάθει μερικά άλλα πράγματα».

«Μου κινείς την περιέργεια τώρα».

«Και έτσι πρέπει. Έχουμε βρει τι ακριβώς έψαχνε ο χάκερ και όλα σε γενικές γραμμές αφορούν τα ίδια πράγμα, δηλαδή το δίκτυο με το οποίο ασχολείσαι εσύ, Αλόνα. Οι τύποι του δικτύου δεν αυτοαποκαλούνται "Σπάιντερς";»

«"Ομάδα των Σπάιντερς". Αλλά μάλλον περισσότερο γι' αστείο».

«Ο χάκερ έψαχνε πληροφορίες γι' αυτούς και τη συνεργασία τους με τη "Σολιφόν", οπότε σκέφτηκα ότι ίσως κι αυτός να ανήκε στο δίκτυο και να ήθελε να δει τι γνωρίζουμε εμείς γι' αυτούς». «Δεν ακούγεται παράλογο. Είναι ξεκάθαρο ότι έχουν ικανούς χάκερ».

«Αλλά μετά άρχισα να αμφιβάλλω πάλι».

«Γιατί;»

«Επειδή φαίνεται ότι ο χάκερ ήθελε να μας δείξει κάτι. Ξέρεις, κατάφερε να αποκτήσει το ύψιστο στάτους και μπορούσε να διαβάσει ντοκουμέντα που ούτε κι εσύ δεν έχεις δει, στοιχεία υψίστης ασφαλείας, αν και το αρχείο που αντέγραψε και κατέβασε στον υπολογιστή του είναι έτσι κρυπτογραφημένο, που ούτε αυτός αλλά ούτε κι εμείς έχουμε την παραμικρή πιθανότητα να το διαβάσουμε, αν αυτός ο κόπανος που το έγραψε δε μας δώσει τα κλειδιά αποκρυπτογράφησης, όμως... Ο χάκερ αποκάλυψε διά μέσου του συστήματός μας ότι κι εμείς έχουμε δουλέψει με τον ίδιο τρόπο όπως οι "Σπάιντερς". Το ήξερες αυτό;»

«Όχι, διάβολε, όχι».

«Το υποψιαζόμουν. Αλλά τα πράγματα είναι χειρότερα απ' ό,τι φαίνονται γιατί κι εμείς έχουμε κόσμο στην ομάδα του Έκερβαλντ. Τις υπηρεσίες που παρέχει η "Σολιφόν" στους "Σπάιντερς" τις παρέχει και σ' εμάς. Η εταιρεία είναι ένα μέρος της βιομηχανικής κατασκοπείας μας και είναι σίγουρα γι' αυτό που η υπόθεσή σου θεωρείται χαμηλής προτεραιότητας. Φοβούνται ότι οι έρευνές σου θα πετάξουν λάσπη και πάνω μας».

«Τελείως ηλίθιοι».

«Θα μπορούσε κανείς να συμφωνήσει μαζί σου· πάντως δεν αποκλείεται καθόλου να σε απομακρύνουν τώρα τελείως από την υπόθεση».

«Θα τρελαθώ αν συμβεί αυτό».

«Ήρεμα, ήρεμα, υπάρχει κι άλλος τρόπος· γι' αυτό έσυρα ως εδώ, στο γραφείο σου, το ταλαιπωρημένο μου κορμί. Μπορείς ν' αρχίσεις να δουλεύεις για μένα».

«Πώς το εννοείς αυτό;»

«Αυτός ο καταραμένος χάκερ ξέρει πράγματα για τους "Σπάιντερς" και αν καταφέρουμε να βρούμε την ταυτότητά του θα κάνουμε μία εντυπωσιακή ανακάλυψη κι οι δυο μας και τότε θα έχεις την ευκαιρία να πεις όποιες αλήθειες θέλεις».

«Καταλαβαίνω πού το πας».

«Να το πάρω σαν ναι;»

«Ούτε ναι ούτε όχι. Πάντως σκοπεύω να συνεχίσω την έρευνα για να μάθω ποιος σκότωσε τον Φρανς Μπάλντερ».

«Αλλά θα πληροφορείς εμένα;»

«Οκέι».

«Καλώς».

«Αλλά, πού 'σαι», συνέχισε εκείνη, «αν ο χάκερ είναι τόσο καλός, δεν του έκοψε να εξαφανίσει τα ίχνη του;»

«Ως προς αυτό μείνε ήσυχη. Δεν έχει σημασία πόσο πονηρός είναι. Θα τον βρούμε οπωσδήποτε και θα τον γδάρουμε ζωντανό».

«Και τι γίνεται με τον σεβασμό σου για τον αντίπαλο;»

«Αυτός υφίσταται, καλή μου. Αλλά όπως και να 'ναι, θα τον διαλύσουμε και θα τον χώσουμε μέσα ισόβια. Κανένας κόπανος δεν εισβάλλει έτσι στο σύστημά μου».

ΚΕΦΑΛΑΙΟ 13
21 ΝΟΕΜΒΡΙΟΥ

Ο Μίκαελ Μπλούμκβιστ δεν κατάφερε ούτε και τώρα να κοιμηθεί πολύ. Τα γεγονότα της νύχτας τον στοίχειωναν, οπότε στις έντεκα και τέταρτο το πρωί ανακάθισε στο κρεβάτι του και μετά παράτησε την προσπάθεια. Πήγε στην κουζίνα, έφτιαξε δύο σάντουιτς με τυρί και προσούτο και γέμισε ένα πιάτο με γιαούρτι και νιφάδες δημητριακών. Αλλά δεν είχε όρεξη. Το έριξε στον καφέ, στο νερό και στα χάπια για τον πονοκέφαλο. Ήπιε πέντε, έξι ποτήρια μεταλλικό νερό, πήρε δύο ασπιρίνες και βρήκε ένα μπλοκ για να συνοψίσει αυτά που είχαν συμβεί. Δεν πήγε και πολύ μακριά. Άνοιξαν οι πύλες της κόλασης. Άρχισαν να χτυπούν τα τηλέφωνα και δεν του πήρε πολλή ώρα για να καταλάβει τι είχε συμβεί.

Η είδηση είχε προξενήσει έκρηξη και τα νέα έλεγαν πως «ο δημοσιογράφος Μίκαελ Μπλούμκβιστ και ο ηθοποιός Λάσε Βέστμαν» ήταν παρόντες σε ένα «μυστηριώδες» φονικό δράμα – μυστηριώδες, αφού κανένας δεν μπορούσε να φανταστεί γιατί ο Βέστμαν και ο Μπλούμκβιστ, μαζί ή ο καθένας μόνος του, ήταν στο μέρος όπου ένας καθηγητής πυροβολήθηκε με δύο σφαίρες στο κεφάλι. Οι ερωτήσεις άφηναν υπαινιγμούς και σίγουρα ήταν γι' αυτό που ο Μίκαελ είπε ανοιχτά γιατί είχε πάει εκεί παρά την προχωρημένη ώρα: επειδή πίστευε ότι ο Μπάλντερ είχε κάτι σημαντικό να του πει.

«Ήμουν εκεί, στο πλαίσιο της άσκησης του επαγγέλματός μου», είπε.

Περιττή και άσκοπη απολογία. Αλλά ένιωθε σαν κατηγορούμενος και ήθελε να εξηγηθεί, αν και αυτό άφηνε πεδίο και σ' άλλους δημοσιογράφους να σκαλίζουν το ίδιο θέμα. Κατά τ' άλλα είχε δηλώσει «κανένα σχόλιο», αλλά ούτε κι αυτό ήταν καμιά ιδανική ατάκα. Οι απαντήσεις του είχαν τουλάχιστον ένα καλό, ήταν ντόμπρες και ξεκάθαρες. Μετά απενεργοποίησε το τηλέφωνο, έβαλε πάλι την παλιά χειμωνιάτικη γούνα του πατέρα του και έφυγε από το σπίτι του με κατεύθυνση προς την οδό Γετγκάταν.

Η δραστηριότητα στη σύνταξη του θύμισε τις παλιές καλές μέρες. Παντού, σε κάθε γωνιά, κάθονταν οι συνάδελφοι και δούλευαν συγκεντρωμένοι. Η Έρικα είχε σίγουρα βγάλει κάνα-δυο πύρινους λόγους και αναμφίβολα όλοι ένιωθαν τη σοβαρότητα της στιγμής. Δεν ήταν μόνο οι δέκα μέρες για την καταληκτική ημερομηνία. Από πάνω τους αιωρείτο η απειλή του Λεβίν και του «Σέρνερ» και όλη η ομάδα ήταν έτοιμη να παλέψει. Μόλις μπήκε μέσα, όμως, όλοι πετάχτηκαν από τη θέση τους και ήθελαν ν' ακούσουν για τον Μπάλντερ, την περασμένη νύχτα και την αντίδρασή του για την κίνηση των Νορβηγών. Ο Μίκαελ δεν ήθελε να τους απογοητεύσει.

«Αργότερα, αργότερα», είπε μόνο και πήγε προς τον Αντρέι Ζάντερ.

Ο Αντρέι Ζάντερ ήταν είκοσι έξι χρονών, ο νεότερος συνεργάτης στη σύνταξη. Είχε κάνει την πρακτική του στο περιοδικό και μετά παρέμεινε εκεί, δουλεύοντας είτε ως αναπληρωτής κάποιου, όπως τώρα, είτε ως εξωτερικός συνεργάτης. Ο Μίκαελ λυπόταν που δεν μπορούσαν να του προσφέρουν μόνιμη θέση, ιδιαίτερα από τότε που προσέλαβαν τον Έμιλ Γκραντέν και τη Σοφί Μέλκερ. Με λίγα λόγια, ο Μίκαελ θα ήθελε να είχε κοντά του τον Αντρέι, αλλά αυτός δεν είχε γίνει γνωστό όνομα ακόμα και ίσως δεν έγραφε και τόσο καλά όσο οι άλλοι.

Ήταν, όμως, ένας φανταστικός παίκτης για την ομάδα, πράγμα βέβαια πολύ καλό για το περιοδικό, αλλά όχι απαραίτητα και για τον ίδιο. Όχι σε αυτό το άγριο επαγγελματικό πεδίο. Ο Αντρέι δεν ήταν αρκετά φιλάρεσκος, αν και είχε κάθε λόγο να είναι. Έμοιαζε σαν ένας νέος Αντόνιο Μπαντέρας και κατανοούσε γρηγορότερα από τους περισσότερους αυτά που άκουγε. Αλλά δεν έκανε ό,τι να 'ναι για ν' ανοίξει δρόμο. Ήθελε απλώς να συμμετέχει, να κάνει καλή δημοσιογραφία και αγαπούσε το *Μιλένιουμ* - ο Μίκαελ ένιωσε ξαφνικά ότι αγαπούσε όλους αυτούς που αγαπούσαν το *Μιλένιουμ*. Θα ερχόταν μια μέρα που θα έκανε κάτι καλό για τον Αντρέι Ζάντερ.

«Γεια χαρά, Αντρέι», του είπε. «Πώς είσαι;»

«Καλά. Πολυάσχολος».

«Δεν περίμενα και τίποτε άλλο. Τι έχεις βρει;»

«Αρκετά. Είναι πάνω στο γραφείο σου και έχω γράψει μία σύνοψη. Μπορώ να σου δώσω μία συμβουλή;»

«Μία καλή συμβουλή είναι ό,τι ακριβώς μου χρειάζεται».

«Φύγε κατευθείαν από δω και πήγαινε στο Ζινκενσντάμ να συναντήσεις τη Φαράχ Σαρίφ».

«Ποια;»

«Μία αρκετά όμορφη καθηγήτρια πληροφορικής που μένει εκεί και έχει πάρει άδεια όλη τη μέρα».

«Εννοείς ότι αυτό που πραγματικά χρειάζομαι τώρα είναι μία όμορφη και ευφυής γυναίκα;»

«Όχι ακριβώς, αλλά η καθηγήτρια Φαράχ Σαρίφ τηλεφώνησε πριν από λίγο· έχει καταλάβει ότι ο Φρανς Μπάλντερ ήθελε να σου πει κάτι. Νομίζει ότι ξέρει τι αφορούσε και θέλει πολύ να μιλήσει μαζί σου. Ίσως ακόμα και να πραγματοποιήσει εκείνη το θέλημά του. Νομίζω ότι ακούγεται σαν ιδανική εκκίνηση».

«Την έχεις ελέγξει;»

«Εννοείται και φυσικά δεν μπορούμε να αποκλείσουμε ότι έχει τη δική της ατζέντα. Αλλά ήταν πολύ κοντά στον Μπάλντερ. Σπούδαζαν μαζί και έχουν συνεργαστεί σε μερικά επιστημονικά άρθρα. Υπάρχουν και δυο-τρεις φωτογραφίες τους από κάποιες συνάξεις. Είναι μεγάλο όνομα στον τομέα της».

«Οκέι, έφυγα. Την ειδοποιείς ότι είμαι καθ' οδόν;»

«Βεβαίως», είπε ο Αντρέι, έδωσε στον Μίκαελ τη διεύθυνσή της και τα πράγματα έγιναν όπως και την προηγούμενη μέρα.

Ο Μίκαελ έφυγε από τη σύνταξη πριν σχεδόν προλάβει να πάει και καθώς προχωρούσε προς την οδό Χουρνσγκάταν, διάβαζε το υλικό που του είχε δώσει ο Αντρέι. Δυο-τρεις φορές έπεσε πάνω σε κόσμο. Αλλά ήταν τόσο απορροφημένος, που δε ζήτησε καν συγγνώμη και δεν ήταν παράξενο που δεν πήγε κατευθείαν στη Φαράχ Σαρίφ. Σταμάτησε στο «Καφέ Μπαρ Μέλκβιστ» και ήπιε στα όρθια δύο διπλούς εσπρέσο – όχι μόνο για να απομακρύνει την κούραση από το σώμα του.

Νόμιζε ότι ένα σοκ από την καφεΐνη θα μπορούσε να βοηθήσει στον πονοκέφαλο. Αλλά μετά αναρωτιόταν αν το φάρμακο που είχε διαλέξει ήταν καλό. Όταν έφυγε από το καφέ βρισκόταν σε χειρότερη κατάσταση απ' ό,τι όταν πήγε εκεί, αν και αυτό δεν οφειλόταν βέβαια στους εσπρέσο. Ήταν όλοι οι ηλίθιοι που είχαν διαβάσει για το νυχτερινό δράμα και τώρα πετούσαν ένα σωρό ηλίθιες ατάκες. Λέγεται ότι οι νέοι άνθρωποι δε θέλουν τίποτα πιο πολύ από το να γίνουν διάσημοι. Θα έπρεπε κάποιος να τους εξηγήσει πως αυτό δεν ήταν κάτι που θα έπρεπε να επιδιώκουν. Μπορεί να σε τρελάνει, ιδιαίτερα αν δεν έχεις κοιμηθεί και έχεις δει πράγματα που κανένας άνθρωπος δεν πρέπει να βλέπει.

Ο Μίκαελ Μπλούμκβιστ συνέχισε στη Χουρνσγκάταν, προσπέρασε το «ΜακΝτόναλντς» και το σουπερμάρκετ «Κουπ», πέρασε απέναντι στην οδό Ρινγβέγκεν, έριξε μια ματιά στα δεξιά του και τότε πάγωσε, σαν να είχε δει κάτι πολύ σημαντικό. Αλλά τι το σημαντικό υπήρχε εκεί; Τίποτα! Ήταν μία απελπιστικά επιβαρυμένη από δυστυχήματα διασταύρωση, με πάρα πολλά καυσαέρια, τίποτε άλλο. Μετά κατάλαβε.

Ήταν το φανάρι· το φανάρι που είχε ζωγραφίσει με μαθηματική οξύνοια ο Φρανς Μπάλντερ και για δεύτερη φορά ο Μίκαελ αναρωτιόταν προς τι. Ούτε καν ως διάβαση πεζών δεν ήταν ιδιαίτερα αξιοπρόσεκτη, ήταν φθαρμένη και απλή. Από την άλλη, ίσως να ήταν αυτό το ζητούμενο.

Δεν ήταν το θέμα. Ήταν αυτό που έβλεπε κανείς σ' αυτό. Το έργο τέχνης υπάρχει στα μάτια του παρατηρητή και το θέμα μπορεί να είναι πολύ απλό. Το συγκεκριμένο φανέρωνε απλώς ότι ο Φρανς Μπάλντερ είχε έρθει εδώ και ίσως είχε καθίσει σε μία καρέκλα και μελετούσε το φανάρι. Ο Μίκαελ προσπέρασε το γήπεδο του Ζινκενσντάμ και έστριψε προς τα κάτω στην οδό Ζινκενσβέγκ.

Η υπαστυνόμος Σόνια Μούντιγκ είχε δουλέψει εντατικά τις πρωινές ώρες. Τώρα καθόταν στο γραφείο της και προς στιγμήν κοίταζε μία κορνιζαρισμένη φωτογραφία πάνω στο τραπέζι. Στη φωτογραφία ήταν ο εξάχρονος γιος της Άξελ, που πανηγύριζε μετά από ένα γκολ σε ματς ποδοσφαίρου. Η Σόνια ήταν μόνη με το αγόρι και αντιμετώπιζε μία μικρή κόλαση για να τα καταφέρει. Υπολόγιζε αρκετά ψυχρά ότι η κόλαση που περνούσε τώρα θα συνεχιζόταν και το επόμενο χρονικό διάστημα. Ακούστηκε ένα χτύπημα στην πόρτα της. Ήταν ο Μπουμπλάνσκι, που θα αναλάμβανε την ευθύνη της υπόθεσης. Όχι ότι ο «Μπούμπλα» έδειχνε πως ήθελε να αναλάβει κάτι.

Ήταν ασυνήθιστα καλοντυμένος, με σακάκι, γραβάτα και φρεσκοσιδερωμένο μπλε πουκάμισο· τα μαλλιά του χτενισμένα πάνω στη φαλάκρα· η ματιά του ονειροπόλα και απόκοσμη. Φαινόταν να σκέφτεται οτιδήποτε άλλο εκτός από την υπόθεση.

«Τι είπε ο γιατρός;» τον ρώτησε εκείνη.

«Ο γιατρός είπε πως το σημαντικό δεν είναι να πιστεύουμε στον Θεό. Ο Θεός δεν είναι μικροπρεπής. Το σημαντικό είναι να καταλάβουμε ότι η ζωή είναι κάτι σοβαρό και πλούσιο, να την εκτιμήσουμε και να προσπαθήσουμε να κάνουμε καλύτερο τον κόσμο. Αυτός που βρίσκει ισορροπία σ' όλα αυτά, βρίσκεται κοντά στον Θεό».

«Στην πραγματικότητα είχες πάει στον ραβίνο σου, έτσι;»
«Ναι».

«Οκέι, Γιαν, δεν ξέρω τι μπορώ να κάνω για να σου δείξω ότι εκτιμώ τη ζωή. Μόνο να σε κεράσω ένα κομμάτι ελβετικής σοκολάτας με πορτοκάλι, που συμπτωματικά έχω στο συρτάρι του γραφείου μου. Αλλά αν συλλάβουμε αυτόν που σκότωσε τον Φρανς Μπάλντερ, σίγουρα θα κάνουμε καλύτερο τον κόσμο».

«Ελβετική σοκολάτα με πορτοκάλι και μία ανεξιχνίαστη δολοφονία – ακούγονται καλά για αρχή».

Η Σόνια έβγαλε τη σοκολάτα, έκοψε ένα κομμάτι και το έδωσε στον Μπουμπλάνσκι, που το μάσησε με κάποια μικρή ευλάβεια.

«Εξαιρετικό», είπε αυτός.
«Ναι, δεν είναι;»

«Σκέψου αν η ζωή μπορούσε να ήταν έτσι πότε πότε», είπε μετά και έδειξε τη φωτογραφία με τον Άξελ που πανηγύριζε.

«Τι εννοείς;»

«Αν η ευτυχία έκανε την παρουσία της με την ίδια δύναμη όπως ο πόνος», συνέχισε αυτός.

«Ναι, για φαντάσου».

«Πώς είναι ο γιος του Μπάλντερ;» ρώτησε έπειτα. «Άουγκουστ δεν τον λένε;»

«Δύσκολο να πει κανείς», αποκρίθηκε εκείνη. «Είναι στη μητέρα του τώρα. Τον εξέτασε ένας ψυχολόγος».

«Κι εμείς τι στοιχεία έχουμε;»

«Όχι πολλά ακόμα, δυστυχώς. Έχουμε τα στοιχεία του όπλου. Ένα Ρέμινγκτον 1911 R1 Κάρι, ενδεχομένως πρόσφατα αγορασμένο. Συνεχίζουμε την έρευνα, αλλά πιστεύω ότι δε θα μπορέσουμε να το εντοπίσουμε. Έχουμε τις εικόνες από την κάμερα και τις αναλύουμε. Αλλά όπως και να τις κοιτάζουμε, δε βλέπουμε το πρόσωπο του άντρα, ούτε και κάποια ιδιαίτερα χαρακτηριστικά, καθόλου εκ γενετής σημάδια, τίποτα, μόνο ένα ρολόι που φαίνεται ακριβό. Το καπέλο του είναι γκρίζο, χωρίς κάποιο σήμα ή στολίδι. Ο Γέρκερ λέει ότι περπατούσε σαν παλιός ναρκομανής. Σε κάποια από τις εικόνες φαίνεται να κρατάει ένα μικρό μαύρο κουτί, πιθανώς κάποιας μορφής υπολογιστή ή σταθμό GPS. Ενδεχομένως να χάκαρε το σύστημα συναγερμού μ' αυτό».

«Το άκουσα αυτό. Πώς χακάρει κανείς έναν συναγερμό;»

«Ο Γέρκερ το έψαξε και δεν είναι εύκολο, ιδιαίτερα όχι για έναν συναγερμό αυτού του επιπέδου, αλλά γίνεται. Το σύστημα ήταν συνδεδεμένο στο δίκτυο και έστελνε συνεχώς πληροφορίες στη "Μίλτον Σεκιούριτι" στο Σλούσεν. Δεν αποκλείεται ο τύπος με το μαύρο κουτί να κατέγραψε κάποια συχνότητα στον υπολογιστή του από τον συναγερμό και να κατάφερε να τον χακάρει μ' αυτόν τον τρόπο. Ή είχε συναντήσει τον Μπάλντερ σε κάποιο περίπατο και είχε υποκλέψει πληροφορίες ηλεκτρονικά από το NFC του καθηγητή».

«Από τι;»

«Το Near Field Communication, μία λειτουργία στο κινητό του

Φρανς Μπάλντερ, με την οποία ενεργοποιούσε το σύστημα συναγερμού».

«Ήταν πιο εύκολα τα πράγματα παλιότερα, τότε που οι κακοποιοί χρησιμοποιούσαν λοστό», είπε ο Μπουμπλάνσκι. «Δεν υπήρχαν αυτοκίνητα στην περιοχή;»

«Ένα σκούρο όχημα ήταν παρκαρισμένο καμιά εκατοστή μέτρα πιο πέρα στην άκρη του δρόμου και είχε πότε πότε σε λειτουργία τη μηχανή του, αλλά ο μόνος που είδε το αυτοκίνητο είναι μία γηραιά κυρία, που λέγεται Μπιργκίτα Ρους, και δεν έχει την παραμικρή ιδέα τι μάρκα μπορεί να ήταν. Ίσως Βόλβο, όπως λέει. Ή ένα σαν κι αυτό που έχει ο γιος της. Ο γιος έχει μία BMW».

«Ουφ», είπε αυτός.

«Ναι, είναι αρκετά θλιβερή η κατάσταση όσον αφορά τους μάρτυρες», συνέχισε η Σόνια Μούντιγκ. «Οι δράστες επωφελήθηκαν από τη νύχτα και τη θύελλα. Μπορούσαν να κινηθούν ανενόχλητοι στην περιοχή και πέρα από τη μαρτυρία του Μίκαελ Μπλούμκβιστ, έχουμε άλλη μία μόνο. Είναι ένας δεκατριάχρονος, Ιβάν Γκρέντε λέγεται. Ένας περίεργος έφηβος, που στα παιδικά του χρόνια είχε λευχαιμία και που έχει επιπλώσει το δωμάτιο του σε γιαπωνέζικο στιλ. Μιλάει σαν μικρομέγαλος. Ο Ιβάν πήγε στην τουαλέτα στη διάρκεια της νύχτας και από το παράθυρο του μπάνιου είδε έναν μεγαλόσωμο άντρα εκεί κάτω στο νερό. Ο άντρας κοιτούσε προς το νερό και έκανε τον σταυρό του. Οι κινήσεις του φανέρωναν συγχρόνως επιθετικότητα και θρησκευτική ευλάβεια, είπε ο Ιβάν».

«Καθόλου καλός συνδυασμός».

«Όχι, θρησκεία και βία μαζί δεν προμηνύουν τίποτα το καλό, αλλά ο Ιβάν δεν ήταν σίγουρος ότι έκανε τον σταυρό του. Φαινόταν σαν σταυρός αλλά με μία προσθήκη, λέει αυτός. Ή ίσως σαν στρατιωτικός όρκος. Ο Ιβάν φοβήθηκε προς στιγμήν ότι ο άντρας θα έμπαινε στο νερό για να αυτοκτονήσει. Υπήρχε κάτι το επίσημο σε όλο αυτό, είπε, και συγχρόνως κάτι το βίαιο».

«Αλλά δεν είχαμε καμία αυτοκτονία».

«Όχι. Ο άντρας συνέχισε τρέχοντας προς το σπίτι του Μπάλντερ. Είχε στην πλάτη του ένα σακίδιο και φορούσε σκούρα ρούχα - πιθανώς στρατιωτικό παντελόνι. Ήταν μεγαλόσωμος, καλογυμνασμένος και του Ιβάν του θύμισε τα παλιά του παιχνίδια, τους Νίντζα».

«Ούτε κι αυτό είναι καλό».

«Καθόλου καλό και πιθανώς ήταν ο ίδιος άντρας που πυροβόλησε τον Μίκαελ Μπλούμκβιστ».

«Και ο Μπλούμκβιστ δεν είδε το πρόσωπό του;»

«Όχι, αυτός έπεσε κάτω μόλις ο άντρας στράφηκε και πυροβόλησε. Εκτός αυτού όλα έγιναν πολύ γρήγορα. Αλλά σύμφωνα με τον Μπλούμκβιστ ο άντρας είχε στρατιωτική εκπαίδευση, πράγμα που συμφωνεί με τις παρατηρήσεις του Ιβάν Γκρέντε κι εγώ δεν έχω παρά να συμφωνήσω μαζί τους. Η ταχύτητα και η αποτελεσματικότητα της επιχείρησης δείχνουν προς την ίδια κατεύθυνση».

«Έχουμε καταλάβει γιατί βρισκόταν εκεί ο Μπλούμκβιστ;»

«Ο, ναι. Αν είναι κάτι που διενεργήθηκε σωστά τη νύχτα είναι η ανάκρισή του. Δες εδώ». Η Σόνια του έδωσε ένα κείμενο. «Ο Μπλούμκβιστ είχε έρθει σε επαφή με έναν από τους παλιούς βοηθούς του Μπάλντερ, που ισχυρίζεται ότι ο καθηγητής είχε υπάρξει θύμα εισβολής και του είχαν κλέψει την τεχνολογία του κι αυτό το θέμα κίνησε το ενδιαφέρον του Μπλούμκβιστ. Έτσι θέλησε να έρθει σ' επαφή με τον Μπάλντερ. Αλλά ο Μπάλντερ δεν απάντησε. Δεν το συνήθιζε. Το τελευταίο διάστημα ζούσε απομονωμένος και δεν είχε σχεδόν καμία επαφή με τον υπόλοιπο κόσμο. Όλες τις αγορές και τις δουλειές τις έκανε η οικονόμος του, που λέγεται... περίμενε τώρα, Λότι Ρασκ - η κυρία Ρασκ, που είχε αυστηρές οδηγίες να μην πει πουθενά πως ο γιος του ήταν στο σπίτι. Θα επανέλθω σ' αυτό σύντομα. Αλλά τη νύχτα συνέβη κάτι. Μαντεύω ότι ο Μπάλντερ ήταν ανήσυχος και ήθελε να βγάλει από μέσα του κάτι που τον πίεζε. Μην ξεχνάς ότι μόλις πρόσφατα είχε μάθει πως υπήρχαν απειλές εναντίον του. Εκτός αυτού είχε εγκαταστήσει συναγερμό και δύο αστυνομικοί φρουρούσαν το σπίτι. Ίσως να υποψιαζόταν ότι οι μέρες του ήταν μετρημένες. Δεν ξέρω. Μέσα στη νύχτα τηλεφώνησε στον Μίκαελ Μπλούμκβιστ και κάτι ήθελε να του πει».

«Παλιότερα, σε τέτοιες περιπτώσεις, καλούσε κανείς τον παπά».

«Προφανώς τώρα τηλεφωνεί σε δημοσιογράφο. Λοιπόν, όλα αυτά είναι απλώς υποθέσεις. Ξέρουμε μόνο τι είπε ο Μπάλντερ στον τηλεφωνητή του Μπλούμκβιστ. Ούτε κι ο Μπλούμκβιστ ξέρει τίποτε άλλο, απ' ό,τι λέει, και τον πιστεύω. Αλλά φαίνεται πως μόνο εγώ το πιστεύω αυτό. Ο Ρίκαρντ Έκστρεμ, που είναι αρκετά γκρινιάρης τύπος, είναι πεπεισμένος ότι ο Μπλούμκβιστ κρύβει πράγματα που σκέφτεται να δημοσιεύσει στο περιοδικό του. Αλλά δυσκολεύομαι πολύ να το πιστέψω αυτό. Ο Μπλούμκβιστ είναι ένας πονηρός κόπανος, αυτό το ξέρουν όλοι. Αλλά δεν είναι στο στιλ του να σαμποτάρει συνειδητά έρευνα της αστυνομίας».

«Πράγματι».

«Ο Έκστρεμ, όμως, κάνει σαν ηλίθιος και λέει ότι ο Μπλούμκβιστ πρέπει να συλληφθεί για ψευδορκία, αντίσταση κατά της αρχής κι ένας Θεός ξέρει τι άλλο. "Ξέρει περισσότερα", ουρλιάζει. Νιώθω ότι θα κάνει κάτι».

«Αυτό δε θα οδηγήσει σε τίποτα καλό».

«Όχι, και με δεδομένη την οξυδέρκεια του Μπλούμκβιστ, νομίζω ότι το καλύτερο για μας είναι να παραμείνουμε φίλοι μαζί του».

«Υποθέτω ότι θα πρέπει να τον ανακρίνουμε πάλι».

«Συμφωνώ».

«Και το άλλο με τον Λάσε Βέστμαν;»

«Μόλις τον ανακρίναμε και δεν μπορείς να πεις ότι βγάλαμε και πολλά. Ο Βέστμαν είχε πάει στα εστιατόρια "ΚΒ", "Τέτεργκριλεν", "Όπεραμπαρεν" και "Ρις" κι ο Θεός ξέρει που αλλού· γκάριζε και μιλούσε για τον Μπάλντερ και το αγόρι συνεχώς. Οι φίλοι του τρελάθηκαν να τον ακούνε και όσο πιο πολύ έπινε ο Βέστμαν και εξανεμίζονταν τα λεφτά του, τόσο πιο επίμονος γινόταν».

«Γιατί ήταν τόσο σημαντικό γι' αυτόν;»

«Εν μέρει ήταν φυσικά ένα κόλλημα, κάτι που παθαίνουν οι αλκοολικοί. Το αναγνωρίζω από τον γέρο θείο μου. Κάθε φορά που γινόταν λιώμα, κάτι του κόλλαγε στο κεφάλι. Αλλά φυσικά εδώ δεν ήταν μόνο αυτό· στην αρχή ο Βέστμαν μιλούσε για τη δικαστική απόφαση κηδεμονίας του παιδιού και αν ο τύπος ήταν κάποιος άλλος, κάποιος με κατανόηση, θα μπορούσαν ίσως να εξηγηθούν μερικά πράγματα. Τότε θα μπορούσε κανείς να πιστέψει ότι ήθε-

λε το καλό του παιδιού. Αλλά τώρα... το ξέρεις, βέβαια, ότι ο Λάσε Βέστμαν έχει καταδικαστεί για κακοποίηση».
«Δεν το ήξερα».
«Πριν από μερικά χρόνια ήταν ζευγάρι μ' εκείνη που έχει το μπλογκ για τη μόδα, τη Ρενάτα Καπουσίνσκι. Την έκανε ασήκωτη στο ξύλο. Νομίζω ότι της είχε δαγκώσει και το μάγουλο».
«Άσχημα πράγματα».
«Εκτός αυτού...»
«Ναι;»
«Ο Μπάλντερ είχε γράψει ένα σωρό καταγγελίες που δεν τις είχε ταχυδρομήσει, ίσως εξαιτίας της δικαστικής απόφασης· εκεί πάντως φαίνεται ξεκάθαρα πως υποψιαζόταν ότι ο Λάσε Βέστμαν κακοποιούσε και το παιδί».
«Τι λες;»
«Ο Μπάλντερ είχε δει ύποπτες μελανιές στο σώμα του αγοριού και σ' αυτό το σημείο τον δικαιώνει ένας ψυχολόγος του Κέντρου Αυτιστικών. Έτσι...»
«...δεν ήταν η αγάπη και το ενδιαφέρον που οδήγησαν τον Λάσε Βέστμαν στο Σαλτσεμπάντεν».
«Όχι, ήταν τα λεφτά. Αφότου ο Μπάλντερ είχε πάρει τον γιο του, είχε σταματήσει ή τουλάχιστον μειώσει τη διατροφή που ήταν αναγκασμένος να πληρώνει».
«Δεν είχε προσπαθήσει ο Βέστμαν να τον καταγγείλει γι' αυτό;»
«Με το σκεπτικό των συνθηκών που επικρατούσαν, δεν τολμούσε βέβαια».
«Τι παραπάνω στοιχεία υπάρχουν στη δικαστική απόφαση κηδεμονίας;» ρώτησε ο Μπουμπλάνσκι.
«Ότι ο Μπάλντερ ήταν ένας απελπιστικά κακός πατέρας».
«Ήταν;»
«Όπως και να 'χει, δεν ήταν κακός άνθρωπος σαν τον Βέστμαν. Αλλά είχε συμβεί ένα περιστατικό. Μετά το διαζύγιο, ο Μπάλντερ έπαιρνε τον γιο του κάθε δεύτερο Σαββατοκύριακο και εκείνη την εποχή έμενε σ' ένα διαμέρισμα στο Εστερμάλμ, με βιβλία από το πάτωμα ως το ταβάνι. Ένα από κείνα τα Σαββατοκύριακα, όταν ο Άουγκουστ ήταν έξι χρονών, ο μικρός καθόταν στο σαλόνι ενώ

ο Μπάλντερ ως συνήθως ήταν χαμένος στον υπολογιστή του, στο διπλανό δωμάτιο. Δεν ξέρουμε τι ακριβώς συνέβη. Αλλά υπήρχε μία μικρή σκάλα που ήταν ακουμπισμένη σε κάποια από τις βιβλιοθήκες. Ο Άουγκουστ ανέβηκε στη σκάλα και πιθανώς πήρε μερικά βιβλία από το ψηλότερο ράφι κάτω από το ταβάνι, έπεσε, έσπασε τον αγκώνα του και λιποθύμησε. Αλλά ο Φρανς δεν άκουσε τίποτα. Συνέχισε να δουλεύει και μετά από ώρες ανακάλυψε ότι ο Άουγκουστ κλαψούριζε στο πάτωμα δίπλα από κείνα τα βιβλία· τότε τον έπιασε πανικός και πήγε το παιδί στο τμήμα επειγόντων περιστατικών».

«Και μετά έχασε τελείως την κηδεμονία;»

«Όχι μόνο αυτό. Διαπιστώθηκε ότι ήταν συναισθηματικά ανώριμος και ανίκανος να φροντίσει το παιδί του. Δεν του επιτρεπόταν πια να είναι μόνος με τον Άουγκουστ. Αλλά για να είμαι ειλικρινής δεν έχω και σε μεγάλη υπόληψη αυτήν τη δικαστική απόφαση».

«Γιατί;»

«Διότι ήταν μία διαδικασία χωρίς υπεράσπιση. Ο δικηγόρος της πρώην συζύγου του ήταν πολύ σκληρός, ενώ ο Μπάλντερ κατέρρευσε και είπε ότι ήταν ανίκανος, ανεύθυνος, ανάξιος να ζει κι ένας Θεός ξέρει τι άλλο. Το δικαστήριο αποφάσισε με κακεντρέχεια και μεροληπτικά, πιστεύω, ότι ο Μπάλντερ δε θα μπορούσε ποτέ να έχει σχέση με άλλους ανθρώπους και συνεχώς αναζητούσε καταφύγιο στις μηχανές. Εγώ που τώρα έχω δει κάποια πράγματα για τη ζωή του, δε δίνω μία γι' αυτά. Τις τύψεις και τις αυτοκατηγορίες του τις αποδέχτηκε το δικαστήριο ως αλήθειες και σε κάθε περίπτωση ο Μπάλντερ ήταν πολύ συνεργάσιμος. Αποδέχτηκε να πληρώσει ένα μεγάλο ποσό διατροφής –σαράντα χιλιάδες το μήνα– συν ένα ποσό εννιακοσίων χιλιάδων για απρόβλεπτα έξοδα. Μετά από λίγο καιρό, έφυγε για την Αμερική».

«Αλλά μετά ξαναγύρισε».

«Ναι, ενδεχομένως υπήρχαν πολλοί λόγοι γι' αυτό. Του είχαν κλέψει την τεχνολογία του – ίσως είχε μάθει και ποιος το είχε κάνει. Βρισκόταν σε μεγάλη σύγκρουση με τον εργοδότη του. Αλλά νομίζω ότι αφορούσε και τον γιο του. Η γυναίκα από το Κέντρο Αυτιστικών που σου προανέφερα και που ονομάζεται Χίλντα Μελίν, ήταν αρχικά πολύ αισιόδοξη για την εξέλιξη του παιδιού. Αλλά τίποτα δεν είχε εξελιχθεί όπως είχε ελπίσει. Εκτός αυτού, της είχαν στείλει αναφορές ότι η Χάνα και ο Λάσε Βέστμαν δε φρόντιζαν για τη σχολική εκπαίδευση του παιδιού. Όπως είχαν συμφωνήσει, η εκπαίδευση του Άουγκουστ θα γινόταν στο σπίτι τους. Αλλά οι ειδικοί παιδαγωγοί που ευθύνονταν για την εκπαίδευση φαίνεται ότι υπήρξαν θύματα διαβολής και πιθανώς έγιναν και απάτες με τις αμοιβές τους και με πλασματικά ονόματα δασκάλων, ναι, και με ό,τι άλλο μπορείς να φανταστείς. Αλλά αυτή είναι μία άλλη ιστορία, που κάποιος πρέπει να την ελέγξει αργότερα».

«Ανέφερες μία γυναίκα του Κέντρου Αυτιστικών».

«Ακριβώς, τη Χίλντα Μελίν. Αυτή ψυλλιάστηκε διάφορα πράγματα και τηλεφώνησε στη Χάνα και τον Λάσε, που τη διαβεβαίωσαν ότι όλα πήγαιναν πολύ καλά. Αλλά κάτι της έλεγε ότι αυτό δεν ήταν αλήθεια. Έτσι έκανε κάτι που αντιβαίνει στη συνήθη πρακτική και χωρίς να τους προειδοποιήσει πήγε στο σπίτι τους. Όταν τελικά της επέτρεψαν να μπει μέσα, είχε την αίσθηση ότι το αγόρι δεν ήταν καλά και ότι η εξέλιξή του είχε σταματήσει. Εκτός αυτού, είδε και τις μελανιές και μετά απ' αυτά τηλεφώνησε στον Φρανς Μπάλντερ στο Σαν Φρανσίσκο και είχε μία μακρά συνομιλία μαζί του. Λίγο καιρό αργότερα αυτός μετακόμισε στη Σουηδία και πήρε τον γιο του στο νέο του σπίτι στο Σαλτσεμπάντεν, ανεξάρτητα από το τι είχε αποφασίσει το δικαστήριο».

«Και πώς έγινε αυτό, αν ενδιαφερόταν τόσο πολύ ο Λάσε Βέστμαν για το επίδομα;»

«Είναι κι αυτό ένα ερώτημα. Σύμφωνα με τον Βέστμαν, ο Μπάλντερ, λίγο-πολύ, απήγαγε το αγόρι. Αλλά η Χάνα έχει μία άλλη εκδοχή. Λέει πως ο Φρανς εμφανίστηκε στο σπίτι τους και ήταν τελείως αλλαγμένος κι αυτή τον άφησε να πάρει το παιδί. Πίστευε, μάλιστα, πως ο Άουγκουστ θα περνούσε καλύτερα μαζί του».

«Κι ο Βέστμαν;»

«Σύμφωνα μ' αυτήν, ο Βέστμαν ήταν λιώμα στο μεθύσι και μόλις είχε πάρει έναν μεγάλο ρόλο σε κάποια νέα τηλεοπτική σειρά και γενικά ήταν θρασύς και αλαζονικός εξαιτίας αυτού. Όπως και να 'χει, δέχτηκε να φύγει το παιδί. Όσο και να γκρίνιαζε για το καλό του μικρού, προσωπικά νομίζω ότι ήταν ευχαριστημένος που είχε απαλλαγεί από το αγόρι».

«Αλλά μετά;»

«Μετά το μετάνιωσε και μέσα σ' όλα τον έδιωξαν κι από την τηλεοπτική σειρά, επειδή δεν μπορούσε να μείνει ξεμέθυστος και τότε, ξαφνικά, ήθελε να ξαναπάρει τον Άουγκουστ ή μάλλον όχι αυτόν, φυσικά...»

«Αλλά τη διατροφή».

«Ακριβώς. Κι αυτό επιβεβαιώνεται από τους φίλους του στα εστιατόρια, μεταξύ άλλων και από τον Ρίντεβαλ, αυτόν που διοργανώνει φιέστες. Όταν αποδείχτηκε πως η πιστωτική κάρτα του Βέστμαν δεν είχε κάλυψη, ο τύπος άρχισε να γκαρίζει για το αγόρι. Μετά σούφρωσε ένα πεντακοσάρικο για το ταξί από ένα νεαρό κορίτσι στο μπαρ και στη μέση της νύχτας έφυγε για το Σαλτσεμπάντεν».

Ο Γιαν Μπουμπλάνσκι έπεσε σε σκέψεις για λίγο και κοίταξε ακόμα μία φορά τον Άξελ που πανηγύριζε στη φωτογραφία.

«Μεγάλο μπέρδεμα».

«Ναι».

«Και αν επρόκειτο για μία συνηθισμένη περίπτωση θα βρισκόμασταν ήδη κοντά στη λύση. Τότε το μυστικό θα κρυβόταν κάπου στη διαμάχη για την επιμέλεια του παιδιού και στο παλιό διαζύγιο. Αλλά αυτοί που χακάρουν συστήματα συναγερμών και μοιάζουν με Νίντζα, δεν έχουν θέση σ' αυτήν την εικόνα».

«Όχι».

«Μετά αναρωτιέμαι και κάτι άλλο».

«Τι;»

«Αφού ο Άουγκουστ δεν μπορούσε να διαβάσει, τι τα χρειαζόταν όλα αυτά τα βιβλία;»

Ο Μίκαελ Μπλούμκβιστ καθόταν απέναντι από τη Φαράχ Σαρίφ, με μία φλιτζάνα τσάι στο τραπέζι της κουζίνας, κοιτάζοντας έξω, προς τον λόφο Ταντολούντεν και παρά το ότι ήξερε πως ήταν μια ένδειξη αδυναμίας, ευχόταν να μην είχε κανένα θέμα να γράψει.

Ευχόταν να μπορούσε να καθόταν έτσι απλά εκεί μαζί της και να μην την πίεζε καθόλου.

Η γυναίκα δεν ήταν σε κατάσταση να μιλήσει. Είχε καταρρεύσει και τα σκούρα έντονα μάτια της, που όταν αυτός στεκόταν στο άνοιγμα της πόρτας τού είχε φανεί πως τον είχαν διαπεράσει ολόκληρο, φαίνονταν τώρα αποπροσανατολισμένα, ενώ πότε πότε μουρμούριζε το όνομα του Φρανς σαν ευχή ή σαν ξόρκι. Ίσως να τον είχε αγαπήσει. Σίγουρα *αυτός* το είχε κάνει. Η Φαράχ ήταν πενήντα δύο χρονών και αρκετά ελκυστική, όχι όμορφη με τη συνηθισμένη έννοια, αλλά με μία αριστοκρατική γοητεία.

«Πες μου, πώς ήταν ως άνθρωπος;» προσπάθησε ο Μίκαελ.

«Ο Φρανς;»

«Ναι».

«Ένα παράδοξο».

«Από ποια άποψη;»

«Απ' όλες. Αλλά, ίσως, κυρίως επειδή δούλευε σκληρά πάνω στο αντικείμενο που τον ανησυχούσε περισσότερο απ' όλα – περίπου όπως ο Οπενχάιμερ στο Λος Άλαμος. Ασχολιόταν μ' αυτό που πίστευε ότι θα ήταν η καταστροφή μας».

«Δε σε παρακολουθώ τώρα».

«Ο Φρανς ήθελε να αναδημιουργήσει τη βιολογική εξέλιξη σε ψηφιακό επίπεδο. Δούλευε με αλγόριθμους – που με τη μέθοδο της δοκιμής και της πλάνης μπορούσαν να βελτιωθούν από μόνοι τους. Συνέβαλε, επίσης, στην εξέλιξη των λεγόμενων κβαντικών υπολογιστών, με τους οποίους ασχολείται η "Google", η "Σολιφόν" και η NSA. Στόχος του ήταν να επιτύχει την AGI*, την Τεχνητή Γενική Νοημοσύνη».

«Και τι είναι αυτό;»

«Κάτι που είναι το ίδιο ευφυές όπως ο άνθρωπος, ενώ συγχρόνως έχει την ταχύτητα και την ακρίβεια των υπολογιστών σε όλους τους μηχανικούς τομείς. Μία τέτοια δημιουργία θα μας έδινε τεράστια πλεονεκτήματα σε όλους τους τομείς ερευνών».

---

* Artificial General Intelligence. (Σ.τ.Μ.)

«Σίγουρα».

«Η έρευνα σε αυτόν τον τομέα είναι τεραστίων διαστάσεων και παρά το ότι οι περισσότεροι δεν έχουν κατηγορηματικά τη φιλοδοξία να επιτύχουν την AGI, ο ανταγωνισμός εκεί μας οδηγεί. Όλοι προσπαθούν να δημιουργήσουν όσο το δυνατόν πιο ευφυείς εφαρμογές ή έστω να μην εμποδίσουν την εξέλιξη. Σκέψου μόνο τι έχουμε καταφέρει ως τώρα. Σκέψου μόνο τι υπήρχε στο κινητό σου πριν από πέντε χρόνια και τι υπάρχει σήμερα».

«Πράγματι».

«Ο Φρανς είχε υπολογίσει παλιότερα –πριν γίνει τόσο μυστικοπαθής– ότι θα μπορούσαμε να φτάσουμε στην AGI σε διάστημα τριάντα, σαράντα χρόνων κι αυτό ίσως ακούγεται υπερβολικό. Αλλά προσωπικά αναρωτιέμαι μήπως παραήταν επιφυλακτικός. Η ικανότητα απόδοσης των υπολογιστών διπλασιάζεται κάθε δεκαοκτώ μήνες και ο εγκέφαλός μας αδυνατεί να συλλάβει τι μπορεί να σημαίνει μία τέτοια εξέλιξη. Είναι λίγο σαν πιόνια στη σκακιέρα. Βάζεις ένα πιόνι στο πρώτο τετράγωνο, δύο στο δεύτερο, τέσσερα στο τρίτο και οκτώ στο τέταρτο».

«Και σύντομα τα πιόνια κατακλύζουν τον κόσμο».

«Ο ρυθμός ανάπτυξης μεγαλώνει και στο τέλος βρίσκεται εκτός του δικού μας ελέγχου. Το πιο ενδιαφέρον δεν είναι πότε θα φτάσουμε στην AGI, αλλά τι θα συμβεί μετά. Εδώ υπάρχουν πολλά σενάρια – τα οποία εξαρτώνται από το πώς φτάνουμε εκεί. Αλλά σίγουρα θα χρησιμοποιήσουμε προγράμματα που βελτιώνονται μόνα τους και εδώ δεν πρέπει να ξεχνάμε ότι θα έχουμε και μια άλλη αντίληψη της έννοιας του χρόνου».

«Πώς το εννοείς;»

«Αφήνουμε τους ανθρώπινους περιορισμούς. Εισερχόμαστε σε μία νέα τάξη πραγμάτων, όπου οι μηχανές με αστραπιαία ταχύτητα ενημερώνονται από μόνες τους όλο το εικοσιτετράωρο. Λίγες μόλις μέρες μετά την επίτευξη της AGI, θα έχουμε την ASI».

«Και τι είναι αυτό;»

«Artificial Super Intelligence –η Τεχνητή Υπερνοημοσύνη–, που θα ξεπεράσει κατά πολύ τη δική μας. Από κει και μετά τα πράγματα πάνε όλο και πιο γρήγορα. Οι υπολογιστές αρχίζουν να ενημερώνονται με έναν αυξανόμενο ρυθμό, ίσως με παράγοντα το δέκα, μετά το εκατό, το χίλια – θα γίνουν δέκα χιλιάδες φορές πιο έξυπνοι από εμάς. Και τι θα συμβεί τότε;»

«Εσύ πες».

«Η ευφυΐα αυτή καθεαυτή δεν είναι κάτι το προβλέψιμο. Δεν ξέρουμε πού θα μας οδηγήσει η ανθρώπινη ευφυΐα. Ξέρουμε ακόμα λιγότερο τι θα συμβεί με μία σούπερ-ευφυΐα».

«Στη χειρότερη περίπτωση, δε θα είμαστε πιο ενδιαφέροντες από μικρά άσπρα ποντικάκια απέναντι σ' έναν υπολογιστή», είπε ο Μίκαελ και σκέφτηκε αυτό που είχε γράψει στη Λίσμπετ.

«Στη χειρότερη περίπτωση; Μοιραζόμαστε το ενενήντα τοις εκατό του DNA μας με τα ποντίκια και εμείς υποτίθεται ότι είμαστε εκατό φορές πιο έξυπνοι – εκατό φορές, όχι περισσότερο. Εδώ βρισκόμαστε μπροστά σε κάτι νέο, κάτι που σύμφωνα με τα μαθηματικά μοντέλα δεν έχει περιορισμούς – υπολογιστές που ίσως μπορούν να γίνουν εκατομμύρια φορές πιο ευφυείς. Μπορείς να το φανταστείς;»

«Προσπαθώ», είπε ο Μίκαελ με ένα επιφυλακτικό χαμόγελο.

«Σκέψου», συνέχισε αυτή, «πώς νομίζεις ότι νιώθει ένας υπολογιστής που ξυπνάει και βρίσκεται αιχμαλωτισμένος και ελεγχόμενος από πρωτόγονα έντομα όπως εμείς. Γιατί να ανεχτεί να βρεθεί μέσα σε μία τέτοια κατάσταση; Γιατί να μας έχει, εν γένει, σε εκτίμηση ή ακόμα λιγότερο να μας αφήσει να ψάξουμε στο εσωτερικό του και να του κλείσουμε τη λειτουργία; Ρισκάρουμε να βρεθούμε προ μίας έκρηξης ευφυΐας, μία τεχνολογική "singularity", όπως την αποκαλούσε ο Βέρνορ Βίνγκε. Όλα όσα πρόκειται να συμβούν μετά απ' αυτό βρίσκονται εκτός του δικού μας ορίζοντα γεγονότων».

«Δηλαδή, με το που δημιουργούμε τη σούπερ-ευφυΐα, χάνουμε και τον έλεγχο».

«Το ρίσκο είναι πως όλα όσα ξέρουμε από τον κόσμο μας παύουν να ισχύουν και ότι αυτό θα αποτελέσει και το τέλος της ανθρώπινης ύπαρξης».

«Αστειεύεσαι;»

«Το ξέρω ότι ακούγεται παλαβό για κάποιον που δεν έχει ασχοληθεί με αυτή την προβληματική. Αλλά είναι ένα άκρως πραγματικό ερώτημα. Σήμερα δουλεύουν χιλιάδες άνθρωποι σε όλο τον κόσμο για να εμποδίσουν μία τέτοια εξέλιξη. Πολλοί είναι αισιόδοξοι – ακόμα και υπερβολικά αισιόδοξοι. Μιλούν για "friendly ASI", για φιλικές σούπερ-ευφυΐες, που ήδη από την αρχή προγραμματίζονται με τέτοιον τρόπο ώστε μόνο να μας βοηθούν. Σκέφτονται κάτι του ίδιου στιλ σαν κι αυτό που είχε φανταστεί ο Ασίμοφ στο βιβλίο του *Εγώ, το Ρομπότ**, ενσωματωμένους νόμους που απαγόρευαν στις μηχανές να μας κάνουν κακό. Ο καινοτόμος συγγραφέας Ρέι Κούρτζγουελ βλέπει έναν θαυμάσιο κόσμο μπροστά του, όπου εμείς με τη βοήθεια της νανοτεχνολογίας ολοκληρωνόμαστε χάρη στους υπολογιστές και μοιραζόμαστε το μέλλον μαζί τους. Εννοείται βέβαια πως δεν υπάρχουν εγγυήσεις. Οι νόμοι μπορούν να αρθούν. Η σημασία του πρωταρχικού προγραμματισμού μπορεί να αλλάξει και είναι πάρα πολύ εύκολο να κάνει κανείς ανθρωπομορφικά λάθη, να δώσει στις μηχανές ανθρώπινα χαρακτηριστικά και να παρερμηνεύσει τη δική τους εσωτερική παρόρμηση. Ο Φρανς ήταν μαγεμένος από αυτά τα ερωτήματα και, όπως ήδη είπα, ήταν διχασμένος. Από τη μια επιθυμούσε τους ευφυείς υπολογιστές και από την άλλη ανησυχούσε γι' αυτούς».

«Δεν μπορούσε παρά να δημιουργεί τα τέρατά του».

«Κάπως έτσι θα το έλεγε κανείς λίγο δραματικά».

«Και πόσο μακριά είχε φτάσει;»

«Νομίζω πιο μακριά απ' ό,τι θα μπορούσε να φανταστεί κανείς και πιστεύω ότι ήταν κι αυτός ένας λόγος που ήταν τόσο μυστικοπαθής με τη δουλειά στη "Σολιφόν". Φοβόταν ότι το πρόγραμμά του θα κατέληγε σε λάθος χέρια. Φοβόταν ακόμα ότι το πρόγραμμά του μπορούσε να έρθει σ' επαφή με το Ίντερνετ και να ενωθεί μ' αυτό. Ονόμαζε το πρόγραμμα "Άουγκουστ", όπως τον γιο του».

«Και πού βρίσκεται αυτό τώρα;»

«Δεν έκανε ποτέ βήμα χωρίς να το έχει μαζί του. Λογικά θα το

---

* Το βιβλίο κυκλοφορεί στα ελληνικά, σε μετάφραση Δ. Αποστόλου, από τις εκδόσεις Κάκτος (Αθήνα, 1984). (Σ.τ.Ε.)

είχε δίπλα στο κρεβάτι του όταν τον πυροβόλησαν. Αλλά το τρομερό είναι ότι η αστυνομία ισχυρίζεται πως δεν υπήρχε υπολογιστής εκεί».

«Ούτε κι εγώ είδα κανέναν υπολογιστή. Αν και η αλήθεια είναι πως εκείνη την ώρα πρόσεχα άλλα πράγματα».

«Πρέπει να ήταν φοβερό».

«Ίσως ξέρεις ότι είδα και τον δράστη», συνέχισε ο Μίκαελ. «Είχε ένα σακίδιο στον ώμο του».

«Δεν ακούγεται καλό αυτό. Αλλά με λίγη τύχη ίσως βρεθεί ο υπολογιστής σε κάποιο σημείο του σπιτιού. Μίλησα λιγάκι με την αστυνομία και είχα την αίσθηση πως δεν είχαν ακόμα τον έλεγχο της κατάστασης».

«Ας ελπίσουμε πως θα τον αποκτήσουν. Έχεις καμιά ιδέα για το ποιος έκλεψε την τεχνική του την περασμένη φορά;»

«Ναι, έχω».

«Τώρα μου κινείς πολύ το ενδιαφέρον».

«Το καταλαβαίνω. Αλλά το τραγικό σ' αυτήν την ιστορία για μένα είναι ότι έχω προσωπική ευθύνη για εκείνο το θέμα. Καταλαβαίνεις, ο Φρανς θα πέθαινε από την πολλή δουλειά, ανησυχούσα ότι θα κατέρρεε. Εκείνη την εποχή είχε χάσει και την επιμέλεια του Άουγκουστ».

«Πότε συνέβη αυτό;»

«Πριν από δύο χρόνια κι εκείνος περιφερόταν άυπνος, κατηγορώντας τον εαυτό του. Παρ' όλα αυτά, όμως, δεν παρατούσε τις έρευνές του. Είχε πέσει με τα μούτρα, λες κι ήταν το μόνο που του είχε απομείνει στη ζωή και γι' αυτό φρόντισα να του βρω μερικούς βοηθούς που θα τον απάλλασσαν από την πολλή δουλειά. Του έδωσα μερικούς από τους καλύτερους φοιτητές μου, αν και ομολογουμένως ήξερα ότι δεν ήταν κι απ' τα καλύτερα παιδιά. Ήταν, όμως φιλόδοξοι και ταλαντούχοι και θαύμαζαν απεριόριστα τον Μπάλντερ, οπότε όλα φαίνονταν να πηγαίνουν μια χαρά. Αλλά μετά...»

«Τον έκλεψαν».

«Ο Φρανς το συνειδητοποίησε όταν κατατέθηκε μία αίτηση ευρεσιτεχνίας από την "Τρουγκέιμς" στην αμερικανική υπηρεσία ευρεσιτεχνιών πέρυσι τον Αύγουστο. Όλα τα μοναδικά στοιχεία της τεχνικής του ήταν αντιγραμμένα και καταγραμμένα σ' αυτήν και όπως ήταν αυτονόητο το πρώτο που υποψιάστηκαν ήταν πως είχαν χακάρει τους υπολογιστές τους. Εγώ ήμουν πολύ σκεφτική ήδη από την αρχή. Ήξερα σε τι υψηλό επίπεδο ήταν η κρυπτογράφηση του Φρανς. Αλλά επειδή καμία άλλη εξήγηση δε φαινόταν πιθανή, για κάποιο διάστημα αυτό πίστευε κι ο ίδιος ο Φρανς. Όλα αυτά, όμως, ήταν φυσικά ανοησίες».

«Μα τι μου λες;» είπε ερεθισμένος ο Μίκαελ. «Αφού η εισβολή είχε επιβεβαιωθεί από ειδικούς».

«Από κάποιον ηλίθιο της FRA, ναι, της Κρατικής Υπηρεσίας Ασφαλείας και Προστασίας σουηδικών συμφερόντων που ήθελε να το παίξει σημαντικός. Αλλά κατά τ' άλλα ήταν μόνο ο τρόπος του Φρανς να προστατεύσει τους βοηθούς του ή στην πραγματικότητα όχι μόνο αυτό, πιστεύω. Υποψιάζομαι ότι ήθελε να το παίξει κι ο ίδιος ντετέκτιβ – πώς μπορούσε τώρα να φανεί τόσο χαζός; Καταλαβαίνεις...»

Η Φαράχ πήρε βαθιά αναπνοή.

«Ναι;» είπε ο Μίκαελ.

«Τα έμαθα όλα πριν από καμιά-δυο εβδομάδες περίπου. Ο Φρανς και ο μικρός Άουγκουστ είχαν έρθει εδώ για δείπνο και προαισθάνθηκα κατευθείαν ότι ήθελε να μου πει κάτι σημαντικό. Πλανιόταν στην ατμόσφαιρα και μετά από μερικά ποτηράκια με παρακάλεσε να απομακρύνω το κινητό μου κι άρχισε να ψιθυρίζει. Πρέπει να ομολογήσω ότι στην αρχή εκνευρίστηκα. Μιλούσε για την καινούργια του χάκερ ιδιοφυΐα πάλι».

«Χάκερ ιδιοφυΐα;» είπε ο Μίκαελ, προσπαθώντας ν' ακουστεί αδιάφορος.

«Μιλούσε τόσο πολύ για μία κοπέλα, που μ' έπιασε πονοκέφαλος. Δε θα σε κουράσω μ' αυτό, αλλά ήταν μία νεαρή που είχε εμφανιστεί από το πουθενά στις διαλέξεις του και μιλούσε για την έννοια της singularity».

«Με ποιον τρόπο;»

Η Φαράχ έπεσε σε σκέψεις.

«Τι... ναι, τελικά δεν έχει καθόλου να κάνει μ' αυτό», απάντησε. «Αλλά η τεχνολογική έννοια "singularity" προέρχεται από τη singularity της βαρύτητας».

«Και τι είναι αυτό;»

«Η καρδιά του σκότους, συνηθίζω να λέω, αυτό που υπάρχει στο βάθος της μαύρης τρύπας, το οποίο είναι ο τελικός σταθμός για όλα όσα γνωρίζουμε για το σύμπαν και ίσως έχει ανοίγματα για άλλους κόσμους και άλλες εποχές. Πολλοί βλέπουν τη singularity σαν κάτι το εντελώς ανορθολογικό και εννοούν ότι γι' αυτό πρέπει απαραιτήτως να προστατευθεί από τον ορίζοντα γεγονότων. Αλλά αυτή η κοπέλα αναζητούσε κβαντομηχανικούς τρόπους για να κάνει μετρήσεις και ισχυριζόταν ότι θα μπορούσαν να υπάρχουν γυμνές singularity, χωρίς ορίζοντες γεγονότων – ναι, απάλλαξέ με από το να εμβαθύνω σ' αυτό. Αλλά η νεαρή εντυπωσίασε τον Φρανς κι άρχισε να της ανοίγεται κι αυτό μπορεί να το καταλάβει κανείς. Ένα τέτοιο αρχιψώνιο, όπως ο Φρανς, δεν είχε και πολλούς που μπορούσε να μιλήσει στο δικό του επίπεδο και όταν διαπίστωσε ότι η κοπέλα ήταν και χάκερ, την παρακάλεσε να ελέγξει τους υπολογιστές του. Όλα τα μηχανήματα βρίσκονταν τότε στο σπίτι ενός από τους βοηθούς του, κάποιου που ονομάζεται Λίνους Μπραντέλ».

Ο Μίκαελ αποφάσισε για άλλη μία φορά να μην της πει τι ήξερε.

«Λίνους Μπραντέλ», είπε μόνο.

«Ακριβώς», συνέχισε αυτή. «Η κοπέλα πήγε στο σπίτι του στο Εστερμάλμ και τον έβγαλε έξω. Μετά έπεσε πάνω στους υπολογιστές. Δε βρήκε καθόλου στοιχεία που να έδειχναν κάποια εισβολή. Αλλά δεν αρκέστηκε σ' αυτό. Είχε μία λίστα με τους βοηθούς του Φρανς και από τον υπολογιστή του Λίνους τους χάκαρε όλους και δεν της πήρε πολύ χρόνο για να διαπιστώσει ότι ένας απ' αυτούς τον είχε πουλήσει στη "Σολιφόν"».

«Ποιος;»

«Ο Φρανς δεν ήθελε να μου πει και όσο κι αν επέμενα δε βοήθησε. Αλλά προφανώς η κοπέλα τού τηλεφώνησε από το σπίτι του Λίνους. Ο Φρανς ήταν τότε στο Σαν Φρανσίσκο και μπορείς να καταλάβεις πώς ένιωσε: προδομένος από έναν απ' τους δικούς του. Περίμενα να καταγγείλει κατευθείαν τον βοηθό του, να τον ξεμπροστιάσει και να του κάνει τη ζωή κόλαση. Αλλά του ήρθε μία άλλη ιδέα. Παρακάλεσε την κοπέλα να προσποιηθεί ότι πράγματι είχε γίνει κάποια εισβολή».

«Γιατί;»

«Ο Φρανς δεν ήθελε να εξαφανιστούν τα ίχνη και οι αποδείξεις. Ήθελε να καταλάβει καλύτερα τι είχε συμβεί, πράγμα που δεν είναι και παράξενο. Το γεγονός ότι μία από τις πρωτοπόρες εταιρείες ψηφιακής τεχνολογίας του κόσμου είχε κλέψει και είχε πουλήσει την τεχνική του ήταν φυσικά σοβαρότερο απ' ό,τι ένας αχρείος, ένας ανήθικος σπουδαστής που είχε ενεργήσει πίσω από την πλάτη του. Η "Σολιφόν" δεν είναι μόνο ένα από τα πιο εξελιγμένα κέντρα ερευνών των ΗΠΑ. Η "Σολιφόν" επί σειράν ετών είχε προσπαθήσει να προσλάβει τον Φρανς κι αυτό ήταν που τον εξαγρίωνε – από τη μια "αυτά τα καθοίκια με πίεζαν να με προσλάβουν και από την άλλη με έκλεβαν", ούρλιαζε ο Φρανς».

«Περίμενε λίγο», είπε ο Μίκαελ. «Άσε με να το καταλάβω σωστά. Δηλαδή εννοείς ότι πήρε τη δουλειά στη "Σολιφόν" για να μάθει γιατί και πώς τον είχαν κλέψει;»

«Αν έχω μάθει κάτι στη διάρκεια των χρόνων είναι πως δεν είναι τόσο εύκολο να κατανοήσει κανείς τα κίνητρα των ανθρώπων. Το χρήμα, η ελευθερία και οι ανέσεις είχαν σίγουρα τη σημασία τους. Αλλά κατά τ' άλλα, ναι! Έτσι ήταν. Ήδη πριν αυτή η κοπέλα ελέγξει τους υπολογιστές, ο Φρανς είχε καταλάβει ότι η "Σολιφόν" ήταν αναμεμειγμένη στην κλοπή. Αλλά η κοπέλα του έδωσε τώρα συγκεκριμένες πληροφορίες και τότε ήταν που άρχισε να σκαλίζει την ιστορία. Γρήγορα κατάλαβε ότι ήταν πολύ πιο δύσκολο απ' ό,τι νόμιζε και γι' αυτό δημιούργησε ένα κλίμα έντονης δυσπιστίας γύρω από το άτομό του, ενώ σε ελάχιστο χρονικό διάστημα είχε γίνει φοβερά αντιπαθής και απομονωνόταν ολοένα και περισσότερο. Αλλά βρήκε πράγματι κάτι».

«Τι;»

«Εδώ είναι που οι πληροφορίες αρχίζουν να γίνονται πολύ ευαίσθητες και μάλλον πρέπει να σταματήσω να μιλάω».

«Μα, καθόμαστε ήδη εδώ και τα λέμε».

«Ναι, το κάνουμε και δεν είναι μόνο επειδή έτρεφα πάντα μεγάλο σεβασμό στο δημοσιογραφικό σου έργο. Το πρωί σκέφτηκα ότι δεν ήταν απλή σύμπτωση που ο Φρανς σου τηλεφώνησε τη νύχτα, ούτε και το ότι ήρθε σε επαφή με το τμήμα βιομηχανικής αντικατασκοπείας της ΕΥΠ. Νομίζω ότι είχε αρχίσει να πιστεύει ότι υπήρχε κάποια διαρροή από κει. Μπορεί φυσικά αυτό να ήταν και καθαρή παράνοια. Ο Φρανς φαινόταν πια να πάσχει από μανία καταδίωξης. Όπως και να 'χει, σου τηλεφώνησε και τώρα ελπίζω ότι θα μπορέσω εγώ με λίγη τύχη να εκπληρώσω την επιθυμία του».

«Καταλαβαίνω».

«Στη "Σολιφόν" υπάρχει ένα τμήμα που λέγεται "Υ", τόσο απλά», συνέχισε η Φαράχ. «Πρότυπο είναι το "Χ" της "Google", το τμήμα που ασχολείται με τα "moonshoots" όπως τα αποκαλούν τις τρελές και εξεζητημένες ιδέες, όπως η αναζήτηση της αιώνιας ζωής ή η σύνδεση των μηχανών αναζήτησης με τους νευρώνες του εγκεφάλου. Αν υπάρχει κάποιο μέρος που μπορεί κανείς να επιτύχει την AGI ή την ASI είναι ακριβώς εκεί. Και ήταν στο τμήμα "Υ" που δούλευε ο Φρανς. Αλλά δεν ήταν και τόσο έξυπνο όσο ακούγεται».

«Γιατί όχι;»

«Διότι από τη χάκερ του έμαθε ότι υπήρχε μία μυστική ομάδα ειδικών αναλυτών στο "Υ", με επικεφαλής κάποιον που ονομάζεται Σίγκμουντ Έκερβαλντ».

«Σίγκμουντ Έκερβαλντ;»

«Ακριβώς· Ζέκε τον αποκαλούν».

«Και ποιος είναι αυτός;»

«Το άτομο που επικοινωνούσε με τον δόλιο βοηθό του Φρανς».

«Ώστε ο Έκερβαλντ ήταν ο κλέφτης».

«Αυτό μπορεί να ισχυριστεί κανείς. Ένας κλέφτης υψηλού επιπέδου. Η δουλειά στο τμήμα του Έκερβαλντ είναι απολύτως νόμιμη προς τα έξω. Συγκεντρώνουν στοιχεία από διαπρεπείς επιστήμονες και πολλά υποσχόμενες έρευνες. Όλες οι μεγάλες εταιρείες υψηλής τεχνολογίας έχουν αντίστοιχα τμήματα. Θέλουν να ξέρουν τι είναι επίκαιρο και ποιον να προσλάβουν. Αλλά ο Μπάλντερ κατάλαβε ότι η ομάδα αυτή πήγαινε ακόμα πιο μακριά. Δεν έκαναν μόνο καταγραφές. Αλλά έκλεβαν – μέσω εισβολών, κατασκοπείας και δωροδοκιών».

«Γιατί δεν τους κατήγγειλε;»

«Δεν ήταν εύκολο να βρει αποδεικτικά στοιχεία. Ήταν φυσικά προσεκτικοί. Αλλά στο τέλος ο Φρανς πήγε στον ιδιοκτήτη της εταιρείας, τον Νίκολας Γκραντ. Ο Γκραντ οργίστηκε πολύ και διόρισε μία εσωτερική ερευνητική επιτροπή. Αλλά η επιτροπή δε βρήκε τίποτα, είτε επειδή ο Έκερβαλντ είχε εξαφανίσει τα αποδεικτικά στοιχεία είτε επειδή η επιτροπή ήταν για το θεαθήναι. Η θέση του Φρανς έγινε φοβερά δύσκολη. Όλων η οργή έπεσε πάνω του. Νομίζω ότι ο Έκερβαλντ ήταν η κινητήριος δύναμη της ιστορίας και δεν είχε δυσκολίες να πάρει με το μέρος του και τους άλλους. Τον Φρανς τον θεωρούσαν ήδη τότε παρανοϊκό και καχύποπτο και όσο πέρναγε ο καιρός τον απομόνωναν και τον απομάκρυναν περισσότερο. Μπορώ να τον φανταστώ σε αυτήν την κατάσταση· να κάθεται εκεί και να γίνεται ολοένα και πιο ανάποδος, πιο απότομος και να αρνείται να πει κουβέντα σε άνθρωπο».

«Δηλαδή εννοείς ότι δεν είχε πραγματικές αποδείξεις;»

«Βεβαίως και είχε, τουλάχιστον αυτές που του είχε δώσει η χάκερ: ότι ο Έκερβαλντ είχε κλέψει την τεχνολογία του και την είχε πουλήσει».

«Ώστε αυτό το ήξερε σίγουρα;»

«Προφανώς, χωρίς αμφιβολία. Εκτός αυτού θεωρούσε ότι η ομάδα του Έκερβαλντ δε δούλευε μόνη της. Η ομάδα είχε στήριξη από τις αμερικανικές μυστικές υπηρεσίες και...»

Η Φαράχ σταμάτησε.

«Ναι;»

«Σ' αυτό το σημείο ήταν πιο μυστικοπαθής και τελικά ίσως να μην ήξερε και πολλά πράγματα γι' αυτό. Αλλά είχε πέσει πάνω σε μία κωδική λέξη, είπε, για το άτομο που ήταν ο πραγματικός ηγέτης έξω από τη "Σολιφόν". Η λέξη ήταν "Θάνος"».

«"Θάνος";»

«Ακριβώς. Υπήρχε ένας σαφής φόβος γι' αυτό το άτομο, είπε. Αλλά δεν ήθελε να πει περισσότερα. Ισχυριζόταν ότι κινδύνευε η ζωή του όταν άρχισαν να τον κυνηγούν οι δικηγόροι».

«Είπες νωρίτερα ότι δεν ήξερες ποιος από τους βοηθούς του τον πούλησε. Αλλά κάτι πρέπει να έχεις σκεφτεί», είπε ο Μίκαελ.

«Φυσικά και σκέφτηκα και καμιά φορά, δεν ξέρω...»

«Τι;»
«Αναρωτιόμουν μήπως ήταν όλοι μαζί».
«Γιατί το λες αυτό;»
«Όταν άρχισαν να δουλεύουν με τον Φρανς ήταν νεαροί, ευφυείς και φιλόδοξοι. Όταν τελείωσαν, είχαν βαρεθεί τη ζωή τους και ήταν ανήσυχοι. Ίσως να τους εξάντλησε ο Φρανς ή ήταν κάτι άλλο που τους βασάνιζε».
«Έχεις τα ονόματα όλων;»
«Βεβαίως. Ήταν τα δικά μου αγόρια, πρέπει δυστυχώς να πω. Πρώτα είναι ο Λίνους Μπραντέλ, που σου ανέφερα. Αυτός είναι είκοσι τεσσάρων σήμερα και περιφέρεται άσκοπα, παίζει ηλεκτρονικά παιχνίδια και πίνει πάρα πολύ. Κάποιο διάστημα είχε μία καλή δουλειά στο τμήμα εξέλιξης ηλεκτρονικών παιχνιδιών της εταιρείας "Κροσφάιερ". Αλλά την έχασε όταν άρχισε να παίρνει αναρρωτικές όποτε του κάπνιζε και κατηγορούσε τους συναδέλφους του ότι τον κατασκόπευαν. Μετά είναι ο Άρβιντ Βράνιε, ίσως έχεις ακούσει γι' αυτόν. Αυτός κάποτε ήταν ένας περίφημος σκακιστής. Ο πατέρας του τον πίεζε με απάνθρωπο τρόπο και στο τέλος δεν άντεξε άλλο, παράτησε το σκάκι κι άρχισε να σπουδάζει στη σχολή μου. Ήλπιζα ότι θα έκανε τη διδακτορική διατριβή του πριν από πολύ καιρό. Αλλά αντί γι' αυτό, τριγυρίζει στα μπαρ της Στουρεπλάν και φαίνεται τελείως διαλυμένος. Αυτός, ομολογουμένως, πετούσε κυριολεκτικά ένα διάστημα μαζί με τον Φρανς. Συγχρόνως υπήρχε και ένας χαζός ανταγωνισμός μεταξύ των αγοριών και ο Άρβιντ και ο Μπασίμ, όπως λέγεται το τρίτο αγόρι, μισούσαν ο ένας τον άλλον – ή εν πάση περιπτώσει ο Άρβιντ μισούσε τον Μπασίμ. Ο Μπασίμ Μάλικ δεν είναι τέτοιος τύπος. Είναι ένα ευαίσθητος, ευφυής νέος που τον προσέλαβαν πριν από έναν χρόνο στη "Σολιφόν Νόρντεν". Αλλά ξεφούσκωσε μετά από λίγο. Σήμερα βρίσκεται στο νοσοκομείο Έρστα ένεκα κατάθλιψης και το πρωί μού τηλεφώνησε η μητέρα του, την οποία γνωρίζω λίγο, και μου είπε ότι ο Μπασίμ βρίσκεται σε κατάσταση ολικής νάρκωσης. Όταν έμαθε τι είχε συμβεί με τον Φρανς, προσπάθησε να κόψει τις φλέβες του κι αυτό είναι κάτι που με πονάει. Συγχρόνως αναρωτιέμαι: ήταν μόνο θλίψη; Ή μήπως ήταν και ενοχή;»

«Πώς είναι τώρα;»
«Από φυσική άποψη δεν υπάρχει κανένας κίνδυνος. Και μετά έχουμε και τον Νίκλας Λάγκερστετ κι αυτός... ναι, τι να πω γι' αυτόν; Σε κάθε περίπτωση δεν είναι σαν τους άλλους, τουλάχιστον όχι εξωτερικά. Δεν είναι ο τύπος του ανθρώπου που γίνεται λιώμα στο μεθύσι ή που θα έκανε τη σκέψη να βλάψει τον εαυτό του. Είναι ένας νεαρός άντρας που έχει ηθικές επιφυλάξεις για τα πάντα, όπως, ας πούμε, για τα βίαια ηλεκτρονικά παιχνίδια και την πορνογραφία. Είναι ενεργό μέλος της Ομοσπονδίας Ιεραποστολών. Η σύζυγός του είναι παιδίατρος και έχουν ένα αγοράκι που λέγεται Γέσπερ. Επίσης, είναι τεχνικός σύμβουλος της Κεντρικής Διεύθυνσης Αστυνομίας, υπεύθυνος για το σύστημα που θα αρχίσει να λειτουργεί την επόμενη χρονιά, πράγμα που σημαίνει ότι αυτοί έχουν κάνει έναν προσωπικό έλεγχο ασφαλείας για το άτομό του. Αλλά δεν ξέρω το βάθος του ελέγχου».

«Γιατί το λες αυτό;»

«Γιατί ο τύπος, πίσω απ' αυτήν την υπέροχη πρόσοψη, είναι ένα φιλάργυρο πονηρό μικρόψαρο. Ξέρω, συμπτωματικά, ότι έχει καταχραστεί μέρος της περιουσίας του πεθερού και της γυναίκας του. Είναι ένας υποκριτής».

«Έχουν ανακριθεί όλοι αυτοί από την αστυνομία;»

«Η ΕΥΠ έχει μιλήσει μαζί τους, αλλά δε βγήκε τίποτε απ' αυτό. Εκείνη την εποχή πίστευαν ότι ο Φρανς είχε πέσει θύμα εισβολής».

«Υποθέτω ότι η αστυνομία θα τους ανακρίνει τώρα».

«Έτσι πιστεύω κι εγώ».

«Κατά τ' άλλα, ξέρεις αν ο Μπάλντερ ζωγράφιζε στον ελεύθερο χρόνο του;»

«Αν ζωγράφιζε;»

«Αν του άρεσε να ζωγραφίζει διάφορα, επιμένοντας και στην παραμικρή λεπτομέρεια».

«Όχι, δεν έχω ακούσει τίποτα τέτοιο», είπε εκείνη. «Γιατί με ρωτάς;»

«Είδα μία φανταστική ζωγραφιά στο σπίτι του, που απεικόνιζε το φανάρι στη διασταύρωση των οδών Χουρνσγκάταν και Ρινγβέγκεν. Ήταν τέλεια, σαν νυχτερινή φωτογραφία».

«Ακούγεται παράξενο. Ο Φρανς δεν ήταν ποτέ εδώ στην περιοχή».
«Παράξενο».
«Ναι».
«Έχει κάτι αυτή η ζωγραφιά που δεν μπορεί να φύγει από τις σκέψεις μου», είπε ο Μίκαελ και ένιωσε με έκπληξη τη Φαράχ να του πιάνει το χέρι.
Της χάιδεψε τα μαλλιά. Σηκώθηκε όρθιος με την αίσθηση ότι βρισκόταν στα ίχνη κάποιου πράγματος. Μετά την αποχαιρέτησε και βγήκε έξω.
Όταν βγήκε στην οδό Ζινκενσβέγκ, τηλεφώνησε στην Έρικα και την παρακάλεσε να γράψει μία νέα ερώτηση στο «Κουτί της Λίσμπετ».

ΚΕΦΑΛΑΙΟ 14
21 ΝΟΕΜΒΡΙΟΥ

Ο Ούβε Λεβίν καθόταν στο γραφείο του με θέα προς το Σλούσεν και το Ρινταρφιέρντεν και στην ουσία δεν έκανε τίποτε άλλο πέρα από το να ψάχνει κάτι ευχάριστο για τον εαυτό του στο Google. Αντί για κάτι θετικό, όμως, διάβασε ότι ήταν γλοιώδης, υπέρβαρος και ότι είχε ξεπουλήσει τα ιδανικά του. Αυτά έγραφε σε κάποιο μπλογκ μία νεαρή κοπέλα που σπούδαζε στη Σχολή Δημοσιογραφίας και η οργή του ήταν τόσο μεγάλη, που δεν μπορούσε καν να γράψει το όνομά της στο μαύρο του σημειωματάριο, όπου σημείωνε τους ανθρώπους που δε θα προσλάμβανε ποτέ στο κονσόρτσιουμ.

Δεν άντεχε να σκοτίζει το μυαλό του με ηλίθιους που δεν καταλάβαιναν τίποτε απ' αυτά που απαιτούνται και που, στην καλύτερη περίπτωση, ποτέ τους δε θα έκαναν τίποτα παραπάνω από το να γράφουν κακοπληρωμένα άρθρα σε αμφίβολης ποιότητας κουλτουροφυλλάδες. Αντί να κολλήσει σε δυσάρεστες σκέψεις, μπήκε στο σάιτ της τράπεζάς του και κοίταξε το χαρτοφυλάκιο των μετοχών του. Αυτό βοήθησε λίγο, τουλάχιστον στην αρχή. Ήταν καλή μέρα στο χρηματιστήριο. Ο Νάζντακ και ο Ντάου Τζόουνς είχαν ανεβεί την προηγούμενη μέρα και ο δείκτης του χρηματιστηρίου της Στοκχόλμης ήταν στο συν 1,1%. Το δολάριο, στο οποίο αυτός πόνταρε χοντρά, είχε ανεβεί και μετά τον τελευταίο υπολογισμό το χαρτοφυλάκιό του ήταν αξίας 12.161.389 κορόνων.

Καθόλου άσχημα για έναν άντρα που κάποτε έγραφε για πυρκαγιές και μαχαιρώματα στην πρωινή έκδοση της εφημερίδας *Εξ-*

πρέσεν. Δώδεκα εκατομμύρια, συν το διαμέρισμα στη Βιλαστάντεν και το σπίτι στις Κάννες. Μπορούσαν να γράφουν ό,τι γούσταραν στα μπλογκς. Αυτός είχε κάνει την μπάζα του. Μετά κοίταξε το σύνολο ακόμα μία φορά: 12.149.101, δυστυχώς. Γαμώτο, έπεσε κι άλλο τώρα; 12.131.737. Δεν υπήρχε λόγος για να υποχωρεί το χρηματιστήριο, έτσι δεν είναι; Οι δείκτες απασχόλησης ήταν καλοί. Εξέλαβε σχεδόν προσωπικά την υποχώρηση και άρχισε παρά τη θέλησή του να σκέφτεται το *Μιλένιουμ* πάλι, όσο ασήμαντο και να ήταν την παρούσα στιγμή. Παρ' όλα αυτά οργίστηκε ξανά και όσο και αν προσπάθησε να αποδιώξει τη σκέψη, θυμόταν ακόμα μία φορά πώς το όμορφο πρόσωπο της Έρικας Μπέργκερ είχε παγώσει, παίρνοντας μία καθαρά εχθρική έκφραση το προηγούμενο απόγευμα και τα πράγματα δεν είχαν γίνει καθόλου καλύτερα εκείνο το πρωί.

Του είχε έρθει σχεδόν εγκεφαλικό. Ο Μίκαελ Μπλούμκβιστ είχε εμφανιστεί σε όλα τα σάιτ κι αυτό τον πονούσε. Και όχι μόνο επειδή ο Ούβε είχε με μεγάλη ευχαρίστηση παρατηρήσει ότι η νέα γενιά σχεδόν δεν ήξερε ποιος ήταν ο Μίκαελ Μπλούμκβιστ. Μισούσε αυτήν τη λογική των ΜΜΕ, σύμφωνα με την οποία όλοι γίνονταν αστέρες –αστέρες δημοσιογράφοι, αστέρες επώνυμοι– μόνο και μόνο επειδή είχαν αναμειχθεί σε ανωμαλίες. Ο «πρώην Μπλούμκβιστ» έπρεπε να γράφουν, αυτός που δεν μπορούσε να παραμείνει ούτε στο δικό του περιοδικό, τουλάχιστον όχι στον βαθμό που αυτή η απόφαση εξαρτιόταν από τη θέση του Ούβε και του «Σέρνερ Μίντια». Μα, ειλικρινά τώρα: έπρεπε να είναι ο Φρανς Μπάλντερ;

Γιατί να δολοφονηθεί ίσα ίσα αυτός μπροστά στα μάτια του Μίκαελ Μπλούμκβιστ; Πόσο χαρακτηριστικό ήταν αυτό; Πόσο απελπιστικό; Αν και οι ηλίθιοι δημοσιογράφοι δεν το είχαν καταλάβει, ο Ούβε ήξερε ότι ο τύπος ήταν κορυφαίος. Η εφημερίδα του «Σέρνερ» *Ντάγκενς Άφερσλιβ* είχε κάνει πρόσφατα ένα ειδικό αφιέρωμα για τις έρευνες στη Σουηδία και μάλιστα τον είχαν αξιολογήσει: τέσσερα δισεκατομμύρια – πώς διάβολο το είχαν μετρήσει; Αλλά χωρίς καμία αμφισβήτηση, ο Μπάλντερ ήταν αστέρας και μάλιστα απρόσιτος σαν την Γκρέτα Γκάρμπο. Δεν έδινε συνεντεύξεις κι αυτό, φυσικά, εκτίνασσε στα ύψη την ακτινοβολία του.

Πόσες ερωτήσεις δεν του είχαν κάνει οι δημοσιογράφοι του «Σέρνερ»; Τόσο πολλές όσες και οι αρνήσεις του· ή πιο σωστά, δεν είχε αρνηθεί, αλλά τους είχε γράψει κανονικά και δεν είχε καν απαντήσει.

Πολλοί συνάδελφοι έξω στην πιάτσα –το ήξερε αυτό ο Ούβε– έλεγαν ότι ο Μπάλντερ είχε ένα φανταστικό θέμα και γι' αυτό ο Ούβε κυριολεκτικά μισούσε το γεγονός ότι ο Μπάλντερ, σύμφωνα με τα στοιχεία των εφημερίδων, είχε θελήσει να μιλήσει με τον Μπλούμκβιστ μέσα στη νύχτα. Λες ο Μίκαελ να είχε πάλι στο τσεπάκι κανένα *σκουπ;* Θα ήταν απαίσιο. Ξανά πάλι, σχεδόν καταναγκαστικά, ο Ούβε μπήκε στο σάιτ της εφημερίδας *Άφτονμπλατετ* κι εκεί τον χτύπησε κατακούτελα ο μεγάλος τίτλος:

Τι ήθελε να πει ο κορυφαίος ερευνητής στον Μίκαελ Μπλούμκβιστ; Μυστηριώδης συνομιλία ακριβώς πριν από τη δολοφονία

Το άρθρο συνοδευόταν από μία μεγάλη φωτογραφία του Μίκαελ, στην οποία δε φαινόταν καθόλου υπέρβαρος. Αυτοί οι κόπανοι οι γραφίστες είχαν επιλέξει μία όσο το δυνατόν πιο κολακευτική φωτογραφία και ο Ούβε έβρισε ακόμα περισσότερο. *Πρέπει να κάνω κάτι γι' αυτό,* σκέφτηκε. Αλλά τι; Πώς θα μπορούσε να σταματήσει τον Μίκαελ, χωρίς να επέμβει άτσαλα, σαν Ανατολικογερμανός λογοκριτής και να τα κάνει ακόμα χειρότερα; Πώς θα μπορούσε... κοίταξε έξω προς το Ρινταρφιέρντερν πάλι και του ήρθε μία ιδέα. *Ο Βίλιαμ Μποργ,* σκέφτηκε. *Ο εχθρός του εχθρού μου μπορεί να γίνει ο καλύτερός μου φίλος.*
«Σάνα», φώναξε.
Η Σάνα Λιντ ήταν η νεαρή γραμματέας του.
«Ναι, Ούβε».
«Κλείσε ένα γεύμα με τον Βίλιαμ Μποργ στο "Στούρεχοφ" τώρα αμέσως. Αν έχει κάτι άλλο να κάνει, πες του πως είναι σημαντικό. Θα μπορούσε να του γίνει ως και αύξηση μισθού», είπε και σκέφτηκε: *Γιατί όχι, αν θελήσει να με βοηθήσει σ' ετούτο δω το μπέρδεμα, θα μπορούσε να πάρει και μία αύξηση.*

Η Χάνα Μπάλντερ στεκόταν στο σαλόνι του διαμερίσματός της στην οδό Τουρσγκάταν και κοίταζε με απελπισία τον Άουγκουστ, που είχε βγάλει πάλι τα χαρτιά και τα μολύβια του και εκείνη, σύμφωνα με τις οδηγίες που της είχαν δώσει, θα τον εμπόδιζε. Αυτό δεν της άρεσε καθόλου. Όχι ότι αμφισβητούσε τα λεγόμενα του ψυχολόγου, τις συμβουλές και τις γνώσεις του. Όμως, αμφέβαλλε. Ο Άουγκουστ είχε δει να δολοφονείται ο πατέρας του και αν ήθελε να ζωγραφίσει γιατί να τον εμποδίσει; Ήταν αλήθεια, όμως, ότι ο Άουγκουστ δεν ένιωθε καλά μ' αυτό.

Το σώμα του έτρεμε όταν άρχισε, ενώ τα μάτια του έλαμπαν με μία έντονη, βασανιστική λάμψη και ήταν αλήθεια ότι τα τετράγωνα της σκακιέρας που απλώνονταν μέσα στους καθρέφτες ήταν ένα περίεργο μοτίβο, αν σκεφτείς τι είχε συμβεί. Αλλά τι ήξερε εκείνη; Ίσως να ήταν όπως οι σειρές των αριθμών του. Παρά το ότι δεν καταλάβαινε τίποτε απ' αυτά, σίγουρα κάτι σήμαιναν για τον μικρό και ίσως –ποιος μπορούσε να ξέρει;– να επεξεργαζόταν τα γεγονότα με αυτά τα τετράγωνα. Μήπως να αδιαφορούσε για την απαγόρευση; Κανένας δε χρειαζόταν να το μάθει και κάπου είχε διαβάσει ότι μία μητέρα έπρεπε να εμπιστεύεται τη διαίσθησή της, που συχνά είναι καλύτερο εργαλείο απ' ό,τι οι όποιες ψυχολογικές θεωρίες και γι' αυτό, παρά την απαγόρευση, αποφάσισε να αφήσει τον Άουγκουστ να ζωγραφίσει.

Όμως, ξαφνικά, η πλάτη του παιδιού τεντώθηκε σαν τόξο και τότε η Χάνα σκέφτηκε τα λόγια του ψυχολόγου και έκανε ένα σαστισμένο βήμα προς τα μπρος, κοιτώντας κάτω, το χαρτί. Αναπήδησε τρομαγμένη. Στη αρχή δεν κατάλαβε.

Ήταν τα ίδια τετράγωνα που απλώνονταν προς δύο κατευθύνσεις, σαν αντικριστοί καθρέφτες, και ήταν ζωγραφισμένα με καταπληκτικό τρόπο. Αλλά υπήρχε και κάτι άλλο εκεί, μία σκιά που αναδυόταν από τα τετράγωνα, σαν ένας δαίμονας, ένα φάντασμα κι αυτό τη φόβισε τρομερά. Άρχισε να σκέφτεται ταινίες όπου παιδιά έχουν καταληφθεί από κακά πνεύματα και τότε άρπαξε τη ζωγραφιά από τον μικρό και την τσαλάκωσε με μία απότομη κίνηση, χωρίς να μπορεί να εξηγήσει το γιατί. Μετά έκλεισε τα μάτια της και περίμενε ν' ακούσει πάλι εκείνη τη σπαραξικάρδια κραυγή.

Αλλά δεν ακούστηκε καμία κραυγή, μόνο ένα μουρμουρητό που σχεδόν έμοιαζε με λέξη. Αλλά δεν μπορούσε να είναι κάτι τέτοιο. Το αγόρι δε μιλούσε και η Χάνα προετοιμάστηκε για μία κρίση, ένα βίαιο ξέσπασμα, όπου ο Άουγκουστ θα χτυπούσε το σώμα του στο πάτωμα. Αλλά δεν ήρθε καμία κρίση, μόνο μία σιωπηλή, μεθοδική κίνηση, καθώς ο Άουγκουστ πήρε ένα νέο χαρτί κι άρχισε να ζωγραφίζει τα ίδια τετράγωνα πάλι και τότε η Χάνα δεν είχε άλλη λύση από το να τον σηκώσει και να τον πάει στο δωμάτιό του. Μετά θα περιέγραφε αυτό το γεγονός ως καθαρή φρίκη.
Ο Άουγκουστ κλοτσούσε, φώναζε και χτύπαγε και η Χάνα μόλις που μπορούσε να τον συγκρατήσει. Έμεινε πολλή ώρα μαζί του στο κρεβάτι κρατώντας τον σφιχτά και ήθελε και η ίδια να γίνει χίλια κομμάτια και παρά το ότι, προς στιγμήν, σκέφτηκε να ξυπνήσει τον Λάσε και να τον παρακαλέσει να δώσει στον Άουγκουστ τις ηρεμιστικές σταγόνες που τους είχαν πει, σύντομα άφησε κατά μέρος αυτήν τη σκέψη. Ο Λάσε σίγουρα θα είχε απαίσια διάθεση και όσα βάλιουμ κι αν έπαιρνε η ίδια, απεχθανόταν την ιδέα του να δώσει ηρεμιστικό στο παιδί. Έπρεπε να υπάρχει κάποια άλλη λύση.
Βρισκόταν σε κατάσταση διάλυσης και έψαχνε απεγνωσμένα διέξοδο. Σκέφτηκε τη μητέρα της στο Κατρινεχόλμ, την ατζέντη της, τη Μία, την καλοσυνάτη γυναίκα που της είχε τηλεφωνήσει τη νύχτα, την Γκαμπριέλα, και τον ψυχολόγο πάλι, τον Έιναρ Φορς-κάτι –αυτόν που είχε έρθει με τον Άουγκουστ. Δεν της είχε κάνει και ιδιαίτερα καλή εντύπωση. Από την άλλη, αυτός είχε προσφερθεί να φροντίσει προσωρινά το παιδί και όπως και να 'χε, όλη εκείνη η κατάσταση ήταν δικό του λάθος.
Αυτός ήταν που είχε πει ότι δεν έπρεπε να ζωγραφίσει ο Άουγκουστ και γι' αυτό τώρα έπρεπε ο ίδιος να ξεκαθαρίσει την κατάσταση, έτσι δεν είναι; Στο τέλος άφησε τον γιο της, έβγαλε την κάρτα του ψυχολόγου και του τηλεφώνησε, ενώ ο Άουγκουστ πήγε ξανά στο σαλόνι και άρχισε να ζωγραφίζει τα τετράγωνά του.

Ο Έιναρ Φόρσμπεργ στην πραγματικότητα δεν ήταν και πολύ έμπειρος. Ήταν σαράντα οκτώ χρονών και με τα βαθιά μπλε μάτια του, τα καινούργια Ντιόρ γυαλιά του και το καφέ κοτλέ παντελόνι του, θα μπορούσε κανείς να τον περάσει για διανοούμενο. Αλλά όσοι είχαν συζητήσει μαζί του ήξεραν ότι υπήρχε κάτι το άκαμπτο και δογματικό στον τρόπο σκέψης του και ότι συχνά έκρυβε την άγνοιά του πίσω από θεωρίες και κατηγορηματικές δηλώσεις. Μόλις πριν από δύο χρόνια είχε πάρει το πτυχίο ψυχολογίας.

Πριν απ' αυτό ήταν καθηγητής γυμναστικής στο προάστιο Τίρεσε και αν ρωτούσε κανείς τους παλιούς μαθητές του γι' αυτόν, θα φώναζαν όλοι μαζί: «Σιλέντσιουμ, αγέλη! Σιωπή, ζωντανά μου!» Ο Έιναρ αγαπούσε να φωνάζει μισοαστεία αυτές τις λέξεις όταν ήθελε να κάνουν ησυχία τα παιδιά στην τάξη και παρά το ότι δεν ήταν κανενός ο αγαπημένος δάσκαλος, επέβαλλε πραγματικά πειθαρχία στα αγόρια του και ήταν αυτή του η ικανότητα που τον έκανε σίγουρο ότι οι γνώσεις του στην ψυχολογία μπορούσαν να χρησιμοποιηθούν καταλληλότερα σε άλλες περιστάσεις.

Εδώ και έναν χρόνο δούλευε στο Ούντεν, μία κλινική για παιδιά και νέους, στην οδό Σβεαβέγκεν της Στοκχόλμης. Το Ούντεν δεχόταν επείγοντα περιστατικά παιδιών και νέων όταν δεν τα κατάφερναν οι γονείς τους. Ούτε καν ο Έιναρ –που πάντα υποστήριζε με πάθος τους χώρους όπου δούλευε– δεν πίστευε ότι το Ούντεν λειτουργούσε ιδιαίτερα καλά. Παραήταν πολλές οι περιπτώσεις χειρισμού κρίσεων και ελάχιστη η μακροπρόθεσμη δουλειά. Τα παιδιά πήγαιναν εκεί μετά από τραυματικές εμπειρίες στο σπίτι τους και οι ψυχολόγοι παραήταν απασχολημένοι με το να καταφέρουν να κατευνάσουν εκρήξεις και επιθετικές συμπεριφορές για να μπορέσουν να αφιερώσουν χρόνο σε αυτά που υπήρχαν από πίσω. Παρ' όλα αυτά, ο Έιναρ θεωρούσε ότι ήταν χρήσιμος ιδιαίτερα όταν, με το παλιό καθηγητικό του κύρος, κατάφερνε να ησυχάζει τα υστερικά παιδιά ή όταν χειριζόταν καταστάσεις κρίσης στα διάφορα μέρη που πήγαινε.

Του άρεσε να δουλεύει με την αστυνομία και αγαπούσε την περιπέτεια, αλλά και την ηρεμία που ακολουθούσε μετά από δραματικά γεγονότα. Όταν στη διάρκεια της νυχτερινής του βάρδιας είχε πάει στο σπίτι στο Σαλτσεμπάντεν, βρισκόταν σε κατάσταση έξαψης και προσμονής. Ήταν λίγο Χόλιγουντ η όλη ιστορία. Ένας Σουηδός ερευνητής είχε δολοφονηθεί, ο οκτάχρονος γιος του ήταν μάρτυρας και κανένας άλλος εκτός του Έιναρ δε θα έκανε το παιδί να ανοιχτεί. Στον δρόμο προς τα κει κοιτάχτηκε πολλές φορές στον καθρέφτη του αυτοκινήτου και τακτοποίησε τα μαλλιά και τα γυαλιά του.

Ήθελε να κάνει μία στιλάτη εμφάνιση, αλλά όταν τελικά βρέθηκε εκεί δεν είχε και καμία ιδιαίτερη επιτυχία. Δεν καταλάβαινε το αγόρι. Όμως ένιωθε ότι τον πρόσεχαν και ότι ήταν σημαντικός. Οι αστυνομικοί του εγκληματολογικού τον ρώτησαν πώς θα μπορούσαν να ανακρίνουν το αγόρι και παρόλο που ο Έιναρ δεν είχε την παραμικρή ιδέα, οι απαντήσεις του έγιναν δεκτές με σεβασμό. Κατάφερε να αρθεί στο ύψος των περιστάσεων και έκανε ό,τι καλύτερο μπορούσε για να βοηθήσει. Έμαθε ότι το παιδί έπασχε από νηπιακό αυτισμό, ότι δεν είχε μιλήσει ποτέ και γενικότερα ότι δεν είχε καμία επαφή με το περιβάλλον.

«Δεν υπάρχει τίποτα που να μπορούμε να κάνουμε επί του παρόντος», είπε. «Το νοητικό του επίπεδο είναι χαμηλό. Ως ψυχολόγος πρέπει να θέσω ως πρώτο μου μέλημα τη φροντίδα του παιδιού». Οι αστυνομικοί τον άκουσαν και τον άφησαν να οδηγήσει το παιδί στη μητέρα του, πράγμα που ήταν ένα μικρό μπόνους στην ιστορία.

Η μητέρα ήταν η ηθοποιός Χάνα Μπάλντερ. Του άρεσε από τότε που την είχε δει στο φιλμ *Ανταρσία* και θυμόταν τους γοφούς και τα μακριά της πόδια και παρά το ότι είχε γεράσει από τότε, παρέμενε ακόμα ελκυστική. Εκτός αυτού, ο τωρινός άντρας της ήταν ένα κάθαρμα. Ο Έιναρ έκανε τα πάντα ώστε να φαίνεται ότι ήταν ειδικός αλλά και διακριτικός και σε ελάχιστο χρονικό διάστημα μπόρεσε να της δείξει ποιος έκανε κουμάντο και ήταν ιδιαίτερα περήφανος γι' αυτό.

Με μία τελείως αρρωστημένη έκφραση το αγόρι άρχισε να ζωγραφίζει ασπρόμαυρους κύβους ή τετράγωνα κι ο Έιναρ το κατάλαβε αμέσως: ήταν μία νοσηρή συμπεριφορά. Ήταν αυτού του είδους η καταστροφική εμμονή στην οποία κατέληγαν τα αυτιστικά παιδιά και γι' αυτό επέμενε ότι το αγόρι έπρεπε αμέσως να σταματήσει να ζωγραφίζει. Ομολογουμένως αυτά που είπε δεν έγιναν αποδεκτά με την ευγνωμοσύνη που ήλπιζε ότι θα γίνουν. Όμως ο ίδιος είχε νιώσει τον εαυτό του αποτελεσματικό και ανδροπρεπή και απείχε ελάχιστα από το να αρχίσει να κάνει κομπλιμέντα στη Χάνα για την *Ανταρσία*, αφού την είχε μπροστά του. Αλλά μετά σκέφτηκε ότι δεν ήταν κατάλληλη η περίσταση. Ίσως αυτό να ήταν λάθος.

Τώρα η ώρα ήταν μία το μεσημέρι κι αυτός είχε μόλις γυρίσει στο σπίτι του, μία βίλα στο Βέλνινγμπι, και στεκόταν στο μπάνιο με την ηλεκτρική βούρτσα δοντιών, νιώθοντας τελείως εξαντλημένος. Τότε χτύπησε το κινητό του και στην αρχή οργίστηκε. Μετά χαμογέλασε ελαφρά. Ήταν η Χάνα Μπάλντερ.

«Φόρσμπεργ», απάντησε με ύφος.
«Γεια», είπε αυτή.
Ακουγόταν απελπισμένη και θυμωμένη. Αλλά ο Έιναρ δεν καταλάβαινε το γιατί.
«Ο Άουγκουστ», είπε αυτή. «Ο Άουγκουστ...»
«Τι του συμβαίνει;»
«Δε θέλει να κάνει τίποτε άλλο εκτός από το να ζωγραφίζει τα τετράγωνά του. Αλλά εσύ λες ότι δεν πρέπει».
«Όχι, όχι, είναι εμμονή. Έλα, ηρέμησε τώρα».
«Πώς στο διάβολο μπορώ να ηρεμήσω;»
«Επειδή το αγόρι χρειάζεται την ηρεμία σου».
«Αλλά δεν τα καταφέρνω. Φωνάζει και χτυπιέται. Είπες ότι μπορείτε να με βοηθήσετε».
«Βεβαίως», αποκρίθηκε αυτός, με έναν τόνο αμφιβολίας στη φωνή του. Μετά το πρόσωπό του έλαμψε, σαν να είχε κερδίσει κάποια μεγάλη νίκη.
«Απολύτως αυτονόητο. Θα φροντίσω να τον πάρουμε εμείς, στο Ούντεν».
«Δε θα είναι σαν να τον προδίδω τότε;»
«Το αντίθετο, λαμβάνεις υπόψιν τις ανάγκες του. Θα φροντίσω εγώ προσωπικά να τον επισκέπτεσαι όσο συχνά θέλεις».
«Ίσως αυτό να είναι το καλύτερο».

«Είμαι σίγουρος γι' αυτό».
«Θα έρθεις τώρα;»
«Θα είμαι εκεί όσο πιο γρήγορα μπορώ», είπε εκείνος και σκέφτηκε ότι πρώτα απ' όλα έπρεπε να σενιαριστεί λίγο.

Μετά πρόσθεσε για σιγουριά:
«Σου είπα ότι μου άρεσες πάρα πολύ στην *Ανταρσία;*»

Ο Ούβε Λεβίν δεν ξαφνιάστηκε καθόλου που ο Βίλιαμ Μποργ ήταν ήδη στο «Στούρεχοφ» και ακόμα λιγότερο όταν παρήγγειλε το πιο ακριβό φαγητό στο μενού – *ψάρι γλώσσα μενιέρ* και ένα ποτήρι Πουγί Φιμέ. Οι δημοσιογράφοι το εκμεταλλεύονταν αυτό όταν τους έβγαζε σε γεύμα. Αλλά τον εξέπληξε το γεγονός ότι ο Βίλιαμ πήρε την πρωτοβουλία, λες και ήταν αυτός που είχε τα χρήματα και την εξουσία, πράγμα που εκνεύρισε τον Ούβε. Γιατί είχε αναφέρει την αύξηση μισθού; Έπρεπε να είχε κρατήσει τον Βίλιαμ σε αγωνία και να τον άφηνε να κάθεται εκεί και να ιδρώνει.

«Ένα πουλάκι μου σφύριξε στο αυτί ότι έχετε προβλήματα με το *Μιλένιουμ*», είπε ο Βίλιαμ Μποργ και ο Ούβε σκέφτηκε: *Θυσιάζω το δεξί μου χέρι για να διώξω αυτό το αυτάρεσκο χαμόγελο από τα μούτρα του.*

«Είσαι λάθος πληροφορημένος», του απάντησε αυστηρά.
«Αλήθεια;»
«Έχουμε τον έλεγχο της κατάστασης».
«Με ποιον τρόπο, αν μπορώ να ρωτήσω;»
«Αν η σύνταξη είναι πρόθυμη να κάνει αλλαγές και δείξει ότι καταλαβαίνει τα προβλήματά της, θα υποστηρίξουμε το περιοδικό».

«Και αν όχι...»
«Θα αποτραβηχτούμε και τότε το *Μιλένιουμ* δε θα μπορέσει να κρατηθεί για περισσότερο από μερικούς μήνες. Κι αυτό είναι φυσικά πολύ δυσάρεστο. Αλλά έτσι είναι η αγορά. Καλύτερα περιοδικά από το *Μιλένιουμ* έχουν εξαφανιστεί και για μας ήταν μία μικρή επένδυση. Τα καταφέρνουμε και χωρίς αυτό».

«Κόψε τις βλακείες, Ούβε. Ξέρω ότι είναι θέμα πρεστίζ για σένα».

«Είναι μόνο μπίζνες».
«Άκουσα ότι θέλετε να διώξετε τον Μίκαελ Μπλούμκβιστ από τη σύνταξη».
«Έχουμε σκεφτεί να τον τοποθετήσουμε στο Λονδίνο».
«Λίγο θρασύ θα μπορούσε να πει κανείς, αν σκεφτείς τι έχει προσφέρει στο περιοδικό».
«Του έχουμε κάνει μία πολύ γενναιόδωρη προσφορά», συνέχισε ο Ούβε και ένιωσε ότι ήταν άσκοπα αμυντικός και πληκτικός. Ήταν σαν να είχε ξεχάσει σχεδόν αυτό που ήθελε να πει.
«Δε σας κατακρίνω», συνέχισε ο Βίλιαμ Μποργ. «Μπορείτε κάλλιστα να τον στείλετε στην Κίνα, όσο με αφορά. Απλώς αναρωτιέμαι... Δε θα είναι πιο δύσκολα τα πράγματα για εσάς αν ο Μίκαελ Μπλούμκβιστ κάνει μία θεαματική επάνοδο μ' αυτήν την ιστορία του Φρανς Μπάλντερ;»
«Και πώς θα το κάνει αυτό; Ο τύπος έχει χάσει το κεντρί του. Αυτό το έχεις πια εσύ – και μάλιστα το χειρίζεσαι με μεγάλη επιτυχία», προσπάθησε ο Ούβε.
«Ε, καλά, είχα όμως και βοήθεια».
«Όχι από μένα. Να είσαι σίγουρος γι' αυτό. Το μισούσα εκείνο το χρονογράφημα. Είχα την άποψη ότι ήταν κακογραμμένο και άτονο. Ήταν ο Τούρβαλντ Σέρνερ που ξεκίνησε την όλη ιστορία, το ξέρεις καλά αυτό».
«Αλλά εσένα όπως έχει τώρα η κατάσταση δεν πρέπει να σε δυσαρεστεί η εξέλιξη, έτσι δεν είναι»
«Άκουσέ με τώρα, Βίλιαμ. Τρέφω τον μεγαλύτερο σεβασμό για τον Μίκαελ Μπλούμκβιστ».
«Δε χρειάζεται να το παίζεις διπλωμάτης μ' εμένα, Ούβε».
Ο Ούβε ένιωθε πως ήθελε να του χώσει μια μπουνιά στα μούτρα.
«Είμαι μόνο ανοιχτός και ειλικρινής», είπε. «Και είναι γεγονός πως πάντα θεωρούσα τον Μίκαελ Μπλούμκβιστ φανταστικό δημοσιογράφο, ναι, άλλου διαμετρήματος απ' ό,τι εσύ και όλοι οι άλλοι της γενιάς του».
«Μη μου πεις», απάντησε ο Βίλιαμ Μποργ, δείχνοντας ξαφνικά τελείως υποταγμένος και προς στιγμήν ο Ούβε ένιωσε καλά.
«Ακριβώς, έτσι είναι. Πρέπει να είμαστε ευγνώμονες για όλες

τις αποκαλύψεις που μας έδωσε ο Μίκαελ Μπλούμκβιστ και του εύχομαι το καλύτερο – το εννοώ πραγματικά. Αλλά δυστυχώς, πρέπει να πω, δε συμπεριλαμβάνεται στα καθήκοντά μου να ρίχνω ματιές στο παρελθόν και να γίνομαι νοσταλγικός, οπότε μπορώ να σου δώσω δίκιο όταν λες ότι ο Μπλούμκβιστ έχει βρεθεί πια εκτός εποχής και ότι μπορεί να στέκεται εμπόδιο στην εξέλιξη του *Μιλένιουμ*».

«Αλήθεια, αλήθεια».

«Και γι' αυτό νομίζω ότι καλό θα ήταν να μην έχουμε το όνομά του σε πολλές επικεφαλίδες τώρα».

«Θετικές επικεφαλίδες, εννοείς».

«Ίσως, ναι», συνέχισε ο Ούβε. «Και ήταν γι' αυτό που σε κάλεσα σε γεύμα».

«Σ' ευχαριστώ, βέβαια, γι' αυτό. Και νομίζω ότι έχω πραγματικά κάτι καλό. Πήρα ένα τηλεφώνημα σήμερα το πρωί από έναν φίλο που παίζαμε κάποτε σκουός», είπε ο Βίλιαμ, προσπαθώντας προφανώς να ανακτήσει τη χαμένη του αυτοπεποίθηση.

«Και ποιος είναι αυτός;»

«Ο Ρίκαρντ Έκστρεμ, ο αρχιεισαγγελέας. Είναι υπεύθυνος της προκαταρκτικής έρευνας για τη δολοφονία του Μπάλντερ και πραγματικά δεν ανήκει στο κλαμπ θαυμαστών του Μπλούμκβιστ».

«Μετά την ιστορία με τον Ζαλατσένκο, έτσι δεν είναι;»

«Ακριβώς. Ο Μπλούμκβιστ του είχε ανατρέψει όλο τον σχεδιασμό και τώρα ανησυχεί ότι ο Μίκαελ θα του σαμποτάρει και αυτήν την υπόθεση – ή πιο σωστά, ότι το έχει κάνει ήδη».

«Με ποιον τρόπο;»

«Ο Μπλούμκβιστ δε λέει όλα όσα ξέρει. Είχε μιλήσει με τον Μπάλντερ πριν από τη δολοφονία και εκτός αυτού έχει δει το πρόσωπο του δολοφόνου. Παρ' όλα αυτά είχε πολύ λίγα να πει στην ανάκριση. Ο Ρίκαρντ Έκστρεμ υποψιάζεται ότι ο Μπλούμκβιστ έχει κρατήσει τα καλύτερα για το άρθρο του».

«Ενδιαφέρον».

«Ναι, δεν είναι; Εδώ μιλάμε για έναν άντρα που αφού τον χλεύασαν τα ΜΜΕ ψάχνει απεγνωσμένα για μια μεγάλη επιτυχία και είναι έτοιμος να αφήσει έναν δολοφόνο να διαφύγει. Ένας παλιός αστέρας της δημοσιογραφίας που, επειδή το περιοδικό του

βρίσκεται σε οικονομική κρίση, είναι διατεθειμένος να πετάξει στα σκουπίδια όλη την κοινωνική του ευθύνη, έχοντας μόλις μάθει ότι το "Σέρνερ Μίντια" θέλει να τον διώξει από τη σύνταξη. Δεν είναι και τόσο παράξενο που ξεπερνάει τα όρια».
«Καταλαβαίνω πώς σκέφτεσαι. Είναι κάτι που θέλεις να γράψεις εσύ;»
«Δε νομίζω ότι θα ήταν καλό, ειλικρινά. Παραείναι γνωστό ότι ο Μπλούμκβιστ κι εγώ έχουμε πολλές άλυτες διαφορές. Μάλλον εσείς πρέπει να το σφυρίξετε σε κάποιον ρεπόρτερ και να του παρέχετε υποστήριξη στα κύρια άρθρα σας. Θα το εκτιμήσει πολύ ο Ρίκαρντ Έκστρεμ».

«Χμ», είπε ο Ούβε, κοιτώντας προς τη Στούρεπλαν· είδε μία όμορφη γυναίκα εκεί έξω, που φορούσε ένα κατακόκκινο παλτό και είχε μακριά κοκκινόξανθα μαλλιά και για πρώτη φορά εκείνη τη μέρα χαμογέλασε πλατιά και ειλικρινά.
«Ίσως δεν είναι και τόσο κακή ιδέα», πρόσθεσε και παρήγγειλε κι αυτός λίγο κρασί.

Ο Μίκαελ Μπλούμκβιστ περπατούσε κατά μήκος της Χουρνσγκάταν, προς την πλατεία Μαριατόργετ. Λίγο πιο πέρα, στην εκκλησία Μαρία Μαγκνταλένα, ήταν σταματημένο ένα μικρό άσπρο φορτηγό με ένα βούλιαγμα στο καπό. Δίπλα του στέκονταν δύο άντρες και ανεβοκατέβαζαν τα χέρια τους, φωνάζοντας ο ένας στον άλλον. Παρόλο που η όλη κατάσταση είχε προσελκύσει την προσοχή των περαστικών, ο Μίκαελ ούτε που το αντιλήφθηκε σχεδόν.
Σκεφτόταν τον γιο του Φρανς Μπάλντερ, καθισμένο στον δεύτερο όροφο του σπιτιού στο Σαλτσεμπάντεν, να απλώνει το χέρι του πάνω από το περσικό χαλί. Το χέρι του ήταν κάτασπρο, θυμόταν, και είχε λεκέδες στα δάχτυλα και στο πάνω μέρος της παλάμης σαν από κιμωλίες ή μπογιές και η κίνηση πάνω από το χαλί... έμοιαζε λες και το αγόρι σχεδίαζε κάτι περίπλοκο στον αέρα. Ο Μίκαελ είδε ξαφνικά τη σκηνή με άλλα μάτια και τότε σκέφτηκε πάλι το ίδιο πράγμα όπως στο σπίτι της Φαράχ Σαρίφ. Ίσως να μην ήταν ο Φρανς Μπάλντερ που είχε ζωγραφίσει το φανάρι.

Ίσως το αγόρι να είχε μία απρόσμενη και μεγάλη ικανότητα και για κάποιον λόγο αυτό δεν τον εξέπληξε όσο θα περίμενε κανείς. Ήδη τότε, όταν συνάντησε για πρώτη φορά τον Άουγκουστ Μπάλντερ στο σαλόνι του πρώτου ορόφου δίπλα στον νεκρό πατέρα του, στο πάτωμα που έμοιαζε σαν σκακιέρα, και τον είδε να χτυπάει το σώμα του στην άκρη του κρεβατιού, είχε μαντέψει ότι κάτι ιδιαίτερο είχε αυτό το παιδί. Τώρα, ενώ διέσχιζε την πλατεία, του ήρθε στον νου μία παράξενη σκέψη που σίγουρα ήταν παρατραβηγμένη, αλλά αρνιόταν να φύγει από το κεφάλι του και όταν βρισκόταν στο Γετγκατσμπάκεν κοκάλωσε.

Έπρεπε τουλάχιστον να το ελέγξει και έτσι έβγαλε το κινητό του και έψαξε να βρει το τηλέφωνο της Χάνας Μπάλντερ. Ο αριθμός ήταν απόρρητος και σίγουρα δε θα υπήρχε στα αρχεία του *Μιλένιουμ*. Τι μπορούσε να κάνει; Σκέφτηκε τη Φρέγια Γκρανλίντεν. Η Φρέγια ήταν ρεπόρτερ στις κοσμικές στήλες της εφημερίδας *Εξπρέσεν* κι αυτά που έγραφε δεν τιμούσαν κι ακριβώς το σινάφι της. Ήταν για διαζύγια, ρομάντζα και διάφορα θέματα για τη βασιλική οικογένεια. Αλλά η κοπέλα ήταν ξύπνια, αρκετά ετοιμόλογη και όσες φορές είχαν συναντηθεί είχαν περάσει καλά και γι' αυτό την πήρε τηλέφωνο. Κατειλημμένο, φυσικά.

Οι ρεπόρτερ των απογευματινών εφημερίδων μιλούσαν τώρα πια ασταμάτητα στο τηλέφωνο. Τους κυνηγούσε τόσο πολύ ο χρόνος, που δεν προλάβαιναν ποτέ ν' αφήσουν τις καρέκλες τους και να ρίξουν μια ματιά να δουν πώς ήταν η πραγματικότητα. Κάθονταν μόνο στις θέσεις τους και έφτυναν κείμενα. Στο τέλος, κατάφερε να την πετύχει και δεν τον εξέπληξε καθόλου που την άκουσε ν' αφήνει ένα επιφώνημα χαράς.

«Μίκαελ», του είπε. «Τι τιμή. Θα μου δώσεις επιτέλους κανένα *σκουπ*; Περιμένω πολύ καιρό».

«Συγγνώμη, αλλά αυτήν τη φορά θα βοηθήσεις *εσύ* εμένα. Χρειάζομαι μία διεύθυνση και ένα τηλέφωνο».

«Και τι θα βγάλω εγώ απ' αυτό; Καμία ενδιαφέρουσα πληροφορία απ' αυτά που έγιναν τη νύχτα;»

«Μπορώ να σου δώσω μερικές επαγγελματικές συμβουλές».

«Και ποιες είναι αυτές;»

«Να σταματήσεις να γράφεις ανοησίες».
«Χα, και ποιος θα έχει τότε στα χέρια του όλα τα τηλέφωνα που χρειάζονται οι αστέρες δημοσιογράφοι; Ποιον ψάχνεις;»
«Τη Χάνα Μπάλντερ».
«Μπορώ να μαντέψω γιατί. Ο δικός της ήταν γερά μεθυσμένος τη νύχτα. Συναντηθήκατε εκεί πέρα;»
«Μη με ψαρεύεις τώρα. Ξέρεις πού μένει;»
«Στην οδό Τουρσγκάταν 40».
«Και το θυμάσαι απέξω;»
«Έχω θαυμάσια μνήμη για περιττές πληροφορίες. Περίμενε λίγο, θα σου δώσω τον κωδικό της πόρτας και το τηλέφωνο».
«Ευχαριστώ».
«Αλλά...»
«Ναι;»
«Δεν είσαι ο μόνος που την ψάχνει. Και τα δικά μας λαγωνικά τη γυρεύουν κι απ' ό,τι ξέρω δεν έχει απαντήσει στο τηλέφωνο όλη μέρα».
«Σοφή γυναίκα».

Μετά στάθηκε ακίνητος μερικά δευτερόλεπτα στον δρόμο, αβέβαιος για το τι θα έκανε και κανένας δε θα μπορούσε να ισχυριστεί ότι του άρεσε αυτή η κατάσταση. Να κυνηγάει δυστυχισμένες μητέρες μαζί με τους δημοσιογράφους των απογευματινών εφημερίδων δεν ήταν αυτό που επιθυμούσε για τη μέρα του. Παρ' όλα αυτά, έκανε νεύμα σ' ένα ταξί και έφυγε για τη Βάσασταν.

Η Χάνα Μπάλντερ είχε ακολουθήσει τον Άουγκουστ και τον Έιναρ Φόρσμπεργ στην κλινική Ούντεν, που βρισκόταν στη Σβεαβέγκεν, απέναντι από το Ομπσερβατοριελούντεν. Η κλινική αποτελούνταν από δύο μεγάλα διαμερίσματα που τα είχαν ενώσει σε ένα, αλλά παρόλο που υπήρχε μία αίσθηση ιδιωτικού και περιποιημένου χώρου στο εσωτερικό και το κτίριο είχε δικό του κήπο απ' έξω, η συνολική εικόνα έδινε την αίσθηση ιδρύματος κι αυτό σίγουρα οφειλόταν λιγότερο στον μακρύ διάδρομο και τις κλειστές πόρτες απ' ό,τι στη σκληρή, εποπτική έκφραση του προσωπικού. Φαινόταν ότι οι εργαζόμενοι εκεί είχαν αναπτύξει μία κάποια καχυποψία απέναντι στα παιδιά που είχαν υπό την ευθύνη τους.

Ο επικεφαλής, ο Τόρκελ Λιντέν, ήταν ένας κοντός, φιλάρεσκος άντρας, που ισχυριζόταν ότι είχε μεγάλη εμπειρία σε παιδιά με αυτισμό κι αυτό ακουγόταν φυσικά σαν κάτι που εμπνέει εμπιστοσύνη. Αλλά στη Χάνα δεν άρεσε ο τρόπος που κοίταζε τον Άουγκουστ και γενικά δεν της άρεσε η διαφορά ηλικιών εκεί μέσα. Είδε ότι οι μισοί εκεί ήταν παιδιά και οι άλλοι μισοί έφηβοι. Αλλά ένιωσε πως ήταν αργά πια να αλλάξει γνώμη και στον δρόμο για το σπίτι της παρηγοριόταν με τη σκέψη ότι αυτό θα διαρκούσε για ένα μικρό χρονικό διάστημα. Μήπως να πήγαινε να πάρει τον Άουγκουστ το βράδυ;

Βυθίστηκε σε σκέψεις – σκέφτηκε τον Λάσε και τα μεθύσια του και για ακόμα μία φορά ότι έπρεπε να τον αφήσει και να πάρει τη ζωή της στα χέρια της. Όταν μπήκε στο ασανσέρ στην Τουργκάταν αναπήδησε. Ένας ελκυστικός άντρας καθόταν στη σκάλα και έγραφε σ' ένα σημειωματάριο. Όταν σηκώθηκε και τη χαιρέτησε, είδε ότι ήταν ο Μίκαελ Μπλούμκβιστ και τότε τρομοκρατήθηκε. Ίσως τη βάραιναν τόσο οι τύψεις της, που νόμισε ότι ο Μίκαελ θα την αποκάλυπτε. Αυτά ήταν βέβαια ανοησίες. Χαμογέλασε λίγο ντροπιασμένη. Εκείνος της ζήτησε συγγνώμη δύο φορές που την ενοχλούσε και τότε η Χάνα ένιωσε μεγάλη ανακούφιση. Τον θαύμαζε εδώ και πολλά χρόνια.

«Δεν έχω κανένα σχόλιο», είπε με φωνή που στην πραγματικότητα υποδήλωνε το αντίθετο.

«Ούτε κι εγώ επιδιώκω να αποσπάσω κανένα», της είπε και τότε η Χάνα θυμήθηκε πως αυτός και ο Λάσε είχαν πάει μαζί ή τουλάχιστον είχαν φτάσει ταυτόχρονα στον Φρανς τη νύχτα, αν και δεν μπορούσε να καταλάβει τι κοινό είχαν αυτοί οι δύο, αφού κι ετούτη τη στιγμή φαινόταν ακριβώς το αντίθετο, δηλαδή πως επρόκειτο για δύο άντρες εντελώς διαφορετικούς μεταξύ τους.

«Τον Λάσε θέλεις;» τον ρώτησε.

«Θα ήθελε να σου μιλήσω για τις ζωγραφιές του Άουγκουστ», είπε αυτός και η Χάνα ένιωσε ένα τσίμπημα πανικού.

Όμως τον άφησε να μπει στο σπίτι. Αυτό ήταν βέβαια απροσεξία. Ο Λάσε είχε εξαφανιστεί για να πάει να θεραπεύσει τη σούρα της προηγούμενης βραδιάς σε κανένα βρομομπάρ της περιοχής και μπορούσε να επιστρέψει οποιαδήποτε στιγμή. Θα γινόταν θηρίο αν έβλεπε έναν δημοσιογράφο αυτής της εμβέλειας να βρίσκεται στο σπίτι τους. Αλλά η Χάνα, παρά την ανησυχία της, είχε νικηθεί από την περιέργεια. Πώς, που να πάρει, ήξερε ο Μπλούμκβιστ για τις ζωγραφιές; Του είπε να καθίσει στον γκρίζο καναπέ του σαλονιού και πήγε στην κουζίνα να ετοιμάσει τσάι και μπισκότα. Όταν επέστρεψε με τον δίσκο στα χέρια, εκείνος της είπε:

«Δε θα σε ενοχλούσα αν δεν ήταν τελείως απαραίτητο».

«Δεν ενοχλείς», είπε αυτή.

«Ξέρεις, συνάντησα τον Άουγκουστ τη νύχτα», συνέχισε αυτός, «και το έχω σκεφτεί πολλές φορές».

«Ναι;» ρώτησε εκείνη.

«Δεν το κατάλαβα τότε», συνέχισε ο Μίκαελ. «Αλλά είχα την αίσθηση ότι κάτι ήθελε να μας πει και τώρα, εκ των υστέρων, νομίζω ότι ήθελε να ζωγραφίσει. Περιέφερε συνειδητά το χέρι του πάνω από το πάτωμα».

«Έκανε σαν δαιμονισμένος, δε λες καλύτερα».

«Δηλαδή συνέχισε κι εδώ στο σπίτι;»

«Δε φαντάζεσαι. Άρχισε αμέσως μόλις ήρθε, με πάθος κι αυτό ήταν πράγματι υπέροχο. Συγχρόνως, όμως, το πρόσωπό του έγινε κατακόκκινο και ανέπνεε βαριά. Ο ψυχολόγος που ήρθε εδώ με τον Άουγκουστ είπε ότι έπρεπε αμέσως να σταματήσει να ζωγραφίζει. Ήταν εμμονικό και βλαβερό για το παιδί».

«Τι ήταν αυτό που ζωγράφιζε;»

«Τίποτα το ιδιαίτερο – ήταν μάλλον εμπνευσμένο από το παζλ του. Αλλά ήταν πολύ δεξιοτεχνικά φτιαγμένο, με σκιές, προοπτική και όλα τα σχετικά».

«Ναι, αλλά τι ήταν;»

«Τετράγωνα».

«Τι είδους τετράγωνα;»

«Σκακιέρας, νομίζω», απάντησε αυτή και, ίσως να το φαντάζοταν, αλλά της φάνηκε ότι διέκρινε ένα ίχνος αγωνίας στα μάτια του Μίκαελ Μπλούμκβιστ.

«Μόνο τετράγωνα σκακιέρας;» είπε αυτός. «Τίποτε άλλο;»
«Και καθρέφτες», απάντησε αυτή. «Τετράγωνα σκακιέρας που αντικατοπτρίζονταν σε καθρέφτες».
«Έχεις πάει στο σπίτι του Φρανς;» τη ρώτησε αυτός με νέα ένταση στη φωνή του.
«Γιατί με ρωτάς;»
«Διότι το πάτωμα στο υπνοδωμάτιό του είναι σαν σκακιέρα που αντικατοπτρίζεται στους καθρέφτες των ντουλαπιών».
«Αχ, όχι!»
«Γιατί το λες αυτό;»
«Επειδή...»
Ένα κύμα ντροπής την κατέκλυσε.
«Το τελευταίο που είδα πριν του πάρω τη ζωγραφιά ήταν μία απειλητική σκιά που αναδυόταν μέσα από αυτά τα τετράγωνα».
«Την έχεις εδώ τη ζωγραφιά;»
«Ναι... ή μάλλον όχι».
«Όχι;»
«Φοβάμαι ότι την πέταξα».
«Κρίμα».
«Αλλά, ίσως...»
«Τι;»
«Είναι ακόμα στα σκουπίδια».

Ο Μίκαελ Μπλούμκβιστ είχε κατακάθια καφέ και γιαούρτι στα χέρια του, όταν έβγαλε ένα τσαλακωμένο χαρτί από τα σκουπίδια και το άνοιξε προσεκτικά πάνω στον νεροχύτη. Το σκούπισε με την ανάστροφη του χεριού του και το κοίταξε στο φως των σποτλάιτ που ήταν κάτω από τα ντουλάπια. Δεν ήταν μία τελειωμένη ζωγραφιά, καθόλου, και ακριβώς όπως είχε πει η Χάνα αποτελείτο κυρίως από τετράγωνα σκακιέρας, ιδωμένα από πάνω και από τα πλάγια και αν δεν είχε δει κανείς το υπνοδωμάτιο του Φρανς Μπάλντερ ήταν σίγουρα δύσκολο να καταλάβει ότι τα τετράγωνα ήταν πάτωμα. Αλλά ο Μίκαελ αναγνώρισε αμέσως τους καθρέφτες της ντουλάπας στη δεξιά πλευρά, καθώς και το σκοτάδι, το ιδιαίτερο σκοτάδι που είχε δει εκείνη τη νύχτα. Νόμισε ότι μεταφέρθηκε πίσω στη στιγμή που είχε μπει μέσα στο σπίτι από το σπασμένο παράθυρο, εκτός από μία μικρή λεπτομέρεια. Το δωμάτιο όπου είχε μπει ήταν κατασκότεινο. Στη ζωγραφιά διακρινόταν μία λεπτή γραμμή φωτός που ερχόταν διαγώνια από πάνω και απλωνόταν ως τα παράθυρα, δίνοντας το περίγραμμα μίας σκιάς, που δεν ήταν καθόλου καθαρή ή σαφής, αλλά ίσως γι' αυτό ακριβώς φάνταζε τόσο φρικιαστική.

Η σκιά είχε απλωμένο το ένα της χέρι και ο Μίκαελ έβλεπε τη ζωγραφιά με μία τελείως διαφορετική προοπτική απ' ό,τι η Χάνα. Δεν είχε καμία δυσκολία να καταλάβει τι ήταν αυτό το χέρι. Ήταν ένα χέρι που ήθελε να σκοτώσει και πάνω από τα τετράγωνα και τη σκιά υπήρχε ένα πρόσωπο του οποίου η απεικόνιση ακόμα δεν είχε τελειώσει.

«Πού είναι τώρα ο Άουγκουστ;» είπε αυτός. «Κοιμάται;»
«Όχι. Είναι...»
«Τι;»
«Τον έχω αφήσει κάπου προσωρινά. Ειλικρινά, δεν μπορούσα να τον κάνω καλά».
«Πού είναι;»
«Στην κλινική Ούντεν, στη Σβεαβέγκεν».
«Ποιος ξέρει ότι είναι εκεί;»
«Κανένας».
«Δηλαδή μόνο εσύ και το προσωπικό».
«Ναι».
«Και να παραμείνει έτσι. Συγγνώμη μια στιγμή».

Ο Μίκαελ έβγαλε το κινητό του και τηλεφώνησε στον Γιαν Μπουμπλάνσκι. Στον νου του είχε σχηματίσει άλλη μία ερώτηση για το «Κουτί της Λίσμπετ».

Ο Γιαν Μπουμπλάνσκι ήταν απογοητευμένος. Η έρευνα είχε βαλτώσει και προχωρούσε σημειωτόν. Ούτε το Blackphone ούτε και ο υπολογιστής του Φρανς Μπάλντερ είχαν βρεθεί και γι' αυτό δεν είχαν μπορέσει, παρά τις συνεχείς συνομιλίες με την τηλεφωνική εταιρεία, να καταγράψουν τις επαφές του με τον κόσμο, ενώ δεν είχαν καν μία σαφή εικόνα για τις δικαστικές διαμάχες του.

Ως τώρα δεν είχαν τίποτα παραπάνω από προπετάσματα καπνού και κλισέ, σκεφτόταν ο Μπουμπλάνσκι, τίποτα περισσότερο από το γεγονός ότι ένας Νίντζα, γρήγορα και αποτελεσματικά, είχε εμφανιστεί και μετά εξαφανιστεί μέσα στο σκοτάδι. Γενικά όλη αυτή η επιχείρηση είχε εκτελεστεί άψογα, σαν να την είχε φέρει εις πέρας ένα άτομο που δεν το διέκρινε κάποια από τις συνηθισμένες ανθρώπινες αδυναμίες και αντιθέσεις που πάντα συνηθίζουν να ενυπάρχουν στη συνολική εικόνα μίας δολοφονίας. Τούτο δω ήταν κλινικά καθαρό και ο Μπουμπλάνσκι δεν μπορούσε να διώξει απ' τον νου του τη σκέψη ότι σήμερα ήταν άλλη μία εργάσιμη μέρα για τον δράστη και σκεφτόταν αυτό και διάφορα άλλα όταν του τηλεφώνησε ο Μίκαελ Μπλούμκβιστ.

«Γεια σου», του είπε. «Για σένα μιλούσαμε. Θέλουμε να σε ανακρίνουμε πάλι το συντομότερο δυνατόν».

«Κανένα πρόβλημα. Αλλά τούτη τη στιγμή έχω κάτι πιο ενδιαφέρον να σου πω. Ο μάρτυρας, ο Άουγκουστ Μπάλντερ, είναι ένα παιδί *σαβάντ*», είπε ο Μίκαελ Μπλούμκβιστ.

«Τι πράγμα;»

«Ένα αγόρι που ίσως είναι βαριά καθυστερημένο, αλλά έχει ένα ιδιαίτερο χάρισμα. Ζωγραφίζει σαν αριστοτέχνης, με μία παράξενη μαθηματική σαφήνεια. Είδατε τις ζωγραφιές από το φανάρι που βρίσκονταν στο τραπέζι της κουζίνας στο Σαλτσεμπάντεν;»

«Ναι, στα γρήγορα. Εννοείς ότι δεν ήταν ο Φρανς Μπάλντερ που τις είχε ζωγραφίσει;»

«Όχι, όχι. Ήταν το αγόρι»

«Έδειχναν σαν πάρα πολύ ώριμες δουλειές».

«Αυτός τις έχει κάνει και σήμερα το πρωί κάθισε και ζωγράφισε τα τετράγωνα του πατώματος στο υπνοδωμάτιο του Μπάλντερ – ναι, και όχι μόνο αυτά. Ζωγράφισε και μία λεπτή γραμμή φωτός και μία σκιά. Προσωπικά πιστεύω ότι είναι η σκιά του δράστη και το φως η λάμπα στο μέτωπό του. Αλλά δεν μπορεί να ειπωθεί ακόμα τίποτα με σιγουριά. Διέκοψαν το αγόρι ενώ ζωγράφιζε».

«Πλάκα μού κάνεις;»

«Δεν είναι ώρα για πλάκες τώρα».

«Πώς τα ξέρεις όλα αυτά;»

«Είμαι στο σπίτι της μητέρας του, της Χάνας Μπάλντερ, στην Τουρσγκάταν και κοιτάζω τη ζωγραφιά. Αλλά το αγόρι δεν είναι εδώ πια. Είναι στο...» Ο δημοσιογράφος φάνηκε να διστάζει.

«Δε θέλω να σου πω περισσότερα από το τηλέφωνο», πρόσθεσε.

«Είπες ότι διέκοψαν το αγόρι ενώ ζωγράφιζε;»

«Ένας ψυχολόγος του απαγόρευσε να ζωγραφίζει».

«Πώς μπορεί κανείς να απαγορεύσει κάτι τέτοιο;»

«Ο ψυχολόγος δεν κατάλαβε τι σήμαιναν οι ζωγραφιές. Το είδε μόνο σαν μία εμμονή. Θα ήθελα να σας προτείνω να στείλετε αμέσως κόσμο εδώ. Έχετε τον μάρτυρά σας».

«Ερχόμαστε αμέσως. Τότε θα έχουμε την ευκαιρία να μιλήσουμε λίγο και μ' εσένα».

«Δυστυχώς, ετοιμάζομαι να φύγω από δω. Πρέπει να γυρίσω στη σύνταξη».

«Θα προτιμούσα να έμενες εκεί για λίγο, αλλά καταλαβαίνω. Και...»

«Ναι;»

«Σ' ευχαριστώ».

Ο Γιαν Μπουμπλάνσκι έκλεισε το τηλέφωνο και πήγε να πληροφορήσει όλη την ομάδα, πράγμα που αργότερα θα αποδεικνυόταν πως ήταν λάθος.

ΚΕΦΑΛΑΙΟ 15
21 ΝΟΕΜΒΡΙΟΥ

Η Λίσμπετ Σαλάντερ βρισκόταν στο κλαμπ σκακιού «Χακλούμπεν Ράουχερ» στην οδό Χελσινιεγκάταν. Δεν είχε καμία διάθεση να παίξει σκάκι. Το κεφάλι της πονούσε. Αλλά κυνηγούσε όλη τη μέρα και το κυνήγι την είχε φέρει εδώ. Από τότε που είχε καταλάβει ότι οι δικοί του είχαν πουλήσει τον Φρανς Μπάλντερ, του είχε υποσχεθεί ότι θα άφηνε τους προδότες στην ησυχία τους. Δεν της άρεσε, όμως, αυτή η στρατηγική. Είχε κρατήσει τον λόγο της, αλλά τώρα μετά τη δολοφονία θεωρούσε ότι δεν είχε πια καμία υποχρέωση να το κάνει.

Τώρα θα συνέχιζε με τον δικό της τρόπο. Αλλά δεν ήταν και τόσο εύκολο αυτό. Ο Άρβιντ Βράνιε δεν ήταν στο σπίτι του κι εκείνη δεν ήθελε να του τηλεφωνήσει· ήθελε να πέσει σαν κεραυνός στη ζωή του και γι' αυτό είχε πάει εδώ κι εκεί, φορώντας πάντα την κουκούλα του μπουφάν της. Ο Άρβιντ ζούσε ζωή κηφήνα. Αλλά όπως συμβαίνει και με πολλούς άλλους κηφήνες, υπήρχε μία κανονικότητα στις κινήσεις του και με τις φωτογραφίες που είχε ανεβάσει στο Facebook και στο Instagram, η Λίσμπετ είχε μάθει μερικά από τα μέρη όπου σύχναζε: «Ρις» στην οδό Μπιργεργιαρλσγκάταν, «Τεατεργκρίλεν» στη Νιμπρουγκάταν, «Χακλούμπεν Ράουχερ», «Καφέ Ριτόρνο» στην οδό Ουντενγκάταν και διάφορα άλλα μέρη, καθώς και μία αίθουσα σκοποβολής στην οδό Φριντχεμσγκάταν. Είχε βρει και τις διευθύνσεις δύο κοριτσιών. Ο Άρβιντ Βράνιε είχε αλλάξει από τότε που η Λίσμπετ τον είχε στο ραντάρ της. Δεν είχε αποβάλει μόνο το ύφος του ψώνιου από τα μούτρα του. Το ηθικό του είχε πιάσει πάτο. Η Λίσμπετ δεν έδινε και πολλά για ψυχολογικές θεωρίες, αλλά μπορούσε να διαπιστώσει ότι η πρώτη μεγάλη παράβαση οδήγησε σε μία σειρά από άλλες. Ο Άρβιντ δεν ήταν πια ένας φιλόδοξος και φιλάργυρος φοιτητής. Τώρα σέρφαρε σε πορνογραφικές σελίδες στα όρια της κατάχρησης και αγόραζε σεξ από το διαδίκτυο – βίαιο σεξ. Δύο ή τρεις από τις γυναίκες είχαν απειλήσει μετά ότι σκόπευαν να τον καταγγείλουν.

Αντί για ηλεκτρονικά παιχνίδια και έρευνες στον τομέα της τεχνητής νοημοσύνης, ο τύπος ενδιαφερόταν πια μόνο για εκδιδόμενες γυναίκες και μεθύσια στο κέντρο της πόλης. Ήταν προφανές ότι είχε αρκετά χρήματα αλλά κι ένα σωρό προβλήματα. Μόλις το πρωί εκείνης της μέρας είχε κάνει μια αναζήτηση μέσω του Google στο σάιτ «Πρόγραμμα προστασίας μαρτύρων, Σουηδία» κι αυτό φυσικά ήταν μεγάλη απροσεξία. Αν και δεν είχε επαφή με τη «Σολιφόν» πια, τουλάχιστον όχι από τον υπολογιστή του, αυτοί σίγουρα τον παρακολουθούσαν. Οτιδήποτε άλλο θα ήταν αντιεπαγγελματικό. Ίσως να βρισκόταν σε κατάρρευση πίσω από την κοσμοπολίτικη επιφάνεια κι αυτό φυσικά ήταν καλό. Ταίριαζε με τους σκοπούς της και όταν αυτή ξανατηλεφώνησε στο κλαμπ σκακιού –φαίνεται ότι το σκάκι ήταν η τελευταία επαφή με την παλιά ζωή του– πήρε το απρόσμενο μήνυμα ότι αυτός είχε μόλις έρθει.

Γι' αυτό κατέβαινε τώρα τη μικρή σκάλα στη Χελσινιεγκάταν και μετά, μέσω ενός διαδρόμου, μπήκε σε μία γκρίζα, κακοδιατηρημένη αίθουσα, όπου ένα τσούρμο ανθρώπων διαφορετικών ηλικιών –οι περισσότεροι γέροι– βρίσκονταν πάνω από τις σκακιέρες. Επικρατούσε μια ατμόσφαιρα υπνηλίας και κανένας δεν πρόσεξε την παρουσία της εκεί. Όλοι ήταν απασχολημένοι με τα δικά τους και το μόνο που ακουγόταν ήταν το κλικ από τα ρολόγια και καμιά σκόρπια βρισιά. Στους τοίχους υπήρχαν φωτογραφίες των Κασπάροφ, Μάγνους Κάρλστεν και Μπόμπι Φίσερ, ακόμα και ενός εφήβου, γεμάτου σπυριά ακμής Άρβιντ Βράνιε, που έπαιζε εναντίον της μεγάλης σκακίστριας Γιούντοθ Πογκάρ.

Τώρα, σε μία άλλη, μεγαλύτερη σε ηλικία εκδοχή, αυτός καθόταν σε ένα τραπέζι δεξιά προς το βάθος και φαινόταν να κάνει κάποιο νέο άνοιγμα. Δίπλα του βρίσκονταν δύο τσάντες με ψώνια. Φορούσε μία κίτρινη μάλλινη μπλούζα, φρεσκοσιδερωμένο λευκό πουκάμισο και ένα ζευγάρι γυαλιστερά εγγλέζικα παπούτσια. Παραήταν κομψός γι' αυτό το περιβάλλον και με προσεκτικά, διστακτικά βήματα η Λίσμπετ τον πλησίασε και τον ρώτησε αν ήθελε να παίξει. Αυτός την κοίταξε πρώτα από πάνω ως κάτω και μετά της είπε: «Οκέι».

«Ευγενικό εκ μέρους σου», απάντησε αυτή σαν μία καλοαναθρεμμένη κοπέλα και κάθισε χωρίς να πει τίποτε άλλο. Όταν άνοιξε την παρτίδα με ε4, εκείνος απάντησε με β5, πολωνικό γκαμπί, και μετά η Λίσμπετ έκλεισε τα μάτια και τον άφησε να παίζει.

Ο Άρβιντ Βράνιε προσπάθησε να συγκεντρωθεί στο παιχνίδι, αλλά δεν τα κατάφερνε. Ευτυχώς που η κοπέλα δεν ήταν και κανένα αστέρι. Πάντως δεν ήταν κακή. Πιθανώς ήταν αφοσιωμένη παίκτρια. Αλλά σε τι βοηθούσε αυτό; Εκείνος πάντως έπαιζε μαζί της και σίγουρα ήταν λίγο εντυπωσιασμένος, και ποιος ξέρει, ίσως να μπορούσε να την πάρει μετά μαζί του στο σπίτι. Βέβαια έδειχνε λίγο κατσούφα και στον Άρβιντ δεν άρεσαν τα κατσούφικα κορίτσια. Αλλά είχε ωραία βυζιά και ίσως μπορούσε να βγάλει πάνω της όλη του την απογοήτευση. Ήταν ένα καταραμένο πρωινό. Το νέο της δολοφονίας του Φρανς Μπάλντερ τον είχε ρίξει στο καναβάτσο.

Όμως δεν ήταν ακριβώς θλίψη αυτό που είχε νιώσει. Ήταν τρόμος. Μέσα του ισχυριζόταν ότι είχε ενεργήσει σωστά. Τι μπορούσε να περιμένει αυτός ο κωλοκαθηγητής όταν τον μεταχειριζόταν σαν μηδενικό; Αλλά βέβαια δε θα φαινόταν και πολύ ωραίο αν μαθευόταν ότι ο Άρβιντ τον είχε πουλήσει και το χειρότερο απ' όλα ήταν ότι υπήρχε κάποια σύνδεση. Δεν καταλάβαινε πώς ακριβώς φαινόταν αυτή η σύνδεση και προσπαθούσε να παρηγορήσει τον εαυτό του ότι ένας ηλίθιος σαν τον Μπάλντερ είχε σίγουρα αποκτήσει χιλιάδες εχθρούς. Αλλά κάπου το ήξερε – το ένα γεγονός συνδεόταν με το επόμενο κι αυτό τον τρομοκρατούσε.

Από τότε που ο Φρανς είχε πάρει τη θέση στη «Σολιφόν», ο

Άρβιντ φοβόταν ότι το όλο δράμα θα έπαιρνε μία τελείως ανησυχητική τροπή και τώρα καθόταν εδώ και επιθυμούσε να εξαφανιστούν όλα και ήταν σίγουρο ότι γι' αυτό πήγε στο κέντρο της πόλης το πρωί και μηχανικά αγόρασε ένα σωρό επώνυμα ρούχα, για να καταλήξει στο τέλος εδώ στο κλαμπ. Το σκάκι αποσπούσε καμιά φορά τις σκέψεις του και ήταν γεγονός ότι ένιωθε ήδη λίγο καλύτερα. Ένιωθε ότι είχε τον έλεγχο και ότι ήταν αρκετά ξύπνιος ώστε να συνεχίζει να δουλεύει τους άλλους. Έφτανε μόνο να δεις πώς έπαιζε – κι αυτή η γκόμενα δεν ήταν κακή.

Το αντίθετο, υπήρχε κάτι το ανορθόδοξο και δημιουργικό στο παίξιμό της που πιθανώς θα τσάκιζε πολλούς εδώ μέσα. Όμως αυτός, ο Άρβιντ Βράνιε, θα την έκανε κομμάτια. Εκείνος έπαιζε τόσο έξυπνα και σοφιστικέ, που αυτή δεν κατάλαβε ότι ήταν έτοιμος να της φάει τη βασίλισσα. Αθόρυβα μετέφερε προς τα μπρος τα πιόνια του και τώρα της πήρε τη βασίλισσα χωρίς να θυσιάσει τίποτα περισσότερο από έναν ίππο και της είπε φλερτάροντας με ήρεμο τόνο, που σίγουρα την εντυπωσίασε:

«Sorry, baby. Your queen is down!*»

Αλλά δεν είχε καμία ανταπόκριση, κανένα χαμόγελο, ούτε καν μία λέξη, τίποτα. Η κοπέλα τάχυνε τον ρυθμό της σαν να ήθελε να δώσει τέλος στην ταπείνωσή της – και γιατί όχι; Αυτός ευχαρίστως θα συντόμευε τη διαδικασία και μετά θα την πήγαινε κάπου για δύο ποτήρια πριν την πηδήξει. Ίσως να μην ήταν ευγενικός στο κρεβάτι. Όμως πιθανώς αυτή να τον ευχαριστούσε μετά. Ένα τέτοιο κατσούφικο μουνί σίγουρα θα είχε καιρό να πηδηχτεί και κατά πάσα πιθανότητα δε θα ήταν συνηθισμένη σε άνετους τύπους σαν κι αυτόν – που έπαιζε σε τέτοιο επίπεδο. Αποφάσισε να της κάνει λίγη επίδειξη και να της δείξει πώς είναι το σκάκι υψηλού επιπέδου. Αλλά αυτό δε συνέβη ποτέ. Ο Άρβιντ άρχισε να νιώθει ότι κάτι δεν πήγαινε καλά. Αντιμετωπίζει μία αντίσταση στο παιχνίδι του που δεν καταλάβαινε και προσπαθούσε να πείσει τον

---

* «Λυπάμαι, μωρό μου. Έχασες τη βασίλισσά σου». Αγγλικά στο πρωτότυπο. (Σ.τ.Ε.)

εαυτό του ότι ήταν της φαντασίας του μόνο ή το αποτέλεσμα μερικών απρόσεκτων κινήσεων από τη μεριά του. Σίγουρα θα έβαζε τα πράγματα στη θέση τους αν συγκεντρωνόταν και γι' αυτό επιστράτευσε όλο το δολοφονικό του ένστικτο. Αλλά τα πράγματα γίνονταν ολοένα και χειρότερα.

Ένιωθε μπλοκαρισμένος και όσο κι αν προσπαθούσε, εκείνη τον χτυπούσε και στο τέλος αναγκάστηκε να παραδεχτεί ότι η ισορροπία δυνάμεων είχε ανατραπεί – πόσο αρρωστημένο ήταν αυτό; Της είχε πάρει τη βασίλισσα και αντί να ενισχύσει το πλεονέκτημα που είχε, περιήλθε σε καταστροφικά μειονεκτική θέση. Τι είχε συμβεί; Μήπως είχε θυσιάσει εκείνη τη βασίλισσά της; Όχι τόσο γρήγορα στην παρτίδα. Ήταν αδύνατον. Αυτό ήταν κάτι που διαβάζει κανείς στα βιβλία, όχι κάτι που συμβαίνει σε τοπικές λέσχες σκακιού στη Βάσαστον και σίγουρα όχι κάτι που κάνουν πανκ κορίτσια με *πίρσινγκ* και προβλήματα συμπεριφοράς, ιδιαίτερα όχι εναντίον μεγάλων παικτών σαν εκείνον. Όμως, τίποτα δεν μπορούσε να τον σώσει πια.

Θα έχανε σε τέσσερις-πέντε κινήσεις και γι' αυτό δεν έβλεπε άλλη λύση από το να ρίξει με το δάχτυλό του κάτω τον βασιλιά του και να μουρμουρίσει ένα ξεψυχισμένο «συγχαρητήρια». Παρόλο που ήθελε να ξεφουρνίσει μερικές εξηγήσεις για να δικαιολογηθεί, κάτι του έλεγε ότι θα έκανε τα πράγματα χειρότερα. Σε αυτό το σημείο κατάλαβε ότι η ήττα δεν ήταν απόρροια μερικών ατυχών συνθηκών και παρά τη θέλησή του, φοβήθηκε πάλι. Ποια στο διάβολο ήταν αυτή;

Την κοίταξε προσεκτικά στα μάτια και τώρα εκείνη δεν έμοιαζε με κατσούφα και αβέβαια σκατογκόμενα. Τώρα του φαινόταν ψυχρή – σαν ένα σαρκοφάγο ζώο που κοιτούσε το θήραμά του, λες και η ήττα στη σκακιέρα δεν ήταν παρά μόνο η αρχή για κάτι άλλο πολύ χειρότερο. Αυτός έριξε μια ματιά προς την πόρτα.

«Δε θα πας πουθενά», του είπε αυτή.
«Ποια είσαι;» τη ρώτησε.
«Καμία ιδιαίτερη».
«Δεν έχουμε ιδωθεί ποτέ;»
«Όχι ακριβώς».

«Τότε πού...»
«Έχουμε ιδωθεί στους εφιάλτες σου, Άρβιντ».
«Πλάκα μού κάνεις;» προσπάθησε αυτός.
«Όχι, καθόλου».
«Τι εννοείς;»
«Τι νομίζεις ότι εννοώ;»
«Πώς θα μπορούσα να ξέρω;»
Δεν μπορούσε να καταλάβει γιατί ήταν τόσο φοβισμένος.
«Ο Φρανς Μπάλντερ δολοφονήθηκε τη νύχτα», συνέχισε αυτή μονότονα.
«Ναι... ναι... το διάβασα».
«Απαίσιο έτσι;»
«Πραγματικά».
«Ιδιαίτερα για σένα, έτσι δεν είναι;»
«Γιατί να είναι ιδιαίτερα απαίσιο για μένα;»
«Γιατί τον πρόδωσες, Άρβιντ. Επειδή του έδωσες το φιλί του Ιούδα».
Ανατρίχιασε σύγκορμος.
«Μαλακίες», είπε αυτός.
«Καθόλου. Χάκαρα τον υπολογιστή σου, έσπασα την κρυπτογράφησή σου και το είδα ξεκάθαρα. Και ξέρεις κάτι;» συνέχισε αυτή.
Εκείνος δυσκολευόταν να αναπνεύσει.
«Είμαι πεπεισμένη ότι ξύπνησες το πρωί και αναρωτιόσουν αν ο θάνατός του ήταν δικό σου λάθος. Και θα σε βοηθήσω σ' αυτό. Ήταν δικό σου λάθος. Αν δεν ήσουν τόσο φιλάργυρος, πικρόχολος και ασήμαντος και δεν είχες πουλήσει την τεχνική του στη "Σολιφόν", ο Φρανς Μπάλντερ θα ήταν στη ζωή σήμερα και πρέπει να σε προειδοποιήσω ότι αυτό με εξοργίζει, Άρβιντ. Θα σου κάνω μεγάλο κακό. Αρχικά θα σε υποβάλω σε μεταχείριση ίδια μ' αυτήν που υπέστησαν από σένα εκείνες οι γυναίκες που βρήκες στο διαδίκτυο».
«Είσαι τελείως άρρωστη, ε;»
«Προφανώς ναι, λίγο», απάντησε αυτή. «Εμπαθής. Υπερβολικά βίαιη. Κάτι τέτοιο».

Η Λίσμπετ άρπαξε το χέρι του με τέτοια δύναμη, που αυτός τρελάθηκε.

«Και ειλικρινά, Άρβιντ, η κατάσταση είναι πολύ άσχημη και... ξέρεις τι ακριβώς κάνω τώρα; Ξέρεις γιατί φαίνομαι τόσο αφηρημένη;»

«Όχι».

«Κάθομαι και σκέφτομαι τι θα σου κάνω. Σκέφτομαι ένα καθαρά βιβλικό μαρτύριο. Γι' αυτό είμαι λίγο αφηρημένη».

«Τι θέλεις;»

«Θέλω να εκδικηθώ – δεν είναι ξεκάθαρο;»

«Λες μαλακίες».

«Ούτε κατά διάνοια και νομίζω ότι το ξέρεις καλά. Αλλά είναι γεγονός πως υπάρχει μία διέξοδος».

«Τι θέλεις να κάνω;»

Δεν κατάλαβε γιατί το είπε αυτό. *Τι θέλεις να κάνω;* Αυτό δεν ήταν παρά μία ομολογία, συνθηκολόγηση άνευ όρων και σκεφτόταν να το αναιρέσει αμέσως και να την πιέσει για να δει αν εκείνη είχε αποδείξεις ή αν μπλόφαρε μόνο. Αλλά δεν άντεχε και το κατάλαβε αργότερα ότι δεν ήταν μόνο οι απειλές που είχε εκτοξεύσει ή η τρομακτική δύναμη που είχε στα χέρια της.

Ήταν η παρτίδα που έπαιξαν και η θυσία της βασίλισσας. Ήταν σοκαρισμένος απ' αυτό και κάτι στο υποσυνείδητό του του έλεγε ότι μία κοπέλα που παίζει με αυτόν τον τρόπο δεν μπορεί παρά να έχει αποδείξεις για τα μυστικά του.

«Τι θέλεις να κάνω;» επανέλαβε αυτός.

«Θα με ακολουθήσεις έξω και τότε θα σου πω, Άρβιντ. Θα μου πεις πώς ακριβώς έγινε και πούλησες τον Φρανς Μπάλντερ».

«Αυτό είναι ένα θαύμα», είπε ο Γιαν Μπουμπλάνσκι εκεί που στεκόταν στην κουζίνα, στο σπίτι της Χάνας Μπάλντερ, και κοίταζε την τσαλακωμένη ζωγραφιά που ο Μίκαελ Μπλούμκβιστ είχε βγάλει από τα σκουπίδια.

«Μην ταράζεσαι και πάθεις τίποτα», είπε η Σόνια Μούντιγκ, που στεκόταν δίπλα του και είχε φυσικά δίκιο.

Δεν ήταν τίποτα παραπάνω από μερικά τετράγωνα σκακιέρας σε ένα χαρτί και ακριβώς όπως είχε τονίσει ο Μίκαελ στο τηλέφωνο υπήρχε κάτι το παράξενα μαθηματικό στη ζωγραφιά, λες και το αγόρι ενδιαφερόταν περισσότερο για τη γεωμετρία των τετραγώνων και τον διπλασιασμό τους στους καθρέφτες απ' ό,τι για την απειλητική σκιά από πάνω τους. Πάντως ο Μπουμπλάνσκι εξακολουθούσε να είναι ενθουσιασμένος. Ξανά και ξανά είχε ακούσει πόσο βαριά καθυστερημένος ήταν ο Άουγκουστ Μπάλντερ και πόσο λίγο θα μπορούσε να τους βοηθήσει. Τώρα το αγόρι είχε κάνει μια ζωγραφιά που έδινε στον Μπουμπλάνσκι περισσότερες ελπίδες στην έρευνα απ' οτιδήποτε άλλο κι αυτό τον είχε αιχμαλωτίσει και ενίσχυε την παλιά του άποψη ότι δεν έπρεπε να υποτιμάει κανείς τίποτα ούτε να κολλάει σε προκαταλήψεις.

Ομολογουμένως δεν ήξεραν με βεβαιότητα αν ήταν η στιγμή του φόνου που ο Άουγκουστ προσπαθούσε να απεικονίσει. Η σκιά μπορούσε –τουλάχιστον θεωρητικά– να προέρχεται από κάποια άλλη περίσταση και δεν υπήρχαν καθόλου εγγυήσεις ότι το αγόρι είχε δει το πρόσωπο του δολοφόνου ή ότι θα μπορούσε να το ζωγραφίσει· και όμως... Ο Μπουμπλάνσκι αυτό πίστευε στα βάθη της καρδιάς του και όχι μόνο επειδή η ζωγραφιά στην παρούσα μορφή της ήταν άρτια από καλλιτεχνική άποψη.

Είχε δει και τις άλλες ζωγραφιές, είχε βγάλει και αντίγραφα και τις είχε φέρει εδώ μαζί του και σ' αυτές δε φαινόταν μόνο μία διάβαση πεζών και ένα φανάρι αλλά και ένας τσακισμένος άντρας με λεπτά χείλη, που από καθαρά αστυνομική οπτική γωνία είχε πιαστεί επ' αυτοφώρω. Ο άντρας περνούσε προφανώς με κόκκινο και το πρόσωπό του δεν ήταν μόνο δεξιοτεχνικά ζωγραφισμένο. Η Αμάντα Φλουντ, που δούλευε στην ομάδα του, τον είχε αναγνωρίσει αυτοστιγμεί ως τον παλιό άνεργο ηθοποιό Ρόγκερ Βίντερ, που είχε καταδικαστεί για μέθη και για κακοποίηση.

Η φωτογραφική ακρίβεια στη ματιά το Άουγκουστ ήταν το όνειρο κάθε αστυνομικού επιθεωρητή. Αλλά βέβαια, όπως ήταν αυτονόητο, ο Μπουμπλάνσκι αντιλήφθηκε επίσης ότι ήταν αντιεπαγγελματικό να έχει μεγάλες προσδοκίες. Ίσως ο δολοφόνος να ήταν μεταμφιεσμένος ή το πρόσωπό του να είχε ήδη ξεθωριάσει στη μνήμη του παιδιού. Υπήρχαν και μία σειρά άλλα πιθανά σενάρια και ο Μπουμπλάνσκι κοίταξε με κάποια μελαγχολία τη Σόνια Μούντιγκ.

«Πιστεύεις ότι παρασύρομαι από ευσεβείς πόθους», είπε αυτός.

«Για έναν άντρα που αμφιβάλλει για την ύπαρξη του Θεού, φαίνεται πως έχεις μια ευκολία να πιστεύεις στα θαύματα».

«Ναι, ίσως».

«Πάντως αξίζει να φτάσουμε ως το κόκαλο. Συμφωνώ», είπε η Σόνια Μούντιγκ.

«Ωραία, ας συναντήσουμε το αγόρι».

Ο Μπουμπλάνσκι βγήκε από την κουζίνα και έγνεψε με το κεφάλι στη Χάνα Μπάλντερ, που καθόταν στο σαλόνι, κρατώντας στα χέρια της κάτι χάπια.

Η Λίσμπετ και ο Άρβιντ πήγαν στο πάρκο Βασαπάρκεν πιασμένοι αγκαζέ, σαν παλιοί γνώριμοι. Αλλά τα φαινόμενα απατούσαν, φυσικά. Ο Άρβιντ ήταν τρομοκρατημένος και η Λίσμπετ Σαλάντερ τον οδήγησε σε ένα παγκάκι. Δεν ήταν και ο καλύτερος καιρός για να κάθεται κανείς εκεί έξω και να ταΐζει περιστέρια. Είχε αρχίσει να φυσάει πάλι, η θερμοκρασία έπεφτε και ο Άρβιντ κρύωνε. Αλλά η Λίσμπετ είχε την άποψη ότι το παγκάκι ήταν ό,τι έπρεπε. Του έσφιξε δυνατά το μπράτσο και τον ανάγκασε να καθίσει.

«Λοιπόν», είπε αυτή. «Ας μην το παρατραβήξουμε».

«Θα αφήσεις τ' όνομά μου έξω απ' αυτήν την ιστορία;»

«Δεν υπόσχομαι τίποτα, Άρβιντ. Αλλά οι δυνατότητές σου να ξαναγυρίσεις στην ελεεινή ζωή σου αυξάνουν σημαντικά αν μου μιλήσεις».

«Οκέι», είπε αυτός. «Ξέρεις το Darknet;»

«Το ξέρω», απάντησε εκείνη.

Μα, πώς την υποτιμούσε έτσι. Κανένας δεν ήξερε το Darknet καλύτερα από τη Λίσμπετ Σαλάντερ. Το Darknet ήταν η παράνομη φύτρα του ίντερνετ. Στο Darknet δεν έχει κανένας πρόσβαση χωρίς ένα ιδιαίτερο κρυπτογραφημένο πρόγραμμα. Η ανωνυμία χρήστη του Darknet είναι εγγυημένη. Κανένας δεν μπορεί να σε

βρει ή να εντοπίσει ίχνη σου. Γι' αυτό το Darknet είναι γεμάτο εμπόρους ναρκωτικών, γκάνγκστερ, παράνομους πωλητές όπλων, βομβιστές, απατεώνες, νταβατζήδες και χάκερς. Πουθενά αλλού στον κυβερνοχώρο δε γίνονται τόσες βρομιές όσες εκεί. Αν υπάρχει η κόλαση του ψηφιακού κόσμου, τότε είναι αυτή.
Αλλά το Darknet αυτό καθεαυτό δεν είναι κακό. Αν κάποιος το ήξερε αυτό καλά, δεν ήταν άλλος από τη Λίσμπετ. Σήμερα, όταν οι οργανώσεις κατασκοπείας και οι μεγάλες εταιρείες πληροφορικής ακολουθούν κάθε βήμα που κάνουμε στο διαδίκτυο, χρειάζονται και πολλοί τίμιοι άνθρωποι ένα μέρος που κανένας δεν τους βλέπει και γι' αυτό το Darknet έχει γίνει, επίσης, ένα μέρος για αντικαθεστωτικούς, προπαγανδιστές και μυστικές πηγές. Στο Darknet μπορούν να μιλήσουν και να διαμαρτυρηθούν οι αντιπολιτευόμενοι χωρίς να μπορούν να τους βρουν οι κυβερνήσεις τους και εκεί ακριβώς είχε κάνει η Λίσμπετ Σαλάντερ τις πιο σκοτεινές έρευνες και επιθέσεις της.

Ναι, η Λίσμπετ Σαλάντερ ήξερε το Darknet. Γνώριζε καλά τα σάιτ του, τις μηχανές αναζήτησης και τον λίγο παλιομοδίτικο, αργοκίνητο οργανισμό μακριά από το γνωστό, ανοιχτό δίκτυο.

«Έβαλες την τεχνική του Μπάλντερ για πώληση στο Darknet;»
«Όχι, όχι, περιπλανήθηκα μόνο χωρίς να έχω κάποιο σχέδιο. Ξέρεις, ο Φρανς ούτε γεια δε μου έλεγε καλά καλά. Με μεταχειριζόταν σαν μηδενικό και ειλικρινά δε νοιαζόταν για την τεχνική του πια. Ήθελε μόνο να τη χρησιμοποιήσει στις έρευνές του και όχι να έχει πρακτική εφαρμογή. Εμείς, όλοι, καταλάβαμε πως η τεχνική μπορούσε να αποφέρει απίθανα κέρδη και ότι εν τοιαύτη περιπτώσει θα γινόμασταν πλούσιοι. Αλλά αυτός αδιαφορούσε παντελώς, ήθελε να παίζει και να πειραματίζεται μ' αυτήν σαν παιδί και ένα βράδυ που ήμουν πιωμένος, πέταξα μία ερώτηση σε ένα σάιτ για αγορές: "Ποιος θα πλήρωνε αδρά για μία επαναστατική τεχνολογία Τεχνητής Νοημοσύνης;"»

«Και πήρες απάντηση;»
«Μετά από καιρό. Είχα σχεδόν ξεχάσει πια ότι είχα ρωτήσει. Αλλά στο τέλος μού έγραψε κάποιος που αποκαλούσε τον εαυτό του "Μπόγκι" και μου έκανε ερωτήσεις, εξειδικευμένες ερωτή-

σεις και στην αρχή απάντησα βλακωδώς απρόσεκτα, ακριβώς σαν να ασχολιόμουν με κάποιο ηλίθιο παιχνίδι. Αλλά μία μέρα αντιλήφθηκα ότι είχα μπλεχτεί κανονικά και τότε φοβήθηκα ότι ο "Μπόγκι" θα έκλεβε την τεχνική».

«Χωρίς να έχεις πάρει μία γι' αυτό».

«Δεν είχα καταλάβει σε τι χοντρό παιχνίδι είχα χωθεί. Ήταν μία κλασική περίπτωση, υποθέτω. Για να πουλήσω την τεχνική του Φρανς ήμουν αναγκασμένος να μιλήσω γι' αυτήν. Αλλά αν έλεγα πολλά, την είχα ήδη χάσει και ο "Μπόγκι" με καλόπιανε σατανικά. Στο τέλος γνώριζε πια πού βρισκόμασταν και με τι είδους προγράμματα δουλεύαμε».

«Οπότε σκέφτηκε να σας χακάρει».

«Πιθανώς, και ψάχνοντας βρήκε πώς με λένε κι αυτό με βούλιαξε τελείως. Έγινα τελείως παρανοϊκός και του εξήγησα ότι ήθελα να φύγω από τη μέση. Αλλά τότε ήταν ήδη αργά. Όχι ότι ο "Μπόγκι" με απείλησε, τουλάχιστον όχι κατευθείαν. Επέμενε ότι εγώ κι αυτός θα κάναμε μεγάλα πράγματα μαζί, ότι θα βγάζαμε ένα σωρό λεφτά και στο τέλος δέχτηκα να τον συναντήσω στη Στοκχόλμη, σε ένα κινέζικο πλωτό εστιατόριο στη Σέντερ Μελαρστράντ. Έκανε κρύο και φυσούσε εκείνη τη μέρα, θυμάμαι, κι εγώ είχε πάει νωρίς και στεκόμουν και κρύωνα. Αλλά αυτός δεν ήρθε, τουλάχιστον όχι το διάστημα της μισής ώρας που τον περίμενα, και μετά αναλογίστηκα μήπως με κάποιον τρόπο με παρακολουθούσε».

«Αλλά μετά εμφανίστηκε;»

«Ναι, και στην αρχή ήμουν τελείως σαστισμένος. Δεν μπορούσα να πιστέψω ότι ήταν αυτός. Έμοιαζε με ναρκομανή ή ζητιάνο και αν δεν είχα δει εκείνο το Πατέκ Φιλίπ ρολόι στον καρπό του, θα του έβαζα στο χέρι κάνα εικοσάρικο. Είχε κάτι μυστήριες πληγές στα μπράτσα και αυτοσχέδια τατουάζ, οι ώμοι του τραντάζονταν παράξενα όταν περπατούσε και η καμπαρντίνα του ήταν αξιοθρήνητη. Φαινόταν σαν να έμενε στον δρόμο λίγο-πολύ και το πιο παράξενο απ' όλα: ήταν περήφανος γι' αυτό. Τελικά ήταν μόνο το ρολόι και τα χειροποίητα παπούτσια που έδειχναν ότι είχε βγει απ' τα σκατά. Κατά τ' άλλα έδειχνε να θέλει να μείνει πιστός στις ρίζες του και όταν αργότερα του τα είχα δώσει όλα και γιορτάζαμε τη συμφωνία με κάνα-δυο μπουκάλια κρασί, τον ρώτησα για την καταγωγή του».

«Κι ελπίζω, για το δικό σου καλό, να σου ανέφερε μερικές λεπτομέρειες».

«Αν θέλεις να τον ψάξεις πρέπει να σε προειδοποιήσω...»

«Δε θέλω συμβουλές, Άρβιντ. Θέλω γεγονότα».

«Οκέι, ήταν βέβαια προσεκτικός», συνέχισε. «Όμως έμαθα κάποια πράγματα. Προφανώς δεν μπορούσε να μην τα πει. Είχε μεγαλώσει σε μία μεγάλη πόλη στη Ρωσία. Δεν είπε σε ποια. Είχε τους πάντες και τα πάντα εναντίον του, είπε. Τα πάντα! Η μητέρα του ήταν πουτάνα και ηρωινομανής, πατέρας του μπορούσε να ήταν ο οποιοσδήποτε και ήδη ως παιδί κατέληξε σε ένα ορφανοτροφείο που ήταν σκέτη κόλαση. Υπήρχε κάποιος τρελός εκεί, είπε, που συνήθιζε να τον βάζει σε ένα πάγκο που έκοβαν τα κρέατα στην κουζίνα και να τον χτυπάει με ένα σπασμένο μπαστούνι. Όταν ήταν έντεκα χρονών το έσκασε από το ορφανοτροφείο κι άρχισε να ζει στον δρόμο. Έκλεβε και τρύπωνε σε υπόγεια και σκάλες πολυκατοικιών για να ζεσταθεί, έπινε φτηνή βότκα και μεθούσε, σνίφαρε νέφτι και κόλλα, τον εκμεταλλεύονταν και τον χτυπούσαν. Αλλά ανακάλυψε ένα πράγμα».

«Τι;»

«Ότι είχε ένα ταλέντο. Αυτό που έπαιρνε ώρες σε κάποιον άλλον, εκείνος το έκανε σε μερικά δευτερόλεπτα. Ήταν πρωταθλητής στις διαρρήξεις κι αυτό ήταν η πρώτη περηφάνια του, η πρώτη του ταυτότητα. Πριν ήταν μόνο ένα άστεγο κωλόπαιδο που όλοι περιφρονούσαν και έφτυναν. Τώρα έγινε το αγόρι που έμπαινε όπου ήθελε και αρκετά σύντομα αυτό τον είχε συνεπάρει. Όλη τη μέρα ονειρευόταν ότι ήταν σαν τον Χουντίνι, αλλά από την ανάποδη. Δεν ήθελε να βγαίνει έξω, ήθελε να μπαίνει μέσα και έκανε εξάσκηση για να γίνει ακόμα καλύτερος, καμιά φορά δέκα, δώδεκα, δεκατέσσερις ώρες τη μέρα, έτσι τουλάχιστον είπε, και άρχισε να κάνει μεγαλύτερα κόλπα και να χρησιμοποιεί υπολογιστές που έκλεβε και τους μετέτρεπε. Χάκαρε παντού και τα 'κονόμαγε χοντρά. Αλλά όλα εξανεμίζονταν σε ναρκωτικά και τέτοια σκατά, ενώ συχνά τον έκλεβαν και τον εκμεταλλεύονταν. Μπορεί να ήταν νηφαλιότατος όταν έκανε τις παρανομίες του, αλλά μετά ταξίδευε στην ομίχλη της μαστούρας του και τότε υπήρχε πάντα κάποιος που τον εξαπατούσε. Ήταν ιδιοφυΐα και ηλίθιος ταυτόχρονα, είπε. Αλλά μία μέρα άλλαξαν όλα. Σώθηκε και βγήκε από την κόλασή του».

«Τι συνέβη;»

«Είχε κοιμηθεί σε κάποιο κτίριο που θα κατεδαφιζόταν και ήταν χειρότερα από ποτέ. Αλλά όταν άνοιξε τα μάτια του και κοίταξε γύρω στο χλομό φως, ένας άγγελος βρισκόταν μπροστά του».

«Ένας άγγελος;»

«Έτσι είπε, ένας άγγελος και ίσως αυτό ήταν εν μέρει η αντίθεση με όλα τα υπόλοιπα εκεί μέσα, τις σύριγγες, τα αποφάγια, τις κατσαρίδες και όλα τ' άλλα σκατά. Μου είπε ότι ήταν η ομορφότερη γυναίκα που είχε δει ποτέ. Ίσα ίσα που την έβλεπε και νόμιζε ότι θα πέθαινε. Αλλά η γυναίκα τού εξήγησε, σαν το πιο φυσικό πράγμα στον κόσμο, ότι θα τον έκανε πλούσιο και ευτυχισμένο κι αν κατάλαβα καλά, κράτησε την υπόσχεσή της. Του έδωσε καινούργια δόντια και τον έβαλε σε ένα ίδρυμα αποτοξίνωσης. Αυτή φρόντισε να εκπαιδευτεί ως τεχνικός πληροφορικής».

«Και μετά απ' αυτό, χακάρει υπολογιστές και κλέβει γι' αυτήν τη γυναίκα και το δίκτυό της».

«Κάπως έτσι. Έγινε ένας καινούργιος άνθρωπος, αλλά ίσως όχι τελείως, είναι ο ίδιος παλιός κλέφτης και αλήτης από πολλές απόψεις. Αλλά δεν παίρνει πια ναρκωτικά, είπε, και διαθέτει όλο τον ελεύθερο χρόνο του για να ενημερώνεται για τις νέες τεχνικές. Βρίσκει πολλά στο Darknet και είπε ότι είναι ζάμπλουτος».

«Και για κείνη τη γυναίκα – δεν είπε τίποτα περισσότερο γι' αυτήν;»

«Όχι, ως προς αυτό ήταν ιδιαίτερα προσεκτικός. Εκφράστηκε τόσο απροσδιόριστα και με τέτοιον σεβασμό, που για λίγο αναρωτιόμουν αν ήταν καθαρή φαντασία ή ψευδαίσθηση. Πάντως νομίζω ότι υπάρχει στ' αλήθεια. Ένιωθα έναν φυσικό τρόμο στον αέρα όταν μιλούσε για κείνη. Είπε πως προτιμούσε να πεθάνει παρά να την προδώσει και μου έδειξε έναν ρωσικό πατριαρχικό σταυρό από χρυσό που του είχε χαρίσει. Έναν σταυρό, ξέρεις, που έχει μία λοξή γραμμή κάτω στη λαβή και που γι' αυτό δείχνει και προς τα κάτω και προς τα πάνω. Είπε πως αυτό παρέπεμπε στο Κατά Λουκά ευαγγέλιο και στους δύο ληστές που ήταν κρεμασμένοι δίπλα στον Χριστό. Ο ένας ληστής πιστεύει σ' αυτόν και θα πάει στον ουρανό. Ο άλλος τον χλευάζει και θα πάει στην κόλαση».

«Και ήταν αυτό που σας περίμενε αν την προδίδατε;»

«Κάπως έτσι».

«Ώστε έβλεπε τον εαυτό της σαν τον Χριστό;»

«Ο σταυρός δεν είχε διόλου να κάνει με τον χριστιανισμό σε αυτήν την περίπτωση. Ήταν απλώς το μήνυμα που εκείνη ήθελε να διαβιβάσει».

«Πίστη ή τα βάσανα της κόλασης».

«Κάπως έτσι».

«Όμως, καθόσουν εκεί, Άρβιντ, και φλυαρούσες».

«Δεν έβλεπα άλλη εναλλακτική λύση».

«Ελπίζω να πήρες πολλά λεφτά».

«Βέβαια, ναι... αρκετά».

«Και μετά η τεχνική του Μπάλντερ πουλήθηκε στη "Σολιφόν" και στην "Τρουγκέιμς"».

«Ναι, αλλά δεν καταλαβαίνω... όχι τώρα που το σκέφτομαι».

«Τι είναι αυτό που δεν καταλαβαίνεις;»

«Πώς μπορείς εσύ να το ξέρεις;»

«Ήσουν αρκετά βλάκας, Άρβιντ, να στείλεις μέιλ στον Έκερβαλντ στη "Σολιφόν", δεν το θυμάσαι αυτό;»

«Αλλά δεν έγραψα τίποτα που να φανέρωνε ότι είχα πουλήσει την τεχνική. Ήμουν πολύ προσεκτικός στις εκφράσεις μου».

«Αυτά που είπες ήταν αρκετά για μένα», είπε εκείνη καθώς σηκωνόταν και τότε θαρρείς κι εκείνος έγινε χίλια κομμάτια.

«Τι θα γίνει τώρα; Θα κρατήσεις το όνομά μου έξω απ' αυτό;»

«Μπορείς να το ελπίζεις», απάντησε η Λίσμπετ και έφυγε με γρήγορα, σταθερά βήματα προς την Ουντενπλάν.

Καθώς κατέβαινε τη σκάλα στην Τουρσγκάταν, χτύπησε το τηλέφωνο του Μπουμπλάνσκι. Ήταν ο καθηγητής Τσαρλς Έντελμαν.

Ο Μπουμπλάνσκι τον είχε αναζητήσει όταν κατάλαβε ότι το αγόρι ήταν ένας σαβάντ. Στο δίκτυο είχε δει ότι υπήρχαν δύο αυθεντίες γι' αυτό το θέμα, που αναφέρονταν συνεχώς, η καθηγήτρια Λένα Εκ στο πανεπιστήμιο της Λουντ και ο Τσαρλς Έντελμαν στην Καρολίνσκα. Όμως, δεν είχε καταφέρει να βρει κανέναν απ' τους δυο τους και γι' αυτό σταμάτησε να τους ψάχνει και πήγε στη Χάνα Μπάλντερ. Τώρα τηλεφωνούσε ο Τσαρλς Έντελμαν και φαινόταν πολύ ταραγμένος. Βρισκόταν στη Βουδαπέστη, είπε, σε ένα συνέδριο για την αυξημένη ικανότητα μνήμης. Μόλις είχε φτάσει εκεί και δεν είχε δει τη δολοφονία παρά μόλις πριν από λίγο στο CNN.

«Αλλιώς θα είχα τηλεφωνήσει αμέσως, εννοείται», εξήγησε αυτός.

«Τι θέλετε να πείτε;»

«Ο Φρανς Μπάλντερ μου τηλεφώνησε χθες το βράδυ».

Ο Μπουμπλάνσκι αναπήδησε, όπως έκανε πάντα όταν κάτι τον ξάφνιαζε.

«Γιατί σας τηλεφώνησε;»

«Ήθελε να μου μιλήσει για τον γιο του και το χάρισμα του παιδιού».

«Γνωριζόσασταν;»

«Καθόλου. Με πήρε επειδή ανησυχούσε για το αγόρι και με ξάφνιασε λίγο».

«Γιατί;»

«Μα, επειδή ήταν ο Φρανς Μπάλντερ. Για εμάς τους νευρολόγους είναι ένα έμβλημα. Συνηθίζουμε να λέμε ότι θέλει να καταλάβει τον εγκέφαλο όπως κι εμείς. Η μόνη διαφορά είναι ότι αυτός θέλει να φτιάξει έναν εγκέφαλο και να του κάνει βελτιώσεις».

«Κάτι έχω ακούσει σχετικά».

«Αλλά απ' ό,τι ήξερα ήταν ένα κλειστό και δύσκολο άτομο. Ήταν κι ο ίδιος λίγο σαν μηχανή, ας πούμε: μόνο λογικοί κύκλοι. Αλλά μαζί μου ήταν πολύ ανοιχτός κι αυτό με σόκαρε, για να είμαι ειλικρινής. Ήταν... δεν ξέρω, σαν να ακούτε τον πιο σκληρό αστυνομικό σας να κλαίει και θυμάμαι ότι σκέφτηκα πως πρέπει να του συμβαίνει και κάτι άλλο πέρα απ' αυτά που συζητήσαμε».

«Εύστοχη η παρατήρησή σας. Είχε αντιληφθεί πως κινδύνευε η ζωή του», είπε ο Μπουμπλάνσκι.

«Πάντως είχε κάθε λόγο να βρίσκεται σε έξαψη. Οι ζωγραφιές του γιου του ήταν προφανώς άριστες και δεν είναι συνηθισμένο σε αυτήν την ηλικία, ούτε καν στους *σαβάντ*, κυρίως όχι όταν αυτό συνδυάζεται και με μία ιδιαίτερη ικανότητα στα μαθηματικά».

«Και στα μαθηματικά επίσης;»

«Ναι, σύμφωνα με τον Μπάλντερ ο γιος του ήταν ευφυής και στα μαθηματικά και γι' αυτό θα μπορούσα να μιλάω πολλή ώρα».

«Γιατί;»

«Επειδή με εξέπληξε πολύ και ταυτόχρονα όχι και τόσο πολύ. Ξέρουμε σήμερα ότι υπάρχει ένας κληρονομικός παράγοντας και για τους *σαβάντ* και εδώ έχουμε έναν πατέρα που είναι θρύλος χάρη στους εξελιγμένους του αλγόριθμους. Αλλά ταυτόχρονα...»

«Ναι;»

«Συνήθως δε συνδυάζεται σε αυτά τα παιδιά καλλιτεχνική και μαθηματική ευφυΐα».

«Δεν είναι ωραίο που η ζωή πότε πότε μας ξαφνιάζει;» είπε ο Μπουμπλάνσκι.

«Αυτό είναι αλήθεια, επιθεωρητά. Σε τι μπορώ να σας βοηθήσω;»

Ο Μπουμπλάνσκι υπενθύμισε στον εαυτό του όλα όσα είχαν συμβεί στο Σαλτσεμπάντεν και σκέφτηκε ότι δε θα πείραζε αν ήταν λίγο προσεκτικός.

«Μπορούμε να αρκεστούμε στο ότι χρειαζόμαστε τη βοήθεια και τις γνώσεις σας άμεσα».

«Το αγόρι έγινε μάρτυρας δολοφονίας, έτσι δεν είναι;»

«Ναι».

«Και τώρα θέλετε να προσπαθήσω να τον κάνω να ζωγραφίσει αυτό που είδε;»

«Δε θέλω να το σχολιάσω αυτό».

Ο Τσαρλς Έντελμαν στεκόταν στη ρεσεψιόν του ξενοδοχείου «Μπόσκολο» στη Βουδαπέστη, όχι μακριά από τον υπέροχο Δούναβη. Ο χώρος εκεί μέσα έμοιαζε λίγο με όπερα. Ήταν επιβλητικός και ψηλοτάβανος, με παλιούς θόλους και κολόνες. Ο Έντελμαν περίμενε με αδημονία εκείνη την εβδομάδα, με τα δείπνα και τις επιστημονικές ανακοινώσεις. Τώρα έκανε γκριμάτσες, περνώντας το χέρι απ' τα μαλλιά του. Είχε προτείνει τον νεαρό διδάκτορά του, τον Μάρτιν Βόλγκερς.

«Δυστυχώς δεν μπορώ να σας βοηθήσω προσωπικά. Έχω μία σημαντική ομιλία αύριο», είχε πει στον επιθεωρητή Μπουμπλάνσκι και σίγουρα αυτό ήταν αλήθεια.

Είχε ετοιμαστεί εβδομάδες γι' αυτό και θα αντέκρουε πολλούς κορυφαίους ερευνητές. Αλλά όταν έκλεισε το τηλέφωνο και συνάντησε φευγαλέα τη ματιά της Λένας Εκ –η Λένα περνούσε βιαστικά από κει με ένα σάντουιτς στο χέρι–, άρχισε να το μετανιώνει. Μέχρι που ζήλεψε τον νεαρό Μάρτιν, που δεν είχε κλείσει ούτε τα τριάντα πέντε καλά καλά, που πάντα έβγαινε ωραίος στις φωτογραφίες κι εκτός αυτού είχε ήδη αρχίσει να γίνεται γνωστός.

Ήταν αλήθεια ότι ο Τσαρλς Έντελμαν δεν είχε καταλάβει ακριβώς τι είχε συμβεί. Ο επιθεωρητής ήταν λίγο μυστικοπαθής. Πιθανώς να φοβόταν μήπως παρακολουθούσαν το τηλέφωνο, όμως δεν ήταν δύσκολο να συλλάβει τη γενική εικόνα. Το αγόρι ήταν δεξιοτέχνης στη ζωγραφική και μάρτυρας δολοφονίας. Αυτό μπορούσε να σημαίνει μόνο ένα πράγμα, έτσι δεν είναι, και όσο πιο πολύ το σκεφτόταν ο Τσαρλς Έντελμαν τόσο δυσφορούσε. Σημαντικές ομιλίες θα έκανε πολλές στη ζωή του. Αλλά να συμμετάσχει σε μία έρευνα δολοφονίας σε αυτό το επίπεδο – μία τέτοια ευκαιρία δε θα την είχε ποτέ ξανά. Όπως και να 'βλεπε αυτήν την υπόθεση που τόσο εύκολα είχε αναθέσει στον Μάρτιν, ήταν σίγουρα πολύ πιο ενδιαφέρουσα απ' ό,τι θα μπορούσε να του τύχει εκεί στη Βουδαπέστη και ποιος ξέρει, ίσως να κατέληγε και σε μεγάλη επιτυχία.

Έβλεπε τους πηχυαίους τίτλους μπροστά του: «Γνωστός νευρολόγος βοήθησε την αστυνομία στη διαλεύκανση της δολοφονίας» ή ακόμα καλύτερα: «Η έρευνα του Έντελμαν οδήγησε σε εντυπωσιακή ανακάλυψη στο κυνήγι του δολοφόνου». Πώς μπορούσε να είναι τόσο ανόητος και να αρνηθεί; Ήταν ηλίθιος, έτσι δεν είναι; Άρπαξε το κινητό του και τηλεφώνησε στον Μπουμπλάνσκι.

Ο Γιαν Μπουμπλάνσκι έκλεισε το τηλέφωνο. Εκείνος και η Σόνια είχαν βρει ένα μέρος να παρκάρουν όχι μακριά από τη Δημοτική Βιβλιοθήκη της Στοκχόλμης και μόλις είχαν διασχίσει τον δρόμο. Ήταν πάλι ένας απελπιστικός καιρός και του Μπουμπλάνσκι πάγωναν τα χέρια του.
«Άλλαξε γνώμη;» ρώτησε η Σόνια.
«Ναι. Δε σκοτίζεται για την ομιλία του».
«Πότε μπορεί να είναι εδώ;»
«Θα το ελέγξει. Το αργότερο αύριο το απόγευμα».
Πήγαιναν στο Ούντεν, στη Σβεαβέγκεν, για να συναντήσουν τον ιδιοκτήτη της κλινικής του Τόρκελ Λιντέν. Τελικά η συζήτηση θα έπρεπε να στραφεί γύρω από πρακτικά θέματα όσον αφορά τη μαρτυρία του Άουγκουστ Μπάλντερ – τουλάχιστον σύμφωνα με το σκεπτικό του Μπουμπλάνσκι. Αλλά αν και ο Τόρκελ Λιντέν δεν ήξερε ακόμα ποιος ήταν πραγματικά ο λόγος που πήγαιναν εκεί, ήταν τρομερά αρνητικός στο τηλέφωνο και είχε πει ότι δεν έπρεπε να ενοχλήσουν το αγόρι «με κανέναν τρόπο». Ο Μπουμπλάνσκι ένιωσε ενστικτωδώς την εχθρότητα στο τηλέφωνο και ήταν αρκετά ανόητος ώστε να μην τον αντιμετωπίσει ευγενικά. Έτσι είχαν κάνει μία πολύ κακή αρχή.

Τώρα διαπίστωναν ότι ο Τόρκελ Λιντέν δεν ήταν κανένας ψηλός και μεγαλόσωμος άντρας, όπως περίμενε ο Μπουμπλάνσκι. Αντίθετα, ο Λιντέν δεν ήταν πάνω από ένα μέτρο και πενήντα εκατοστά και είχε κοντοκομμένα, πιθανώς βαμμένα μαύρα μαλλιά και σφιγμένα χείλη που ενίσχυαν την αυστηρότητα του παρουσιαστικού του. Φορούσε μαύρο τζιν, μαύρο πουλόβερ με ψηλό γυριστό γιακά και μία κορδέλα με σταυρό γύρω από τον λαιμό του. Έμοιαζε με παπά και δεν υπήρχε καμία αμφιβολία ότι η εχθρότητα ήταν αυθεντική. Τα μάτια του ακτινοβολούσαν υπεροπτικά και ο Μπουμπλάνσκι ένιωσε πιο εβραίος από ποτέ – αυτό του συνέβαινε συχνά όταν συναντούσε κακεντρέχεια αυτού του είδους. Ενδεχομένως η ματιά αυτού του ανθρώπου ήταν επίσης μία ηθική επίδειξη δύναμης. Ο Τόρκελ Λιντέν ήθελε να δείξει ότι αυτός ήταν ανώτερος επειδή έβαζε πρώτα απ' όλα την ψυχική υγεία του παιδιού και δε θα επέτρεπε να γίνει αντικείμενο εκμετάλλευσης σε αστυνομι-

κές υποθέσεις, οπότε ο Μπουμπλάνσκι δεν βρήκε τίποτε άλλο από το να αρχίσει με τον καλύτερο τρόπο συμπεριφοράς του.
«Χάρηκα πολύ».
«Αλήθεια;» είπε αυτός.
«Ο ναι, πολύ ευγενικό εκ μέρους σας να μας δεχτείτε με τόσο σύντομη προειδοποίηση, αν και δε θα ερχόμαστε ποτέ έτσι, αν δεν πιστεύαμε ότι η υπόθεση είναι υψίστης σημασίας».
«Υποθέτω ότι, με κάποιον τρόπο, θέλετε να ανακρίνετε το αγόρι».
«Όχι ακριβώς», συνέχισε ο Μπουμπλάνσκι, όχι το ίδιο ευγενικά πια. «Θέλουμε περισσότερο... πρέπει πρώτα να τονίσω ότι είναι σημαντικό αυτό που θα πω να μείνει μεταξύ μας. Είναι ένα σημαντικό θέμα ασφάλειας».
«Η ασφάλεια είναι αυτονόητη για μας. Εδώ δεν έχουμε διαρροές», είπε ο Τόρκελ Λιντέν, σαν να υπονοούσε ότι είχε ο Μπουμπλάνσκι.
«Θέλω να σιγουρευτώ ότι το αγόρι μπορεί να είναι ασφαλές εδώ», είπε σε αυστηρό τόνο ο Μπουμπλάνσκι.
«Ώστε αυτή είναι η προτεραιότητά σας;»
«Ναι, πράγματι», είπε ο αστυνομικός ακόμα πιο αυστηρά, «και γι' αυτό, και το εννοώ πραγματικά, τίποτε από αυτά που θα πω και με κανέναν τρόπο δε θα διαδοθεί – ιδιαίτερα μέσω μέιλ ή τηλεφώνου. Μπορούμε να καθίσουμε κάπου μόνοι μας;»

Στη Σόνια Μούντιγκ δεν άρεσε καθόλου αυτό το μέρος. Αλλά σίγουρα την επηρέαζε το κλάμα. Κάπου εκεί κοντά έκλαιγε ένα κορίτσι αδιάκοπα και απελπισμένα. Κάθονταν σε ένα δωμάτιο που μύριζε απορρυπαντικό και κάτι άλλο, ίσως κάποιο θυμίαμα. Στον τοίχο κρεμόταν ένας σταυρός και στο πάτωμα βρισκόταν ένα φθαρμένο αρκουδάκι. Κατά τ' άλλα δεν υπήρχε κανένα διακοσμητικό ή επίπλωση και ο τόσο καλοπροαίρετος κατά τα λοιπά Γιαν Μπουμπλάνσκι ήταν έτοιμος να εκραγεί, οπότε ανέλαβε εκείνη την πρωτοβουλία και μίλησε αντικειμενικά και ήρεμα γι' αυτά που είχαν συμβεί.

«Όμως έχουμε ενημερωθεί», συνέχισε η Σόνια, «ότι ο συνεργάτης σας ψυχολόγος Έιναρ Φόρσμπεργ έχει πει ότι ο Άουγκουστ δεν πρέπει να ζωγραφίζει».

«Αυτή ήταν η επαγγελματική του εκτίμηση κι εγώ τη συμμερίζομαι. Το αγόρι δε νιώθει καλά μ' αυτό», απάντησε ο Τόρκελ Λιντέν.

«Θα μπορούσε να πει κανείς ότι είναι λογικό να μη νιώθει καλά, αφού είδε τον πατέρα του να δολοφονείται».

«Να μην κάνουμε τα πράγματα χειρότερα, έτσι δεν είναι;»

«Σωστά. Αλλά αυτή η ζωγραφιά που δεν αποτελείωσε ο Άουγκουστ μπορεί να μας οδηγήσει στην αναγνώριση του δολοφόνου και γι' αυτό επιμένουμε. Θα φροντίσουμε ώστε όλοι οι ειδικοί να είναι παρόντες».

«Παρ' όλα αυτά εγώ λέω όχι».

Η Σόνια δεν πίστευε στ' αυτιά της.

«Με κάθε σεβασμό για τη δουλειά σας», συνέχισε ο Τόρκελ Λιντέν αμετακίνητος. «Εδώ στο Ούντεν βοηθάμε ευάλωτα παιδιά. Αυτή είναι η δουλειά και η αποστολή μας. Δεν είμαστε συνεργάτες της αστυνομίας. Έτσι είναι και είμαστε περήφανοι γι' αυτό. Όσο διάστημα τα παιδιά βρίσκονται εδώ, θα νιώθουν ασφάλεια και εμείς βάζουμε τα δικά τους συμφέροντα σε πρώτο πλάνο».

Η Σόνια Μούντιγκ ακούμπησε το χέρι της στο γόνατο του Μπουμπλάνσκι για να τον εμποδίσει να πεταχτεί πάνω.

«Μπορούμε εύκολα να πάρουμε μία δικαστική απόφαση για το θέμα», είπε. «Αλλά δε θέλουμε να ακολουθήσουμε αυτόν τον δρόμο».

«Συνετό εκ μέρους σας».

«Άσε με να σε ρωτήσω κάτι», συνέχισε η Σόνια. «Ξέρεις εσύ κι ο Έιναρ Φόρσμπεργ με τόσο μεγάλη σιγουριά τι είναι το καλύτερο για τον Άουγκουστ ή για το κορίτσι που κλαίει εκεί πέρα; Δεν μπορεί να ισχύει απλώς το αντίθετο, ότι δηλαδή όλοι μας έχουμε την ανάγκη να εκφραστούμε; Εσύ κι εγώ μπορούμε να μιλήσουμε ή να γράψουμε ή ακόμα και να επικοινωνήσουμε με δικηγόρους, ο Άουγκουστ Μπάλντερ δεν έχει αυτήν τη δυνατότητα έκφρασης. Αλλά μπορεί να ζωγραφίσει και φαίνεται ότι θέλει να μας πει κάτι. Θα τον εμποδίσουμε; Δεν είναι ίσως το ίδιο απάνθρωπο να του το αρνηθούμε όπως το να εμποδίσουμε άλλα παιδιά να μιλήσουν; Να μην αφήσουμε τον Άουγκουστ να εκφράσει αυτό που τον βασανίζει περισσότερο απ' οτιδήποτε άλλο;»

«Η εκτίμησή μας...»

«Όχι», τον έκοψε αυτή. «Μη μιλάς για τις εκτιμήσεις σας. Έχουμε έρθει σε επαφή με το πρόσωπο που είναι ο καλύτερος στη χώρα για να κάνει αυτού του είδους τις εκτιμήσεις. Λέγεται Τσαρλς Έντελμαν, είναι καθηγητής νευρολογίας και βρίσκεται καθ' οδόν από την Ουγγαρία για να συναντήσει το αγόρι. Δεν είναι το πιο λογικό να αφήσουμε εκείνον να αποφασίσει;»

«Μπορούμε βεβαίως να τον ακούσουμε», είπε ο Τόρκελ Λιντέν απρόθυμα.

«Όχι μόνο να τον ακούσουμε. Να τον αφήσουμε να αποφασίσει».

«Υπόσχομαι να έχω έναν εποικοδομητικό διάλογο μαζί του, έναν διάλογο μεταξύ ειδικών».

«Ωραία. Τι κάνει τώρα ο Άουγκουστ;»

«Κοιμάται. Ήταν τελείως εξαντλημένος όταν ήρθε σ' εμάς».

Η Σόνια Μούντιγκ κατάλαβε ότι δε θα κατέληγε πουθενά αν επέμενε να ξυπνήσουν το αγόρι.

«Τότε θα επιστρέψουμε αύριο το πρωί μαζί με τον καθηγητή Έντελμαν και ελπίζω ότι όλοι μας θα μπορέσουμε να συνεργαστούμε πάνω σ' αυτό το θέμα».

ΚΕΦΑΛΑΙΟ 16
ΒΡΑΔΥ 21 ΝΟΕΜΒΡΙΟΥ
ΚΑΙ ΠΡΩΙ 22 ΝΟΕΜΒΡΙΟΥ

Η Γκαμπριέλα Γκρέιν έκρυβε το πρόσωπό της μες στα χέρια της. Δεν είχε κοιμηθεί εδώ και σαράντα ώρες και την είχε καταλάβει μία βαθιά ενοχή, που συνοδευόταν από έναν φρικτό πονοκέφαλο λόγω της αϋπνίας. Παρ' όλα αυτά είχε δουλέψει σκληρά όλη μέρα. Από σήμερα το πρωί ανήκε σε μία ομάδα της ΕΥΠ –που είχε συσταθεί με σκοπό μία παράλληλη έρευνα– η οποία επίσης δούλευε στο θέμα της δολοφονίας του Μπάλντερ, επίσημα για να παρακολουθήσουν τις αντιδράσεις στο εσωτερικό της χώρας, αλλά κρυφά ήταν αναμεμειγμένη και στην πιο μικρή λεπτομέρεια.

Την ομάδα αποτελούσαν ο επόπτης Μόρτεν Νίλσεν, που επίσημα ήταν επικεφαλής και που πρόσφατα είχε επιστρέψει μετά από ετήσια εκπαίδευση στο πανεπιστήμιο του Μέριλαντ στις ΗΠΑ – ένας άνθρωπος που ήταν αναμφίβολα ευφυής και μορφωμένος, αλλά πολύ συντηρητικός σύμφωνα με την άποψη της Γκαμπριέλας. Ο Μόρτεν ήταν μοναδική περίπτωση: ένας πολύ μορφωμένος Σουηδός που υποστήριζε ολόκαρδα τους ρεπουμπλικάνους των ΗΠΑ και συμπαθούσε το κίνημα «Tea-Party». Εκτός αυτών ήταν και ένας παθιασμένος ιστορικός πολέμου και έδινε διαλέξεις στην Ανώτερη Σχολή Στρατιωτικών και παρά το ότι ήταν ακόμη αρκετά νέος –τριάντα εννιά χρονών– είχε ένα τεράστιο παγκόσμιο δίκτυο επαφών.

Παρ' όλα αυτά, συχνά δυσκολευόταν να υποστηρίξει τις απόψεις του και την πραγματική ηγεσία την είχε ο Ράγκναρ Ούλοφσον, ο οποίος ήταν μεγαλύτερος στα χρόνια, θρασύτερος και μπορούσε να κάνει τον Μόρτεν να σωπάσει με ένα μικρό ξεφύσημα εκνευρισμού ή μόνο με μία ρυτίδα δυσαρέσκειας πάνω από τα πυκνά του φρύδια. Και η κατάσταση δεν έγινε καλύτερη για τον Μόρτεν με τη συμμετοχή του επιθεωρητή Λαρς Όκε Γκράνκβιστ στην ομάδα.

Πριν έρθει στην ΕΥΠ ο Λαρς Όκε Γκράνκβιστ ήταν ένας σχεδόν θρυλικός επιθεωρητής στο εγκληματολογικό τμήμα της Γενικής Διεύθυνσης της αστυνομίας, τουλάχιστον με την έννοια ότι μπορούσε να κάνει λιώμα οποιονδήποτε στο μεθύσι, ενώ χάρη στη γοητεία του διατηρούσε και μία ερωμένη σε κάθε πόλη. Σε γενικές γραμμές, αυτή δεν ήταν μία εύκολη σύναξη για να υποστηρίξει κανείς τις απόψεις του – ως και η Γκαμπριέλα στη διάρκεια του απογεύματος είχε κρατήσει ένα χαμηλό προφίλ. Αλλά αυτό δεν είχε να κάνει με τους άντρες της ομάδας και τις κοκορομαχίες τους, παρά με την αυξανόμενη αίσθηση της αβεβαιότητας. Ήταν στιγμές που ένιωθε ότι ήξερε λιγότερα απ' ό,τι προηγουμένως.

Θεωρούσε, για παράδειγμα, ότι οι αποδείξεις όσον αφορά το θέμα της παλιάς υπόθεσης για την ύποπτη εισβολή ήταν ελάχιστες ως και ανύπαρκτες. Τελικά δεν υπήρχε τίποτα παραπάνω από μία δήλωση του Στέφαν Μόλντε της FRA, που κι εκείνος δεν ήταν σίγουρος γι' αυτά που έλεγε. Κατά τη διάρκεια της ανάλυσής του είπε του κόσμου τις βλακείες, θεωρούσε αυτή, και ο Φρανς Μπάλντερ φαινόταν να πιστεύει περισσότερο τη χάκερ που της είχε αναθέσει την υπόθεση και που στα στοιχεία της έρευνας δεν αναφερόταν με τ' όνομά της, αλλά ο βοηθός του Μπάλντερ είχε δώσει μία πολύ παραστατική περιγραφή γι' αυτήν. Λογικά ο Φρανς Μπάλντερ είχε κρύψει πολλά στοιχεία από την Γκαμπριέλα πριν φύγει για τις ΗΠΑ.

Ήταν, για παράδειγμα, σύμπτωση το γεγονός ότι προσλήφθηκε από τη «Σολιφόν»;

Την έτρωγε η αβεβαιότητα την Γκαμπριέλα και ήταν εκνευρισμένη που δεν της παρείχαν περισσότερη βοήθεια από το Φορτ Μιντ. Δεν μπορούσε να βρει την Αλόνα Κασάλες και η NSA ήταν και πάλι μία πόρτα κλειστή. Γι' αυτό δεν είχε νέα στοιχεία να παρουσιάσει στην έρευνα. Κατέληξε, ακριβώς όπως ο Μόρτεν και ο Λαρς Όκε, στη σκιά του Ράγκναρ Ούλοφσον, που συνεχώς είχε νέες πληροφορίες από την πηγή του στην αστυνομία και αμέσως τις μετέφερε στη διευθύντρια της ΕΥΠ, τη Χελένα Κραφτ.

Αυτό δεν της άρεσε της Γκαμπριέλας και δεν κατάφερε τίποτα όταν υπέδειξε ότι η επικοινωνία με την αστυνομία δεν αύξανε μόνο το ρίσκο διαρροών· της φαινόταν, επίσης, ότι έχαναν την ανεξαρτησία τους. Αντί να αναζητήσουν στοιχεία μέσα από τα δικά τους κανάλια, ακολουθούσαν δουλικά τα στοιχεία που έρχονταν από την ομάδα του Μπουμπλάνσκι.

«Είμαστε σαν παιδιά που αντιγράφουν στις εξετάσεις – αντί να σκεφτόμαστε μόνοι μας, περιμένουμε να μας σφυρίξουν στο αυτί τις απαντήσεις», είχε πει μπροστά σε όλη την ομάδα και δεν έγινε δημοφιλέστερη γι' αυτό.

Τώρα καθόταν στο γραφείο της, αποφασισμένη να δουλέψει μόνη της και προσπαθούσε να δει ολόκληρη την εικόνα για να πάει παραπέρα. Ίσως να μην κατέληγε πουθενά. Από την άλλη, δε θα έβλαπτε και κανέναν αν ακολουθούσε τον δικό της δρόμο και δεν κοίταζε μέσα στο ίδιο τούνελ όπως οι άλλοι. Άκουσε βήματα έξω στον διάδρομο, κάτι ψηλά τακούνια που τώρα πια τα γνώριζε πολύ καλά η Γκαμπριέλα. Ήταν η Χελένα Κραφτ που μπήκε στο γραφείο της. Φορούσε ένα σακάκι Αρμάνι και είχε πιασμένα τα μαλλιά της κότσο. Η Χελένα την κοίταξε με συμπάθεια. Υπήρχαν στιγμές που της Γκαμπριέλας δεν της άρεσε αυτή η θετική μεταχείριση.

«Πώς είσαι;» τη ρώτησε εκείνη. «Στέκεσαι ακόμα όρθια;»

«Περίπου».

«Σκέφτομαι να σε στείλω σπίτι σου μετά την κουβέντα μας. Πρέπει να κοιμηθείς. Χρειαζόμαστε μία αναλύτρια με ξεκάθαρο νου».

«Συνετό μου ακούγεται».

«Και ξέρεις τι είπε ο Έρικ Μαρία Ρεμάρκ;»

«Ότι δεν έχει πλάκα να είσαι στα χαρακώματα ή κάτι τέτοιο».

«Χα, όχι, ότι πάντα οι λάθος άνθρωποι είναι εκείνοι που έχουν τύψεις. Αυτοί που πραγματικά προξενούν τις ταλαιπωρίες στον κόσμο αδιαφορούν. Εκείνους, όμως, που παλεύουν για το καλό τούς τρώνε οι τύψεις. Δεν έχεις κανέναν λόγο να ντρέπεσαι, Γκαμπριέλα. Έκανες ό,τι μπορούσες».

«Δεν είμαι σίγουρη γι' αυτό. Πάντως σ' ευχαριστώ»

«Έχεις ακούσει για τον γιο του Μπάλντερ;»

«Στα γρήγορα, από τον Ράγκναρ».

«Αύριο στις δέκα το πρωί θα συναντήσουν το αγόρι ο επιθεωρητής Μπουμπλάνσκι, η υπαστυνόμος Μούντιγκ και ο καθηγητής Τσαρλς Έντελμαν στην κλινική Ούντεν, στη Σβεαβέγκεν. Θα προσπαθήσουν να τον κάνουν να ζωγραφίσει».

«Ελπίζουμε να τα καταφέρουν. Αλλά δε μ' αρέσει που το ξέρω αυτό».

«Ήρεμα, ήρεμα είναι δική μου δουλειά να είμαι παρανοϊκή. Μόνο όσοι μπορούν να κρατήσουν το στόμα τους κλειστό το ξέρουν».

«Βασίζομαι σ' αυτό».

«Έχω κάτι να σου δείξω».

«Τι είναι;»

«Φωτογραφίες αυτού που χάκαρε τον συναγερμό του Μπάλντερ».

«Τις έχω δει ήδη. Τις έχω ελέγξει λεπτομερώς».

«Το έκανες, αλήθεια;» είπε η Χελένα Κραφτ και της έδωσε μία θολή μεγέθυνση από τον καρπό ενός χεριού.

«Τι τρέχει μ' αυτό;»

«Κοίταξε πάλι. Τι βλέπεις;»

Η Γκαμπριέλα κοίταξε και είδε δύο πράγματα: το πολυτελές ρολόι που είχε μαντέψει προηγουμένως και από κάτω, σε ένα σημείο που δε φαινόταν καθαρά, στο κενό μεταξύ γαντιού και μανικιού, μια-δυο γραμμές που έμοιαζαν με αυτοσχέδια τατουάζ.

«Δύο αντιθέσεις», είπε. «Μερικά φτηνά τατουάζ και ένα πανάκριβο ρολόι».

«Όχι απλώς πανάκριβο», είπε η Χελένα Κραφτ. «Αυτό είναι ένα Πατέκ Φιλίπ του 1951, μοντέλο 2499, της πρώτης σειράς ή ίσως και της δεύτερης».

«Δε μου λέει απολύτως τίποτα».

«Είναι ένα από τα καλύτερα ρολόγια που υπάρχουν. Ένα τέτοιο ρολόι πουλήθηκε σε δημοπρασία του "Κρίστις" στη Γενεύη πριν από μερικά χρόνια για κάτι παραπάνω από δύο εκατομμύρια δολάρια».

«Αστειεύεσαι;»

«Όχι, και δεν ήταν ο οποιοσδήποτε που το αγόρασε. Ήταν ο Γιαν φαν ντερ Βάαλ, δικηγόρος στο γραφείο "Ντάκστοουν & Σία". Το αγόρασε για λογαριασμό κάποιου πελάτη».

«Μιλάμε για το δικηγορικό γραφείο "Ντάκστοουν & Σία" που εκπροσωπεί τη "Σολιφόν";»

«Ακριβώς».

«Που να πάρει ο διάβολος!»

«Δεν ξέρουμε βέβαια αν το ρολόι από την κάμερα παρακολούθησης είναι αυτό που πουλήθηκε στη Γενεύη και δεν έχουμε καταφέρει να μάθουμε ποιος ήταν ο συγκεκριμένος πελάτης. Αλλά είναι μία αρχή, Γκαμπριέλα. Τώρα έχουμε έναν αδύνατο τύπο που μοιάζει σαν ναρκομανής και φοράει ένα ρολόι αυτής της κλάσης. Περιορίζεται κάπως ο αριθμός αυτών που μπορούμε να θεωρήσουμε υπόπτους».

«Το ξέρει ο Μπουμπλάνσκι αυτό;»

«Ήταν ένας από τους τεχνικούς της ομάδας του, ο Χένρικ Χόλμπεργ, που το ανακάλυψε. Αλλά τώρα θέλω εσύ, με το αναλυτικό σου μυαλό, να σκεφτείς τη συνέχεια. Πήγαινε σπίτι, κοιμήσου και ξεκίνα αύριο το πρωί».

Ο άντρας που αποκαλούσε τον εαυτό του Γιαν Χόλτσερ καθόταν στο διαμέρισμά του επί της οδού Χεγκμπεργσγκάταν στο Ελσίνκι, όχι μακριά από το Εσπλανάντ, και ξεφύλλιζε ένα άλμπουμ με φωτογραφίες της κόρης του Όλγας, που τώρα πια ήταν είκοσι δύο χρονών και σπούδαζε ιατρική στο Γκντανσκ της Πολωνίας.

Η Όλγα ήταν ψηλή, λεπτή, με έντονη προσωπικότητα και το καλύτερο που του είχε συμβεί ποτέ στη ζωή του, όπως συνήθιζε να λέει. Όχι μόνο επειδή ακουγόταν καλό αυτό και του έδινε την εικόνα ενός πατέρα που αναλάμβανε τις ευθύνες του. Ήθελε να το πιστεύει κιόλας. Αλλά ίσως και να μην ήταν πια αλήθεια. Η Όλγα είχε υποψιαστεί με τι ασχολιόταν ο πατέρας της.

«Προστατεύεις κακούς ανθρώπους;» τον είχε ρωτήσει μια μέρα και μετά απ' αυτό είχε γίνει μανιώδης με αυτό που η ίδια αποκαλούσε δέσμευσή της για την προστασία των «αδύναμων και ευάλωτων».

Όλα αυτά δεν ήταν παρά αριστερίστικες ηλιθιότητες, σύμφωνα με τη γνώμη του Γιαν, και δεν ταίριαζαν καθόλου στον χαρακτήρα της Όλγας. Έκανε απλώς την προσωπική της επανάσταση. Πίσω από τα παραφουσκωμένα λόγια για ζητιάνους και αρρώστους, ο ίδιος πίστευε ότι η μικρή συνέχιζε να του μοιάζει. Η Όλγα ήταν κάποια εποχή μία ταλαντούχα δρομέας των εκατό μέτρων. Είχε ύψος ένα μέτρο και ογδόντα έξι εκατοστά, ήταν μυώδης, εκρηκτική και παλιότερα της άρεσε να βλέπει ταινίες περιπέτειας και να ακούει τις αναμνήσεις του από τον πόλεμο. Στο σχολείο ήξεραν όλοι πως δεν ήταν καθόλου καλή ιδέα να μαλώσει κανείς μαζί της. Η Όλγα ανταπέδιδε τα χτυπήματα σαν πολεμιστής· δεν ήταν καθόλου φτιαγμένη για να ασχολείται με εκφυλισμένους και αδύναμους.

Αλλά τώρα ισχυριζόταν ότι ήθελε να δουλέψει στους «Γιατρούς χωρίς σύνορα» ή να πάει στην Καλκούτα σαν καμία ηλίθια Μητέρα Τερέζα. Ο Γιαν Χόλτσερ δεν το άντεχε αυτό. Ο κόσμος ανήκει στους δυνατούς, ισχυριζόταν. Αλλά αγαπούσε την κόρη του ό,τι κι αν του ξεφούρνιζε και αύριο, για πρώτη φορά μετά από μισό χρόνο, θα ερχόταν στο σπίτι του για μερικές μέρες, οπότε είχε αποφασίσει να είναι περισσότερο προσεκτικός αυτήν τη φορά και να μην παραληρεί αλαζονικά για τον Στάλιν και για τους μεγάλους ηγέτες – πράγμα που εκείνη μισούσε.

Το αντίθετο, θα φρόντιζε να δεθούν και πάλι. Ήταν σίγουρος πως τον χρειαζόταν. Ήταν αρκετά σίγουρος πως *αυτός* τη χρειαζόταν. Η ώρα ήταν οκτώ το βράδυ, πήγε στην κουζίνα, έστυψε τρία πορτοκάλια, έβαλε και Σμιρνόφ σε ένα ποτήρι και έφτιαξε ένα *σκρουντράιβερ*. Ήταν το τρίτο του σήμερα. Όταν τελείωνε κάποια δουλειά, μπορούσε να πιει έξι, επτά ποτά και ίσως να το έκανε και τώρα. Ήταν κουρασμένος και βαρύς απ' όλη την ευθύνη που είχε πέσει στους ώμους του και χρειαζόταν να χαλαρώσει.

Για μερικά λεπτά έμεινε να στέκεται ακίνητος με το ποτό στο χέρι· ονειρευόταν μία τελείως διαφορετική ζωή. Αλλά ο άντρας που αποκαλούσε τον εαυτό Γιαν Χόλτσερ έτρεφε φρούδες ελπίδες.

Η ηρεμία πήρε τέλος αμέσως μετά το τηλεφώνημα του Γιούρι Μπογκντάνοφ στο θωρακισμένο από υποκλοπές κινητό του. Στην αρχή ο Γιαν ήλπιζε ότι ο Γιούρι ήθελε μόνο να τα πούνε λιγάκι και να χαλαρώσουν από την ένταση που αναπόφευκτα κουβαλούσε μαζί της κάθε επιχείρηση. Αλλά ο συνάδελφος ήθελε να του μιλήσει για κάποια άκρως συγκεκριμένη δουλειά και ακουγόταν ταραγμένος.

«Έχω μιλήσει με τη "Θα"» είπε αυτός και τότε, μονομιάς, ο Γιαν ένιωσε μία σειρά πραγμάτων, κυρίως όμως ζήλεια.

Γιατί είχε τηλεφωνήσει η Κίρα στον Γιούρι και όχι σ' αυτόν; Αν και ο Γιούρι ήταν που έφερνε τα πολλά λεφτά και ανταμειβόταν με τα καλύτερα δώρα και τα μεγαλύτερα ποσά, ήταν πεπεισμένος ότι αυτός που βρισκόταν πιο κοντά στην Κίρα ήταν ο ίδιος. Αλλά ο Γιαν Χόλτσερ ένιωσε ταυτόχρονα και ανησυχία. Είχε πάει κάτι στραβά;

«Προέκυψε κανένα πρόβλημα;» ρώτησε.

«Η δουλειά δεν είναι τελειωμένη».

«Πού είσαι;»

«Εδώ, στην πόλη».

«Έλα εδώ τώρα να μου εξηγήσεις τι στο διάβολο εννοείς».

«Έχω κλείσει τραπέζι στο "Πόστρες"».

«Δεν αντέχω τα εστιατόρια πολυτελείας ούτε και κάποιες άλλες από τις συνήθειές σου του νεόπλουτου. Να τα μαζέψεις και να έρθεις εδώ».

«Δεν έχω φάει».

«Θα σου φτιάξω κάτι».

«Οκέι. Έχουμε μεγάλη νύχτα μπροστά μας».

Ο Γιαν Χόλτσερ δεν ήθελε κι άλλη μεγάλη νύχτα. Ακόμα λιγότερο δεν ήθελε να ειδοποιήσει την κόρη του ότι δε θα ήταν σπίτι αύριο. Δεν είχε, όμως, άλλη επιλογή. Το ήξερε το ίδιο καλά όπως το ότι αγαπούσε την Όλγα. Δε γινόταν να πει όχι στην Κίρα.

Εκείνη ασκούσε μία αόρατη δύναμη πάνω του και παρά το ότι είχε προσπαθήσει, ποτέ δεν μπορούσε να εμφανιστεί μπροστά της με τόση αξιοπρέπεια όση θα επιθυμούσε. Τον έκανε να νιώθει σαν μικρό παιδί και συχνά υποτασσόταν στο θέλημά της μόνο και μόνο για να τη δει να γελάει ή για να πετύχει αυτό που λαχταρούσε περισσότερο απ' όλα: να την αποπλανήσει.

Η Κίρα ήταν εκπληκτικά όμορφη και ήξερε να το εκμεταλλεύεται όσο καμία άλλη. Ήταν μία λαμπρή παίκτρια και γνώριζε όλους τους κανόνες. Μπορούσε να παραστήσει την αδύναμη και συντετριμμένη, αλλά και να φανεί άκαμπτη, σκληρή και ψυχρή σαν πάγος – καμιά φορά και καθαρά κακή. Κανένας άλλος δεν μπορούσε να τον πονέσει όπως αυτή.

Η Κίρα ίσως δεν ήταν τόσο ευφυής με την κλασική έννοια του όρου και πολλοί το επισήμαιναν, ίσως επειδή χρειάζονταν να την προσγειώσουν στη γη. Αλλά οι ίδιοι άνθρωποι την πατούσαν χοντρά όταν βρίσκονταν κοντά της. Η Κίρα τους έψηνε, τους άλλαζε τα φώτα και μπορούσε να κάνει και τον πιο σκληρό άντρα να κοκκινίσει και να χαζογελάει σαν σχολιαρόπαιδο.

Τώρα η ώρα ήταν εννιά το βράδυ και ο Γιούρι καθόταν δίπλα του και έτρωγε το φιλέτο αρνιού που του είχε ετοιμάσει ο Γιαν. Ήταν παράξενο που οι τρόποι του στο τραπέζι ήταν σχεδόν κόσμιοι. Σίγουρα κι αυτό οφειλόταν στην επιρροή της Κίρας. Ο τύπος είχε συμμαζευτεί από πολλές απόψεις για να γίνει άνθρωπος, αν κι αυτό δεν ήταν δυνατόν. Όσο και να προσπαθούσε δεν μπορούσε να ξεπλύνει την αίσθηση του μικροκλέφτη και του ναρκομανή. Παρά το ότι εδώ και πολύ καιρό ήταν αποτοξινωμένος και διπλωματούχος τεχνικός πληροφορικής, έδειχνε καταβεβλημένος, ενώ στις κινήσεις του και στο λικνιστό του βάδισμα υπήρχαν ακόμα ίχνη από τη ζωή του στο πεζοδρόμιο.

«Πού είναι το ακριβό ρολόι σου;»
«Το έχω παρατημένο».
«Έχεις πέσει σε δυσμένεια;»
«Κι οι δυο μας είμαστε σε δυσμένεια».
«Τόσο άσχημα είναι τα πράγματα;»
«Ίσως όχι».

«Μα, είπες ότι η δουλειά δεν είναι τελειωμένη».
«Όχι, είναι εκείνο το αγόρι».
«Ποιο αγόρι;»
Ο Γιαν παρίστανε ότι δεν καταλάβαινε.
«Εκείνο που τόσο ιπποτικά του χάρισες τη ζωή».
«Τι τρέχει μ' αυτόν. Είναι απλώς ένας ηλίθιος».
«Ίσως, όμως τώρα έχει αρχίσει να ζωγραφίζει».
«Τι ζωγραφίζει;»
«Είναι ένας *σαβάντ*».
«Τι πράγμα;»
«Έπρεπε να διαβάζεις και τίποτε άλλο εκτός από τα κωλοπεριοδικά σου με τα όπλα».
«Για τι πράγμα μιλάς;»
«Οι *σαβάντ* είναι αυτιστικοί ή με κάποιον άλλον τρόπο καθυστερημένοι άνθρωποι, που έχουν ένα ιδιαίτερο χάρισμα. Αυτό το αγόρι ίσως δεν μπορεί να μιλήσει ή να σκεφτεί λογικά, αλλά έχει μία φωτογραφική ματιά απ' ό,τι φαίνεται. Ο επιθεωρητής Μπουμπλάνσκι πιστεύει ότι το αγόρι μπορεί να ζωγραφίσει το πρόσωπό σου με μαθηματική ακρίβεια και μετά σκοπεύει να βάλει τη ζωγραφιά στο πρόγραμμα της αστυνομίας για την αναγνώριση υπόπτων, οπότε την έχεις πατήσει, έτσι δεν είναι; Δεν υπάρχεις κάπου στα αρχεία της Ιντερπόλ;»
«Βέβαια, αλλά δε φαντάζομαι να θέλει η Κίρα...»
«Αυτό ακριβώς θέλει. Πρέπει να κανονίσουμε το αγόρι».
Ένα κύμα εκνευρισμού και ανησυχίας τύλιξε τον Γιαν και είδε ξανά μπροστά του εκείνο το κενό βλέμμα που τον είχε κάνει να νιώσει πολύ άσχημα.
«Ξέχασέ το», είπε χωρίς να το πιστεύει.
«Ξέρω ότι έχεις προβλήματα με τα παιδιά. Ούτε εμένα μου αρέσει. Φοβάμαι όμως ότι δεν τη γλιτώνουμε. Εκτός αυτού θα έπρεπε να είσαι ευγνώμων. Η Κίρα θα μπορούσε να σε είχε θυσιάσει».
«Ναι».
«Ωραία, λοιπόν. Έχω τα αεροπορικά εισιτήρια στην τσέπη μου. Παίρνουμε το πρώτο αεροπλάνο για την Αρλάντα στις έξι και μι-

σή το πρωί και μετά θα πάμε σε ένα μέρος που λέγεται Ούντεν, μια κλινική για παιδιά και εφήβους στη Σβεαβέγκεν».
«Ώστε το αγόρι είναι σε κάποια κλινική».
«Ναι και γι' αυτό απαιτείται σχεδιασμός. Θα φάω το φαγητό μου και μετά ξεκινάω αμέσως».
Ο άντρας που αποκαλούσε τον εαυτό του Γιαν Χόλτσερ έκλεισε τα μάτια του και προσπάθησε να σκεφτεί τι θα έλεγε στην Όλγα.

Η Λίσμπετ Σαλάντερ σηκώθηκε στις πέντε το πρωί την επόμενη μέρα και χάκαρε τον σούπερ υπολογιστή NSF MRI στο Ινστιτούτο Τεχνολογίας του Νιου Τζέρσεϊ. Χρειαζόταν όλα τα μαθηματικά που μπορούσε να βρει και μετά άνοιξε το δικό της πρόγραμμα παραγοντοποίησης των ελλειπτικών καμπυλών.
Μετά άρχισε την προσπάθεια αποκωδικοποίησης του αρχείου που είχε κατεβάσει από την NSA. Αλλά όσο και να προσπαθούσε δεν τα κατάφερνε – στην πραγματικότητα δεν περίμενε και τίποτε άλλο. Ήταν μία σοφιστικέ RSA κρυπτογράφηση – είχε πάρει την ονομασία της από τους επινοητές της Ρίβεστ, Σαμίρ και Εϊντλμαν– είχε δύο κλειδιά, ένα ανοιχτό και ένα κρυφό και ήταν φτιαγμένη σύμφωνα με το θεώρημα του Έουλερ και το Μικρό Θεώρημα του Φερμά, αλλά κυρίως βασιζόταν στο απλό δεδομένο ότι είναι εύκολο να πολλαπλασιαστούν δύο μεγάλοι πρώτοι αριθμοί.*
Ακούγεται μόνο ένα «πλινκ» και η μηχανή μέτρησης δίνει την απάντηση. Όμως είναι σχεδόν αδύνατον να πάει κανείς ανάποδα και γνωρίζοντας το αποτέλεσμα να βρει ποιοι πρώτοι αριθμοί χρησιμοποιήθηκαν. Οι υπολογιστές δεν είναι ακόμα ιδιαίτερα καλοί στο να βρουν την παραγοντοποίηση των πρώτων αριθμών – αδυναμία που την είχαν σιχτιρίσει πολλές φορές και η Λίσμπετ και οι μυστικές υπηρεσίες των κρατών.

---

* Πρώτοι αριθμοί: αριθμοί που διαιρούνται από τον εαυτό τους και τη μονάδα π.χ. 3, 5, 7, 11, 13, 17... (Σ.τ.Μ.)

Λογικά ο αλγόριθμος GNFS* θεωρείται ως ο πιο αποτελεσματικός για την περίπτωση αυτή. Αλλά η Λίσμπετ εδώ και ένα χρόνο περίπου είχε την άποψη ότι θα ήταν καλύτερη η χρήση της μεθόδου ECM, Elliptic Curve Method. Γι' αυτόν τον λόγο είχε δουλέψει ατελείωτα βράδια, εξελίσσοντας ένα δικό της πρόγραμμα για την παραγοντοποίηση. Αλλά τώρα, τις πρωινές ώρες, διαπίστωσε ότι έπρεπε να εξελίξει το πρόγραμμα ακόμα περισσότερο αν ήθελε να έχει την παραμικρή δυνατότητα επιτυχίας και μετά από δουλειά τριών ωρών έκανε ένα διάλειμμα. Πήγε στην κουζίνα, ήπιε ένα κουτί χυμό πορτοκάλι και ζέστανε δύο μπαγκέτες στον φούρνο μικροκυμάτων.

Μετά ξαναγύρισε στο γραφείο της και χάκαρε τον υπολογιστή του Μίκαελ Μπλούμκβιστ για να δει μήπως εκείνος είχε βρει τίποτα καινούργιο. Της είχε κάνει δύο νέες ερωτήσεις κι αυτή το αντιλήφθηκε αμέσως – δεν τα πήγαινε καθόλου άσχημα ο τύπος.

«*Ποιος από τους βοηθούς του Φρανς Μπάλντερ τον πούλησε;*» έγραφε εκείνος και φυσικά ήταν μία εύλογη ερώτηση.

Όμως δεν του απάντησε. Όχι ότι την ένοιαζε ο Άρβιντ Βράνιε. Η Λίσμπετ είχε προχωρήσει παραπέρα και είχε καταλάβει ποιος ήταν εκείνος ο ισχνός πρεζάκιας με τον οποίο είχε έρθει σε επαφή ο Βράνιε. Είχε πει πως τον έλεγαν «Μπόγκι» και ο «Τρίνιτι» στη «Δημοκρατία των χάκερς» θυμόταν ότι κάποιος με ένα τέτοιο όνομα είχε κάνει την εμφάνισή του σε μερικά σάιτ των χάκερς πριν από μερικά χρόνια. Αυτό βέβαια μπορεί και να μη σήμαινε τίποτα.

Το «Μπόγκι» δεν ήταν μοναδικό ή ιδιαίτερα πρωτότυπο ως ψευδώνυμο. Αλλά η Λίσμπετ είχε βρει και διαβάσει μηνύματα και είχε την αίσθηση ότι πρέπει να ήταν το σωστό άτομο, ιδιαίτερα όταν ο κάτοχος του ψευδώνυμου σε μια στιγμή απροσεξίας είπε πως ήταν τεχνικός πληροφορικής του Πανεπιστημίου της Μόσχας.

Η Λίσμπετ δε βρήκε ποτέ είχε αποφοιτήσει ούτε και άλλα στοιχεία. Βρήκε, όμως, κάτι καλύτερο, κάποιες λεπτομέρειες: ότι ο

---

* General Number Field Sieve. (Σ.τ.Μ.)

«Μπόγκι» είχε ψώνιο με τα ακριβά ρολόγια και ήταν θεότρελος για τα παλιά γαλλικά φιλμ της δεκαετίας του '70 με τον Αρσέν Λουπέν, τον τζέντλεμαν-κλέφτη, αν κι αυτά τα φιλμ δεν ήταν της γενιάς του.

Μετά η Λίσμπετ έκανε ερωτήσεις σε όλα τα πιθανά κι απίθανα σάιτ για παλιούς και νέους φοιτητές του Πανεπιστημίου της Μόσχας, για να δει μήπως κάποιος γνώριζε έναν ισχνό πρώην πρεζάκια που ήταν παιδί του δρόμου, ικανότατος κλέφτης και του άρεσαν πολύ οι ταινίες του Αρσέν Λουπέν. Δεν περίμενε και πολλή ώρα να πάρει απάντηση.

«Ακούγεται σαν τον Γιούρι Μπογκντάνοφ», της έγραψε μια κοπέλα που συστήθηκε ως «Γκαλίνα».

Σύμφωνα με την «Γκαλίνα», ο Γιούρι ήταν θρύλος στο πανεπιστήμιο. Όχι μόνο επειδή χάκαρε τους υπολογιστές των καθηγητών και τους είχε στο χέρι. Συνεχώς έβαζε στοιχήματα και ρωτούσε τον κόσμο: «Βάζεις στοίχημα εκατό ρούβλια ότι μπορώ να μπω στο σπίτι εκεί πέρα;»

Πολλοί που δεν τον ήξεραν νόμιζαν πως θα κέρδιζαν εύκολα το στοίχημα. Αλλά ο Γιούρι έμπαινε παντού. Άνοιγε οποιαδήποτε πόρτα και σε περίπτωση που αυτό ήταν αδύνατον, ανέβαινε στις προσόψεις και στους τοίχους. Ήταν γνωστός ως τολμηρός και κακός. Μία φορά είπαν ότι σκότωσε στις κλοτσιές έναν σκύλο επειδή τον ενόχλησε στη δουλειά του και έκλεβε ασταμάτητα τον κόσμο, συχνά για να προκαλεί. Πιθανώς να έπασχε από κλεπτομανία, έλεγε η «Γκαλίνα». Αλλά τον θεωρούσαν εκπληκτικό χάκερ και αναλυτική ιδιοφυΐα και μετά το πτυχίο όλος ο κόσμος ήταν στα πόδια του. Εκείνος, όμως, δεν ήθελε να κάνει κάποια δουλειά. Ήθελε να τραβήξει τον δικό του δρόμο, είπε, και η Λίσμπετ δε χρειάστηκε πολλή ώρα για να βρει με τι ασχολήθηκε ο τύπος μετά τις σπουδές του – σύμφωνα πάντα με την επίσημη εκδοχή.

Ο Γιούρι Μπογκντάνοφ ήταν σήμερα τριάντα τεσσάρων ετών. Είχε φύγει από τη Ρωσία και έμενε στην οδό Μπουνταπέστερ Στράσε 8 στο Βερολίνο, όχι μακριά από το γκουρμέ εστιατόριο «Ούγκος». Ήταν ιδιοκτήτης μίας εταιρείας ηλεκτρονικής προστασίας, της «Άουτκαστ Σεκιούριτι», με επτά υπαλλήλους, που τον τελευταίο χρόνο είχε κάνει τζίρο είκοσι δύο εκατομμύρια ευρώ. Ήταν λίγο ειρωνικό -ίσως, όμως, και λογικό- που η βιτρίνα του ήταν μία εταιρεία που θα προστάτευε τα βιομηχανικά κονσόρτσιουμ από ανθρώπους σαν κι αυτόν. Δεν είχε καταδικαστεί για καμία παράνομη πράξη από τότε που πήρε το πτυχίο του το 2009 και το δίκτυο επαφών του φαινόταν τεράστιο. Στο συμβούλιο της εταιρείας ήταν μέλος, μεταξύ άλλων, ο Ιβάν Γκριμπάνοφ, μέλος του ρωσικού Κοινοβουλίου και μεγαλομέτοχος της εταιρείας πετρελαίου «Γκάζπρομ». Αλλά η Λίσμπετ δε βρήκε τίποτε άλλο που θα τη βοηθούσε να προχωρήσει περισσότερο.

Η δεύτερη ερώτηση του Μίκαελ Μπλούμκβιστ ήταν:

«*Η κλινική Ούντεν, για παιδιά και εφήβους, στη Σβεαβέγκεν. Είναι ασφαλής; (Σβήσ' το μόλις το διαβάσεις)*».

Δεν εξηγούσε γιατί ενδιαφερόταν γι' αυτό το μέρος. Αλλά απ' όσο ήξερε η Λίσμπετ τον Μίκαελ, δε συνήθιζε να πετάει ερωτήσεις άσκοπα. Ούτε και σ' αυτόν άρεσαν οι ανακρίβειες.

Αν ήταν αινιγματικός θα είχε τους λόγους του και επειδή έγραφε ότι θα έσβηνε την πρόταση, προφανώς επρόκειτο για ευαίσθητη πληροφορία. Ήταν ξεκάθαρο πως κάτι σημαντικό έτρεχε με την κλινική Ούντεν και η Λίσμπετ ανακάλυψε σύντομα ότι η κλινική είχε πολλές διαμαρτυρίες εναντίον της. Παιδιά είχαν ξεχαστεί ή αγνοηθεί και θα μπορούσαν να έχουν κάνει κακό στον εαυτό τους. Η κλινική ήταν ιδιωτική και ανήκε στην εταιρεία «Κέαρ Μι», που ιδιοκτήτης της ήταν ο Τόρκελ Λιντέν και φαινόταν -αν πίστευε κανείς τα όσα έλεγαν διάφοροι πρώην υπάλληλοί του- ότι διοικούσε την εταιρεία με απόλυτη εξουσία, καθώς τα λεγόμενα του Τόρκελ Λιντέν έπρεπε να εκλαμβάνονται ως αλήθειες, ενώ δεν αγόραζαν τίποτα άσκοπα και γι' αυτό τα περιθώρια κέρδους ήταν πάντα υψηλά.

Ο ίδιος ο Τόρκελ Λιντέν ήταν ένας παλιός κορυφαίος αθλητής, μεταξύ άλλων και πρωταθλητής Σουηδίας στην ενόργανη γυμναστική. Σήμερα ήταν παθιασμένος κυνηγός και μέλος της αίρεσης «Οι Φίλοι του Χριστού», που επιδιδόταν στο ανελέητο κυνηγητό των ομοφυλόφιλων. Η Λίσμπετ μπήκε στα σάιτ της Ομοσπονδίας Κυνηγών και στους «Φίλους του Χριστού» και κοίταξε αν είχαν επίκαιρες δραστηριότητες. Μετά έστειλε στον Τόρκελ Λιντέν ψεύτικα, αλλά άκρως φιλικά και ελκυστικά μέιλ, τα οποία φαίνονταν πως τα έστελναν οι οργανώσεις. Τα μέιλ περιείχαν pdf αρχεία με σοφιστικέ κατασκοπευτικούς ιούς, οι οποίοι θα έμπαιναν σε λειτουργία αυτόματα όταν θα άνοιγε τα μέιλ για να διαβάσει τα μηνύματα.

Στις 08:23 είχε ήδη μπει στον σέρβερ κι άρχισε να δουλεύει συστηματικά· ήταν ακριβώς όπως το είχε υποψιαστεί. Ο Άουγκουστ Μπάλντερ βρισκόταν στην κλινική από χθες το απόγευμα. Στο ιστορικό του παιδιού, όσον αφορά τις τραγικές συνθήκες στις οποίες οφειλόταν η εισαγωγή του στην κλινική, αναφερόταν:

«Νηπιακός αυτισμός, βαριά διανοητική ανεπάρκεια. Ανήσυχος. Βαριά τραυματική εμπειρία μετά τον θάνατο του πατέρα του. Απαιτείται συνεχής παρακολούθηση. Δύσκολο να τον χειριστεί κανείς. Είχε μαζί του παζλ. Δεν πρέπει να ζωγραφίσει! Αυτοκαταστροφική συμπεριφορά. Διάγνωση ψυχολόγου Φόρσμπεργ, επικύρωση Τ.Λ.».

Κάτω από αυτό υπήρχε μία σημείωση, προφανώς γραμμένη αργότερα:

«Ο καθηγητής Τσαρλς Έντελμαν, ο επιθεωρητής Μπουμπλάνσκι και η υπαστυνόμος Μούντιγκ, θα επισκεφθούν το αγόρι την Τετάρτη 22 Νοεμβρίου, ώρα 10:00. Ο Τ.Λ. θα είναι παρών. Ζωγραφική υπό επίβλεψη».

Και παρακάτω ήταν γραμμένο:

«Αλλαγή τόπου συνάντησης. Το αγόρι μεταφέρεται από τον Τ.Λ. και τον καθηγητή Έντελμαν στο σπίτι της μητέρας του Χάνας Μπάλντερ, όπου θα τους συναντήσουν οι αστυνομικοί Μπουμπλάνσκι και Μούντιγκ. Εκτιμάται ότι το αγόρι μπορεί να ζωγραφίσει καλύτερα στο οικιακό του περιβάλλον».

Η Λίσμπετ έκανε έναν γρήγορο έλεγχο για το ποιος ήταν ο καθηγητής Τσαρλς Έντελμαν και όταν είδε ότι η ειδικότητά του ήταν τα ταλέντα *σαβάντ* κατάλαβε αμέσως τι αφορούσε. Πρέπει να ήταν κάποια μαρτυρία σε χαρτί που έπρεπε να ολοκληρωθεί. Αλλιώς γιατί να ενδιαφέρονται ο Μπουμπλάνσκι και η Μούντιγκ για τη ζωγραφική του αγοριού και γιατί ο Μίκαελ να είναι τόσο προσεκτικός με την ερώτησή του; Αυτός ήταν ο λόγος που τίποτε απ' όλα αυτά δεν έπρεπε να γίνει γνωστό. Κανένας δράστης δεν έπρεπε να μάθει ότι το παιδί πιθανώς μπορούσε να τον ζωγραφίσει και η Λίσμπετ αποφάσισε να ελέγξει πόσο προσεκτικός ήταν ο Τόρκελ Λιντέν στην αλληλογραφία του. Φάνηκε ότι ήταν εντάξει. Δεν είχε γράψει τίποτε άλλο για τη ζωγραφική του αγοριού. Είχε πάρει ένα μέιλ από τον Τσαρλς Έντελμαν στις 23:10 το προηγούμενο βράδυ, με αντίγραφο στη Σόνια Μούντιγκ και τον Γιαν Μπουμπλάνσκι. Αυτό το μέιλ ήταν και ο λόγος αλλαγής του τόπου συνάντησης. Ο Τσαρλς Έντελμαν έγραφε:

«Γεια σου, Τόρκελ, ευγενικό εκ μέρους σου να με δεχτείς στην κλινική σας. Το εκτιμώ πολύ. Αλλά φοβάμαι ότι θα είμαι λίγο ενοχλητικός. Νομίζω ότι έχουμε δυνατότητες για καλύτερα αποτέλεσμα αν φροντίσουμε να ζωγραφίσει το αγόρι σε περιβάλλον όπου νιώθει ασφάλεια. Ως εκ τούτου τίποτε αρνητικό για την κλινική σας. Έχω ακούσει πολλά καλά γι' αυτήν».

Σκατά έχεις ακούσει, σκέφτηκε η Λίσμπετ και συνέχισε να διαβάζει:

«Γι' αυτό θα ήθελα να μεταφέρουμε το αγόρι στη μητέρα του, Χάνα Μπάλντερ, στην Τουρσγκάταν αύριο το πρωί. Κι αυτό γιατί σύμφωνα με τα ιατρικά δεδομένα, η παρουσία της μητέρας έχει θετική επίδραση σε παιδιά με ταλέντο *σαβάντ*. Αν εσύ και το αγόρι είσαστε έξω από την πόρτα στη Σβεαβέγκεν στις 09:15, μπορώ να σας πάρω μαζί μου στον δρόμο για το σπίτι. Τότε θα έχουμε και την ευκαιρία, μεταξύ συναδέλφων, να μιλήσουμε λίγο.
Με φιλικούς χαιρετισμούς,
Τσαρλς Έντελμαν».

Ώρα 07:01 και 07:14 ο Γιαν Μπουμπλάνσκι και η Σόνια Μούντιγκ αντίστοιχα, είχαν απαντήσει στο μέιλ. Υπήρχαν λόγοι, έγραφαν αυτοί, να εμπιστευτούν τις ειδικές γνώσεις του Έντελμαν και να ακολουθήσουν τις υποδείξεις του. Ο Τόρκελ Λιντέν είχε πριν από λίγο –ώρα 07:57– επιβεβαιώσει ότι θα στεκόταν έξω από την πόρτα της κλινικής στη Σβεαβέγκεν μαζί με το αγόρι και θα περίμενε τον Τσαρλς Έντελμαν. Η Λίσμπετ το σκέφτηκε λίγο. Μετά πήγε στην κουζίνα και πήρε μερικά παξιμάδια από το ντουλάπι, ενώ κοίταζε έξω προς το Σλούσεν και το Ρινταρφιέρντεν. Έτσι άλλαξε η συνάντηση, σκέφτηκε.

Αντί να ζωγραφίσει το αγόρι στην κλινική θα το μετέφεραν στο σπίτι, στη μητέρα του. Θα είχε μία «θετική επίδραση», έγραφε ο Έντελμαν, «η παρουσία της μητέρας έχει μία θετική επίδραση». Ήταν κάτι σε αυτήν τη φράση που δεν άρεσε στη Λίσμπετ. Της φαινόταν λόγο παλιομοδίτικη, σωστά; Και η εισαγωγή δεν ήταν καλύτερη: «Κι αυτό γιατί σύμφωνα με τα ιατρικά δεδομένα...»

Ακουγόταν χαζό και παρατραβηγμένο, αν και βεβαίως ήταν αλήθεια ότι πολλοί ακαδημαϊκοί έγραφαν σαν τσουγκράνες και η Λίσμπερ δεν ήξερε τίποτα για τον τρόπο έκφρασης του Τσαρλς Έντελμαν, αλλά ένας παγκοσμίου κύρους νευρολόγος έπρεπε να μιλά με άλλο ύφος για ιατρικά θέματα. Θα έπρεπε να 'ναι ίσως πιο κατηγορηματικός.

Η Λίσμπετ πήγε στον υπολογιστή της και κοίταξε στα γρήγορα μερικές εργασίες του Έντελμαν στο διαδίκτυο – πιθανώς υπήρχε σ' αυτές μία μικρή ανόητη πινελιά αυτοκολακείας που εισχωρούσε και στα πιο εξειδικευμένα κομμάτια. Αλλά δεν βρήκε πουθενά υπερβολική γλωσσική αδεξιότητα ή τίποτα το αφελές. Το αντίθετο, ο μπάρμπας ήταν τσεκουράτος. Μετά ξαναγύρισε στο μέιλ και κοίταξε στον SMTP-σέρβερ και τότε κάτι της έκανε γκελ αμέσως. Ο σέρβερ λεγόταν «Μπερντίνο», όνομα που της ήταν άγνωστο, ενώ δε θα έπρεπε. Έστειλε μία σειρά εντολές σ' αυτόν για να εξακριβώσει τι είδους ήταν και την επόμενη στιγμή είχε την απάντηση. Ο σέρβερ χειριζόταν το open mail relay· γι' αυτό ο αποστολέας μπορούσε να στείλει μηνύματα από όποια διεύθυνση ήθελε.

Με άλλα λόγια, το μέιλ του Έντελμαν ήταν ψεύτικο και τα αντίγραφα στον Μπουμπλάνσκι και στη Μούντιγκ ήταν απλώς παραπετάσματα καπνού. Αυτά τα μηνύματα είχαν μπλοκαριστεί και δεν στάλθηκαν ποτέ και γι' αυτό δε χρειαζόταν καν να κοιτάξει, ήδη το ήξερε: οι απαντήσεις των αστυνομικών και η συμφωνία τους για την αλλαγή διεύθυνσης ήταν επίσης μπλόφα, το κατάλαβε αμέσως. Κι αυτό δε σήμαινε μόνο ότι κάποιος παρίστανε ότι ήταν ο Έντελμαν. Πρέπει να υπήρχε κάποια διαρροή και κυρίως κάποιος που ήθελε να βγάλει το παιδί έξω, στη Σβεαβέγκεν.

Κάποιος τον ήθελε απροστάτευτο στον δρόμο για να... τι; Να τον απαγάγει ή να τον βγάλει από τη μέση; Η Λίσμπετ κοίταξε το ρολόι, ήταν ήδη εννιά παρά πέντε. Σε είκοσι μόλις λεπτά ο Τόρκελ Λιντέν και ο Άουγκουστ Μπάλντερ θα έβγαιναν στον δρόμο και θα περίμεναν κάποιον που δεν ήταν ο Τσαρλς Έντελμαν και σίγουρα δε θα 'ταν καθόλου φιλικός. Τι έπρεπε να κάνει;

Να τηλεφωνήσει στην αστυνομία; Η Λίσμπετ δεν ήθελε να έχει και πολλά πάρε-δώσε με την αστυνομία. Δε θα ήταν φρόνιμο, αν υπήρχε ρίσκο διαρροής. Μπήκε στο σάιτ του Ούντεν και βρήκε τον αριθμό του Τόρκελ Λιντέν. Αλλά έφτασε μόνο ως το τηλεφωνικό κέντρο. Ο Λιντέν ήταν σε κάποια συνάντηση, οπότε έψαξε τον αριθμό του κινητού του και πήρε σ' αυτό. Απάντησε ο τηλεφωνητής. Η Λίσμπερ βλαστήμησε δυνατά και μετά του έστειλε μέιλ και μήνυμα στο κινητό ότι δεν έπρεπε να βγει έξω στον δρόμο με το αγόρι, με τίποτα. Υπέγραψε ως «Σφήγκα». Δεν της ερχόταν τίποτα καλύτερο.

Μετά φόρεσε το δερμάτινο μπουφάν της και βγήκε έξω. Γύρισε αμέσως, έτρεξε στο διαμέρισμά της, πήρε το λάπτοπ της με το κρυπτογραφημένο αρχείο και το όπλο της, μία Μπερέτα 92, και τα έβαλε στη μαύρη τσάντα που είχε για την προπόνηση. Μετά βγήκε πάλι βιαστικά έξω και αναρωτήθηκε αν θα έπαιρνε το δικό της αυτοκίνητο, μία BMW M6 Κονβέρτιμπλ, που ήταν παρκαρισμένη και μάζευε σκόνη στο γκαράζ. Αποφάσισε να πάρει ταξί. Πίστευε ότι θα ήταν καλύτερα. Αλλά αμέσως το μετάνιωσε, το ταξί αργούσε και όταν τελικά ήρθε αποδείχτηκε ότι η κίνηση στους δρόμους δεν είχε ελαττωθεί.

Προχωρούσαν αργά και στη γέφυρα Σεντραλμπρούν το μποτιλιάρισμα ήταν μεγάλη. Είχε συμβεί κάποιο ατύχημα; Όλα πήγαιναν σημειωτόν, όλα εκτός από τον χρόνο που έτρεχε προς τα μπρος. Η ώρα πήγε εννιά και πέντε, εννιά και δέκα. Βιαζόταν, βιαζόταν και ίσως να ήταν ήδη αργά. Το λογικό ήταν ότι ο Τόρκελ Λιντέν και το αγόρι θα είχαν βγει στη Σβεαβέγκεν από πριν και ο δράστης – όποιος κι αν ήταν αυτός– θα είχε προλάβει ήδη να τους επιτεθεί.
Κάλεσε πάλι τον αριθμό του Λιντέν. Το τηλέφωνο χτύπαγε αλλά κανένας δεν απαντούσε και τότε βλαστήμησε πάλι και σκέφτηκε τον Μίκαελ Μπλούμκβιστ. Δεν είχε μιλήσει μαζί του εδώ και πάρα πολύ καιρό. Αλλά τώρα του τηλεφώνησε κι εκείνος της απάντησε. Στην αρχή ακούστηκε μουτρωμένος, αλλά μόλις κατάλαβε ότι ήταν αυτή ζωήρεψε και αναφώνησε:
«Λίσμπετ, εσύ είσαι;»
«Σκάσε και άκου», του είπε εκείνη.

Ο Μίκαελ ήταν στη σύνταξη στη Γετγκάταν, έχοντας μια διαβολεμένα κακή διάθεση και δεν ήταν μόνο επειδή είχε κοιμηθεί άσχημα πάλι. Απίστευτο, αλλά έφταιγε το ΤΤ. Το σοβαρό, ήπιο, αλλιώς τόσο άψογο πρακτορείο ειδήσεων ΤΤ, είχε δημοσιεύσει ένα άρθρο όπου με λίγα λόγια υποστήριζε ότι ο Μίκαελ σαμποτάρει την έρευνα της δολοφονίας και αποκρύπτει πληροφορίες που πρώτα σκέφτεται να τις δημοσιεύσει στο *Μιλένιουμ*.
Σκοπός του ήταν να σώσει το περιοδικό από την οικονομική καταστροφή και να αποκαταστήσει το δικό του «ναυαγισμένο κύρος». Ο Μίκαελ ήξερε ότι αυτό το άρθρο ήταν καθ' οδόν. Είχε μία μεγάλη συνομιλία με τον συντάκτη του, τον Χάραλντ Βαλίν, χθες το βράδυ. Αλλά δεν είχε μπορέσει να φανταστεί ότι το αποτέλεσμα θα ήταν τόσο καταστροφικό, ιδιαίτερα επειδή όλα αυτά δεν ήταν παρά ηλίθιοι υπαινιγμοί και άνευ ουσίας κατηγορίες.
Και όμως, ο Χάραλντ Βαλίν είχε γράψει ένα άρθρο που δεν απείχε πολύ από το να φαίνεται ουσιαστικό και αξιόπιστο. Ο Βαλίν πρέπει να είχε καλές πηγές και μέσα στο κονσόρτσιουμ «Σέρνερ» και μέσα στην αστυνομία. Ο τίτλος ήταν απλώς: «Κριτική του

εισαγγελέα στον Μπλούμκβιστ» και μέσα στο άρθρο είχαν παραχωρήσει αρκετές αράδες στον Μίκαελ για να υποστηρίξει τον εαυτό του. Αν ήταν μόνο το συγκεκριμένο άρθρο, η ζημιά δε θα ήταν τόσο μεγάλη. Αλλά ο εχθρός του που είχε ξεκινήσει αυτήν την ιστορία γνώριζε πολύ καλά πώς λειτουργεί η λογική των ΜΜΕ. Αν ένας τόσο σοβαρός μεσολαβητής ειδήσεων όπως το ΤΤ δημοσιεύει ένα άρθρο αυτού του τύπου, τότε δεν είναι απολύτως θεμιτό για όλους τους άλλους να πιαστούν απ' αυτό;

Τους παρακινεί, μάλιστα, να το χοντρύνουν περισσότερο. Αν το ΤΤ μουρμουρίζει, τότε οι απογευματινές εφημερίδες ουρλιάζουν και μουγκρίζουν. Είναι μία παλιά δημοσιογραφική αρχή και γι' αυτό οι τίτλοι στο διαδίκτυο ξετίναζαν τον Μίκαελ: «Ο Μπλούμκβιστ σαμποτάρει την έρευνα της δολοφονίας», «Ο Μπλούμκβιστ θέλει να σώσει το περιοδικό του. Αφήνει τον δολοφόνο να διαφύγει». Οι εφημερίδες ήταν βέβαια προσεκτικές και είχαν βάλει εισαγωγικά στους τίτλους. Αλλά η συνολική εντύπωση ήταν πως αποτελούσε μία καινούργια αλήθεια που παρουσιαζόταν στη διάρκεια του πρωινού καφέ και ένας χρονικογράφος ονόματι Γκούσταβ Λουντ, που έλεγε ότι είχε βαρεθεί τις υποκρισίες, έγραφε στο εισαγωγικό του: «Ο Μίκαελ Μπλούμκβιστ, που πάντα θέλει να παριστάνει ότι είναι καλύτερος από εμάς τους άλλους, αποκαλύπτεται ως ο κυνικότερος όλων μας».

«Ας ελπίσουμε ότι δε θα αρχίσουν να μας πετάνε στα μούτρα νομικά απαγορευτικά μέτρα», είπε ο γραφίστας και συνεταίρος του, ο Κρίστερ Μαλμ, που στεκόταν δίπλα στον Μίκαελ, μασώντας νευρικά μια τσίχλα.

«Ας ελπίσουμε ότι δε θα καλέσουν τους λοκατζήδες», απάντησε ο Μίκαελ.

«Τι;»

«Προσπαθώ να κάνω πλάκα. Δεν είναι παρά μόνο αηδίες».

«Φυσικά. Αλλά δε μ' αρέσει η ατμόσφαιρα», είπε ο Κρίστερ.

«Σε κανέναν δεν αρέσει. Αλλά το καλύτερο που μπορούμε να κάνουμε είναι να σφίξουμε τα δόντια και να δουλέψουμε, όπως πάντα».

«Το τηλέφωνό σου χτυπάει».

«Χτυπάει όλη την ώρα».
«Καλά θα κάνεις να απαντήσεις, για να μη βρουν να λένε κι άλλα χειρότερα».
«Ναι, ναι», μουρμούρισε ο Μίκαελ και το σήκωσε κακόκεφος.
Ήταν μία κοπέλα στο τηλέφωνο. Του φάνηκε ότι γνώριζε τη φωνή της, αλλά επειδή περίμενε κάτι τελείως διαφορετικό, στην αρχή δεν μπορούσε να καταλάβει ποια ήταν.
«Ποιος είναι;»
«Σαλάντερ», απάντησε η φωνή και τότε ο Μίκαελ χαμογέλασε πλατιά.
«Λίσμπετ, εσύ είσαι;»
«Σκάσε και άκου», του είπε εκείνη κι αυτός υπάκουσε.

Η κυκλοφορία είχε επανέλθει στους κανονικούς της ρυθμούς, η Λίσμπετ και ο ταξιτζής –ένας νεαρός άντρας από το Ιράκ, ο οποίος λεγόταν Αχμέτ και είχε δει από κοντά τον πόλεμο, έχοντας μάλιστα χάσει τη μητέρα του και τα δύο αδέρφια του σε τρομοκρατική επίθεση– είχαν φτάσει στη Σβεαβέγκεν και είχαν περάσει το μέγαρο μουσικής Κονσερτχιούσετ της Στοκχόλμης στην αριστερή πλευρά του δρόμου. Η Λίσμπετ, που δεν μπορούσε να αρκεστεί απλώς και μόνο στο να προχωράει, έστειλε άλλο ένα μήνυμα στον Τόρκελ Λιντέν και προσπάθησε να τηλεφωνήσει σε κάποιον άλλο από το προσωπικό του Ούντεν, κάποιον που θα μπορούσε να τρέξει έξω στον δρόμο και να τον προειδοποιήσει. Δεν πήρε απάντηση και βλαστήμησε δυνατά, ελπίζοντας ότι ο Μίκαελ θα τα κατάφερνε καλύτερα.

«Είναι κάτι το επείγον;» είπε ο Αχμέτ από μπροστά.

«Ναι», απάντησε εκείνη και τότε ο Αχμέτ πέρασε με κόκκινο και η Λίσμπετ του έσκασε ένα αμυδρό χαμόγελο.

Μετά επικέντρωσε την προσοχή της στα μέτρα που απέμεναν και λίγο πιο πέρα, αριστερά, είδε το Οικονομικό Πανεπιστήμιο και τη Δημοτική Βιβλιοθήκη της Στοκχόλμης. Δεν ήταν μακριά τώρα· κοίταζε τους αριθμούς των σπιτιών στη δεξιά πλευρά και να, εκεί ήταν ο αριθμός του Ούντεν, και ευτυχώς, κανένας δεν κειτόταν νεκρός στο πεζοδρόμιο. Ήταν μία συνηθισμένη μελαγχολική μέρα του Νοέμβρη, τίποτε παραπάνω, με τον δρόμο γεμάτο ανθρώπους που πήγαιναν στη δουλειά τους. Αλλά, για στάσου μια στιγμή... η Λίσμπετ πέταξε μερικά κατοστάρικα στον Αχμέτ και κοίταξε πέρα, προς τη μακριά, χαμηλή, διάστικτη πράσινη μάντρα στην άλλη πλευρά του δρόμου.

Εκεί στεκόταν ένας μεγαλόσωμος άντρας, με σκούφο και σκούρα γυαλιά ηλίου και κοιτούσε έντονα μπροστά του την πόρτα επί της Σβεαβέγκεν. Υπήρχε κάτι το παράξενο στη στάση του. Η Λίσμπερ δεν μπορούσε να δει το δεξί του χέρι. Αλλά το μπράτσο του ήταν τεντωμένο και έτοιμο. Τότε η Λίσμπετ κοίταξε ξανά προς την πόρτα απέναντι, όσο μπορούσε να δει, έτσι λοξά που βρισκόταν, και πρόσεξε ότι ίσα ίσα εκείνη τη στιγμή η πόρτα άνοιγε.

Η πόρτα άνοιξε αργά, λες και αυτός που έβγαινε δίσταζε ή λες και η πόρτα ήταν πολύ βαριά και τότε η Λίσμπετ φώναξε στον Αχμέτ να σταματήσει. Μετά πετάχτηκε έξω από το αυτοκίνητο ενώ αυτό βρισκόταν ακόμα εν κινήσει, την ίδια ακριβώς στιγμή που ο άντρας στην απέναντι πλευρά του δρόμου σήκωνε το δεξί του χέρι και σημάδευε με μια διόπτρα προς την πόρτα που άνοιγε αργά αργά.

ΚΕΦΑΛΑΙΟ 17
22 ΝΟΕΜΒΡΙΟΥ

Στον άντρα που αποκαλούσε τον εαυτό του Γιαν Χόλτσερ δεν άρεσε εκείνη η κατάσταση. Το μέρος ήταν πολύ ανοιχτό και η ώρα λάθος. Υπήρχε πολύς κόσμος και παρά το ότι είχε μεταμφιεστεί όσο καλύτερα μπορούσε, τον ενοχλούσε πάρα πολύ το φως της μέρας, οι περιπατητές στο πάρκο πίσω του και περισσότερο από κάθε άλλη φορά ένιωθε ότι μισούσε να σκοτώνει παιδιά.

Αλλά τώρα έτσι είχαν τα πράγματα και κάπου αναγκάστηκε να παραδεχτεί ότι ο ίδιος τα είχε κάνει μούσκεμα.

Είχε υποτιμήσει το αγόρι και τώρα έπρεπε να διορθώσει το λάθος του κι αυτήν τη φορά δεν έπρεπε να πέσει θύμα ευσεβών λογισμών ή των δικών του δαιμόνων. Θα επικεντρωνόταν μόνο στην αποστολή του και θα γινόταν ο γνήσιος επαγγελματίας που στην πραγματικότητα ήταν και κυρίως δε θα σκεφτόταν την Όλγα και ακόμα λιγότερο εκείνο το κενό βλέμμα που τον είχε κοιτάξει στο υπνοδωμάτιο του Μπάλντερ.

Έπρεπε να μείνει συγκεντρωμένος στην πόρτα, στην άλλη πλευρά του δρόμου και στο Ρέμινγκτον πιστόλι του που κρατούσε κρυμμένο κάτω από το μπουφάν του και που από στιγμή σε στιγμή θα έβγαζε. Αλλά γιατί δε συνέβαινε τίποτα; Ένιωθε ξερό το στόμα του. Ο αέρας ήταν τσουχτερός και παγωμένος. Υπήρχε χιόνι κατά μήκος του δρόμου και του πεζοδρομίου και ολόγυρα ο κόσμος πήγαινε πέρα-δώθε βιαστικός στις δουλειές του. Έπιασε πιο σφιχτά το όπλο και έριξε μια ματιά στο ρολόι του. Η ώρα ήταν 09:16 και έγινε 09:17. Αλλά ακόμα κανένας δεν έβγαινε από την πόρτα εκεί πέρα κι αυτός βλαστήμησε: μήπως πήγαινε κάτι στραβά; Τώρα βέβαια δεν είχε άλλες εγγυήσεις πέρα από τα λεγόμενα του Γιούρι. Αλλά υπό κανονικές συνθήκες αυτό έφτανε και περίσσευε. Ο Γιούρι ήταν σκέτος μάγος με τους υπολογιστές και χθες το βράδυ είχε στρωθεί στη δουλειά και είχε γράψει ψεύτικα μέιλ – είχε δεχτεί βοήθεια από τις επαφές του στη Σουηδία όσον αφορά τη γλώσσα, ενώ ο Γιαν είχε μελετήσει όλα τα υπόλοιπα, τις φωτογραφίες από τον τόπο εκεί γύρω, την επιλογή όπλου και κυρίως τον δρόμο διαφυγής από κει, με το νοικιασμένο αυτοκίνητο που ο Ντένις Βίλτον από τη «Λέσχη μοτοσικλετιστών του Σβάβελσε» είχε κανονίσει γι' αυτούς, με πλαστό όνομα, και που τώρα ήταν έτοιμο λίγα τετράγωνα πιο πέρα, με τον Γιούρι στο τιμόνι.

Ο Γιαν ένιωσε κίνηση ακριβώς πίσω του και τέντωσε το σώμα του. Αλλά δεν ήταν τίποτα· μόνο δύο νεαροί που τον προσπέρασαν, αγγίζοντάς τον σχεδόν. Γενικά ένιωθε ότι ο κόσμος γύρω του γινόταν ολοένα και περισσότερος κι αυτό δεν του άρεσε καθόλου. Δεν του άρεσε καθόλου η κατάσταση· λίγο πιο πέρα γάβγιζε κάποιος σκύλος που κάτι μύριζε – ίσως τις μυρωδιές από το «ΜακΝτόναλντς». Αλλά επιτέλους... πίσω από την πόρτα στην απέναντι πλευρά του δρόμου φάνηκε ένας κοντός άντρας με γκρίζο παλτό και δίπλα του ένα αγόρι με κόκκινο μπουφάν και μακριά μαλλιά. Τότε ο Γιαν έκανε, όπως πάντα, τον σταυρό του με το αριστερό του χέρι και έβαλε το δάχτυλο στη σκανδάλη. Αλλά τι συνέβαινε;

Η πόρτα δεν άνοιγε. Ο άντρας πίσω από τη γυάλινη πόρτα δίσταζε και κοιτούσε το κινητό του. *Κουνήσου τώρα*, σκέφτηκε ο Γιαν: *Άνοιξε!* Στο τέλος, αργά αργά, η πόρτα άνοιξε και τώρα ήταν έτοιμοι να βγουν στο πεζοδρόμιο. Ο Γιαν σήκωσε το όπλο του και εστίασε στο πρόσωπο του παιδιού με τη διόπτρα, είδε πάλι το κενό βλέμμα και ένιωσε μία βίαια ταραχή. Ξαφνικά ήθελε πραγματικά να σκοτώσει το αγόρι. Ξαφνικά ήθελε πραγματικά να σβήσει αυτό το βλέμμα για πάντα. Αλλά τότε κάτι συνέβη.

Μία νεαρή κοπέλα εμφανίστηκε από το πουθενά, πέφτοντας πάνω στο αγόρι και τότε αυτός πυροβόλησε και πέτυχε στόχο. Πέτυχε τουλάχιστον κάτι και πυροβόλησε ξανά και ξανά. Αλλά το

αγόρι και η κοπέλα είχαν κυλίσει πίσω από ένα αυτοκίνητο. Ο Γιαν Χόλτσερ αναστέναξε βαθιά και κοίταξε δεξιά και αριστερά του. Μετά διέσχισε τρέχοντας τον δρόμο για να κάνει αυτό που αποκαλούσε γρήγορη επίθεση κομάντος.
Δε σκόπευε να αποτύχει ξανά.

Ο Τόρκελ Λιντέν δεν είχε καλή σχέση με τα τηλέφωνα. Σε αντίθεση με τη σύζυγό του, τη Σάρα, που πάντα και με μεγάλη προσμονή άρπαζε το τηλέφωνο με την ελπίδα ότι θα ήταν κάποια νέα δουλειά ή κάποια προσφορά, εκείνος ένιωθε δυσφορία, πράγμα που είχε να κάνει βέβαια με όλες τις διαμαρτυρίες.
Αυτός και η κλινική δέχονταν συνεχώς παράπονα και ήταν φυσικό, το καταλάβαινε. Το Ούντεν ήταν μία κλινική επειγόντων περιστατικών και κρίσεων και γι' αυτό τα συναισθήματα κυριαρχούσαν. Και κατά βάθος ήξερε ότι υπήρχαν και λόγοι για τις διαμαρτυρίες. Το είχε παρακάνει λίγο με τα οικονομικά μέτρα λιτότητας που είχε επιβάλει και καμιά φορά δραπέτευε από τα πάντα, πήγαινε στο δάσος και άφηνε τους άλλους να τα βγάλουν πέρα μόνοι τους. Αλλά η αλήθεια ήταν πως τον επαινούσαν επίσης, τελευταία μάλιστα ο ίδιος ο καθηγητής Έντελμαν.
Στην αρχή είχε εκνευριστεί με τον καθηγητή. Δεν του άρεσε όταν κάποιος απ' έξω ανακατευόταν στο πώς χειριζόταν την κλινική του. Αλλά μετά το εγκώμιο στο μέιλ ένιωσε περισσότερο διαλλακτικός και ποιος ξέρει ίσως να μπορούσε να πείσει τον καθηγητή να συστήσει να μείνει το παιδί στο Ούντεν για κάποιο χρονικό διάστημα. Αυτό θα φώτιζε πραγματικά τη ζωή του, αν και δεν καταλάβαινε ακριβώς το γιατί. Κατά κανόνα προτιμούσε να κρατιέται μακριά από τα παιδιά.
Αλλά ο Άουγκουστ Μπάλντερ είχε κάτι το αινιγματικό πάνω του που τον τραβούσε και από την πρώτη στιγμή είχε εκνευριστεί με την αστυνομία και τις απαιτήσεις της. Ήθελε να έχει τον Άουγκουστ δικό του και ίσως το παιδί να του μετέδιδε λίγο από το μυστήριο που το περιέβαλλε ή τουλάχιστον να καταλάβαινε τι ήταν αυτές οι ατελείωτες σειρές αριθμών που είχε γράψει σε ένα πε-

ριοδικό στον παιχνιδότοπο της κλινικής. Αλλά τίποτα δεν ήταν εύκολο. Στον Άουγκουστ Μπάλντερ φαινόταν να μην αρέσει κανένας τρόπος επαφής και τώρα αρνιόταν να βγει έξω στον δρόμο. Ήταν απελπιστικά πεισματάρης και ο Τόρκελ αναγκάστηκε να τον σπρώξει προς τα έξω.

«Περπάτα τώρα», μουρμούριζε.

Τότε χτύπησε το κινητό του. Κάποιος προσπαθούσε αρκετά επίμονα να επικοινωνήσει μαζί του.

Όμως αδιαφόρησε και δεν απάντησε. Κοίταξε ωστόσο το κινητό ακριβώς όταν είχαν φτάσει στην πόρτα. Είχε πάρει πολλά μηνύματα από έναν αριθμό με απόκρυψη και έγραφαν κάτι παράξενο που θεώρησε ότι ήταν αστείο ή χλευασμός. Δεν έπρεπε να βγει έξω, του έγραφαν. Δεν έπρεπε με κανέναν τρόπο να βγει έξω.

Ήταν ακατανόητο και ακριβώς εκείνη τη στιγμή ο Άουγκουστ προσπάθησε να του ξεφύγει. Ο Τόρκελ έπιασε γερά το μπράτσο του παιδιού, άνοιξε διστακτικά την πόρτα, τον τράβηξε έξω και μία στιγμή αργότερα όλα ήταν φυσιολογικά. Οι άνθρωποι περνούσαν από μπροστά τους σαν να μην είχε συμβεί ή ετοιμαζόταν να συμβεί τίποτα και αναρωτήθηκε πάλι για τα μηνύματα, αλλά πριν προλάβει να ολοκληρώσει τη σκέψη του, ήρθε κάποιος βιαστικά από τα αριστερά και έπεσε πάνω στο παιδί. Την ίδια στιγμή άκουσε έναν πυροβολισμό.

Κατάλαβε ότι διέτρεχε κίνδυνο και κοίταξε τρομοκρατημένος στην άλλη πλευρά του δρόμου. Εκεί πέρα είδε έναν άντρα, έναν μεγαλόσωμο, καλοεκπαιδευμένο άντρα που διέσχιζε τη Σβεαβέγκεν και κατευθυνόταν προς το μέρος του – και τι στο διάβολο κρατούσε στο χέρι του; Όπλο ήταν αυτό;

Χωρίς καν να σκεφτεί τον Άουγκουστ, ο Τόρκελ προσπάθησε να ξαναμπεί μέσα και προς στιγμήν νόμιζε ότι θα τα κατάφερνε. Αλλά ο Τόρκελ Λιντέν δεν ξαναγύρισε ποτέ στην ασφάλεια.

Η Λίσμπετ, αντιδρώντας ενστικτωδώς, είχε πέσει πάνω στο παιδί για να το προστατεύσει. Χτύπησε πολύ όταν έπεσε κάτω στο πεζοδρόμιο ή τουλάχιστον έτσι νόμιζε. Πονούσε στον ώμο και στο στήθος. Αλλά δεν πρόλαβε να το σκεφτεί αυτό. Τράβηξε μαζί της το παιδί, βρίσκοντας προστασία πίσω από ένα αυτοκίνητο, και εκεί ξαπλωμένοι ανάσαιναν βαριά ενώ κάποιος τους πυροβολούσε. Μετά έγινε ησυχία, μία τρομακτική ησυχία και όταν η Λίσμπετ κοίταξε προς τον δρόμο κάτω από το αυτοκίνητο, είδε τα πόδια αυτού που πυροβολούσε, δυο δυνατά πόδια που περνούσαν με μεγάλη ταχύτητα τον δρόμο και τότε σκέφτηκε προς στιγμήν αν έπρεπε να βγάλει την Μπερέτα από την τσάντα της για να ανταποδώσει τους πυροβολισμούς.

Αλλά κατάλαβε ότι δε θα προλάβαινε – ενώ αντίθετα... Ένα μεγάλο Βόλβο κατευθυνόταν αργά προς τα κει και τότε η Λίσμπετ σηκώθηκε πάνω. Άρπαξε το παιδί και έτρεξαν προς το αυτοκίνητο, άνοιξε την πίσω πόρτα και όρμησε μέσα μαζί με το παιδί σε κατάσταση αλλοφροσύνης.

«Φύγε!» ούρλιαξε και το ίδιο δευτερόλεπτο ανακάλυψε ότι έτρεχε αίμα πάνω στο κάθισμα – από την ίδια ή από το αγόρι.

Ο Γιάκομπ Σάρο ήταν είκοσι δύο χρονών και περήφανος ιδιοκτήτης ενός Βόλβο XC 60 που είχε αγοράσει με δόσεις, με τον πατέρα του ως εγγυητή. Τώρα ήταν καθ' οδόν για την Ουψάλα για να γευματίσει με τα ξαδέρφια, τον θείο και τη γυναίκα του κι αυτό το περίμενε πώς και πώς. Ήθελε να τους πει ότι είχε μπει στην πρώτη εντεκάδα της ποδοσφαιρικής ομάδας Σιριάνσκα FC.

Το ραδιόφωνο έπαιζε το «Wake me up» του Αβίτσι κι αυτός κρατούσε τον ρυθμό χτυπώντας τα δάχτυλά του στο τιμόνι, καθώς προσπερνούσε το Οικονομικό Πανεπιστήμιο. Λίγο πιο κάτω στον δρόμο κάτι συνέβαινε. Κόσμος έτρεχε προς όλες τις μεριές. Ένας άντρας φώναζε και τα αυτοκίνητα κινούνταν με τινάγματα και γι' αυτό έκοψε ταχύτητα χωρίς να ανησυχεί ιδιαίτερα. Αν είχε συμβεί κάποιο ατύχημα ίσως να μπορούσε να βοηθήσει σε κάτι. Ο Γιάκομπ Σάρο ήταν ένα άτομο που συνεχώς ονειρευόταν να γίνει ήρωας.

Αλλά αυτήν τη φορά φοβήθηκε στα σοβαρά και πιθανώς οφειλόταν στον άντρα στην αριστερή πλευρά, που διέσχιζε τον δρόμο και έδειχνε σαν επιτιθέμενος κομάντο. Υπήρχε μία τρομερή ωμότητα στις κινήσεις του και ο Γιάκομπ ήταν έτοιμος να πατήσει το γκάζι, όταν ένιωσε την πίσω πόρτα του αυτοκινήτου του να ανοίγει βίαια. Κάποιος μπήκε μέσα κι αυτός ούρλιαξε κάτι. Δεν ήξερε τι. Ίσως να μην ήταν καν σουηδικά. Αλλά το άτομο –ήταν μία κοπέλα και ένα αγόρι– του φώναξε απλώς:

«Φύγε!»

Ο νεαρός προς στιγμήν δίστασε. Ποιοι ήταν αυτοί οι άνθρωποι; Ίσως ήθελαν να τον ληστέψουν και να του πάρουν το αυτοκίνητο. Δεν μπορούσε να σκεφτεί καθαρά. Η όλη κατάσταση ήταν σκέτη τρέλα. Μετά αναγκάστηκε να αντιδράσει. Το πίσω παράθυρο του αυτοκινήτου έγινε κομμάτια. Κάποιος τούς πυροβολούσε κι αυτός σανίδωσε το γκάζι και με καρδιά που πήγαινε να σπάσει πέρασε με κόκκινο τη διασταύρωση της οδού Ουντενγκάταν.

«Τι τρέχει εδώ;» φώναξε. «Τι συμβαίνει;»

«Σιωπή!» του είπε η κοπέλα κι εκείνος είδε απ' τον καθρέφτη πώς αυτή με έμπειρα χέρια, σαν νοσοκόμα, εξέταζε ένα μικρό αγόρι με μεγάλα φοβισμένα μάτια και τώρα κατάλαβε πως δεν ήταν μόνο σπασμένα γυαλιά παντού εκεί πίσω. Υπήρχε και αίμα.

«Είναι χτυπημένος;»

«Δεν ξέρω. Οδήγα μόνο, οδήγα. Ή μάλλον όχι, στρίψε αριστερά εκεί... Τώρα».

«Οκέι, οκέι», είπε αυτός κατατρομαγμένος και έστριψε αριστερά κατά μήκος της οδού Βαναντισβέγκεν και συνέχισε με μεγάλη ταχύτητα προς τη Βάσασταν, ενώ αναρωτιόταν αν τους καταδίωκαν και αν κάποιος θα πυροβολούσε πάλι εναντίον τους.

Πλησίασε το κεφάλι του στο τιμόνι και ένιωσε το ρεύμα του αέρα από το σπασμένο παράθυρο. Πού στο διάβολο είχε μπλέξει και ποια ήταν αυτή η κοπέλα; Την κοίταξε από τον καθρέφτη. Είχε μαύρα μαλλιά και *πίρσινγκ*. Τα μάτια της ήταν μαύρα και προς στιγμήν ο νεαρός είχε την αίσθηση ότι δεν υπήρχε καν γι' αυτήν. Αλλά τότε η Λίσμπετ κάτι μουρμούρισε – ακούστηκε σχεδόν χαρούμενη.

«Καλά νέα;» ρώτησε αυτός.

Εκείνη δεν του απάντησε. Έβγαλε το δερμάτινο μπουφάν της,

έπιασε το λευκό μπλουζάκι της και... α στο διάβολο. Το έσκισε με ένα απότομο τράβηγμα και έμεινε να κάθεται εκεί, έτσι γυμνή στο πάνω μέρος του σώματός της, χωρίς σουτιέν ή οτιδήποτε άλλο και για ένα δευτερόλεπτο αυτός κοίταξε σαστισμένος το στήθος της και κυρίως το αίμα που έτρεχε πάνω στο στήθος, σαν ένα μικρό ποτάμι προς την κοιλιά και το τζιν της.

Η κοπέλα ήταν χτυπημένη κάπου κάτω από τον ώμο, όχι μακριά από την καρδιά, έχανε πολύ αίμα και σκέφτηκε να χρησιμοποιήσει το μπλουζάκι της ως επίδεσμο. Έσφιξε δυνατά το μακό μπλουζάκι γύρω από την πληγή για να σταματήσει την αιμορραγία, μετά ξαναφόρεσε το μπουφάν της και έδειχνε τελείως ανεπηρέαστη παρά το γεγονός ότι είχε αίμα στο μάγουλο και στο μέτωπό της, σαν Ινδιάνα βαμμένη για πόλεμο.

«Ώστε τα καλά νέα είναι ότι χτυπήθηκες εσύ και όχι το αγόρι», είπε αυτός.

«Κάτι τέτοιο», του απάντησε.

«Να σε πάω στο Καρολίνσκα;»

«Όχι», απάντησε αυτή.

Η Λίσμπετ διαπίστωσε ότι υπήρχε μία τρύπα εισόδου και άλλη μία εξόδου. Η σφαίρα πρέπει να είχε διαπεράσει το σώμα της ακριβώς κάτω από τον ώμο. Αιμορραγούσε πολύ και ένιωθε τον πόνο να ανεβαίνει ως πάνω στους κροτάφους της. Αλλά πίστευε ότι δεν είχε σπάσει κάποια αρτηρία. Τότε τα πράγματα θα ήταν χειρότερα. Τουλάχιστον αυτό ήλπιζε· κοίταξε πίσω της. Λογικά ο δράστης θα είχε κάποιο αυτοκίνητο διαφυγής εκεί κοντά. Αλλά δε φαινόταν να τους καταδιώκει κανένας. Μάλλον είχαν φύγει από κει αρκετά γρήγορα. Κοίταξε στα γρήγορα προς τα κάτω, το αγόρι – τον Άουγκουστ.

Ο Άουγκουστ καθόταν με τα χέρια σταυρωμένα στο στήθος του και κουνούσε μπρος-πίσω το πάνω μέρος του σώματός του· η Λίσμπετ σκέφτηκε ότι κάτι έπρεπε να κάνει. Αυτό που βρήκε ήταν να καθαρίσει τα γυαλιά από τα μαλλιά και τα πόδια του αγοριού και προς στιγμήν ο Άουγκουστ έμεινε ακίνητος. Αλλά δεν ήταν σίγουρι ότι αυτό ήταν καλή ένδειξη. Η ματιά του Άουγκουστ ήταν ακίνητη και κενή κι αυτή τού έγνεψε και προσπάθησε να δείχνει ότι είχε υπό έλεγχο την κατάσταση. Ενδεχομένως δεν τα κατάφερε και πολύ καλά. Ένιωθε αναγούλα και ζαλάδα, ενώ το δεμένο μπλουζάκι της ήταν ήδη κατακόκκινο. Ήταν στα πρόθυρα να χάσει τις αισθήσεις της; Φοβήθηκε πως μάλλον αυτό θα γινόταν και προσπάθησε στα γρήγορα να καταστρώσει ένα σχέδιο και αμέσως σκέφτηκε το προφανές: η αστυνομία δεν αποτελούσε εναλλακτική λύση. Η αστυνομία είχε οδηγήσει το αγόρι κατευθείαν στα χέρια του δολοφόνου και φαίνεται ότι δεν είχε τον έλεγχο της κατάστασης. Τι θα έκανε;

Δεν μπορούσαν να συνεχίσουν να βρίσκονται μέσα σ' αυτό το αυτοκίνητο. Το είχαν δει στον τόπο του εγκλήματος και με το σπασμένο τζάμι θα τραβούσε την προσοχή του κόσμου. Έπρεπε να πει στον νεαρό να τους οδηγήσει στο σπίτι της στη Φισκαργκάταν για να πάρει τη BMW της, που ήταν γραμμένη στο άλλο της όνομα, Ιρέν Νέσερ. Αλλά θα άντεχε να οδηγήσει;

Ένιωθε εντελώς διαλυμένη.

«Πήγαινε προς τη γέφυρα Βέστερμπρουν!» του είπε επιτακτικά.

«Οκέι, οκέι», αποκρίθηκε ο νεαρός.

«Έχεις τίποτα πόσιμο;»

«Έχω ένα μπουκάλι ουίσκι, που σκόπευα να το δώσω στον θείο μου».

«Δώσ' το μου», είπε εκείνη και πήρε ένα μπουκάλι ουίσκι Γκραντ'ς το οποίο και άνοιξε με μεγάλη δυσκολία.

Έβγαλε τον προσωρινό επίδεσμο, έχυσε ουίσκι στην πληγή και ρούφηξε δυο-τρεις γερές γουλιές· ήθελε να προσφέρει και στον Άουγκουστ, αλλά κατάλαβε ότι αυτό δεν ήταν σωστό. Τα παιδιά δεν πίνουν ουίσκι. Ούτε καν τα σοκαρισμένα παιδιά. Μάλλον είχε αρχίσει να θολώνει ο νους της.

«Πρέπει να βγάλεις το πουκάμισό σου», είπε στον νεαρό.

«Τι πράγμα;»

«Πρέπει να τυλίξω τον ώμο μου με κάτι άλλο».

«Οκέι, αλλά...»

«Όχι γκρίνιες τώρα».
«Για να σας βοηθήσω, πρέπει να ξέρω γιατί σας πυροβόλησαν. Είστε παράνομοι;»
«Προσπαθώ να προστατεύσω αυτό το αγόρι, τόσο απλά. Κάποια καθάρματα τον κυνηγούν».
«Γιατί;»
«Δεν είναι δική σου δουλειά».
«Ώστε, δεν είναι γιος σου;»
«Δεν τον ξέρω».
«Και γιατί τον βοηθάς;»
Η Λίσμπετ δίστασε.
«Έχουμε κοινούς εχθρούς», είπε αυτή και τότε ο νεαρός άρχισε απρόθυμα να βγάζει το πουκάμισό του, ενώ οδηγούσε το αυτοκίνητο με το αριστερό του χέρι. Ξεκούμπωσε το πουκάμισο, το έβγαλε και της το έδωσε. Αμέσως εκείνη άρχισε να το τυλίγει προσεκτικά στον ώμο της και έριξε μια ματιά στον Άουγκουστ. Ο Άουγκουστ, παραδόξως, ήταν τελείως ακίνητος και κοίταζε προς τα κάτω, τα αδύνατα πόδια του με ένα παγωμένο βλέμμα. Τότε η Λίσμπετ αναρωτήθηκε πάλι τι να έκανε.
Μπορούσαν φυσικά να κρυφτούν στο διαμέρισμά της στη Φισκαργκάταν. Κανένας εκτός από τον Μίκαελ Μπλούμκβιστ δεν ήξερε τη διεύθυνση και δεν μπορούσαν να βρουν το διαμέρισμα σε επίσημα αρχεία με το δικό της όνομα. Αλλά δεν ήθελε να πάρει κανένα ρίσκο. Για κάποιο διάστημα ήταν πανσουηδικά γνωστή ως τρελή και ο εχθρός τώρα ήταν προφανώς πολύ ικανός στο να ψαρεύει πληροφορίες.
Επίσης, δεν ήταν διόλου απίθανο να την είχε αναγνωρίσει κάποιος στη Σβεαβέγκεν και η αστυνομία θα έκανε τον κόσμο άνω-κάτω για να την εντοπίσει. Έπρεπε να βρει μία νέα κρυψώνα που δε θα συνδεόταν με καμία από τις ταυτότητές της και γι' αυτό χρειαζόταν βοήθεια. Αλλά από ποιον; Από τον Χόλγκερ;
Ο πρώην κηδεμόνας της, ο Χόλγκερ Παλμγκρέν είχε σχεδόν συνέλθει από το τελευταίο εγκεφαλικό του και έμενε τώρα σε ένα δυάρι επί της πλατείας Λιλιεχολμστόργετ. Ο Χόλγκερ ήταν ο μό-

νος που την ήξερε πραγματικά. Αυτός θα ήταν ανεπιφύλακτα με το μέρος της και θα έκανε ό,τι περνούσε από το χέρι του για να τη βοηθήσει. Αλλά ήταν γέρος και φοβητσιάρης κι αυτή δεν ήθελε να τον αναμείξει άσκοπα.

Μετά ήταν φυσικά και ο Μίκαελ Μπλούμκβιστ, που τελικά ήταν εντάξει τύπος. Όμως ούτε κι αυτόν ήθελε να τον αναμείξει πάλι – ίσως ακριβώς επειδή ήταν εντάξει τύπος. Ήταν τρομερά καλός, άψογος και όλα τα σχετικά. Αλλά γαμώτο... δεν μπορούσε να τον κατηγορήσει κανείς γι' αυτό, τουλάχιστον όχι πολύ. Του τηλεφώνησε. Εκείνος της απάντησε μετά το πρώτο χτύπημα και ακουγόταν κάπως βιαστικός.

«Γεια, πολύ χαίρομαι που ακούω τη φωνή σου. Τι συνέβη;»
«Δεν μπορώ να σου πω τώρα».
«Λένε ότι είσαστε τραυματισμένοι. Υπάρχει αίμα παντού».
«Το αγόρι είναι καλά».
«Κι εσύ;»
«Είμαι οκέι».
«Ώστε είσαι χτυπημένη».
«Περίμενε λίγο, Μπλούμκβιστ».

Κοίταξε έξω από το παράθυρο και διαπίστωσε ότι βρίσκονταν ήδη στη Βέστερμπρουν. Στράφηκε προς τον νεαρό που οδηγούσε:
«Σταμάτησε στη στάση του λεωφορείου».
«Θα κατεβείτε;»
«*Εσύ* θα κατέβεις. Θα μου δώσεις το τηλέφωνό σου και θα περιμένεις απ' έξω όσο εγώ θα μιλάω. Το κατάλαβες;»
«Ναι, ναι».

Ο νεαρός την κοίταξε φοβισμένος, της έδωσε το κινητό του, σταμάτησε το αυτοκίνητο και κατέβηκε. Η Λίσμπετ ξανατηλεφώνησε.

«Τι συμβαίνει;» ρώτησε ο Μίκαελ.
«Μη σε νοιάζει, είπε αυτή. «Θέλω από δω και πέρα να έχεις μαζί σου ένα android τηλέφωνο, ένα Samsung, για παράδειγμα. Δεν έχετε κανένα τέτοιο στη σύνταξη;»
«Ναι, έχουμε κάνα-δυο».
«Ωραία, μπες μετά στο Google Play και κατέβασε ένα Head-

phoneapp κι εκτός αυτού ένα Threemansapplication για μηνύματα. Πρέπει να μπορούμε να επικοινωνούμε με ασφάλεια».
«Οκέι».
«Και αν είσαι τόσο ηλίθιος όσο νομίζω, πρέπει όποιος σε βοηθήσει να είναι εχέμυθος. Δε θέλω τίποτα τρωτά σημεία».
«Βεβαίως».
«Εκτός αυτού...»
«Ναι;»
«Το τηλέφωνο θα χρησιμοποιηθεί μόνο σε περίπτωση έκτακτης ανάγκης. Η υπόλοιπη επικοινωνία μας θα γίνεται μέσω μίας ειδικής σύνδεσης στον υπολογιστή σου. Γι' αυτό θέλω εσύ ή αυτό το άτομο που δεν είναι ηλίθιο, να μπει στο www.pgpi.org και να κατεβάσει ένα πρόγραμμα κρυπτογράφησης για τα μέιλ σου. Θέλω να το κάνεις τώρα και μετά να βρείτε ένα ασφαλές μέρος για το αγόρι και για μένα που δε θα έχει καμία σχέση με το *Μιλένιουμ* ή μ' εσένα και μετά στείλε μου τη διεύθυνση κρυπτογραφημένη».
«Λίσμπετ, δεν είναι δική σου δουλειά να παρέχεις ασφάλεια στο αγόρι».
«Δεν εμπιστεύομαι την αστυνομία».
«Τότε να βρούμε κάποιον άλλο που να τον εμπιστεύεσαι. Το αγόρι είναι αυτιστικό και έχει ιδιαίτερες ανάγκες, δε νομίζω ότι εσύ πρέπει να έχεις την ευθύνη του, ιδιαίτερα αν είσαι τραυματισμένη».
«Θα λες μαλακίες τώρα ή θα με βοηθήσεις;»
«Θα σε βοηθήσω, βέβαια».
«Ωραία. Κοίταξε στο "Κουτί της Λίσμπετ" σε πέντε λεπτά. Θα σου δώσω κι άλλες πληροφορίες εκεί. Μετά θα τα σβήσεις».
«Λίσμπετ, άκουσέ με, πρέπει να πας στο νοσοκομείο. Έχεις ανάγκη από ιατρική περίθαλψη. Ακούω στη φωνή σου...»
Έκλεισε το τηλέφωνο και φώναξε τον νεαρό, που στεκόταν στη στάση, μετά έβγαλε το λάπτοπ και χάκαρε τον υπολογιστή του Μίκαελ μέσω του κινητού της. Κατόπιν του έγραψε οδηγίες για το πώς θα κατέβαζαν αυτά που του είχε πει και πώς θα έκαναν την εγκατάσταση του προγράμματος κρυπτογράφησης.

Μετά είπε στον νεαρό να την πάει στην πλατεία Μοσεμπάκε. Ήταν ένα ρίσκο, αλλά δεν είχε άλλη λύση. Η πόλη εκεί έξω γινόταν ολοένα και πιο θολή.

Ο Μίκαελ Μπλούμκβιστ έβριζε μέσα του. Στεκόταν στη Σβεαβέγκεν, όχι μακριά από το νεκρό σώμα και τον χώρο που απέκλειαν τώρα οι αστυνομικοί που είχαν φτάσει πρώτοι εκεί. Από την ώρα που του είχε τηλεφωνήσει η Λίσμπετ, βρισκόταν σε διαρκή κίνηση. Είχε πάρει αμέσως ταξί και στη διάρκεια της διαδρομής προς τα κει έκανε ό,τι μπορούσε για να εμποδίσει να βγουν έξω στον δρόμο ο Λιντέν και το αγόρι.

Δεν είχε καταφέρει τίποτα παραπάνω από το να έρθει σ' επαφή με μια γυναίκα από το προσωπικό του Ούντεν, ονόματι Μπιργκίτα Λίντγκρεν, που έτρεξε έξω μόνο για να δει τον συνάδελφό της να πέφτει πάνω στην πόρτα έχοντας δεχτεί μία σφαίρα στο κεφάλι. Όταν ο Μίκαελ έφτασε εκεί δέκα λεπτά αργότερα, βρήκε την Μπιργκίτα Λίντγκρεν σε έξαλλη κατάσταση. Παρ' όλα αυτά, τόσο εκείνη όσο και μία άλλη γυναίκα που βρισκόταν καθ' οδόν προς τον εκδοτικό οίκο Μπονιέρ λίγο παρακάτω, είχαν δώσει στον Μπλούμκβιστ μία καλή εικόνα του συμβάντος.

Ήδη πριν χτυπήσει το κινητό του, είχε καταλάβει ότι η Λίσμπετ είχε σώσει τη ζωή του Άουγκουστ Μπάλντερ, καθώς επίσης ότι εκείνη και το αγόρι βρίσκονταν μέσα σε ένα αυτοκίνητο με έναν οδηγό που δε θα ήταν και ιδιαίτερα θετικός στο να τους βοηθήσει, αφού κι ο ίδιος είχε δεχτεί πυρά. Αλλά κυρίως ο Μίκαελ είχε δει το αίμα στο πεζοδρόμιο και στον δρόμο και παρά το ότι τώρα, μετά τη συνδιάλεξη, ήταν πιο ήρεμος, η ανησυχία του παρέμενε μεγάλη. Η Λίσμπετ ακουγόταν εξουθενωμένη αλλά –όχι ότι αυτό τον εξέπληξε– ήταν πεισματωμένη.

Παρά το ότι πιθανώς είχε τραυματιστεί, ήθελε να κρύψει το αγόρι κι αυτό μπορούσε να το καταλάβει δεδομένου του παρελθόντος της, αλλά εκείνος και το περιοδικό θα τη βοηθούσαν σε αυτήν την περίσταση; Όσο ηρωικά και να είχε ενεργήσει στη Σβεαβέγκεν, από καθαρά νομική άποψη αυτό που είχε κάνει σίγουρα θα θεωρούνταν απαγωγή. Δε θα μπορούσε να τη βοηθήσει σ' αυτό. Είχε ήδη μπλεξίματα με τον εισαγγελέα και τα ΜΜΕ. Ήταν, όμως, η Λίσμπετ και της είχε υποσχεθεί να τη βοηθήσει. Φυσικά που να πάρει ο διάβολος και θα τη βοηθούσε, αν και η Έρικα θα τρελαινόταν κι ένας Θεός μόνο ξέρει τι άλλο θα μπορούσε να συμβεί. Πήρε μια βαθιά ανάσα και έβγαλε το κινητό του. Αλλά δεν πρόλαβε να καλέσει κανέναν αριθμό. Μία γνωστή φωνή τον φώναζε πίσω του. Ήταν ο Γιαν Μπουμπλάνσκι. Ο Γιαν περπατούσε κατά μήκος του πεζοδρομίου και φαινόταν να είναι εκτός εαυτού. Δίπλα του προχωρούσαν η υπαστυνόμος Σόνια Μούντιγκ και ένας ψηλός, καλογυμνασμένος άντρας γύρω στα πενήντα, που πιθανώς ήταν ο καθηγητής που είχε αναφέρει στο τηλέφωνο η Λίσμπετ.

«Πού είναι το αγόρι;» φώναξε ο Μπουμπλάνσκι.

«Εξαφανίστηκε προς τα βόρεια, μέσα σε ένα μεγάλο κόκκινο Βόλβο. Κάποιος το έσωσε».

«Ποιος;»

«Θα σου πω αυτά που ξέρω», είπε ο Μίκαελ και δεν ήξερε τι θα έλεγε ή τι θα έπρεπε να πει. «Αλλά πρώτα θέλω να κάνω ένα τηλεφώνημα».

«Όχι, όχι, πρώτα θα μιλήσεις μαζί μας. Πρέπει να σημάνουμε εθνικό συναγερμό».

«Μίλα με τη γυναίκα εκεί πέρα. Λέγεται Ουλρίκα Φρανζέν. Αυτή ξέρει περισσότερα. Είδε όλο το συμβάν και έχει και κάποια περιγραφή του δράστη. Εγώ ήρθα δέκα λεπτά αργότερα».

«Κι αυτός που έσωσε το παιδί;»

«*Αυτή* που έσωσε το παιδί. Η Ουλρίκα Φρανζέν μπορεί να σου την περιγράψει κι αυτήν. Αλλά τώρα πρέπει να με συγχωρήσετε...»

«Πώς είναι δυνατόν να ξέρεις εσύ ότι κάτι θα συνέβαινε εδώ;» μούγκρισε η Σόνια με απρόσμενη οργή. «Είπαν στον ασύρματο του αυτοκινήτου ότι είχες τηλεφωνήσει στην Άμεση Δράση ήδη πριν πέσουν οι πυροβολισμοί».

«Είχα πάρει κάποιες πληροφορίες».

«Από ποιον;»

Ο Μίκαελ πήρε άλλη μια βαθιά ανάσα και κοίταξε τη Σόνια στα μάτια, με σταθερό βλέμμα.

«Άσχετα με τα σκατά που γράφουν οι εφημερίδες σήμερα, θέλω πραγματικά να συνεργαστώ μαζί σας, με όποιον τρόπο μπορώ - ελπίζω να το ξέρετε αυτό».

«Πάντα σε εμπιστευόμουν, Μίκαελ. Αλλά για πρώτη φορά, έχω αρχίσει πραγματικά να αμφιβάλλω», του απάντησε η Σόνια.

«Οκέι, το σέβομαι αυτό. Αλλά τότε πρέπει κι εσείς να σεβαστείτε πως ούτε κι εγώ εμπιστεύομαι εσάς. Υπάρχει μία σοβαρή διαρροή, το έχετε καταλάβει, έτσι δεν είναι; Αλλιώς αυτό δε θα είχε συμβεί», είπε και έδειξε με το κεφάλι το νεκρό σώμα του Τόρκελ Λιντέν.

«Είναι αλήθεια, που να πάρει ο διάβολος», είπε ο Μπουμπλάνσκι.

«Λοιπόν, τώρα θα τηλεφωνήσω», είπε ο Μίκαελ και πήγε λίγο πιο πέρα για να μπορέσει να μιλήσει ανενόχλητος. Αλλά δεν τηλεφώνησε ποτέ. Σκέφτηκε ότι ήταν ώρα να πάρει το θέμα της ασφάλειας στα σοβαρά και γι' αυτό είπε στον Μπουμπλάνσκι και στη Μούντιγκ ότι έπρεπε να πάει στη σύνταξη αμέσως, αλλά φυσικά ήταν στη διάθεσή τους όποτε τον χρειάζονταν. Τότε η Σόνια έπιασε τον Μίκαελ από το μπράτσο και εξεπλάγη κι η ίδια μ' αυτό.

«Πρέπει πρώτα να μας πεις πώς ήξερες ότι κάτι θα συνέβαινε», του είπε κοφτά.

«Αναγκάζομαι, δυστυχώς, να επικαλεστώ το δημοσιογραφικό απόρρητο», απάντησε ο Μίκαελ με ένα θλιμμένο χαμόγελο.

Μετά έκανε νόημα σε ένα ταξί και πήγε στη σύνταξη, βυθισμένος σε σκέψεις. Για πιο πολύπλοκες λύσεις στον τομέα της πληροφορικής το *Μιλένιουμ* εδώ και λίγο καιρό απευθυνόταν σε μία εταιρεία, την «Τεκ Σορς», μία ομάδα νεαρών κοριτσιών που γρήγορα και ουσιαστικά βοηθούσαν τη σύνταξη. Αλλά δεν ήθελε να αναμείξει την εταιρεία σ' ετούτη εδώ την υπόθεση. Δεν ήθελε να αναμείξει ούτε και τον Κρίστερ Μαλμ, παρά το γεγονός ότι αυτός είχε τις περισσότερες γνώσεις πληροφορικής στη σύνταξη. Σκέφτηκε τον Αντρέι. Ο Αντρέι ήταν ήδη αναμεμειγμένος στην υπόθεση και εκτός αυτού πολύ καλός στους υπολογιστές. Ο Μίκαελ αποφάσισε να τον ρωτήσει και υποσχέθηκε στον εαυτό του να παλέψει για να του δώσουν μόνιμη θέση στο περιοδικό - μόνο να έβγαζαν άκρη σ' ετούτη εδώ τη σούπα εκείνος και η Έρικα.

Το πρωινό της Έρικας ήταν ήδη ένας εφιάλτης, πριν από τους πυροβολισμούς στη Σβεαβέγκεν κι αυτό οφειλόταν στο κωλοάρθρο του ΤΤ, αυτό που με κάποιον τρόπο ήταν η συνέχεια του κυνηγητού που είχε εξαπολυθεί ενάντια στον Μίκαελ. Γι' άλλη μια φορά εμφανίζονταν όλες οι ζηλόφθονες και λουφαγμένες ψυχές στην επιφάνεια και έφτυναν τη χολή τους στο Twitter, στα μέιλ και στους χώρους σχολίων των σάιτ κι αυτήν τη φορά ακολουθούσε κι ο συρφετός των ρατσιστών, επειδή το *Μιλένιουμ*, εδώ και πάρα πολλά χρόνια, καταπολεμούσε όλες τις μορφές ρατσισμού και ξενοφοβίας.

Το χειρότερο, όμως, ήταν ότι γινόταν δυσκολότερο για όλους στη σύνταξη να κάνουν τη δουλειά τους. Ξαφνικά ο κόσμος δεν ήταν πια τόσο πρόθυμος να δώσει πληροφορίες στο περιοδικό. Εκτός αυτού, υπήρχε και η φήμη ότι ο επικεφαλής της εισαγγελίας Ρίκαρντ Έκστρεμ ετοίμαζε μία έρευνα για το περιοδικό. Η Έρικα Μπέργκερ δεν το πολυπίστευε αυτό. Μία έρευνα σ' ένα περιοδικό ήταν σοβαρό πράγμα, κυρίως αν λάβει κανείς υπόψιν το δημοσιογραφικό απόρρητο και την προστασία των πηγών.

Αλλά συμφωνούσε με τον Κρίστερ Μαλμ ότι η ατμόσφαιρα ήταν τόσο άσχημη, που ακόμα και νομικοί ή άλλοι νηφάλιοι άνθρωποι θα μπορούσαν να κάνουν διάφορες ανοησίες και η Έρικα στεκόταν εδώ τώρα και σκεφτόταν τι είδους αντιπερισπασμό θα μπορούσε να κάνει, όταν ο Μίκαελ μπήκε στη σύνταξη. Την εξέπληξε το γεγονός ότι δεν ήθελε να της μιλήσει. Πήγε κατευθείαν στον Αντρέι Ζάντερ, τον πήρε μαζί του, πήγαν στο γραφείο της και μετά από λίγο πήγε κι αυτή εκεί.

Όταν μπήκε μέσα, είδε τον Αντρέι σε ένταση και συγκεντρωμένο και ξεχώρισε τη λέξη PGP. Ήξερε τι σήμαινε από τότε που είχε παρακολουθήσει μαθήματα για την ασφάλεια στο διαδίκτυο και παρατήρησε ότι ο Αντρέι κρατούσε σημειώσεις σ' ένα μπλοκ. Μετά, χωρίς καν να της ρίξει μια ματιά, έφυγε από κει και πήγε στο λάπτοπ του Μίκαελ, που βρισκόταν πάνω στο γραφείο του.

«Τι συμβαίνει;» ρώτησε εκείνη.

Ο Μίκαελ της μίλησε με ψιθυριστή φωνή και η Έρικα όσο τον άκουγε ένιωθε να χάνει την ψυχραιμία της. Δεν μπορούσε ούτε να καταλάβει καλά καλά τι της έλεγε. Ο Μίκαελ τα επανέλαβε αρκετές φορές.

«Δηλαδή θέλεις να τους βρω ένα μέρος να κρυφτούν», είπε τελικά.

«Λυπάμαι που σε μπλέκω σ' αυτήν την ιστορία, Έρικα», απάντησε ο Μίκαελ. «Αλλά δεν ξέρω άλλον που να γνωρίζει τόσο πολλούς ανθρώπους με εξοχικά όπως εσύ».

«Δεν ξέρω, Μίκαελ. Πραγματικά δεν ξέρω».

«Δεν μπορούμε να τους παρατήσουμε, Έρικα. Η Λίσμπετ είναι τραυματισμένη. Είναι σε κατάσταση απόγνωσης».

«Αν είναι τραυματισμένη, πρέπει να πάει στο νοσοκομείο».

«Ναι, αλλά αρνείται να το κάνει. Θέλει με κάθε κόστος να προστατεύσει το παιδί».

«Ώστε να μπορέσει αυτός να ζωγραφίσει με την ησυχία του».

«Ναι».

«Είναι μεγάλη η ευθύνη, Μίκαελ, και πολύ μεγάλο το ρίσκο. Αν τους συμβεί κάτι, η ευθύνη θα πέσει πάνω μας και το περιοδικό θα καταστραφεί. Δε θα ασχοληθούμε με την προστασία μαρτύρων, δεν είναι δική μας δουλειά. Είναι δουλειά της αστυνομίας – σκέψου μόνο πόσα ερωτήματα θα μπορούσαν να προκύψουν. Το πρόβλημα πρέπει να λυθεί με κάποιον άλλον τρόπο».

«Σίγουρα – αν είχαμε να κάνουμε με κάποιο άλλο άτομο· αλλά όχι με τη Λίσμπετ Σαλάντερ».

«Καμιά φορά με κουράζει που σ' ακούω να την υποστηρίζεις πάντα».

«Προσπαθώ μόνο να δω ρεαλιστικά την κατάσταση. Οι υπηρεσίες έχουν πουλήσει χοντρά τον Άουγκουστ Μπάλντερ, εξέθεσαν σε κίνδυνο τη ζωή του και ξέρω ότι αυτό κάνει έξαλλη τη Λίσμπετ».

«Και άρα πρέπει να μπλεχτούμε κι εμείς; Αυτό θες να πεις;»

«Είμαστε αναγκασμένοι. Η Λίσμπετ είναι εξαγριωμένη, βρίσκεται κάπου εκεί έξω και δεν έχει πού να πάει».

«Τότε, πήγαινέ τους στο Σάντχαμν».

«Η Λίσμπετ κι εγώ σχετιζόμαστε. Αν γίνει γνωστό ότι ήταν αυτή, θα ψάξουν κατευθείαν στο σπίτι και στο εξοχικό μου».

«Οκέι».

«Τι;»
«Θα βρω κάτι».
Ούτε εκείνη δεν πίστευε ότι το είχε πει. Αλλά έτσι ήταν με τον Μίκαελ – όταν εκείνος την παρακαλούσε για κάτι, δεν μπορούσε να του αρνηθεί και ήξερε ότι το ίδιο ίσχυε και γι' αυτόν. Κι αυτός θα έκανε οτιδήποτε για κείνη.
«Περίφημα, Ρίκι, πού;»
Προσπάθησε να σκεφτεί αλλά δεν της ερχόταν τίποτα. Το μυαλό της είχε σταματήσει. Ούτε ένα όνομα, ούτε ένα πρόσωπο δεν έκανε την εμφάνισή του, λες και δεν είχε κανένα δίκτυο επαφών.
«Πρέπει να σκεφτώ», του είπε.
«Σκέψου γρήγορα και μετά δώσε τη διεύθυνση και την περιγραφή της διαδρομής προς τα κει στον Αντρέι. Αυτός ξέρει τι θα κάνει».
Η Έρικα ένιωσε ότι έπρεπε να βγει έξω, κατέβηκε τα σκαλοπάτια, βγήκε στη Γετγκάταν και κατευθύνθηκε προς την πλατεία Μεντμποργαρπλάτσεν, ενώ με τον νου της περνούσε ολόκληρη λίστα με ονόματα, χωρίς κανένα από αυτά να είναι το σωστό. Διακυβεύονταν πολλά πράγματα και η Έρικα έβλεπε μειονεκτήματα και ελλείψεις σε όλους όσους σκεφτόταν, και αν δεν το έκανε, ήταν επειδή δεν ήθελε να τους εκθέσει σε κίνδυνο ή να τους ενοχλήσει μ' εκείνο το θέμα, ίσως επειδή ενοχλούσε και την ίδια. Από την άλλη... ήταν ένα μικρό αγόρι που το είχαν πυροβολήσει και εκείνη είχε δώσει την υπόσχεσή της. Έπρεπε να βρει κάτι.
Λίγο πιο πέρα ακουγόταν η σειρήνα ενός περιπολικού και η Έρικα κοίταξε προς το πάρκο, την είσοδο του μετρό και το τζαμί πάνω στο ύψωμα. Ένας νεαρός άντρας την προσπέρασε και έδειχνε σαν να ήθελε να κρύψει κάτι χαρτιά, σαν να κουβαλούσε κάτι μυστικό, και ξαφνικά της ήρθε – η Γκαμπριέλα Γκρέιν. Στην αρχή την εξέπληξε το όνομα. Η Γκαμπριέλα δεν ήταν κάποια κοντινή της φίλη και δούλευε σε ένα μέρος όπου κανένας δεν έπρεπε να έρθει σε αντίθεση με τον νόμο. Όχι, ήταν τελείως ηλίθια ιδέα. Η Γκαμπριέλα θα ρίσκαρε τη δουλειά της με το να σκεφτεί και μόνο την πρόταση, όμως... η σκέψη δεν της έφευγε από τον νου.
Η Γκαμπριέλα δεν ήταν μόνο ένα απίστευτα καλό και υπεύθυ-

νο άτομο. Μία ανάμνηση ζωντάνεψε στον νου της. Ήταν κατά τη διάρκεια των μικρών ωρών μίας νύχτας το περασμένο καλοκαίρι – ίσως να ήταν και ξημερώματα, μετά από κάποιο πάρτι στο εξοχικό της Γκαμπριέλας στο Ινιαρέ. Εκείνη και η Γκαμπριέλα κάθονταν σε μια αιώρα έξω, σε μία μικρή βεράντα και κοιτούσαν προς το νερό από ένα μικρό άνοιγμα στις φυλλωσιές των δέντρων.

«Εδώ θα ήθελα να δραπετεύω όταν με κυνηγούν οι ύαινες», είχε πει η Έρικα, χωρίς να ξέρει καλά καλά ποιες ύαινες εννοούσε – πιθανώς ήταν κουρασμένη, πιεσμένη απ' τη δουλειά και εκείνο το σπίτι είχε κάτι που το έκανε ιδανικό για καταφύγιο.

Βρισκόταν πάνω σε ένα μικρό ύψωμα και δύσκολα διακρινόταν, αφού ήταν καλά προστατευμένο από τα δέντρα και μία κατωφέρεια. Η Έρικα θυμόταν πολύ καλά πως όταν της απάντησε η Γκαμπριέλα, της είπε να το πάρει σαν υπόσχεση:

«Όταν επιτίθενται οι ύαινες, θα είσαι πάντα καλοδεχούμενη εδώ, Έρικα», και τώρα το σκεφτόταν και αναρωτιόταν μήπως έπρεπε να επικοινωνήσει μαζί της.

Και μόνο το να κάνει την ερώτηση ήταν ίσως μεγάλη αναίδεια. Παρ' όλα αυτά, αποφάσισε να το δοκιμάσει και γι' αυτό έψαξε στον κατάλογο των επαφών της, ανέβηκε στη σύνταξη και τηλεφώνησε από το κρυπτογραφημένο με Redphoneapplication τηλέφωνο που ο Αντρέι είχε ετοιμάσει και γι' αυτήν.

ΚΕΦΑΛΑΙΟ 18
22 ΝΟΕΜΒΡΙΟΥ

Η Γκαμπριέλα Γκρέιν πήγαινε σε μία συνάντηση της ομάδας που είχε κανονιστεί με αστραπιαία ταχύτητα από τη Χελένα Κραφτ, προκειμένου να συζητήσουν για το δράμα που είχε λάβει χώρα στη Σβεαβέγκεν, όταν χτύπησε το κινητό της και παρά το ότι ήταν έξω φρενών, ή ίσως γι' αυτό, απάντησε βιαστικά:
«Ναι;»
«Η Έρικα είμαι».
«Γεια σου. Δεν μπορώ να σου μιλήσω τώρα. Θα τα πούμε αργότερα».
«Είχα μία...» συνέχισε η Έρικα.
Αλλά η Γκαμπριέλα της είχε ήδη κλείσει το τηλέφωνο. Δεν υπήρχε χρόνος για φιλική συνομιλία και με μια έκφραση που έδινε την εντύπωση ότι ήθελε να ξεκινήσει πόλεμο, μπήκε στο δωμάτιο όπου θα γινόταν η συνάντηση. Μία καθοριστική για την υπόθεση πληροφορία είχε διαρρεύσει και τώρα άλλο ένα άτομο ήταν νεκρό, ακόμα ένα σοβαρά τραυματισμένο και περισσότερο από κάθε άλλη φορά ήθελε να τους στείλει στο διάβολο όλους εκεί μέσα. Είχαν κινηθεί τόσο απερίσκεπτα και στη βιασύνη τους να συλλέξουν πληροφορίες είχαν χάσει τον έλεγχο. Για λίγη ώρα δεν άκουγε τίποτε απ' αυτά που λέγονταν. Είχε βουλιάξει στην οργή της. Αλλά, ξαφνικά, της ήρθε μια απρόσμενη σκέψη.
Έλεγαν ότι ο Μίκαελ Μπλούμκβιστ είχε τηλεφωνήσει στην Άμεση Δράση πριν ακόμα πέσουν οι πυροβολισμοί στη Σβεαβέ-

γκεν. Αυτό ήταν πολύ παράξενο, σωστά; Και πριν από λίγο της είχε τηλεφωνήσει η Έρικα Μπέργκερ, που δεν την έπαιρνε ποτέ χωρίς λόγο, ιδιαίτερα σε ώρα εργασίας. Μήπως ήθελε να της πει κάτι σημαντικό ή και καθοριστικό ακόμα; Η Γκαμπριέλα σηκώθηκε ζητώντας συγγνώμη.

«Γκαμπριέλα, νομίζω ότι είναι πολύ σημαντικό ν' ακούσεις αυτά που λέγονται εδώ», είπε σε ασυνήθιστα οξύ τόνο η Χελένα Κραφτ.

«Πρέπει να κάνω ένα τηλεφώνημα», απάντησε εκείνη, χωρίς να δείχνει την παραμικρή διάθεση να υπακούσει την αρχηγό της ΕΥΠ.

«Τι τηλεφώνημα;»

«Ένα τηλεφώνημα», είπε αυτή και βγαίνοντας έξω, πήγε στο γραφείο της και τηλεφώνησε αμέσως στην Έρικα Μπέργκερ.

Η Έρικα την παρακάλεσε να κλείσει και να της τηλεφωνήσει στο Samsung της. Όταν ξαναμίλησε με τη φίλη της, κατάλαβε αμέσως πως κάτι δεν πήγαινε καλά. Είχε χαθεί ο γνωστός ενθουσιασμός από τη φωνή της. Αντίθετα μάλιστα, η Γκαμπριέλα ακουγόταν ανήσυχη και κοφτή σαν να είχε καταλάβει ήδη ότι η Έρικα είχε κάτι πολύ σοβαρό να της πει.

«Γεια», είπε μόνο. «Είμαι φοβερά στριμωγμένη χρονικά. Αλλά μήπως αφορά τον Άουγκουστ Μπάλντερ;»

Η Έρικα ένιωσε μία έντονη δυσαρέσκεια.

«Πώς γίνεται να το ξέρεις;»

«Δουλεύω στη συγκεκριμένη υπόθεση και μόλις άκουσα ότι ο Μίκαελ είχε κάποιου είδους πληροφορία για το τι θα συνέβαινε στη Σβεαβέγκεν».

«Ώστε το έχετε μάθει ήδη;»

«Ναι, και ενδιαφερόμαστε πάρα πολύ για το πώς συνέβη κάτι τέτοιο».

«Συγγνώμη. Πρέπει να επικαλεστώ το δημοσιογραφικό απόρρητο».

«Οκέι. Αλλά τι είναι αυτό που ήθελες να μου πεις;»

Η Έρικα έκλεισε τα μάτια της και πήρε βαθιά ανάσα. Πώς μπορούσε να είναι τόσο ηλίθια;
«Φοβάμαι ότι πρέπει να απευθυνθώ σε κάποιον άλλον», είπε τελικά. «Δε θέλω να σε εκθέσω σε ηθική σύγκρουση».
«Ευχαρίστως εκτίθεμαι σε οποιαδήποτε ηθική σύγκρουση, Έρικα. Αλλά δε δέχομαι να μου αποκρύπτεις κάτι. Αυτή η έρευνα είναι σημαντικότερη για μένα απ' ό,τι μπορείς να φανταστείς».
«Αλήθεια;»
«Ναι, και είναι γεγονός ότι κι εγώ είχα πληροφορίες πριν από τα συμβάντα. Έμαθα ότι υπήρχε μία σοβαρή απειλή εναντίον της ζωής του Μπάλντερ. Αλλά παρ' όλα αυτά, δεν κατάφερα να αποτρέψω τη δολοφονία και είμαι αναγκασμένη να ζήσω μ' αυτό το βάρος για το υπόλοιπο της ζωής μου. Γι' αυτό, σε παρακαλώ, μη μου αποκρύπτεις στοιχεία».
«Κι όμως, πρέπει να το κάνω, Γκαμπριέλα. Λυπάμαι. Δε θέλω να πάθεις κακό εξαιτίας μας».
«Συνάντησα τον Μίκαελ στο Σαλτσεμπάντεν τη νύχτα της δολοφονίας».
«Δε μου ανέφερε τίποτα γι' αυτό».
«Θεώρησα ότι δεν είχα τίποτα να κερδίσω αν του μιλούσα».
«Ίσως ενήργησες σωστά».
«Θα μπορούσαμε να αλληλοβοηθηθούμε σ' αυτήν εδώ την ιστορία».
«Καλό μου ακούγεται. Θα παρακαλέσω τον Μίκαελ να σου τηλεφωνήσει αργότερα. Αλλά τώρα θα πρέπει να κλείσω».
«Και ξέρω πολύ καλά, όπως κι εσείς, ότι υπάρχει διαρροή από την αστυνομία. Καταλαβαίνω ότι πρέπει να αναζητήσει κανείς περίεργες συμμαχίες στη δεδομένη φάση».
«Έτσι ακριβώς. Αλλά, συγγνώμη, πρέπει να κλείσω τώρα».
«Οκέι», είπε απογοητευμένη η Γκαμπριέλα. «Ας πούμε ότι αυτή η συνομιλία δεν έγινε ποτέ. Καλή τύχη».
«Ευχαριστώ», είπε η Έρικα και συνέχισε να ψάχνει στον κύκλο των γνωστών της.

Η Γκαμπριέλα ξαναπήγε στη συνάντηση με το κεφάλι της βαρύ από τις σκέψεις. Τι ήθελε η Έρικα; Δεν καταλάβαινε, αλλά ήταν σαν να φανταζόταν κάτι. Τίποτα πάντως δεν ήταν ξεκάθαρο στον νου της. Μόλις μπήκε ξανά στο δωμάτιο, η συζήτηση σταμάτησε και όλοι στράφηκαν και την κοίταξαν.

«Τι ήταν αυτό;» είπε η Χελένα Κραφτ.

«Μία ιδιωτική υπόθεση».

«Που δεν μπορούσε να περιμένει».

«Που δεν μπορούσε να περιμένει, ναι. Πού έχετε φτάσει;»

«Συζητούσαμε γι' αυτό που συνέβη στη Σβεαβέγκεν, αλλά όπως τόνισα, έχουμε μόνο ελλιπείς πληροφορίες ως τώρα», είπε ο προϊστάμενος Ράγκναρ Ούλοφσον. «Η κατάσταση είναι χαοτική. Και φαίνεται ότι χάνουμε την πηγή μας στην ομάδα του Μπουμπλάνσκι. Ο επιθεωρητής έχει γίνει παρανοϊκός μετά απ' αυτό που συνέβη».

«Με όλο του το δίκιο», είπε κοφτά η Γκαμπριέλα.

«Ναι, ναι, μιλήσαμε και γι' αυτό. Δεν πρόκειται να τα παρατήσουμε πριν καταλάβουμε πώς ο δράστης ήξερε ότι το παιδί βρισκόταν στην κλινική ή πώς ήξερε ότι θα έβγαινε από την πόρτα ακριβώς εκείνη τη στιγμή. Δε θα τσιγκουνευτούμε σε χρόνο και μέσα – δε χρειάζεται καν να το πω αυτό. Αλλά πρέπει να προσθέσω ότι η διαρροή δεν είναι απαραίτητο να προέρχεται από την αστυνομία. Τα στοιχεία φαίνεται πως ήταν γνωστά και σε άλλους, στην κλινική φυσικά, στη μητέρα και στον αναξιόπιστο αρραβωνιαστικό της, τον Λάσε Βέστμαν, αλλά και στη σύνταξη του *Μιλένιουμ*. Εκτός αυτού, δεν μπορούμε να αποκλείσουμε μία εισβολή από χάκερ. Θα επανέλθω στο συγκεκριμένο. Αν μπορώ να συνεχίσω την αναφορά μου...»

«Βεβαίως».

«Μόλις συζητήσαμε τον ρόλο του Μίκαελ Μπλούμκβιστ και σ' αυτό το σημείο έχουμε πολλές ανησυχίες. Πώς μπορούσε να ξέρει για την επίθεση πριν καν συμβεί; Όπως το βλέπω εγώ, πρέπει να έχει κάποια πηγή που βρίσκεται κοντά στους δράστες και σ' αυτήν την περίπτωση δεν υπάρχει κανένας λόγος να σεβαστούμε το δημοσιογραφικό απόρρητο. Πρέπει να μάθουμε ποιος του έδωσε τις πληροφορίες».

«Ιδιαίτερα τώρα που ψάχνει απεγνωσμένα να βρει θέμα για ένα σκουπ», πρόσθεσε ο Μόρτεν Νίλσεν.

«Προφανώς ο Μόρτεν έχει περίφημες πηγές. Διαβάζει τις απογευματινές εφημερίδες», είπε πικρόχολα η Γκαμπριέλα.

«Όχι τις απογευματινές εφημερίδες, μικρή μου. Το ΤΤ. Ένα μέσο που κι εμείς εδώ στην ΕΥΠ εμπιστευόμαστε καμιά φορά».

«Αυτό ήταν ένα στημένο συκοφαντικό άρθρο και το ξέρεις τόσο καλά όσο κι εγώ», τον αντέκρουσε η Γκαμπριέλα.

«Δεν ήξερα ότι είσαι τόσο γοητευμένη από τον Μπλούμκβιστ».

«Ηλίθιε».

«Σταματήστε αμέσως», επενέβη η Χελένα Κραφτ. «Τι αηδίες είναι αυτές; Συνέχισε, Ράγκναρ. Τι ξέρουμε για την αλληλουχία των γεγονότων;»

«Οι πρώτοι που έφτασαν εκεί ήταν οι αστυνομικοί Έρικ Σάντστρεμ και Τορντ Λάντγκρεν», συνέχισε ο Ράγκναρ Ούλοφσον.

«Επί του παρόντος ενημερώνομαι κατευθείαν απ' αυτούς. Έφτασαν εκεί στις 09:24 ακριβώς, όταν πια όλα είχαν τελειώσει. Ο Τόρκελ Λιντέν ήταν νεκρός, χτυπημένος στο πίσω μέρος του κεφαλιού και το αγόρι... ναι, γι' αυτό δεν ξέρουμε τίποτα. Υπάρχουν μαρτυρίες ότι κι αυτό είναι χτυπημένο. Έχουμε αίματα στον δρόμο και στο πεζοδρόμιο. Αλλά τίποτα δεν είναι σίγουρο. Το αγόρι εξαφανίστηκε μέσα σε ένα κόκκινο Βόλβο – έχουμε τουλάχιστον ένα μέρος του αριθμού κυκλοφορίας και το μοντέλο του αυτοκινήτου. Φαντάζομαι ότι θα ξέρουμε τον ιδιοκτήτη του αρκετά σύντομα».

Η Γκαμπριέλα παρατήρησε ότι η Χελένα Κραφτ κρατούσε σημειώσεις, ακριβώς όπως είχε κάνει και στις προηγούμενες συναντήσεις.

«Αλλά τι ακριβώς συνέβη;» ρώτησε εκείνη.

«Σύμφωνα με δύο νεαρούς, φοιτητές του Οικονομικού Πανεπιστημίου, που στέκονταν στην απέναντι πλευρά της Σβεαβέγκεν, η υπόθεση έμοιαζε σαν ξεκαθάρισμα λογαριασμών μεταξύ δύο συμμοριών που ήθελαν να πάρουν το αγόρι».

«Ακούγεται παρατραβηγμένο».

«Δεν είμαι και τόσο σίγουρος γι' αυτό», συνέχισε ο Ράγκναρ Ούλοφσον.

«Τι είναι αυτό που σε κάνει να λες κάτι τέτοιο;» τον ρώτησε η Χελένα Κραφτ.

«Ήταν επαγγελματίες και στις δύο πλευρές. Ο δράστης φαίνεται ότι στεκόταν και παραφύλαγε την πόρτα από την κοντή πράσινη μάντρα στην άλλη πλευρά της Σβεαβέγκεν, ακριβώς μπροστά από το πάρκο. Πολλά στοιχεία δείχνουν ότι ήταν ο ίδιος που σκότωσε και τον Μπάλντερ. Όχι επειδή έχει δει κανένας καθαρά το πρόσωπό του – κατά πάσα πιθανότητα, είχε κάποιου είδους μεταμφίεση. Αλλά φαίνεται ότι κινείται με την ίδια ταχύτητα και αποτελεσματικότητα. Και στην άλλη συμμορία ήταν μία γυναίκα».

«Τι ξέρουμε γι' αυτήν;»

«Όχι και πολλά. Φορούσε ένα δερμάτινο μπουφάν, μάλλον, και σκούρο τζιν παντελόνι. Ήταν νεαρή, με μαύρα μαλλιά, είχε *πίρσινγκ* είπε κάποιος, έμοιαζε λίγο ροκ ή πανκ και εκρηκτική κατά κάποιον τρόπο. Εμφανίστηκε από το πουθενά και έπεσε πάνω στο αγόρι για να το προστατεύσει. Όλοι οι μάρτυρες είναι σύμφωνοι ότι δεν ήταν ένα συνηθισμένο άτομο. Η κοπέλα έτρεξε προς τα μπρος σαν να ήταν εκπαιδευμένη γι' αυτό ή σε κάθε περίπτωση σαν να είχε βρεθεί σε παρόμοιες καταστάσεις και πριν. Κινήθηκε άκρως μεθοδικά. Μετά είναι το αυτοκίνητο, το Βόλβο – και γι' αυτό έχουμε αντικρουόμενα στοιχεία. Κάποιος είπε ότι το αυτοκίνητο περνούσε τυχαία από κει και ότι η κοπέλα και το αγόρι μπήκαν μέσα, ενώ το αυτοκίνητο βρισκόταν λίγο-πολύ σε κίνηση. Άλλοι –κυρίως οι φοιτητές– πιστεύουν ότι το αυτοκίνητο ήταν μέρος της όλης επιχείρησης. Σε κάθε περίπτωση, φοβάμαι ότι έχουμε να κάνουμε με απαγωγή».

«Και τι νόημα θα είχε κάτι τέτοιο;»

«Μη με ρωτάτε εμένα γι' αυτό».

«Δηλαδή, η συγκεκριμένη κοπέλα δεν έσωσε μόνο τη ζωή του παιδιού, αλλά το απήγαγε κιόλας», είπε η Γκαμπριέλα.

«Έτσι φαίνεται, αλλά μπορεί και να μην είναι έτσι. Αλλιώς θα είχε επικοινωνήσει με κάποιον τρόπο μαζί μας».

«Πώς έφτασε εκεί;»

«Δεν ξέρουμε ακόμη. Αλλά έχουμε έναν μάρτυρα, έναν παλιό αρχισυντάκτη ενός συνδικαλιστικού περιοδικού, που λέει ότι η κοπέλα φαινόταν γνωστή ή ότι ίσως είναι γνωστή», συνέχισε ο Ράγκναρ Ούλοφσον και πρόσθεσε κάτι ακόμα.

Αλλά η Γκαμπριέλα είχε πάψει να τον ακούει. Είχε κοκαλώσει και σκεφτόταν: *Η κόρη του Ζαλατσένκο, πρέπει να είναι η κόρη του Ζαλατσένκο·* και βεβαίως ήξερε ότι αυτό ήταν μία άκρως άδικη κατηγορία. Η κόρη δεν είχε τίποτα να κάνει με τον πατέρα της. Αντίθετα, τον μισούσε. Αλλά η Γκαμπριέλα θεωρούσε ότι η κοπέλα έμοιαζε με την κόρη του Ζαλατσένκο· πριν από μερικά χρόνια είχε διαβάσει όλα όσα είχαν αποκαλυφθεί για την υπόθεση Ζαλατσένκο και ενώ ο Ράγκναρ Ούλοφσον διατύπωνε τις υποθέσεις του, εκείνη έβλεπε ότι τα κομμάτια του παζλ έμπαιναν στη θέση τους. Ήδη από χθες είχε διακρίνει κάνα-δυο σημεία επαφής μεταξύ του παλιού δικτύου του πατέρα και της ομάδας που αποκαλείται «Σπάιντερς». Αλλά το είχε απορρίψει, επειδή θεωρούσε ότι υπήρχαν όρια στο πόσο μπορούν να εξελιχθούν οι παράνομοι.

Κάτι ξεμαλλιασμένοι τύποι, που κάθονται με τα δερμάτινα γιλέκα τους και διαβάζουν πορνοφυλλάδες στα κλαμπ των μηχανόβιων, δεν ακουγόταν πιθανό ότι μπορεί τώρα να έκλεβαν υψηλή τεχνολογία. Όμως πάντα υπήρχε στις σκέψεις της – είχε αναρωτηθεί μάλιστα μήπως η κοπέλα που βοήθησε τον Λίνους Μπραντέλ να βρει την εισβολή στον υπολογιστή του Μπάλντερ ήταν η κόρη του Ζαλατσένκο. Σε κάποιο έγγραφο της ΕΥΠ που αφορούσε την κοπέλα έγραφε «χάκερ» –ή μήπως «γνώστρια πληροφορικής»;– και παρά το ότι αυτό φαινόταν να είναι ένα τυχαίο συμπέρασμα που εξαγόταν από το γεγονός ότι η κοπέλα είχε εκπληκτικά καλές συστάσεις για τη δουλειά που είχε κάνει στην εταιρεία «Μίλτον Σεκιούριτι», ήταν ξεκάθαρο ότι είχε διαθέσει πολύ χρόνο στην έρευνα για το εγκληματικό συνδικάτο του πατέρα της.

Αλλά το πιο αποκαλυπτικό στο όλο θέμα ήταν ότι υπήρχε μία γνωστή σχέση μεταξύ της κοπέλας και του Μίκαελ Μπλούμκβιστ. Τι είδους σχέση ήταν αυτή, παρέμενε ασαφές και η Γκαμπριέλα δεν πίστευε καθόλου όλες τις κακεντρεχείς εικασίες ότι το θέμα αφορούσε εκβιασμούς ή σαδομαζοχιστικό σεξ. Αλλά η σχέση υπήρχε και ο Μίκαελ Μπλούμκβιστ και η κοπέλα, που σύμφωνα με τις πληροφορίες για το παρουσιαστικό της έμοιαζε με την κόρη του Ζαλατσένκο -ενώ μάλιστα, ένας μάρτυρας είχε πει ότι του φαινόταν γνωστή- ήταν σαφές ότι κάτι ήξεραν εκ των προτέρων για τους πυροβολισμούς στη Σβεαβέγκεν και μετά η Έρικα Μπέργκερ τηλεφώνησε στην Γκαμπριέλα και ήθελε να μιλήσουν για κάτι σημαντικό εξαιτίας του συμβάντος. Δεν έδειχνε κι αυτό προς την ίδια κατεύθυνση;

«Κάτι σκέφτηκα», είπε η Γκαμπριέλα, ίσως πιο δυνατά απ' ό,τι ήθελε, διακόπτοντας τον Ράγκναρ Ούλοφσον.

«Ναι;» απάντησε αυτός ενοχλημένος.

«Αναρωτιέμαι...» συνέχισε εκείνη και ήταν έτοιμη να μιλήσει για τη θεωρία της, όταν παρατήρησε κάτι που την έκανε να διστάσει.

Δεν ήταν τίποτα το ιδιαίτερο, κάθε άλλο. Ήταν μόνο η Χελένα Κραφτ, που πάλι και με μεγάλη προσοχή, σημείωνε ό,τι έλεγε ο Ράγκναρ Ούλοφσον και ουσιαστικά αυτό ήταν πάρα πολύ καλό – ένας ανώτατος προϊστάμενος να ενδιαφέρεται τόσο πολύ. Αλλά η κάπως νευρική ροή της πένας πάνω στο χαρτί έκανε την Γκαμπριέλα να σκεφτεί πως ένας υψηλά ιστάμενος, του οποίου η δουλειά ήταν να έχει εποπτεία του συνόλου, καθόταν εκεί και κρατούσε σημειώσεις και μάλιστα λεπτομερειακές και χωρίς να ξέρει το γιατί την κατέλαβε μία βαθιά δυσαρέσκεια.

Ίσως είχε απλώς να κάνει με το γεγονός ότι εκείνη ήταν έτοιμη ανά πάσα στιγμή να κατηγορήσει τους άλλους, αποδίδοντάς τους ανυπόστατες κατηγορίες. Η Χελένα Κραφτ πάντως, όταν συνειδητοποίησε ότι την παρατηρούσε, κοίταξε ντροπιασμένη αλλού, κοκκινίζοντας μάλιστα, και τότε η Γκαμπριέλα αποφάσισε να μην ολοκληρώσει τη φράση της.

«Ή μάλλον...»

«Ναι, Γκαμπριέλα;»

«Δεν ήταν τίποτα», είπε τελικά, νιώθοντας την ανάγκη να φύγει από κει μέσα και παρόλο που ήξερε ότι η συμπεριφορά της θα έκανε αρνητική εντύπωση, βγήκε από το δωμάτιο ακόμα μία φορά και πήγε στην τουαλέτα.

Αργότερα θα θυμόταν πώς κοίταξε το πρόσωπό της στον καθρέφτη της τουαλέτας και προσπαθούσε να καταλάβει τι ήταν αυτό που είχε δει. Είχε όντως κοκκινίσει η Χελένα Κραφτ, και αν ναι, τι σήμαινε αυτό; *Σίγουρα τίποτα*, σκέφτηκε, *απολύτως τίποτα*. Και αν πραγματικά ήταν ντροπή ή ενοχή αυτό που είχε δει η Γκαμπριέλα στο πρόσωπο της Χελένας, η αιτία θα μπορούσε να είναι οποιαδήποτε. Σκέφτηκε ότι δεν τη γνώριζε και τόσο καλά τη Χελένα Κραφτ. Αλλά απ' όσο ήξερε, η Χελένα δε θα έστελνε ένα παιδί στον θάνατο προκειμένου να αποκομίσει οικονομικά ή και άλλου είδους οφέλη – όχι, ήταν αδύνατον.

Η Γκαμπριέλα γινόταν παρανοϊκή, μία κλασική παλαβή κατάσκοπος που έβλεπε αντικατασκόπους παντού, ακόμα και στον καθρέφτη της. «Ηλίθια», μουρμούρισε και χαμογέλασε αποκαρδιωμένα στον εαυτό της, σαν να ήθελε να αποδιώξει όλες εκείνες τις ανοησίες και να επιστρέψει στην πραγματικότητα. Και ίσα ίσα εκείνη τη στιγμή τής φάνηκε ότι έβλεπε μία νέα αλήθεια μπροστά της.

Φαντάστηκε ότι έμοιαζε με τη Χελένα Κραφτ· ότι της έμοιαζε με την έννοια ότι ήθελε να είναι ικανή, επιτυχημένη και να κερδίζει την επιβράβευση των προϊσταμένων της. Αν η ατμόσφαιρα εκεί που δουλεύεις είναι νοσηρή, ρισκάρεις να έχεις αυτήν την τάση, να γίνεις κι εσύ νοσηρός και, ποιος ξέρει, ίσως ήταν συχνά η θέληση να είναι κανείς διαθέσιμος που οδηγούσε τους ανθρώπους σε παρανομίες και ηθικές παραβάσεις.

Οι άνθρωποι διαπράττουν απερίγραπτες βλακείες εξαιτίας της ανάγκης τους για αναγνώριση και ξαφνικά η Γκαμπριέλα αναρωτήθηκε: αυτό ήταν που είχε συμβεί εδώ; Τουλάχιστον ο Χάσε Χάστε –γιατί αυτός ήταν η πηγή τους στην ομάδα του Μπουμπλάνσκι– είχε δώσει πληροφορίες στην ΕΥΠ, επειδή αυτή ήταν η αποστολή του και επειδή ήθελε να κερδίσει μερικούς πόντους από την ΕΥΠ· ο Ράγκναρ Ούλοφσον είχε φροντίσει ώστε η Χελένα Κραφτ να πληροφορείται την οποιαδήποτε λεπτομέρεια, επειδή ήταν η προϊσταμένη του κι εκείνος ήθελε να είναι θετικά διακείμενη προς αυτόν και μετά... ναι, μετά ίσως η Χελένα Κραφτ είχε δώσει πληροφορίες κάπου αλλού, γιατί κι αυτή ήθελε να φανεί επιτήδεια και να δείξει τις ικανότητές της. Αλλά σε ποιον μπορεί να τις είχε δώσει; Στον αρχηγό της αστυνομίας, στην κυβέρνηση ή σε κάποια ξένη μυστική υπηρεσία, κατά προτίμηση αμερικανική ή αγγλική, που με τη σειρά της...

Η Γκαμπριέλα δεν ακολούθησε άλλο το μονοπάτι που είχε πάρει η σκέψη της και αναρωτήθηκε πάλι μήπως είχε αρχίσει να παραλογίζεται, αλλά αν και δεν το απέκλειε ούτε αυτό, στεκόταν εκεί με την αίσθηση ότι δεν εμπιστευόταν την ομάδα όπου ανήκε και σκέφτηκε ότι βεβαίως και ήταν αλήθεια ότι κι η ίδια ήθελε να φανεί ικανή και άξια, αλλά όχι απαραίτητα με τον τρόπο που συνηθιζόταν στην ΕΥΠ. Ήθελε μόνο να τα καταφέρει ο Άουγκουστ και τώρα, αντί για το πρόσωπο της Χελένας Κραφτ, έβλεπε μπροστά της τα μάτια της Έρικας Μπέργκερ, οπότε πήγε βιαστικά στο γραφείο της και πήρε το Blackphone της – το ίδιο τηλέφωνο που συνήθιζε να χρησιμοποιεί στις συνομιλίες της με τον Φρανς Μπάλντερ.

Η Έρικα είχε βγει και πάλι για να μπορέσει να μιλήσει ανενόχλητη και τώρα βρισκόταν έξω από το βιβλιοπωλείο «Σέντερ» επί της Γετγκάταν και αναρωτιόταν μήπως είχε κάνει καμιά βλακεία. Αλλά η Γκαμπριέλα Γκρέιν είχε επιχειρηματολογήσει με τέτοιον τρόπο, που η Έρικα δεν μπορούσε να την αντικρούσει κι αυτό πιθανώς ήταν το μειονέκτημα του να έχει κανείς ευφυείς φίλες. Έβλεπαν κατευθείαν μέσα σου.

Η Γκαμπριέλα είχε καταλάβει πολύ καλά γιατί είχε επικοινωνήσει μαζί της η Έρικα. Την είχε πείσει, μάλιστα, ότι είχε ηθική υποχρέωση να βοηθήσει και ότι δε θα αποκάλυπτε ποτέ την κρυψώνα, όσο κι αν αντέβαινε αυτό στην επαγγελματική της ηθική. Κουβαλούσε μία ενοχή, είπε, και γι' αυτό ήθελε να βοηθήσει και τώρα θα έστελνε με κούριερ τα κλειδιά του εξοχικού της στο Ινιαρέ, ενώ θα φρόντιζε να στείλει και μία περιγραφή της διαδρομής προς τα κει με τον κρυπτογραφημένο κώδικα που είχε φτιάξει ο Αντρέι Ζάντερ, σύμφωνα με τις οδηγίες της Λίσμπετ Σαλάντερ.

Λίγο πιο πάνω στη Γετγκάταν ένας ζητιάνος έπεσε κάτω και δύο τσάντες με πλαστικά μπουκάλια σκόρπισαν στο πεζοδρόμιο· η Έρικα έσπευσε να βοηθήσει. Αλλά ο άντρας, που αμέσως σηκώθηκε, δεν ήθελε καμία βοήθεια, οπότε η Έρικα του χαμογέλασε θλιμμένα και συνέχισε τον δρόμο της προς το περιοδικό.

Όταν μπήκε και πάλι μέσα στη σύνταξη, είδε τον Μίκαελ απεγνωσμένο και εξαντλημένο. Τα μαλλιά του ήταν ανάκατα και το πουκάμισο του κρεμόταν έξω από το παντελόνι του. Είχε πολύ καιρό να τον δει τόσο αποκαμωμένο. Παρ' όλα αυτά δεν ανησύχησε. Όταν τα μάτια του ακτινοβολούσαν μ' αυτόν τον τρόπο, τίποτα δεν μπορούσε να τον σταματήσει. Είχε περάσει πια στο στάδιο της απόλυτης προσήλωσης, η οποία δε θα σταματούσε πριν φτάσει στον πάτο αυτής της ιστορίας.

«Βρήκες καμιά κρυψώνα;» τη ρώτησε.

Εκείνη τού έγνεψε καταφατικά.

«Ίσως να είναι καλύτερα να μην πεις τίποτα. Πρέπει να το κρατήσουμε σε όσο πιο στενό κύκλο γίνεται», συνέχισε αυτός.

«Ακούγεται τρελό. Αλλά ας ελπίσουμε ότι πρόκειται για μία βραχυπρόθεσμη λύση. Δε μου αρέσει που η Λίσμπετ έχει την ευθύνη του παιδιού».

«Ίσως, όμως, να είναι καλό και για τους δυο τους – ποιος ξέρει;»

«Τι είπες στην αστυνομία;»

«Πολύ λίγα».

«Είσαι σίγουρος ότι κάνουμε το σωστό;»

«Όχι ακριβώς».

«Ίσως η Λίσμπετ να μπορούσε να μας πει κάτι, για να νιώσεις λίγο καλύτερα και πιο ήσυχος».

«Δε θέλω να την πιέσω τώρα. Ανησυχώ γι' αυτήν. Μπορείς να πεις του Αντρέι να τη ρωτήσει αν χρειάζεται γιατρό;»

«Θα το κάνω. Αλλά ξέρεις...»

«Ναι;»

«Αρχίζω να πιστεύω ότι έχει δίκιο», είπε η Έρικα.

«Γιατί το λες τώρα αυτό;»

«Γιατί έχω κι εγώ τις πηγές μου. Δεν πιστεύω ότι αυτήν τη στιγμή η αστυνομία είναι μία ασφαλής επιλογή», είπε εκείνη και κατευθύνθηκε με αποφασιστικό βήμα προς τον Αντρέι Ζάντερ.

ΚΕΦΑΛΑΙΟ 19
ΒΡΑΔΥ 22 ΝΟΕΜΒΡΙΟΥ

Ο Γιαν Μπουμπλάνσκι στεκόταν μόνος στο γραφείο του. Τελικά ο Χάνς Φάστε είχε ομολογήσει ότι ενημέρωνε συνέχεια την ΕΥΠ και χωρίς καν να ακούσει τον λόγο που το έκανε, τον είχε απομακρύνει από την ομάδα. Αλλά παρόλο που είχε πολλές αποδείξεις ότι ο Χανς Φάστε ήταν ένας καριερίστας, δυσκολευόταν να πιστέψει ότι εκείνος είχε δώσει πληροφορίες και σε εγκληματικές οργανώσεις. Ο Μπουμπλάνσκι δυσκολευόταν γενικά να πιστέψει ότι κάποιος δικός του το είχε κάνει.

Υπήρχαν φυσικά διεφθαρμένα και ανυπόληπτα άτομα και στο σώμα της αστυνομίας. Αλλά να δώσουν ένα μικρό καθυστερημένο παιδί σε έναν στυγνό εγκληματία, αυτό ήταν κάτι άλλο και ο Γιαν αρνιόταν να πιστέψει πως κάποιος στο σώμα ήταν ικανός για κάτι τέτοιο. Ίσως οι πληροφορίες είχαν διαρρεύσει με άλλον τρόπο. Μπορεί να είχαν γίνει υποκλοπές τηλεφώνων ή να τους χάκαραν – αν και δεν ήξερε αν είχαν γράψει σε κάποιον υπολογιστή πως ο Άουγκουστ Μπάλντερ μπορούσε να ζωγραφίσει τον δράστη ή ακόμα λιγότερο ότι το παιδί βρισκόταν στην κλινική Ούντεν. Είχε προσπαθήσει να βρει τη διευθύντρια της ΕΥΠ, τη Χελένα Κραφτ, για να συζητήσουν την υπόθεση. Αλλά παρόλο που είχε τονίσει ότι την ήθελε για κάτι σημαντικό, εκείνη δεν είχε επικοινωνήσει μαζί του.

Είχε δεχτεί ανησυχητικά τηλεφωνήματα από το Εμπορικό Επιμελητήριο Σουηδίας και από το Υπουργείο Επιχειρηματικότητας,

Ενέργειας και Επικοινωνιών και παρόλο που κανένας δεν το έλεγε ανοιχτά, η κυριότερη ανησυχία τους δεν αφορούσε το παιδί και το συνεχιζόμενο δράμα της Σβεαβέγκεν, αλλά το ερευνητικό πρόγραμμα του Φρανς Μπάλντερ, το οποίο φαινόταν να έχει κλαπεί τη βραδιά της δολοφονίας.

Παρά το γεγονός ότι πολλοί από τους ειδικούς πληροφορικής της αστυνομίας και τρεις ειδικοί από το πανεπιστήμιο του Λινσέπινγ και το Πολυτεχνείο της Στοκχόλμης είχαν πάει στο σπίτι στο Σαλτσεμπάντεν, δεν είχαν βρει ίχνος από το ερευνητικό του έργο, ούτε στους υπολογιστές ούτε στα χαρτιά του.

«Σαν να μην έφταναν όλα τ' άλλα, τώρα έχουμε και μία Τεχνητή Νοημοσύνη που έχει δραπετεύσει», μουρμούρισε ο Μπουμπλάνσκι στον εαυτό του και για κάποιον λόγο σκέφτηκε ένα αίνιγμα που συνήθιζε να λέει ο κατεργάρης ξάδερφός του, ο Σάμουελ, για να μπερδεύει τους συνομηλίκους του στη συναγωγή.

Ήταν η εξής παραδοξολογία: αν ο Θεός είναι παντοδύναμος, μπορεί να δημιουργήσει κάτι που είναι εξυπνότερο από εκείνον; Το αίνιγμα το θεωρούσαν –θυμόταν τώρα– ανευλαβές ή ακόμα και βλάσφημο και είχε το χαρακτηριστικό ότι όπως και να απαντούσε κανείς ήταν λάθος. Αλλά ο Μπουμπλάνσκι δεν προλάβαινε να εμβαθύνει στην προβληματική. Κάποιος του χτύπησε την πόρτα. Ήταν η Σόνια Μούντιγκ, που με κάποια επισημότητα του έδωσε άλλο ένα κομμάτι ελβετικής σοκολάτας.

«Ευχαριστώ», είπε εκείνος. «Έχεις κάτι να αναφέρεις;»

«Πιστεύουμε ότι ξέρουμε πώς έβγαλε ο δράστης στον δρόμο τον Τόρκελ Λιντέν και το αγόρι. Έστειλε ένα ψεύτικο μέιλ εκ μέρους μας και εκ μέρους του Τσαρλς Έντελμαν και κανόνισε συνάντηση έξω από την κλινική».

«Ώστε μπορεί να γίνει κάτι τέτοιο;»

«Δεν είναι και ιδιαίτερα δύσκολο».

«Άσχημο αυτό».

«Βεβαίως, αλλά ακόμα δε μας λέει τίποτα για το πώς ήξερε ο δράστης ότι έπρεπε να μπει στον υπολογιστή του Ούντεν και πώς είχε μάθει ότι ο καθηγητής Έντελμαν ήταν αναμεμειγμένος στην υπόθεση».

«Φαντάζομαι ότι θα πρέπει να ελέγξουμε και τους δικούς μας υπολογιστές».
«Έχουμε ήδη αρχίσει να το κάνουμε».
«Εδώ φτάσαμε, λοιπόν, Σόνια;»
«Τι εννοείς;»
«Να μην τολμάμε να γράψουμε κάτι χωρίς να ρισκάρουμε να πέσουμε θύματα υποκλοπής;»
«Δεν ξέρω. Ελπίζω όχι. Έχουμε έναν κάποιον Γιάκομπ Σάρο εκεί έξω, που περιμένει να τον ανακρίνουμε».
«Ποιος είναι αυτός;»
«Ένας καλός ποδοσφαιριστής της ομάδας Σιριάνσκα. Αλλά κι ο άνθρωπος που με το αυτοκίνητό του έφυγαν από τη Σβεαβέγκεν η κοπέλα και το παιδί».

Η Σόνια Μούντιγκ καθόταν στην αίθουσα ανακρίσεων με έναν νεαρό και γεροδεμένο άντρα με κοντά μαύρα μαλλιά και έντονα ζυγωματικά. Ο νεαρός φορούσε μία μπλούζα με V λαιμό, χωρίς πουκάμισο και έδειχνε συγχρόνως απεγνωσμένος, αλλά και λίγο περήφανος.

«Η ανάκριση αρχίζει στις 18:35, της 22ης Νοεμβρίου, με τον μάρτυρα Γιάκομπ Σάρο, είκοσι δύο ετών, κάτοικο του προαστίου της Στοκχόλμης Νορσμπόργ. Πες μου τι συνέβη σήμερα το πρωί», άρχισε εκείνη.

«Ναι, δηλαδή...» ξεκίνησε να λέει ο Γιάκομπ Σάρο. «Οδηγούσα κατά μήκος της Σβεαβέγκεν και παρατήρησα ότι κάτι γινόταν στον δρόμο· νόμιζα ότι είχε συμβεί κάποιο ατύχημα. Γι' αυτό έκοψα ταχύτητα. Αλλά τότε είδα έναν άντρα στην αριστερή πλευρά να διασχίζει τρέχοντας τον δρόμο. Έτρεχε χωρίς καν να κοιτάζει την κυκλοφορία και θυμάμαι ότι σκέφτηκα πως μάλλον ήταν τρομοκράτης».

«Γιατί το σκέφτηκες αυτό;»
«Γιατί φαινόταν σαν να τον είχε καταλάβει ιερή οργή».
«Πρόλαβες να δεις το πρόσωπό του;»
«Δε θα το έλεγα, αλλά μετά σκέφτηκα ότι υπήρχε κάτι το αφύσικο πάνω του».

«Τι εννοείς;»
«Σαν να μην ήταν το κανονικό του πρόσωπο. Φορούσε κάτι στρογγυλά γυαλιά ηλίου, που πρέπει να ήταν δεμένα γύρω από τ' αυτιά του. Μετά ήταν τα μάγουλά του· ήταν σαν να είχε κάτι στο στόμα του. Και μετά ήταν το μουστάκι, τα φρύδια και το χρώμα του προσώπου του».
«Νομίζεις ότι φορούσε μάσκα;»
«Κάτι τέτοιο. Αλλά δεν πρόλαβα να το σκεφτώ και πολύ εκείνη την ώρα. Την επόμενη στιγμή άνοιξε με φόρα η πίσω πόρτα του αυτοκινήτου και τότε... πώς να το πω; Ήταν μία από τις στιγμές που συμβαίνουν πολλά πράγματα ταυτόχρονα – λες και όλος ο κόσμος πέφτει πάνω στο κεφάλι σου. Ξαφνικά υπήρχαν άγνωστοι άνθρωποι μέσα στο αυτοκίνητό μου και όλο το πίσω τζάμι είχε γίνει κομμάτια. Ήμουν σε σοκ».
«Τι έκανες;»
«Γκάζωσα σαν τρελός. Νομίζω ότι η κοπέλα που ήταν στο πίσω κάθισμα μου φώναξε να το κάνω κι εγώ ήμουν τόσο τρομοκρατημένος, που σχεδόν δεν ήξερα τι μου γινόταν. Υπάκουσα μόνο στη διαταγή».
«Διαταγή είπες;»
«Έτσι το ένιωσα. Νόμιζα ότι μας καταδίωκαν και δεν είχα άλλη διέξοδο από το να υπακούσω. Έστριβα από δω κι από κει, ακριβώς όπως μου έλεγε η κοπέλα και εκτός αυτού...»
«Ναι;»
«Ήταν κάτι στη φωνή της. Ήταν τόσο ψυχρή και σταθερή, που κόλλησα να την ακούω. Ήταν λες και η φωνή της παρέμενε το μόνο ελεγχόμενο πράγμα μέσα σε όλη αυτήν την τρέλα».
«Είπες ότι σου φάνηκε σαν να την ήξερες από κάπου;»
«Ναι, αλλά όχι τότε. Τότε ήμουν συγκεντρωμένος σ' εκείνη την αρρωστημένη κατάσταση και φοβόμουν για τη ζωή μου. Εκτός αυτού, υπήρχε πολύ αίμα εκεί πίσω».
«Από το αγόρι ή από την κοπέλα;»
«Στην αρχή δεν ήξερα και απ' ό,τι φαινόταν δεν το ήξερε και κανένας από κείνους. Αλλά ξαφνικά άκουσα ένα "Ναι!", ένα επιφώνημα, σαν να είχε συμβεί κάτι καλό».

«Και ποιο ήταν αυτό;»

«Η κοπέλα είχε καταλάβει ότι ήταν η ίδια που είχε τραυματιστεί από τη σφαίρα και θυμάμαι ότι μου έκανε εντύπωση αυτό. Ήταν σαν να λέμε, ζήτω, εγώ είμαι πυροβολημένη – και να ξέρετε, δεν ήταν καμιά μικρή πληγή. Όσο και να την έδενε, δεν μπορούσε να σταματήσει το αίμα. Έτρεχε συνεχώς και η κοπέλα γινόταν ολοένα και πιο χλομή. Ήταν εντελώς χάλια».

«Παρ' όλα αυτά, ήταν χαρούμενη που είχε χτυπηθεί εκείνη και όχι το παιδί;»

«Ακριβώς. Όπως θα ήταν μία μάνα».

«Αλλά δεν ήταν η μητέρα του παιδιού».

«Σε καμία περίπτωση. Δεν ήξεραν ο ένας τον άλλον κι αυτό γινόταν όλο και πιο φανερό. Η κοπέλα δε φαινόταν να έχει κανέναν έλεγχο πάνω στο παιδί. Δε σκέφτηκε καν να του κάνει μια αγκαλιά ή να του πει μερικά παρηγορητικά λόγια. Το μεταχειριζόταν περισσότερο σαν ενήλικο και του μιλούσε με τον ίδιο τόνο φωνής που μιλούσε και σ' εμένα. Κάποια στιγμή φάνηκε σαν να ήθελε να του δώσει ουίσκι».

«Ουίσκι;» ρώτησε ο Μπουμπλάνσκι.

«Είχα ένα μπουκάλι στο αυτοκίνητο που θα το έδινα στον θείο μου, αλλά το έδωσα σ' εκείνη για να απολυμάνει το τραύμα της και να πιει λίγο. Κατέβασε μερικές γερές γουλιές».

«Πώς νομίζεις, σε γενικές γραμμές, ότι μεταχειριζόταν το αγόρι;» ρώτησε η Σόνια Μούντιγκ.

«Δεν ξέρω πώς ακριβώς να απαντήσω σ' αυτό, ειλικρινά. Φερόταν λιγάκι σαν κοινωνικά απροσάρμοστη. Με μεταχειριζόταν σαν κανένα μαλάκα υπηρέτη της και δεν ήξερε, ούτε κατά διάνοια, πώς να συμπεριφερθεί στο παιδί, όπως σας είπα, όμως...»

«Ναι;»

«Νομίζω ότι ήταν καλή. Δε θα την προσλάμβανα για να φυλάξει τα παιδιά μου – αν καταλαβαίνετε τι εννοώ. Αλλά ήταν οκέι».

«Πιστεύεις, λοιπόν, πως ο μικρός είναι ασφαλής μαζί της;»

«Θα μπορούσα να πω ότι κοπέλα είναι σίγουρα πολύ επικίνδυνη και κάπως σαλταρισμένη. Αλλά αυτό το μικρό αγόρι – Άουγκουστ λέγεται, έτσι δεν είναι;»

«Ναι».
«Αν χρειαστεί, θα προστατεύσει τον Άουγκουστ με τη ζωή της.
Έτσι κατάλαβα».
«Πώς χωρίσατε;»
«Μου είπε να τους πάω στην πλατεία Μοσεμπάκε».
«Εκεί έμενε;»
«Δεν ξέρω. Δε έδωσε καμία εξήγηση. Ήθελε μόνο να πάει εκεί – είχα την αίσθηση ότι είχε κάποιο αυτοκίνητο εκεί γύρω. Αλλά κατά τ' άλλα δε μου είπε λέξη. Με παρακάλεσε μόνο να γράψω τα στοιχεία μου. Θα με αποζημίωνε για τις ζημιές στο αυτοκίνητο, είπε, και με το παραπάνω».
«Φαινόταν να έχει λεφτά;»
«Λοιπόν, αν έκρινα μόνο από το παρουσιαστικό της θα έλεγα ότι έμενε σε καμιά τρύπα. Αλλά ο τρόπος συμπεριφοράς της... δεν ξέρω. Δε θα με παραξένευε αν ήταν 'κονομημένη. Ένιωθα πως ήταν μαθημένη να κάνει ό,τι γουστάρει».
«Και τι έγινε μετά;»
«Είπε στον μικρό να βγει έξω».
«Κι εκείνος υπάκουσε;»
«Ήταν σαν παράλυτος. Λίκνιζε το σώμα του μπρος-πίσω και δεν το κούναγε από το αμάξι. Αλλά τότε εκείνη τού μίλησε πιο απότομα. Είπε ότι ήταν ζήτημα ζωής και θανάτου ή κάτι τέτοιο και τότε αυτός βγήκε έξω με τεντωμένα τα χέρια του μπροστά, λες κι ήταν υπνοβάτης».
«Είδες πού πήγαν;»
«Όχι, μόνο ότι έστριψαν αριστερά – προς το Σλούσεν. Αλλά η κοπέλα...»
«Ναι;»
«Ήταν ολοφάνερο ότι ένιωθε πάρα πολύ άσχημα. Παραπατούσε και φαινόταν έτοιμη να πέσει ξερή από στιγμή σε στιγμή».
«Δεν ακούγεται καλό αυτό. Και το αγόρι;»
«Ούτε κι αυτός έδειχνε να νιώθει καλά. Η ματιά του ήταν πολύ περίεργη και καθ' όλη τη διάρκεια της διαδρομής ήταν ανήσυχος και έτοιμος να πάθει κρίση ή κάτι τέτοιο. Αλλά όταν βγήκε από το αυτοκίνητο έδειχνε σαν να είχε αποδεχτεί την κατάσταση.

Εν πάση περιπτώσει, τη ρώτησε "πού", πολλές φορές, "πού"».
Η Σόνια Μούντιγκ και ο Γιαν Μπουμπλάνσκι κοιτάχτηκαν ξαφνιασμένοι.
«Είσαι σίγουρος;» ρώτησε η Σόνια.
«Και γιατί να μην είμαι;»
«Μήπως νόμισες ότι τον άκουσες να το λέει, επειδή ο μικρός έδειχνε σαν να ρωτούσε, για παράδειγμα».
«Γιατί να το έκανα αυτό;»
«Επειδή η μητέρα του Άουγκουστ Μπάλντερ λέει ότι το αγόρι δε μιλάει καθόλου», συνέχισε η Σόνια Μούντιγκ.
«Αστειεύεστε;»
«Όχι, και ακούγεται πολύ παράξενο που κάτω από τούτες τις συνθήκες είπε τις πρώτες του λέξεις».
«Εγώ, πάντως, άκουσα αυτό που άκουσα».
«Οκέι, και η κοπέλα τι του απάντησε;»
«"Μακριά", νομίζω. "Να φύγουμε". Κάτι τέτοιο. Ήταν, όμως, έτοιμη να σωριαστεί κάτω, όπως σας είπα. Μετά μου είπε να φύγω από κει».
«Κι εσύ το έκανες;»
«Έγινα καπνός. Εξαφανίστηκα σε χρόνο μηδέν».
«Και μετά συνειδητοποίησες ποια ήταν αυτή που είχες στο αυτοκίνητό σου;»
«Είχα ήδη καταλάβει ότι το αγόρι ήταν ο γιος της μεγαλοφυΐας που έγραφαν στο διαδίκτυο. Αλλά η κοπέλα... κάτι μου έφερνε στον νου, αλλά αόριστα. Κάποια μου θύμιζε και στο τέλος ένιωσα ότι δεν μπορούσα να οδηγήσω περισσότερο. Έτρεμα, οπότε σταμάτησα στην οδό Ρινγκβέγκεν κοντά στο Σκανστούλ, έτρεξα μέσα στο ξενοδοχείο «Κλάριον», ήπια μια μπίρα, προσπάθησα να ηρεμήσω λίγο και τότε ήταν που μου ήρθε. Ήταν αυτή η κοπέλα που καταζητούσαν για δολοφονία πριν από μερικά χρόνια, που μετά όμως αθωώθηκε για όλα και τελικά αποδείχτηκε ότι είχε υποστεί ένα σωρό βασανιστήρια στο ψυχιατρείο όταν ήταν μικρή. Το θυμάμαι πολύ καλά, γιατί τότε είχα έναν φίλο του οποίου ο πατέρας είχε βασανιστεί στη Συρία και ακριβώς την ίδια χρονική περίοδο είχε πέσει κι αυτός θύμα του ίδιου πράγματος – ένα σωρό

ηλεκτροσόκ και σκατά, μόνο και μόνο επειδή δεν άντεχε τις αναμνήσεις του. Ήταν σαν να τον βασάνιζαν κι εδώ».
«Είσαι σίγουρος γι' αυτό;»
«Ότι τον βασάνιζαν;»
«Όχι, ότι ήταν αυτή. Η Λίσμπετ Σαλάντερ».
«Κοίταξα όλες τις φωτογραφίες στο κινητό μου και δεν έχω την παραμικρή αμφιβολία. Υπάρχουν κι άλλα που συμφωνούν, ξέρετε...»
Ο Γιάκομπ δίστασε, σαν να ντρεπόταν.
«Αυτή γδύθηκε κάποια στιγμή, γιατί χρειάστηκε να χρησιμοποιήσει το μακό της για επίδεσμο και όταν γύρισε λίγο στο πλάι για να δέσει τον ώμο της, είδα ότι είχε ένα μεγάλο τατουάζ ενός δράκου που έπιανε όλη της την πλάτη. Αυτό το τατουάζ αναφερόταν σε κάποιο από τα παλιά άρθρα των εφημερίδων».

Η Έρικα Μπέργκερ ήταν στο εξοχικό της Γκαμπριέλας στο Ινιαρέ, με δύο τσάντες φαγητό, μολύβια, μπογιές και χαρτί, δύο πολύ δύσκολα παζλ και μερικά άλλα πράγματα. Αλλά ούτε η Λίσμπετ ούτε ο Άουγκουστ ήταν εκεί και δεν μπορούσε να επικοινωνήσει μαζί τους. Η Λίσμπετ δεν απαντούσε ούτε στο Redphoneapp ούτε και στην κρυπτογραφημένη διεύθυνση και η Έρικα κόντευε να τρελαθεί από ανησυχία.
Όπως και να το σκεφτόταν δεν μπορούσε να το δει αλλιώς: τα σημάδια ήταν δυσοίωνα. Ήταν αλήθεια ότι η Λίσμπετ Σαλάντερ απέφευγε τις περιττές κουβέντες και τα καθησυχαστικά λόγια. Αλλά τώρα ήταν αυτή που είχε παρακαλέσει να της βρουν μία ασφαλή κρυψώνα. Εκτός αυτού, είχε αναλάβει την ευθύνη ενός παιδιού και αν δεν απαντούσε στις κλήσεις θα πρέπει να ήταν πολύ άσχημα, έτσι δεν είναι; Στη χειρότερη περίπτωση, η τραυματισμένη Λίσμπετ βρισκόταν κάπου και αντιμετώπιζε άμεσα τον κίνδυνο να χάσει τη ζωή της.
Η Έρικα βλαστήμησε και βγήκε έξω στη βεράντα, την ίδια βεράντα όπου είχαν καθίσει εκείνη και η Γκαμπριέλα και έλεγαν πως ήθελαν να κρυφτούν απ' όλο τον κόσμο. Ήταν μόνο πριν από

μερικούς μήνες. Και όμως, φάνταζε τόσο μακρινό. Τώρα δεν υπήρχε κανένα τραπέζι εδώ έξω, καμία καρέκλα, κανένα μπουκάλι, κανένας θόρυβος πίσω τους, μόνο χιόνι, κλαδιά και σκουπίδια που είχε φέρει εκεί ο άνεμος. Η ίδια η ζωή φαινόταν να έχει εγκαταλείψει το μέρος και η ανάμνηση από κείνη τη γιορτή ενίσχυε την ερημιά του σπιτιού. Η γιορτή έκανε την παρουσία της εκεί αισθητή, σαν φάντασμα πάνω στους τοίχους.

Η Έρικα πήγε στην κουζίνα πάλι και έβαλε στο ψυγείο το φαγητό, που ήταν κατάλληλο για φούρνο μικροκυμάτων – κεφτεδάκια, κουτιά με μακαρόνια και κιμά, λουκάνικο στρόγκανοφ, ψάρι ογκρατέν, πατατοκεφτέδες και ένα μεγάλο κουτί με ακόμα περισσότερα ανθυγιεινά σκουπίδια, που ο Μίκαελ την είχε συμβουλεύσει να αγοράσει: πίτσα, μπαγκέτες, τηγανητές πατάτες, κόκα-κόλα, ένα μπουκάλι Τούλαμορ Ντιου, μία κούτα τσιγάρα και τρεις σακούλες τσιπς, καραμέλες, τρεις σοκολάτες και τρεις ράβδους καραμέλα-γλυκόριζα. Στο μεγάλο στρογγυλό τραπέζι της κουζίνας άφησε χαρτί, μολύβια, μπογιές, γόμα, έναν χάρακα και έναν διαβήτη. Στο πάνω πάνω χαρτί ζωγράφισε έναν ήλιο, ένα λουλούδι και τις λέξεις «Καλώς ήρθατε», με τέσσερα διαφορετικά χρώματα.

Το σπίτι, που βρισκόταν σε ένα ύψωμα, όχι μακριά από την παραλία Ινιαρεστράντ, δεν μπορούσε να το δει κανένας από την έξω πλευρά. Το έκρυβαν κωνοφόρα δέντρα και αποτελούνταν από τέσσερα δωμάτια· η μεγάλη κουζίνα και η βεράντα με τις γυάλινες πόρτες ήταν η καρδιά του και εκτός του μεγάλου στρογγυλού τραπεζιού υπήρχε μία παλιά κουνιστή καρέκλα και δύο παλιοί, φθαρμένοι καναπέδες, που με τη βοήθεια δύο νεοαγορασμένων καλυμμάτων έδειχναν άνετοι και σαν καινούργιοι. Ήταν ένα ωραίο σπίτι.

Πιθανώς ήταν και μία καλή κρυψώνα. Η Έρικα άφησε ξεκλείδωτη την πόρτα, έβαλε τα κλειδιά όπως είχαν συμφωνήσει στο πάνω συρτάρι του ντουλαπιού στο χολ και κατέβηκε τη μακριά ξύλινη σκάλα πάνω στα βράχια – τον μοναδικό δρόμο που οδηγούσε προς τα πάνω στο σπίτι, για όποιον ερχόταν εκεί με αυτοκίνητο.

Ο ουρανός ήταν σκοτεινός, φυσούσε πολύ πάλι κι ένιωθε τρομερά άσχημα, ενώ η διάθεσή της χειροτέρεψε κι άλλο όταν στο δρόμο της επιστροφής άρχισε να σκέφτεται τη μητέρα του μικρού, τη Χάνα. Η Έρικα δεν είχε συναντήσει ποτέ τη Χάνα Μπάλντερ και τα προηγούμενα χρόνια δεν ανήκε στους θαυμαστές της. Παλιά η Χάνα έπαιζε ρόλους γυναικών που όλοι οι άντρες νόμιζαν πως μπορούσαν να αποπλανήσουν, ήταν ταυτόχρονα σέξι και λίγο ανόητα αθώα και η Έρικα το εκλάμβανε ως κάτι το τυπικό για τη βιομηχανία του κινηματογράφου που πρόβαλλε αυτού του είδους τους χαρακτήρες. Αλλά τίποτε απ' αυτά δεν ίσχυε τώρα πια και η Έρικα ντρεπόταν για την απέχθεια που της έτρεφε τότε. Είχε κρίνει σκληρά τη Χάνα Μπάλντερ – εύκολα μπορούσε να το κάνει κανείς αυτό το λάθος με τα όμορφα κορίτσια που είχαν από νωρίς μεγάλη απήχηση.

Τώρα πια –τις ελάχιστες φορές που η Χάνα συμμετείχε σε μεγάλες παραγωγές– τα μάτια της έλαμπαν περισσότερο από μία συγκρατημένη θλίψη που έδινε βάθος στους ρόλους της και ίσως –τι ήξερε η Έρικα;– αυτή η θλίψη να ήταν αληθινή. Προφανώς η Χάνα Μπάλντερ δεν είχε εύκολη ζωή. Σίγουρα πάντως δε θα της ήταν εύκολο το τελευταίο εικοσιτετράωρο και από νωρίς σήμερα το πρωί η Έρικα επέμενε ότι έπρεπε να ενημερώσουν τη Χάνα και να την οδηγήσουν στο παιδί. Ένιωθε πως στην παρούσα κατάσταση το παιδί χρειαζόταν τη μητέρα του.

Αλλά η Λίσμπετ, που ακόμα δεν είχε δώσει σημεία ζωής, είχε εναντιωθεί σ' αυτό. Ακόμα δεν ήξερε κανένας από ποιον γινόταν η διαρροή, τους έγραψε, και δεν αποκλειόταν ο υπαίτιος να ανήκε στον κύκλο της μητέρας και του Λάσε Βέστμαν, που κανένας δεν εμπιστευόταν και που τώρα έμενε συνεχώς στο σπίτι για ν' αποφύγει τους δημοσιογράφους. Ήταν μία απελπιστική κατάσταση και δεν άρεσε καθόλου στην Έρικα, που ήλπιζε ότι θα μπορούσαν να περιγράψουν αυτήν την ιστορία αξιοπρεπώς και σε βάθος χωρίς ούτε το περιοδικό αλλά ούτε και κανένας άλλος να πάθει κάτι κακό.

Τουλάχιστον δεν αμφέβαλλε για την ικανότητα του Μίκαελ, όχι όταν τον έβλεπε έτσι. Εκτός αυτού είχε και τη βοήθεια του Αντρέι Ζάντερ. Η Έρικα συμπαθούσε πολύ τον Αντρέι. Ο Αντρέι ήταν ένας όμορφος νεαρός, που καμιά φορά τον περνούσαν για γκέι. Όχι πριν από πολύ καιρό, σε ένα δείπνο στο σπίτι της Έρικας και του Γκρέγκερ στο Σαλτσεμπάντεν, τους είχε διηγηθεί την ιστορία της ζωής του, πράγμα που την είχε κάνει να τον συμπαθήσει ακόμα πιο πολύ.

Όταν ο Αντρέι ήταν έντεκα χρονών είχε χάσει τους γονείς του σε μία έκρηξη βόμβας στο Σαράγεβο και μετά απ' αυτό βρέθηκε να ζει με μία θεία του, στο προάστιο της Στοκχόλμης Τένστα, χωρίς κανένας να έχει καταλάβει την υψηλή του ευφυΐα ή έστω τα τραύματα που κουβαλούσε. Ο Αντρέι δεν ήταν παρών όταν σκοτώθηκαν οι γονείς του· όμως φερόταν σαν να υπέφερε από PTSD* — ακόμα και σήμερα μισούσε τους δυνατούς θορύβους και τις απότομες κινήσεις. Δεν του άρεσαν οι τσάντες που ήταν αφύλαχτες σε εστιατόρια και κοινούς χώρους και μισούσε τη βία και τον πόλεμο με τέτοιο πάθος, που όμοιό του η Έρικα δεν είχε ξαναδεί ποτέ στη ζωή της.

Στα παιδικά του χρόνια κατέφευγε σ' έναν δικό του κόσμο. Βυθιζόταν στη λογοτεχνία φαντασίας, διάβαζε ποίηση, βιογραφίες, αγαπούσε τη Σίλβια Πλαθ, τον Μπόρχες και τον Τόλκιν, είχε μάθει τα πάντα για τους υπολογιστές και ονειρευόταν να γίνει ένας μεγάλος συγγραφέας που θα έγραφε συνταρακτικά μυθιστορήματα αγάπης και τραγωδίες. Ήταν ένας αθεράπευτος ρομαντικός που ήλπιζε ότι θα μπορούσε να θεραπεύσει τις πληγές του βιώνοντας μεγάλα πάθη και δεν τον ενδιέφερε καθόλου τι συνέβαινε στην κοινωνία και στον κόσμο. Ένα βράδυ, προς το τέλος της εφηβείας του, πήγε και παρακολούθησε ένα σεμινάριο του Μίκαελ Μπλούμκβιστ στην Ανώτερη Δημοσιογραφική Σχολή της Στοκχόλμης κι αυτό τού άλλαξε τη ζωή.

Κάτι από το πάθος του Μίκαελ τον έκανε να σηκώσει το βλέμμα του και να δει έναν κόσμο που μάτωνε από αδικίες, μισαλλοδοξία και διαφθορά και αντί για δακρύβρεχτα μυθιστορήματα, άρχισε να φαντάζεται ότι θα έγραφε κοινωνικά ρεπορτάζ και όχι

---

* Posttraumatic stress disorder: Διαταραχή μετατραυματικού στρες. (Σ.τ.Μ.)

πολύ καιρό μετά, χτύπησε την πόρτα του *Μιλένιουμ* και τους παρακάλεσε να κάνει οτιδήποτε, να φτιάχνει καφέδες, να κάνει διορθώσεις, να πηγαίνει στις εξωτερικές δουλειές. Ήθελε να συμμετέχει με οποιονδήποτε τρόπο. Ήθελε να ανήκει στη σύνταξη του περιοδικού και η Έρικα, που από την αρχή διέκρινε τη φλόγα στα μάτια του, τον άφησε να κάνει μερικές μικροδουλειές: σημειώσεις, έρευνες και μικρά πορτρέτα. Αλλά αυτό που του τόνισε ιδιαίτερα ήταν ότι έπρεπε να σπουδάσει κι αυτός το έκανε, με την ίδια ενεργητικότητα όπως και όλα τα άλλα με τα οποία καταπιανόταν. Σπούδασε πολιτικές επιστήμες, επικοινωνία ΜΜΕ και οικονομία, ενώ ταυτόχρονα δούλευε ως αναπληρωτής στο *Μιλένιουμ* και φυσικά ήθελε να γίνει ένας μεγάλος ερευνητής δημοσιογράφος, σαν τον Μίκαελ.

Αλλά σε αντίθεση με άλλους ερευνητές δημοσιογράφους, δεν ήταν ζόρικος. Παρέμενε ένας ρομαντικός. Ονειρευόταν συνεχώς τον μεγάλο έρωτα και τόσο ο Μίκαελ όσο και η Έρικα είχαν αφιερώσει πολύ χρόνο να συζητάνε για την ερωτική του ζωή. Τραβούσε σαν μαγνήτης τις γυναίκες, αλλά το ίδιο συχνά τον εγκατέλειπαν. Ίσως υπήρχε κάτι το πολύ απεγνωσμένο στην επιθυμία του, ίσως πολλές γυναίκες να τρόμαζαν από την ένταση των συναισθημάτων του και πιθανώς να τους μιλούσε χωρίς να πολυσκέφτεται για τις ελλείψεις και τις αδυναμίες του. Παραήταν ανοιχτός και διάφανος, παραήταν καλός, όπως συνήθιζε να λέει ο Μίκαελ.

Αλλά η Έρικα είχε την εντύπωση ότι ο Αντρέι ήταν στα πρόθυρα να αποβάλει τη νεανική του ευαισθησία. Αυτό τουλάχιστον είχε διακρίνει στη δημοσιογραφία του. Εκείνη την ενστικτώδη φιλοδοξία του να θέλει να αγγίξει τον αναγνώστη, που είχε κάνει τα γραπτά του να γίνονται βαριά, τώρα την είχε αντικαταστήσει μία νέα και αποτελεσματική αντικειμενικότητα και η Έρικα ήξερε ότι αυτός θα έκανε τα πάντα τώρα που του είχε δοθεί η ευκαιρία να βοηθήσει τον Μίκαελ με την υπόθεση Μπάλντερ.

Όπως τα είχαν συμφωνήσει, ο Μίκαελ θα έγραφε το μεγάλο, το κυρίως κείμενο. Ο Αντρέι θα τον βοηθούσε στην έρευνα αλλά θα έγραφε και μερικά μικρά, επεξηγηματικά κομμάτια και πορτρέτα και η Έρικα πίστευε ότι όλα θα πήγαιναν μια χαρά. Όταν πάρκαρε επί της οδού Χεκενσγκάτα και μπήκε στη σύνταξη, βρήκε τον Μίκαελ και τον Αντρέι να κάθονται ακριβώς όπως το περίμενε, βαθιά συγκεντρωμένοι.

Ο Μίκαελ μουρμούραγε πότε πότε μόνος του και στα μάτια του δεν καθρεφτιζόταν μόνο εκείνη η ακτινοβολούσα μεθοδικότητα. Η Έρικα διέκρινε πως κάτι τον βασάνιζε, πράγμα που δεν την εξέπληξε καθόλου. Ο Μίκαελ είχε κοιμηθεί απαίσια. Τα ΜΜΕ τον χτυπούσαν σκληρά, είχε πάει για ανάκριση στην αστυνομία κι εκεί αναγκάστηκε να κάνει αυτό ακριβώς που τον κατηγορούσαν, να αποκρύψει την αλήθεια. Κι αυτό δεν του άρεσε καθόλου.

Ο Μίκαελ Μπλούμκβιστ ήταν απόλυτα νομοταγής, ένας ιδανικός πολίτης, κατά κάποιον τρόπο. Αλλά αν υπήρχε κάποιος που θα μπορούσε να τον κάνει να περάσει το όριο και να παρανομήσει, αυτή ήταν η Λίσμπετ Σαλάντερ. Ο Μίκαελ θα προτιμούσε να βουλιάξει στην ατίμωση παρά να την προδώσει και γι' αυτό είχε απαντήσει στην αστυνομία: «Πρέπει να επικαλεστώ το δημοσιογραφικό απόρρητο». Δεν ήταν παράξενο που αυτό τον ενοχλούσε και τον έκανε να ανησυχεί για τις συνέπειες, όμως... Πάνω απ' όλα, ήταν συγκεντρωμένος στο θέμα του και ακριβώς όπως και η Έρικα ανησυχούσε πολύ περισσότερο για τη Λίσμπετ και το αγόρι παρά για τη δική τους κατάσταση. Αφού έμεινε για λίγο να τον παρατηρεί, η Έρικα πήγε τελικά κοντά του και τον ρώτησε:

«Πώς πάει;»
«Τι; Ναι... καλά. Πώς ήταν εκεί έξω;»
«Έφτιαξα τα κρεβάτια κι έβαλα τα φαγητά στο ψυγείο».
«Ωραία. Και δε σε είδε κανένας γείτονας;»
«Δεν υπήρχε ψυχή ένα γύρο».
«Γιατί αργούν τόσο;»
«Δεν ξέρω. Με κάνει κι αρρωσταίνω από ανησυχία».
«Ας ελπίσουμε ότι ανακτούν δυνάμεις στο σπίτι της Λίσμπετ».
«Ας το ελπίσουμε. Τι έχεις βρει;»
«Αρκετά. Αλλά...»
«Ναι;»
«Είναι μόνο ότι...»
«Τι πράγμα;»

«Νιώθω σαν να γυρίζω πίσω στον χρόνο ή σαν να επιστρέφω σε μέρη που έχω ξαναπάει».

«Μάλλον θα πρέπει να μου το εξηγήσεις κάπως καλύτερα», είπε εκείνη.

«Θα το κάνω...»

Ο Μίκαελ έριξε μια ματιά στην οθόνη του υπολογιστή του.

«Αλλά πρώτα πρέπει να σκάψω βαθύτερα. Θα τα πούμε αργότερα», της είπε. Η Έρικα έφυγε για να τον αφήσει ήσυχο και ετοιμάστηκε να γυρίσει στο σπίτι της, αν και φυσικά παρέμενε πάντα ετοιμοπόλεμη.

ΚΕΦΑΛΑΙΟ 20
23 ΝΟΕΜΒΡΙΟΥ

Η νύχτα είχε περάσει ήσυχα, ανησυχητικά ήσυχα και στις οκτώ το πρωί, ένας σκεφτικός Γιαν Μπουμπλάνσκι στεκόταν μπροστά στην ομάδα του στο δωμάτιο των συσκέψεων. Αφότου είχε διώξει τον Χανς Φάστε από την ομάδα, ένιωθε αρκετά σίγουρος ότι μπορούσε να μιλάει ελεύθερα. Τουλάχιστον ένιωθε πιο σίγουρος εδώ μέσα με τους συναδέλφους, απ' ό,τι μπροστά στον υπολογιστή ή με το κινητό του.

«Αντιλαμβάνεστε όλοι τη σοβαρότητα της υπόθεσης», ξεκίνησε να λέει. «Μυστικά στοιχεία έχουν διαρρεύσει. Ένας άνθρωπος είναι νεκρός εξ αιτίας της διαρροής. Κινδυνεύει η ζωή ενός μικρού αγοριού. Παρά την πυρετώδη προσπάθεια, δεν ξέρουμε πώς συνέβησαν όλα αυτά. Η διαρροή μπορεί να έχει γίνει από εμάς, από την ΕΥΠ, από την κλινική Ούντεν, από τον κύκλο του καθηγητή Έντελμαν ή από τη μητέρα και τον αρραβωνιαστικό της, τον Λάσε Βέστμαν. Δεν ξέρουμε τίποτα με σιγουριά και γι' αυτό πρέπει να είμαστε άκρως προσεκτικοί».

«Ίσως να μας έχουν χακάρει ή να έχουν υποκλέψει τις συνομιλίες μας. Φαίνεται ότι έχουμε να κάνουμε με παρανόμους που κατέχουν τη νέα τεχνολογία σε τελείως διαφορετικό επίπεδο απ' αυτό που είμαστε συνηθισμένοι», πρόσθεσε η Σόνια Μούντιγκ.

«Ακριβώς. Κι αυτό είναι πολύ ανησυχητικό», συνέχισε ο Μπουμπλάνσκι. «Πρέπει να είμαστε προσεκτικοί σε όλα τα επίπεδα, να μην πούμε τίποτα σημαντικό στο τηλέφωνο, όσο και αν οι προϊστά-

μενοί μας εγκωμιάζουν το νέο σύστημα κινητών τηλεφώνων μας».
«Το εγκωμιάζουν, γιατί ήταν πολύ ακριβή η εγκατάστασή του», είπε ο Γέρκερ Χόλμπεργ.
«Ίσως πρέπει να σκεφτούμε λίγο και τον δικό μας ρόλο», συνέχισε ο Μπουμπλάνσκι. «Μιλούσα προ ολίγου με μία νεαρή αναλύτρια στην ΕΥΠ, την Γκαμπριέλα Γκρέιν, αν σας είναι γνωστό το όνομα. Αυτή μου τόνισε πως η εμπιστοσύνη, για εμάς τους αστυνομικούς, είναι μια έννοια πιο περίπλοκη απ' ό,τι μπορεί να νομίζει κανείς. Οφείλουμε να είμαστε πιστοί σε πολλά διαφορετικά πρόσωπα και πράγματα, έτσι δεν είναι; Πρώτα απ' όλα στον νόμο· έπειτα στους πολίτες, στους συναδέλφους, στους προϊσταμένους μας, αλλά και σ' εμάς τους ίδιους και την καριέρα μας, και καμιά φορά, το ξέρετε όλοι σας, όλα αυτά έρχονται σε αντίθεση μεταξύ τους. Κάποιες φορές προστατεύει κανείς έναν συνάδελφο και τότε είναι ανεπαρκής απέναντι στους πολίτες και ενίοτε παίρνει διαταγές από τους ανώτερούς του, όπως ο Χανς Φάστε, και τότε παύει να είναι πιστός σ' εμάς. Αλλά από δω και πέρα –και τώρα είμαι πολύ σοβαρός– θέλω να ακούω μόνο για μία πίστη και είναι αυτή προς την έρευνα που διεξάγουμε. Θα συλλάβουμε τους δράστες και θα φροντίσουμε να μη γίνει κανένας άλλος θύμα των δραστών. Είσαστε σύμφωνοι σ' αυτό; Ότι ακόμα κι αν ο ίδιος ο πρωθυπουργός ή ο αρχηγός της CIA σας πάρει τηλέφωνο κι αρχίσει να σας αραδιάζει διάφορα για πατριωτισμό και φοβερές δυνατότητες καριέρας, εσείς δε θα πείτε κουβέντα;»
«Όχι, δε θα πούμε», απάντησαν εν χορώ οι παρευρισκόμενοι.
«Περίφημα! Όπως όλοι ξέρετε, δεν είναι άλλη από τη Λίσμπετ Σαλάντερ που επενέβη στη Σβεαβέγκεν και δουλεύουμε εντατικά για να την εντοπίσουμε», συνέχισε ο Γιαν Μπουμπλάνσκι.
«Και γι' αυτό πρέπει να γνωστοποιήσουμε το όνομά της στα ΜΜΕ», φώναξε ο Κουρτ Σβένσον με κάποια ένταση. «Χρειαζόμαστε βοήθεια από τους πολίτες».
«Ξέρω ότι υπάρχουν αντίθετες απόψεις γι' αυτό και θέλω να το ξανασυζητήσουμε. Κατ' αρχάς, δε νομίζω πως χρειάζεται να τονίσω ότι η Λίσμπετ Σαλάντερ είχε αντιμετωπιστεί στο παρελθόν πολύ άσχημα από εμάς και από τα ΜΜΕ».

«Δεν παίζει κανέναν απολύτως ρόλο τούτη τη στιγμή», είπε ο Κουρτ Σβένσον.

«Εν πάση περιπτώσει, δεν είναι απίθανο να την αναγνώρισαν περισσότερα άτομα στη Σβεαβέγκεν, οπότε ανά πάσα στιγμή το όνομά της μπορεί να γίνει γνωστό και τότε το ζήτημα θα λυθεί από μόνο του. Αλλά πριν απ' αυτό θα ήθελα να σας υπενθυμίσω ότι η Λίσμπετ Σαλάντερ έσωσε τη ζωή του παιδιού και γι' αυτό αξίζει τον σεβασμό μας».

«Καμία αμφιβολία γι' αυτό», είπε ο Κουρτ Σβένσον. «Αλλά μετά, λίγο πολύ, τον απήγαγε».

«Έχουμε στοιχεία που δείχνουν ότι θέλει να προστατεύσει το παιδί με οποιοδήποτε τίμημα», παρενέβη η Σόνια Μούντιγκ. «Η Λίσμπετ Σαλάντερ είναι ένα άτομο που έχει πάρα πολύ κακή εμπειρία από τις υπηρευίες πρόνοιας. Όλη της η παιδική ηλικία ήταν ένας μεγάλος βιασμός από τη σουηδική πρόνοια και αν υποψιάζεται, ακριβώς όπως κι εμείς, ότι υπάρχει διαρροή από την αστυνομία, αποκλείεται να θελήσει να επικοινωνήσει μαζί μας, είμαστε σίγουροι γι' αυτό».

«Αυτό, όμως, δεν έχει να κάνει με το θέμα μας», επέμεινε ο Κουρτ Σβένσον.

«Έχεις δίκιο, από μια άποψη», συνέχισε η Σόνια. «Και ο Γιαν και εγώ συμφωνούμε, φυσικά, μαζί σου ότι το μόνο σημαντικό στην περίπτωση αυτή είναι να αποφασίσουμε αν από τεχνική άποψη, στην έρευνα που διεξάγουμε, αιτιολογείται να κοινοποιήσουμε το όνομά της ή όχι. Η ασφάλεια του αγοριού, όμως, μπαίνει πάνω απ' όλα και είναι ακριβώς αυτό που μας κάνει να διστάζουμε».

«Καταλαβαίνω το σκεπτικό», είπε μιλώντας αργά και με περίσκεψη ο Γέρκερ Χόλμπεργ, που αμέσως τράβηξε την προσοχή όλων. «Αν ο κόσμος δει τη Σαλάντερ, τότε εκτίθεται και το αγόρι. Πάντως απομένει μία σειρά ερωτημάτων – πρώτα και κύρια το σημαντικότερο ερώτημα: Τι είναι το σωστό; Και γι' αυτό θέλω να τονίσω ότι παρά το γεγονός πως είχαμε μία διαρροή, δεν μπορούμε να δεχτούμε ως φυσιολογικό το ότι η Σαλάντερ κρύβει τον Άουγκουστ Μπάλντερ. Το αγόρι αποτελεί ένα σημαντικό μέρος της έρευνας και με ή χωρίς διαρροή, εμείς είμαστε καλύτερα προε-

τοιμασμένοι να προστατεύσουμε ένα παιδί, απ' ό,τι μία νεαρή γυναίκα με ταραγμένη συναισθηματική ζωή».
«Απολύτως λογικό», είπε ο Μπουμπλάνσκι.
«Ακριβώς», συνέχισε ο Γέρκερ. «Και παρά το ότι δεν πρόκειται για μία απαγωγή με τη συνηθισμένη έννοια, ναι, παρά το ότι όλα αυτά έγιναν με τις καλύτερες προθέσεις, οι ζημιές για το παιδί μπορεί να είναι το ίδιο μεγάλες. Από ψυχολογική άποψη, πρέπει να είναι άκρως βλαβερό για το παιδί να βρίσκεται υπό καταδίωξη, μετά απ' όλα αυτά που του έχουν συμβεί».
«Σωστά, σωστά», μουρμούρισε ο Μπουμπλάνσκι. «Αλλά το ερώτημα παραμένει: πως θα χειριστούμε την πληροφορία;»
«Και σ' αυτό το σημείο, συμφωνώ με τον Κουρτ. Πρέπει να κοινοποιήσουμε αμέσως όνομα και φωτογραφία. Αυτό μπορεί να μας δώσει ανεκτίμητα στοιχεία».
«Έχεις δίκιο σ' αυτό», συνέχισε ο Μπουμπλάνσκι. «Αλλά μπορεί να δώσει ανεκτίμητα στοιχεία και στον δράστη. Πρέπει να θεωρήσουμε ως δεδεομένο ότι οι δολοφόνοι δεν έχουν παρατήσει το κυνήγι του παιδιού, το αντίθετο, και επειδή ούτε κι εμείς ξέρουμε τίποτα για τη σχέση του παιδιού με τη Σαλάντερ, δεν ξέρουμε επίσης τι ίχνη θα μπορούσε να δώσει στον δράστη. Δεν είμαι σίγουρος ότι ωφελούμε την ασφάλεια του παιδιού με το να ανακοινώσουμε στα ΜΜΕ αυτά τα στοιχεία».
«Από την άλλη, δεν τον προστατεύουμε με το να μην το κάνουμε», του αντέτεινε ο Γέρκερ Χόλμπεργ. «Λείπουν πολλά κομμάτια από το παζλ για να μπορέσουμε να βγάλουμε τέτοια συμπεράσματα. Για παράδειγμα, μήπως η Σαλάντερ δουλεύει για κάποιον και έχει κι αυτή τα δικά της σχέδια πέρα από το να προστατεύσει το αγόρι;»
«Και πώς μπορούσε να ξέρει αυτή ότι το αγόρι και ο Τόρκελ Λιντέν θα έβγαιναν έξω στον δρόμο ακριβώς εκείνη τη στιγμή;» πρόσθεσε ο Κουρτ Σβένσον.
«Μπορεί να βρέθηκε εκεί συμπτωματικά».
«Ακούγεται απίθανο».
«Η αλήθεια είναι συχνά απίθανη», συνέχισε ο Μπουμπλάνσκι. «Μάλιστα, αυτό είναι ένα από τα χαρακτηριστικά της. Πάντως,

δε φαίνεται να βρισκόταν εκεί συμπτωματικά - όχι αν σκεφτούμε τις περιστάσεις».

«Και ο Μίκαελ Μπλούμκβιστ ήξερε ότι κάτι θα συνέβαινε εκεί», πρόσθεσε η Αμάντα Φλουντ.

«Και υπήρχε κάποιου είδους σχέση μεταξύ του Μπλούμκβιστ και της Σαλάντερ», συνέχισε ο Γέρκερ Χόλμπεργ.

«Σωστά».

«Ο Μίκαελ Μπλούμκβιστ ήξερε ότι το αγόρι βρισκόταν στην κλινική Ούντεν, έτσι δεν είναι;»

«Η μητέρα του μικρού, η Χάνα Μπάλντερ, του το είχε πει», απάντησε ο Μπουμπλάνσκι. «Η μητέρα, όπως καταλαβαίνετε, δε νιώθει καθόλου καλά τώρα. Πριν από λίγο είχα μία μακρά συνομιλία μαζί της. Αλλά ο Μπλούμκβιστ, λογικά, δεν έπρεπε να έχει την παραμικρή ιδέα ότι κάποιος θα εξαπατούσε τον Τόρκελ Λιντέν και το αγόρι κάνοντάς τους να βγουν έξω».

«Μπορεί να είχε πρόσβαση στους υπολογιστές του Ούντεν;» ρώτησε σκεφτική η Αμάντα Φλουντ.

«Δεν μπορώ να φανταστώ τον Μίκαελ Μπλούμκβιστ να χακάρει υπολογιστές», είπε η Σόνια Μούντιγκ.

«Η Σαλάντερ, όμως;» αναρωτήθηκε ο Γέρκερ Χόλμπεργ. «Τι ξέρουμε πραγματικά γι' αυτήν; Έχουμε έναν ογκώδη φάκελο για την κοπέλα. Αλλά την τελευταία φορά που είχαμε να κάνουμε μαζί της, μας εξέπληξε από κάθε άποψη. Ίσως τα φαινόμενα να απατούν και αυτήν τη φορά».

«Ακριβώς», συμφώνησε ο Κουρτ Σβένσον. «Έχουμε πάρα πολλά ερωτηματικά».

«Δεν έχουμε τίποτε άλλο εκτός από ερωτηματικά. Και γι' αυτό πρέπει να δράσουμε σύμφωνα με το γράμμα του νόμου», συνέχισε ο Γέρκερ Χόλμπεργ.

«Δεν ήξερα ότι το γράμμα του νόμου είναι τόσο πλήρες ως οδηγός», είπε ο Μπουμπλάνσκι με έναν σαρκασμό που στην πραγματικότητα δεν ήταν στις προθέσεις του.

«Εννοώ ότι πρέπει να πάρουμε το θέμα έτσι όπως είναι: απαγωγή ανηλίκου. Σύντομα θα έχει περάσει ένα εικοσιτετράωρο από τότε που εξαφανίστηκαν και δεν έχουμε ακούσει λέξη απ' αυτούς.

Κοινοποιούμε όνομα και φωτογραφία της Σαλάντερ και μετά ελέγχουμε πολύ προσεκτικά όσες πληροφορίες μάς έρθουν», είπε ο Γέρκερ Χόλμπεργ με αυτοπεποίθηση και φάνηκε να παίρνει την ομήγυρη με το μέρος του. Τότε ο Μπουμπλάνσκι έκλεισε τα μάτια του και σκέφτηκε ότι αγαπούσε πολύ την ομάδα του. Ένιωθε μεγαλύτερη συγγένεια μ' αυτούς εδώ απ' ό,τι με τ' αδέρφια και τους γονείς του. Αλλά τώρα ήταν αναγκασμένος να πάει κόντρα στους συναδέλφους του.

«Προσπαθούμε να τους βρούμε με όλα τα μέσα που διαθέτουμε. Αλλά καθυστερούμε ακόμα την κοινοποίηση ονόματος και φωτογραφίας. Αυτό θα επιδείνωνε την κατάσταση και δε θέλω να δώσουμε στον δράστη κανένα στοιχείο».

«Εκτός αυτού, νιώθεις και κάποιες ενοχές», είπε ο Γέρκερ όχι χωρίς κατανόηση.

«Εκτός αυτού, νιώθω πολλές ενοχές», είπε ο Γιαν Μπουμπλάνσκι και σκέφτηκε ξανά τον ραβίνο του.

Ο Μίκαελ Μπλούμκβιστ ανησυχούσε πολύ για το αγόρι και τη Λίσμπετ και γι' αυτό δεν είχε κοιμηθεί πολλές ώρες. Είχε τηλεφωνήσει πολλές φορές στη Λίσμπετ από το δικό του Redphoneapp. Αλλά εκείνη δεν είχε απαντήσει. Δεν είχε ακούσει ούτε λέξη απ' αυτήν από το περασμένο απόγευμα. Τώρα καθόταν στη σύνταξη, προσπαθώντας να συγκεντρωθεί στη δουλειά και να καταλάβει τι του είχε διαφύγει. Εδώ και πολλή ώρα τον είχε καταλάβει ένα συναίσθημα ότι κάτι βασικό έλειπε από τη συνολική εικόνα, κάτι που θα μπορούσε να δώσει καινούργιο φως στην ιστορία. Αλλά ίσως και να ξεγελούσε τον εαυτό του. Ίσως να ήταν μόνο η επιθυμία του να δει κάτι μεγαλύτερο πίσω απ' όλα αυτά. Το τελευταίο κρυπτογραφημένο μήνυμα που του είχε γράψει η Λίσμπετ ήταν το εξής:

«Γιούρι Μπογκντάνοφ, Μπλούμκβιστ. Έλεγξέ τον. Ήταν αυτός που πούλησε την τεχνική του Μπάλντερ στον Έκερβαλντ της "Σολιφόν"».

Υπήρχαν μερικές φωτογραφίες του Μπογκντάνοφ στο διαδίκτυο. Φορούσε κοστούμια με λευκή ρίγα, αλλά όσο τέλεια και να ήταν τα κοστούμια φαινόταν ότι δεν ταίριαζαν πάνω του. Ήταν λες και τα είχε κλέψει στον δρόμο για τη φωτογράφιση. Ο Μπογκντάνοφ είχε μακριά μαλλιά που κρέμονταν σαν πράσα, δέρμα με ουλές, μαύρες σκιές κάτω από τα μάτια και κάτι αυτοσχέδια, αδέξια τατουάζ κάτω από τα μανίκια του πουκαμίσου. Η ματιά του ήταν σκοτεινή, έντονη και διαπεραστική. Ήταν ψηλός, αλλά σίγουρα δε ζύγιζε πάνω από εξήντα κιλά.

Έδειχνε σαν πρώην τρόφιμος φυλακής αλλά πάνω απ' όλα, ήταν κάτι στο σώμα του που ο Μίκαελ αναγνώριζε από τις εικόνες που είχαν καταγράψει οι κάμερες παρακολούθησης στο σπίτι του Μπάλντερ στο Σαλτσεμπάντεν. Ο άντρας είχε την ίδια φθαρμένη, ψυχρή, ακτινοβολία. Στις ελάχιστες συνεντεύξεις που είχε δώσει με αιτία τις προόδους του ως επιχειρηματία στο Βερολίνο, είχε αφήσει να εννοηθεί, λίγο πολύ, ότι ήταν γεννημένος στον δρόμο.

«Ήμουν καταδικασμένος να πεθάνω, να με βρουν νεκρό σε κάποιο σοκάκι με μία σύριγγα στο μπράτσο. Αλλά βγήκα από τον βούρκο. Είμαι εύστροφος και φοβερός μαχητής», είχε πει κομπάζοντας.

Από την άλλη, τίποτε από τη ζωή του δεν έδειχνε το αντίθετο, εκτός βεβαίας, πιθανώς, από την αίσθηση ότι δεν είχε βγει μόνος του από τον βούρκο. Υπήρχαν διάφορες ενδείξεις ότι τον είχαν βοηθήσει ισχυροί άνθρωποι, που είχαν διακρίνει το ταλέντο του. Σ' ένα γερμανικό τεχνικό περιοδικό, ένας διευθυντής ασφαλείας του Ινστιτούτου Χορστ έλεγε ότι «ο Μπογκντάνοφ έχει μία μαγική ματιά. Διακρίνει τις ελλείψεις των συστημάτων ασφαλείας καλύτερα από τον οποιονδήποτε. Είναι μία πραγματική ευφυΐα».

Ήταν ολοφάνερο ότι ο Μπογκντάνοφ ήταν ένας χάκερ υψηλού επιπέδου, παρά το ότι η επίσημη εικόνα του έδειχνε πως ήταν απλώς ένα άτομο που υπηρετούσε την καλή, έννομη πλευρά και έναντι αδρής αμοιβής βοηθούσε εταιρείες να βρουν τις ελλείψεις των συστημάτων ασφαλείας και προστασίας τους. Επίσης, δε φαινόταν φυσικά τίποτα το ύποπτο όσον αφορά την εταιρεία του, την «Άουτκαστ Σεκιούριτι», και δεν υπήρχε καν η παραμικρή υποψία ότι αποτελούσε βιτρίνα κάποιας άλλης δραστηριότητας. Τα άτομα που απάρτιζαν το συμβούλιο της εταιρείας ήταν αξιόπιστα, με καλή εκπαίδευση και λευκό ποινικό μητρώο. Αλλά για τον Μίκαελ αυτά δεν αρκούσαν. Αυτός και ο Αντρέι έλεγξαν όλα τα άτομα που είχαν κάποια σχέση, έστω και μακρινή, με την εταιρεία, τους συνεργάτες των συνεργατών και τότε ανακάλυψαν ότι ένα άτομο ονόματι Ορλόφ ήταν για κάποιο μικρό διάστημα αναπληρωματικό μέλος στο συμβούλιο της εταιρείας και ήδη από τον πρώτο έλεγχο αυτό φαινόταν λίγο παράξενο. Ο Βλαντιμίρ Ορλόφ δεν ήταν κάποιος που ασχολιόταν με την υψηλή τεχνολογία αλλά ένας ψιλικατζής στον τομέα των οικοδομών. Κάποτε ήταν ένας πολλά υποσχόμενος πυγμάχος στην Κριμαία και σύμφωνα με τις λίγες φωτογραφίες που βρήκε ο Μίκαελ στο διαδίκτυο, έδειχνε πια καταβεβλημένος, βίαιος και σίγουρα όχι ο τύπος του άντρα που θα καλούσαν οι κοπέλες στο σπίτι τους για ένα φλιτζάνι τσάι.

Υπήρχαν ανεπιβεβαίωτες πληροφορίες ότι είχε καταδικαστεί για βιαιοπραγία και μαστροπεία. Είχε παντρευτεί δύο φορές – και οι δύο γυναίκες του ήταν νεκρές, χωρίς να φαίνεται πουθενά η αιτία θανάτου τους. Αλλά αυτό που ήταν πραγματικά το πιο ενδιαφέρον ήταν ότι είχε διατελέσει αναπληρωματικό μέλος και του συμβουλίου της ασήμαντης και από χρόνια μη υφιστάμενης εταιρείας «Μπουντίν Μπιγκ & Έξπορτ», που δραστηριοποιούταν στην «Πώληση οικοδομικών υλικών».

Ιδιοκτήτης της εταιρείας ήταν ο Καρλ Άξελ Μπουντίν, ψευδώνυμο του Αλεξάντερ Ζαλατσένκο, κι αυτό το όνομα ξύπνησε έναν ολόκληρο σκοτεινό κόσμο και τον έκανε να θυμηθεί το μεγάλο του σκουπ. Ο Ζαλατσένκο ήταν ο πατέρας της Λίσμπετ, το άτομο που είχε σκοτώσει τη μητέρα της και είχε καταστρέψει την παιδική της ηλικία. Ο Ζαλατσένκο ήταν η μαύρη σκιά της, η μαύρη καρδιά πίσω από την παλλόμενη θέλησή της να εκδικηθεί.

Ήταν σύμπτωση που είχε εμφανιστεί το όνομά του στο υλικό; Ο Μίκαελ το ήξερε καλύτερα απ' τον καθένα: αν σκάψει κανείς αρκετά βαθιά σε οποιαδήποτε υπόθεση, βρίσκει όλες τις πιθανές και απίθανες συνδέσεις. Η ζωή απλώνεται συνεχώς σε απατηλούς κύκλους. Μόνο που... όταν έφτανε στη Λίσμπετ Σαλάντερ, τότε πια δεν πίστευε πως ήταν τυχαίο.

Αν εκείνη είχε σπάσει τα δάχτυλα ενός χειρουργού ή είχε πάρει μέρος σε κλοπή υψηλής τεχνολογίας, όχι μόνο το είχε σκεφτεί πολύ καλά, αλλά είχε και κάποια αιτία, κάποιο κίνητρο. Η Λίσμπετ δεν ξεχνούσε ποτέ τις αδικίες και τις ταπεινώσεις. Εκδικούταν και αποκαθιστούσε την τάξη. Μπορούσε όλη της η ανάμειξη σε αυτήν την ιστορία να συνδέεται με το δικό της παρελθόν; Δεν ήταν διόλου απίθανο.

Ο Μίκαελ σήκωσε το βλέμμα του από τον υπολογιστή και κοίταξε τον Αντρέι. Ο Αντρέι του απάντησε γνέφοντάς του με το κεφάλι. Έξω στον διάδρομο πλανιόταν μια μυρωδιά φαγητού. Έξω στη Γετγκάταν ακουγόταν ροκ μουσική. Η θύελλα ήταν κοντά και ο ουρανός ακόμα μαύρος και βαρύς. Ο Μίκαελ κοίταξε πάλι την κρυπτογραφημένη σύνδεση, περισσότερο σαν μία νέα ρουτίνα δουλειάς, δίχως να περιμένει τίποτα το καινούργιο. Αλλά ξαφνικά φωτίστηκε το πρόσωπό του. Έβγαλε και μία χαρούμενη φωνή. Το μήνυμα έγραφε:

«Οκέι τώρα. Φεύγουμε για την κρυψώνα σύντομα».

Της απάντησε αμέσως:

«Περίφημα. Να οδηγείς προσεκτικά».

Μετά δεν μπόρεσε να μην προσθέσει:

«Λίσμπετ, ποιος είναι τελικά αυτός που κυνηγάμε;»

Εκείνη του απάντησε αμέσως.

«Θα το καταλάβεις σύντομα, εξυπνάκια!»

Το «οκέι» ήταν υπερβολή. Η Λίσμπετ ένιωθε καλύτερα, αλλά δε βρισκόταν ακόμα σε καλή κατάσταση. Τη μισή μέρα χθες ένιωθε πως είχε χάσει σχεδόν την αίσθηση του χώρου και του χρόνου και είχε σηκωθεί με μεγάλο κόπο για να δώσει στον Άουγκουστ να φάει και να πιει· του έδωσε επίσης μολύβια, μπογιές και χαρτιά Α4 για μπορέσει να ζωγραφίσει τον δολοφόνο. Αλλά όταν πήγε κοντά του ξανά, διέκρινε ήδη από μακριά ότι εκείνος δεν είχε ζωγραφίσει τίποτα. Υπήρχαν βέβαια χαρτιά σκορπισμένα πάνω στο τραπέζι μπροστά του. Αλλά δεν ήταν ζωγραφιές, ήταν μακριές σειρές από μουτζούρες και περισσότερο αφηρημένη παρά περίεργη κοίταξε τι ήταν όλ' αυτά. Ήταν αριθμοί, ατελείωτες σειρές αριθμών και παρόλο που στην αρχή δεν κατάλαβε τίποτα, της κίνησαν το ενδιαφέρον και ξαφνικά σφύριξε.

«Άει στο διάβολο», μουρμούρισε.

Είχε μόλις δει μερικούς τρομερά μεγάλους αριθμούς, που βέβαια δεν της έλεγαν και πολλά πράγματα, όμως σε συνδυασμό με τους αριθμούς δίπλα σχημάτιζαν έναν γνωστό τύπο, και όταν ξεφύλλισε τα χαρτιά και έπεσε πάνω στην απλή ακολουθία 641, 647, 653 και 659, δεν είχε καμία αμφιβολία πια, ήταν «sexy prime quadruplets», όπως λέγονται στα αγγλικά, ακολουθίες από τέσσερις πρώτους αριθμούς που όλοι είχαν έξι μονάδες διαφορά μεταξύ τους*.

Υπήρχαν και δυάδες πρώτων αριθμών** – ήταν όλοι οι πιθανοί συνδυασμοί πρώτων αριθμών και τότε εκείνη δεν μπόρεσε να συγκρατήσει ένα χαμόγελο.

«Ζόρικο», είπε.

Αλλά ο Άουγκουστ δεν απάντησε ούτε κοίταξε προς τη μεριά της. Καθόταν μόνο γονατισμένος μπροστά στο τραπέζι και έδειχνε σαν μην ήθελε τίποτα περισσότερο από το να συνεχίσει να γράφει τους αριθμούς του και τότε ήρθε αμυδρά στη μνήμη της ότι είχε διαβάσει κάτι για *σαβάντ* και πρώτους αριθμούς. Αλλά δεν το σκέφτηκε περισσότερο, ήταν σε πολύ κακή κατάσταση για να

---

* π.χ. (5, 11, 17, 23), (11, 17, 23, 29), (41, 47, 53, 59), (641, 647, 653, 659) (Σ.τ.Μ.)
** π.χ. (5, 11), (7, 13), (11, 17), (13, 19) (Σ.τ.Μ.)

κάνει περίπλοκες σκέψεις. Πήγε στο μπάνιο και πήρε άλλα δύο χάπια Βιμπραμισίν, που εδώ και χρόνια είχε στο σπίτι της. Είχε πάρει αντιβιοτικά από την ώρα που είχαν έρθει στο σπίτι. Μετά έβαλε σε μία τσάντα το πιστόλι, τον υπολογιστή, λίγες αλλαξιές και είπε στο αγόρι να σηκωθεί. Αυτός, όμως, δεν ήθελε. Κρατούσε σφιχτά το μολύβι του και προς στιγμήν η Λίσμπετ στάθηκε αμήχανη μπροστά του. Μετά του είπε αυστηρά: «Σήκω πάνω!» Κι αυτός το έκανε. Για σιγουριά φόρεσε μία περούκα στο κεφάλι της και σκούρα γυαλιά ηλίου.

Μετά έβαλαν τα πανωφόρια τους, μπήκαν στο ασανσέρ για το γκαράζ και μετά κατευθύνθηκαν προς το Ινιαρέ με την BMW της. Οδηγούσε με το δεξί χέρι. Ο αριστερός της ώμος ήταν σφιχτά μπανταρισμένος και την πονούσε. Πονούσε και στην πάνω μεριά του στήθους. Είχε ακόμα πυρετό και δυο-τρεις φορές αναγκάστηκε να σταματήσει στην άκρη του δρόμου για να ξεκουραστεί. Όταν στο τέλος έφτασαν στην παραλία και στην αποβάθρα, στο Στούρα Μπάρνβικ του Ινιαρέ, και σύμφωνα με τις οδηγίες ανέβηκαν τη μακριά ξύλινη σκάλα κατά μήκος της πλαγιάς και μπήκαν μέσα στο σπίτι, έπεσε εξαντλημένη στο κρεβάτι του δωματίου δίπλα από την κουζίνα. Έτρεμε και κρύωνε.

Παρ' όλα αυτά, σηκώθηκε γρήγορα, κάθισε μπροστά στο λάπτοπ στο μεγάλο στρογγυλό τραπέζι, βαριανασαίνοντας, και προσπάθησε πάλι να σπάσει το αρχείο που είχε κατεβάσει από την NSA. Εννοείται πως ούτε και τώρα τα κατάφερε. Ούτε καν είχε πλησιάσει. Δίπλα της καθόταν ακίνητος ο Άουγκουστ, που κοίταζε τα χαρτιά και τις μπογιές που είχε αφήσει εκεί σε στοίβες η Έρικα Μπέργκερ. Αλλά τώρα δεν μπορούσε να γράψει πια πρώτους αριθμούς κι ακόμα λιγότερο να ζωγραφίσει έναν εγκληματία. Ίσως παραήταν σοκαρισμένος.

Αυτός που αποκαλούσε τον εαυτό του Γιαν Χόλτσερ καθόταν σε ένα δωμάτιο του ξενοδοχείου «Κλάριον Οτέλ Αρλάντα» μιλώντας με την κόρη του, την Όλγα, και ακριβώς όπως το περίμενε, εκείνη δεν τον πίστευε.

«Με φοβάσαι;» τον ρώτησε. «Φοβάσαι ότι θα σε κολλήσω στον τοίχο;»

«Όχι, όχι, πραγματικά όχι», προσπάθησε αυτός. «Ήμουν στ' αλήθεια αναγκασμένος...»

Δυσκολευόταν να βρει τις λέξεις. Ήξερε ότι η Όλγα είχε καταλάβει πως κάτι της έκρυβε και τελείωσε τη συνομιλία πολύ πιο γρήγορα απ' ό,τι ήθελε. Δίπλα του στο κρεβάτι καθόταν ο Γιούρι και έβριζε. Είχε σίγουρα περάσει τουλάχιστον εκατό φορές τον υπολογιστή του Μπάλντερ και δεν είχε βρει την παραμικρή «μαλακία» όπως είπε. Τίποτε απολύτως.

«Έκλεψα έναν υπολογιστή που δεν είχε τίποτα», είπε ο Γιαν Χόλτσερ.

«Έτσι ακριβώς».

«Και τι τον ήθελε τότε ο καθηγητής;»

«Για κάτι τελείως ιδιαίτερο φυσικά. Μπορώ να δω ένα μεγάλο αρχείο, που πιθανώς ήταν συνδεδεμένο με άλλους υπολογιστές, το οποίο έχει διαγραφεί πρόσφατα. Αλλά όσο και να προσπαθώ δεν μπορώ να το ανακτήσω. Ο τύπος τα ήξερε καλά αυτά τα κόλπα».

«Απελπιστικό», είπε ο Γιαν Χόλτσερ.

«Απελπιστικό δε λες τίποτα», πρόσθεσε ο Γιούρι.

«Και το τηλέφωνο, το Blackphone;»

«Σ' αυτό υπάρχει μία συνομιλία που δεν μπορώ να εντοπίσω, πιθανώς να ήταν με την ΕΥΠ ή τη FRA. Αλλά εκείνο που με ανησυχεί περισσότερο είναι κάτι άλλο».

«Τι;»

«Μία μακρά συνομιλία που είχε ο καθηγητής λίγο πριν μπεις εσύ στο σπίτι· είχε μιλήσει με κάποιον απ' το MIRI, το Machine Intelligence Research Institute, δηλαδή το Ίδρυμα Ερευνών Μηχανικής Νοημοσύνης».

«Και πού είναι το ανησυχητικό σ' αυτό;»

«Η χρονική συγκυρία – έχω την αίσθηση ότι ήταν κάποιου είδους επείγουσα συνομιλία. Αλλά είναι και το ίδιο το MIRI. Το Ινστιτούτο δουλεύει για να αποτρέψει το ενδεχόμενο ευφυείς υπο-

λογιστές να αποτελέσουν μελλοντικά κίνδυνο για την ανθρωπότητα και... δεν ξέρω, δε φαίνεται καλό. Φαίνεται λες κι ο Μπάλντερ έδωσε στο MIRI κάτι από την έρευνά του ή πιθανώς...»
«Ναι;»
«Τους ενημέρωσε για όλη αυτήν την ιστορία μ' εμάς ή τέλος πάντων είπε όσα ήξερε».

Ο Γιούρι έγνεψε και ο Γιαν Χόλτσερ έβρισε χαμηλόφωνα. Τίποτα δεν είχε πάει όπως ήλπιζαν και κανένας από τους δυο τους δεν ήταν συνηθισμένος να αποτυγχάνει. Τώρα είχαν αποτύχει δύο φορές στη σειρά κι αυτό εξαιτίας ενός παιδιού –ενός καθυστερημένου παιδιού–, πράγμα που ήταν ιδιαίτερα βαρύ. Αλλά δεν ήταν το χειρότερο.

Το χειρότερο ήταν πως η Κίρα βρισκόταν στον δρόμο για εκεί, εντελώς φρικαρισμένη, και κανένας από τους δυο τους δεν ήταν συνηθισμένος σ' αυτό. Το αντίθετο, αυτοί είχαν καλομάθει με την ψυχρή κομψότητά της, που έδινε στη δική τους δραστηριότητα μια αίσθηση βέβαιης επιτυχίας. Τώρα εκείνη ήταν εκτός εαυτού, είχε χάσει τον έλεγχο και τους είχε πει ουρλιάζοντας πως ήταν άχρηστοι, ανίκανοι, ηλίθιοι. Αλλά η αιτία δεν ήταν η αποτυχία, η σφαίρα που πέτυχε ή δεν πέτυχε το καθυστερημένο αγόρι. Αιτία ήταν η κοπέλα που είχε εμφανιστεί από το πουθενά για να προστατεύσει τον Άουγκουστ Μπάλντερ. Αυτή ήταν που έκανε την Κίρα να χάσει την ψυχραιμία της.

Όταν ο Γιαν είχε αρχίσει να περιγράφει την κοπέλα –όσο είχε προλάβει να τη δει–, η Κίρα είχε ξεχυθεί σ' έναν καταιγισμό ερωτήσεων. Όταν έπαιρνε σωστή ή λάθος απάντηση, εξαρτάται πώς το αντιλαμβανόταν κανείς αυτό, εξαγριωνόταν, φώναζε και ούρλιαζε ότι έπρεπε να την είχαν σκοτώσει και ότι όλα αυτά ήταν σκέτη απελπισία. Ούτε ο Γιαν ούτε ο Γιούρι καταλάβαιναν γιατί αντιδρούσε τόσο έντονα. Κανένας από τους δυο τους δεν την είχε ακούσει να φωνάζει έτσι ποτέ άλλοτε.

Από την άλλη, ήταν πάρα πολλά πράγματα που δεν ήξεραν για την Κίρα. Ο Γιαν Χόλτσερ δε θα ξεχνούσε ποτέ μια φορά, σε μία σουίτα του ξενοδοχείου «Ντ' Ανγκλετέρε» στην Κοπεγχάγη, που αφού είχε κάνει έρωτα μαζί της για τρίτη ή τέταρτη φορά, κάθονταν ξαπλωμένοι στο διπλό κρεβάτι και έπιναν σαμπάνια και όπως έκαναν συχνά, μιλούσαν για τον πόλεμο και τις καταστροφές του. Τότε την είχε χαϊδέψει στον ώμο και στο χέρι και είχε ανακαλύψει μία τριπλή ουλή στον καρπό του χεριού της.

«Πώς την απέκτησες αυτή, γλυκιά μου», την είχε ρωτήσει και αντί για άλλη απάντηση, πήρε μία οργισμένη ματιά μίσους. Μετά από κείνη τη φορά δεν είχε ξανακοιμηθεί μαζί του. Αυτός το ερμήνευσε ως τιμωρία για την ερώτηση που της είχε κάνει. Η Κίρα τους φρόντιζε και τους έδινε πολλά λεφτά. Αλλά ούτε αυτός, ούτε ο Γιούρι, ούτε και κανένας άλλος επιτρεπόταν να ρωτάει για το παρελθόν της. Ήταν ένας από τους άγραφους κανόνες και κανένας τους δε θα έκανε καν τη σκέψη να τον παραβεί.

Η Κίρα, καλώς ή κακώς, ήταν η ευεργέτης τους, καλώς μάλλον, κι αυτοί συμμορφώνονταν με τις παραξενιές της και ζούσαν συνεχώς με την αβεβαιότητα αν θα τους μεταχειριζόταν φιλικά, ψυχρά ή αν θα τους έδινε ένα μάθημα και κανένα ηχηρό χαστούκι εκεί που δεν το περίμεναν.

Ο Γιούρι έκλεισε τον υπολογιστή μπροστά του και ήπιε μια γουλιά από το ποτό του. Και οι δυο τους προσπαθούσαν να αποφύγουν το αλκοόλ όσο γινόταν, ώστε να μην οργιστεί. Αλλά ήταν σχεδόν απελπιστικό. Η μεγάλη απογοήτευση και η αδρεναλίνη τούς οδηγούσε να πιουν. Ο Γιαν ψηλάφιζε νευρικά το κινητό του.

«Δε σε πίστεψε η Όλγα;» ρώτησε ο Γιούρι.

«Ούτε κατά διάνοια και σύντομα θα δει και μια παιδική ζωγραφιά με τη φάτσα μου σε όλα τα πρωτοσέλιδα».

«Μη το πολυπιστεύεις αυτό με τη ζωγραφιά. Ακούγεται περισσότερο σαν ευσεβής πόθος της αστυνομίας».

«Ώστε προσπαθούμε να σκοτώσουμε ένα παιδί χωρίς λόγο».

«Δε θα με εξέπληττε. Δεν έπρεπε να έχει έρθει η Κίρα τώρα;»

«Θα έρθει από στιγμή σε στιγμή».

«Ποια νομίζεις ότι ήταν;»

«Ποια;»

«Η τύπισσα που εμφανίστηκε από το πουθενά».

«Ιδέα δεν έχω», είπε ο Γιαν. «Δεν είμαι και πολύ σίγουρος ότι και η Κίρα το ξέρει. Φαίνεται πάντως ότι την ανησυχεί πολύ».

«Υποθέτω ότι θα πρέπει να τους σκοτώσουμε και τους δυο».
«Φοβάμαι ότι θα κάνουμε περισσότερα απ' αυτό».

Ο Άουγκουστ δεν ήταν καλά. Αυτό ήταν ολοφάνερο. Κόκκινα σημάδια άρχισαν να εμφανίζονται στον λαιμό του και έσφιγγε ολοένα τις γροθιές του. Η Λίσμπετ Σαλάντερ, που καθόταν δίπλα του στο στρογγυλό τραπέζι της κουζίνας και δούλευε με την RSA κρυπτογράφηση, φοβήθηκε ότι θα τον έπιανε κάποια κρίση. Αλλά δε συνέβη τίποτε άλλο πέρα απ' το ότι ο Άουγκουστ έπιασε μια μπογιά, μία μαύρη.

Την ίδια στιγμή, ένας δυνατός αέρας τράνταξε τα μεγάλα παράθυρα μπροστά τους κι ο Άουγκουστ δίστασε· τώρα κουνούσε το αριστερό του χέρι μπρος-πίσω πάνω από το τραπέζι. Πάντως, άρχισε να ζωγραφίζει, μία γραμμή εδώ, μία γραμμή εκεί, κάτι μικρούς *κύκλους*, σαν κουμπιά τής φάνηκαν της Λίσμπετ, και ένα χέρι, λεπτομέρειες από ένα πιγούνι, ένα ξεκούμπωτο πουκάμισο, ένα γυμνό στέρνο. Μετά άρχισε να ζωγραφίζει γρηγορότερα και μετά από λίγο χαλάρωσε το σφίξιμο στους ώμους και την πλάτη του αγοριού. Ήταν σαν να είχε ανοίξει μία πληγή και είχε αρχίσει να τρέχει το πύον. Αλλά ο μικρός δεν έδειχνε καθόλου γαληνεμένος.

Τα μάτια του έκαιγαν από ένα βασανιστικό φως και πότε πότε τιναζόταν. Χωρίς αμφιβολία, όμως, κάτι μέσα του είχε ελευθερωθεί και τώρα άλλαζε μπογιές και ζωγράφιζε ένα πάτωμα, ένα καφετί πάτωμα και πάνω σ' αυτό υπήρχαν πάρα πολλά κομμάτια παζλ, που πιθανώς να σχημάτιζαν μία πόλη που έλαμπε στο φως της νύχτας. Όμως, ήταν πια ολοφάνερο ότι δε θα ήταν μια χαρούμενη ζωγραφιά.

Το χέρι και το στέρνο φαίνονταν ότι ανήκαν σε έναν γεροδεμένο άντρα με κοιλίτσα. Ο άντρας ήταν σκυμμένος, σχεδόν διπλωμένος, και χτυπούσε ένα άτομο στο πάτωμα, έναν άνθρωπο που δεν υπήρχε στον χώρο, αφού ήταν αυτός που δεχόταν τα χτυπήματα και βλέπαμε τη σκηνή απ' τη δική του οπτική γωνία. Ήταν μία αποκρουστική σκηνή, καμία αμφιβολία γι' αυτό.

Αλλά δε φαινόταν να έχει κάποια σχέση με τη δολοφονία, παρά το γεγονός ότι κι αυτή αποκάλυπτε έναν δράστη. Στο κέντρο της ζωγραφιάς υπήρχε ένα οργισμένο και ιδρωμένο πρόσωπο, του οποίου η κάθε σκληρή ρυτίδα ήταν επακριβώς αποδοσμένη. Η Λίσμπετ αναγνώρισε το πρόσωπο. Όχι επειδή πήγαινε συχνά στον κινηματογράφο ή έβλεπε τηλεόραση.

Αλλά κατάλαβε ότι ανήκε στον ηθοποιό Λάσε Βέστμαν, τον πατριό του Άουγκουστ, και γι' αυτό η Λίσμπετ έσκυψε λίγο προς το μέρος του παιδιού και του είπε με μία ιερή, τρεμάμενη οργή: «Αυτό δε θα σ' το ξανακάνει ποτέ! Ποτέ!»

ΚΕΦΑΛΑΙΟ 21
23 ΝΟΕΜΒΡΙΟΥ

Η Αλόνα Κασάλες κατάλαβε ότι κάτι πήγαινε λάθος όταν είδε την αδύνατη φιγούρα του διοικητή Τζόνι Ίνγκραμ να πλησιάζει τον «Εντ-Νεντ». Το γεγονός ότι ερχόταν με άσχημα νέα μπορούσε να το μαντέψει κανείς από τον διστακτικό τρόπο που βάδιζε, πράγμα που δεν το συνήθιζε καθόλου.

Ο Τζόνι Ίνγκραμ έδειχνε συχνά να το χαίρεται όταν έμπηγε το μαχαίρι στην πλάτη των άλλων. Αλλά με τον Εντ τα πράγματα ήταν διαφορετικά. Ακόμα και οι υψηλά ιστάμενοι φοβούνταν τον Εντ. Ο Εντ ξεσήκωνε τον κόσμο αν κάποιος του την έβγαινε και ο Τζόνι Ίνγκραμ δεν ήταν ο τύπος του ανθρώπου που του άρεσαν οι σκηνές και ακόμα λιγότερο του άρεσε να δείχνει αδύναμος, αλλά αν σκεφτόταν να αρπαχτεί με τον Εντ, αυτό ακριβώς θα συνέβαινε.

Έδειχνε λες κι ήταν έτοιμος να τον πάρει ο αέρας. Ενώ ο Εντ ήταν μεγαλόσωμος και εκρηκτικός, ο Τζόνι Ίνγκραμ ήταν ένα λεπτό αγόρι της καλής κοινωνίας, με αδύνατα πόδια και λίγο επιτηδευμένο τρόπο συμπεριφοράς. Ο Τζόνι Ίνγκραμ ήταν παίκτης υψηλού επιπέδου και δεν του έλειπαν οι επαφές στους σημαντικούς κύκλους, ούτε στην Ουάσινγκτον ούτε στον επιχειρηματικό κόσμο. Ήταν μέλος της διεύθυνσης, δεύτερος μετά τον γενικό διοικητή της NSA, τον Τσαρλς Ο' Κόνορ, και παρά το ότι χαμογελούσε συχνά και μοίραζε επιδέξια κομπλιμέντα, το χαμόγελό του δεν έφτανε ποτέ στο βλέμμα του. Τον φοβούνταν όσο λίγους.

Είχε τον κόσμο στο χέρι και μεταξύ άλλων ήταν και επικεφαλής του τμήματος Επιτήρησης Στρατηγικών Τεχνολογιών, της βιομηχανικής κατασκοπείας δηλαδή - αυτού του τμήματος της NSA που βοηθάει τη βιομηχανία υψηλής τεχνολογίας στον παγκόσμιο ανταγωνισμό.

Αλλά τώρα που στεκόταν μπροστά στον Εντ με το σνομπ κοστούμι του, το σώμα του βούλιαξε και παρά το ότι η Αλόνα καθόταν τριάντα μέτρα μακριά από κει, κατάλαβε ακριβώς τι θα συνέβαινε: ο Εντ ήταν έτοιμος να εκραγεί. Το χλομό, κουρασμένο πρόσωπό του είχε πάρει ένα κόκκινο χρώμα και ξαφνικά σηκώθηκε, με την κυρτή φαρδιά πλάτη και τη μεγάλη κοιλιά του, και ούρλιαξε με οργισμένη φωνή:
«Λιγδερό σκατό!»
Κανένας άλλος εκτός του Εντ δεν τολμούσε να πει τον Τζόνι Ίνγκραμ «λιγδερό σκατό» και η Αλόνα ένιωσε ότι τον αγαπούσε γι' αυτό.

Ο Άουγκουστ άρχισε μία νέα ζωγραφιά.
Τράβηξε μερικές γρήγορες γραμμές στο χαρτί. Πίεσε τόσο δυνατά τη μαύρη μπογιά, που έσπασε τη μύτη και ακριβώς όπως την προηγούμενη φορά ζωγράφιζε γρήγορα, προσθέτοντας μία μικρή λεπτομέρεια εδώ και μία άλλη εκεί, ξεχωριστά κομμάτια που πλησίαζαν το ένα το άλλο και σχημάτιζαν μία ενότητα. Ήταν το ίδιο δωμάτιο πάλι. Αλλά το παζλ στο πάτωμα ήταν άλλο τώρα και πιο εύκολο να το διακρίνει κανείς. Ήταν ένα κόκκινο σπορ αυτοκίνητο σε κίνηση, μία θάλασσα από κόσμο που φώναζε στις εξέδρες και από πάνω στέκονταν όχι ένας άντρας, αλλά δύο.
Ο ένας ήταν πάλι ο Λάσε Βέστμαν. Φορούσε μακό μπλουζάκι και σορτς και είχε ένα κατακόκκινο αλλήθωρο βλέμμα. Φαινόταν να τρεκλίζει και ήταν στουπί στο μεθύσι. Αλλά παρέμενε το ίδιο οργισμένος όπως πάντα. Απ' το στόμα του έτρεχαν σάλια. Όμως, δεν ήταν αυτός η πιο τρομακτική φιγούρα στη ζωγραφιά. Ήταν ο άλλος άντρας. Τα θολωμένα μάτια του καθρέφτιζαν καθαρό σαδισμό. Ήταν αξύριστος, μεθυσμένος κι αυτός και είχε λεπτά, σχεδόν ανύ-

παρκτά χείλη· φαινόταν να κλοτσάει τον Άουγκουστ, παρόλο που το αγόρι, όπως και στην προηγούμενη ζωγραφιά, δε φαινόταν στην εικόνα – ήταν δραματικά παρόν διά μέσου της απουσίας του.

«Ποιος είναι ο άλλος;» τον ρώτησε η Λίσμπετ.

Ο Άουγκουστ δεν απάντησε. Αλλά οι ώμοι του έτρεμαν και είχε γίνει ολόκληρος ένας κόμπος κάτω από το τραπέζι.

«Ποιος είναι ο άλλος;» επανέλαβε η Λίσμπετ λίγο αυστηρότερα και τότε ο Άουγκουστ έγραψε με έναν παιδικό, κάπως τρεμάμενο γραφικό χαρακτήρα:

«ΡΟΓΚΕΡ»

Ρόγκερ – αυτό το όνομα δεν της έλεγε τίποτα της Λίσμπετ.

Δύο ώρες αργότερα στο Φορτ Μιντ, όταν οι δικοί του χάκερ είχαν σκουπίσει κανονικά και είχαν πάρει δρόμο, ο Εντ πλησίασε την Αλόνα. Αλλά το παράξενο ήταν ότι ο Εντ δεν έδειχνε θυμωμένος ή θιγμένος πια. Περισσότερο έδειχνε να καμαρώνει για κάτι και δε φαινόταν να τον ενοχλεί η πλάτη του. Κρατούσε ένα σημειωματάριο στο χέρι. Η μία μεριά της τιράντας του ήταν ξεκούμπωτη.

«Τι τρέχει, γέρο μου;» είπε εκείνη. «Είμαι περίεργη να μάθω. Τι συνέβη;»

«Πάω διακοπές», απάντησε αυτός. «Φεύγω σε λίγο για Στοκχόλμη».

«Για δες! Δεν κάνει κρύο εκεί τέτοια εποχή;»

«Προφανώς, περισσότερο από ποτέ».

«Αλλά στην πραγματικότητα δεν πας για διακοπές, έτσι;»

«Μεταξύ μας, όχι».

«Τώρα είμαι ακόμα πιο περίεργη».

«Ο Τζόνι Ίνγκραμ μας διέταξε να διακόψουμε την έρευνα. Δε θα κυνηγήσουμε τον χάκερ, θα αρκεστούμε στο να βουλώσουμε μερικές τρύπες στα συστήματα ασφαλείας μας. Μετά θα τα ξεχάσουμε όλα».

«Πώς στο διάβολο μπορεί να διατάξει κάτι τέτοιο;»
«Για να μην ξυπνήσουμε την αρκούδα που κοιμάται, λέει, και ρισκάρουμε να μαθευτεί η εισβολή. Θα ήταν καταστροφικό αν γινόταν γνωστό ότι μας χάκαραν, για να μη μιλήσουμε για τη χαιρεκακία που θα προκαλούσε και όλα τα άτομα –μ' εμένα πρώτο– που η διεύθυνση θ' αναγκαζόταν να απολύσει για να κρατήσει τα προσχήματα».
«Δηλαδή σε απείλησε κι εσένα;»
«Με απείλησε, δε λες τίποτα. Μου είπε πως θα ξεφτιλιζόμουν δημόσια, ότι θα με κατήγγελαν και θα με τιμωρούσαν αυστηρά».
«Αλλά δε δείχνεις να φοβάσαι και ιδιαίτερα».
«Σκέφτομαι να τον λιώσω».
«Και πώς θα το πετύχεις; Αυτός ο σνομπάκιας έχει σημαντικές επαφές παντού».
«Γνωρίζω κι εγώ μερικά πράγματα. Στην αρχή δε φαίνονταν και τόσο περίεργα, όχι αν τα συνέκρινε κανείς με όλα αυτά που συναντάμε. Αλλά όταν αρχίσαμε να το ερευνούμε περισσότερο, τότε...»
«Ναι;»
«Αποδείχτηκε ότι ήταν καθαρός δυναμίτης».
«Από ποια άποψη;»
«Οι κοντινότεροι άνθρωποι του Τζόνι Ίνγκραμ δε συλλέγουν απλώς πληροφορίες για τα μυστικά των επιχειρήσεων προκειμένου να βοηθήσουν τα δικά μας μεγάλα κονσόρτσιουμ. Καμιά φορά τις πουλάνε και μάλιστα ακριβά, κι αυτά τα λεφτά, Αλόνα, δεν καταλήγουν πάντα στο ταμείο της υπηρεσίας...»
«Αλλά στις δικές τους τσέπες».
«Ακριβώς και έχω αρκετές αποδείξεις για να στείλω τον Τζόακιμ Μπάρκλεϊ και τον Μπράιαν Άμποτ φυλακή».
«Για τ' όνομα του Θεού!»
«Δυστυχώς, στην περίπτωση του Ίνγκραμ τα πράγματα είναι πιο περίπλοκα. Είμαι πεπεισμένος ότι αυτός είναι ο εγκέφαλος πίσω απ' όλο αυτό το τσίρκο. Αλλιώς η όλη ιστορία δε θα έβγαζε νόημα. Αλλά δεν έχω ακόμα καμία απόδειξη κι αυτό με εξοργίζει και θέτει σε κίνδυνο όλη την επιχείρηση. Βέβαια δεν αποκλείε-

ται -αν και αμφιβάλλω γι' αυτό- να υπάρχει κάτι συγκεκριμένο εναντίον του στον φάκελο που κατέβασε ο χάκερ. Αλλά δε θα μπορέσουμε να τον σπάσουμε. Είναι αυτή η σατανική RSA-κρυπτογράφηση».

«Και τι θα κάνεις;»

«Θα τραβήξω τα λουριά γύρω του. Θα δείξω στον καθένα ξεχωριστά και σε όλους μαζί, ότι οι συνεργάτες του έχουν συμμαχήχει με βαρβάτους παράνομους».

«Όπως οι "Σπάιντερς"».

«Όπως οι "Σπάιντερς". Ανήκουν στον ίδιο κύκλο και αποτελούν μέρος του. Δε θα με εξέπληττε καθόλου αν συμμετείχαν κι αυτοί στη δολοφονία του καθηγητή σου στη Στοκχόλμη. Αν μη τι άλλο, είχαν συμφέρον να τον δουν νεκρό».

«Πρέπει να αστειεύεσαι».

«Καθόλου. Ο καθηγητής σου γνώριζε πράγματα που ήταν σαν βόμβα έτοιμη να σκάσει στα μούτρα τους».

«Σκατά η ιστορία».

«Έτσι ακριβώς».

«Και τώρα θα πας στη Στοκχόλμη, σαν ένας μικρός ιδιωτικός ντετέκτιβ, και θα ερευνήσεις το θέμα».

«Όχι σαν ιδιωτικός ντετέκτιβ, Αλόνα. Θα έχω πλήρη υποστήριξη και ενώ θα ασχολούμαι μ' αυτά, σκέφτομαι να περιποιηθώ λιγάκι και τη χάκερ· θα την κάνω να μην μπορεί να σταθεί στα πόδια της».

«Πρέπει να άκουσα λάθος, Εντ. Είπες "τη χάκερ";»

«Ναι, καλή μου. Μια χαρά το άκουσες!»

Οι ζωγραφιές του Άουγκουστ γύρισαν τη Λίσμπετ πολλά χρόνια πίσω και ξαναθυμήθηκε τη γροθιά που ρυθμικά και ασταμάτητα χτυπούσε το στρώμα.

Θυμόταν τα χτυπήματα, τα βογκητά και τα κλάματα που ακούγονταν από το υπνοδωμάτιο. Θυμόταν τα χρόνια στη Λουνταγκάταν, τότε που δεν είχε άλλη διέξοδο πέρα από τα παιδικά περιοδικά της και τα όνειρά της για εκδίκηση. Αλλά τα απόδιωξε γρήγορα όλ' αυτά απ' τον νου της. Φρόντισε το τραύμα της, άλλαξε επίδεσμο και έλεγξε το πιστόλι της για να βεβαιωθεί ότι ήταν γεμάτο. Μπήκε στην PGP-σύνδεση.

Ο Αντρέι Ζάντερ αναρωτιόταν πώς τα περνούσαν κι εκείνη του απάντησε λακωνικά. Έξω ο άνεμος μαστίγωνε τα δέντρα και τους θάμνους. Ήπιε ένα ουίσκι, έφαγε ένα κομμάτι σοκολάτα και μετά βγήκε έξω στη βεράντα, προχώρησε στην κατηφόρα και έλεγξε λεπτομερώς τα πάντα ένα γύρο, ιδιαίτερα ένα μικρό, βραχώδες σημείο. Μέχρι και τα βήματά της μέτρησε ως εκεί και απομνημόνευσε και την παραμικρή ανωμαλία του εδάφους.

Όταν μπήκε μέσα στο σπίτι, ο Άουγκουστ είχε ζωγραφίσει μία νέα ζωγραφιά με τον Λάσε Βέστμαν και τον Ρόγκερ. Η Λίσμπετ υπέθετε ότι ο Άουγκουστ έπρεπε να τα βγάλει αυτά από μέσα του. Αλλά ακόμα δεν είχε ζωγραφίσει τίποτα από τη σκηνή της δολοφονίας, ούτε γραμμή. Ήταν το βίωμα του αυτό μπλοκαρισμένο στις σκέψεις του;

Ένα δυσάρεστο συναίσθημα κατέλαβε τη Λίσμπετ, ότι ο χρόνος έτρεχε μέσα από τα χέρια τους, και κοίταξε ανήσυχη τον Άουγκουστ, τη νέα του ζωγραφιά και τους ιλιγγιώδεις αριθμούς που είχε γράψει δίπλα και για λίγο βυθίστηκε μέσα τους και μελετούσε τη δομή τους, όταν ξαφνικά είδε μία σειρά αριθμών που δε φαινόταν να ανήκει στους άλλους.

Ο αριθμός ήταν σχετικά μικρός, 2305843008139952128 και το είδε κατευθείαν. Δεν ήταν πρώτος αριθμός αλλά —φωτίστηκε το πρόσωπό της— ένας αριθμός που σύμφωνα με μία τέλεια αρμονία αποτελείτο από το σύνολο των θετικών του διαιρετών. Με άλλα λόγια, ένας τέλειος αριθμός ακριβώς όπως είναι το 6, επειδή το 6 μπορεί να διαιρεθεί με το 3, το 2 και το 1 και το σύνολο 3+2+1 είναι 6 και τότε χαμογέλασε και της ήρθε μία παράξενη σκέψη.

«Τώρα πρέπει να μου εξηγήσεις τι ακριβώς έγινε», είπε η Αλόνα.
«Θα το κάνω», απάντησε ο Εντ. «Παρόλο που ξέρω ότι είναι περιττό, θέλω να μου δώσεις τον λόγο σου ότι δε θα πεις τίποτα γι' αυτό σε κανέναν».

«Σου δίνω τον λόγο μου, χαζέ».

«Ωραία· κοίτα να δεις πώς έχουν τα πράγματα: αφού πρώτα τα έψαλα στον Τζόνι Ίνγκραμ, περισσότερο για το θεαθήναι, του είπα ότι έχει δίκιο. Προσποιήθηκα ότι ήμουν ευγνώμων που σταμάτησε την έρευνά μας· όπως και να γινόταν δε θα μπορούσαμε να προχωρήσουμε παραπέρα και, από μια πλευρά, αυτό ήταν αλήθεια. Από τεχνική άποψη είχαμε εξαντλήσει τις δυνατότητές μας. Είχαμε κάνει τα πάντα και κάτι παραπάνω. Αλλά τίποτα δεν ωφέλησε. Η χάκερ είχε αφήσει παραπλανητικά ίχνη σε κάθε σημείο και μας οδηγούσε απλώς σε νέα αδιέξοδα και λαβυρίνθους. Ένας από τους δικούς μου είπε πως αν, παρ' όλα τα εναντίον μας προγνωστικά, φτάναμε κάπου, δε θα το πιστεύαμε. Θα νομίζαμε μόνο ότι πέσαμε σε νέα παγίδα. Περιμέναμε οτιδήποτε απ' αυτήν τη χάκερ, οτιδήποτε εκτός από κενά και αδυναμίες. Έτσι λοιπόν, ακολουθώντας τον συνηθισμένο δρόμο, την είχαμε πατημένη».

«Αλλά εσύ συνηθίζεις να λες ότι δε δίνεις και πολλά για τον συνηθισμένο δρόμο».

«Όχι, πιστεύω περισσότερο στην ανάποδη κατεύθυνση. Επί της ουσίας, δεν τα είχαμε παρατήσει καθόλου. Επικοινωνήσαμε με τους χάκερ που γνωρίζουμε και με τους φίλους μας στις εταιρείες πληροφορικής. Κάναμε εξειδικευμένες ανιχνεύσεις, υποκλοπές και παρεισφρήσεις. Ξέρεις, σε μία τόσο πολύπλοκη εισβολή, όπως αυτή εδώ, διενεργείται πάντα λεπτομερέστατη έρευνα. Υποβάλλονται συγκεκριμένες ερωτήσεις. Εξετάζονται διάφορα συγκεκριμένα σάιτ και αναπόφευκτα ανιχνεύουμε τον εισβολέα. Αλλά κυρίως, Αλόνα, υπήρχε ένας παράγοντας που ήταν με το μέρος μας. Ήταν η ευφυΐα της χάκερ. Ήταν τόσο μεγάλη, που περιόριζε τον αριθμό των υπόπτων. Είναι όπως όταν ένας εγκληματίας κάνει ξαφνικά σε 9,7 δευτερόλεπτα τα εκατό μέτρα στον τόπο του εγκλήματος. Τότε ξέρει κανείς με μεγάλη σιγουριά ότι είναι ο Μπολτ ή κάποιος από τους συναγωνιστές του που είναι ο ένοχος, έτσι δεν είναι;»

«Ώστε είναι τέτοιου επιπέδου».

«Λοιπόν, υπάρχουν στοιχεία σε αυτήν την εισβολή που με κάνουν να μένω μ' ανοιχτό το στόμα, κι ας μην έχω δει και πολλά πράγματα. Γι' αυτό διαθέσαμε πάρα πολύ χρόνο να μιλήσουμε με χάκερ και άλλους ειδικούς στον συγκεκριμένο τομέα και τους ρωτήσαμε: Ποιος έχει την ικανότητα να κάνει κάτι πολύ, πολύ μεγάλο; Ποιοι είναι οι καινούργιοι αστέρες σήμερα; Ήμασταν φυσικά αναγκασμένοι να θέσουμε τα ερωτήματα λίγο έξυπνα, ώστε να μην υποψιαστεί κανένας τι πραγματικά είχε συμβεί. Για μεγάλο διάστημα δεν προχωρούσαμε παραπέρα. Ήταν σαν να ρίχναμε τουφεκιές στον αέρα. Κανένας δεν ήξερε τίποτα ή προσποιούνταν ότι δεν ήξεραν. Φυσικά και αναφέρθηκαν ένα σωρό ονόματα, αλλά κανένα που να μας φαίνεται κατάλληλο. Για κάποιο διάστημα ασχοληθήκαμε με έναν Ρώσο, τον Γιούρι Μπογκντάνοφ. Αυτός είναι ένας παλιός ναρκομανής με μαγικά δάχτυλα. Μπορεί να εισβάλει παντού. Χακάρει ό,τι σκατά θέλει. Ήδη από τότε που ήταν ένας ελεεινός αλήτης στους δρόμους της Αγίας Πετρούπολης που έκλεβε αυτοκίνητα και ζύγιζε σαράντα κιλά δέρμα και κόκαλα, είχαν προσπαθήσει διάφορες εταιρείες να τον προσλάβουν. Ακόμα και άνθρωποι από την αστυνομία και τις μυστικές υπηρεσίες ήθελαν να συνεργαστούν μαζί του για να μην τον προσλάβουν οι εγκληματικές οργανώσεις. Αλλά, βέβαια, έχασαν αυτήν τη μάχη και σήμερα ο Μπογκντάνοφ είναι απεξαρτημένος, επιτυχημένος και έχει πάρει τουλάχιστον πενήντα κιλά. Είμαστε αρκετά σίγουροι ότι αυτός είναι ένα από τα τομάρια στη δική σου συμμορία, Αλόνα, κι αυτός ήταν ένας από τους λόγους που δείξαμε ενδιαφέρον για τον Μπογκντάνοφ. Καταλάβαμε ότι υπάρχει μία σύνδεση με τους "Σπάιντερς" βάσει των ερευνών που γίνονταν για το συγκεκριμένο θέμα, αλλά μετά...»

«Δεν μπορούσατε να καταλάβετε γιατί ένας από τους δικούς τους θα μας έδινε νέα ίχνη και συνδέσεις;»

«Ακριβώς, και τότε προχωρήσαμε παραπέρα και μετά από λίγο εμφανίστηκε μία νέα συμμορία στο προσκήνιο».

«Ποια;»

«Αυτοί αποκαλούνται "Δημοκρατία των χάκερς". Έχουν μεγάλο κύρος στην πιάτσα. Αποτελούνται μόνο από φοβερά ταλέντα και όλοι τους είναι πολύ προσεκτικοί με τις κρυπτογραφήσεις τους. Με το δίκιο τους, θα έλεγα. Εμείς και πολλοί άλλοι προσπαθούμε να χωθούμε μέσα σε τέτοιες ομάδες και όχι μόνο για να μάθουμε με τι ασχολούνται. Θέλουμε να στρατολογήσουμε και κόσμο απ' αυτούς. Σήμερα γίνεται κανονική μάχη γύρω από τους κορυφαίους χάκερς».

«Τώρα έχουμε γίνει παράνομοι όλοι μας».

«Χα, χα, ίσως. Όπως και να 'ναι, η "Δημοκρατία των χάκερς" έχει στον κύκλο της ένα πολύ μεγάλο ταλέντο. Γι' αυτό είχαμε πολλές μαρτυρίες. Είχε διαδοθεί, επίσης, ότι είχαν βάλει μπρος μία μεγάλη δουλειά και κυρίως ένας τύπος με το ψευδώνυμο «Μπομπ ο Σκύλος», που νομίζουμε ότι συνδέεται μ' αυτούς, φαίνεται να έχει κάνει αναζητήσεις και να έχει ρωτήσει για έναν από τους δικούς μας – έναν τύπο που λέγεται Ρίτσαρντ Φούλερ. Τον ξέρεις;»

«Όχι».

«Είναι ένας μανιοκαταθλιπτικός και αυτάρεσκος νεαρός, που κάποτε είχα ανησυχήσει πολύ γι' αυτόν. Ένα κλασικό φαινόμενο ρίσκου ασφαλείας, ένας τύπος που γίνεται υπερόπτης και απρόσεκτος ανάλογα με τη φάση που περνάει. Για μια ομάδα χάκερς, είναι ακριβώς το σωστό άτομο να του την πέσουν, αλλά για να το ξέρουν αυτό απαιτούνται υψηλού επιπέδου πληροφορίες. Τα ψυχολογικά του προβλήματα δεν είναι και δημοσίως γνωστά – ούτε καν η μάνα του δεν τα γνωρίζει. Είμαι, όμως, αρκετά σίγουρος ότι δεν έκαναν εισβολή μέσω αυτού. Έχουμε ελέγξει κάθε αρχείο που έχει λάβει ο Ρίτσαρντ και δεν υπάρχει τίποτα εκεί. Τον έχουμε ψάξει πατόκορφα. Αλλά νομίζω ότι ο Ρίτσαρντ Φούλερ συμπεριλαμβανόταν στο αρχικό σχέδιο της "Δημοκρατίας των χάκερς". Όχι ότι έχω αποδείξεις εναντίον της "Δημοκρατίας", καθόλου, αλλά η διαίσθησή μου μου λέει ότι αυτοί κρύβονται πίσω από την εισβολή, ιδιαίτερα από τη στιγμή που καταφέραμε να αποκλείσουμε το ενδεχόμενο κάποιας ξένης δύναμης».

«Είπες ότι ήταν μία κοπέλα».

«Ακριβώς. Όταν εντοπίσαμε αυτήν την ομάδα προσπαθήσαμε να μάθουμε όσο περισσότερα μπορούσαμε, αν και δεν ήταν εύκολο να διαχωρίσουμε τις φήμες και τους μύθους από την πραγματικότητα. Αλλά ένα πράγμα επανερχόταν συστηματικά και εν τέλει δεν είχα κανέναν λόγο να το αμφισβητώ».

«Και ποιο είναι αυτό;»
«Ότι ο μεγαλύτερος αστέρας της "Δημοκρατίας των χάκερς" είναι κάποια που λέγεται "Σφήγκα"».
«"Σφήγκα";»
«Ακριβώς, και δε θα σε κουράσω με τεχνικές λεπτομέρειες. Αλλά η "Σφήγκα" είναι θρύλος σε μερικούς κύκλους, μεταξύ άλλων για την ικανότητά της να αναποδογυρίζει τις καθιερωμένες μεθόδους. Κάποιος είπε ότι μπορούσε να διακρίνει τη "Σφήγκα" πίσω από μία εισβολή, όπως τον Μότσαρτ πίσω από ένα μουσικό κομμάτι. Η "Σφήγκα" έχει το δικό της αναμφισβήτητο στιλ κι αυτό ήταν πραγματικά ένα από τα πρώτα πράγματα που είπε ένας από τους δικούς μου αφού είχε ελέγξει την εισβολή: τούτο δω ξεχώριζε απ' όλα όσα ξέραμε ως τώρα, έφτανε σ' ένα νέο επίπεδο πρωτοτυπίας – ήταν συγχρόνως ανάποδο και απροσδόκητο, αλλά όμως ευθύ και αποτελεσματικό».
«Μία ιδιοφυΐα, δηλαδή».
«Αναμφισβήτητα, και γι' αυτό αρχίσαμε να ψάχνουμε όλα όσα υπήρχαν στο διαδίκτυο γι' αυτήν τη "Σφήγκα", προκειμένου να μπορέσουμε να αποκαλύψουμε το πρόσωπο πίσω από το ψευδώνυμο. Αλλά κανένας δεν εξεπλάγη που αυτό ήταν αδύνατον. Δε θα ταίριαζε στο συγκεκριμένο άτομο να έχει αφήσει τέτοια ανοίγματα. Αλλά ξέρεις τι έκανα τότε;» είπε ο Εντ με περηφάνια.
«Όχι».
«Άρχισα να ψάχνω τι σημαίνει η λέξη».
«Εννοείς κάτι διαφορετικό, πέρα από την προφανή της σημασία».
«Ναι, ακριβώς, και όχι ότι πίστευα κιόλας πως αυτό θα μας έβγαζε κάπου. Αλλά όπως είπα, αν δεν έχει κανείς επιτυχία βαδίζοντας τον μεγάλο δρόμο, τότε αρχίζει να μπαίνει στις παρόδους και στα σοκάκια. Δεν ξέρει ποτέ κανείς τι μπορεί να βρει και όπως αποδείχτηκε το "Σφήγκα" –"WASP"– μπορούσε να σημαίνει οτιδήποτε. "Σφήγκα" λεγόταν ένα βρετανικό πολεμικό αεροσκάφος από τον Β΄ Παγκόσμιο πόλεμο. Είναι ο τίτλος μιας κωμωδίας του Αριστοφάνη, ένα γνωστό φιλμ μικρού μήκους από το 1915, ένα σατιρικό περιοδικό από το Σαν Φρανσίσκο του 1800 και φυσικά το

ακρωνύμιο του White Anglo-Saxon Protestant –Λευκός Αγγλοσάξονας Προτεστάντης– όπως και κάμποσων άλλων όρων ή ονομασιών. Όλα αυτά παραήταν ευπρεπή για μία ιδιοφυή χάκερ – δεν κόλλαγαν στην κουλτούρα των χάκερς. Αλλά ξέρεις πού κόλλαγαν;»
«Όχι».
«Σε αυτό που συχνά παριστάνει η "Σφήγκα" στο διαδίκτυο: τη σούπερ-ηρωίδα "Σφήγκα" των *Μάρβελ Κόμικς*, αυτή που ήταν μία από τους ιδρυτές των Άβεντζερς».
«Που το έκαναν και ταινία».
«Ακριβώς, η ομάδα με τους Τορ, Άιρον Μαν, Κάπτεν Αμέρικα και πάει λέγοντας. Για κάποιο διάστημα, στην αρχή της σειράς, αυτή είναι η αρχηγός. Η "Σφήγκα" είναι αρκετά ωραία φιγούρα, πρέπει να πω, είναι λίγο ροκ και αντάρτισσα, ντυμένη στα μαύρα, με κίτρινα φτερά εντόμου, κοντά μαύρα μαλλιά και θρασύ ύφος, μία κοπέλα που χτυπάει εκεί που δεν το περιμένεις και έχει την ικανότητα να μεγαλώνει και να μικραίνει στο μέγεθος. Όλες οι πηγές που είχαμε επικοινωνία μαζί τους είναι σίγουρες ότι αφορά αυτήν τη "Σφήγκα". Δε χρειάζεται το πρόσωπο πίσω από το ψευδώνυμο να είναι κάποια οπαδός της σειράς των κόμικς, ιδιαίτερα όχι τώρα πια. Αυτό το ψευδώνυμο υπάρχει εδώ και μεγάλο χρονικό διάστημα. Ίσως δεν είναι τίποτε άλλο από κάτι που την ακολουθεί από τα παιδικά της χρόνια ή ένα ειρωνικό κλείσιμο του ματιού, κάτι που δε σημαίνει τίποτα περισσότερο. Έτσι όπως έκανα εγώ κάποτε και βάφτισα τη γάτα μου "Πίτερ Παν", χωρίς καν να μου αρέσει αυτή η αυτάρεσκη φιγούρα που δε θέλει να μεγαλώσει ποτέ. Παρ' όλα αυτά, όμως...»
«Ναι;»
«Διαπίστωσα ότι το εγκληματικό δίκτυο που ερευνούσε η "Σφήγκα", χρησιμοποιεί κωδικά ονόματα από τα *Μάρβελ Κόμικς* – και όχι μόνο αυτό. Καμιά φορά αποκαλούνται "Ομάδα των Σπάιντερς", έτσι δεν είναι;»
«Ναι, αλλά είναι μόνο ένα παιχνίδι, έτσι όπως το βλέπω εγώ, για να μας κάνουν πλάκα, επειδή τους παρακολουθούμε».
«Βεβαίως, βεβαίως, σε πιάνω, αλλά και τα παιχνίδια μπορεί να δίνουν στοιχεία ή να κρύβουν κάτι σοβαρό πίσω τους. Ξέρεις

τι είναι αυτό που χαρακτηρίζει την "Ομάδα των Σπάιντερς" στα Μάρβελ Κόμικς;»
«Όχι».
«Είναι ότι πολεμάνε εναντίον της "Αδελφότητας της Σφήγκας"».
«Οκέι, καταλαβαίνω, είναι μία λεπτομέρεια που πρέπει να λάβουμε υπόψιν, αλλά δεν μπορώ να καταλάβω πώς αυτό σας οδήγησε παραπέρα».
«Περίμενε και θα δεις. Τι λες, έχεις διάθεση να με ακολουθήσεις ως το αυτοκίνητό μου; Πρέπει να φύγω αρκετά σύντομα για το αεροδρόμιο».

Τα μάτια του Μίκαελ Μπλούμκβιστ έκλειναν. Δεν ήταν ιδιαίτερα αργά. Αλλά το σώμα του φώναζε ότι δεν άντεχε άλλο. Έπρεπε να πάει σπίτι του για να κοιμηθεί μερικές ώρες και να συνεχίσει τη νύχτα ή το επόμενο πρωί. Ίσως να βοηθούσε αν έπινε μερικές μπίρες στον δρόμο για το σπίτι. Η αϋπνία τον είχε τσακίσει και χρειαζόταν να κυνηγήσει μερικές μνήμες και φόβους που του διέφευγαν – ίσως να μπορούσε να πάρει μαζί του και τον Αντρέι. Κοίταξε προς το μέρος του συναδέλφου.

Ο Αντρέι έδειχνε τόσο νέος και γεμάτος ενέργεια, που δεν τον έπιανε τίποτα. Καθόταν κι έγραφε στον υπολογιστή του σαν να είχε μόλις έρθει εκεί και πότε πότε ξεφύλλιζε τις σημειώσεις του. Όμως ήταν στη σύνταξη από τις πέντε το πρωί. Τώρα ήταν έξι παρά τέταρτο το απόγευμα και σίγουρα δεν είχε κάνει και πολλά διαλείμματα.

«Τι λες, Αντρέι; Πάμε έξω να πιούμε μια μπίρα, να φάμε κάτι και να συζητήσουμε την υπόθεση;»

Στην αρχή ο Αντρέι φαινόταν να μην καταλαβαίνει τίποτε. Αλλά μετά σήκωσε το κεφάλι του και ξαφνικά δεν έδειχνε και τόσο ζωηρός πια. Έκανε μια μικρή γκριμάτσα και ταυτόχρονα έτριψε τον ώμο του.

«Τι... βέβαια... ίσως», είπε αργά αργά.

«Το παίρνω σαν ναι», είπε ο Μίκαελ. «Τι λες για το "Φολκόπεραν";»

Το «Φολκόπεραν» ήταν ένα μπαρ και εστιατόριο επί της Χουρνσγκάταν όχι μακριά από κει, που μάζευε δημοσιογράφους και καλλιτέχνες.

«Ναι, μόνο που...» απάντησε αυτός.

«Τι;»

«Έχω να ετοιμάσω το πορτρέτο ενός εμπόρου τέχνης από τον οίκο δημοπρασιών "Μπουκόφσκις" που μπήκε στο τρένο από τον κεντρικό σταθμό του Μάλμε και δε γύρισε ποτέ. Η Έρικα πιστεύει ότι το θέμα ταιριάζει στην ύλη μας».

«Για τ' όνομα του Θεού, πως σε πιέζει έτσι αυτή η γυναίκα!»

«Δε συμφωνώ μαζί σου. Αλλά δεν μπορώ να βγάλω άκρη. Η υπόθεση μου φαίνεται μπερδεμένη και το κείμενό μου στεγνό».

«Θέλεις να το κοιτάξω;»

«Ευχαρίστως, αλλά πρώτα θα ήθελα να το προχωρήσω λίγο. Θα ντρεπόμουν αν το έβλεπες έτσι όπως είναι τώρα».

«Τότε κάποια άλλη στιγμή. Αλλά κουνήσου τώρα να πάμε τουλάχιστον να φάμε κάτι. Μπορείς να ξαναγυρίσεις εδώ και να δουλέψεις αν πρέπει», είπε ο Μίκαελ, κοιτάζοντας τον Αντρέι.

Ο Μίκαελ θα το θυμόταν για καιρό. Ο Αντρέι φορούσε ένα καφέ καρό σακάκι και άσπρο πουκάμισο κουμπωμένο ως τον λαιμό. Έδειχνε σαν αστέρας κινηματογράφου, θυμίζοντας ως συνήθως τον Αντόνιο Μπαντέρας στα νιάτα του – έναν αναποφάσιστο Μπαντέρας.

«Θα καθίσω εδώ για να το βάλω σε τάξη», είπε αυτός διστακτικά. «Έχω λίγο φαγητό για τον φούρνο των μικροκυμάτων στο ψυγείο».

Ο Μίκαελ σκέφτηκε λίγο αν με το κύρος της ηλικίας του μπορούσε να διατάξει τον Αντρέι να τον ακολουθήσει για μια μπίρα. Αλλά τελικά του είπε:

«Οκέι, τότε θα ιδωθούμε αύριο. Πώς είναι η κατάσταση μ' αυτούς εκεί έξω; Καμιά ζωγραφιά του δολοφόνου;»

«Όχι απ' ό,τι φαίνεται».

«Αύριο πρέπει να βρούμε μίαν άλλη λύση. Πρόσεχε τον εαυτό σου και μην το παρακάνεις, ε;» είπε ο Μίκαελ, σηκώθηκε και φόρεσε το παλτό του.

Η Λίσμπετ θυμήθηκε κάτι που είχε διαβάσει για τους *σαβάντ* στο περιοδικό *Σάιενς.* Ένα άρθρο του Ενρίκο Μπομπιέρι που αναφερόταν σε ένα επεισόδιο του βιβλίου του Όλιβερ Σακς, *Ο άνθρωπος που μπέρδεψε τη γυναίκα του με ένα καπέλο,* όπου δύο αυτιστικά και καθυστερημένα δίδυμα κάθονταν μισοξαπλωμένα και αντάλλασαν μεταξύ τους τεράστιους πρώτους αριθμούς σαν να τους έβλεπαν μπροστά τους σε ένα εσωτερικό μαθηματικό τοπίο ή σαν να είχαν βρει έναν αινιγματικό σύντομο δρόμο προς το μυστήριο των αριθμών.

Ήταν αλήθεια ότι αυτό που είχαν καταφέρει τα δίδυμα κι αυτό που ήθελε να καταφέρει η Λίσμπετ ήταν δύο διαφορετικά πράγματα. Όμως πίστευε ότι υπήρχε κάποια συγγένεια και αποφάσισε να κάνει μια δοκιμή. Γι' αυτό μπήκε πάλι στο κρυπτογραφημένο αρχείο της NSA και στο δικό της πρόγραμμα παραγοντοποίησης των ελλειπτικών καμπυλών. Μετά στράφηκε προς το μέρος του Άουγκουστ. Ο Άουγκουστ ανταποκρίθηκε κουνώντας μπρος-πίσω το σώμα του.

«Πρώτοι αριθμοί. Σου αρέσουν οι πρώτοι αριθμοί», του είπε εκείνη. Ο Άουγκουστ δεν την κοίταξε καν, ούτε και σταμάτησε να κουνιέται.

«Κι εμένα μου αρέσουν», συνέχισε αυτή. «Αλλά τώρα υπάρχει μόνο ένα πράγμα που μ' ενδιαφέρει. Λέγεται παραγοντοποίηση. Ξέρεις τι είναι αυτό;»

Ο Άουγκουστ συνέχισε να κουνιέται, κοιτώντας προς τα κάτω στο τραπέζι και δείχνοντας να μην καταλαβαίνει τίποτα.

«Παραγοντοποίηση είναι όταν γράφουμε έναν αριθμό σαν ένα παράγωγο πρώτου αριθμού. Λέγοντας παράγωγο, εννοώ ότι το αποτέλεσμα είναι ένας πολλαπλασιασμός. Με παρακολουθείς;»

Ο Άουγκουστ δε σάλεψε καν και η Λίσμπετ σκέφτηκε μήπως θα έκανε καλά να το βουλώσει.

«Σύμφωνα με τη βασική αρχή της αριθμητικής, κάθε πρώτος αριθμός έχει μία και μοναδική παραγοντοποίηση κι αυτό είναι αρκετά ζόρικο. Έναν τόσο απλό αριθμό όπως το 24 μπορούμε να τον βρούμε με πολλούς διαφορετικούς τρόπους, για παράδειγμα με το να πολλαπλασιάσουμε το 12 επί 2 ή το 3 επί 8 ή το 4 επί 6.

Όμως υπάρχει μόνο ένας τρόπος να τον παραγοντοποιήσεις με πρώτο αριθμό και αυτό είναι 2 × 2 × 2 × 3. Με παρακολουθείς; Όλοι οι αριθμοί έχουν μία μοναδική παραγοντοποίηση. Το πρόβλημα είναι, όμως, ότι ενώ είναι εύκολο να πολλαπλασιαστούν οι πρώτοι αριθμοί και να καταλήξουν σε πολύ μεγάλους αριθμούς, συχνά είναι τελείως αδύνατον να ακολουθήσει κανείς τον άλλο δρόμο, από το αποτέλεσμα να γυρίσει προς τον αρχικό αριθμό· κι αυτό είναι κάτι που ένας πολύ βλάκας εκμεταλλεύτηκε σε ένα μυστικό μήνυμα. Καταλαβαίνεις; Είναι λίγο σαν να ανακατεύεις χυμό ή ένα ποτό – εύκολα το κάνεις αλλά μετά είναι δύσκολο να το διαχωρίσεις στα συστατικά του».

Ο Άουγκουστ ούτε που κούναγε το κεφάλι του και φυσικά δεν έλεγε κουβέντα. Αλλά τώρα είχε σταματήσει να κουνιέται μπρος-πίσω.

«Να δούμε αν είσαι καλός στην παραγοντοποίηση, Άουγκουστ. Θέλεις να δοκιμάσουμε;»

Ο Άουγκουστ δεν κουνήθηκε καν.

«Το παίρνω σαν ναι. Θα αρχίσουμε με τον αριθμό 456».

Το βλέμμα του Άουγκουστ ήταν κενό και απόμακρο και η Λίσμπετ είχε την εντύπωση ότι όλη αυτή η ιδέα της ήταν γελοία.

Έξω έκανε κρύο και φυσούσε. Αλλά ο Μίκαελ ένιωθε ότι αυτό τού έκανε καλό, τον ξυπνούσε κάπως. Έξω δεν κυκλοφορούσαν πολλοί άνθρωποι και σκέφτηκε την κόρη του, την Περνίλα, και τα λόγια της –«να γράψει στ' αλήθεια»– και τη Λίσμπετ και το αγόρι. Τι να έκαναν τώρα αυτοί; Στον δρόμο προς το ύψωμα Χουρνσπούκελν κοίταξε έναν πίνακα ζωγραφικής σε μία βιτρίνα.

Στον πίνακα παριστάνονταν χαρούμενοι, ανέμελοι άνθρωποι σε ένα κοκτέιλ-πάρτι και ήταν σίγουρα ένα λανθασμένο συμπέρασμα, αλλά τούτη τη στιγμή ένιωθε πως είχαν περάσει αιώνες από τότε που ο ίδιος στεκόταν κάπου με ένα ποτό στο χέρι. Επιθυμούσε να βρισκόταν για λίγο μακριά. Την επόμενη στιγμή ανατρίχιασε, είχε έξαφνα την αίσθηση ότι τον παρακολουθούσαν. Αλλά όταν στράφηκε προς τα πίσω, κατάλαβε ότι ήταν λάθος συναγερμός – επακόλουθο ίσως όλων αυτών που είχε περάσει τις τελευταίες μέρες.

Ο μόνος που στεκόταν πίσω του ήταν μία πανέμορφη γυναίκα με κατακόκκινο παλτό και σκούρα ξανθά μαλλιά, που του χαμογελούσε λίγο ντροπαλά. Αυτός τής ανταπέδωσε επιφυλακτικά το χαμόγελο και ήταν έτοιμος να συνεχίσει τον δρόμο του. Όμως κράτησε τη ματιά του πάνω της, ίσως και από θαυμασμό, σαν να περίμενε από στιγμή σε στιγμή να μεταμορφωθεί η γυναίκα σε κάτι άλλο, πιο καθημερινό.

Αλλά εκείνη γινόταν όλο και πιο όμορφη με το κάθε δευτερόλεπτο που περνούσε, σαν κάποια βασίλισσα, ένα αστέρι του σινεμά, που από λάθος είχε αναμειχθεί με τον απλό κόσμο και γεγονός ήταν ότι τούτη τη στιγμή ο Μίκαελ, με την πρώτη ματιά, δε θα μπορούσε να την περιγράψει, ούτε έστω να πει κάποιο μικρό χαρακτηριστικό του παρουσιαστικού της. Φαινόταν σαν κλισέ, μία πλασματική εικόνα από κάποιο περιοδικό μόδας.

«Μπορώ να σε βοηθήσω σε κάτι;» τη ρώτησε.

«Όχι, όχι», απάντησε εκείνη και έδειχνε να ντρέπεται πάλι και ο Μίκαελ δεν μπόρεσε να μην προσέξει τη γοητευτική της αβεβαιότητα.

Δεν ήταν μία γυναίκα που περίμενε κανείς πως θα ήταν ντροπαλή. Φαινόταν σαν να είχε όλο τον κόσμο δικό της.

«Ωραία, καλό σου βράδυ», είπε ο Μίκαελ και στράφηκε να φύγει, αλλά αυτή τον διέκοψε με ένα μικρό νευρικό βήξιμο.

«Μήπως είσαι ο Μίκαελ Μπλούμκβιστ;» τον ρώτησε ακόμα πιο αβέβαια, κοιτώντας κάτω, τον λιθόστρωτο δρόμο.

«Εγώ είμαι», της είπε εκείνος, χαμογελώντας ευγενικά.

Πίεσε τον εαυτό του να της χαμογελάσει όπως θα χαμογελούσε στον οποιονδήποτε.

«Ήθελα μόνο να σου πω ότι πάντα σε θαύμαζα», συνέχισε αυτή κι έπειτα σήκωσε προσεκτικά το κεφάλι της και τον κοίταξε στα μάτια με ένα βλέμμα βαθύ.

«Με χαροποιεί αυτό. Αλλά πάει καιρός που δεν έχω γράψει τίποτα σημαντικό. Εσύ ποια είσαι;»

«Λέγομαι Ρεμπέκα Σβένσον», απάντησε εκείνη. «Μένω στην Ελβετία, αλλά είμαι Σουηδή».

«Και τώρα έχεις έρθει για επίσκεψη».
«Μόνο για λίγο, δυστυχώς. Μου λείπει η Σουηδία. Μου λείπει ως και ο Νοέμβρης της Στοκχόλμης».
«Τότε έχει πάει μακριά το πράγμα».
«Χα, χα! Όμως έτσι δε γίνεται όταν νοσταλγεί κανείς το σπίτι του;»
«Πώς, δηλαδή;»
«Να, του λείπουν ακόμα και τα άσχημα».
«Αυτό είναι αλήθεια».
«Ξέρεις, όμως, πώς τα ξεπερνάω όλα αυτά; Παρακολουθώ τη σουηδική δημοσιογραφία. Νομίζω ότι δεν έχω χάσει κανένα από τα τεύχη του *Μιλένιουμ* τα τελευταία χρόνια», συνέχισε εκείνη και τότε ο Μίκαελ την ξανακοίταξε, προσέχοντας ότι όλα της τα ρούχα, από τα μαύρα ψηλοτάκουνα παπούτσια ως το λουλουδάτο κασμιρένιο σάλι, ήταν κομψά και πανάκριβα.

Η Ρεμπέκα Σβένσον δεν έμοιαζε καθόλου με τους συνηθισμένους αναγνώστες του *Μιλένιουμ*. Αλλά δεν υπήρχε κανένας λόγος να έχει κανείς προκαταλήψεις ούτε καν απέναντι στους πλούσιους Σουηδούς του εξωτερικού.

«Δουλεύεις εκεί;»
«Είμαι χήρα».
«Καταλαβαίνω».
«Πότε πότε πλήττω αφόρητα. Πού πηγαίνεις;»
«Σκέφτηκα να πιω ένα ποτήρι και να φάω κάτι», είπε εκείνος και ένιωσε αμέσως ότι δεν του άρεσε η απάντηση. Παραήταν προκλητική και αναμενόμενη, αλλά τουλάχιστον ήταν αλήθεια. Ήταν πράγματι καθοδόν να πιει ένα ποτήρι και να φάει.
«Μπορώ να σου κάνω παρέα;»
«Ευχαρίστως», είπε αυτός διστακτικά και τότε εκείνη ακούμπησε φευγαλέα το χέρι του – προφανώς άθελά της ή τουλάχιστον αυτό ήθελε να πιστεύει ο Μίκαελ. Περπάτησαν αργά αργά στην ανηφόρα προσπερνώντας τη σειρά από τις γκαλερί.
«Πολύ μου αρέσει που περπατάω εδώ μαζί σου», είπε εκείνη.
«Ήταν λίγο απρόσμενο».
«Ναι, διαφορετικό απ' αυτό που περίμενα όταν ξύπνησα το πρωί».

«Τι περίμενες;»
«Ότι θα ήταν μια μέρα πληκτική, όπως συνήθως».
«Δεν ξέρω αν είμαι και τόσο ευχάριστη παρέα σήμερα», είπε ο Μίκαελ. «Με έχει ρουφήξει ολοκληρωτικά ένα θέμα».
«Δουλεύεις πολύ;»
«Προφανώς».
«Τότε χρειάζεσαι ένα διάλειμμα», είπε εκείνη, χαρίζοντάς του ένα χαμόγελο γεμάτο νοσταλγία ή κρυφές υποσχέσεις κι εκείνη τη στιγμή ο Μίκαελ ένιωσε ότι αναγνώριζε κάτι σ' αυτή, σαν να είχε ξαναδεί το ίδιο χαμόγελο και πριν, αλλά με κάποιαν άλλη μορφή, σαν μέσα από παραμορφωτικό καθρέφτη.
«Έχουμε ξανασυναντηθεί;» τη ρώτησε.
«Δε νομίζω. Βέβαια εγώ σε έχω δει χιλιάδες φορές σε φωτογραφίες και φυσικά στην τηλεόραση».
«Δεν έχεις ζήσει καθόλου στη Στοκχόλμη;»
«Όταν ήμουν μικρό κορίτσι, παιδί ακόμα».
«Πού έμενες τότε;»
Η γυναίκα έδειξε αόριστα προς τη Χουρνσγκάταν.
«Ήταν ωραία εποχή», είπε. «Μας φρόντιζε ο πατέρας μας. Το σκέφτομαι αυτό πότε πότε. Μου λείπει ο πατέρας μου».
«Δε ζει πια;»
«Πέθανε πολύ νέος».
«Λυπάμαι».
«Ναι, πότε πότε ακόμα μου λείπει. Πού πηγαίνουμε;»
«Δεν ξέρω ακριβώς», είπε αυτός. «Υπάρχει μία παμπ εδώ, λίγο πιο πάνω στην Μπελμανσγκάταν, το "Μπίσοπς Αρμς". Ξέρω τον ιδιοκτήτη. Είναι ένα αρκετά καλό μέρος».
«Σίγουρα...»
Το πρόσωπό της είχε πάλι εκείνο το ντροπαλό, συνεσταλμένο ύφος και γι' άλλη μια φορά το χέρι της ακούμπησε τα δάχτυλά του κι ο Μίκαελ δεν ήταν σίγουρος ότι αυτήν τη φορά έγινε άθελά της.
«Ή μήπως δε σου ακούγεται αρκετά του γούστου σου;»
«Όχι, όχι, μια χαρά», είπε σαν να ζητούσε συγγνώμη. «Αλλά νιώθω να με κοιτάζουν στις παμπ. Έχω πέσει πάνω σε πολλά γουρούνια».

«Το φαντάζομαι».
«Μήπως θα μπορούσαμε...»
«Τι πράγμα;»
Εκείνη χαμήλωσε πάλι το κεφάλι της, κοκκινίζοντας – ναι, στην αρχή ο Μίκαελ νόμισε ότι δεν είδε καλά. Κοκκινίζουν οι ενήλικοι άνθρωποι μ' αυτόν τον τρόπο; Κι όμως, η Ρεμπέκα Σβένσον από την Ελβετία, που ήταν να την πιεις στο ποτήρι, έγινε κατακόκκινη σαν μαθήτρια.

«Δε θα ήθελες να με προσκαλέσεις στο σπίτι σου για κάνα-δυο ποτήρια κρασί; Συνέχισε εκείνη. «Θα μου ήταν πιο ευχάριστο».
«Βέβαια...»
Ο Μίκαελ δίσταζε.
Έπρεπε να κοιμηθεί για να είναι σε καλή κατάσταση το επόμενο πρωί. Όμως απάντησε διστακτικά:
«Βεβαίως, φυσικά. Έχω ένα μπουκάλι Μπαρόλο», και προς στιγμήν περίμενε ότι η όλη κατάσταση θα τον χαροποιούσε, σαν να βρισκόταν προ μίας μικρής καταπληκτικής περιπέτειας.

Αλλά παρέμενε διστακτικός. Στην αρχή δεν καταλάβαινε το γιατί. Αυτός δε συνήθιζε να έχει δυσκολίες σε τέτοιες καταστάσεις και, ειλικρινά, ήταν συνηθισμένος να τον φλερτάρουν οι γυναίκες. Η αλήθεια ήταν ότι τούτο εδώ πήγαινε πολύ γρήγορα. Αλλά ούτε και σ' αυτό ήταν ασυνήθιστος και προσωπικά είχε μία πολύ φιλελεύθερη άποψη για το θέμα. Αλλά όχι, δεν ήταν η ίδια η ταχύτητα αυτού που διαδραματιζόταν ή τουλάχιστον όχι μόνο αυτή. Ήταν κάτι που είχε να κάνει με τη Ρεμπέκα Σβένσον.

Όχι μόνο επειδή ήταν νέα, καταπληκτικά όμορφη και θα έπρεπε να έχει άλλα πράγματα να κάνει πέρα από το να κυνηγάει ιδρωμένους και καταπονημένους μεσήλικες δημοσιογράφους. Ήταν κάτι στη ματιά της και σ' εκείνη την εναλλαγή μεταξύ του τολμώ και του ντρέπομαι και του φαινομενικά τυχαίου αγγίγματος του χεριού του. Όλα αυτά που στην αρχή του είχαν φανεί τόσο ακαταμάχητα, τούτη τη στιγμή του φαίνονταν υπολογισμένα.

«Ωραία, αν και δε θα μείνω πολύ – δε θέλω να σταθώ εμπόδιο στη δουλειά σου», είπε εκείνη.
«Αναλαμβάνω προσωπικά την ευθύνη για κάθε πρόβλημα ή

καθυστέρηση στη δουλειά μου», είπε ο Μίκαελ προσπαθώντας να της ανταποδώσει το χαμόγελο.

Αλλά αυτό το χαμόγελο δεν ήταν φυσικό κι αυθόρμητο και εκείνη τη στιγμή αντιλήφθηκε κάτι παράξενο στη ματιά της, μία ξαφνική ψυχρότητα που σε ένα δευτερόλεπτο μεταμορφώθηκε στο αντίθετό της, τρυφερότητα, ευαισθησία πάλι, όπως σε μία μεγάλη ηθοποιό που δείχνει τις ικανότητές της και τότε ήταν πια σίγουρος ότι κάτι δεν πήγαινε καλά. Δεν μπορούσε να πει, όμως, τι και δεν ήθελε να αποκαλύψει τις υποψίες του, τουλάχιστον όχι ακόμα. Ήθελε να καταλάβει. Τι ήταν αυτό που βρισκόταν σε εξέλιξη; Πίστευε ότι ήταν σημαντικό να το καταλάβει.

Συνέχισαν προς τα πάνω στην Μπελμανσγκάταν – δεν είχε πια σκοπό να την πάει στο σπίτι του. Αλλά χρειαζόταν χρόνο για να καταλάβει. Την ξανακοίταξε. Ήταν εκπληκτικά όμορφη. Όμως σκέφτηκε ότι από την αρχή δεν ήταν η ομορφιά της που τον είχε εντυπωσιάσει τόσο πολύ. Μάλλον ήταν κάτι άλλο, περισσότερο αμφίβολο που οδηγούσε τις σκέψεις σε κάποιον άλλον κόσμο, μακριά από την γκλαμουριά των εβδομαδιαίων φυλλάδων. Η Ρεμπέκα Σβένσον έμοιαζε σαν αίνιγμα που εκείνος έπρεπε να λύσει.

«Ωραίες γειτονιές εδώ», είπε αυτή.

«Όχι κι άσχημες», απάντησε ο Μίκαελ βυθισμένος στις σκέψεις του και κοίταξε προς το «Μπίσοπς Αρμς».

Διαγώνια μετά την παμπ, στη διασταύρωση με τον οδό Ταβαστγκάταν, στεκόταν ένας αδύνατος, ψηλός άντρας με μαύρο κασκέτο και σκούρα γυαλιά ηλίου και κοίταζε έναν χάρτη. Εύκολα τον έπαιρνε κανείς για τουρίστα. Κρατούσε μία καφέ τσάντα στο χέρι του, φορούσε άσπρα αθλητικά παπούτσια και ένα μαύρο δερμάτινο τζάκετ με μεγάλο ανασηκωμένο γιακά, και υπό κανονικές συνθήκες ο Μίκαελ δε θα τον πρόσεχε. Τώρα, όμως, ο Μίκαελ δεν ήταν ένας αδιάφορος παρατηρητής και γι' αυτό είχε την εντύπωση ότι οι κινήσεις του άντρα φαίνονταν νευρικές και έντονες. Φυσικά αυτό μπορεί να οφειλόταν στο ότι ο Μίκαελ ήταν καχύποπτος από την αρχή που τον είδε. Αλλά του φαινόταν ότι ο ελαφρά αδιάφορος χειρισμός του χάρτη έμοιαζε σκηνοθετημένος και τώρα ο τύπος σήκωσε το κεφάλι του και κοίταξε τον Μίκαελ και τη γυναίκα.

Τους παρατήρησε για λίγο προσεκτικά. Μετά ξανακοίταξε προς τα κάτω τον χάρτη, αλλά δεν το έκανε ιδιαίτερα πειστικά. Έδειχνε ενοχλημένος και φαινόταν ότι ήθελε να κρύψει το πρόσωπό του κάτω από το κασκέτο του, ενώ κάτι στην όψη του – σ' εκείνο το σκυφτό κεφάλι με το διακριτικό ύφος – κάτι θύμιζε στον Μίκαελ, που για ακόμα μία φορά κοίταξε τα μαύρα μάτια της Ρεμπέκας Σβένσον. Την κοίταξε πολλή ώρα, με ένταση κι εκείνη τού ανταπέδωσε με τρυφερότητα τη ματιά. Εκείνος, όμως, επέμενε να την κοιτάζει σκληρά και εστιασμένα και κάποια στιγμή το πρόσωπό της πάγωσε· μόνο τότε της χαμογέλασε ξανά ο Μίκαελ.

Χαμογέλασε, γιατί ξαφνικά κατάλαβε την όλη κατάσταση.

ΚΕΦΑΛΑΙΟ 22
ΒΡΑΔΥ 23 ΝΟΕΜΒΡΙΟΥ (ΣΟΥΗΔΙΚΗ ΩΡΑ)

Η Λίσμπετ σηκώθηκε από το τραπέζι της κουζίνας. Δεν ήθελε να ενοχλεί άλλο τον Άουγκουστ. Το αγόρι είχε υποστεί ήδη μεγάλη πίεση και η όλη ιδέα της ήταν γελοία από την πρώτη στιγμή. Ήταν τόσο τυπικό το να περιμένει κανείς τόσο πολλά από τους κακόμοιρους τους σαβάντ. Αυτά που είχε κάνει ο Άουγκουστ ήταν ήδη αρκετά εντυπωσιακά. Η Λίσμπετ ξαναβγήκε στη βεράντα, πιάνοντας την πληγή της, που ακόμα την πονούσε. Κάτι ακούστηκε πίσω της, ένα γρήγορο γρατσούνισμα στο χαρτί και τότε εκείνη ξαναγύρισε κοντά στο τραπέζι. Την επόμενη στιγμή χαμογέλασε.

Ο Άουγκουστ είχε γράψει:

$23 \times 3 \times 19$

Η Λίσμπετ κάθισε στην καρέκλα της και είπε στο αγόρι, χωρίς όμως να το κοιτάζει αυτήν τη φορά:

«Οκέι! Με εντυπωσίασες. Αλλά ας το κάνουμε λίγο δυσκολότερο τώρα. Πάρε το 19.206.927».

Ο Άουγκουστ έσκυψε πάνω από το τραπέζι και η Λίσμπετ σκέφτηκε ότι ήταν αρκετά θρασύ να του πετάξει έναν οκταψήφιο αριθμό. Αλλά αν είχαν την παραμικρή πιθανότητα να τα καταφέρουν, έπρεπε να πάνε σε αριθμούς πολύ μεγαλύτερους απ' αυτόν και δεν ξαφνιάστηκε όταν ο Άουγκουστ άρχισε να κουνιέται πάλι μπρος-πίσω. Όμως μετά από μερικά δευτερόλεπτα έσκυψε πάλι και έγραψε στο χαρτί του:

9.419 × 1.933

«Ωραία, τι λες για το 971.230.541;»
983 × 991 × 997, έγραψε ο Άουγκουστ.
«Πολύ καλά, λοιπόν», είπε η Λίσμπετ και συνέχισε.

Στο Φορτ Μιντ, στο τεράστιο πάρκινγκ έξω από κείνο το οικοδόμημα που έμοιαζε σαν κύβος με παράθυρα, όχι μακριά από τη μεγάλη σειρά με τις παραβολικές αντένες, στέκονταν η Αλόνα και ο Εντ. Ο Εντ στριφογύριζε νευρικά τα κλειδιά του αυτοκινήτου στο χέρι του και κοιτούσε μακριά, έξω από τον ηλεκτροφόρο φράχτη, το δάσος που περιέκλειε τον χώρο. Ο Εντ ήταν καθ' οδόν για το αεροδρόμιο και είπε ότι είχε αργήσει. Αλλά η Αλόνα δεν ήθελε να τον αφήσει να φύγει. Είχε ακουμπήσει το χέρι της στον ώμο του και κουνούσε το κεφάλι της.

«Αυτό είναι τελείως αρρωστημένο».

«Για αρρωστημένο δεν ξέρω, αλλά σίγουρα εντυπωσιακό», είπε αυτός.

«Έτσι όλες οι κωδικοποιημένες λέξεις που αρπάξαμε από το δίκτυο των "Σπάιντερς" –"Θάνος", "Ενλάντρες", "Ζέμο", "Αλκέμα", "Σάικλον" κι όλα τ' άλλα που δε θυμάμαι–, χαρακτηρίζονται από το γεγονός πως είναι...»

«Εχθροί της "Σφήγκας" στην πρώτη σειρά των κόμικς, ναι».

«Τρομερό».

«Ένας ψυχολόγος σίγουρα θα έγραφε κάτι ενδιαφέρον γι' αυτό».

«Πρέπει να είναι μία εμμονή που πάει πολύ βαθιά».

«Χωρίς αμφιβολία. Έχω την αίσθηση πως πρόκειται περί μίσους», είπε ο Εντ.

«Θα είσαι προσεκτικός, έτσι;»

«Μην ξεχνάς ότι έχω παρελθόν αλητήριου».

«Ήταν πριν από πάρα πολύ καιρό αυτό, Εντ, έχεις πάρει πολλά κιλά από τότε».

«Δεν είναι το βάρος που έχει σημασία. Πώς το λένε, για θυμήσου: "Μπορείς να πάρεις το αγόρι από το γκέτο..."»

«"Αλλά ποτέ το γκέτο από το αγόρι"».

«Δε φεύγει αυτό από πάνω σου. Εκτός αυτού θα έχω και τη βοήθεια της FRA στη Στοκχόλμη. Ενδιαφέρονται το ίδιο μ' εμένα να εξολοθρεύσουν μια για πάντα αυτήν τη χάκερ».

«Αλλά αν το μάθει ο Τζόνι Ίνγκραμ;»

«Τότε θα έχουμε πρόβλημα. Αλλά, όπως καταλαβαίνεις, έχω σκαλίσει λίγο τη φωτιά. Έχω ανταλλάξει μερικές κουβέντες και με τον Ο' Κόνορ».

«Το φαντάστηκα. Υπάρχει τίποτα που μπορώ να κάνω για σένα;»

«Ναι»

«Ρίξ' το».

«Η ομάδα του Τζόνι Ίνγκραμ φαίνεται ότι είχε πλήρη έλεγχο στην έρευνα της σουηδικής αστυνομίας».

«Δηλαδή υποψιάζεσαι ότι υποκλέπτουν την αστυνομία με κάποιον τρόπο;»

«Ή έχουν κάποια πηγή εκεί, ας πούμε κάποιον αριβίστα στη σουηδική ΕΥΠ. Αν σε φέρω σ' επαφή με τους δύο καλύτερους μου χάκερ θα μπορούσες να το ερευνήσεις περισσότερο».

«Ακούγεται ριψοκίνδυνο».

«Οκέι, ξέχνα το».

«Όχι, το γουστάρω».

«Ευχαριστώ, Αλόνα. Θα σου στείλω περισσότερες πληροφορίες».

«Να έχεις ένα καλό ταξίδι», του είπε εκείνη και τότε αυτός χαμογέλασε λίγο προκλητικά, μπήκε στο αυτοκίνητο και έφυγε.

Αργότερα, ο Μίκαελ Μπλούμκβιστ δε θα μπορούσε να εξηγήσει πώς το είχε καταλάβει. Ήταν ενδεχομένως κάτι στο πρόσωπο της Ρεμπέκας Σβένσον, κάτι που ήταν ταυτόχρονα άγνωστο και γνωστό και ελλόχευε πίσω από τα τέλεια χαρακτηριστικά του προσώπου της· κάτι, που σε συνδυασμό με τις υποθέσεις που είχε κάνει και τις υποψίες που τον παίδευαν κατά τη διάρκεια της έρευνας για το άρθρο του, του έδωσε την απάντηση. Ήταν αλήθεια ότι ακόμα βρισκόταν μακριά από το να είναι βέβαιος. Αλλά δεν αμφέβαλλε καθόλου ότι κάτι δεν πήγαινε καθόλου καλά.

Ο άντρας εκεί στη διασταύρωση, που τώρα έφευγε παίρνοντας μαζί τον χάρτη και την καφέ τσάντα του, ήταν αναμφισβήτητα η ίδια φιγούρα που είχε δει ο Μίκαελ στις κάμερες παρακολούθησης στο Σαλτσεμπάντεν κι αυτή η συγκυρία ήταν τελείως απίθανο να μη σήμαινε κάτι, οπότε ο Μίκαελ στάθηκε ακίνητος για λίγο και σκέφτηκε. Μετά στράφηκε προς τη γυναίκα που αποκαλούσε τον εαυτό της Ρεμπέκα Σβένσον και προσπάθησε ν' ακουστεί γεμάτος αυτοπεποίθηση:

«Ο φίλος σου φεύγει».

«Ο φίλος μου;» είπε αυτή έκπληκτη και με ειλικρίνεια. «Τι εννοείς;»

«Αυτός εκεί πάνω», συνέχισε ο Μίκαελ και έδειξε με το χέρι του την αδύνατη πλάτη του άντρα, που βαδίζοντας σχεδόν πηδηχτά εξαφανίστηκε στην Ταβαστγκάταν.

«Αστειεύεσαι; Δεν ξέρω κανέναν στη Στοκχόλμη».

«Τι θέλετε από μένα;»

«Ήθελα μόνο να σε γνωρίσω, Μίκαελ», είπε εκείνη και έκανε μία κίνηση προς την μπλούζα της, σαν να ήθελε να ξεκουμπώσει ένα κουμπί.

«Κόψ' το!» είπε εκείνος απότομα, έτοιμος να τη ρωτήσει τι ακριβώς είχε δει πάνω του που την έκανε να τον θεωρεί τόσο αδύναμο και αξιολύπητο.

«Είσαι θυμωμένος μαζί μου;» τον ρώτησε εκείνη με πληγωμένο ύφος.

«Όχι, αλλά...»

«Τι;»

«Δε σε εμπιστεύομαι», αποκρίθηκε αυτός, με μια φωνή που ακούστηκε σκληρότερη απ' όσο τελικά ήθελε. Εκείνη χαμογέλασε θλιμμένα και είπε:

«Έχω την αίσθηση ότι δεν είσαι ο εαυτός σου σήμερα, έτσι δεν είναι, Μίκαελ; Μπορούμε να βρεθούμε μιαν άλλη φορά».

Τον φίλησε τόσο γρήγορα στα μάγουλα, που ο Μίκαελ δεν πρόλαβε να την εμποδίσει. Μετά του έγνεψε κοκέτικα με τα δάχτυλα και εξαφανίστηκε στην ανηφόρα, με τα ψηλά τακούνια της, με απόλυτη αυτοπεποίθηση, σαν να μην υπήρχε τίποτα στον κόσμο που να την ανησυχούσε και για μια στιγμή ο Μίκαελ αναρωτήθηκε μήπως έπρεπε να την εμποδίσει και να την υποβάλει σε κάποιου είδους ανάκριση. Αλλά δεν καταλάβαινε πώς θα μπορούσε αυτό να οδηγήσει σε κάτι εποικοδομητικό. Αποφάσισε να την ακολουθήσει.

Καταλάβαινε ότι ήταν σκέτη τρέλα. Αλλά δεν έβρισκε κάποια άλλη λύση, οπότε την άφησε να προχωρήσει στην ανηφόρα και μετά την ακολούθησε. Ύστερα ανηφόρισε κι αυτός βιαστικά ως τη διασταύρωση, βέβαιος ότι εκείνη δε θα είχε προλάβει ν' απομακρυνθεί πολύ. Αλλά εκεί πάνω δεν είδε ούτε τη σκιά της. Δεν έβλεπε ούτε αυτήν ούτε τον άντρα. Ήταν σαν να τους είχε καταπιεί η γη. Ο δρόμος ήταν τελείως άδειος, εκτός από μια μαύρη BMW που προσπαθούσε να παρκάρει λίγο πιο πέρα και έναν νεαρό με μακρύ μούσι και μια παλιομοδίτικη γούνα, που ερχόταν προς το μέρος του από την απέναντι μεριά του δρόμου.

Πού είχαν πάει; Δεν υπήρχαν άλλοι δρόμοι ούτε κρυφά σοκάκια. Είχαν μπει σε κάποιο σπίτι; Ο Μίκαελ συνέχισε προς τα κάτω, επί της οδού Τόρκελ Κνουτσονσγκάταν, κοιτώντας δεξιά και αριστερά. Δεν είδε τίποτα. Προσπέρασε το μαγαζί που άλλοτε λεγόταν η «Κατσαρόλα του Σαμίρ», το παλιό τους στέκι, που τώρα πια είχε μετονομαστεί σε «Ταμπουλέ» και ήταν ένα λιβανέζικο εστιατόριο στο οποίο θα μπορούσαν να είχαν καταφύγει εκείνοι.

Αλλά δεν μπορούσε να καταλάβει πώς είχε προλάβει να πάει η γυναίκα ως εκεί. Ήταν ακριβώς πίσω της. Πού στο διάβολο ήταν; Στέκονταν κάπου αυτή κι ο άντρας και τον παρατηρούσαν; Στράφηκε δύο φορές γρήγορα προς τα πίσω, σε περίπτωση που βρίσκονταν εκεί και τον παραμόνευαν και ακόμα μία φορά αναπήδησε από παγωμάρα νιώθοντας ότι κάποιος τον παρακολουθούσε μέσα από διόπτρα όπλου. Αλλά δε συνέβαινε τίποτα, τουλάχιστον απ' ό,τι μπορούσε να αντιληφθεί.

Ο άντρας και η γυναίκα δε φαίνονταν πουθενά και όταν στο τέλος τα παράτησε και άρχισε να βαδίζει προς το σπίτι του, ένιωθε ότι είχε αποφύγει έναν μεγάλο κίνδυνο. Δεν είχε την παραμικρή ιδέα πόσο ρεαλιστική ήταν αυτή η σκέψη, αλλά η καρδιά του βροντοχτυπούσε και ο λαιμός του ήταν στεγνός. Δε συνήθιζε να φοβάται εύκολα. Όμως τώρα είχε φοβηθεί έναν άδειο δρόμο. Δεν το καταλάβαινε αυτό.

Κατάλαβε μόνο με ποιον έπρεπε να μιλήσει. Έπρεπε να βρει τον Χόλγκερ Παλμγκρέν, τον παλιό κηδεμόνα της Λίσμπετ. Αλλά πρώτα θα έκανε το καθήκον του ως καλός πολίτης. Αν ο άντρας που είχε δει προηγουμένως ήταν ο ίδιος στις κάμερες του Σαλτσεμπάντεν και αν υπήρχε έστω και η παραμικρή περίπτωση να τον βρουν, έπρεπε να ενημερωθεί η αστυνομία και γι' αυτό τηλεφώνησε στον Γιαν Μπουμπλάνσκι. Δεν ήταν και εύκολο να πείσει τον επιθεωρητή.

Δεν ήταν εύκολο να πείσει ούτε τον εαυτό του. Μπορούσε, όμως, ίσως να βασιστεί στο παλιό καλό του όνομα, όσο κι αν είχε ντριπλάρει με την αλήθεια το τελευταίο διάστημα. Ο Μπουμπλάνσκι είπε ότι θα έστελνε μία ομάδα εκεί.

«Γιατί να βρίσκεται στη γειτονιά σου;»

«Δεν ξέρω, αλλά υποθέτω ότι δε θα ήταν κακό να ψάξετε μήπως τον βρείτε».

«Όχι δε θα ήταν κακό. Είναι, πάντως, τρομερά δυσάρεστο που ο Άουγκουστ Μπάλντερ είναι ακόμα κάπου εκεί έξω», πρόσθεσε ο Μπουμπλάνσκι με έναν τόνο επίπληξης στη φωνή του.

«Είναι τρομερά δυσάρεστο που η διαρροή έγινε από εσάς», του απάντησε ο Μίκαελ.

«Μπορώ να σε πληροφορήσω ότι βρήκαμε τη διαρροή *μας*».

«Το κάνατε; Μπράβο, αυτό είναι φανταστικό».

«Φοβάμαι ότι δεν είναι και τόσο φανταστικό. Πιστεύουμε ότι μπορεί να υπάρχουν διαρροές από πολλές μεριές, εκ των οποίων όλες είναι αθώες πιθανώς, εκτός της τελευταίας».

«Τότε πρέπει να προσπαθήσετε να τη βρείτε».

«Κάνουμε ό,τι μπορούμε. Αλλά αρχίζουμε να υποψιαζόμαστε...»
«Τι;»
«Τίποτα...»
«Οκέι, δε χρειάζεται να μου πεις.»
«Ζούμε σ' έναν άρρωστο κόσμο, Μίκαελ».
«Αλήθεια;»
«Σ' έναν κόσμο όπου η παράνοια θεωρείται υγεία».
«Μπορεί να έχεις δίκιο. Καλό βράδυ, επιθεωρητή».
«Καλό βράδυ, Μίκαελ. Μη κάνεις τίποτε ανοησίες τώρα».
«Θα προσπαθήσω», απάντησε ο Μίκαελ.

Ο Μίκαελ διέσχισε τη Ρινγβέγκεν ως τη στάση του μετρό. Πήρε την κόκκινη γραμμή προς το Νορσμπόργ και κατέβηκε στη στάση Λιλιεχόλμεν, εκεί που εδώ και κανένα χρόνο έμενε σε ένα μικρό, μοντέρνο διαμέρισμα ο Χόλγκερ Παλμγκρέν. Είχε ακουστεί φοβισμένος όταν τον πήρε ο Μίκαελ τηλέφωνο, αλλά μόλις τον διαβεβαίωσε ότι η Λίσμπετ ήταν καλά –ήλπιζε να μην έλεγε ψέματα ως προς αυτό– το ύφος του Παλμγκρέν άλλαξε.

Ο Χόλγκερ Παλμγκρέν ήταν συνταξιούχος δικηγόρος και είχε υπάρξει κηδεμόνας της Λίσμπετ για πολλά χρόνια, από τότε που εκείνη ήταν δεκατριών χρονών και ήταν κλεισμένη στην ψυχιατρική κλινική Άγιος Στέφανος στην Ουψάλα. Ο Χόλγκερ ήταν σήμερα μεγάλος στα χρόνια, καταπονημένος και είχε πάθει δύο ή τρία εγκεφαλικά επεισόδια. Εδώ και ένα διάστημα χρησιμοποιούσε αναπηρικό καροτσάκι για να μετακινείται και πολλές φορές ούτε κι αυτό βοηθούσε.

Η αριστερή πλευρά του προσώπου του κρεμόταν και το αριστερό του χέρι ήταν ακίνητο. Αλλά το μυαλό του ήταν πεντακάθαρο και η μνήμη του μοναδική, κυρίως αν αφορούσε κάτι που είχε συμβεί πριν από πάρα πολλά χρόνια και ακόμα περισσότερο αν αφορούσε τη Λίσμπετ Σαλάντερ. Κανένας δεν την ήξερε καλύτερα απ' αυτόν.

Ο Χόλγκερ Παλμγκρέν είχε επιτύχει εκεί όπου όλοι οι ψυχίατροι και οι ψυχολόγοι είχαν αποτύχει ή ίσως δεν ήθελαν να επιτύχουν. Μετά από μία παιδική ηλικία κόλαση, το κορίτσι δεν εμπιστευόταν κανέναν ενήλικο ούτε και τους εκπροσώπους των υπηρεσιών, αλλά ο Χόλγκερ Παλμγκρέν είχε καταφέρει να την κάνει να ανοιχτεί και να του μιλήσει. Ο Μίκαελ θεωρούσε ότι αυτό ήταν ένα μικρό θαύμα. Η Λίσμπετ ήταν ο εφιάλτης όλων των θεραπευτών. Αλλά στον Χόλγκερ είχε μιλήσει για τις πιο τραυματικές εμπειρίες της και η Λίσμπετ ήταν ο λόγος που ο Μίκαελ χτυπούσε τώρα τον κωδικό της εξώπορτας στη διεύθυνση Λιλγιεχολμστόργετ 96. Μετά πήρε το ασανσέρ για τον πέμπτο όροφο και χτύπησε το κουδούνι της πόρτας.

«Παλιέ μου φίλε», είπε ο Χόλγκερ μόλις άνοιξε την πόρτα. «Τι ωραία που σε βλέπω και πάλι. Αλλά είσαι χλομός».

«Κοιμήθηκα πολύ άσχημα».

«Συμβαίνει αυτό όταν σε πυροβολούν. Το διάβασα στην εφημερίδα. Φοβερή ιστορία».

«Και να 'ταν μόνο αυτά που διάβασες...»

«Έχει συμβεί και τίποτε άλλο;»

«Θα σου πω», είπε ο Μίκαελ και κάθισε σε έναν όμορφο κίτρινο υφασμάτινο καναπέ, δίπλα από το μπαλκόνι, περιμένοντας τον Χόλγκερ, που με μεγάλο κόπο κάθισε στο αναπηρικό καρότσι δίπλα του.

Μετά ο Μίκαελ του διηγήθηκε την ιστορία σε γενικές γραμμές. Αλλά όταν έφτασε στο επεισόδιο που είχε συμβεί στο λιθόστρωτο της Μπελμανσγκάταν, ο Χόλγκερ τον διέκοψε αμέσως:

«Τι πιστεύεις πως σήμαιναν όλα αυτά;»

«Νομίζω ότι ήταν η Καμίλα», είπε ο Μίκαελ.

Ο Χόλγκερ έμεινε να τον κοιτάζει σαν παραλυμένος.

«Εκείνη η Καμίλα;»

«Ακριβώς».

«Θεέ μου», είπε ο Χόλγκερ. «Τι συνέβη;»

«Τίποτα, εξαφανίστηκε. Αλλά μετά δεν μπορούσα να ησυχάσω».

«Μπορώ να το καταλάβω αυτό. Πίστευα ότι η Καμίλα είχε εξαφανιστεί μια για πάντα».

«Εγώ πάλι είχα σχεδόν ξεχάσει ότι ήταν δύο αδερφές».
«Ήταν δύο, δύο δίδυμες αδερφές, που η μία μισούσε την άλλη».
«Το ήξερα αυτό», συνέχισε ο Μίκαελ. «Αλλά χρειάστηκε να μου γίνει υπενθύμιση για ν' αρχίσω να το σκέφτομαι στα σοβαρά. Αναρωτιόμουν, όπως σου είπα, γιατί η Λίσμπετ είχε ανακατευτεί σ' αυτήν την ιστορία. Γιατί αυτή η φοβερή χάκερ θα ενδιαφερόταν για μία απλή εισβολή».
«Και τώρα θέλεις να σε βοηθήσω να καταλάβεις».
«Κάπως έτσι».
«Οκέι», άρχισε ο Χόλγκερ. «Γνωρίζεις την αρχή της ιστορίας, έτσι δεν είναι; Η μητέρα, η Αγκνέτα Σαλάντερ, ήταν ταμίας στο σούπερ μάρκετ "Κόνσουμ" στο Ζίνκεν και ζούσε μόνη με τις δύο κόρες της στην οδό Λουνταγκάταν. Θα μπορούσαν ίσως να είχαν μία καλή ζωή οι τρεις τους. Τα λεφτά ήταν λιγοστά και η Αγκνέτα πολύ νέα, αλλά δεν είχε καμία δυνατότητα να σπουδάσει. Ήταν όμως καλόκαρδη και ευγενική. Ήθελε να έχουν τα παιδιά της μία καλή ζωή. Μόνο που...»
«Ο πατέρας ερχόταν πότε πότε για επίσκεψη».
«Ναι, πότε πότε ερχόταν ο πατέρας, ο Αλεξάντερ Ζαλατσένκο και οι επισκέψεις τελείωναν σχεδόν πάντα με τον ίδιο τρόπο. Ο πατέρας βίαζε και κακοποιούσε την Αγκνέτα, ενώ οι κόρες τους κάθονταν στο διπλανό δωμάτιο και άκουγαν τα πάντα. Μία μέρα η Λίσμπετ βρήκε τη μητέρα της λιπόθυμη στο πάτωμα».
«Κι ήταν τότε που εκδικήθηκε για πρώτη φορά».
«Για δεύτερη φορά. Την πρώτη φορά είχε καρφώσει τον Ζαλατσένκο με ένα μαχαίρι στον ώμο».
«Ακριβώς, αλλά αυτήν τη φορά έριξε βενζίνη στο αυτοκίνητό του και του έβαλε φωτιά».
«Ακριβώς. Ο Ζαλατσένκο άναψε σαν το δαδί – είχε πάθει πάρα πολύ σοβαρά εγκαύματα και αναγκάστηκαν να του κόψουν το ένα πόδι. Τη Λίσμπετ την έβαλαν σε μία παιδοψυχιατρική κλινική».
«Και η μητέρα της κατέληξε στο νοσηλευτικό ίδρυμα Επελβίκεν».
«Ναι κι αυτό ήταν που πονούσε περισσότερο τη Λίσμπετ σε όλη αυτήν την ιστορία. Η μητέρα της ήταν μόνο είκοσι εννιά ετών

τότε. Αλλά δεν έγινε ποτέ καλά. Έζησε επί δεκατέσσερα χρόνια στο ίδρυμα, με βαριές εγκεφαλικές κακώσεις και φοβερούς πόνους. Συχνά δεν μπορούσε ούτε καν να επικοινωνήσει με το περιβάλλον. Η Λίσμπετ την επισκεπτόταν όσο πιο συχνά μπορούσε και ξέρω ότι ονειρευόταν πως η μητέρα της μια μέρα θα γινόταν καλά και θα μπορούσαν να ζήσουν και πάλι μαζί, φροντίζοντας η μία την άλλη. Αλλά αυτό δεν έγινε ποτέ. Και από κει πηγάζει το μεγάλο σκοτάδι της Λίσμπετ. Έβλεπε τη μαμά της να λιώνει και να αργοπεθαίνει».

«Ναι, ξέρω, είναι τραγικό, αλλά δεν κατάλαβα ποτέ μου τι ρόλο έπαιζε η Καμίλα σε αυτήν την ιστορία».

«Είναι κάπως πολύπλοκο και από μία άποψη πιστεύω ότι πρέπει κανείς να τη συγχωρήσει. Δεν ήταν παρά ένα παιδί κι αυτή και χωρίς καν να το καταλάβει έγινε ένα πιόνι στο παιχνίδι».

«Τι συνέβη;»

«Θα μπορούσε κανείς να πει ότι επέλεξαν διαφορετικά στρατόπεδα σ' αυτήν τη μάχη. Οι κόρες είναι βεβαίως διζυγωτικά δίδυμα και δεν ήταν ποτέ ίδιες, ούτε στην εμφάνιση ούτε και στον χαρακτήρα. Η Λίσμπετ γεννήθηκε πρώτη. Η Καμίλα γεννήθηκε είκοσι λεπτά αργότερα και ήδη από μωρό ήταν χάρμα οφθαλμών. Ενώ η Λίσμπετ ήταν ένα οργισμένο πλάσμα, η Καμίλα τους έκανε όλους να αναφωνούν: "Ο, τι ωραίο κορίτσι!" Και σίγουρα δεν ήταν τυχαίο ότι από την πρώτη στιγμή η Καμίλα τράβηξε την προσοχή του Ζαλατσένκο. Λέω τράβηξε την προσοχή του, γιατί τα πρώτα χρόνια την αγνοούσε κι αυτήν πέρα για πέρα. Η Αγκνέτα γι' αυτόν ήταν μόνο μία πουτάνα και κατά συνέπεια τα παιδιά της δεν ήταν τίποτε άλλο παρά κάτι ελεεινά μπάσταρδα που απλώς μπλέκονταν στα πόδια του. Αλλά...»

«Ναι;»

«Ως κι ο Ζαλατσένκο, όμως, διαπίστωσε ότι το ένα από τα κορίτσια ήταν πραγματικά πανέμορφο. Η Λίσμπετ συνήθιζε κατά καιρούς να λέει πως υπάρχει ένα γενετικό σφάλμα στην οικογένειά της και παρά το ότι η έκφραση αυτή είναι ιατρικά αμφίβολη, θα μπορούσε να συμφωνήσει κανείς μαζί της, ο Ζαλατσένκο άφησε πίσω του παιδιά των άκρων. Τον Ρόναλντ, τον ετεροθαλή αδερφό της Λίσμπετ τον συνάντησες, έτσι δεν είναι; Εκείνος ήταν ξανθός, τεράστιος και έπασχε από εγγενή αναλγησία, αναισθησία στον πόνο και γι' αυτό ο Ρόναλντ ήταν ένας ιδανικός δολοφόνος, ενώ η Καμίλα... Ναι, στη δική της περίπτωση το γενετικό λάθος ήταν πως ήταν μοναδική, απίστευτα όμορφη και η κατάσταση χειροτέρευε όλο και πιο πολύ όσο μεγάλωνε. Λέω ότι "χειροτέρευε", επειδή είμαι αρκετά σίγουρος ότι η ομορφιά της ήταν κάποιου είδους δυστυχία και γινόταν εμφανέστερο επειδή η δίδυμη αδερφή της ήταν πάντα θυμωμένη και άγρια. Οι ενήλικοι έκαναν γκριμάτσες όταν την έβλεπαν. Μετά έβλεπαν την Καμίλα και τότε φωτίζονταν τα πρόσωπά τους και τρελαίνονταν μαζί της. Μπορείς να σκεφτείς πόσο την επηρέαζε αυτό;»

«Πρέπει να ήταν βασανιστικό».

«Δεν εννοώ τη Λίσμπετ τώρα, αν και η θέση της δεν ήταν διόλου αξιοζήλευτη. Όχι, αναφέρομαι στην Καμίλα. Μπορείς να φανταστείς πώς επηρεάζει ένα παιδί, που δεν έχει ιδιαίτερα ανεπτυγμένη ενσυναίσθηση, να ακούει όλη την ώρα ότι είναι θαυμάσιο και θεϊκό;»

«Πήραν τα μυαλά της αέρα».

«Της δίνει μία αίσθηση εξουσίας. Όταν αυτή χαμογελάει, εμείς λιώνουμε. Όταν δεν το κάνει, νιώθουμε αποκλεισμένοι και κάνουμε τα πάντα για να τη δούμε να λάμπει και πάλι. Η Καμίλα έμαθε από μικρή να το εκμεταλλεύεται αυτό. Έγινε πρωταθλήτρια σ' αυτό, μία πρωταθλήτρια της χειραγώγησης. Είχε κάτι μεγάλα εκφραστικά μάτια, σαν άγριου ζώου».

«Ακόμα τα έχει».

«Η Λίσμπετ μου έχει πει πως η Καμίλα καθόταν με τις ώρες στον καθρέφτη μόνο και μόνο για να γυμνάσει το βλέμμα της. Τα μάτια της ήταν ένα φανταστικό όπλο. Μπορούσαν να μαγέψουν και να παγώσουν – να κάνουν παιδιά και ενήλικους να νιώθουν διαλεκτοί και ιδιαίτεροι τη μία μέρα και τελείως άχρηστοι και απορριπτέοι την άλλη. Ήταν ένα κακό χάρισμα, αν και όπως μπορείς να φανταστείς, ήταν φοβερά δημοφιλής στο σχολείο. Όλοι ήθελαν να είναι μαζί της κι αυτή το εκμεταλλευόταν με όλους τους δυνατούς τρόπους. Κάθε μέρα φρόντιζε να της δίνουν οι συμμα-

θητές της διάφορα μικρά δώρα: βόλους, καραμέλες, λεφτά, κοκαλάκια για τα μαλλιά - και αυτούς που δεν το έκαναν ή γενικότερα δε συμπεριφέρονταν όπως ήθελε εκείνη, ούτε τους χαιρέταγε ούτε τους κοιτούσε καν την επόμενη μέρα και όλοι όσοι είχαν βρεθεί στο φως των προβολέων της ήξεραν πόσο πολύ πονούσε αυτό. Οι συμμαθητές της έκαναν τα πάντα για να της είναι αρεστοί. Την προσκυνούσαν - όλοι εκτός από έναν».
«Εκτός από την αδερφή της».
«Ακριβώς, και γι' αυτό εξαγρίωνε τους συμμαθητές της εναντίον της αδερφής της. Ξεκίνησαν οι σατανικές επιθέσεις τιμωρίας - έβαζαν το κεφάλι της Λίσμπετ μέσα στη λεκάνη της τουαλέτας και την αποκαλούσαν βλάκα, φρικιό και διάφορα τέτοια. Όλα αυτά τα έκαναν ώσπου κατάλαβαν με ποιαν τα είχαν βάλει. Αλλά αυτή είναι μια άλλη ιστορία και θαρρώ πως την ξέρεις».
«Η Λίσμπετ δε γύριζε και το άλλο μάγουλο».
«Όχι, το αντίθετο μάλλον, αλλά το πιο ενδιαφέρον σ' αυτήν την ιστορία, καθαρά από ψυχολογική άποψη, ήταν ότι η Καμίλα έμαθε να εξουσιάζει και να χειραγωγεί τους άλλους γύρω της. Έμαθε να τους ελέγχει όλους, εκτός από δύο σημαντικά πρόσωπα στη ζωή της, τη Λίσμπετ και τον πατέρα της. Κι αυτό την εξόργιζε. Αφιέρωσε τεράστια ενέργεια για να κερδίσει κι αυτούς τους αγώνες και φυσικά απαιτήθηκαν τελείως διαφορετικές στρατηγικές γι' αυτές τις μάχες. Τη Λίσμπετ δε θα μπορούσε ποτέ να την πάρει με το μέρος της και δε νομίζω ότι την ενδιέφερε και τόσο αυτό. Στα δικά της μάτια, η Λίσμπετ ήταν μόνο μια παράξενη, ένα στριφνό και απότομο παιδί. Αλλά ο πατέρας της...»
«Αυτός ήταν κακός απ' την κορυφή ως τα νύχια».
«Ήταν κακός, αλλά ήταν και το δυναμικό πεδίο της οικογένειας. Ήταν αυτός γύρω από τον οποίο στρέφονταν όλα, παρά το γεγονός ότι σπάνια ήταν εκεί. Ήταν ο απών πατέρας και κατά κανόνα τύποι σαν κι αυτόν μπορούν να αποκτήσουν μυθικές διαστάσεις για ένα παιδί. Αλλά σ' ετούτη δω την περίπτωση ήταν κάτι παραπάνω κι απ' αυτό».
«Τι εννοείς;»
«Εννοώ ότι η Καμίλα και ο Ζαλατσένκο ήταν ένας κακός συν-

δυασμός. Χωρίς να το καταλαβαίνει η Καμίλα νομίζω, ενδιαφερόταν για ένα και μοναδικό πράγμα: την εξουσία. Και ο πατέρας της, ναι, μπορούν να ειπωθούν πολλά γι' αυτόν, αλλά σίγουρα δε στερείτο εξουσίας. Είναι πολλοί που το έχουν επιβεβαιώσει αυτό, αν μη τι άλλο εκείνοι οι κακόμοιροι τύποι της ΕΥΠ. Προσπαθούσαν να φαίνονται όσο πιο αποφασιστικοί γινόταν, με το να τον αντικρούουν και να του θέτουν όρους. Όμως, μαζεύονταν σαν ένα κοπάδι πρόβατα όταν βρίσκονταν απέναντί του. Ο Ζαλατσένκο ακτινοβολούσε μία φρικτή μεγαλοπρέπεια, που ενισχυόταν από το γεγονός ότι δεν μπορούσαν να τον βάλουν στο χέρι και δεν έπαιζε κανέναν ρόλο που είχαν γίνει άπειρες καταγγελίες στις κοινωνικές υπηρεσίες εναντίον του. Η ΕΥΠ βρισκόταν πάντα πίσω του και τον κάλυπτε και ήταν αυτό φυσικά που καταλάβαινε η Λίσμπετ και που την έπεισε να πάρει την υπόθεση στα χέρια της. Αλλά για την Καμίλα τα πράγματα ήταν τελείως διαφορετικά».

«Εκείνη ήθελε να γίνει όπως ο πατέρας της».

«Ναι, αυτό νομίζω. Ο πατέρας ήταν το πρότυπο – ήθελε να κερδίσει την ίδια εξουσία και ασυλία για τις πράξεις της. Αλλά, ίσως, αυτό που ήθελε περισσότερο ήταν να την προσέχει. Να τη βλέπει σαν μία άξια κόρη».

«Ήξερε, όμως, πόσο βάναυσα μεταχειριζόταν τη μητέρα της».

«Φυσικά και το ήξερε. Εντούτοις πήρε το μέρος του πατέρα της. Πήγε με το μέρος της δύναμης και της εξουσίας, θα μπορούσε να πει κανείς. Ήδη από μικρό παιδί έλεγε πόσο περιφρονούσε τους αδύνατους ανθρώπους».

«Δηλαδή περιφρονούσε και τη μητέρα της. Αυτό εννοείς;»

«Δυστυχώς, πιστεύω ότι έτσι ήταν. Μία φορά μου είπε κάτι η Λίσμπετ που δεν πρόκειται να το ξεχάσω ποτέ».

«Και τι ήταν αυτό;»

«Δεν το έχω πει ποτέ σε κανέναν».

«Δεν είναι καιρός να το κάνεις;»

«Ναι, ίσως, αλλά πρώτα χρειάζομαι κάτι δυνατό. Τι λες για ένα καλό κονιάκ;»

«Δε θα ήταν και άσχημα. Αλλά μείνε εκεί που είσαι, πάω να φέρω το μπουκάλι και ποτήρια», είπε ο Μίκαελ και πήγε στο μπαρ από

μαόνι, που βρισκόταν στη γωνία δίπλα από την πόρτα της κουζίνας. Είχε αρχίσει να ψάχνει ανάμεσα στα μπουκάλια όταν χτύπησε το iPhone του. Ήταν ο Αντρέι Ζάντερ – τουλάχιστον αυτό το όνομα είχε εμφανιστεί στην οθόνη. Αλλά όταν ο Μίκαελ απάντησε, δεν υπήρχε κανένας στην άλλη γραμμή. *Πιθανώς ο Αντρέι ακούμπησε κατά λάθος το πλήκτρο*, σκέφτηκε, και προβληματισμένος σέρβιρε σε δύο ποτήρια Ρέμι Μάρτιν και ξανακάθισε δίπλα στον Χόλγκερ Παλμγκρέν.
«Τώρα σε ακούω», του είπε.
«Δεν ξέρω από πού ακριβώς ν' αρχίσω. Αλλά αν κατάλαβα καλά, ήταν μία όμορφη καλοκαιρινή μέρα και η Καμίλα και η Λίσμπετ ήταν κλεισμένες στο δωμάτιό τους».

ΚΕΦΑΛΑΙΟ 23
ΒΡΑΔΥ 23 ΝΟΕΜΒΡΙΟΥ

Ο Άουγκουστ έμεινε ακίνητος πάλι. Δεν μπορούσε να ανταποκριθεί άλλο. Οι αριθμοί είχαν γίνει πολύ μεγάλοι και αντί να πιάσει το μολύβι, σταύρωσε τα χέρια του τόσο σφιχτά, που έγιναν κάτασπρα. Χτύπησε το κεφάλι του στο τραπέζι και η Λίσμπετ θα έπρεπε φυσικά να τον παρηγορήσει ή τουλάχιστον να φροντίσει να μην τραυματιστεί.

Αλλά δεν είχε πλήρη συνείδηση αυτού που συνέβαινε. Σκεφτόταν το κρυπτογραφημένο της αρχείο και αντιλήφθηκε ότι δε θα μπορούσε να προχωρήσει περισσότερο ούτε μ' αυτόν τον τρόπο, πράγμα που φυσικά δεν την εξέπληττε. Γιατί θα μπορούσε να πετύχει ο Άουγκουστ σε κάτι που δεν μπορούσαν να πετύχουν ούτε οι σούπερ υπολογιστές; Ήταν μια ηλίθια προσδοκία ήδη από την αρχή κι αυτό που είχε καταφέρει ο Άουγκουστ ήταν εκπληκτικό. Ωστόσο ένιωθε απογοητευμένη· βγήκε έξω στο σκοτάδι και παρατηρούσε την άγονη περιοχή εκεί γύρω. Κάτω από την απότομη πλαγιά ήταν η παραλία και ένα χιονισμένο πλάτωμα με μία εξέδρα χορού.

Τις όμορφες καλοκαιρινές νύχτες θα ήταν γεμάτη κόσμο. Τώρα όλα ήταν έρημα. Είχαν βγάλει τα σκάφη από το νερό και δε φαινόταν ψυχή, καμία λάμπα δεν έφεγγε στα σπίτια στην άλλη πλευρά του νερού και φυσούσε πάλι δυνατά. Το μέρος τής άρεσε της Λίσμπετ. Τουλάχιστον της άρεσε σαν κρυψώνα τώρα στα τέλη Νοεμβρίου.

Ήταν αλήθεια ότι δε θα αντιλαμβανόταν τον ήχο της μηχανής αν κάποιος ερχόταν με σκάφος εκεί. Το μοναδικό μέρος που θα μπορούσε να δέσει το σκάφος ήταν εκεί κάτω, στην παραλία, και για να έρθει κανείς στο σπίτι έπρεπε να ανεβεί την ξύλινη σκάλα κατά μήκος της πλαγιάς. Με την προστασία που παρέχει το σκοτάδι, θα μπορούσε σίγουρα κάποιος να φτάσει ως εκεί. Αλλά πίστευε ότι θα κοιμόταν τη νύχτα. Το χρειαζόταν. Το τραύμα της την πονούσε ακόμα και ήταν σίγουρα γι' αυτό που αντιδρούσε τόσο έντονα για κάτι που δεν το είχε πιστέψει ποτέ. Αλλά όταν ξαναμπήκε στο σπίτι, αντιλήφθηκε ότι ήταν και κάτι άλλο.

«Συνήθως η Λίσμπετ δεν είναι άνθρωπος που την ενδιαφέρει ο καιρός ή τι συμβαίνει ένα γύρο», συνέχισε ο Χόλγκερ Παλμγκρέν. «Η ματιά της αποκλείει τα ασήμαντα. Αλλά εκείνη τη φορά ανέφερε ότι ο ήλιος έλαμπε στη Λουνταγκάταν και στο γειτονικό πάρκο Σιναβικσπάρκεν. Άκουγε παιδικές φωνές και γέλια από το πάρκο. Στην άλλη πλευρά του παραθύρου ο κόσμος ήταν ευτυχισμένος — ίσως αυτό ήταν που ήθελε να πει. Ήθελε να υποδείξει την αντίθεση. Ο συνηθισμένος κόσμος έτρωγε παγωτά και έπαιζε με δράκους και μπάλες. Η Καμίλα και η Λίσμπετ ήταν κλειδωμένες μέσα στο δωμάτιό τους και άκουγαν πώς ο πατέρας τους βίαζε και κακοποιούσε τη μητέρα τους. Νομίζω ότι αυτό ήταν λίγο πριν η Λίσμπετ επιτεθεί στον πατέρα της. Αλλά δεν έχω κάποια σειρά στις χρονολογίες. Ήταν πολλοί οι βιασμοί και όλοι ακολουθούσαν την ίδια διαδικασία. Ο Ζάλα εμφανιζόταν τα απογεύματα ή τα βράδια, στουπί στο μεθύσι, και καμιά φορά ανακάτευε τα μαλλιά της Καμίλας, λέγοντας πράγματα όπως: "Πώς μπορεί ένα τόσο όμορφο κορίτσι να έχει μια τόσο απαίσια αδερφή;" Μετά κλείδωνε τα κορίτσια στο δωμάτιό τους και καθόταν στην κουζίνα να πιει κι άλλο. Έπινε σκέτη βότκα και στην αρχή συχνά καθόταν αμίλητος και απλώς γευόταν το ποτό σαν διψασμένο ζώο. Μετά μουρμούριζε κάτι σαν: "Πώς είναι σήμερα το πουτανάκι μου;" Κι αυτό ακουγόταν σαν να το έλεγε με αγάπη σχεδόν. Αλλά μετά η Αγκνέτα έκανε κάποιο λάθος ή, πιο σωστά, μετά αποφάσιζε ο Ζαλατσένκο ότι εκείνη είχε κάνει κάποιο λάθος και τότε ερχόταν το πρώτο χτύπημα – συνήθως ένα χαστούκι ακολουθούμενο από τις λέξεις: "Νόμιζα ότι το πουτανάκι μου θα ήταν καλό σήμερα". Μετά την τραβούσε μέσα στο υπνοδωμάτιο και εκεί συνέχιζε αρχικά να τη χαστουκίζει και μετά να τη γρονθοκοπά. Η Λίσμπετ το καταλάβαινε από τον ήχο. Άκουγε τι είδους χτύπημα ήταν και πού την έβρισκαν. Το ένιωθε τόσο καθαρά σαν να ήταν η Λίσμπετ που δεχόταν τα χτυπήματα. Μετά ακολουθούσαν οι κλοτσιές. Ο Ζάλα χτυπούσε και κοπάναγε τη μητέρα της στον τοίχο, φωνάζοντας "πουτάνα", "σιχαμένη", "βρομιάρα" κι αυτό τον διέγειρε. Διεγειρόταν σεξουαλικά με το να τη βλέπει να υποφέρει. Όταν η μητέρα της ήταν μελανιασμένη και καταματωμένη, αυτός τη βίαζε και όταν εκσπερμάτωνε της φώναζε ακόμα χειρότερες βρισιές. Μετά ακολουθούσε μία μικρή σιωπή. Δεν ακουγόταν τίποτα εκτός από το κλάμα της Αγκνέτας και τη δική του βαριά ανάσα. Μετά εκείνος πήγαινε και έπινε λίγο ακόμα, μουρμουρίζοντας, βρίζοντας και φτύνοντας καταγής. Καμιά φορά ξεκλείδωνε την πόρτα του δωματίου των κοριτσιών και ξεφούρνιζε κάτι σαν: "Τώρα η μαμά είναι πάλι καλή". Έπειτα εξαφανιζόταν από κει χτυπώντας την πόρτα πίσω του. Αυτή ήταν η συνηθισμένη διαδικασία. Αλλά εκείνη τη μέρα συνέβη κάτι».

«Τι;»

«Το δωμάτιο των κοριτσιών ήταν αρκετά μικρό. Όσο και να προσπαθούσαν να απομακρυνθούν η μία από την άλλη, τα κρεβάτια τους ήταν δίπλα δίπλα και όσο διαρκούσαν οι κακοποιήσεις και οι βιασμοί, αυτές κάθονταν η μία απέναντι απ' την άλλη και η καθεμιά στο στρώμα της. Σπάνια έλεγαν κάτι και συνήθως απέφευγαν να αλληλοκοιτάζονται. Εκείνη τη μέρα η Λίσμπετ κοίταζε έξω από το παράθυρο τη Λουνταγκάταν και ήταν γι' αυτό που μπορούσε να περιγράψει την καλοκαιρινή ατμόσφαιρα και τα παιδιά εκεί έξω. Αλλά κάποια στιγμή στράφηκε προς την αδερφή της και τότε ήταν που το είδε».

«Τι πράγμα είδε;»

«Το δεξί χέρι της αδερφής της. Το χτυπούσε συνειδητά πάνω στο στρώμα και βέβαια αυτό θα μπορούσε να μην είναι τίποτα το ιδιαίτερο. Ίσως δεν ήταν τίποτε άλλο πέρα από μία νευρική ή έμμονη κίνηση. Στην αρχή έτσι το αντιλήφθηκε και η Λίσμπετ. Αλλά μετά παρατήρησε ότι το χέρι χτυπούσε ανάλογα με τον ρυθμό των χτυπημάτων στην κρεβατοκάμαρα και τότε κοίταξε το πρόσωπο της Καμίλας. Τα μάτια της αδερφής της είχαν πάρει φωτιά από τη διέγερση και το φοβερότερο απ' όλα, η Καμίλα εκείνη τη στιγμή έμοιαζε του Ζάλα και ενώ στην αρχή η Λίσμπετ δεν ήθελε να το πιστέψει δεν υπήρχε καμία αμφιβολία ότι η Καμίλα χαμογελούσε. Ήταν ένα χλευαστικό χαμόγελο και τότε η Λίσμπετ κατάλαβε ότι η Καμίλα όχι μόνο προσπαθούσε να αποσπάσει την εύνοια του πατέρα τους και να μιμηθεί το μεγαλειώδες στιλ του, αλλά επιδοκίμαζε και τους βιασμούς. Τον υποστήριζε».

«Ακούγεται σαν φρενοπάθεια».

«Έτσι ήταν, όμως. Και ξέρεις τι έκανε τότε η Λίσμπετ;»

«Όχι».

«Παρέμεινε ήρεμη, πήγε και κάθισε δίπλα στην Καμίλα και της έπιασε τρυφερά το χέρι. Μαντεύω ότι η Καμίλα δεν καταλάβαινε τι συνέβαινε. Ίσως να νόμιζε ότι η αδερφή της αποζητούσε παρηγοριά ή επαφή. Πολύ πιο παράξενα πράγματα έχουν συμβεί. Η Λίσμπετ σήκωσε το μανίκι της αδερφής της και την επόμενη στιγμή...»

«Ναι;»

«Έμπηξε τα νύχια της στον καρπό της αδερφής της ως το κόκκαλο και της έκανε μία τρομερή πληγή. Το αίμα έτρεχε πάνω στο κρεβάτι, η Λίσμπετ έριξε την Καμίλα στο πάτωμα και ορκίστηκε να σκοτώσει κι αυτήν και τον πατέρα τους αν δεν σταματούσαν οι κακοποιήσεις και οι βιασμοί. Μετά ο καρπός της Καμίλας φαινόταν σαν να τον είχε σκίσει κάποια τίγρη».

«Για τ' όνομα του Θεού!»

«Μπορείς να φανταστείς το μίσος μεταξύ των αδερφών. Η Αγκνέτα και οι κοινωνικές υπηρεσίες ανησυχούσαν ότι κάτι πολύ σοβαρό θα συνέβαινε. Τελικά τις χώρισαν. Κανόνισαν και βρήκαν ένα προσωρινό σπίτι για την Καμίλα, για κάποιο χρονικό διάστημα, σε άλλη περιοχή. Αυτό φυσικά δεν αρκούσε. Αργά ή γρήγορα θα ξανασυναντιόντουσαν. Αλλά όπως ξέρεις, αυτό δε συνέβη. Αντί γι' αυτό συνέβη κάτι άλλο. Η Αγκνέτα έπαθε την εγκεφαλική βλάβη. Ο Ζαλατσένκο κάηκε σαν δάδα και η Λίσμπετ κατέληξε στο ψυχιατρείο. Αν έχω καταλάβει καλά, οι αδερφές μετά απ' αυτό το επεισόδιο έχουν ξανασυναντηθεί μόνο μία φορά, πολλά χρόνια αργότερα και η κατάσταση πήγε να εξελιχθεί σε κάτι τρομερά κακό, αν και δεν ξέρω λεπτομέρειες. Η Καμίλα από τότε έχει εξαφανιστεί. Το τελευταίο ίχνος της ήταν η ανάδοχη οικογένεια όπου έμενε στην Ουψάλα – Ντάλγκρεν λέγονται. Μπορώ να βρω τον αριθμό τους αν θέλεις. Αλλά από τότε που η Καμίλα ήταν δεκαοκτώ ή δεκαεννιά και πήρε τη βαλίτσα της και έφυγε από τη χώρα, δεν επικοινώνησε ξανά με κανέναν και γι' αυτό κόντεψα να πέσω κάτω απ' την καρέκλα όταν είπες ότι τη συνάντησες. Ούτε καν η Λίσμπετ με τις ικανότητές της δεν κατάφερε ποτέ να την εντοπίσει».

«Δηλαδή έχει προσπαθήσει;»

«Ο, ναι, η τελευταία φορά που ξέρω εγώ ήταν όταν έγινε η μοιρασιά της πατρικής περιουσίας».

«Δεν το ήξερα αυτό».

«Η Λίσμπετ το ανέφερε φευγαλέα. Η ίδια φυσικά δεν ήθελε ούτε σεντ από την κληρονομιά. Θεωρούσε ότι αυτά τα χρήματα ήταν ματωμένα. Αλλά κατάλαβε αμέσως ότι κάτι παράξενο συνέβαινε. Συνολικά επρόκειτο για μια περιουσία τεσσάρων εκατομμυρίων κορόνων: ήταν το αγρόκτημα στην Γκοσεμπέργια, μετοχές και ομόλογα, και μεταξύ άλλων, ένα ετοιμόρροπο βιομηχανικό κτίριο στο Νορτέλιε και κάποιο οικόπεδο. Δεν ήταν και λίγα, καθόλου λίγα, αλλά...»

«Ο Ζάλα θα έπρεπε να έχει πολύ περισσότερα».

«Ναι, η Λίσμπετ ήξερε καλύτερα απ' τον καθένα ότι αυτός ήλεγχε μία ολόκληρη παράνομη αυτοκρατορία. Τα τέσσερα εκατομμύρια ήταν μόνο τα ψιλά του για έναν καφέ».

«Εννοείς ότι η Λίσμπετ αναρωτιόταν μήπως η Καμίλα είχε κληρονομήσει το μεγαλύτερο μέρος της περιουσίας;»

«Νομίζω ότι αυτό ήταν που προσπάθησε να μάθει. Μόνο η σκέψη ότι τα λεφτά του πατέρα της συνέχιζαν να κάνουν κακό μετά τον θάνατό του τη βασάνιζε. Αλλά δεν μπόρεσε να βρει τίποτα».

«Η Καμίλα πρέπει να είχε κρύψει καλά την ταυτότητά της».
«Αυτό υποθέτω».
«Νομίζεις ότι η Καμίλα διαδέχτηκε τον πατέρα της στη δραστηριότητα με το τράφικινγκ;»
«Μπορεί ναι, αλλά μπορεί και όχι. Ίσως έχει ανακατευτεί με άλλα πράγματα».
«Σαν τι;»
Ο Χόλγκερ Παλμγκρέν έκλεισε τα μάτια και ήπιε μια γερή γουλιά κονιάκ.
«Δεν το ξέρω αυτό, Μίκαελ. Αλλά όταν μου είπες για τον Φρανς Μπάλντερ, μου ήρθε μια σκέψη. Έχεις την παραμικρή ιδέα γιατί η Λίσμπετ είναι τόσο καλή με τους υπολογιστές; Ξέρεις πώς άρχισαν όλ' αυτά;»
«Όχι, καθόλου».
«Τότε θα σ' το πω εγώ και αναρωτιέμαι μήπως ένα από τα κλειδιά της ιστορίας σου κρύβεται ακριβώς σ' αυτό το σημείο».

Αυτό που σκέφτηκε η Λίσμπετ όταν ξαναμπήκε στο σπίτι και είδε τον Άουγκουστ να κάθεται γερτός και παγωμένος σε μία παράξενη στάση πάνω από το τραπέζι, ήταν ότι το αγόρι τής θύμιζε τον εαυτό της όταν ήταν παιδί.

Ακριβώς έτσι ένιωθε κι αυτή στη Λουνταγκάταν, ώσπου μια μέρα κατάλαβε πως έπρεπε να μεγαλώσει πολύ γρήγορα και να εκδικηθεί τον πατέρα της. Αυτό δεν έκανε τα πράγματα και πολύ καλύτερα. Ήταν ένα βάρος που κανένα παιδί δεν έπρεπε να κουβαλάει. Ωστόσο ήταν η αρχή μίας αληθινής ζωής. Κανένα κάθαρμα δε θα έκανε αυτά που έκανε ο Ζαλατσένκο και ο δολοφόνος του Φρανς Μπάλντερ χωρίς να τιμωρηθεί. Κανένας με αυτού του είδους την κακία δε θα ξέφευγε και γι' αυτό πήγε κοντά στον Άουγκουστ και του είπε μεγαλόπρεπα σαν να έδινε κάποια σημαντική διαταγή:

«Τώρα θα πας στο κρεβάτι για ύπνο. Όταν θα ξυπνήσεις, θα κάνεις τη ζωγραφιά με τον δολοφόνο του μπαμπά σου. Το κατάλαβες;»

Και τότε το παιδί κούνησε καταφατικά το κεφάλι του και πήγε στο υπνοδωμάτιο, ενώ η Λίσμπετ άνοιξε το λάπτοπ και άρχισε να ψάχνει πληροφορίες για τον ηθοποιό Λάσε Βέστμαν και τους φίλους του.

«Δε νομίζω ότι ο Ζαλατσένκο είχε και πολλά να κάνει με τους υπολογιστές», συνέχισε ο Χόλγκερ Παλμγκρέν. «Δεν ανήκε σ' αυτήν τη γενιά. Αλλά ίσως η βρόμικη δραστηριότητά του επεκτάθηκε τόσο πολύ, που ήταν αναγκασμένος να καταγράφει τα στοιχεία σε κάποιο πρόγραμμα υπολογιστή και ίσως να χρειαζόταν να κρατάει αυτά τα στοιχεία μακριά από τους συνεργάτες του. Πήγε, λοιπόν, μια μέρα στη Λουνταγκάταν με έναν υπολογιστή IBM και τον έβαλε στο γραφείο δίπλα στο παράθυρο. Εκείνη την εποχή δεν νομίζω ότι κανένας από την οικογένεια είχε ξαναδεί ποτέ υπολογιστή. Η Αγκνέτα δεν μπορούσε φυσικά να κάνει τέτοιου είδους αγορές και ξέρω ότι ο Ζαλατσένκο είπε ότι θα έγδερνε ζωντανό όποιον ακουμπούσε τον υπολογιστή. Από καθαρά παιδαγωγική άποψη, ίσως και να ήταν ένας καλός τρόπος: ενίσχυε το δέλεαρ».

«Ο απαγορευμένος καρπός».

«Η Λίσμπετ ήταν έντεκα χρονών τότε, νομίζω. Αυτά έγιναν πριν τραυματίσει την Καμίλα στον καρπό και πριν επιτεθεί στον πατέρα της με μαχαίρια και βόμβες βενζίνης. Θα μπορούσε να πει κανείς ότι όλα αυτά συνέβησαν πριν γίνει η Λίσμπετ που ξέρουμε σήμερα. Εκείνη την εποχή δεν περιφερόταν ακόμα εδώ κι εκεί καταστρώνοντας σχέδια για το πώς θα μπορούσε να εξουδετερώσει τον πατέρα της. Βρισκόταν σε αδράνεια. Δεν είχε φίλους, εν μέρει επειδή η Καμίλα τη διέβαλλε και φρόντιζε να μην την πλησιάζει κανένας στο σχολείο, αλλά και επειδή ήταν διαφορετική. Δεν ξέρω αν η ίδια το είχε καταλάβει. Οι δάσκαλοί της και οι άλλοι γύρω της σίγουρα δεν το καταλάβαιναν. Αλλά ήταν ένα πολύ ευφυές παιδί. Διέφερε εξαιτίας της ευφυΐας της. Όλα τής ήταν αυτονόητα και εύκολα. Το σχολείο ήταν φοβερά πληκτικό. Αρκούσε μόνο να ρίξει μια ματιά στα διάφορα μαθήματα κι αμέσως τα κατανοούσε και τον περισσότερο χρόνο καθόταν στην τάξη και ονειρευόταν. Νομίζω ότι πιθανώς από τότε είχε βρει μερικά πράγματα που την ευχαριστούσαν στον ελεύθερο χρόνο της. Βιβλία μαθηματικών για μεγαλύτερους και άλλα τέτοια. Βασικά έπληττε θανάσιμα. Τον περισσότερο χρόνο τον περνούσε με τα περιοδικά της, τα *Μάρβελ Κόμικς*, αυτά ήταν βέβαια κατώτερα του επιπέδου της, αλλά ίσως την κάλυπταν σε ένα άλλο πεδίο, ίσως είχαν θεραπευτικές ιδιότητες γι' αυτήν».

«Τι ακριβώς θέλεις να πεις μ' αυτό;»

«Δε μου αρέσει καθόλου να κάνω ψυχολογικές αναλύσεις για τη Λίσμπετ. Θα με μισούσε αν το άκουγε. Αλλά σ' αυτά τα περιοδικά υπάρχουν ένα σωρό σούπερ-ήρωες που πολεμούν φοβερά κακούς εχθρούς και παίρνουν τα πράγματα στα χέρια τους, αποδίδοντας δικαιοσύνη. Ίσως αυτά να ήταν τα κατάλληλα αναγνώσματα για κείνη. Αυτές οι ιστορίες με όλα τα υπεράνθρωπα στοιχεία που περιέχουν ίσως τη βοηθούσαν να κατανοεί την κατάσταση που ζούσε».

«Εννοείς ότι κατάλαβε ότι έπρεπε να μεγαλώσει και να γίνει κι εκείνη μία σούπερ-ηρωίδα;»

«Κατά κάποιον τρόπο, ίσως, στον δικό της μικρό κόσμο. Εκείνον τον καιρό δεν ήξερε, βέβαια, ότι ο Ζαλατσένκο ήταν ένας κορυφαίος Σοβιετικός κατάσκοπος και ότι χάρη στα μυστικά που γνώριζε είχε αποκτήσει ιδιαίτερο κύρος στη σουηδική κοινωνία. Δεν είχε την παραμικρή ιδέα ότι τον προστάτευε ένα ιδιαίτερο τμήμα της ΕΥΠ. Αλλά ακριβώς όπως και η Καμίλα είχε κι αυτή καταλάβει ότι ο πατέρας τους είχε κάποιου είδους ασυλία. Ένας κύριος με γκρίζα καμπαρντίνα είχε πάει μια μέρα στο σπίτι τους και είχε υπαινιχθεί κάτι: ότι ο πατέρας τους δε γινόταν να πάθει κακό, ότι ήταν αδύνατον να δεχτεί οποιοδήποτε πλήγμα. Η Λίσμπετ κατάλαβε από νωρίς ότι ήταν ανώφελο να καταγγείλει κανείς τον Ζαλατσένκο στην αστυνομία ή στις κοινωνικές υπηρεσίες. Δε θα συνέβαινε τίποτε άλλο πέρα από το να εμφανιστεί και πάλι ένας κύριος με γκρίζα καμπαρντίνα.

Όχι, η Λίσμπετ δεν ήξερε το παρελθόν του. Δεν ήξερε ακόμα τίποτα για υπηρεσίες κατασκοπείας και αποφάσεις συγκάλυψης. Αλλά βίωνε στο βάθος της καρδιάς της την αδυναμία της οικογένειας κι αυτό την πονούσε βαθιά. Η αδυναμία, Μίκαελ, μπορεί να λειτουργήσει ως καταστροφική δύναμη και πριν ακόμα μεγαλώσει η Λίσμπετ έτσι που να μπορεί να κάνει κάτι γι' αυτό, χρειαζόταν χώρους και τόπους διαφυγής, εκεί όπου μπορούσε να πάρει δύναμη. Ένας τέτοιος χώρος ήταν αυτός των σούπερ-ηρώων. Πολλοί από τη δική μου γενιά τα περιφρονούν φυσικά όλα αυτά. Αλλά εγώ ξέρω καλά ότι η λογοτεχνία, άσχετα με το αν πρόκειται για εικονογραφημένα περιοδικά ή παλιά υπέροχα μυθιστορήματα, μπορεί να έχει μεγάλη σημασία, όπως επίσης ξέρω ότι η Λίσμπετ ταυτίστηκε με μία νεαρή ηρωίδα που λεγόταν Τζάνετ βαν Ντάιν».

«Βαν Ντάιν;»

«Ακριβώς, μία κοπέλα της οποίας ο πατέρας ήταν ένας πλούσιος επιστήμονας. Ο πατέρας της δολοφονήθηκε –από εξωγήινους, αν θυμάμαι καλά– και για να μπορέσει να εκδικηθεί η Τζάνετ βαν Ντάιν αναζήτησε έναν από τους συναδέλφους του πατέρα της, στο εργαστήριο του οποίου απέκτησε σούπερ δυνάμεις. Έβγαλε φτερά και είχε την ικανότητα να μικραίνει και να μεγαλώνει στο μέγεθος. Έγινε μία πολύ ζόρικη κοπέλα, φορούσε μαύρα και κίτρινα, σαν μία σφήγκα και γι' αυτό αποκαλούσε τον εαυτό της "Σφήγκα" – ήταν ένα άτομο που κανένας δεν μπορούσε να υποτάξει ούτε με τα λόγια ούτε με τα έργα».

«Χα, δεν το ήξερα. Ώστε από κει προέρχεται το ψευδώνυμό της;»

«Όχι μόνο το ψευδώνυμο, νομίζω. Δεν ήξερα τίποτε απ' αυτά – ήμουν ένας γέρος μπάρμπας που δεν είχε ιδέα από τέτοια πράγματα. Αλλά την πρώτη φορά που είδα μία εικόνα της Σφήγκας ξαφνιάστηκα. Η Λίσμπετ της έμοιαζε πάρα πολύ. Κατά κάποιον τρόπο, αυτό ισχύει και σήμερα. Νομίζω ότι πάρα πολλά στοιχεία του χαρακτήρα της προέρχονται από τη Σφήγκα, αν και δε θέλω να υπερβάλλω και πολύ. Ήταν μόνο μία φιγούρα εικονογραφημένης σειράς και η Λίσμπετ ζούσε και μάλιστα σε μεγάλο βαθμό την πραγματικότητα. Αλλά ξέρω ότι η Λίσμπετ σκεφτόταν αρκετά εκείνη τη μεταμόρφωση της Τζάνετ βαν Ντάιν όταν έγινε "Σφήγκα". Κάποια στιγμή κατάλαβε ότι κι εκείνη ήταν αναγκασμένη να μεταμορφωθεί με τον ίδιο δραματικό τρόπο: από παιδί και θύμα να γίνει ικανή να καταφέρει καίριο πλήγμα σε έναν καλογυμνασμένο κατάσκοπο και γενικά αδίστακτο άνθρωπο.

Αυτές οι σκέψεις την τριβέλιζαν μέρα και νύχτα και έτσι έγινε γι' αυτήν η Σφήγκα για κάποια περίοδο, μία σημαντική φιγούρα, μία πηγή έμπνευσης κι αυτό το ανακάλυψε η Καμίλα. Αυτό το κορίτσι μυριζόταν τις αδυναμίες των άλλων με μία καθαρά ανατριχιαστική ικανότητα. Με τα πλοκάμια της έβρισκε τα αδύνατα σημεία των ανθρώπων και εκεί τους χτυπούσε, οπότε άρχισε με όλους τους δυνατούς τρόπους να χλευάζει τη Σφήγκα. Και όχι μόνο αυτό. Έμαθε ποιοι ήταν οι εχθροί της Σφήγκας και αποκαλούσε τον εαυτό της με τα ονόματά τους – Θάνος και όπως αλλιώς τους έλεγαν».

«Είπες "Θάνος";» ρώτησε ο Μίκαελ, σαν να ξύπνησε ξαφνικά.

«Νομίζω ότι έτσι λεγόταν, ένας αντρικός χαρακτήρας, ένας καταστροφέας που μια φορά ερωτεύτηκε τον θάνατο που είχε εμφανιστεί μπροστά του μεταμορφωμένος σε γυναίκα και μετά ήθελε να της αποδείξει ότι ήταν άξιος – ή κάτι τέτοιο. Η Καμίλα πήρε το μέρος του για να προβοκάρει τη Λίσμπετ. Έφτασε ως και να αποκαλεί την παρέα της "Ομάδα των Σπάιντερς", επειδή αυτή η ομάδα ήταν θανάσιμοι εχθροί με όσους ανήκαν στην "Αδελφότητα της Σφήγκας"».

«Αλήθεια;» είπε ο Μίκαελ βυθισμένος σε σκέψεις.

«Ναι, ήταν παιδιάστικο βέβαια, αλλά δεν ήταν και τόσο αθώο. Η έχθρα μεταξύ των αδερφών ήταν τόσο μεγάλη ήδη από τότε, που αυτά τα ονόματα είχαν έντονη φόρτιση. Ήταν όπως σε πόλεμο, ξέρεις, εκεί όπου και τα σύμβολα μεγεθύνονται και παίρνουν επικίνδυνες διαστάσεις».

«Μπορεί να έχει αυτό κάποια σημασία ακόμα;»

«Εννοείς τα ονόματα;»

«Ναι, αυτά εννοώ».

Ο Μίκαελ δεν ήξερε τι ακριβώς εννοούσε. Είχε μόνο μία θολή αίσθηση ότι βρισκόταν στα ίχνη κάποιου σημαντικού στοιχείου.

«Δεν ξέρω», συνέχισε ο Χόλγκερ Παλμγκρέν. «Τώρα πια είναι και οι δυο τους ενήλικες, αλλά δεν πρέπει να ξεχνάει κανείς ότι αυτό ήταν ένα μέρος της ζωής τους, τότε όπου όλα κρίνονταν και άλλαζαν. Εκ των υστέρων μπορούσαν σίγουρα και οι μικρότερες λεπτομέρειες να έχουν μοιραία σημασία. Δεν ήταν μόνο η Λίσμπετ που έχασε τη μητέρα της και μετά την έκλεισαν στην παιδοψυχιατρική κλινική. Και η ζωή της Καμίλας έγινε κομμάτια. Έχασε το σπίτι της, ο πατέρας της, που τόσο θαύμαζε έπαθε σοβαρά εγκαύματα. Ο Ζαλατσένκο δεν ξανάγινε ποτέ ο ίδιος μετά την επίθεση της Λίσμπετ, όπως ξέρεις, και η Καμίλα μεταφέρθηκε σε ανάδοχη οικογένεια, πολύ μακριά από τον κόσμο του οποίου είχε υπάρξει επίκεντρο. Πρέπει να την πόνεσε κι αυτήν πάρα πολύ και δεν αμφιβάλλω ούτε δευτερόλεπτο ότι μισεί με όλη της την καρδιά τη Λίσμπετ από τότε».

«Αναμφίβολα, έτσι είναι», είπε ο Μίκαελ.

Ο Χόλγκερ Παλμγκρέν ήπιε άλλη μία γουλιά κονιάκ.

«Όπως είπαμε, δεν μπορεί κανείς να υποτιμήσει εκείνη την περίοδο της ζωής τους. Οι αδερφές ζούσαν στο κέντρο ενός πολέμου και κάπου γνώριζαν και οι δύο ότι τα πάντα ήταν έτοιμα να εκραγούν. Νομίζω ότι προετοιμάζονταν και γι' αυτό».

«Αλλά με διαφορετικούς τρόπους».

«Ο, ναι, η Λίσμπετ ήταν εξαιρετικά ευφυής και μέσα στο κεφάλι της στριφογύριζαν σατανικά σχέδια και στρατηγικές. Αλλά ήταν μόνη. Η Καμίλα δεν ήταν ιδιαίτερα ευφυής, όχι με την παραδοσιακή έννοια. Δεν ήταν ποτέ της καλή μαθήτρια και δεν καταλάβαινε τους αφηρημένους συλλογισμούς. Αλλά ήξερε να χειραγωγεί. Μπορούσε να εκμεταλλευτεί και να μαγέψει κόσμο όσο κανένας άλλος και γι' αυτό σε αντίθεση με τη Λίσμπετ δεν ήταν ποτέ μόνη. Είχε πάντα κόσμο που την υπηρετούσε. Αν η Καμίλα ανακάλυπτε κάτι στο οποίο ήταν καλή η Λίσμπετ, δεν προσπαθούσε ποτέ να γίνει κι αυτή το ίδιο καλή, επειδή ήξερε πως δε θα είχε την παραμικρή ευκαιρία να ανταγωνιστεί την αδερφή της».

«Και τι έκανε τότε;»

«Έβρισκε κάποιον ή καλύτερα κάποιους που γνώριζαν το συγκεκριμένο αντικείμενο, ό,τι τέλος πάντων κι αν ήταν αυτό, και χτυπούσε τη Λίσμπετ με τη βοήθειά τους. Είχε πάντα υπηρέτες, φιλαράκια που έκαναν οτιδήποτε για χάρη της. Αλλά συγγνώμη, ξέφυγα από τη χρονική περιγραφή και πήγα αρκετά μπροστά».

«Ναι, τι συνέβη με τον υπολογιστή του Ζαλατσένκο;»
«Όπως σου είπα, η Λίσμπετ δεν είχε και πολλά πράγματα να κάνει. Εκτός αυτού κοιμόταν άσχημα. Παρέμενε ξύπνια τις νύχτες, ανησυχώντας για τη μητέρα της. Η Αγκνέτα έκανε αιμοπτύσεις μετά τους βιασμούς, αλλά δεν πήγαινε σε γιατρό. Προφανώς ντρεπόταν και κατά περιόδους έπεφτε σε βαθιά κατάθλιψη. Δεν άντεχε ούτε στη δουλειά να πάει ούτε να φροντίσει τα κορίτσια και η Καμίλα την περιφρονούσε ακόμα περισσότερο. Η μάνα τους είναι αδύναμη, έλεγε. Αντίθετα η Λίσμπετ...»
«Ναι;»
«Αυτή έβλεπε έναν άνθρωπο που αγαπούσε, τον μοναδικό άνθρωπο που αγάπησε ποτέ, έβλεπε μία φοβερή αδικία και καθόταν ξύπνια τις νύχτες και τα σκεφτόταν. Ήταν μόνο ένα παιδί, αυτή είναι η αλήθεια. Με κάποια έννοια ήταν ακόμα παιδί. Αλλά βεβαιωνόταν ολοένα και περισσότερο ότι ήταν ο μοναδικός άνθρωπος στον κόσμο που μπορούσε να προστατεύσει τη μητέρα της από το να τη σκοτώσει ο Ζάλα και το σκεφτόταν αυτό κι ένα σωρό άλλα και στο τέλος, μια βραδιά, σηκώθηκε από το κρεβάτι – προσεκτικά για να μην ξυπνήσει την Καμίλα. Ίσως να πήγαινε να πάρει κάτι να διαβάσει. Ίσως να μην άντεχε τις σκέψεις της. Δεν παίζει και κανέναν ρόλο. Το σημαντικό είναι ότι είδε τον υπολογιστή, που βρισκόταν δίπλα στο παράθυρο προς τη Λουνταγκάταν.

Εκείνη την εποχή δεν είχε φυσικά ιδέα πώς έβαζε κανείς μπροστά έναν υπολογιστή. Αλλά το βρήκε και ένιωσε πυρετό σε όλο της το σώμα. Φαινόταν λες και ο υπολογιστής τής ψιθύριζε: "Βρες τα μυστικά μου". Αλλά φυσικά... δεν προχώρησε μακριά, όχι στην αρχή. Έπρεπε να ξέρει τον κωδικό και προσπάθησε πολλές φορές να τον βρει. Τον πατέρα της τον φώναζαν Ζάλα κι αυτή προσπάθησε με αυτό το όνομα, με το "Ζάλα666" και με διάφορους άλλους συνδυασμούς. Αλλά δε λειτουργούσε τίποτα και νομίζω ότι πέρασαν έτσι δυο-τρεις νύχτες – και αν κοιμόταν κάπου ήταν πάνω στο θρανίο ή τα απογεύματα στο σπίτι τους.

Αλλά μια νύχτα θυμήθηκε μία γραμμή στα γερμανικά που είχε γράψει ο πατέρας της σε ένα μικρό χαρτί στην κουζίνα – "Was mich nicht umbringt, macht mich stärker". "Ό,τι δε με σκοτώνει με κάνει πιο δυνατό". Εκείνον τον καιρό αυτό δε σήμαινε τίποτα για τη Λίσμπετ. Αλλά καταλάβαινε ότι η φράση ήταν σημαντική για τον πατέρα της και έτσι δοκίμασε μ' αυτήν. Αλλά ούτε κι αυτό λειτούργησε. Ήταν πολλά τα γράμματα και τότε δοκίμασε με το "Νίτσε", το όνομα του συγγραφέα της φράσης και ξαφνικά ο υπολογιστής άνοιξε κι ένας νέος μυστικός κόσμος τής φανερώθηκε. Μετά θα το περιέγραφε σαν τη στιγμή που άλλαξε τη ζωή της για πάντα. Δυνάμωνε όλο και περισσότερο κάθε φορά που γκρέμιζε τα εμπόδια που υψώνονταν μπροστά της και μπορούσε να εξερευνήσει αυτό που σκοπός ήταν να παραμείνει κρυφό, αλλά...»

«Ναι;»

«Δεν καταλάβαινε τίποτα στην αρχή. Όλα ήταν στα γερμανικά. Ήταν επίσης διάφορες περιγραφές στα ρωσικά και μία σειρά αριθμών. Φαντάζομαι ότι ήταν τα ποσά που μάζευε ο Ζαλατσένκο από το *τράφικινγκ*. Αλλά ούτε και σήμερα ξέρω πόσα κατάλαβε τότε και πόσα έμαθε αργότερα. Εκείνο που κατάλαβε πάντως ήταν ότι ο Ζαλατσένκο δεν κακοποιούσε μόνο τη μητέρα της· κατέστρεφε τη ζωή και άλλων γυναικών κι αυτό φυσικά την εξαγρίωσε, διαμόρφωσε κατά κάποιον τρόπο τον χαρακτήρα της και έγινε η Λίσμπετ που ξέρουμε σήμερα, αυτή που μισεί τους άντρες που...»

«...μισούν τις γυναίκες».

«Ακριβώς. Αλλά αυτό την έκανε δυνατότερη και κατάλαβε ότι δεν υπήρχε πια καμία επιστροφή. Ήταν αναγκασμένη να σταματήσει τον πατέρα της και συνέχισε να ψάχνει σε άλλους υπολογιστές – και στο σχολείο μεταξύ άλλων. Έμπαινε κρυφά στο γραφείο των δασκάλων και μερικές φορές υποκρινόταν ότι κοιμόταν σε σπίτια φίλων που δεν είχε, ενώ έμενε κρυφά τη νύχτα στο σχολείο και καθόταν στους υπολογιστές ως τις πρωινές ώρες. Άρχισε να μαθαίνει να προγραμματίζει και να χακάρει και φαντάζομαι πως έτσι γίνεται και με άλλα ευφυή παιδιά που ανακαλύπτουν την ιδιαίτερη ικανότητα που διαθέτουν. Καταμαγεύτηκε. Ένιωσε ότι ήταν γεννημένη γι' αυτό και πολλοί από κείνους με τους οποίους ήρθε σε επαφή στον ψηφιακό κόσμο άρχισαν να ασχολούνται μαζί της, ακριβώς όπως οι παλιότερες γενιές πέφτουν πάνω στα νέα ταλέντα είτε για να τα ενθαρρύνουν είτε για να τα φιμώσουν. Βρήκε μεγάλη αντίσταση και άκουσε πολλά άσχημα, καθώς πολλοί εκνευρίζονταν που έκανε τα πράγματα ανάποδα ή απλώς με έναν νέο τρόπο. Αλλά υπήρχαν κι άλλοι που εντυπωσιάστηκαν και η Λίσμπετ απέκτησε φίλους – αυτόν τον "Πανούκλα" μεταξύ άλλων. Τους πρώτους πραγματικούς φίλους της τους απέκτησε μέσω των υπολογιστών και, κυρίως, για πρώτη φορά στη ζωή της ένιωσε ελεύθερη. Πετούσε στον κυβερνοχώρο ακριβώς όπως η Σφήγκα. Δεν ήταν δεσμευμένη σε τίποτα».

«Κατάλαβε η Καμίλα πόσο καλή είχε γίνει η Λίσμπετ;»

«Τουλάχιστον το υποψιάστηκε, αλλά δεν ξέρω, δε θέλω να κάνω υποθέσεις. Πάντως καμιά φορά σκέφτομαι την Καμίλα σαν τη σκοτεινή πλευρά της Λίσμπετ, σαν τη σκιά της».

«Τον κακό της εαυτό».

«Κάπως έτσι. Δε μου αρέσει να αποκαλώ κακούς τους ανθρώπους, πόσο μάλλον όταν είναι νεαρές κοπέλες. Ωστόσο κάπως έτσι τη σκέφτομαι. Δεν άντεξα πάντως να διερευνήσω περισσότερο το θέμα, τουλάχιστον όχι βαθιά, κι αν τώρα θέλεις εσύ να εμβαθύνεις σ' αυτό, σου συνιστώ να τηλεφωνήσεις στη Μαργκαρέτα Ντάλγκρεν, τη γυναίκα που την ανέλαβε μετά τις καταστροφές στη Λουνταγκάταν. Τώρα πια η Μαργκαρέτα μένει στη Στοκχόλμη, στη Σόλνα νομίζω. Είναι χήρα και η ζωή της είναι τραγική».

«Από ποια άποψη;»

«Είναι κι αυτό ενδιαφέρον, φυσικά. Ο σύζυγός της, ο Σελ, που ήταν προγραμματιστής στην "Έρικσον", κρεμάστηκε λίγο πριν να φύγει η Καμίλα από το σπίτι τους. Έναν χρόνο αργότερα αυτοκτόνησε και η δεκαεννιάχρονη κόρη τους πηδώντας στη θάλασσα από κάποιο από τα πλοία που πηγαίνουν στη Φινλανδία – τουλάχιστον έτσι μαθεύτηκε. Η κοπέλα είχε προσωπικά προβλήματα και ένιωθε άσχημη και υπέρβαρη. Αλλά η Μαργκαρέτα ποτέ δεν το πίστεψε αυτό και για κάποιο διάστημα είχε προσλάβει και έναν ιδιωτικό ντετέκτιβ. Η Μαργκαρέτα έχει πάθει εμμονή με την Καμίλα και για να είμαι ειλικρινής, δεν την αντέχω. Ντρέπομαι λίγο γι' αυτό. Η Μαργκαρέτα επικοινώνησε μαζί μου αφότου εσύ είχες δημοσιεύσει το άρθρο σου για τον Ζαλατσένκο και τότε, όπως γνωρίζεις, μόλις είχα βγει από το κέντρο αποκατάστασης Έρστα. Ήμουν τελείως εξαντλημένος στο σώμα και στο πνεύμα και η Μαργκαρέτα μου ζάλιζε το κεφάλι με τη φλυαρία της. Ήταν αφόρητη. Κουραζόμουν και μόνο που έβλεπα τον αριθμό της στην οθόνη και διέθεσα πολύ χρόνο για να την αποφύγω. Αλλά τώρα που το σκέφτομαι, την καταλαβαίνω καλύτερα. Νομίζω ότι θα χαιρόταν πολύ να μιλήσει μαζί σου, Μίκαελ».

«Έχεις τα στοιχεία της;»

«Θα σου τα φέρω. Περίμενε λίγο μόνο. Είσαι σίγουρος ότι η Λίσμπετ και το αγόρι είναι ασφαλείς;».

«Ναι, είμαι», είπε αυτός. *Έτσι ελπίζω τουλάχιστον*, σκέφτηκε, σηκώθηκε και αγκάλιασε τον Χόλγκερ.

Έξω στην πλατεία Λιλιεχολμστόργετ τον άρπαξε πάλι η θύελλα, έσφιξε το παλτό πάνω στο σώμα του και σκέφτηκε την Καμίλα και τη Λίσμπετ και για κάποιον λόγο και τον Αντρέι Ζάντερ. Αποφάσισε να του τηλεφωνήσει για ν' ακούσει τι απέγινε η ιστορία με τον έμπορο τέχνης που εξαφανίστηκε. Αλλά ο Αντρέι δεν απάντησε ποτέ.

ΚΕΦΑΛΑΙΟ 24
ΒΡΑΔΥ 23 ΝΟΕΜΒΡΙΟΥ

Ο Αντρέι Ζάντερ είχε τηλεφωνήσει στον Μίκαελ επειδή το είχε μετανιώσει. Και βέβαια ήθελε να πιουν μια μπίρα μαζί. Δεν μπορούσε καν να καταλάβει γιατί είχε αρνηθεί. Ο Μίκαελ Μπλούμκβιστ ήταν το είδωλό του και η κύρια αιτία που ο ίδιος στράφηκε στη δημοσιογραφία. Αλλά όταν τελικά του τηλεφώνησε, ντράπηκε και έκλεισε το τηλέφωνο. Ίσως ο Μίκαελ να είχε βρει κάτι πιο ευχάριστο να κάνει. Ο Αντρέι δεν ήταν άνθρωπος που ενοχλούσε τους άλλους άσκοπα και κυρίως δεν ήθελε να ενοχλήσει τον Μίκαελ Μπλούμκβιστ.

Συνέχισε να δουλεύει. Αλλά όσο κι αν προσπαθούσε δεν τα πήγαινε καλά. Δεν μπορούσε να εκφραστεί με σαφήνεια και μετά από καμιά ώρα αποφάσισε να κάνει ένα διάλειμμα και να βγει έξω, οπότε καθάρισε το γραφείο του και έλεγξε ακόμα μία φορά για να βεβαιωθεί ότι δεν υπήρχε κανένα καινούργιο μήνυμα από την κρυπτογραφημένη σύνδεση. Μετά χαιρέτησε τον Έμιλ Γκραντέν, που ήταν ο μόνος εκτός του Αντρέι που βρισκόταν στη σύνταξη.

Του Έμιλ Γκραντέν όλα του πήγαιναν τέλεια. Ήταν τριάντα έξι χρονών και είχε δουλέψει στην εκπομπή *Ψυχρά Γεγονότα* του TV4, στο *Σουηδικό Πρωινό Ταχυδρομείο*, ενώ του είχε απονεμηθεί τον περασμένη χρονιά το Μεγάλο Βραβείο Δημοσιογραφίας για την *Αποκάλυψη της χρονιάς*. Όμως ο Αντρέι πίστευε –παρά το γεγονός ότι προσπαθούσε να αποδιώξει την αίσθηση– ότι ο

Έμιλ ήταν ακατάδεχτος και ψηλομύτης, τουλάχιστον απέναντι σε έναν αναπληρωτή όπως ο ίδιος.
«Πάω έξω για λίγο», είπε ο Αντρέι.
Ο Έμιλ τον κοίταξε σαν να ήθελε να του πει κάτι, αλλά δε θυμόταν τι ακριβώς. Μετά του είπε απλώς:
«Οκέι».
Ο Αντρέι εκείνη τη στιγμή ένιωσε τελείως άθλιος. Δεν καταλάβαινε ακριβώς το γιατί. Ίσως να ήταν μόνο η υπεροπτική στάση του Έμιλ αλλά ενδεχομένως ήταν και το άρθρο για τον έμπορο τέχνης. Γιατί δυσκολευόταν τόσο πολύ μ' αυτό; Σίγουρα επειδή ήθελε να βοηθήσει τον Μίκαελ με την υπόθεση Μπάλντερ. Όλα τα υπόλοιπα έρχονταν σε δεύτερη μοίρα. Ήταν, πάντως, ένας ηλίθιος δειλός, έτσι δεν είναι; Γιατί δεν είχε αφήσει τον Μίκαελ να δει αυτά που είχε γράψει;
Κανένας δεν μπορούσε καλύτερα από τον Μίκαελ να ανεβάσει ψηλά ένα ρεπορτάζ, κάνοντας ελάχιστες παρεμβάσεις και διορθώσεις. Δεν είχε σημασία. Αύριο σίγουρα θα έβλεπε τη ιστορία με καθαρότερο βλέμμα και τότε θα το έδινε στον Μίκαελ να το διαβάσει, όσο κακό και να ήταν το άρθρο. Ο Αντρέι έκλεισε την πόρτα της σύνταξης και κατευθύνθηκε προς το ασανσέρ. Την επόμενη στιγμή αναπήδησε. Λίγο πιο κάτω στη σκάλα εξελισσόταν ένα δράμα. Στην αρχή δυσκολεύτηκε να καταλάβει τι γινόταν. Αλλά ήταν ένας αδύνατος τύπος με μαύρους κύκλους κάτω από τα μάτια που παρενοχλούσε μία νεαρή όμορφη γυναίκα και ο Αντρέι έμεινε στήλη άλατος. Πάντα είχε πρόβλημα με τη βία. Από τότε που οι γονείς του δολοφονήθηκαν στο Σαράγιεβο, φοβόταν πολύ εύκολα και μισούσε τους καβγάδες. Όμως τώρα αντιλήφθηκε ότι παιζόταν ο αυτοσεβασμός του. Ήταν άλλο πράγμα να τραπεί σε φυγή ο ίδιος και τελείως άλλο να εγκαταλείψει έναν συνάνθρωπο που κινδύνευε, οπότε έτρεξε προς τα κάτω και φώναξε δυνατά: «Σταμάτα, άφησέ την» κι αυτό αποδείχτηκε ότι ήταν ένα μοιραίο λάθος.
Ο αδύνατος άντρας έβγαλε μαχαίρι και μουρμούρισε απειλητικά κάτι στ' αγγλικά· του Αντρέι του κόπηκαν τα πόδια. Ωστόσο μάζεψε τα τελευταία απομεινάρια του θάρρους του και απάντησε ουρλιάζοντας σαν σε κακή ταινία δράσης:

«Get lost! You will only make yourself miserable*!» Και πράγματι, μετά από μερικές στιγμές δισταγμού, ο άντρας έφυγε από κει με την ουρά στα σκέλια και ο Αντρέι και η γυναίκα έμειναν μόνοι τους. Και έτσι άρχισε. Ήταν κι αυτό σαν ταινία.
Η γυναίκα ήταν ταραγμένη και ντροπαλή. Μιλούσε τόσο σιγανά, που ο Αντρέι αναγκάστηκε να σκύψει προς το μέρος της για ν' ακούσει τι του έλεγε και άργησε να καταλάβει τι είχε συμβεί. Αλλά προφανώς η γυναίκα είχε ζήσει μια έγγαμη ζωή βγαλμένη από την κόλαση και παρά το ότι ήταν χωρισμένη και είχε ενταχθεί σε πρόγραμμα προστασίας, ο πρώην σύζυγός της την είχε βρει και είχε στείλει κάποιον για να την παρενοχλήσει.
«Ήταν η δεύτερη φορά σήμερα που έπεσε πάνω μου αυτός ο τύπος», είπε εκείνη.
«Γιατί ανεβήκατε εδώ;»
«Προσπάθησα να ξεφύγω και έτρεξα εδώ μέσα, αλλά δε με ωφέλησε και πολύ».
«Τρομερό».
«Δεν ξέρω πώς να σ' ευχαριστήσω».
«Δε χρειάζεται».
«Έχω βαρεθεί τους κακούς άντρες», είπε εκείνη.
«Εγώ είμαι καλός άντρας», είπε ο Αντρέι και ένιωσε αξιολύπητος και δεν τον παραξένεψε καθόλου που η γυναίκα δεν απάντησε αλλά κοίταξε ντροπιασμένη τα σκαλοπάτια.
Κι εκείνος ντράπηκε που είχε προσπαθήσει να της πουλήσει τον εαυτό του με μια τόσο φτηνή ατάκα. Αλλά ξαφνικά –εκεί που νόμιζε ότι αυτή τον είχε απορρίψει– η γυναίκα σήκωσε το κεφάλι της και του έστειλε ένα διστακτικό μικρό χαμόγελο.
«Το πιστεύω ότι είσαι. Με λένε Λίντα».
«Εμένα με λένε Αντρέι».
«Ωραίο όνομα. Σ' ευχαριστώ, Αντρέι, ακόμα μία φορά».
«Εγώ σ' ευχαριστώ».

---

* Σε ελεύθερη απόδοση: «Άντε χάσου! Θα έχεις κακά ξεμπερδέματα!» Αγγλικά στο πρωτότυπο. (Σ.τ.Ε.)

«Για ποιο πράγμα;»
«Επειδή εσύ...»
Δεν αποτέλειωσε τη φράση του. Ένιωθε πως η καρδιά του χτυπούσε δυνατά. Ο λαιμός του είχε στεγνώσει κι εκείνος κοίταξε προς τα κάτω στη σκάλα.
«Ναι, Αντρέι;» είπε αυτή.
«Θέλεις να σε συνοδεύσω στο σπίτι σου;»
Μετάνιωσε και γι' αυτήν του τη φράση. Φοβήθηκε ότι θα την παρερμήνευε. Αλλά εκείνη χαμογέλασε με το ίδιο υπέροχο και αβέβαιο χαμόγελο και του είπε ότι θα ένιωθε ασφαλής να τον έχει δίπλα της. Βγήκαν έξω στον δρόμο και προχώρησαν κάτω προς το Σλούσεν. Τότε η γυναίκα τού είπε πως είχε ζήσει, λίγο-πολύ κλειδωμένη, σε ένα μεγάλο σπίτι στο Γιουρσχόλμ. Αυτός της απάντησε ότι καταλάβαινε ή τουλάχιστον καταλάβαινε εν μέρει. Είχε γράψει παλιότερα ένα άρθρο για την κακοποίηση των γυναικών.
«Είσαι δημοσιογράφος;» τον ρώτησε αυτή.
«Δουλεύω στο *Μιλένιουμ*».
«Οο», αναφώνησε εκείνη. «Αλήθεια; Το θαυμάζω αυτό το περιοδικό».
«Ε, ναι, κάτι προσπαθεί να κάνει», είπε αυτός μετριόφρονα.
«Πράγματι», συνέχισε εκείνη. «Πριν από λίγο καιρό διάβασα ένα εκπληκτικό άρθρο για έναν Ιρακινό τραυματία πολέμου που τον απέλυσαν από ένα εστιατόριο στο κέντρο του Λονδίνου. Έμεινε στον δρόμο. Σήμερα είναι ιδιοκτήτης μιας αλυσίδας εστιατορίων. Έκλαιγα όταν το διάβαζα. Ήταν τόσο καλά γραμμένο. Σε γέμιζε ελπίδα ότι πάντα μπορεί κανείς να ξανασταθεί στα πόδια του».
«Εγώ το έγραψα», είπε εκείνος.
«Αστειεύεσαι!» απάντησε η γυναίκα. «Ήταν υπέροχο άρθρο».
Ο Αντρέι δεν ήταν συνηθισμένος στα εγκώμια για τη δημοσιογραφική του δουλειά, ιδιαίτερα όταν προέρχονταν από άγνωστες γυναίκες. Μόλις αναφερόταν το *Μιλένιουμ*, όλοι ήθελαν να μιλήσουν για τον Μίκαελ Μπλούμκβιστ και στην ουσία ο Αντρέι δεν είχε καμία αντίρρηση γι' αυτό. Αλλά κάπου, ενδόμυχα, ονειρευόταν

να μιλήσουν και γι' αυτόν και τώρα τον είχε εγκωμιάσει εκείνη η όμορφη Λίντα, χωρίς καν να τον ξέρει.

Ήταν χαρούμενος και περήφανος που τόλμησε να της προτείνει ένα ποτήρι κρασί στο μπαρ της γειτονιάς, το «Παπαγκάγιο», και προς μεγάλη του χαρά αυτή απάντησε: «Τι ωραία ιδέα». Έτσι μπήκαν στο μπαρ, ενώ η καρδιά του Αντρέι χτυπούσε σαν τρελή και ο νεαρός προσπαθούσε, όσο ήταν δυνατόν, να αποφύγει τη ματιά της Λίντας.

Η ματιά της τον έκανε να χάνει τη γη κάτω από τα πόδια του και δεν μπορούσε να το πιστέψει όταν κάθισαν σε ένα τραπέζι, όχι μακριά από το μπαρ, και η Λίντα λίγο αβέβαια του άπλωσε το χέρι της· αυτός το έπιασε, χαμογέλασε και μουρμούρισε κάτι και ούτε καν ήξερε τι είπε. Ήξερε μόνο ότι του τηλεφώνησε ο Έμιλ Γκραντέν και προς μεγάλη του έκπληξη αδιαφόρησε να απαντήσει και έβαλε το κινητό στο αθόρυβο. Και για πρώτη φορά, το περιοδικό θα περίμενε.

Εκείνος ήθελε μόνο να κοιτάζει το πρόσωπο της Λίντας, να βυθιστεί σ' αυτό. Ένιωθε τη γοητεία της σαν χτύπημα στο στομάχι και, όμως, αυτή φαινόταν τόσο εύθραυστη και ευαίσθητη, σαν ένα μικρό τραυματισμένο πουλί.

«Δεν μπορώ να καταλάβω πώς κάποιος θέλει να σου κάνει κακό», είπε εκείνος.

«Κι όμως αυτό μου συμβαίνει συνεχώς», απάντησε εκείνη και τότε ο Αντρέι σκέφτηκε ότι ίσως υπήρχε κάποια εξήγηση.

Σκέφτηκε ότι μία γυναίκα σαν κι αυτή σίγουρα τραβούσε τους ψυχοπαθείς. Κανένας άλλος δεν τολμάει να την πλησιάσει και να της προτείνει να πάνε για ποτό. Όλοι οι υπόλοιποι μαζεύονται στο καβούκι τους, υποφέροντας από σύμπλεγμα κατωτερότητας. Μόνο τα μεγάλα καθάρματα έχουν το θράσος να απλώσουν τα νύχια τους πάνω της.

«Είναι πολύ ευχάριστο να κάθομαι εδώ μαζί σου», είπε αυτός.

«Είναι ευχάριστο να κάθομαι εγώ εδώ *μαζί σου*», επανέλαβε η Λίντα και του χάιδεψε απαλά το χέρι. Μετά παρήγγειλαν από ένα ποτήρι κόκκινο κρασί κι άρχισαν να μιλάνε κι οι δύο ταυτόχρονα και γι' αυτό ο Αντρέι δεν κατάλαβε ότι το τηλέφωνο χτυπούσε πάλι και ήταν η πρώτη φορά στη ζωή του που αγνόησε τηλεφώνημα του Μίκαελ Μπλούμκβιστ.

Μετά εκείνη σηκώθηκε, τον πήρε από το χέρι και τον οδήγησε έξω από το μπαρ. Δεν τη ρώτησε πού πήγαιναν. Ένιωθε ότι θα μπορούσε να την ακολουθήσει οπουδήποτε. *Ήταν το πιο εκπληκτικό πλάσμα που είχε συναντήσει στη ζωή του και πότε πότε του χαμογελούσε αβέβαια και προκλητικά συγχρόνως και έκανε την κάθε πέτρα του δρόμου καταμεσής της θύελλας, κάθε ανάσα, να στέλνει μία υπόσχεση ότι κάτι μεγάλο και συναρπαστικό θα συνέβαινε. Θα μπορούσε να ζήσει κανείς μία ολόκληρη ζωή για έναν τέτοιο περίπατο, σκέφτηκε ο Αντρέι,* και ούτε καν αντιλαμβανόταν τον κόσμο και το κρύο γύρω του.

Ήταν σαν μεθυσμένος από την παρουσία της και απ' αυτό που τον περίμενε. Αλλά ίσως –δεν ήξερε– υπήρχε και κάτι που τον έκανε κάπως δύσπιστο, παρά το ότι στην αρχή το απέδιωξε σαν τη συνηθισμένη του καχυποψία απέναντι σε οποιαδήποτε μορφή ευτυχίας. Εντούτοις το ερώτημα ήρθε στις σκέψεις του: δεν παραείναι καλό για να είναι αληθινό;

Παρατήρησε τη Λίντα με ιδιαίτερη προσοχή τώρα και είδε κάτι παραπάνω από τα όμορφα χαρακτηριστικά της. Όταν προσπέρασαν το ασανσέρ Καταριναχίσεν, νόμισε ότι αντιλήφθηκε μια ψυχρότητα στη ματιά της και κοίταξε ανήσυχος προς τα κάτω, στο νερό του καναλιού.

«Πού πάμε;» τη ρώτησε.

«Έχω μία φίλη», του απάντησε. «Μένει σ' ένα μικρό διαμέρισμα στο δρομάκι Μάρτιν Τρότσιγκσγκρεντ που μπορώ να το δανειστώ. Θα ήθελες, ίσως, να πιούμε ένα ποτήρι κρασί εκεί;» συνέχισε αυτή και τότε ο Αντρέι χαμογέλασε σαν να ήταν η πιο περίφημη ιδέα που είχε ακούσει ποτέ.

Αλλά ένιωθε όλο και πιο μπερδεμένος. Μόλις προ ολίγου ήταν αυτός που τη φρόντιζε. Τώρα είχε πάρει εκείνη την πρωτοβουλία. Κοίταξε στα γρήγορα το κινητό του και είδε ότι τον είχε πάρει δύο φορές ο Μίκαελ Μπλούμκβιστ και θέλησε αμέσως να του τηλεφωνήσει. Ό,τι και να συνέβαινε δεν έπρεπε να παρατήσει το περιοδικό.

«Ευχαρίστως», της είπε τελικά. «Αλλά πρώτα πρέπει να τηλεφωνήσω στη δουλειά. Γράφω ένα άρθρο».
«Όχι, Αντρέι», του είπε αυτή επιτακτικά. «Δε θα τηλεφωνήσεις σε κανέναν. Απόψε είμαστε εσύ κι εγώ».
«Οκέι», είπε αυτός, με κάποια δυσαρέσκεια.
Έφτασαν στη Σιδερένια Πλατεία. Εκεί υπήρχε αρκετός κόσμος παρά την κακοκαιρία και η Λίντα είχε τα μάτια της στραμμένα χαμηλά, στον δρόμο, σαν να μην ήθελε να τη δουν. Ο Αντρέι κοίταξε προς τα δεξιά την οδό Εστερλονγκάταν και το άγαλμα του Έβερτ Τομπ. Ο ποιητής στεκόταν ακίνητος με κάτι παρτιτούρες στο δεξί του χέρι και κοιτούσε τον ουρανό πίσω από τα σκούρα γυαλιά ηλίου του. Μήπως να της έλεγε να συναντηθούν αύριο; «Ίσως...» άρχισε να λέει.
Δεν πρόλαβε να πει τίποτε άλλο. Η Λίντα τον τράβηξε και τον φίλησε. Τον φίλησε με τόση ένταση, που τον έκανε να ξεχάσει οτιδήποτε άλλο σκεφτόταν και μετά τάχυνε το βήμα της. Του κρατούσε το χέρι και τον τράβηξε αριστερά προς την οδό Βεστελονγκάταν και ξαφνικά έστριψαν δεξιά στο σκοτεινό δρομάκι. Ήταν κάποιος πίσω τους; Όχι, όχι, τα βήματα και οι φωνές που άκουγε έρχονταν από κάποιο σημείο μακριά τους. Ήταν μόνο αυτός και η Λίντα - ή μήπως δεν ήταν; Προσπέρασαν ένα παράθυρο με κόκκινα πλαίσια και μαύρα παράθυρα και έφτασαν σε μία γκρίζα πόρτα, που η Λίντα την άνοιξε με ένα κλειδί που έβγαλε από την τσάντα της. Αυτός πρόσεξε ότι τα χέρια της έτρεμαν κι αναρωτήθηκε γιατί. Φοβόταν ακόμα τον πρώην σύζυγό της και τους δικούς του;
Συνέχισαν προς τα πάνω, σε μία σκοτεινή πέτρινη σκάλα. Τα βήματά τους αντηχούσαν κι ο Αντρέι ένιωσε μία ελαφριά μυρωδιά από κάτι σάπιο. Σε ένα σκαλοπάτι στον τρίτο όροφο ήταν πεταμένο ένα χαρτί τράπουλας, ένας βαλές κούπα, και δεν του άρεσε, δεν καταλάβαινε γιατί, αλλά σίγουρα ήταν κάποια ηλίθια πρόληψη. Προσπάθησε να το αποδιώξει από τη σκέψη του και να σκεφτεί πόσο ωραία ήταν που είχαν συναντηθεί. Η Λίντα ανάσαινε βαριά. Το δεξί της χέρι ήταν σφιγμένο. Έξω στο δρομάκι γελούσε μία αντρική φωνή. Όχι εις βάρος του φυσικά... Βλακείες! Ο Αντρέι βρισκόταν σε έξαψη. Αλλά είχε την εντύπωση ότι προχω-

ρούσαν ασταμάτητα και δεν έλεγαν να φτάσουν στον προορισμό τους. Μπορεί το σπίτι να ήταν πράγματι τόσο ψηλό; Όχι, έφτασαν τώρα. Η φίλη έμενε στον τελευταίο όροφο.

Στην πόρτα υπήρχε το όνομα Ορλόφ και η Λίντα έβγαλε πάλι τα κλειδιά της. Αλλά αυτήν τη φορά δεν έτρεμαν τα χέρια της.

Ο Μίκαελ Μπλούμκβιστ καθόταν σε ένα διαμέρισμα με παλιά έπιπλα επί της οδού Πρεστβέγκεν στη Σόλνα, δίπλα από το μεγάλο νεκροταφείο. Ακριβώς όπως είχε προβλέψει ο Χόλγκερ Παλμγκρέν, η γυναίκα τον δέχτηκε κατευθείαν και παρόλο που ακούστηκε σαν μανιακή στο τηλέφωνο, αποδείχτηκε ότι ήταν μία κομψή και αδύνατη κυρία γύρω στα εξήντα. Φορούσε μία όμορφη κίτρινη μπλούζα και μαύρο παντελόνι με έντονη τσάκιση. Ίσως είχε ντυθεί έτσι για χάρη του. Φορούσε ψηλοτάκουνα παπούτσια και αν δεν περιέφερε ανήσυχα τη ματιά της εδώ κι εκεί, θα μπορούσε να την περάσει κανείς για μία καλοζωισμένη γυναίκα.

«Θέλεις να μάθεις για την Καμίλα», του είπε.

«Κυρίως για τη ζωή της τα τελευταία χρόνια – αν ξέρεις κάτι γι' αυτά», της απάντησε εκείνος.

«Θυμάμαι όταν ήρθε στο σπίτι μας», είπε η γυναίκα σαν να μην τον είχε ακούσει. «Ο Σελ, ο άντρας μου, είχε την άποψη ότι μπορούσαμε να προσφέρουμε στην κοινωνία και ταυτόχρονα να μεγαλώσουμε τη μικρή μας οικογένεια. Είχαμε μόνο ένα παιδί, την καημένη τη Μούα. Εκείνη ήταν τότε δεκατεσσάρων και αρκετά μόνη. Σκεφτήκαμε ότι θα της έκανε καλό αν είχαμε και ένα θετό κορίτσι στην ηλικία της».

«Ξέρατε τι είχε συμβεί στην οικογένεια Σαλάντερ;»

«Δεν τα ξέραμε όλα, φυσικά, αλλά ξέραμε ότι η κατάσταση ήταν απαίσια και τραυματική και ότι η μητέρα ήταν άρρωστη και ο πατέρας υπέφερε από σοβαρά εγκαύματα. Ήμασταν βαθιά ταραγμένοι απ' όλα αυτά και περιμέναμε να συναντήσουμε ένα διαλυμένο κορίτσι, κάποιο που θα απαιτούσε πολλή φροντίδα και αγάπη από εμάς. Αλλά ξέρεις τι μας ήρθε;»

«Όχι».

«Το πιο εκπληκτικό κορίτσι που είχαμε δει ποτέ μας. Δεν ήταν μόνο το ότι ήταν τόσο όμορφη. Ο, έπρεπε να την άκουγες τότε. Ήταν τόσο έξυπνη και ώριμη και μας διηγήθηκε σπαραξικάρδιες ιστορίες για το πώς η ψυχολογικά άρρωστη αδερφή της τρομοκρατούσε την οικογένεια. Ναι, ναι, ξέρω ότι όλα αυτά δεν είχαν και πολύ να κάνουν με την αλήθεια. Αλλά πώς μπορούσαμε τότε εμείς να αμφισβητήσουμε αυτά που μας έλεγε; Τα μάτια της ακτινοβολούσαν από πεποίθηση και όταν εμείς είπαμε: "Τι απαίσια, κακόμοιρο παιδί", αυτή απάντησε: «Δεν ήταν εύκολα, αλλά παρ' όλα αυτά, την αγαπάω την αδερφή μου, είναι άρρωστη και τώρα πια έχει ιατρική περίθαλψη". Ακουγόταν σαν ενήλικη και με τόση κατανόηση, που για ένα διάστημα νιώθαμε πως ήταν αυτή που φρόντιζε εμάς. Όλη η οικογένειά μας έλαμπε, ακριβώς σαν κάτι εκθαμβωτικό να είχε μπει στην καθημερινότητά μας και τα έκανε όλα ομορφότερα και μεγαλύτερα και εμείς ανθίζαμε, κυρίως η Μούα. Άρχισε έξαφνα να νοιάζεται για την εμφάνισή της και μεμιάς έγινε πιο δημοφιλής στο σχολείο. Θα μπορούσε να κάνει οτιδήποτε για χάρη της Καμίλας τότε, και ο Σελ, ο άντρας μου, τι να πω; Αυτός έγινε άλλος άνθρωπος. Χαμογελούσε ευτυχισμένος το πρώτο διάστημα και άρχισε να κάνει πάλι έρωτα μαζί μου –συγγνώμη για την ειλικρίνειά μου– και ίσως έπρεπε να είχα αρχίσει να ανησυχώ ήδη από τότε. Αλλά νόμιζα μόνο ότι τελικά ήταν η χαρά, επειδή όλα είχαν βρει τη σωστή τους θέση στην οικογένειά μας. Για ένα διάστημα ήμασταν ευτυχισμένοι, ακριβώς όπως όλοι όσοι συναντούσαν την Καμίλα. Όλοι είναι ευτυχισμένοι στην αρχή. Μετά... θέλουν μόνο να πεθάνουν. Μετά από κάποιο διάστημα μαζί της δε θέλει κανείς να ζήσει».

«Τόσο άσχημα ήταν;»

«Ναι, τόσο άσχημα».

«Τι συνέβη;»

«Μετά από κάποιο χρονικό διάστημα, ένα δηλητήριο απλώθηκε παντού. Αργά αργά η Καμίλα πήρε την εξουσία στο σπίτι μας. Είναι δύσκολο να πει κανείς συγκεκριμένα πότε τελείωσε η γιορτή και άρχισε ο εφιάλτης. Συνέβη απαρατήρητα και σταδιακά, μέχρι που εμείς ξαφνικά ξυπνήσαμε και καταλάβαμε ότι όλα είχαν καταστραφεί: η εμπιστοσύνη μας, η ασφάλειά μας, όλη η υποδομή της οικογένειάς μας. Η αυτοπεποίθηση της Μούα, που είχε αναπτερωθεί στην αρχή, τώρα είχε πιάσει πάτο. Έμενε ξύπνια τις νύχτες, έκλαιγε και έλεγε πως ήταν άσχημη και απαίσια και δεν της άξιζε να ζει. Αργότερα κατάλαβα ότι δεν είχε μείνει τίποτα στον τραπεζικό της λογαριασμό. Ακόμα δεν ξέρω τι συνέβη. Αλλά είμαι σίγουρη ότι η Καμίλα την εκβίαζε. Ο εκβιασμός τής ερχόταν τόσο φυσικά όσο και η αναπνοή. Μάζευε ενοχοποιητικά στοιχεία για τους άλλους, για να τους έχει στο χέρι. Νόμιζα ότι έγραφε ημερολόγιο. Αλλά ήταν όλα τα σκατά που είχε μάθει για ανθρώπους γύρω της που τα κατέγραφε και τα ταξινομούσε. Και ο Σελ... που να πάρει ο διάβολος, το καθοίκι ο Σελ... ξέρεις, τον πίστεψα όταν είπε ότι είχε προβλήματα αϋπνίας και έπρεπε να κοιμάται στο δωμάτιο των ξένων στο υπόγειο. Αλλά ήταν φυσικά για να μπορεί να πηγαίνει σ' αυτόν η Καμίλα. Από τότε που έγινε δεκαέξι χρονών πήγαινε τα βράδια σ' αυτόν και έκαναν αρρωστημένο σεξ. Λέω αρρωστημένο, γιατί το κατάλαβα όταν αναρωτήθηκα τι ήταν αυτές οι πληγές στο στήθος του Σελ. Εκείνος βέβαια δε μου είπε τίποτα τότε. Απάντησε μόνο δίνοντάς μου κάποια ηλίθια και παράξενη εξήγηση κι εγώ, με κάποιον τρόπο, απώθησα τις υποψίες μου. Αλλά ξέρεις τι συνέβη; Ο Σελ το ομολόγησε στο τέλος: η Καμίλα τον έδενε και τον έκοβε με ένα μαχαίρι. Είπε ότι εκείνη το απολάμβανε. Καμιά φορά ήλπιζα να ήταν αλήθεια αυτό, όσο παράξενο κι αν ακούγεται. Ναι, καμιά φορά ήλπιζα να είχε αυτή έστω κάποιο όφελος, πέρα απ' το ότι ήθελε να τον βασανίζει και να καταστρέφει τη ζωή του».

«Εκβίαζε κι αυτόν;»

«Ο, ναι, αλλά και γι' αυτό έχω ερωτηματικά. Η Καμίλα τον εξευτέλιζε τόσο βαθιά, που ούτε καν όταν όλα είχαν χαθεί πια δεν μπορούσε να μου πει την αλήθεια. Ο Σελ ήταν ο σταθερός βράχος της οικογένειάς μας. Αν κάτι δεν πήγαινε καλά, αν πλημμυρίζαμε, αν κάποιος ήταν άρρωστος, αυτός ήταν πάντα ο ήρεμος και ο αποφασιστικός. "Όλα θα πάνε καλά", συνήθιζε να λέει με μία υπέροχη φωνή που ακόμα τη θυμάμαι. Αλλά μετά από μερικά χρόνια με την Καμίλα είχε γίνει ράκος. Σχεδόν δεν τολμούσε να περάσει στην απέναντι πλευρά του δρόμου. Κοιτούσε γύρω του εκατό φορές και στη δουλειά είχε χάσει όλο του το ενδιαφέρον. Καθόταν μόνο με κρεμασμένο το κεφάλι. Ένας από τους κοντινότερους συναδέλφους του, ο Ματς Χέντλουντ, μου τηλεφώνησε και μου είπε εμπιστευτικά ότι είχαν αναθέσει σε μία επιτροπή να ερευνήσει αν ο Σελ είχε πουλήσει μυστικά της εταιρείας. Ακουγόταν τελείως παρανοϊκό. Ο Σελ ήταν ο τιμιότερος άνθρωπος που είχα συναντήσει στη ζωή μου. Και αν είχε πουλήσει κάτι, τότε πού ήταν τα λεφτά; Τότε είχαμε λιγότερα χρήματα από ποτέ. Ο τραπεζικός του λογαριασμός ήταν άδειος· ο κοινός μας λογαριασμός σχεδόν το ίδιο».

«Πώς πέθανε;»

«Κρεμάστηκε χωρίς να πει ούτε μια λέξη για να εξηγήσει. Όταν μία μέρα γύρισα σπίτι από τη δουλειά, τον βρήκα κρεμασμένο στην οροφή του δωματίου των ξένων στο υπόγειο, ναι, στο ίδιο δωμάτιο που η Καμίλα καλοπερνούσε μαζί του. Ήμουν υψηλόμισθη οικονομολόγος εκείνη την εποχή και υποθέτω ότι είχα μπροστά μου μία καλή καριέρα. Αλλά όλα κατέρρευσαν για τη Μούα κι εμένα. Δε θα εμβαθύνω σ' αυτό. Εσύ θέλεις να μάθεις τι έγινε με την Καμίλα. Αλλά αυτό είναι ένα τεράστιο θέμα. Η Μούα είχε αρχίσει να χαρακώνει το σώμα της και σταμάτησε τελείως να τρώει. Μία μέρα με ρώτησε αν νόμιζα ότι ήταν ένα απόβρασμα. "Για τ' όνομα του Θεού, καρδιά μου", είπα εγώ. "Πώς μπορείς να λες τέτοιο πράγμα;" Τότε η Μούα είπε ότι της το είχε πει η Καμίλα. Ότι η Καμίλα είχε πει ότι όλοι νόμιζαν πως η Μούα ήταν ένα σιχαμερό απόβρασμα, έτσι είχαν πει όλοι όσοι την είχαν συναντήσει. Ζήτησα βοήθεια απ' όποιον μπορείς να φανταστείς – ψυχολόγους, γιατρούς, καλές φίλες, Πρόζακ*. Αλλά τίποτα δε βοήθησε. Μία ωραία μέρα, που όλη η υπόλοιπη Σουηδία γιόρταζε κάποιον γελοίο θρίαμβο στον Διαγωνισμό Τραγουδιού της Γιουροβίζιον, η Μούα πήδησε στη θάλασσα από ένα πλοίο που πήγαινε στη Φινλανδία και τότε τελείωσε και η δική μου ζωή – έτσι ένιωθα. Έχασα κάθε διάθεση να ζήσω και νοσηλεύτηκα για μεγάλο χρονικό διάστημα σε ψυχιατρική

---

* Prozac: ευρέως διαδεδομένο αντικαταθλιπτικό. (Σ.τ.Μ.)

κλινική για κατάθλιψη. Αλλά μετά... Δεν ξέρω... Με κάποιον τρόπο η παραίτηση και η θλίψη μεταμορφώθηκαν σε οργή και ένιωθα ότι έπρεπε να καταλάβω. Τι είχε συμβεί τελικά στην οικογένειά μας; Τι είδους κακία είχε στάξει μέσα της; Άρχισα να κάνω έρευνες για την Καμίλα, όχι επειδή ήθελα να την ξανασυναντήσω, με καμία δύναμη. Ήθελα, όμως, να την καταλάβω, ίσως όπως ακριβώς ένας γονιός δολοφονημένου παιδιού θέλει να καταλάβει τον δολοφόνο και την αιτία που τον οδήγησε στην πράξη του».

«Και τι έμαθες;»

«Στην αρχή τίποτα. Είχε εξαφανίσει τελείως τα ίχνη της. Ήταν σαν να κυνηγούσα μια σκιά, ένα φάντασμα και δεν ξέρω πόσες δεκάδες χιλιάδες κορόνες διέθεσα σε ιδιωτικούς ντετέκτιβ και άλλους αναξιόπιστους ανθρώπους που υποσχέθηκαν να με βοηθήσουν. Δεν έφτανα πουθενά κι αυτό με τρέλαινε. Σχεδόν δεν κοιμόμουν και κανένας από τους φίλους δε με άντεχε πια. Ήταν μία απαίσια περίοδος. Με θεωρούσαν δικομανή – ίσως ακόμα να είναι έτσι· δεν ξέρω τι σου είπε ο Χόλγκερ Παλμγκρέν. Αλλά...»

«Ναι;»

«Δημοσιεύτηκε το ρεπορτάζ σου για τον Ζαλατσένκο και φυσικά το όνομα αυτό δεν μου έλεγε τίποτε. Άρχισα, όμως, να συνδυάζω το ένα πράγμα με το άλλο. Διάβασα για τη σουηδική του ταυτότητα, το όνομα Καρλ Άξελ Μπουντίν, και τη συνεργασία του με τη συμμορία των μηχανόβιων του Σβάβελσε και τότε θυμήθηκα όλα τα απαίσια βράδια προς το τέλος, τότε που η Καμίλα μας είχε γυρίσει την πλάτη της. Εκείνη την εποχή ξυπνούσα συχνά από τον ήχο κάποιας μοτοσυκλέτας και από το παράθυρο του υπνοδωματίου μου μπορούσα να δω όλα εκείνα τα δερμάτινα γιλέκα με τα διάφορα εμβλήματα πάνω τους. Δε με εξέπληξε και πολύ το γεγονός ότι συναναστρεφόταν αυτού του είδους τους ανθρώπους. Δεν είχα καμία ψευδαίσθηση γι' αυτήν πια. Αλλά δεν μπορούσα να φανταστώ ότι αφορούσε την προέλευσή της – την επαγγελματική δραστηριότητα του πατέρα της και το γεγονός πως αυτή ήθελε να τον διαδεχτεί».

«Το έκανε;»

«Ω ναι, στον βρόμικο κόσμο της πάλευε για τα γυναικεία δικαιώματα, τουλάχιστον τα δικά της δικαιώματα, και ξέρω ότι αυτό σήμαινε πολλά για κάμποσα από τα κορίτσια που ανήκαν στη λέσχη των μηχανόβιων, ιδιαίτερα για την Κάισα Φαλκ».

«Ποια είναι αυτή;»

«Ένα όμορφο, θρασύ κορίτσι, που ήταν μαζί με έναν από τους αρχηγούς. Αυτή είχε έρθει αρκετές φορές στο σπίτι μας τον τελευταίο χρόνο και θυμάμαι ότι τη συμπαθούσα. Είχε κάτι μεγάλα μπλε μάτια και αλληθώριζε λίγο. Πίσω από τη σκληρή πρόσοψη έκρυβε ένα ανθρώπινο, τρωτό πρόσωπο και αφού διάβασα το ρεπορτάζ σου την αναζήτησα. Δε μου είπε φυσικά ούτε λέξη για την Καμίλα. Δεν ήταν αγενής, καθόλου, και παρατήρησα ότι είχε αλλάξει στιλ. Η μηχανόβια είχε γίνει επιχειρηματίας. Αλλά δεν είπε τίποτα κι εγώ θεώρησα ότι είχα βρεθεί ακόμα μία φορά σε αδιέξοδο».

«Αλλά δεν ήταν έτσι;»

«Όχι. Πριν από έναν μόλις χρόνο με αναζήτησε η Κάισα με δική της πρωτοβουλία και είδα πως είχε αλλάξει ακόμα μία φορά. Δεν είχε πια εκείνο το ψυχρό και άνετο στιλ. Αντίθετο, φαινόταν ανήσυχη και νευρική. Λίγο καιρό αργότερα τη βρήκαν νεκρή, πυροβολημένη, στο γήπεδο Στούρα Μόσεν στην Μπρόμα. Αλλά τότε που συναντηθήκαμε, μου είπε ότι υπήρξε μία διένεξη για τα κληρονομικά μετά τον θάνατο του Ζαλατσένκο. Η δίδυμη αδερφή της Καμίλας, η Λίσμπετ, δεν κληρονόμησε απολύτως τίποτα – ναι, προφανώς εκείνη δεν ήθελε ούτε καν τα λίγα που της έδιναν. Η πραγματική περιουσία του Ζαλατσένκο περιήλθε στους δύο εν ζωή γιους του στο Βερολίνο και ένα μέρος της ακόμα στην Καμίλα. Η Καμίλα κληρονόμησε ένα μερίδιο από τις δουλειές με το *τράφικινγκ* που έγραψες στο ρεπορτάζ σου και όταν το άκουσα, πραγματικά σάστισα. Αμφιβάλλω κατά πόσο η Καμίλα ενδιαφερόταν για τις γυναίκες ή τις συμπονούσε στο ελάχιστο. Αλλά δεν ήθελε να έχει να κάνει μ' αυτήν τη δραστηριότητα. Μόνο οι αποτυχημένοι ασχολούνται μ' αυτά τα σκατά, είχε πει στην Κάισα. Αυτή είχε μία τελείως άλλη, μοντέρνα εκδοχή για τις δουλειές με τις οποίες θα έπρεπε να ασχοληθεί η οργάνωση και μετά από σκληρές διαπραγματεύσεις κατάφερε να αγοράσει ένας από τους ετεροθαλείς αδερφούς της το μερίδιό της. Μετά εξαφανίστηκε στη Μόσχα με το κεφάλαιό της και μερικούς συνεργάτες που είχε κρατήσει κοντά της - την Κάισα Φαλκ μεταξύ άλλων».

«Ξέρεις σε ποιον τομέα ήθελε να δραστηριοποιηθεί η Καμίλα;»
«Η Κάισα δεν εισχώρησε ποτέ τόσο βαθιά στην οργάνωση για να καταλάβει περί τίνος επρόκειτο, αλλά είχαμε τις υποψίες μας. Νομίζω ότι είχε να κάνει με εκείνα τα βιομηχανικά μυστικά της "Έρικσον". Σήμερα είμαι σίγουρη ότι η Καμίλα είχε πείσει τον Σελ να πουλήσει κάτι πολύτιμο, πιθανώς μέσω εκβιασμού. Έχω μάθει, επίσης, ότι ήδη από τα πρώτα χρόνια που έμενε σ' εμάς είχε έρθει σε επαφή με διάφορα ψώνια απ' τον χώρο της πληροφορικής και τους είχε παρακαλέσει να παρεισφρήσουν στον υπολογιστή μου. Σύμφωνα με την Κάισα έκανε σαν δαιμονισμένη με το χακάρισμα - όχι, η ίδια δεν έμαθε να το κάνει, ούτε κατά διάνοια. Αλλά μιλούσε συνεχώς για το πόσα λεφτά θα μπορούσαν να βγάλουν με το να κλέβουν τραπεζικούς λογαριασμούς, να χακάρουν σέρβερς για να κλέβουν πληροφορίες κι εγώ δεν ξέρω τι άλλο. Γι' αυτό πιστεύω ότι η Καμίλα συνέχισε με τέτοια πράγματα».

«Δίκιο έχεις».

«Ναι, ενδεχομένως και σε πολύ υψηλό επίπεδο. Δε θα μπορούσε να αρκεστεί σε τίποτα λιγότερο. Σύμφωνα με την Κάισα, η Καμίλα μπήκε πολύ γρήγορα σε κύκλους που είχαν επιρροή στη Μόσχα και μεταξύ άλλων έγινε ερωμένη ενός μέλους του ρωσικού κοινοβουλίου, κάποιου πλούσιου και ισχυρού τύπου, και μαζί μ' αυτόν άρχισε να συγκεντρώνει μία παράξενη ομάδα από κορυφαίους τεχνολόγους και κακοποιούς. Η Καμίλα τους τύλιγε στο δαχτυλάκι της και γνώριζε ακριβώς όλα τους τα ευαίσθητα σημεία».

«Που είχαν να κάνουν με...;»

«Με το γεγονός ότι η Ρωσία δεν είναι τίποτα παραπάνω από ένα βενζινάδικο με σημαία. Εξάγουν πετρέλαιο και φυσικό αέριο, αλλά δεν παράγουν τίποτα της προκοπής. Η Ρωσία χρειάζεται υψηλή τεχνολογία».

«Και θα τους την έδινε εκείνη»

«Τουλάχιστον αυτό προσποιούταν. Αλλά είχε φυσικά και τη δική της ατζέντα και ξέρω ότι η Κάισα ήταν εντυπωσιασμένη από το πώς εκείνη έδενε κόσμο κοντά της και αποκτούσε προστασία σε πολιτικό επίπεδο. Η Κάισα σίγουρα θα έμενε για πάντα πιστή στην Καμίλα αν δεν είχε φοβηθεί».

«Τι συνέβη;»

«Η Κάισα συνάντησε έναν παλιό ελίτ στρατιωτικό, έναν ταγματάρχη νομίζω και μετά απ' αυτό ήταν σαν να έφυγε η γη κάτω από τα πόδια της. Ο άντρας αυτός είχε –σύμφωνα με απόρρητες πληροφορίες που γνώριζε ο εραστής της Καμίλας– πραγματοποιήσει μία σειρά από σκοτεινές επιχειρήσεις· από δολοφονίες, για να το πούμε απλά. Είχε μεταξύ άλλων σκοτώσει μία γνωστή δημοσιογράφο, υποθέτω ότι ξέρεις γι' αυτήν, την Ιρίνα Αζάροβα. Αυτή είχε ενοχλήσει την κυβέρνηση με μία σειρά από ρεπορτάζ και βιβλία».

«Ο, ναι, μία αληθινή ηρωίδα. Τρομερή ιστορία».

«Ακριβώς. Κάτι δεν πήγε καλά στον σχεδιασμό, όμως. Η Ιρίνα Αζάροβα θα συναντούσε κάποιον που ασκούσε κριτική στην κυβέρνηση σ' ένα διαμέρισμα κάποιου παράπλευρου δρόμου σε ένα προάστιο νοτιοανατολικά της Μόσχας και σύμφωνα με το σχέδιο ο ταγματάρχης θα τη σκότωνε όταν εκείνη θα έβγαινε από το διαμέρισμα. Αλλά χωρίς να το ξέρει κανένας, είχε πάθει πνευμονία η αδερφή της δημοσιογράφου και η Ιρίνα είχε ξαφνικά αναλάβει τη φροντίδα των κοριτσιών της αδερφής της, που ήταν οκτώ και δέκα χρονών, και όταν εκείνη και τα κοριτσάκια βγήκαν από την πόρτα, ο ταγματάρχης τις σκότωσε όλες. Τις πυροβόλησε στο κεφάλι και μετά απ' τις δολοφονίες ο τύπος έπεσε σε δυσμένεια, μάλλον όχι επειδή σκότωσε τα παιδιά. Αλλά δεν ήταν δυνατόν να χαλιναγωγηθεί η κοινή γνώμη μετά απ' αυτό και η όλη επιχείρηση κινδύνευε να αποκαλυφθεί και να στραφεί εναντίον της κυβέρνησης. Νομίζω ότι ο ταγματάρχης φοβήθηκε πως θα τον θυσίαζαν. Νομίζω ότι γενικά εκείνη την περίοδο αυτός είχε ένα σωρό προσωπικά προβλήματα. Τον άφησε η γυναίκα του, έμεινε μόνος με την έφηβη κόρη του και νομίζω ότι κινδύνεψε να τον πετάξουν έξω από το διαμέρισμα όπου έμενε – από την πλευρά της Καμίλας αυτό ήταν φυσικά μία θαυμάσια ευκαιρία: ένας αδίστακτος άνθρωπος που εκείνη μπορούσε να χρησιμοποιήσει και που βρισκόταν άκρως εκτεθειμένος».

«Τον πήρε κι αυτόν κοντά της».

«Ναι, οι δυο τους συναντήθηκαν. Η Κάισα ήταν μαζί τους και το παράξενο ήταν πως κι εκείνη δέθηκε αμέσως με τον ταγματάρχη. Ο τύπος δεν ήταν όπως τον περίμενε, καμία σχέση με αυτούς που εκτελούσαν τις δολοφονίες στους μηχανόβιους. Ήταν βέβαια καλογυμνασμένος και έδειχνε πολύ σκληρός, αλλά συγχρόνως ήταν καλλιεργημένος και ευγενικός, απ' ό,τι μου είπε, και κατά κάποιον τρόπο ευάλωτος και ευαίσθητος. Η Κάισα είχε την εντύπωση ότι δεν ένιωθε καθόλου καλά που είχε αναγκαστεί να σκοτώσει τα παιδιά. Ήταν βέβαια ένας δολοφόνος, ένας άντρας που είχε ειδικευτεί στους βασανισμούς στη διάρκεια του πολέμου στην Τσετσενία, ο οποίος όμως είχε κάποια ηθικά όρια, είπε, και γι' αυτό συγκλονίστηκε όταν η Καμίλα του έμπηξε τα νύχια της. Ναι, σχεδόν κυριολεκτικά. Έχωσε τα νύχια της στο στήθος του και τσίριξε σαν γάτα: «Θέλω να σκοτώνεις για μένα». Φόρτωνε πάντα τα λόγια της με σεξ, με ερωτική εξουσία. Με μία σατανική ικανότητα, ξύπνησε τον σαδισμό του άντρα και όσο πιο απαίσια πράγματα έλεγε αυτός για τις δολοφονίες που είχε διαπράξει, τόσο πιο πολύ έδειχνε να ερεθίζεται εκείνη, αν τα έχω καταλάβει καλά όλα αυτά. Αλλά αυτό ήταν που έκανε την Κάισα να φοβηθεί. Ήταν η ίδια η Καμίλα, που με την ομορφιά της και τη γοητεία της έβγαζε το άγριο θηρίο από μέσα του και έκανε την κάπως μελαγχολική ματιά του να γυαλίζει όπως σε ένα τρελό σαρκοβόρο κτήνος».

«Δεν πήγες ποτέ στην αστυνομία με αυτά τα στοιχεία;»

«Πίεζα συνεχώς την Κάισα. Της είπα ότι έπρεπε να ζητήσει προστασία. Εκείνη μου είπε πως είχε ήδη προστασία. Εκτός αυτού μου απαγόρευσε να μιλήσω με την αστυνομία κι εγώ ήμουν αρκετά ηλίθια ώστε να την ακούσω. Μετά τον θάνατό της είπα στους αστυνομικούς που διερευνούσαν τη δολοφονία τι είχα ακούσει, αλλά δεν ξέρω αν με πίστεψαν – μάλλον όχι. Όπως και να 'ταν, είχα ακούσει απλώς για έναν άντρα χωρίς όνομα από μία άλλη χώρα και η Καμίλα δεν υπήρχε πια σε κανέναν φάκελο ή μητρώο κι εγώ δεν έμαθα ποτέ την καινούργια της ταυτότητα. Σε κάθε περίπτωση, τα όσα είπα δεν οδήγησαν πουθενά. Η δολοφονία της Κάισα είναι ακόμη ανεξιχνίαστη».

«Καταλαβαίνω», είπε ο Μίκαελ.

«Καταλαβαίνεις, πραγματικά;»

«Έτσι νομίζω», είπε αυτός και ήταν έτοιμος να βάλει το χέρι του στον ώμο της Μαργκαρέτας Ντάλγκρεν για να της δείξει τη συμπάθειά του.

Δεν πρόλαβε, τον διέκοψε το κινητό του που χτύπησε. Ήλπιζε να ήταν ο Αντρέι. Αλλά ήταν ο Στέφαν Μόλντε. Μετά από λίγες στιγμές αμηχανίας, ο Μίκαελ κατάφερε να συνδέσει εκείνο το όνομα με το πρόσωπο που δούλευε στη FRA και με το οποίο είχε έρθει σ' επαφή ο Λίνους Μπραντέλ.

«Περί τίνος πρόκειται;» ρώτησε ο Μίκαελ.

«Πρόκειται για μία συνάντηση με ένα υψηλά ιστάμενο πρόσωπο που είναι καθ' οδόν για τη Σουηδία και που θέλει να σε συναντήσει όσο πιο νωρίς γίνεται αύριο το πρωί στο "Γκραν Οτέλ"».

Ο Μίκαελ έκανε μία χειρονομία ζητώντας συγγνώμη από τη Μαργκαρέτα Ντάλγκρεν.

«Έχω ένα πολύ πιεσμένο πρόγραμμα», είπε μετά, «και αν είναι να συναντήσω κάποιον, πρέπει να ξέρω τουλάχιστον τ' όνομά του και τι θέλει».

«Λέγεται Έντγουιν Νίντχαμ κι αυτό που θέλει είναι το άτομο με το ψευδώνυμο "Σφήγκα", που είναι ύποπτο για σοβαρές παρανομίες».

Ο Μίκαελ ένιωσε να τον τυλίγει ένα κύμα πανικού.

«Οκέι», είπε τελικά. «Τι ώρα;»

«Πέντε η ώρα το πρωί, θα ήταν καλά».

«Πρέπει να αστειεύεσαι!»

«Δυστυχώς, δεν υπάρχει απολύτως τίποτα με το οποίο μπορεί να αστειευτεί κανείς σ' ετούτη δω την ιστορία. Θα σου πρότεινα να είσαι ακριβής στην ώρα σου. Ο κύριος Νίντχαμ θα σε δεχτεί στο δωμάτιό του. Το κινητό σου να το αφήσεις στη ρεσεψιόν. Θα σου κάνουν σωματική έρευνα».

«Καταλαβαίνω», αποκρίθηκε εκείνος με αυξανόμενη ανησυχία.

Μετά, ο Μίκαελ Μπλούμκβιστ σηκώθηκε και αποχαιρέτησε τη Μαργκαρέτα Ντάλγκρεν, στην Πρεστβέγκεν της Σόλνα.

ΜΕΡΟΣ 3
ΑΣΥΜΜΕΤΡΑ ΠΡΟΒΛΗΜΑΤΑ
24 ΝΟΕΜΒΡΙΟΥ - 3 ΔΕΚΕΜΒΡΙΟΥ

Ενίοτε είναι ευκολότερο να ενωθεί κάτι παρά να διαχωριστεί.

Οι υπολογιστές μπορούν σήμερα να πολλαπλασιάσουν πρώτους αριθμούς με εκατομμύρια ψηφία. Όμως είναι άκρως πολύπλοκο να κάνουν την ίδια διαδικασία ανάποδα. Ένας ακέραιος με μόνο εκατό ψηφία δημιουργεί μεγάλα προβλήματα.

Οι δυσκολίες παραγοντοποίησης πρώτων αριθμών αξιοποιούνται στους κρυπταλγόριθμους, όπως στον RSA. Οι πρώτοι αριθμοί έχουν γίνει οι φίλοι των μυστικών.

ΚΕΦΑΛΑΙΟ 25
ΝΥΧΤΑ ΚΑΙ ΠΡΩΙΝΟ 24 ΝΟΕΜΒΡΙΟΥ

Της Λίσμπετ δεν της πήρε πολλή ώρα να βρει τον Ρόγκερ, τον τύπο που είχε ζωγραφίσει ο Άουγκουστ. Σε ένα σάιτ για παλιούς ηθοποιούς του «Θεάτρου της επανάστασης» στη Βάσασταν, όπως το αποκαλούσαν, είχε δει μία εκδοχή του άντρα όταν ήταν νέος. Λεγόταν Ρόγκερ Βίντερ και έλεγαν ότι ήταν βίαιος και ζηλιάρης. Στα νιάτα του είχε παίξει κάνα-δυο σημαντικούς ρόλους στον κινηματογράφο. Αλλά τα τελευταία χρόνια ήταν βουτηγμένος στον βούρκο και ήταν πολύ λιγότερο γνωστός από τον ανάπηρο αδερφό του τον Τουμπίας, έναν ελευθερόστομο πανεπιστημιακό καθηγητή Βιολογίας, που όπως έλεγαν είχε απομακρυνθεί οριστικά από τον Ρόγκερ.

Η Λίσμπετ σημείωσε τη διεύθυνση του Ρόγκερ και μετά χάκαρε τον σούπερ υπολογιστή NSF MRI. Κατέβασε και το δικό της πρόγραμμα και προσπάθησε να κατασκευάσει ένα δυναμικό σύστημα που θα έβρισκε ποιες ήταν οι καλύτερες ελλειπτικές καμπύλες για να τις χρησιμοποιήσει, φυσικά με όσο το δυνατόν λιγότερες «iterations» – επαναλήψεις. Αλλά όσο και να προσπαθούσε δεν πήγαινε ούτε βήμα παραπέρα. Ο NSA φάκελος ήταν αδιαπέραστος και στο τέλος σηκώθηκε και πήγε στο υπνοδωμάτιο όπου κοιμόταν ο Άουγκουστ. Έβρισε δυνατά. Το αγόρι ήταν ξύπνιο, καθόταν στο κρεβάτι και έγραφε κάτι σε ένα χαρτί πάνω στο κομοδίνο. Όταν εκείνη πήγε πιο κοντά, είδε ότι ήταν νέες παραγοντοποιήσεις πρώτων αριθμών. Μουρμούρισε κάτι και μετά είπε αυστηρά με τη μονότονη φωνή της:

«Δεν αξίζει τον κόπο. Δεν προχωράμε καθόλου έτσι» και όταν ο Άουγκουστ άρχισε πάλι να κουνιέται υστερικά μπρος-πίσω εκείνη του είπε να σταματήσει και να κοιμηθεί.

Η ώρα ήταν περασμένη και αποφάσισε να ξεκουραστεί λίγο, οπότε ξάπλωσε δίπλα στον Άουγκουστ κάνοντας μία προσπάθεια να ηρεμήσει. Αλλά της ήταν εντελώς αδύνατον. Ο Άουγκουστ στριφογύριζε και κλαψούριζε και στο τέλος η Λίσμπετ αποφάσισε να πει ακόμα κάτι. Το καλύτερο που της ήρθε ήταν:

«Ξέρεις τίποτε από ελλειπτικές καμπύλες;»

Φυσικά δεν πήρε καμία απάντηση. Εντούτοις άρχισε να του εξηγεί όσο πιο απλά και παραστατικά μπορούσε.

«Κατάλαβες;»

Ο Άουγκουστ δεν της απάντησε, φυσικά.

«Λοιπόν», συνέχισε αυτή. «Πάρε για παράδειγμα τον αριθμό 3.034.267. Ξέρω ότι μπορείς εύκολα να βρεις την ακολουθία των πρώτων αριθμών. Αλλά οι πρώτοι αριθμοί μπορούν να βρεθούν και αν χρησιμοποιηθούν οι ελλειπτικές καμπύλες. Ας πάρουμε σαν παράδειγμα την καμπύλη $y2 = x3 - x + 4$, και το σημείο $P = (1.2)$ στην καμπύλη.

Έγραψε την εξίσωση σ' ένα χαρτί πάνω στο κομοδίνο. Ο Άουγκουστ δε φαινόταν να καταλαβαίνει τίποτα και τότε εκείνη θυμήθηκε πάλι τα αυτιστικά δίδυμα για τα οποία είχε διαβάσει. Αυτά μπορούσαν με κάποιον αινιγματικό τρόπο να βρουν μεγάλους πρώτους αριθμούς. Όμως δεν μπορούσαν να λύσουν ούτε καν τις πιο εύκολες εξισώσεις. Ίσως να συνέβαινε το ίδιο και με τον Άουγκουστ. Ίσως να ήταν περισσότερο μία αριθμομηχανή παρά μία μαθηματική ευφυΐα κι αυτό δεν έπαιζε τώρα και κανέναν μεγάλο ρόλο. Η πληγή της είχε αρχίσει να πονάει και έπρεπε να κοιμηθεί. Έπρεπε να αποδιώξει όλους τους παλιούς δαίμονες από την παιδική της ηλικία που είχαν ξυπνήσει μέσα της εξ αιτίας του παιδιού.

Ήταν πια περασμένα μεσάνυχτα όταν ο Μίκαελ Μπλούμκβιστ έφτασε στο σπίτι του και παρά το γεγονός ότι ήταν τελείως εξαντλημένος και θα σηκωνόταν αξημέρωτα, κάθισε αμέσως στον υπολογιστή του και έψαξε στο Google να βρει στοιχεία για τον Έντγουιν Νίντχαμ. Υπήρχαν αρκετοί Έντγουιν Νίντχαμ στον κόσμο, μεταξύ αυτών και ένας περίφημος παίκτης του ράγκμπι που είχε κάνει μία θεαματική επάνοδο αφότου είχε νικήσει τη λευχαιμία.

Υπήρχε ένας Έντγουιν Νίντχαμ που ήταν ειδικός στον καθαρισμό υδάτων και ένας άλλος που ήταν καλός στο να βγαίνει φωτογραφίες σε πάρτι και να δείχνει γελοίος. Αλλά κανένας απ' αυτούς δεν ταίριαζε με κάποιον που θα μπορούσε να σπάσει την ταυτότητα της «Σφήγκας» και να την καταγγείλει για παρανομία. Υπήρχε όμως κι ένας Έντγουιν Νίντχαμ που ήταν τεχνολόγος πληροφορικής και διδάκτορας στο ΜΙΤ κι αυτός ήταν τουλάχιστον σε σχετικό κλάδο. Αλλά ούτε κι αυτός φαινόταν ο σωστός. Μπορεί ο τύπος να ήταν σήμερα υψηλόβαθμο στέλεχος στη «Σέιφλαϊν», μία εταιρεία από τις πρωτοπόρες στην προστασία των υπολογιστών από ιούς κι αυτή η εταιρεία σίγουρα ενδιαφερόταν για τους χάκερς. Αλλά αυτά που έλεγε στις συνεντεύξεις ο συγκεκριμένος Εντ αφορούσαν μόνο ποσοστά στην αγορά και νέα προϊόντα. Ούτε λέξη πέρα από τα συνηθισμένα κλισέ των πωλήσεων, ούτε καν όταν είχε την ευκαιρία να μιλήσει για το ψάρεμα και το μπόουλινγκ, τα χόμπι με τα οποία καταπιανόταν στον ελεύθερο χρόνο του. Αγαπούσε τη φύση, έλεγε, του άρεσε το στοιχείο του ανταγωνισμού... Το πιο επικίνδυνο που μπορούσε να κάνει αυτός ο τύπος ήταν να σκοτώσει κόσμο από την πλήξη.

Υπήρχε μία φωτογραφία του όπου χαμογελούσε και ήταν γυμνός από τη μέση και πάνω· κρατούσε έναν μεγάλο σολομό. Ήταν μία φωτογραφία κλισέ όσον αφορά το ψάρεμα. Ήταν το ίδιο βαρετή όπως κι οτιδήποτε άλλο, ο Μίκαελ, όμως, άρχισε να σκέφτεται μήπως το πληκτικό και το άνευ περιεχομένου ήταν ακριβώς το ζητούμενο στη συγκεκριμένη περίπτωση. Ξαναδιάβασε το υλικό και είχε την αίσθηση πως επρόκειτο για μια στημένη ιστορία, μία βιτρίνα και αργά αλλά σταθερά ένιωθε ολοένα και πιο σίγουρος – αυτός ήταν ο σωστός. Βρομούσε μυστική υπηρεσία, έτσι δεν ήταν; Ο Μίκαελ υπέθετε σχέση με την NSA ή τη CIA – ξανακοίταξε τη φωτογραφία με τον σολομό και τώρα την είδε αλλιώς.

Έβλεπε έναν σκληρό άντρα που προσποιούταν. Υπήρχε κάτι το ζόρικο στον τρόπο του να στέκεται και να χαμογελάει κοροϊδευτικά στην κάμερα, τουλάχιστον έτσι το έβλεπε ο Μίκαελ και σκέφτηκε πάλι τη Λίσμπετ. Αναρωτιόταν μήπως έπρεπε να της πει κάτι. Αλλά δεν υπήρχε κανένας λόγος να την κάνει να ανησυχήσει, ιδιαίτερα όχι τώρα που εκείνος δεν ήξερε ακόμα τίποτα και έτσι αποφάσισε να πάει στο κρεβάτι. Έπρεπε να κοιμηθεί καμιά-δυο ώρες και να έχει ένα σχετικά καθαρό κεφάλι όταν θα συναντούσε τον Εντ Νίντχαμ νωρίς το πρωί. Βυθισμένος σε σκέψεις έπλυνε τα δόντια του, έβγαλε τα ρούχα του και έπεσε στο κρεβάτι και τότε κατάλαβε ότι ήταν κουρασμένος του θανατά. Κοιμήθηκε σε χρόνο μηδέν και ονειρεύτηκε ότι πνιγόταν στο ποτάμι της φωτογραφίας του Εντ Νίντχαμ. Μετά είχε μία αμυδρή αίσθηση ότι είχε βρεθεί στον πάτο του ποταμιού με κάτι σολομούς που τον περιτριγύριζαν. Αλλά δεν πρέπει να είχε κοιμηθεί και πολύ. Ξύπνησε με ένα τίναγμα και είχε την εντύπωση ότι κάτι του διέφευγε. Στο κομοδίνο βρισκόταν το κινητό του και τότε σκέφτηκε τον Αντρέι. Όλη την ώρα και τελείως ασυνείδητα σκεφτόταν τον Αντρέι.

Η Λίντα κλείδωσε την πόρτα με διπλή κλειδαριά, πράγμα που φυσικά δεν ήταν παράξενο. Μία γυναίκα σαν κι εκείνη έπρεπε να είναι προσεκτική με την ασφάλειά της. Αλλά ο Αντρέι δεν ένιωθε καλά. Μάλλον έφταιγε το διαμέρισμα, σκέφτηκε. Δεν ήταν καθόλου όπως το περίμενε. Ήταν αυτό πράγματι το σπίτι κάποιας φίλης;

Το κρεβάτι ήταν φαρδύ, αλλά όχι ιδιαίτερα μακρύ και είχε σιδερένια κάγκελα μπρος και πίσω. Το σκέπασμα ήταν μαύρο και ο συνειρμός που έκανε ήταν ότι έμοιαζε σαν φορείο ή τάφος και δεν του άρεσαν καθόλου οι πίνακες στους τοίχους. Οι περισσότεροι από αυτούς ήταν κορνιζαρισμένες φωτογραφίες αντρών με όπλα και γενικά υπήρχε κάτι το στείρο και ψυχρό σε όλο το διαμέρισμα. Ένιωθε ότι δεν έμενε εδώ κάποιος καλός άνθρωπος.

Από την άλλη, ήταν σίγουρα νευρικός και υπερέβαλλε. Ίσως

προσπαθούσε να βρει μία δικαιολογία για να φύγει. Ένας άντρας θέλει πάντοτε να φεύγει μακριά από αυτό που αγαπάει - κάπως έτσι δεν το είχε πει ο Όσκαρ Γουάιλντ; Κοίταξε τη Λίντα. Δεν είχε ξαναδεί ποτέ τόσο μαγευτικά όμορφη γυναίκα κι αυτό από μόνο του ήταν τρομερό –δεν ήταν;– και τώρα εκείνη ερχόταν προς το μέρος του φορώντας το στενό της φόρεμα που τόνιζε τις καμπύλες της και σαν να είχε διαβάσει τις σκέψεις του, του είπε:

«Θέλεις να πας στο σπίτι σου, Αντρέι;»

«Έχω πολλά πράγματα να κάνω».

«Το καταλαβαίνω», είπε αυτή και τον φίλησε. «Και φυσικά μπορείς να πας στο σπίτι για να κάνεις τη δουλειά σου».

«Ίσως είναι καλύτερα», μουρμούρισε αυτός, ενώ εκείνη κόλλησε πάνω του και τον φίλησε πάλι με τέτοια ένταση, που ο Αντρέι δεν μπόρεσε ν' αντισταθεί.

Τη φίλησε κι εκείνος και την έπιασε από τους γοφούς και τότε αυτή τον έσπρωξε. Τον έσπρωξε με τόση δύναμη, που ο νέος άντρας παραπάτησε και έπεσε με την πλάτη στο κρεβάτι και για μια στιγμή φοβήθηκε. Την κοίταξε. Η Λίντα του χαμογελούσε τρυφερά, όπως και πριν, και τότε αυτός κατάλαβε: δεν ήταν τίποτα παραπάνω από την επιθετικότητα του ερωτισμού. Τον ήθελε πραγματικά, έτσι δεν ήταν; Ήθελε να κάνει έρωτα μαζί του εδώ και τώρα κι αυτός την άφησε να καθίσει πάνω στο σώμα του, να του ξεκουμπώσει το πουκάμισο και να σύρει τα νύχια της πάνω στην κοιλιά του, ενώ τα μάτια της έλαμπαν με ένα έντονο, πύρινο βλέμμα και το μεγάλο στήθος της διαγραφόταν κάτω από την μπλούζα της. Το στόμα της ήταν ανοιχτό. Μία λεπτή γραμμή σάλιου έτρεχε πάνω στο σαγόνι της και του ψιθύρισε κάτι. Στην αρχή αυτός δεν άκουσε. Αλλά ήταν: «Τώρα, Αντρέι».

«Τώρα!»

«Τώρα», επανέλαβε κι αυτός αβέβαιος και ένιωσε πως εκείνη τού έβγαζε το παντελόνι. Ήταν πιο τολμηρή απ' ό,τι περίμενε, πιο ώριμη και άγρια στο να δείχνει τα αισθήματά της απ' όποια άλλη είχε συναντήσει.

«Κλείσε τα μάτια και μείνε τελείως ακίνητος», του είπε μετά. Ο Αντρέι έκλεισε τα μάτια του, παρέμεινε ακίνητος και αντιλήφθηκε ότι εκείνη έκανε θόρυβο με κάτι, αλλά δεν καταλάβαινε τι ήταν. Άκουσε ένα «κλικ» και ένιωσε κάτι μεταλλικό γύρω από τους καρπούς του, άνοιξε τα μάτια του και διαπίστωσε ότι του είχε βάλει χειροπέδες και τότε θέλησε να διαμαρτυρηθεί. Δεν του άρεσαν αυτά. Όλα, όμως, έγιναν τόσο γρήγορα, αστραπιαία, σαν αυτή να είχε μεγάλη εμπειρία στο θέμα και του κλείδωσε τα χέρια στο κάγκελο του κρεβατιού. Μετά έδεσε ένα σκοινί γύρω από τα πόδια του. Το έσφιξε δυνατά.

«Προσεκτικά», της είπε εκείνος.

«Ο, ναι».

«Ωραία», απάντησε ο Αντρέι, προσέχοντας ότι αυτή τον κοίταζε με άλλο βλέμμα τώρα, όχι και τόσο ευχάριστο – ή τουλάχιστον έτσι του φάνηκε. Μετά η Λίντα είπε κάτι με δυνατή φωνή. Αλλά εκείνος πίστεψε πως είχε παρακούσει.

«Τι είπες;» τη ρώτησε.

«Τώρα θα σε κόψω με το μαχαίρι, Αντρέι», του αποκρίθηκε εκείνη, κλείνοντάς του με ένα μεγάλο κομμάτι ταινίας το στόμα.

Ο Μίκαελ Μπλούμκβιστ προσπαθούσε να πείσει τον εαυτό του ότι μπορούσε να είναι ήρεμος. Γιατί να έχει συμβεί κάτι στον Αντρέι; Κανένας –εκτός από τον ίδιο και την Έρικα– δεν ήξερε ότι ο Αντρέι ήταν ανακατεμένος στην προστασία της Λίσμπετ και του αγοριού. Είχαν υπάρξει άκρως προσεκτικοί με τις πληροφορίες, πολύ πιο προσεκτικοί από ποτέ. Όμως... γιατί δεν μπορούσαν να τον βρουν;

Ο Αντρέι δεν ήταν ο τύπος του ανθρώπου που αγνοεί τα τηλεφωνήματα. Το αντίθετο, συνήθιζε να απαντάει μετά το πρώτο χτύπημα όποτε του τηλεφωνούσε ο Μίκαελ. Αλλά τώρα ήταν τελείως αδύνατον να τον βρουν κι αυτό ήταν πολύ παράξενο. Ο Μίκαελ προσπάθησε πάλι να πείσει τον εαυτό του ότι ο Αντρέι καθόταν μόνο και δούλευε, έχοντας χάσει την αίσθηση του τόπου και του χρόνου ή ότι στη χειρότερη περίπτωση είχε χάσει το κινητό του. Σίγουρα δεν ήταν κάτι περισσότερο απ' αυτό. Αλλά που να πάρει ο διάβολος... Η Καμίλα εμφανίστηκε από το πουθενά μετά από τόσα χρόνια. Κάτι είχε στα σκαριά... Και πώς ήταν αυτό που του είχε πει ο επιθεωρητής Μπουμπλάνσκι; «Ζούμε σ' έναν κόσμο όπου η παράνοια θεωρείται υγεία.

Ο Μίκαελ άπλωσε το χέρι του, έπιασε το κινητό από το κομοδίνο και τηλεφώνησε ξανά στον Αντρέι. Ούτε και τώρα πήρε απάντηση και αποφάσισε να ξυπνήσει τον νέο συνεργάτη τους, τον Έμιλ Γκραντέν, που έμενε κοντά στον Αντρέι, στο Κόκκινο Βουνό στη Βάσασταν. Ο Έμιλ ακούστηκε λίγο ενοχλημένος βέβαια, αλλά υποσχέθηκε να πάει κατευθείαν στον Αντρέι και να δει αν ήταν στο σπίτι. Είκοσι λεπτά αργότερα ο Έμιλ τηλεφώνησε. Είχε χτυπήσει πολλές φορές την πόρτα του Αντρέι, είπε:

«Δεν είναι εκεί».

Ο Μίκαελ έκλεισε το τηλέφωνο, φόρεσε τα ρούχα του, βγήκε έξω σε ένα άδειο από κόσμο Σεντερμάλμ, που το χτυπούσε η θύελλα και πήγε στο περιοδικό, στη Γετγκάταν. Με λίγη τύχη, σκέφτηκε ο Μίκαελ, ο Αντρέι θα κοιμόταν στον καναπέ. Δε θα ήταν η πρώτη φορά που ο Αντρέι είχε κοιμηθεί στη δουλειά και δεν άκουγε το τηλέφωνο. Ήλπιζε ότι αυτή θα ήταν η εξήγηση. Όμως ο Μίκαελ ένιωθε ολοένα και πιο άσχημα και όταν άνοιξε την πόρτα της σύνταξης και έκλεισε τον συναγερμό, ανατρίχιασε σαν να περίμενε να δει κάποια καταστροφή. Αλλά όσο και να πηγαινοερχόταν εκεί μέσα δεν είδε ούτε ίχνος από τίποτα το παράξενο και όλα τα στοιχεία στο κρυπτογραφημένο μέιλ του ήταν σβησμένα, ακριβώς όπως είχαν συμφωνήσει. Όλα ήταν όπως έπρεπε να είναι, αλλά κανένας Αντρέι δεν κοιμόταν στον καναπέ της σύνταξης.

Ο καναπές ήταν το ίδιο φθαρμένος και άδειος όπως συνήθως και για μια στιγμή ο Μίκαελ βυθίστηκε στις σκέψεις του. Μετά τηλεφώνησε πάλι στον Έμιλ Γκραντέν.

«Έμιλ, λυπάμαι που σε τρομοκρατώ με τα τηλεφωνήματά μου στη μέση της νύχτας. Αλλά όλη αυτή η ιστορία με έχει κάνει παρανοϊκό».

«Το καταλαβαίνω».

«Και γι' αυτό δεν μπόρεσα να μην προσέξω ότι ακούστηκες κάπως ενοχλημένος όταν σου μίλησα για τον Αντρέι. Είναι κάτι που δε μου έχεις πει;»

«Τίποτα που να μην το ξέρεις», απάντησε ο Έμιλ.
«Τι εννοείς μ' αυτό;»
«Εννοώ ότι κι εγώ επίσης έχω μιλήσει με την Κρατική Υπηρεσία Προστασίας Προσωπικών Δεδομένων».
«Τι εννοείς με το "επίσης";»
«Δηλαδή εννοείς ότι εσύ δεν...»
«Όχι», τον έκοψε απότομα ο Μίκαελ και άκουσε πόσο βάρυνε η ανάσα στην άλλη άκρη της γραμμής. Κατάλαβε ότι είχε συμβεί ένα τρομερό λάθος.
«Πες το, Έμιλ, και μάλιστα γρήγορα».
«Λοιπόν...»
«Ναι;»
«Μία ευγενική κυρία, με άκρως επαγγελματικό ύφος, από την Υπηρεσία Προστασίας, που λέγεται Λίνα Ρόμπερτσον, τηλεφώνησε και είπε ότι είχατε έρθει σε επαφή και συμφωνήσατε να αυξήσετε την ασφάλεια του υπολογιστή σου λόγω της παρούσας κατάστασης. Αφορούσε μερικά ευαίσθητα προσωπικά στοιχεία».
«Και;»
«Και προφανώς αυτή σού είχε δώσει μερικές λανθασμένες συστάσεις, πράγμα που την είχε δυσαρεστήσει πολύ. Είπε ότι ντρεπόταν για το λάθος της και ανησυχούσε ότι τα μέτρα ασφαλείας δε θα λειτουργούσαν και γι' αυτό ήθελε να έρθει αμέσως σε επαφή με αυτόν που κανόνισε την κρυπτογράφησή σου».
«Και τότε εσύ τι της είπες;»
«Ότι δεν ήξερα τίποτα για το συγκεκριμένο θέμα. Μόνο ότι είδα τον Αντρέι να κάθεται στον υπολογιστή σου και να ασχολείται με κάτι».
«Και της πρότεινες να έρθει σ' επαφή με τον Αντρέι».
«Ήμουν στο κέντρο τότε και της είπα ότι σίγουρα ο Αντρέι θα ήταν στη σύνταξη κι ότι μπορούσε να του τηλεφωνήσει. Αυτό ήταν όλο».
«Που να πάρει ο διάβολος, Έμιλ».
«Μα, πράγματι ακουγόταν...»
«Δε με νοιάζει πώς ακουγόταν. Ελπίζω μετά να πληροφόρησες τον Αντρέι για το όλο θέμα».

«Όχι αμέσως. Είμαι στριμωγμένος κι εγώ όπως όλοι εδώ τώρα».
«Αλλά του το είπες μετά».
«Όχι, έφυγε πριν προλάβω να του το πω».
«Και του τηλεφώνησες;»
«Ναι, πολλές φορές. Αλλά...»
«Ναι;»
«Δε μου απάντησε».
«Οκέι», είπε ψυχρά ο Μίκαελ.
Μετά έκλεισε το τηλέφωνο και κάλεσε τον αριθμό του επιθεωρητή Μπουμπλάνσκι. Τηλεφώνησε δύο φορές πριν ο φρεσκοξυπνημένος επιθεωρητής απαντήσει και τότε πια ο Μίκαελ δεν έβλεπε άλλη διέξοδο από το να του διηγηθεί όλη την ιστορία. Του είπε τα πάντα, εκτός από το πού βρίσκονταν η Λίσμπετ και το αγόρι.
Μετά ενημέρωσε και την Έρικα.

Η Λίσμπετ Σαλάντερ είχε αποκοιμηθεί. Όμως ήταν προετοιμασμένη. Κοιμήθηκε με τα ρούχα, με το δερμάτινο μπουφάν και τις μπότες. Ξυπνούσε βέβαια όλη την ώρα και δεν ήξερε αν αυτό οφειλόταν στη θύελλα ή στον Άουγκουστ, που στριφογύριζε και κλαψούριζε στον ύπνο του. Συνήθως την έπαιρνε πάλι ο ύπνος ή έπεφτε σε λήθαργο και καμιά φορά έβλεπε κάτι μικρά, παράξενα ρεαλιστικά αποσπάσματα ονείρων.

Τώρα ονειρευόταν ότι ο πατέρας της χτυπούσε τη μητέρα της και ένιωθε ακόμα και στο όνειρο την παλιά άγρια οργή των παιδικών της χρόνων. Το ένιωθε τόσο έντονα, που ξύπνησε πάλι. Η ώρα ήταν τέσσερις παρά τέταρτο το πρωί και στο κομοδίνο υπήρχαν όπως πριν τα χαρτιά όπου εκείνη και ο Άουγκουστ είχαν γράψει τους αριθμούς τους. Έξω έπεφτε χιόνι. Η θύελλα είχε κοπάσει λίγο και τίποτα το παράξενο δεν ακουγόταν, μόνο ο αέρας που σφύριζε και μαστίγωνε τα δέντρα.

Όμως ένιωθε λίγο άσχημα και στην αρχή νόμιζε ότι ήταν από το όνειρο που πλανιόταν σαν σκιά στο δωμάτιο. Μετά ανατρίχιασε. Το κρεβάτι δίπλα της ήταν άδειο. Ο Άουγκουστ δεν ήταν εκεί και τότε η Λίσμπετ σηκώθηκε αστραπιαία και αθόρυβα, έβγαλε την Μπερέτα από την τσάντα της που βρισκόταν στο πάτωμα και μπήκε κλεφτά στο μεγάλο δωμάτιο που έβλεπε προς τη βεράντα. Την επόμενη στιγμή αναστέναξε ανακουφισμένη. Ο Άουγκουστ καθόταν στο μεγάλο στρογγυλό τραπέζι και ασχολιόταν με κάτι. Διακριτικά, για να μην τον ενοχλήσει, η Λίσμπετ έσκυψε πάνω από τον ώμο του και είδε ότι ο Άουγκουστ δεν έγραφε νέους πρώτους αριθμούς ούτε ζωγράφιζε καμιά σκηνή με τον Λάσε Βέστμαν ή τον Ρόγκερ Βίντερ. Το αγόρι τώρα ζωγράφιζε κάτι τετράγωνα σκακιέρας που αντικατοπτρίζονταν στους καθρέφτες μιας ντουλάπας και πάνω απ' αυτά έκανε την εμφάνισή της μία απειλητική φιγούρα με προτεταμένο χέρι. Επιτέλους, ήταν ο δολοφόνος που άρχιζε να αποκτά μορφή και τότε η Λίσμπετ χαμογέλασε. Μετά έφυγε από κει.

Πήγε στο υπνοδωμάτιο και κάθισε στο κρεβάτι, έβγαλε το φανελάκι που φορούσε και τον επίδεσμο και κοίταξε την πληγή της. Δε φαινόταν καλά και ένιωθε ακόμη αδύναμη και ζαλισμένη. Πήρε αλλά δύο αντιβιοτικά χάπια και προσπάθησε να ξεκουραστεί λίγο και πιθανώς να ξανακοιμήθηκε. Αργότερα είχε μία ελαφρά ανάμνηση ότι είδε τον Ζάλα και την Καμίλα στο όνειρό της. Αλλά αμέσως μετά αντιλήφθηκε κάτι. Δεν καταλάβαινε τι. Τίποτα παραπάνω από την αίσθηση μιας παρουσίας. Ένα πουλί πέταξε απ' έξω. Από το δωμάτιο μέσα άκουγε πώς βαριανάσαινε ο Άουγκουστ. Η Λίσμπετ ετοιμαζόταν να σηκωθεί πάλι, όταν ένα παγωμένο ουρλιαχτό έσκισε τον αέρα.

Όταν ο Μίκαελ βγήκε από τη σύνταξη για να πάρει ταξί για το «Γκραν Οτέλ», δεν είχε ακόμα νέα του Αντρέι και για ακόμα μία φορά προσπάθησε να πείσει τον εαυτό του ότι υπερέβαλλε και ο συνάδελφός του οποιαδήποτε στιγμή θα τηλεφωνούσε από το σπίτι κάποιας κοπέλας ή κάποιου φίλου. Αλλά η ανησυχία δεν τον άφηνε και στη Γετγκάταν, βλέποντας ότι είχε αρχίσει να πέφτει πάλι χιόνι και κάποια γυναίκα είχε ξεχάσει ένα παπούτσι στο πεζοδρόμιο, έβγαλε το Samsung του και τηλεφώνησε στο Redphoneapp της Λίσμπετ.

Η Λίσμπετ δεν απάντησε κι αυτό αύξησε την ανησυχία του. Προσπάθησε ακόμα μία φορά και στο τέλος τής έστειλε ένα μήνυμα από το Threemanapp του: «Σας κυνηγάει η Καμίλα. *Πρέπει να φύγετε από την κρυψώνα!*» Μετά είδε το ταξί που ερχόταν από την οδό Χεκενσγκάτα και προς στιγμήν ξαφνιάστηκε που ο οδηγός τινάχτηκε λίγο μόλις τον είδε. Τον είχε αναγνωρίσει, βέβαια, αλλά ο Μίκαελ έδειχνε πολύ σκυθρωπός εκείνη τη στιγμή και δεν είχε όρεξη για κουβέντες, παρά καθόταν εκεί πίσω στο σκοτάδι, στο κάθισμα, με τα ανήσυχα μάτια του που γυάλιζαν. Η Στοκχόλμη τριγύρω ήταν λίγο πολύ έρημη.

Η θύελλα είχε κοπάσει λίγο και ο Μίκαελ κοίταξε στην απέναντι πλευρά του καναλιού, προς το «Γκραν Οτέλ», και αναρωτιόταν μήπως έπρεπε να αγνοήσει τη συνάντηση με τον κύριο Νίντχαμ και να πάει στη Λίσμπετ ή τουλάχιστον να φρόντιζε να περάσει από κει ένα αστυνομικό αυτοκίνητο. Όχι, δεν μπορούσε να το κάνει αυτό, αν δεν την ειδοποιούσε πρώτα. Αν υπήρχε κάποια διαρροή, κάτι τέτοιο θα μπορούσε να αποβεί καταστροφικό. Άνοιξε το Threemanapp πάλι και έγραψε:

«Να κανονίσω για βοήθεια;»

Δεν πήρε καμία απάντηση. Φυσικά και δεν πήρε απάντηση. Λίγο μετά πλήρωσε, κατέβηκε από το ταξί βυθισμένος στις σκέψεις του και πέρασε από τις περιστρεφόμενες πόρτες μπαίνοντας στο ξενοδοχείο. Η ώρα ήταν τέσσερις και είκοσι, είχε πάει σαράντα λεπτά νωρίτερα. Δεν είχε πάει ποτέ του σε συνάντηση σαράντα λεπτά νωρίτερα. Αλλά ήταν σαν κάτι να έκαιγε μέσα του και πριν πάει στη ρεσεψιόν και αφήσει τα κινητά του, όπως είχαν συμφωνήσει, τηλεφώνησε πάλι στην Έρικα και της είπε να προσπαθήσει να βρει τη Λίσμπετ, να επικοινωνήσει με την αστυνομία και να πάρει όποιες αποφάσεις θεωρούσε απαραίτητες.

«Μόλις ακούσεις κάτι πάρε στο "Γκραν Οτέλ" και ζήτησε τον κύριο Νίντχαμ».

«Και ποιος είναι αυτός;»

«Κάποιος που θέλει να με συναντήσει».

«Τέτοια ώρα;»
«Τέτοια ώρα», απάντησε αυτός και πήγε στη ρεσεψιόν.

Ο Έντγουιν Νίντχαμ έμενε στο δωμάτιο 654 και ο Μίκαελ χτύπησε την πόρτα. Η πόρτα άνοιξε και μπροστά του στεκόταν ένας άντρας που μύριζε ιδρώτα και οργή. Έμοιαζε με τον άντρα στη φωτογραφία στο διαδίκτυο, περίπου όσο μοιάζει ένας μόλις ξυπνημένος από μεθύσι δικτάτορας με το άγαλμά του. Ο Εντ Νίντχαμ κρατούσε ένα ποτό στο χέρι, ήταν σκληρός και αναμαλλιασμένος και θύμιζε μπουλντόγκ.

«Κύριε Νίντχαμ», είπε ο Μίκαελ.

«Εντ», είπε ο Νίντχαμ. «Λυπάμαι που σε ενοχλώ αυτήν τη βάρβαρη ώρα, αλλά έχω μία σημαντική υπόθεση».

«Έτσι φαίνεται», απάντησε ξερά ο Μίκαελ.

«Έχεις την παραμικρή ιδέα περί τίνος πρόκειται;»

Ο Μίκαελ κούνησε το κεφάλι του και κάθισε σε μία πολυθρόνα δίπλα από ένα γραφείο, όπου βρίσκονταν ακουμπισμένα ένα μπουκάλι τζιν και ένα μπουκάλι τόνικ Σουέπς.

«Όχι. Και γιατί να έχεις;» συνέχισε ο Εντ. «Από την άλλη, δεν μπορεί ποτέ κανείς να ξέρει με τύπους σαν κι εσένα. Σε έχω ελέγξει φυσικά και πραγματικά απεχθάνομαι να κολακεύω τον κόσμο. Μου φέρνει μία άσχημη γεύση στο στόμα. Αλλά εσύ είσαι μοναδικός στη δουλειά σου, έτσι δεν είναι;»

Ο Μίκαελ χαμογέλασε δύσθυμα.

«Θα προτιμούσα να έμπαινες στο θέμα», του είπε.

«Ήρεμα, ήρεμα, θα είμαι ξεκάθαρος. Υποθέτω ότι ξέρεις που δουλεύω».

«Δεν είμαι απολύτως σίγουρος», απάντησε αυτός με ειλικρίνεια.

«Στο "Παλάτι των Αινιγμάτων". Δουλεύω στο πτυελοδοχείο όλου του κόσμου».

«Στην NSA».

«Ακριβώς, και μπορείς να φανταστείς τι σατανική ηλιθιότητα είναι να τα βάλει κανείς μαζί μας – το φαντάζεσαι αυτό, Μίκαελ Μπλούμκβιστ;»

«Νομίζω ότι μπορώ να το φανταστώ», είπε εκείνος.
«Και μπορείς να καταλάβεις πού πραγματικά πιστεύω ότι έπρεπε να βρίσκεται η φίλη σου;»
«Όχι».
«Στη φυλακή. Ισόβια!»
Ο Μίκαελ χαμογέλασε και ήλπιζε ότι ήταν ένα ήρεμο και συγκρατημένο χαμόγελο. Αλλά στην πραγματικότητα τον κυνηγούσαν οι σκέψεις του και παρά το ότι κατάλαβε πως οτιδήποτε μπορεί να είχε συμβεί και πως δεν έπρεπε να βγάλει βεβιασμένα συμπεράσματα, σκέφτηκε αμέσως: *Έχει χακάρει η Λίσμπετ την NSA;* Η σκέψη και μόνο τού προξένησε έντονη ανησυχία. Λες και δεν έφτανε που βρισκόταν σε μια κρυψώνα και την αναζητούσαν δολοφόνοι. Θα την κυνηγούσαν και οι μυστικές υπηρεσίες των ΗΠΑ; Ακουγόταν... Ναι, πώς ακουγόταν; Αδιανόητο.

Αν κάτι χαρακτήριζε τη Λίσμπετ αυτό ήταν ότι δεν έκανε ποτέ το παραμικρό αν πρώτα δεν είχε υπολογίσει προσεκτικά τις συνέπειες. Τίποτα απ' όσα έκανε δε γινόταν αυθόρμητα και ανυπολόγιστα και γι' αυτό ο Μίκαελ δεν μπορούσε να σκεφτεί ότι θα αποτολμούσε κάτι τόσο ηλίθιο όπως το να χακάρει την NSA αν υπήρχε και το ελάχιστο ρίσκο να την ανακαλύψουν. Καμιά φορά έκανε επικίνδυνα πράγματα, αυτό ήταν αλήθεια. Αλλά τα ρίσκα αντισταθμίζονταν από το όφελος κι ο Μίκαελ αρνιόταν να πιστέψει ότι εκείνη είχε κάνει εισβολή, επιτρέποντας να την ανακαλύψει αυτό το θεότρελο μπουλντόγκ που στεκόταν μπροστά του.

«Νομίζω ότι βγάλατε βιαστικά συμπεράσματα», είπε τελικά.
«Μπορείς να το ονειρεύεσαι αυτό, φίλε. Αλλά υποθέτω ότι άκουσες που χρησιμοποίησα τη λέξη "πραγματικά"».
«Το άκουσα».
«Ζόρικη λέξη, έτσι; Μπορεί να χρησιμοποιηθεί για οτιδήποτε. Εγώ, πραγματικά, δεν πίνω ποτέ το πρωί και όμως τώρα κάθομαι εδώ με το ποτό μου, χα, χα! Αυτό που θέλω να πω είναι ότι ίσως να μπορέσεις να σώσεις τη φίλη σου, αν μου υποσχεθείς ότι θα με βοηθήσεις σε μερικά πράγματα».
«Σ' ακούω».
«Ευγενικό εκ μέρους σου. Θέλω, λοιπόν, ν' αρχίσω έχοντας εγ-

γυήσεις ότι αυτά που θα πω υπάγονται στο απόρρητο που προστατεύει τις δημοσιογραφικές πηγές».
Ο Μίκαελ τον κοίταξε ξαφνιασμένος. Δεν το περίμενε αυτό.
«Είσαι κανένας από τους αντιφρονούντες;»
«Ο Θεός να βοηθάει, όχι. Είμαι μόνο ένα παλιό πιστό λαγωνικό».
«Αλλά δεν ενεργείς τώρα επίσημα για τις ΗΠΑ».
«Θα μπορούσε να πει κανείς ότι για την ώρα έχω τη δική μου ατζέντα· ότι προωθώ λίγο τις θέσεις μου. Λοιπόν, τι θα γίνει;»
«Προστατεύεσαι από το απόρρητο».
«Ωραία, θέλω να σιγουρευτώ ότι αυτά που θα σου πω θα μείνουν μεταξύ μας κι αυτό φυσικά μπορεί ν' ακούγεται λίγο παράξενο. Γιατί, που να πάρει ο διάβολος, λέω μία φανταστική ιστορία σε έναν ερευνητή δημοσιογράφο, μόνο και μόνο για να τον παρακαλέσω να το βουλώσει;»
«Θα μπορούσε να αναρωτηθεί κανείς».
«Έχω τους λόγους μου και το παράξενο είναι πως θεωρώ ότι δε χρειάζεται να σε παρακαλέσω γι' αυτό. Έχω λόγους να πιστεύω ότι θέλεις να προστατέψεις τη φίλη σου και όσο για το ενδιαφέρον θέμα για σένα... αυτό θα προκύψει από αλλού. Δεν είναι απίθανο να σε βοηθήσω σ' αυτό το σημείο, αν είσαι έτοιμος να συνεργαστείς».
«Απομένει να το δούμε», είπε κοφτά ο Μίκαελ.
«Λοιπόν, πριν από μερικές μέρες δεχτήκαμε μία εισβολή στο εσωτερικό μας δίκτυο, εκλαϊκευμένα το λέμε NSANet – το γνωρίζεις, έτσι;»
«Κάπως».
«Το NSANet δημιουργήθηκε μετά την 11η Σεπτεμβρίου για να υπάρχει ένας καλύτερος συντονισμός μεταξύ των εθνικών μας μυστικών υπηρεσιών από τη μια και των υπηρεσιών κατασκοπείας στις αγγλοσαξονικές χώρες, αυτές που αποκαλούνται "Five Eyes", από την άλλη. Είναι ένα κλειστό σύστημα με τα δικά του *ρούτερ, πορτ, μπρίτζ* και είναι τελείως έξω από το διαδίκτυο. Είναι από εκεί που εμείς, μέσω δορυφόρων και οπτικών ινών, διαχειριζόμαστε την παρακολούθηση των σημάτων και είναι εκεί που έχουμε και τα μεγάλα ψηφιακά αρχεία μας και φυσικά τις απόρρητες ανα-

λύσεις και αναφορές. Η διαχείριση του συστήματος γίνεται από το Τέξας, πράγμα που είναι τελείως ηλίθιο. Αλλά μετά τις τελευταίες αναβαθμίσεις και επανεξετάσεις εγώ το θεωρώ σαν δικό μου μωρό. Να ξέρεις, Μίκαελ, πως μου βγήκε ο πάτος. Δούλεψα μέχρι θανάτου ώστε κανένα καθοίκι να μην μπορέσει να το παραβιάσει πάλι ή ακόμα λιγότερο να το χακάρει, και σήμερα η οποιαδήποτε μικρή ανωμαλία, κάθε απειροελάχιστη παράβαση εκεί μέσα κάνει τα σήματα ασφαλείας να χτυπάνε σαν τρελά – και μη νομίσεις ούτε στιγμή πως είμαι μόνος μου σ' αυτήν τη δουλειά. Έχουμε ολόκληρο επιτελείο από ειδικούς που επιτηρούν το σύστημα και τώρα πια δεν μπορεί κανένας να κάνει κάτι εκεί χωρίς να αφήσει ίχνη πίσω του. Όλα καταγράφονται και αναλύονται. Δεν μπορείς να χτυπήσεις ούτε ένα πλήκτρο χωρίς να γίνει αντιληπτό. Αλλά...»

«Έγινε παραβίαση».

«Ναι, και κάπου θα μπορούσα να το είχε καταπιεί. Υπάρχουν πάντοτε εκτεθειμένα σημεία. Τα εκτεθειμένα σημεία υπάρχουν για να τα βρίσκουμε και να βελτιωνόμαστε. Τα εκτεθειμένα σημεία μάς κρατούν ξύπνιους και σε εγρήγορση. Αλλά δεν ήταν μόνο ότι *αυτή* έκανε εισβολή. Ήταν ο τρόπος που το έκανε. Παραβίασε τον σέρβερ μας στο δίκτυο, δημιούργησε μία άκρως εξελιγμένη γέφυρα και μπήκε στο εσωτερικό δίκτυο μέσω ενός από τους δικούς μας αναλυτές συστημάτων. Μόνο αυτό το κομμάτι της επιχείρησης ήταν ένα αριστούργημα. Αλλά δεν τελείωσε εκεί, καθόλου. Το κάθαρμα μεταμορφώθηκε σε έναν "ghost user"».

«Έναν τι;»

«Ένα αερικό, ένα φάντασμα που πετούσε εκεί μέσα χωρίς εμείς να το αντιληφθούμε».

«Χωρίς να χτυπήσουν τα προειδοποιητικά καμπανάκια σου».

«Αυτή η σατανική ευφυΐα έσπειρε έναν κατασκοπευτικό ιό που πρέπει να ήταν αλλιώτικος απ' οτιδήποτε άλλο μάς ήταν γνωστό, αλλιώς τα συστήματά μας θα τον είχαν εντοπίσει, κι αυτός ο ιός αναβάθμιζε συνεχώς το στάτους της. Αποκτούσε ολοένα και μεγαλύτερες δικαιοδοσίες και ρούφηξε απόρρητους κωδικούς πρόσβασης και άλλους κωδικούς και άρχισε να διασταυρώνει φακέλους και αρχεία και ξαφνικά, έγινε το μπαμ».

«Ποιο μπαμ;»
«Βρήκε αυτό που έψαχνε και από κείνη τη στιγμή κι έπειτα δεν ήθελε να είναι πια "ghost user". Ήθελε να μας δείξει τι είχε βρει και μόνο τότε άρχισαν τα κουδουνίσματα. Τα καμπανάκια χτύπησαν όταν εκείνη ήθελε να το κάνουν».
«Και τι ήταν αυτό που είχε βρει;»
«Ανακάλυψε τη διπλή ηθική μας, Μίκαελ, το ψεύτικο παιχνίδι μας και είναι γι' αυτό που κάθομαι εδώ μαζί σου και όχι πάνω στον φαρδύ μου κώλο στο Μέριλαντ, στέλνοντας τους κομάντος εναντίον της. Αυτή ήταν σαν ένας διαρρήκτης που μπήκε μέσα μόνο για να βεβαιωθεί ότι υπήρχαν κλοπιμαία στο σπίτι και όταν πια εμείς το ανακαλύψαμε, είχε ήδη γίνει πολύ επικίνδυνη για εμάς. Τόσο τρομερά επικίνδυνη, που μερικοί από τους υψηλόβαθμούς μας ήθελαν να την αφήσουν να διαφύγει».
«Αλλά όχι εσύ».
«Όχι, όχι εγώ. Ήθελα να τη δέσω σε μία κολόνα και να τη γδάρω ζωντανή. Αλλά ήμουν αναγκασμένος να εγκαταλείψω το κυνήγι μου, κι αυτό, Μίκαελ, με εξοργίζει. Ίσως να δείχνω κάπως συμμαζεμένος τώρα, αλλά πραγματικά, όπως είπα... πραγματικά!».
«Είσαι εκτός εαυτού».
«Ακριβώς και είναι γι' αυτό που σε κάλεσα εδώ τέτοια ώρα. Θέλω να βρω τη "Σφήγκα" σου πριν την κοπανήσει από τη χώρα».
«Και γιατί να την κοπανήσει;»
«Επειδή κάνει τη μία τρέλα μετά την άλλη, έτσι δεν είναι;»
«Δεν ξέρω».
«Το ξέρεις πολύ καλά».
«Και τι είναι αυτό που σε κάνει να νομίζεις ότι αυτή είναι η χάκερ σου;»
«Αυτό, Μίκαελ, αυτό ακριβώς σκεφτόμουν να σου πω».
Αλλά δεν πρόλαβε να συνεχίσει παραπέρα.

Το σταθερό τηλέφωνο του δωματίου χτύπησε και ο Εντ απάντησε γρήγορα. Ήταν ο άντρας στη ρεσεψιόν που ζητούσε τον Μίκαελ

Μπλούμκβιστ και ο Εντ του έδωσε το ακουστικό και κατάλαβε αρκετά γρήγορα ότι ο δημοσιογράφος πληροφορήθηκε κάτι υπερεπείγον και γι' αυτό δεν παραξενεύτηκε που ο Σουηδός μουρμούρισε μία αβέβαιη συγγνώμη και έφυγε τρεχάτος από το δωμάτιο. Δεν τον παραξένεψε. Αλλά ούτε και το αποδέχτηκε και γι' αυτό άρπαξε το παλτό του από την κρεμάστρα και έτρεξε στο κατόπι του.

Λίγο πιο μπροστά, στον διάδρομο, ο Μπλούμκβιστ έτρεχε σαν τρελός και παρόλο που ο Εντ δεν ήξερε τι είχε συμβεί, υπέθεσε ότι είχε να κάνει και με τη δική του ιστορία και αποφάσισε να τον ακολουθήσει. Αν αφορούσε τη "Σφήγκα" και τον Μπάλντερ, τότε αυτός θα ήταν παρών. Αλλά επειδή ο δημοσιογράφος δεν είχε πάρει το ασανσέρ, παρά κατέβαινε τρέχοντας τα σκαλιά, ο Εντ δυσκολευόταν να τον ακολουθήσει και όταν έφτασε λαχανιασμένος κάτω στη ρεσεψιόν, ο Μίκαελ είχε πάρει τα κινητά του και μιλούσε, ενώ έτρεχε προς τις περιστρεφόμενες πόρτες για να βγει έξω.

«Τι έγινε;» ρώτησε ο Εντ μόλις ο δημοσιογράφος, κλείνοντας το τηλέφωνο, στάθηκε στον δρόμο προσπαθώντας να βρει ένα ταξί.

«Πρόβλημα!» απάντησε ο Μίκαελ.

«Μπορώ να σε πάω ως εκεί».

«Πού σκατά να με πας. Έχεις πιει».

«Μπορούμε, όμως, να πάρουμε το αυτοκίνητό μου».

Ο Μίκαελ στάθηκε και κοίταξε έντονα τον Εντ.

«Τι θέλεις από μένα;»

«Θέλω να βοηθήσουμε ο ένας τον άλλον».

«Τη χάκερ σου να τη συλλάβεις εσύ».

«Δεν έχω δικαιοδοσία να συλλάβω κανέναν πια».

«Οκέι, και πού είναι το αυτοκίνητό σου;»

Μετά έτρεξαν προς το νοικιασμένο αυτοκίνητο του Εντ, που ήταν παρκαρισμένο κοντά στο Εθνικό Μουσείο, και πολύ σύντομα ο Μίκαελ εξήγησε στον Εντ ότι θα πήγαιναν στο Ινιαρέ. Θα του έδιναν την περιγραφή του δρόμου καθώς θα προχωρούσαν, είπε, και δε σκέφτηκε καν να τηρήσει κανένα όριο ταχύτητας.

ΚΕΦΑΛΑΙΟ 26
ΠΡΩΙ 24 ΝΟΕΜΒΡΙΟΥ

Ο Άουγκουστ φώναζε και την ίδια στιγμή η Λίσμπετ άκουσε βήματα, γρήγορα βήματα κατά μήκος του σπιτιού, άρπαξε το πιστόλι της και πετάχτηκε όρθια. Ένιωθε απαίσια. Αλλά δεν είχε καιρό να το σκεφτεί. Έτρεξε προς το άνοιγμα της πόρτας, είδε έναν μεγαλόσωμο άντρα να εμφανίζεται στη βεράντα και νόμισε προς στιγμήν ότι είχε το πλεονέκτημα, ένα δευτερόλεπτο υπέρ της. Αλλά το σκηνικό άλλαξε γρήγορα.
Ο άντρας δε σταμάτησε ούτε εμποδίστηκε από τις γυάλινες πόρτες. Έπεσε πάνω τους με τραβηγμένο το όπλο του και πυροβόλησε προς το αγόρι με μια κίνηση. Τότε η Λίσμπετ ανταπέδωσε τον πυροβολισμό – ή ίσως το είχε κάνει ήδη νωρίτερα.
Δεν ήξερε. Δεν κατάλαβε ούτε ποια στιγμή άρχισε να τρέχει καταπάνω στον άντρα. Κατάλαβε μόνο ότι έπεσε πάνω του με δύναμη και αμέσως μετά βρίσκονταν και οι δύο πεσμένοι στο πάτωμα μπροστά στο στρογγυλό τραπέζι, όπου μόλις πριν από λίγο καθόταν το αγόρι. Χωρίς να διστάσει στιγμή τον κουτούλησε.
Τον χτύπησε τόσο δυνατά, που άκουσε καμπανάκια μέσα στο κεφάλι της και τρικλίζοντας σηκώθηκε όρθια. Όλο το δωμάτιο στριφογύριζε. Είχε αίμα πάνω της. Ήταν χτυπημένη πάλι; Δεν είχε καιρό να το σκεφτεί. Πού ήταν ο Άουγκουστ; Το τραπέζι ήταν άδειο, μόνο τα μολύβια και οι ζωγραφιές ήταν εκεί, οι μπογιές και οι υπολογισμοί των πρώτων αριθμών. Πού στο διάβολο ήταν ο μικρός; Άκουσε έναν ήχο κοντά στο ψυγείο και τον είδε εκεί, καθι-

σμένο, με τα πόδια διπλωμένα μπροστά στο στήθος του. Φαίνεται πως είχε προλάβει να πέσει κάτω.

Η Λίσμπετ ήταν έτοιμη να τρέξει προς το μέρος του, όταν άκουσε καινούργιους ανησυχητικούς ήχους πιο πέρα, χαμηλόφωνες φωνές, κλαδιά που έσπαγαν. Περισσότεροι άνθρωποι έρχονταν και τότε κατάλαβε ότι έπρεπε να κινηθεί πολύ γρήγορα. Έπρεπε να φύγουν από κει. Αν ήταν η αδερφή της, είχε πάντα κόσμο που την ακολουθούσε. Η Λίσμπετ ήταν μόνη, ενώ η Καμίλα μάζευε ολόκληρη συμμορία και γι' αυτό ίσχυε το ίδιο όπως τον παλιό καιρό: έπρεπε να είναι εξυπνότερη και γρηγορότερη. Μπροστά της, σαν σε φως αστραπής, είδε το έδαφος εκεί έξω και την επόμενη στιγμή έτρεξε στον Άουγκουστ. «Έλα», του είπε. Ο Άουγκουστ δεν κουνήθηκε καθόλου. Ήταν σαν καρφωμένος στο πάτωμα και η Λίσμπετ τον σήκωσε απότομα, μορφάζοντας από τον πόνο. Κάθε κίνηση της προξενούσε πόνο. Αλλά δεν είχαν περιθώριο να χάσουν χρόνο και προφανώς το κατάλαβε και ο Άουγκουστ. Της έγνεψε πως μπορούσε να τρέξει μόνος του, αυτή όρμησε προς το στρογγυλό τραπέζι, πήρε το λάπτοπ και συνέχισε μετά προς τη βεράντα, προσπερνώντας τον άντρα στο πάτωμα, που ανασηκώθηκε με δυσκολία και προσπάθησε να πιάσει το πόδι του Άουγκουστ.

Η Λίσμπετ ταλαντεύτηκε αν θα τον σκότωνε. Αντί γι' αυτό, τον κλότσησε δυνατά στον λαιμό και στο στομάχι και πέταξε μακριά το όπλο του. Μετά έτρεξε έξω στη βεράντα με τον Άουγκουστ και κατευθύνθηκαν προς την κατωφέρεια και τα βράχια. Αλλά ξαφνικά σταμάτησε. Σκέφτηκε τη ζωγραφιά. Δεν ήξερε πόσο είχε προλάβει να ζωγραφίσει ο Άουγκουστ. Έπρεπε να γυρίσει πίσω; Όχι, αυτοί θα έφταναν από στιγμή σε στιγμή. Έπρεπε να φύγουν. Όμως... η ζωγραφιά ήταν κι αυτή ένα όπλο –δεν ήταν;– και η κύρια αιτία όλης αυτής της τρέλας και γι' αυτό έκρυψε τον Άουγκουστ και το λάπτοπ σε ένα κοίλωμα των βράχων που ήδη είχε επιλέξει την προηγούμενη βραδιά. Μετά έτρεξε πάλι προς τα πάνω, μπήκε στο σπίτι και κοίταξε πάνω στο τραπέζι. Δεν την είδε. Παντού υπήρχαν ζωγραφιές του Λάσε Βέστμαν και πρώτοι αριθμοί.

Αλλά εκεί – εκεί ήταν, και πάνω από τα τετράγωνα και τους καθρέφτες φαίνονταν τώρα ένα χλομό πρόσωπο με μία μεγάλη ου-

λή στο μέτωπο, που η Λίσμπετ τώρα πια την ήξερε καλά. Ήταν ο ίδιος άντρας με αυτόν που κειτόταν στο πάτωμα της κουζίνας μπροστά της και μούγκριζε. Τότε έβγαλε αμέσως το κινητό της, πήρε μία φωτογραφία από τη ζωγραφιά και την έστειλε στην αστυνομία, στον Γιαν Μπουμπλάνσκι και τη Σόνια Μούντιγκ. Έγραψε και μια αράδα στο πάνω μέρος. Την επόμενη στιγμή, όμως, αντιλήφθηκε ότι αυτό ήταν σφάλμα.
Κόντευαν να την κυκλώσουν.

Στο Samsung κινητό τού είχε στείλει η Λίσμπετ το ίδιο μήνυμα όπως και στην Έρικα. Ήταν μόνο η λέξη «ΚΡΙΣΗ» και δεν μπορούσε να παρερμηνευτεί. Όχι όταν προερχόταν από τη Λίσμπετ. Όπως και να το σκεφτόταν ο Μίκαελ, δεν μπορούσε να το ερμηνεύσει με άλλον τρόπο πέρα από το ότι ο δολοφόνος την είχε βρει και στη χειρότερη περίπτωση της επιτέθηκε την ώρα που το έγραφε και γι' αυτό, μόλις προσπέρασαν το Σταντσγκορντσκάγιεν και μπήκαν στην οδική αρτηρία Βερμντελέντεν, σανίδωσε το γκάζι.

Οδηγούσε ένα καινούργιο ασημί Άουντι 8 και δίπλα του καθόταν ο Εντ Νίντχαμ. Ο Εντ είχε μία σκληρή έκφραση στο πρόσωπό του. Πότε πότε έγραφε κάτι στο κινητό του. Γιατί τον είχε αφήσει ο Μίκαελ να έρθει μαζί του, δεν ήξερε με σιγουριά – ίσως ήθελε να ξέρει τι στοιχεία είχε ο Εντ για τη Λίσμπετ ή μπορεί να ήταν και κάτι άλλο. Ίσως ο Εντ να πρόσφερε βοήθεια. Σε κάθε περίπτωση, δε θα μπορούσε να κάνει την κατάσταση χειρότερη. Η κρίση έτσι κι αλλιώς ήταν μεγάλη. Η αστυνομία είχε ειδοποιηθεί. Αλλά δε θα προλάβαιναν να συγκεντρώσουν ιδιαίτερα γρήγορα μία ομάδα αστυνομικών – ειδικά όταν ήταν αρκετά επιφυλακτικοί λόγω των ελάχιστων πληροφοριών που είχαν. Η Έρικα είχε αναλάβει τις επαφές. Ήταν αυτή που ήξερε τον δρόμο προς τα κει κι αυτός χρειαζόταν βοήθεια. Χρειαζόταν όλη τη βοήθεια που θα μπορούσε να του προσφέρει κανείς.

Έφτασε στη γέφυρα Ντανβικσμπρούν. Ο Εντ είπε κάτι. Αυτός δεν άκουσε τι. Οι σκέψεις του ήταν αλλού. Σκεφτόταν τον Αντρέι – τι του είχαν κάνει του Αντρέι; Ο Μίκαελ τον έβλεπε μπροστά του εκεί που καθόταν σκεφτικός και σαστισμένος στη σύνταξη και φαινόταν σαν ένας νεαρός Αντόνιο Μπαντέρας. Γιατί, που να πάρει ο διάβολος, δεν είχε πάει μαζί του για μπίρα; Ο Μίκαελ του τηλεφώνησε πάλι. Προσπάθησε να τηλεφωνήσει και στη Λίσμπετ. Αλλά δεν πήρε καμία απάντηση από πουθενά και τότε άκουσε τον Εντ να του μιλάει.

«Θέλεις να σου πω τι έχουμε;»

«Ναι... ίσως... κάν' το», του είπε.

Αλλά ούτε κι αυτήν τη φορά έφτασαν κάπου. Χτύπησε το τηλέφωνο του Μίκαελ. Ήταν ο Γιαν Μπουμπλάνσκι.

«Εσύ κι εγώ έχουμε να πούμε πολλά μετά απ' αυτό – το καταλαβαίνεις έτσι; Θα υποστείτε τις συνέπειες του νόμου».

«Το καταλαβαίνω».

«Αλλά τώρα σου τηλεφωνώ για να σου δώσω πληροφορίες. Ξέρουμε ότι η Λίσμπετ Σαλάντερ ήταν ζωντανή στις 04:22. Ήταν πριν ή μετά που σου έστειλε το μήνυμα;»

«Πριν, λίγο πιο πριν. Πώς προέκυψε αυτή η ώρα;»

«Η Σαλάντερ μας έστειλε κάτι – κάτι πολύ ενδιαφέρον».

«Τι;»

«Μία ζωγραφιά, και πρέπει να παραδεχτώ, Μίκαελ, ότι ξεπέρασε κάθε προσδοκία μας».

«Ώστε η Λίσμπετ έκανε το αγόρι να ζωγραφίσει».

«Ο, ναι, και δεν ξέρω πόσο ευσταθεί ως αποδεικτικό στοιχείο ή τι μπορεί να κάνει ένας καλός δικηγόρος υπεράσπισης μ' αυτήν τη ζωγραφιά. Αλλά για μένα δεν υπάρχει καμία αμφιβολία ότι αυτός είναι ο δολοφόνος. Είναι αριστοτεχνικά ζωγραφισμένη, με εκείνη την παράξενη μαθηματική ακρίβεια πάλι. Ναι, γεγονός είναι ότι υπάρχει και μία εξίσωση στο κάτω μέρος με $χ$ και $ψ$ συντελεστές. Δεν έχω την παραμικρή ιδέα αν αυτό έχει να κάνει με την υπόθεση. Αλλά έχω στείλει τη ζωγραφιά στην Ιντερπόλ για να την ελέγξουν στο πρόγραμμα αναγνώρισης υπόπτων. Αν αυτός ο άντρας υπάρχει στα αρχεία τους, τότε είναι τελειωμένος».

«Θα κάνετε και ανακοίνωση Τύπου γι' αυτό;»

«Το εξετάζουμε».

«Πότε μπορείτε να είσαστε εκεί;»

«Όσο γρηγορότερα γίνεται... περίμενε λίγο».
Ο Μίκαελ άκουσε να χτυπάει κάποιο άλλο τηλέφωνο και για λίγο ο Μπουμπλάνσκι εξαφανίστηκε, καθώς συνομιλούσε με κάποιον. Όταν επανήλθε, είπε κοφτά:
«Έχουμε πληροφορίες ότι έπεσαν πυροβολισμοί εκεί πάνω. Φοβάμαι ότι η κατάσταση δεν είναι καλή».
Ο Μίκαελ πήρε μια βαθιά ανάσα.
«Και κανένα νέο για τον Αντρέι;»
«Έχουμε εντοπίσει το τηλέφωνό του στην Γκάμλα Σταν. Αλλά δεν έχουμε προχωρήσει παραπέρα. Εδώ και ώρα δεν έχουμε σήμα καθόλου, λες και το τηλέφωνο χάλασε ή σταμάτησε να λειτουργεί».
Ο Μίκαελ έκλεισε το τηλέφωνο και αύξησε ταχύτητα. Κάποια στιγμή είχε φτάσει τα εκατόν ογδόντα χιλιόμετρα την ώρα. Είπε με λίγα λόγια στον Εντ Νίντχαμ τι συνέβαινε. Αλλά στο τέλος δεν άντεξε άλλο. Χρειαζόταν να συγκεντρώσει τη σκέψη του σε κάτι διαφορετικό. Οπότε ρώτησε:
«Λοιπόν, τι είναι αυτά που βρήκατε;»
«Για τη "Σφήγκα";»
«Ναι».
«Τίποτε απολύτως. Ήμασταν σίγουροι ότι είχαμε φτάσει στο τέλος του δρόμου», συνέχισε ο Νίντχαμ. «Είχαμε κάνει όλα όσα περνούσαν από το χέρι μας και κάτι παραπάνω. Είχαμε αναποδογυρίσει όλες τις πέτρες και παρ' όλα αυτά δε φτάσαμε πουθενά και κάπου εκεί αντιλήφθηκα ότι αυτό ήταν και το λογικό».
«Τι θες να πεις;»
«Ένας χάκερ που είναι ικανός να κάνει μία τέτοια εισβολή μπορεί επίσης να εξαφανίσει όλα του τα ίχνη. Είχα καταλάβει αρκετά νωρίς ότι δε θα φτάναμε πουθενά ακολουθώντας τον συνηθισμένο δρόμο. Αλλά δεν τα παράτησα και στο τέλος αδιαφόρησα για όλες τις σχετικές έρευνες. Πήγα κατευθείαν στο μεγάλο ερώτημα: ποιος είναι ικανός για μία τέτοια επιχείρηση; Ήξερα ήδη από τότε ότι αυτό το ερώτημα ήταν η καλύτερή μας ευκαιρία. Το επίπεδο εισβολής ήταν τόσο υψηλό, που δεν υπήρχε σχεδόν κανένας που να μπορεί να το πραγματοποιήσει. Με αυτήν την έν-

νοια, ο χάκερ είχε την ικανότητά του εναντίον του. Εκτός αυτού είχαμε αναλύσει τον κατασκοπευτικό ιό, κι αυτός...»
Ο Εντ Νίντχαμ κοίταξε προς τα κάτω, το κινητό του.
«Ναι;»
«Είχε τις καλλιτεχνικές του ιδιομορφίες και οι ιδιομορφίες από τη δική μας πλευρά ήταν φυσικά κάτι καλό. Είχαμε –μπορεί να πει κανείς– ένα έργο πολύ υψηλού επιπέδου με ένα ιδιαίτερο προσωπικό στιλ και τώρα έπρεπε να βρούμε τον δημιουργό του και γι' αυτό αρχίσαμε να στέλνουμε ερωτήσεις στην κοινότητα των χάκερς, οπότε σύντομα είχαμε ένα όνομα, ένα ψευδώνυμο που εμφανιζόταν συνεχώς. Μπορείς να μαντέψεις ποιο;»
«Ίσως».
«Ήταν η "Σφήγκα"! Ουσιαστικά ήταν και άλλα πολλά ονόματα αλλά η "Σφήγκα" γινόταν ολοένα και πιο ενδιαφέρουσα, ναι, πράγματι, από το όνομά της και μόνο... ναι, είναι μία μεγάλη ιστορία που δε χρειάζεται να σ' την πω τώρα. Αλλά το όνομα...»
«Προερχόταν από την ίδια σειρά κόμικς που χρησιμοποιεί και η οργάνωση που βρίσκεται πίσω από τη δολοφονία του Μπάλντερ».
«Ακριβώς. Ώστε το ξέρεις;»
«Ναι, όπως ξέρω επίσης ότι οι συνάφειες μπορεί να είναι ψευδαισθήσεις και παραπλανήσεις. Όταν ψάχνει κανείς αρκετά επίμονα βρίσκει σχέσεις με οτιδήποτε».
«Αν κάποιος το γνωρίζει καλά αυτό, δεν είναι άλλος από μας. Αλλά όχι, δεν του έδωσα και πολλή βάση. Το "Σφήγκα" μπορούσε να σημαίνει και πολλά άλλα πράγματα. Αλλά εκείνη τη χρονική στιγμή δεν είχα και τίποτε άλλο να ακολουθήσω. Εκτός αυτού είχα ακούσει πια τόσα γι' αυτό το άτομο, που ήθελα να αποκαλύψω την ταυτότητά του πάση θυσία και γι' αυτό γυρίσαμε πολύ πίσω στον χρόνο. Ανακτήσαμε παλιούς διαλόγους στους ιστότοπους των χάκερς. Διαβάσαμε οποιαδήποτε λέξη βρίσκαμε που είχε γράψει η "Σφήγκα" στο διαδίκτυο και μελετούσαμε όλα τα θέματα στα οποία είχε συμμετάσχει, οπότε αρκετά σύντομα τη γνωρίσαμε κάπως. Ήμασταν σίγουροι ότι ήταν γυναίκα, αν και δεν εκφραζόταν και τόσο γυναικεία με την κλασική έννοια· επίσης κα-

ταλάβαμε ότι ήταν Σουηδέζα. Πολλά κομμάτια που είχε γράψει ήταν στα σουηδικά κι αυτό δεν ήταν φυσικά και κανένα στοιχείο που μπορούσαμε να ακολουθήσουμε. Αλλά επειδή υπήρχε μία σύνδεση με Σουηδία μέσω της οργάνωσης που αυτή ερευνούσε και επειδή και ο Φρανς Μπάλντερ ήταν Σουηδός, το συγκεκριμένο στοιχείο απέκτησε ακόμα πιο μεγάλο ενδιαφέρον. Ήρθα σε επαφή με κόσμο από τη FRA κι εκείνοι άρχισαν να ψάχνουν στα αρχεία τους και, τότε, πράγματι...»

«Τι;»

«Οδηγηθήκαμε σε μία εντυπωσιακή ανακάλυψη. Πριν από πολλά χρόνια η σουηδική υπηρεσία είχε ερευνήσει μία περίπτωση χάκερ με το ψευδώνυμο "Σφήγκα". Ήταν πριν από πάρα πολλά χρόνια και η "Σφήγκα" τότε δεν ήταν και τόσο καλή στο να κρυπτογραφεί».

«Τι είχε συμβεί;»

«Η FRA είχε διαπιστώσει ότι κάποιος με το ψευδώνυμο "Σφήγκα" είχε προσπαθήσει να μάθει για άτομα που είχαν αποσκιρτήσει από μυστικές υπηρεσίες άλλων χωρών κι αυτό ήταν αρκετό για να βάλει σε λειτουργία τα συστήματα ασφαλείας της FRA. Η υπηρεσία είχε διενεργήσει μία έρευνα η οποία την οδήγησε στον υπολογιστή μίας παιδοψυχιατρικής κλινικής στην Ουψάλα, που ανήκε σε έναν αρχίατρο που λεγόταν Τελεμποριάν. Για κάποιον λόγο –προφανώς επειδή ο Τελεμποριάν συνεργαζόταν με τη σουηδική ΕΥΠ– θεώρησαν ότι ο τύπος ήταν υπεράνω πάσης υποψίας. Αντί γι' αυτόν, η FRA επικεντρώθηκε σε κάνα-δυο νοσηλευτές που θεωρούνταν ύποπτοι επειδή ήταν... ναι, απλώς μετανάστες. Είχαν σκεφτεί τόσο ηλίθια και στερεότυπα και φυσικά δεν έβγαλαν τίποτε απ' αυτό».

«Μπορώ να το καταλάβω».

«Ναι, αλλά μετά από πάρα πολύ καιρό παρακάλεσα έναν από τους άντρες της FRA να μου στείλει όλο το παλιό υλικό, το οποίο και εξέτασα πάλι αλλά με διαφορετικό τρόπο. Ξέρεις, για να είσαι καλός χάκερ δε χρειάζεται να είσαι μεγαλόσωμος και χοντρός και να ξυρίζεσαι κάθε πρωί. Έχω συναντήσει δωδεκάχρονους και δεκατριάχρονους που ήταν τρομεροί χάκερς και γι' αυτό ήταν αυτονόητο για μένα ότι έπρεπε να κοιτάξω όλα τα παιδιά που βρίσκονταν τότε στην κλινική. Όλα τα ονόματα των παιδιών υπήρχαν στο υλικό και έβαλα τρεις από τους δικούς μου να τα ερευνήσουν όλα, μέσα κι έξω. Και ξέρεις τι βρήκαμε; Ένα από τα παιδιά ήταν η κόρη του παλιού κατάσκοπου και μεγαλοαπατεώνα Ζαλατσένκο, που τόσο έντονα απασχολούσε τότε τους συναδέλφους της CIA και ξαφνικά η όλη ιστορία έγινε άκρως ενδιαφέρουσα. Όπως ίσως γνωρίζεις υπήρχαν κοινά σημεία μεταξύ του δικτύου που είχε διερευνήσει η χάκερ και του εγκληματικού συνδικάτου του Ζαλατσένκο».

«Αυτό δε σημαίνει απαραιτήτως πως ήταν η "Σφήγκα" αυτή που σας χάκαρε».

«Και βέβαια όχι. Αλλά ψάξαμε λίγο πιο αναλυτικά αυτό το κορίτσι και τι να πω; Είχε ένα περιπετειώδες παρελθόν, έτσι δεν είναι; Βέβαια ένα μέρος των στοιχείων γι' αυτήν στις επίσημες πηγές είχε με κάποιον μυστήριο τρόπο εξαφανιστεί. Όμως βρήκαμε υπέρ το δέον αρκετά, και δεν ξέρω, ίσως κάνω λάθος. Αλλά έχω την αίσθηση ότι υπάρχει ένα συμβάν εδώ, ένα βασικό τραύμα. Έχουμε ένα μικρό διαμέρισμα στη Στοκχόλμη και μία μητέρα που δουλεύει ταμίας σε μικρομάγαζο και που παλεύει να τα βγάλει πέρα έχοντας δύο δίδυμα κορίτσια. Από μια άποψη βρισκόμαστε πολύ μακριά από τους κύκλους της εξουσίας. Αλλά...»

«...αυτοί οι κύκλοι είναι παρόντες».

«Ναι, γιατί φυσάει ένας παγωμένος αέρας προερχόμενος από αυτούς τους κύκλους όταν ο πατέρας έρχεται για επίσκεψη. Μίκαελ, δεν ξέρεις τίποτα για μένα».

«Όχι».

«Αλλά εγώ ξέρω πολύ καλά πώς είναι για ένα παιδί να βιώνει άγρια βία σε προσωπικό επίπεδο».

«Το γνωρίζεις αυτό;»

«Ναι, και γνωρίζω ακόμα καλύτερα πώς νιώθει κανείς όταν η κοινωνία δεν κάνει τίποτα για να τιμωρήσει τους ενόχους. Προξενεί πόνο, φίλε, τρομερό πόνο και δε με εκπλήσσει καθόλου το γεγονός ότι τα περισσότερα παιδιά που έχουν βιώσει τέτοιες καταστάσεις πάνε κατά διαβόλου. Γίνονται φοβερά καθάρματα όταν μεγαλώσουν».

«Ναι, δυστυχώς».
«Αλλά μερικά -μερικά μόνο Μίκαελ- γίνονται δυνατά σαν αρκούδες, σηκώνονται όρθια και ανταποδίδουν τα χτυπήματα. Η "Σφήγκα" ήταν ένα τέτοιο άτομο, έτσι δεν είναι;»
Ο Μίκαελ έγνεψε καταφατικά και γκάζωσε ακόμα περισσότερο.
«Την έχωσαν σε τρελάδικο και προσπάθησαν να την τσακίσουν. Αλλά εκείνη συνεχώς επανερχόταν και ξέρεις τι πιστεύω;» συνέχισε ο Εντ.
«Όχι».
«Ότι γινόταν όλο και δυνατότερη. Ότι στηριζόταν πάνω στην κόλασή της και μεγάλωνε. Νομίζω ότι έγινε φοβερά επικίνδυνη, ειλικρινά, και δεν νομίζω ότι ξέχασε τίποτε απ' όσα είχαν συμβεί. Τα πάντα έχουν χαραχτεί πάνω της, σωστά; Ίσως είναι όλη αυτή η παραφροσύνη της παιδικής ηλικίας που τα έβαλε όλα σε κίνηση».
«Είναι πιθανόν».
«Ακριβώς, έχουμε δύο αδερφές που επηρεάζονται τελείως διαφορετικά και γίνονται εχθροί και κυρίως έχουμε μια κληρονομιά από μία τεράστια εγκληματική αυτοκρατορία».
«Η Λίσμπετ δεν έχει καμία ανάμειξη σ' αυτό. Μισεί οτιδήποτε έχει να κάνει με τον πατέρα της».
«Αν είναι κάποιος που το ξέρει καλά αυτό, Μίκαελ, δεν είναι άλλος από εμένα. Τι έγινε, όμως, με την κληρονομιά; Και δεν είναι η κληρονομιά που ψάχνει να βρει; Δεν είναι αυτό που θέλει να καταστρέψει, ακριβώς όπως ήθελε να καταστρέψει και την πηγή προέλευσής της;»
«Τι είναι αυτό που θέλεις τελικά;» τον ρώτησε απότομα ο Μίκαελ.
«Ίσως εν μέρει αυτό που θέλει και η "Σφήγκα". Θέλω να βάλω τα πράγματα στη θέση τους».
«Και να συλλάβεις τη χάκερ σου».
«Θέλω να τη συναντήσω, να την ξεψαχνίσω και να βουλώσω όλες τις τρύπες του συστήματος ασφαλείας. Αλλά πάνω απ' όλα θέλω να τσακίσω κάτι τύπους που δε με άφησαν να ολοκληρώσω τη δουλειά μου, μόνο και μόνο επειδή τους ξεβράκωσε η "Σφή-

γκα". Και έχω λόγους να πιστεύω ότι θα με βοηθήσεις σ' αυτό το σημείο, Μίκαελ».

«Γιατί;»

«Γιατί είσαι ένας καλός ρεπόρτερ. Οι καλοί ρεπόρτερ δε θέλουν τα βρόμικα μυστικά να παραμένουν μυστικά».

«Και η "Σφήγκα";»

«Η "Σφήγκα" θα τα ξεράσει όλα – θα τα ξεράσει όπως δεν έχει κάνει ποτέ στη ζωή της μέχρι τώρα και η αλήθεια είναι ότι εσύ θα με βοηθήσεις και σ' αυτό».

«Αλλιώς;»

«Αλλιώς θα βρω έναν τρόπο να τη χώσω μέσα και θα κάνω τη ζωή της κόλαση – σ' το υπόσχομαι».

«Αλλά προς το παρόν θέλεις μόνο να της μιλήσεις».

«Κανένα καθοίκι δε θα χακάρει πάλι το σύστημά μου, Μίκαελ, και γι' αυτό πρέπει να καταλάβω πώς ακριβώς το έκανε εκείνη. Αυτό θέλω να της πεις. Είμαι έτοιμος ν' αφήσω ελεύθερη τη φίλη σου, αρκεί να κάτσει μαζί μου και να μου πει πώς έκανε την εισβολή».

«Θα της το πω. Ας ελπίσουμε μόνο... » άρχισε να λέει ο Μίκαελ.

«Ότι θα είναι ζωντανή», συμπλήρωσε ο Εντ και μετά έστριψαν με μεγάλη ταχύτητα αριστερά, προς την παραλία του Ινιαρεστράντ.

Η ώρα ήταν 04:48. Ήταν πριν από είκοσι λεπτά που τους είχε ειδοποιήσει η Λίσμπετ Σαλάντερ.

Σπάνια έκανε τόσο λάθος ο Γιαν Χόλτσερ.

Ο Γιαν Χόλτσερ υπέφερε από τη ρομαντική αντίληψη ότι από απόσταση μπορούσε κανείς να διακρίνει αν κάποιος άντρας θα τα κατάφερνε σ' έναν αγώνα σώμα με σώμα ή σε μία μεγάλη δοκιμασία που απαιτούσε καλή φυσική κατάσταση και ήταν γι' αυτό που σε σύγκριση με τον Ορλόφ και τον Μπογκντάνοφ δεν είχε εκπλαγεί όταν το σχέδιο με τον Μίκαελ Μπλούμκβιστ είχε αποτύχει. Αυτοί ήταν απολύτως σίγουροι: δεν έχει γεννηθεί ακόμα ο άντρας που θα μπορέσει να αντισταθεί στην Κίρα. Αλλά ο Χόλτσερ –αφού είχε δει από απόσταση τον δημοσιογράφο για ένα δευτερόλεπτο στο Σαλτσεμπάντεν– είχε τις αμφιβολίες του. Ο Μίκαελ Μπλούμκβιστ αποτελούσε πρόβλημα. Φαινόταν σαν ένας τύπος που ούτε τον δούλευες εύκολα, ούτε τον έσπαγες εύκολα και τίποτε απ' αυτά που είχε δει ή ακούσει ο Γιαν στη συνέχεια δεν τον είχαν κάνει ν' αλλάξει γνώμη. Αλλά τα πράγματα ήταν διαφορετικά με τον νεαρό δημοσιογράφο. Αυτός φαινόταν σαν τον κλασικό τύπο του αδύναμου, μαλακού άντρα. Όμως αυτό ήταν μεγάλο λάθος. Ο Αντρέι Ζάντερ είχε αντέξει περισσότερο από όλους όσους είχε βασανίσει ο Γιαν. Παρά τους φοβερούς πόνους, δεν έσπαγε. Κάποιου είδους σταθερότητα που φαινόταν ότι πήγαζε από τις υψηλές του αρχές έλαμπε στα μάτια του και ο Γιαν είχε την άποψη ότι έπρεπε να τα παρατήσουν, ότι ο Αντρέι Ζάντερ προτιμούσε να υποστεί οτιδήποτε παρά να μιλήσει και τότε παρενέβη η Κίρα και υποσχέθηκε ότι και η Έρικα και ο Μίκαελ του *Μιλένιουμ* θα βασανίζονταν το ίδιο όπως αυτός, που τελικά υπέκυψε.

Η ώρα ήταν τότε τρεις και μισή το πρωί. Ήταν μία απ' αυτές τις στιγμές που ο Γιαν ένιωθε ότι ήταν ευοίωνες. Το χιόνι έπεφτε πάνω στα τζάμια της οροφής. Το πρόσωπο του νεαρού άντρα ήταν στεγνό και χλομό. Το αίμα από το στήθος του είχε ξεραθεί πάνω στα χείλη και τα μάγουλά του. Τα χείλη του, που ήταν κολλημένα με την ταινία, είχαν ανοίξει και πληγιάσει. Ήταν ένα πτώμα. Όμως ακόμα διακρινόταν ότι ήταν ένας ωραίος άντρας και ο Γιαν σκέφτηκε την Όλγα. Τι γνώμη θα είχε άραγε εκείνη γι' αυτόν;

Δεν ήταν αυτός ο δημοσιογράφος ένας μορφωμένος νεαρός που πάλευε κατά της αδικίας και υπερασπιζόταν τους ζητιάνους και τους κατατρεγμένους που άρεσαν και σ' εκείνη; Το σκέφτηκε αυτό, όπως και διάφορα άλλα από τη ζωή του. Μετά έκανε τον σταυρό του, τον ρωσικό σταυρό, που δηλώνει ότι ένας δρόμος οδηγεί στον ουράνιο παράδεισο και ένας άλλος στην κόλαση και κοίταξε την Κίρα. Ήταν πιο όμορφη από ποτέ.

Τα μάτια της έλαμπαν με μία πύρινη λάμψη. Καθόταν σε ένα σκαμπό δίπλα στο κρεβάτι και φορούσε ένα πανάκριβο μπλε φόρεμα που δεν είχε ούτε σταγόνα αίματος πάνω του· τότε κάτι είπε στα σουηδικά στον Αντρέι, κάτι που ακουγόταν τρυφερό. Μετά του έπιασε το χέρι. Της έπιασε κι αυτός σφιχτά το χέρι. Δεν είχε και από πού αλλού να ζητήσει παρηγοριά. Ο αέρας σφύριζε έξω στο σοκάκι. Η Κίρα κούνησε το κεφάλι της και χαμογέλασε στον Γιαν. Νέες νιφάδες χιονιού έπεσαν πάνω στα τζάμια της οροφής.

Μετά βρέθηκαν να κάθονται όλοι μαζί σε ένα Λαντ Ρόβερ στον δρόμο για το Ινιαρέ. Ο Γιαν ένιωθε κενός και δεν του άρεσε καθόλου η εξέλιξη των πραγμάτων. Αλλά δεν μπορούσε να μη σκεφτεί ότι ήταν δικό του λάθος που είχαν φτάσει ως εδώ και γι' αυτό καθόταν αμίλητος και άκουγε την Κίρα, που ήταν τόσο ερεθισμένη και με λυσσαλέο μίσος μιλούσε για τη γυναίκα που πήγαιναν να βρουν. Ο Γιαν πίστευε ότι αυτό δεν ήταν καλό σημάδι κι αν του περνούσε απ' το χέρι θα τη συμβούλευε να γυρίσουν πίσω και να φύγουν από τη χώρα.

Αλλά παρέμενε σιωπηλός, ενώ το χιόνι έπεφτε εκεί έξω κι αυτοί συνέχιζαν τον δρόμο τους στο σκοτάδι. Όταν κοιτούσε καμιά φορά την Κίρα, τα γεμάτα φωτιά και συγχρόνως παγωμένα μάτια της τον φόβιζαν. Αλλά απόδιωξε τη σκέψη και σκέφτηκε ότι έπρεπε να της δώσει δίκιο σε ένα πράγμα. Είχε καταλάβει τα πάντα σωστά.

Όχι μόνο είχε καταλάβει ποιος είχε πέσει πάνω στον Άουγκουστ Μπάλντερ και τον είχε σώσει· είχε επίσης καταλάβει ποιος μπορούσε να ξέρει πού είχαν πάει η γυναίκα και το αγόρι και το όνομα που είχε αναφέρει δεν ήταν άλλο από του Μίκαελ Μπλούμκβιστ. Κανένας τους δεν είχε καταλάβει τη λογική στο συλλογισμό της. Γιατί ένας φημισμένος Σουηδός δημοσιογράφος να κρύψει ένα άτομο που εμφανίστηκε από το πουθενά και πήρε το παιδί από τον τόπο του εγκλήματος; Αλλά όσο πιο πολύ ερευνούσαν αυτήν τη θεωρία, τόσο πιο πολύ φαινόταν ότι κάτι κρυβόταν εκεί. Δεν αποδείχτηκε μόνο ότι η γυναίκα –που λέγεται Λίσμπετ Σαλάντερ– είχε στενή σχέση με τον δημοσιογράφο. Κάτι είχε συμβεί και με τη σύνταξη του *Μιλένιουμ*.

Το επόμενο πρωί μετά τη δολοφονία στο Σαλτσεμπάντεν, ο Γιούρι είχε χακάρει τον υπολογιστή του Μίκαελ Μπλούμκβιστ, προσπαθώντας να καταλάβει γιατί ο Φρανς Μπάλντερ τον είχε καλέσει στο σπίτι του μέσα στη νύχτα. Όμως από χθες το μεσημέρι δεν μπορούσε να μπει στον υπολογιστή του Μπλούμκβιστ, πράγμα που είχε πολύ καιρό να του τύχει. Πότε είχε συμβεί να μην μπορεί ο Γιούρι να μπει στα μέιλ κάποιου δημοσιογράφου; Ποτέ, απ' ό,τι ήξερε ο Γιαν. Ο Μίκαελ Μπλούμκβιστ είχε γίνει ξαφνικά πολύ προσεκτικός κι αυτό είχε συμβεί ταυτόχρονα με την εξαφάνιση του παιδιού και της γυναίκας από τη Σβεαβέγκεν.

Αυτό βέβαια δεν αποτελούσε καμία εγγύηση ότι ο δημοσιογράφος ήξερε πού ήταν το παιδί και η Σαλάντερ. Αλλά όσο περνούσε η ώρα, εμφανίζονταν περισσότερες ενδείξεις ότι η θεωρία ήταν σωστή και όπως και να 'ταν, η Κίρα δε χρειαζόταν περισσότερες αποδείξεις. Ήθελε να τα βάλει με τον Μπλούμκβιστ. Επειδή δεν τα κατάφερε, ήθελε να τα βάλει με κάποιον άλλο στη σύνταξη και πάνω απ' όλα, με μία σατανική εμμονή, να βρει τη γυναίκα και το παιδί. Και μόνο αυτό θα ήταν αρκετό για να τους βάλει σε ανησυχία. Αλλά ήταν αλήθεια, ο Γιαν ένιωθε ευγνώμων.

Ίσως δεν καταλάβαινε πλήρως τα κίνητρα της Κίρας. Το δικό του πάντως ήταν να σκοτώσουν το παιδί κι εκεί τελείωνε ο δικός του ρόλος. Η Κίρα θα μπορούσε να τον έχει θυσιάσει. Αλλά αυτή επέλεξε να πάρει μεγαλύτερα ρίσκα για να μπορέσει να τον κρατήσει κι αυτό τον χαροποιούσε – αν και τώρα, τούτη τη στιγμή, ένιωθε άβολα.

Προσπάθησε να αντλήσει δύναμη από την Όλγα. Ό,τι και να συνέβαινε, εκείνη δεν έπρεπε να ξυπνήσει και να δει μια ζωγραφιά με το πρόσωπο του πατέρα της σε όλα τα πρωτοσέλιδα των εφημερίδων και συνεχώς έλεγε στον εαυτό του ότι όλα είχαν πάει καλά ως τώρα και τα πιο δύσκολα τα είχαν αφήσει πίσω τους. Αν τώρα ο Αντρέι Ζάντερ τους είχε δώσει τη σωστή διεύθυνση, η αποστολή έπρεπε να είναι εύκολη. Ήταν τρεις βαριά οπλισμένοι κι αποφασισμένοι άνθρωποι – τέσσερις αν μετρούσες και τον Γιούρι, που, φυσικά, καθόταν ως συνήθως στον υπολογιστή του.

Ήταν ο Γιαν, ο Γιούρι, ο Ορλόφ και ο Ντένις Βίλτον, ένας γκάνγκστερ που παλιότερα ήταν μέλος της «Λέσχης» των μηχανόβιων του Σβάβελσε, αλλά τώρα δούλευε για την Κίρα και τους είχε βοηθήσει με τον σχεδιασμό της επιχείρησης στη Σουηδία. Ήταν τρεις ή τέσσερις γυμνασμένοι άντρες συν την Κίρα και εναντίον τους είχαν μία και μόνη γυναίκα, που πιθανώς κοιμόταν, και που θα προστάτευε και ένα παιδί. Δεν έπρεπε να υπάρχει κανένα πρόβλημα, κανένα. Θα μπορούσαν να χτυπήσουν γρήγορα, να τελειώσουν τη δουλειά και να φύγουν από τη χώρα. Αλλά η Κίρα ήταν τσιτωμένη. Έκανε σαν μανιακή: «Φροντίστε να μην υποτιμήσετε τη Λίσμπετ Σαλάντερ». Το είπε τόσες φορές, ώσπου και ο Γιούρι, που αλλιώς πάντα συμφωνούσε μαζί της, άρχισε να εκνευρίζεται. Βέβαια ο Γιαν είχε δει στη Σβεαβέγκεν ότι εκείνη η κοπέλα έδειχνε γυμνασμένη, τολμηρή και άφοβη. Αλλά σύμφωνα με την Κίρα το κορίτσι ήταν σχεδόν σαν υπεράνθρωπος. Αυτό ήταν ηλίθιο. Ο Γιαν δεν είχε συναντήσει ποτέ γυναίκα που μπορούσε να τα βγάλει πέρα μ' αυτόν ή έστω με τον Ορλόφ. Πάντως υποσχέθηκε να είναι προσεκτικός, να κάνει αναγνώριση του εδάφους και να καταστρώσει μία στρατηγική, ένα σχέδιο. Δε θα βιάζονταν, δε θα έπεφταν σε καμία παγίδα. Το τόνιζε συνεχώς και όταν στο τέλος πάρκαραν σε έναν μικρό κολπίσκο δίπλα σε κάτι βράχια και μία έρημη αποβάθρα, αυτός ανέλαβε το κουμάντο. Διέταξε τους άλλους να ετοιμαστούν πίσω από το αυτοκίνητο, ενώ εκείνος έφυγε πρώτος για να βρει το σπίτι. Προφανώς αυτό δεν ήταν και τόσο εύκολο.

Στον Γιαν Χόλτσερ άρεσαν οι πρωινές ώρες. Του άρεσε η σιωπή και η αίσθηση του φρέσκου αέρα και τώρα περπατούσε με ελαφρά κυρτωμένο το σώμα του και αφουγκραζόταν. Το σκοτάδι τριγύρω τού παρείχε ασφάλεια και δεν έβλεπε άνθρωπο, καμία λάμπα δεν άναβε. Προσπέρασε την αποβάθρα και τα βράχια και έφτασε σε έναν ξύλινο φράχτη και μία ξεχαρβαλωμένη πόρτα, ακριβώς δίπλα σε ένα έλατο και έναν μεγάλο αγκαθωτό θάμνο. Άνοιξε την πόρτα και συνέχισε προς τα πάνω, στα ξύλινα σκαλοπάτια με την κουπαστή στη δεξιά πλευρά και μετά από λίγο διέκρινε το σπίτι εκεί πάνω.

Ήταν κρυμμένο πίσω από κάτι πεύκα και λεύκες και ολοσκότεινο, είχε μία βεράντα στη νότια πλευρά και μπροστά από τη βεράντα υπήρχαν μπαλκονόπορτες, από τις οποίες θα του ήταν εύκολο να περάσει. Με την πρώτη ματιά δεν έβλεπε καμία μεγάλη δυσκολία. Θα μπορούσε εύκολα να μπει μέσα και να εξουδετερώσει τον εχθρό. Δε θα υπήρχε κανένα πρόβλημα. Παρατήρησε ότι βάδιζε σχεδόν αθόρυβα και προς στιγμήν σκέφτηκε μήπως έπρεπε να αποτελειώσει μόνος του τη δουλειά. Ίσως αυτό ήταν και δική του ευθύνη. Ο ίδιος τούς είχε φέρει σ' εκείνη τη δύσκολη κατάσταση. Θα έπρεπε και να την ξεκαθαρίσει. Η δουλειά αυτή δεν ήταν δυσκολότερη από άλλες που είχε κάνει, το αντίθετο μάλιστα.

Εδώ δεν υπήρχαν αστυνομικοί, όπως στο σπίτι του Μπάλντερ, κανένας φύλακας και κανένα ίχνος συναγερμού. Ήταν αλήθεια ότι δεν είχε μαζί του το αυτόματο τουφέκι του. Αλλά δεν υπήρχε καμία ανάγκη γι' αυτό. Το αυτόματο όπλο ήταν υπερβολικό, ένα προϊόν των ερεθισμένων σκέψεων της Κίρας. Είχε, όμως, το πιστόλι του, ένα Ρέμινγκτον, κι αυτό ήταν αρκετό και ξαφνικά —χωρίς τον συνηθισμένο ακριβή σχεδιασμό του— ξεκίνησε την έφοδο με την ίδια ενεργητικότητα όπως πάντα.

Μετακινήθηκε γρήγορα παράλληλα με το σπίτι και έφτασε στη βεράντα με τις γυάλινες πόρτες. Αλλά ξαφνικά πάγωσε. Στην αρχή δεν κατάλαβε το γιατί. Μπορεί να ήταν οτιδήποτε, ένας ήχος, μία κίνηση, ένας κίνδυνος που δεν είχε συνειδητοποιήσει και γρήγορα κοίταξε προς το ορθογώνιο παράθυρο εκεί πάνω. Δεν μπορούσε να δει μέσα από το σημείο όπου στεκόταν. Όμως παρέμεινε ακίνητος, αβέβαιος. Μπορούσε να είχε κάνει λάθος στο σπίτι; Αποφάσισε να πάει πιο κοντά και για σιγουριά να κοιτάξει μέσα και τότε... καρφώθηκε ακίνητος στο σκοτάδι. Κάποιος τον παρατηρούσε. Κάτι μάτια που τον είχαν δει κι άλλη φορά κοιτούσαν με κενό βλέμμα προς το μέρος του από ένα στρογγυλό τραπέζι εκεί μέσα και τότε αυτός έπρεπε να αντιδράσει. Έπρεπε να είχε τρέξει στη βεράντα, να έμπαινε μέσα αστραπιαία και να πυροβολούσε. Έπρεπε να είχε ακολουθήσει το δολοφονικό του ένστικτο. Αλλά δίστασε πάλι. Δεν μπορούσε να βγάλει το όπλο του. Ήταν σαν χαμένος μπροστά σ' εκείνο το βλέμμα και ίσως να είχε μείνει ακόμα περισσότερα δευτερόλεπτα σ' αυτήν τη θέση αν το αγόρι δεν έκανε κάτι που ο Γιαν νόμιζε ότι ο μικρός δεν μπορούσε να κάνει.

Το αγόρι έβγαλε μία διαπεραστική στριγκλιά, που έκανε τα

τζάμια να κουνηθούν και τότε ο Γιαν έτρεξε προς τη βεράντα και χωρίς καθόλου να το σκεφτεί έπεσε πάνω στα τζάμια και πυροβόλησε. Πυροβόλησε με ακρίβεια, όπως νόμιζε. Αλλά δεν πρόλαβε ποτέ να δει αν είχε βρει τον στόχο.

Μία φιγούρα σαν φάντασμα και με μεγάλη ταχύτητα κινήθηκε εναντίον του κι αυτός δεν πρόλαβε να στραφεί ή να πάρει κάποια κατάλληλη θέση. Κατάλαβε ότι πυροβόλησε ακόμα μία φορά και κάποιος ανταπέδωσε τον πυροβολισμό. Αλλά δεν πρόλαβε να σκεφτεί τίποτε άλλο, γιατί την επόμενη στιγμή έπεσε στο πάτωμα με όλο του το βάρος και από πάνω του ήταν μία νεαρή γυναίκα, με τέτοια λύσσα στα μάτια της που ξεπερνούσε οτιδήποτε άλλο είχε δει ποτέ στη ζωή του και τότε ενστικτωδώς αντέδρασε κι αυτός με την ίδια οργή. Προσπάθησε να πυροβολήσει πάλι. Αλλά η γυναίκα ήταν σαν άγριο θηρίο και τώρα καθόταν πάνω του, ανασήκωσε το κεφάλι της και... μπαμ. Ο Γιαν δεν πρόλαβε να καταλάβει τι είχε συμβεί. Πρέπει να λιποθύμησε.

Όταν συνήλθε είχε τη γεύση του αίματος στο στόμα του, κολλούσε και ήταν βρεγμένος κάτω από την μπλούζα του. Πρέπει να τον είχε βρει η σφαίρα και ακριβώς εκείνη τη στιγμή τον προσπέρασαν η γυναίκα και το παιδί κι εκείνος προσπάθησε να πιάσει το πόδι του μικρού. Έτσι τουλάχιστον νόμιζε. Αλλά πρέπει να του επιτέθηκαν πάλι. Ξαφνικά δυσκολευόταν να ανασάνει.

Δεν καταλάβαινε πια τι συνέβαινε. Τίποτε άλλο εκτός του ότι ήταν τελειωμένος και νικημένος – και από ποιον; Από ένα κορίτσι. Αυτή η αίσθηση έγινε ένα κομμάτι του πόνου του, εκεί που κειτόταν στο πάτωμα, μέσα σε κομμάτια γυαλιών και στο αίμα του, με κλειστά μάτια, βαριανασαίνοντας και ελπίζοντας ότι όλα αυτά θα έπαιρναν σύντομα τέλος. Αλλά τότε αντιλήφθηκε κάτι, φωνές λίγο πιο πέρα, και όταν άνοιξε τα μάτια του είδε με κατάπληξη τη γυναίκα. Ήταν εκεί. Δεν είχε φύγει μόλις πριν; Όχι, στεκόταν ακριβώς δίπλα στο τραπέζι, με τα αδύνατα αγορίστικα πόδια της, και κάτι έκανε, οπότε ο Γιαν συγκέντρωσε τις τελευταίες του δυνάμεις και προσπάθησε να σηκωθεί. Δεν έβρισκε το όπλο του. Αλλά μπόρεσε να ανασηκώσει το σώμα του και να καθίσει και του φάνηκε πως είδε αμυδρά τον Ορλόφ στο παράθυρο και τότε προσπάθησε να της επιτεθεί. Αλλά δεν πρόλαβε να κάνει τίποτα.

Η γυναίκα εξερράγη, έτσι το βίωσε αυτός. Άρπαξε μερικά χαρτιά και βγήκε έξω με απίστευτη ταχύτητα, πήδηξε από τη βεράντα και κατευθύνθηκε προς το δάσος και αμέσως μετά ακούστηκαν πυροβολισμοί στο σκοτάδι κι αυτός μουρμούρισε μοναχός του: «Σκοτώστε τα καθοίκια!» Αλλά, στην ουσία, δεν μπορούσε να συνεισφέρει σε τίποτα. Σχεδόν δεν άντεχε να σταθεί στα πόδια του ούτε άντεχε να νοιαστεί για το χάος εκεί έξω. Μόνο στεκόταν και ταλαντευόταν, πιστεύοντας ότι ο Ορλόφ και ο Βίλτον είχαν εξοντώσει τη γυναίκα και το παιδί και προσπάθησε να χαρεί γι' αυτό και να το δει σαν αποκατάσταση. Αλλά, στην ουσία, προσπαθούσε να κρατηθεί στα πόδια του και κοίταξε λοξά πάνω στο τραπέζι.

Εκεί πάνω υπήρχαν ένα σωρό μπογιές και χαρτιά και τα κοίταζε χωρίς να καταλαβαίνει στην αρχή. Μετά ήταν σαν να μπήχτηκε ένα μαχαίρι στην καρδιά του. Είδε τον εαυτό του ή πιο σωστά, είδε μόνο έναν κακό άνθρωπο, έναν δαίμονα με ωχρό πρόσωπο που σήκωνε το χέρι του για να σκοτώσει. Μόνο αφού πέρασε λίγη ώρα κατάλαβε ότι ο δαίμονας ήταν ο ίδιος και τότε ταράχτηκε σύγκορμος.

Όμως δεν μπορούσε να τραβήξει το βλέμμα του από τη ζωγραφιά. Σαν να τον υπνώτιζε και τότε ανακάλυψε ότι δεν υπήρχε μόνο κάποιου είδους εξίσωση στο κάτω μέρος αλλά και στο πάνω μέρος του χαρτιού ήταν γραμμένο κάτι με κακό γραφικό χαρακτήρα. Έγραφε:

«Mailed to police 04:22».!*

---

* «Στάλθηκε στην αστυνομία». Αγγλικά στο πρωτότυπο. (Σ.τ.Ε.)

ΚΕΦΑΛΑΙΟ 27
ΠΡΩΙ 24 ΝΟΕΜΒΡΙΟΥ

Όταν ο Αράμ Μπαρζάνι της ειδικής μονάδας καταστολής της αστυνομίας μπήκε στο σπίτι της Γκαμπριέλας Γκρέιν στις 04:52 το πρωί, είδε έναν μεγαλόσωμο, μαυροντυμένο άντρα να κείτεται δίπλα στο στρογγυλό τραπέζι της κουζίνας. Ο Αράμ πλησίασε προσεκτικά. Το σπίτι φαινόταν έρημο, αλλά δεν ήθελε να πάρει κανένα ρίσκο. Όχι πριν από πολλή ώρα είχε αναφερθεί ότι εδώ είχαν πέσει πυροβολισμοί και έξω στα βράχια φώναζαν δυνατά οι συνάδελφοί του:
«Εδώ!» φώναζαν. «Εδώ!»
Ο Αράμ δεν κατάλαβε τι αφορούσε και προς στιγμήν δίστασε. Να έτρεχε έξω σ' αυτούς; Αποφάσισε να μείνει εκεί μέσα και να δει σε τι κατάσταση ήταν ο πεσμένος άντρας. Υπήρχαν σπασμένα γυαλιά και αίμα γύρω του. Πάνω στο τραπέζι κάποιος είχε σκίσει ένα χαρτί και είχε σπάσει μερικές μπογιές. Ο άντρας ήταν πεσμένος ανάσκελα και έκανε με μία αργή κίνηση τον σταυρό του. Τώρα μουρμούριζε κάτι. Πιθανώς μια προσευχή. Ακουγόταν σαν ρωσικά, ο Αράμ κατάλαβε τη λέξη «Όλγα» και είπε στον άντρα ότι έρχονταν οι πρώτες βοήθειες.
«They were sisters»,* απάντησε ο άντρας.
Αλλά το πρόφερε τόσο παράξενα, που ο Αράμ δεν έδωσε ση-

---

* «Ήταν αδερφές». Αγγλικά στο πρωτότυπο. (Σ.τ.Μ.)

μασία. Έψαξε τα ρούχα του άντρα και διαπίστωσε ότι δεν ήταν οπλισμένος και πιθανώς ήταν πυροβολημένος στην κοιλιά. Η μπλούζα του ήταν μούσκεμα στο αίμα και φαινόταν ανησυχητικά χλομός. Ο Αράμ τον ρώτησε τι είχε συμβεί. Στην αρχή δεν πήρε απάντηση. Μετά εκείνος είπε ακόμα μία παράξενη πρόταση στα αγγλικά:
«My soul was captured in a drawing»*, και φαινόταν ότι ήταν στα πρόθυρα να χάσει τις αισθήσεις του.

Ο Αράμ έμεινε εκεί μερικά λεπτά ακόμα για να σιγουρευτεί ότι ο άντρας δε θα δημιουργούσε προβλήματα στους αστυνομικούς. Αλλά όταν άκουσε το προσωπικό του ασθενοφόρου να πηγαίνει προς τα κει, άφησε τον άντρα και κατευθύνθηκε προς τα βράχια. Ήθελε να μάθει γιατί είχαν φωνάξει οι συνάδελφοί του. Το χιόνι συνέχιζε να πέφτει, το έδαφος ήταν γλιστερό και όλα ένα γύρο παγωμένα. Λίγο πιο κάτω ακούγονταν φωνές και μηχανές αυτοκινήτων που κατέφθαναν. Ήταν ακόμα σκοτεινά και δύσκολο να δει κανείς, υπήρχαν πολλές πέτρες και γυμνά δέντρα. Ήταν μία άγρια περιοχή και τα βράχια τελείωναν απότομα. Το μέρος δεν ήταν καλό για συμπλοκή και είχε άσχημα προαισθήματα. Όλα τριγύρω ήταν παράξενα σιωπηλά και δεν καταλάβαινε πού είχαν πάει οι συνάδελφοί του.

Εκείνοι όμως δε στέκονταν πολύ μακριά του, βρίσκονταν ακριβώς εκεί που τελείωναν τα βράχια, πίσω από μία άγρια λεύκα, και όταν τους εντόπισε τινάχτηκε. Δεν το συνήθιζε αυτό. Αλλά φοβήθηκε όταν τους είδε να κοιτάζουν προς τα κάτω τόσο σοβαροί και αμίλητοι. Τι υπήρχε εκεί πέρα; Ήταν το αυτιστικό αγόρι νεκρό;

Προχώρησε αργά προς τα κει και σκέφτηκε τα δικά του αγόρια, που ήταν οκτώ και εννιά χρονών και έκαναν σαν τρελά για το ποδόσφαιρο. Δεν έκαναν τίποτε άλλο, δε μιλούσαν για τίποτε άλλο. Τους έλεγαν Μπιορν και Άντερς. Αυτός και η Ντιλβάν τους είχαν δώσει σουηδικά ονόματα, γιατί πίστευαν ότι αυτό θα τους

---

* «Σ' αυτό το σκίτσο αποτυπώθηκε η ψυχή μου». Αγγλικά στο πρωτότυπο. (Σ.τ.Μ.)

βοηθούσε στη ζωή. Τι άνθρωποι ήταν αυτοί που ήρθαν εδώ για να σκοτώσουν ένα παιδί; Ξαφνικά εξαγριώθηκε και φώναξε στους συναδέλφους του. Την επόμενη στιγμή άφησε έναν αναστεναγμό ανακούφισης.

Δεν ήταν κανένα αγόρι, αλλά δύο άντρες που κείτονταν στο έδαφος, προφανώς κι αυτοί πυροβολημένοι στην κοιλιά. Ο ένας απ' αυτούς -ένας μεγαλόσωμος σκληρός τύπος με βλογιοκομμένο δέρμα και πλατιά μύτη πυγμάχου- προσπάθησε να σηκωθεί. Αλλά τον έριξαν αμέσως ξανά κάτω. Είχε μια έκφραση ταπείνωσης στο πρόσωπό του. Το δεξί του χέρι έτρεμε από πόνο ή οργή. Ο άλλος άντρας, που φορούσε πέτσινο τζάκετ και είχε αλογοουρά, φαινόταν να είναι σε χειρότερη κατάσταση. Αυτός κειτόταν ακίνητος και κοιτούσε σοκαρισμένος προς τα πάνω τον μαύρο ουρανό.

«Κανένα ίχνος του παιδιού;» ρώτησε ο Αράμ.

«Τίποτα», απάντησε ο συνάδελφός του, ο Κλας Λιντ.

«Ούτε της γυναίκας;»

«Ούτε».

Ο Αράμ δεν ήταν σίγουρος αν αυτό ήταν καλό σημάδι και έκανε ακόμα μερικές ερωτήσεις. Αλλά κανένας από τους συναδέλφους του δεν είχε πλήρη άποψη γι' αυτό που είχε συμβεί. Το μόνο σίγουρο ήταν ότι είχαν βρει δύο αυτόματα τουφέκια μάρκας Μπάρετ REC7 τριάντα-σαράντα μέτρα πιο πέρα. Υπέθεσαν ότι τα όπλα ανήκαν στους άντρες. Αλλά γιατί είχαν βρεθεί τα τουφέκια εκεί δεν ήταν σαφές. Ο βλογιοκομμένος άντρας είχε φτύσει μία ακατανόητη απάντηση όταν τον ρώτησαν.

Τα επόμενα δεκαπέντε λεπτά ο Αράμ και οι συνάδελφοί του έψαξαν την περιοχή χωρίς να βρουν τίποτα που να δείχνει ότι είχε γίνει κάποια μάχη. Εν τω μεταξύ έφταναν όλο και περισσότεροι άνθρωποι εκεί: τραυματιοφορείς, η υπαστυνόμος Σόνια Μούντιγκ, δυο-τρεις τεχνικοί, μία ολόκληρη στρατιά αστυνομικών, ο δημοσιογράφος Μίκαελ Μπλούμκβιστ και ένας μεγαλόσωμος Αμερικανός με κοντοκομμένα μαλλιά, που αμέσως ενέπνευσε σεβασμό σε όλους. Στις 05:25 ήρθε ένα μήνυμα ότι υπήρχε κάποιος μάρτυρας που περίμενε να τον ανακρίνουν κάτω στην παραλία,

στο πάρκινγκ. Σύμφωνα με τον Κλας Λιντ δεν μπορούσε κανείς να τον πάρει στα σοβαρά:
«Ο μπάρμπας λέει ιστορίες για αγρίους».

Η Σόνια Μούντιγκ και ο Γέρκερ Χόλμπεργ στέκονταν ήδη στο πάρκινγκ και προσπαθούσαν να καταλάβουν τι είχε συμβεί. Μέχρι εκείνη τη στιγμή, όμως, η συνολική εικόνα ήταν πολύ αποσπασματική και αυτοί ήλπιζαν ότι ο μάρτυρας, ο Κ. Γ. Μάτσον, θα αποσαφήνιζε την εξέλιξη των γεγονότων.

Αλλά όταν τον είδαν να έρχεται κατά μήκος της παραλίας δεν ήταν πια σίγουροι. Ο Κ. Γ. Μάτσον φορούσε ένα τυρολέζικο καπέλο, πράσινο καρό παντελόνι, είχε ένα ψηλό μουστακάκι και ένα κόκκινο τζάκετ Κάναντα Γκους. Έδειχνε σαν να ήθελε να τους κάνει πλάκα.

«Ο Κ. Γ. Μάτσον;» ρώτησε η Σόνια Μούντιγκ.

«Σε όλη του τη μεγαλοπρέπεια», είπε αυτός και χωρίς να τον ρωτήσουν –ίσως επειδή κατάλαβε ότι έπρεπε να βελτιώσει την αξιοπιστία του– πρόσθεσε ότι διηύθυνε τον εκδοτικό οίκο «Τρου Κράιμς», που εξέδιδε αληθινές ιστορίες για μεγάλα εγκλήματα.

«Περίφημα. Αλλά αυτήν τη φορά θέλουμε μία αντικειμενική μαρτυρία – όχι κάποιο εμπορικό πλασάρισμα βιβλίου», είπε η Σόνια Μούντιγκ για σιγουριά και ο Κ. Γ. Μάτσον είπε ότι φυσικά και το καταλάβαινε αυτό.

Αυτός ήταν ένα «σοβαρό άτομο». Είχε ξυπνήσει απελπιστικά νωρίς, είπε, είχε μείνει ξαπλωμένος και άκουγε τη «σιωπή και τη γαλήνη». Αλλά λίγο πριν από τις πέντε και μισή άκουσε κάτι που αμέσως αντιλήφθηκε ότι ήταν πυροβολισμός και τότε σηκώθηκε, ντύθηκε βιαστικά και βγήκε έξω στη βεράντα που είχε θέα προς την παραλία, το βουνό και το πάρκινγκ όπου στέκονταν τούτη τη στιγμή.

«Και τι είδες;»

«Τίποτα. Ήταν τρομακτικά ήρεμα. Μετά εξερράγη ο αέρας. Ακουγόταν σαν να είχε ξεσπάσει πόλεμος».

«Άκουσες πυροβολισμούς;»

«Ακούγονταν από τα βράχια στην άλλη πλευρά της παραλίας κι εγώ κοίταζα σαστισμένος προς τα κει και τότε... σας είπα ότι είμαι παρατηρητής πτηνών στο φυσικό τους περιβάλλον;»
«Δε μας το είπες».
«Αυτό έχει εξασκήσει την όραση μου, όπως καταλαβαίνετε. Έχω γερακίσια μάτια. Είμαι συνηθισμένος να παρατηρώ μικρές λεπτομέρειες από μεγάλη απόσταση και σίγουρα γι' αυτό παρατήρησα ένα μικρό σημείο πάνω στα βράχια – το βλέπετε; Τα βράχια μπαίνουν λίγο μέσα, σχηματίζοντας ένα κοίλωμα».
Η Σόνια κοίταξε προς τα πάνω και έγνεψε καταφατικά.
«Στην αρχή δεν καταλάβαινα τι ήταν», συνέχισε ο Κ. Γ. Μάτσον. «Αλλά μετά διαπίστωσα ότι ήταν ένα παιδί, ένα αγόρι, νομίζω. Καθόταν στις φτέρνες του και έτρεμε, τουλάχιστον αυτό φαντάστηκα και ξαφνικά... για τ' όνομα του Θεού, δε θα το ξεχάσω ποτέ μου».
«Τι;»
«Κάποιος ήρθε τρέχοντας από πάνω, μία νεαρή γυναίκα, πήδηξε και προσγειώθηκε πάνω στα βράχια τόσο ορμητικά, που παρά λίγο να πέσει κάτω και μετά κάθονταν αυτοί οι δύο μαζί, εκείνη και το αγόρι και απλώς περίμεναν το αναπόφευκτο, και μετά...»
«Ναι;»
«Εμφανίστηκαν δύο άντρες με αυτόματα όπλα που πυροβολούσαν ξανά και ξανά και μπορείτε να το καταλάβετε και μόνοι σας, έπεσα κάτω με τα μούτρα. Φοβόμουν ότι μπορούσαν να με χτυπήσουν οι σφαίρες. Αλλά δε γινόταν και να μην κοιτάξω προς τα κει. Ξέρετε, από τη μεριά μου το αγόρι και η γυναίκα ήταν ορατοί. Αλλά για τους άντρες εκεί πάνω ήταν κρυμμένοι. Τουλάχιστον προσωρινά. Όμως αντιλήφθηκα πως ήταν θέμα χρόνου πριν τους ανακαλύψουν και κατάλαβα ότι εκείνοι δεν μπορούσαν να πάνε πουθενά. Την ίδια στιγμή που θα έβγαιναν από το κοίλωμα των βράχων θα τους έβλεπαν οι άντρες και θα τους σκότωναν. Ήταν μία απελπιστική κατάσταση».
«Εντούτοις δε βρήκαμε ούτε το αγόρι ούτε τη γυναίκα εκεί πάνω», είπε η Σόνια.
«Όχι, ακούστε με! Οι άντρες ολοένα και πλησίαζαν και στο τέ-

λος πρέπει να ακούγονταν και οι αναπνοές τους. Οι άντρες στέκονταν τόσο κοντά, που αν έγερναν λίγο προς τα μπρος θα ανακάλυπταν τη γυναίκα και το αγόρι. Αλλά τότε...»
«Ναι;»
«Δε θα με πιστέψετε. Αυτός ο αστυνομικός από την ομάδα καταστολής δε με πίστεψε καθόλου».
«Πες μας και εμείς θα ελέγξουμε την αξιοπιστία αργότερα».
«Όταν οι άντρες σταμάτησαν για να αφουγκραστούν ή μόνο επειδή υποψιάζονταν ότι ήταν κοντά, ακριβώς τότε σηκώθηκε η γυναίκα με ένα απότομο σάλτο και τους πυροβόλησε. Μπαμ, μπαμ! Μετά έτρεξε κοντά τους και πέταξε κάτω από τα βράχια τα όπλα τους. Ήταν μία εκπληκτική ενέργεια, σαν σε ταινία δράσης και μετά εκείνη έτρεξε –ή πιο σωστά, έτρεξε, ρολάρισε και όρμησε– με το αγόρι μέσα σε μία BMW που ήταν παρκαρισμένη εδώ. Ακριβώς πριν μπουν στο αυτοκίνητο είδα ότι η γυναίκα κρατούσε κάτι στο χέρι της, μία τσάντα ή έναν υπολογιστή».
«Εξαφανίστηκαν με την BMW;»
«Με ιλιγγιώδη ταχύτητα. Δεν ξέρω πού πήγαν».
«Οκέι».
«Αλλά δεν είχε τελειώσει ακόμα».
«Τι εννοείς;»
«Βρισκόταν εκεί και ένα άλλο αυτοκίνητο, ένα Ρέιντζ Ρόβερ νομίζω, ένα ψηλό, μαύρο, νέο μοντέλο».
«Τι συνέβη μ' αυτό;»
«Στην αρχή δεν το πολυπρόσεξα και μετά ήμουν απασχολημένος, γιατί πήγα να τηλεφωνήσω στην Άμεσο Δράση. Αλλά όταν ήμουν έτοιμος να κλείσω το τηλέφωνο, είδα δύο άτομα να κατεβαίνουν από την ξύλινη σκάλα εκεί πέρα: ήταν ένας αδύνατος, ψηλός άντρας και μία γυναίκα – φυσικά δεν μπόρεσα να τους δω καλά. Παραήταν μακριά. Πάντως μπορώ να πω δύο πράγματα γι' αυτήν τη γυναίκα».
«Και ποια είναι αυτά;»
«Ήταν σαν ψεύτικη και τρομερά άγρια».
«Σαν ψεύτικη, με την έννοια ότι ήταν πολύ όμορφη;»
«Η εν πάση περιπτώσει, φανταχτερή, εντυπωσιακή. Έκανε

μπαμ από μακριά. Αλλά ήταν και εξαγριωμένη. Ακριβώς τη στιγμή που έμπαινε στο Ρέιντζ Ρόβερ έδωσε ένα χαστούκι στον άντρα και το παράξενο ήταν πως αυτός ούτε καν αντέδρασε. Έσκυψε μόνο το κεφάλι του σαν να πίστευε ότι το άξιζε. Μετά έφυγαν από δω. Οδηγούσε ο άντρας».

Η Σόνια κρατούσε σημειώσεις και κατάλαβε ότι έπρεπε να στείλει πανσουηδικό συναγερμό και για το Ρέιντζ Ρόβερ και για την BMW το συντομότερο δυνατόν.

Η Γκαμπριέλα Γκρέιν έπινε έναν καπουτσίνο στην κουζίνα του διαμερίσματός της στην οδό Βιλαγκάταν και θεωρούσε ότι ήταν αρκετά συγκεντρωμένη. Αλλά ενδεχομένως να βρισκόταν σε κατάσταση σοκ. Η Χελένα Κραφτ ήθελε να τη συναντήσει στο γραφείο της στην ΕΥΠ στις οκτώ η ώρα. Η Γκαμπριέλα μάντευε ότι όχι μόνο θα την απέλυαν· θα ακολουθούσαν και νομικές διώξεις και ένεκα αυτού οι πιθανότητές της να βρει άλλη δουλειά θα εξανεμίζονταν. Η καριέρα της είχε τελειώσει στα τριάντα της.

Όμως αυτό δεν ήταν το χειρότερο. Γνώριζε ότι είχε ενεργήσει παράνομα και συνειδητά είχε πάρει το ρίσκο. Αλλά το είχε κάνει επειδή ότι αυτός ήταν ο καλύτερος τρόπος για να προστατεύσει τον γιο του Φρανς Μπάλντερ. Τώρα είχε γίνει μακελειό εκεί έξω στο εξοχικό της και κανένας δε φαινόταν να ξέρει πού ήταν το αγόρι. Ίσως να ήταν βαριά τραυματισμένος ή νεκρός. Η Γκαμπριέλα ένιωθε σαν να την ξέσκιζε το αίσθημα ενοχής – πρώτα ο πατέρας και τώρα ο γιος.

Σηκώθηκε και κοίταξε το ρολόι. Ήταν επτά και τέταρτο και έπρεπε να φύγει για να προλάβει να τακτοποιήσει λίγο το γραφείο της πριν από τη συνάντηση με τη Χελένα Κραφτ. Αποφάσισε να συμπεριφερθεί με αξιοπρέπεια, να μη ζητήσει συγγνώμη ούτε να παρακαλέσει να την κρατήσουν στη δουλειά. Σκέφτηκε πως έπρεπε να είναι δυνατή ή τουλάχιστον να δείχνει δυνατή. Χτύπησε το Blackphone της. Δεν άντεχε να απαντήσει. Φόρεσε τις μπότες της, το παλτό της και ένα ακριβό κόκκινο κασκόλ. Θα μπορούσε να βουλιάξει με στιλ και αξιοπρέπεια και γι' αυτό στάθηκε μπροστά στον καθρέφτη του χολ και διόρθωσε το μέικ-απ της.

Και με μία χιουμοριστική διάθεση έκανε με τα δάχτυλα το σήμα της νίκης, ακριβώς όπως είχε κάνει ο Νίξον όταν αποχώρησε. Τότε ξαναχτύπησε το Blackphone κι αυτήν τη φορά απάντησε απρόθυμα. Ήταν η Αλόνα Κασάλες από την NSA.

«Τα άκουσα», είπε αυτή.

Φυσικά και τα είχε ακούσει.

«Και πώς είσαι;» συνέχισε.

«Πώς νομίζεις;»

«Νιώθεις σαν τον χειρότερο άνθρωπο του κόσμου».

«Κάπως έτσι».

«Που δε θα μπορέσει ποτέ να βρει δουλειά».

«Έτσι ακριβώς, Αλόνα».

«Τότε μπορώ να σου πω ότι δεν έχεις λόγο να ντρέπεσαι για τίποτα. Ενήργησες απολύτως σωστά».

«Πλάκα μού κάνεις;»

«Δεν είναι και η καλύτερη στιγμή για πλάκες, καρδιά μου. Είχατε έναν κατάσκοπο ανάμεσά σας».

Η Γκαμπριέλα πήρε βαθιά αναπνοή.

«Ποιος είναι αυτός;»

«Ο Μόρτεν Νίλσεν».

«Έχετε αποδείξεις γι' αυτό;»

«Ο, ναι, σ' τα στέλνω όλα σε μερικά λεπτά».

«Και γιατί να μας προδώσει ο Μόρτεν;»

«Μαντεύω ότι δεν το έβλεπε ως προδοσία».

«Και πώς το έβλεπε;»

«Σαν συνεργασία με τον Μεγάλο Αδελφό, ένα καθήκον προς το ηγετικό έθνος των ελεύθερων χωρών – τρέχα-γύρευε».

«Ώστε σας έδινε πληροφορίες».

«Μας βοήθησε για να τις παίρνουμε μόνοι μας. Μας έδωσε πληροφορίες για τον σέρβερ σας και την κρυπτογράφησή σας και εδώ που τα λέμε δεν ήταν και τίποτα το φοβερό σε σχέση με όλα τ' άλλα που κάνουμε. Υποκλέπτουμε τα πάντα, από τα κουτσομπολιά του γείτονα ως τις συνομιλίες των πρωθυπουργών».

«Αλλά τώρα διέρρευσε και παραπέρα».

«Τώρα το έμαθε ο κόσμος όλος - και ξέρω, Γκαμπριέλα, ότι εσύ δεν ενήργησες σύμφωνα με τους κανόνες. Αλλά ηθικά έκανες το σωστό, είμαι πεπεισμένη γι' αυτό και θα φροντίσω να το μάθουν οι προϊστάμενοί σου. Κατάλαβες ότι κάτι ήταν σάπιο στην υπηρεσία σας και γι' αυτό δεν μπορούσες να ενεργήσεις μέσα στα πλαίσια, αλλά δεν ήθελες να αποποιηθείς και των ευθυνών σου».

«Και όμως πήγε στραβά».

«Καμιά φορά πάει στραβά όσο προσεκτικός και να είναι κανείς».

«Σ' ευχαριστώ, Αλόνα, πολύ ευγενικό εκ μέρους σου. Αλλά αν έχει συμβεί κάτι στον Άουγκουστ Μπάλντερ δεν πρόκειται να συγχωρήσω τον εαυτό μου ποτέ».

«Γκαμπριέλα, το αγόρι είναι εντάξει. Τώρα που μιλάμε, πηγαίνει σε κάποιο κρυφό μέρος με το αυτοκίνητο της δεσποινίδας Σαλάντερ, μη τυχόν και συνεχίζει να τους κυνηγάει κάποιος ακόμα».

Η Γκαμπριέλα δεν καταλάβαινε.

«Τι εννοείς;»

«Ότι είναι σώος, καρδιά μου, και χάρη σ' αυτόν ο δολοφόνος του πατέρα του έχει αναγνωριστεί και συλληφθεί».

«Πώς τα ξέρεις αυτά;»

«Έχω μία πηγή πολύ στρατηγικά πλασαρισμένη, μπορεί να πει κανείς».

«Αλόνα...»

«Ναι;»

«Αν είναι αλήθεια αυτά που λες, μου έχεις δώσει πίσω τη ζωή μου».

Μετά το τέλος της συνομιλίας με την Αλόνα Κασάλες, η Γκαμπριέλα τηλεφώνησε στη Χελένα Κραφτ και επέμεινε να παρευρίσκεται στη συνάντηση και ο Μόρτεν Νίλσεν. Η Χελένα Κραφτ συμφώνησε απρόθυμα.

Η ώρα ήταν επτά και μισή το πρωί όταν ο Εντ Νίντχαμ και ο Μίκαελ Μπλούμκβιστ κατέβηκαν από την ξύλινη σκάλα του σπιτιού της Γκαμπριέλας Γκρέιν και κατευθύνθηκαν προς το Άουντι που ήταν στο πάρκινγκ στην παραλία. Υπήρχε χιόνι σε όλη την περιοχή και κανένας τους δεν έλεγε κουβέντα. Στις πέντε και μισή ο Μίκαελ είχε πάρει ένα μήνυμα από τη Λίσμπετ, το ίδιο λακωνικό όπως πάντα.

«*Ο Άουγκουστ σώος. Κρυβόμαστε για λίγο ακόμα*».

Η Λίσμπετ δεν είχε γράψει ούτε κι αυτήν τη φορά πώς ήταν η ίδια. Αλλά ήταν πολύ καθησυχαστικά τα νέα για το παιδί. Μετά ο Μίκαελ κάθισε για μία χρονοβόρα ανάκριση με τη Σόνια Μούντιγκ και τον Γέρκερ Χόλμπεργκ και τους είπε πώς ακριβώς είχαν ενεργήσει ο ίδιος και το περιοδικό τις τελευταίες μέρες. Δεν τον αντιμετώπισαν με καλή θέληση. Όμως κάπως έδειξαν να τον κατανοούν. Τώρα, μία ώρα αργότερα, βάδιζε κατά μήκος της πλαγιάς και της αποβάθρας. Κάπου πιο πέρα εξαφανίστηκε ένα άγριο ζώο μέσα στο δάσος. Ο Μίκαελ κάθισε στη θέση του οδηγού στο Άουντι και περίμενε τον Εντ που ερχόταν μερικά μέτρα πίσω του. Ήταν φανερό ότι τον Αμερικανό τον πονούσε η πλάτη του.

Στον δρόμο για το Μπρουν έπεσαν απρόσμενα σε μποτιλιάρισμα. Για μερικά λεπτά ήταν ακινητοποιημένοι και ο Μίκαελ σκέφτηκε τον Αντρέι. Δεν είχε σταματήσει καθόλου να σκέφτεται τον Αντρέι. Ως τώρα δεν είχαν κανένα σημείο ζωής του.

«Μπορείς να βάλεις κανέναν φωνακλάδικο ραδιοφωνικό σταθμό;» είπε ο Εντ.

Ο Μίκαελ έβαλε τη συχνότητα 107,1 και ακούστηκε αμέσως ο Τζέιμς Μπράουν να φωνάζει πόσο καλή «σεξ μηχανή» ήταν.

«Μου δίνεις τα τηλέφωνά σου;» συνέχισε ο Εντ.

Ο Εντ τα πήρε και τα έβαλε δίπλα στα πίσω ηχεία. Προφανώς σκόπευε να πει κάτι ιδιαίτερα ευαίσθητο και ο Μίκαελ δεν είχε φυσικά καμία αντίρρηση. Αυτός θα έγραφε το άρθρο του και χρειαζόταν όλα τα στοιχεία που μπορούσε να βρει. Αλλά ήξερε καλύτερα απ' τον καθένα πως ένας ερευνητής δημοσιογράφος ρισκάρει πάντα να γίνει εργαλείο μονομερών συμφερόντων.

Κανένας δεν αποκαλύπτει κάτι, αν δεν έχει δική του ατζέντα. Καμιά φορά η αιτία διαρροής έχει αγαθή πρόθεση, όπως, ας πούμε, ένα αίσθημα δικαίου, τη θέληση να καταδείξει τη διαφθορά ή κάποιες βίαιες πράξεις. Αλλά τις περισσότερες φορές αφορά ένα παιχνίδι άσκησης εξουσίας - να ρίξεις τον αντίπαλο και να προωθήσεις τις δικές σου θέσεις. Γι' αυτό ένας δημοσιογράφος δεν πρέπει να ξεχνάει το ερώτημα: «Γιατί το ακούω αυτό δω τώρα;» Είναι αλήθεια πως μπορεί να είναι εντάξει το να αποτελέσει κανείς ένα πιόνι στο παιχνίδι, τουλάχιστον σε έναν βαθμό. Κάθε αποκάλυψη αποδυναμώνει αναμφισβήτητα κάποιον και ως εκ τούτου ενισχύει την επιρροή άλλων. Κάθε κάτοχος εξουσίας που πέφτει αντικαθίσταται γρήγορα από κάποιον άλλον, που δεν είναι απαραίτητα καλύτερος. Αλλά αν ο δημοσιογράφος αποτελέσει κομμάτι της, πρέπει αυτός ή αυτή να κατανοούν τις προϋποθέσεις και να γνωρίζουν ότι δεν είναι μόνο ένας που βγαίνει νικητής από τη μάχη.

Ο ελεύθερος λόγος και η δημοκρατία επίσης πρέπει να το κάνουν. Ακόμα και αν τα στοιχεία διαρρέουν από καθαρά κακή πρόθεση –από πλεονεξία ή πόθο εξουσίας– μπορεί ίσως αυτό να αποβεί σε καλό: αποκαλύπτονται ατασθαλίες και διορθώνονται. Ο δημοσιογράφος πρέπει μόνο να καταλαβαίνει τους μηχανισμούς που κρύβονται από πίσω και σε κάθε αράδα, σε κάθε ερώτημα, σε κάθε έλεγχο γεγονότων να παλεύει για τη δική του ακεραιότητα.

Έτσι, λοιπόν, παρά το ότι ο Μίκαελ ένιωθε κάποια ομοιότητα με τον Εντ Νίντχαμ και του άρεσε ως και η πικρή γοητεία του, δεν τον εμπιστευόταν ούτε στιγμή.

«Ακούω», είπε τελικά.

«Μπορεί να πει κανείς το εξής», άρχισε ο Εντ. «Υπάρχει κάποιου είδους γνώση που ευκολότερα από άλλη οδηγεί σε πράξη».

«Αυτή που αποφέρει χρήματα;»

«Ακριβώς. Στον επιχειρηματικό τομέα ξέρουμε ότι η εκ των έσω πληροφόρηση συνήθως αξιοποιείται πάντα. Αν και μερικοί την πατάνε, οι τιμές του χρηματιστηρίου ανεβαίνουν πάντα πριν από την επίσημη ανακοίνωση περί θετικών επιχειρηματικών νέων. Κάποιος πάντα επωφελείται και αγοράζει».

«Αλήθεια».

«Στον κόσμο των μυστικών υπηρεσιών ήμασταν για μεγάλο χρονικό διάστημα απαλλαγμένοι απ' αυτά τα κόλπα, για τον απλό λόγο ότι τα μυστικά που διαχειριζόμασταν εμείς ήταν διαφορετικής φύσης. Οι καυτές πληροφορίες περί πρώτων υλών βρίσκονταν σε άλλο επίπεδο. Αλλά μετά το τέλος του ψυχρού πολέμου πολλά πράγματα έχουν αλλάξει. Η επιχειρηματική κατασκοπεία έχει προωθηθεί απίστευτα. Γενικότερα, η κατασκοπεία κι η παρακολούθηση ανθρώπων και επιχειρήσεων έχει προωθηθεί και αναπόφευκτα εμείς σήμερα έχουμε πλήθος πληροφοριών περί πρώτων υλών που μπορούν να βοηθήσουν κάποιον να πλουτίσει, καμιά φορά και πολύ γρήγορα».

«Και γίνεται εκμετάλλευση, θέλεις να πεις».

«Η βασική ιδέα είναι ότι θα γίνει εκμετάλλευση. Ασχολούμαστε με την κατασκοπεία επιχειρήσεων για να βοηθήσουμε τη δική μας βιομηχανία – να δώσουμε πλεονεκτήματα στα δικά μας κονσόρτσιουμ, να τους πληροφορήσουμε για τα πλεονεκτήματα και τις αδυναμίες των ανταγωνιστών τους. Η κατασκοπεία των επιχειρήσεων είναι ένα μέρος της πατριωτικής αποστολής μας. Αλλά ακριβώς όπως και οι υπόλοιπες δραστηριότητες των μυστικών υπηρεσιών, κινείται σε μία γκρίζα ζώνη. Πότε μετατρέπεται η βοήθεια σε κάτι καθαρά παράνομο;»

«Ναι, πότε;»

«Ακριβώς αυτό είναι το ερώτημα, αλλά και σ' αυτό το σημείο, χωρίς καμία αμφιβολία, έχει επέλθει μία άμβλυνση. Αυτό που πριν από μερικές δεκαετίες θεωρείτο παράνομο ή ανήθικο, σήμερα είναι πια καθωσπρέπει. Με τη βοήθεια δικηγόρων νομιμοποιούνται κλοπές και βιαιοπραγίες, και εμείς στην NSA δεν είμαστε καλύτεροι μπορώ να πω, αλλά ίσως και...»

«Χειρότεροι».

«Ήρεμα, ήρεμα, άσε να τελειώσω αυτό που λέω», συνέχισε ο Εντ. «Θα έλεγα ότι εμείς έχουμε κάποιου είδους ηθική, παρ' όλα αυτά. Αλλά είμαστε μία μεγάλη οργάνωση με δεκάδες χιλιάδες υπαλλήλους και αναπόφευκτα έχουμε και σάπιους μεταξύ μας, ως και μερικούς υψηλά ιστάμενους σάπιους, που σκέφτηκα να σ' τους δώσω».

«Από καθαρά καλή διάθεση, φυσικά», είπε ο Μίκαελ με έναν ελαφρύ σαρκασμό.

«Χα, χα, ίσως όχι ακριβώς. Αλλά άκου τώρα. Όταν μερικοί

υψηλά ιστάμενοι στην υπηρεσία μας παραβιάζουν τα όρια και παρανομούν με όλους τους τρόπους, τι νομίζεις ότι συμβαίνει;»
«Καθόλου ευχάριστα πράγματα».
«Γίνονται οι ίδιοι σοβαροί ανταγωνιστές του οργανωμένου εγκλήματος».
«Το κράτος και η μαφία ανέκαθεν πάλευαν στην ίδια αρένα», σχολίασε ο Μίκαελ.
«Βεβαίως, βεβαίως, και οι δύο απονέμουν τη δική τους δικαιοσύνη, πουλάνε ναρκωτικά, πουλάνε προστασία και σκοτώνουν, όπως στην περίπτωσή μας. Αλλά το πραγματικό πρόβλημα είναι όταν αρχίζουν να συνεργάζονται σε κάποιον τομέα».
«Κι αυτό έχει συμβεί εδώ;»
«Ναι, δυστυχώς. Στη "Σολιφόν" υπάρχει όπως ξέρεις ένα τμήμα υψηλής τεχνολογίας που διευθύνει ο Σίγκμουντ Έκερβαλντ, του οποίου η δουλειά είναι να μαθαίνει με τι ασχολούνται οι άλλες εταιρείες υψηλής τεχνολογίας».
«Και όχι μόνο αυτό».
«Όχι, κλέβουν και πουλάνε αυτά που κλέβουν κι αυτό είναι φυσικά πολύ κακό για τη "Σολιφόν", ίσως ως και για όλο το χρηματιστήριο Νάζντακ».
«Αλλά και για σας».
«Ακριβώς, γιατί έχει φανεί ότι οι δικοί μας σάπιοι είναι κυρίως δύο μεγαλοδιευθυντές στο τμήμα βιομηχανικής κατασκοπείας – Τζόακιμ Μπάρκλεϊ και Μπράιαν Άμποτ ονομάζονται. Θα σου δώσω αργότερα όλες τις λεπτομέρειες. Αυτοί οι δύο τύποι και οι υποτελείς τους βοηθούνται από τον Έκερβαλντ και την ομάδα του και κατόπιν με τη σειρά τους τους βοηθούν σε μεγάλης κλίμακας υποκλοπές. Η "Σολιφόν" υποδεικνύει πού υπάρχουν οι μεγάλες καινοτομίες και οι πουλημένοι οι δικοί μας τους δίνουν τα σχέδια και τις τεχνικές λεπτομέρειες».
«Και τα λεφτά που βγάζουν δεν καταλήγουν πάντα στα κρατικά ταμεία».
«Είναι χειρότερα απ' αυτό, φίλε. Αν ασχολείσαι με τέτοια πράγματα ως δημόσιος υπάλληλος, σύντομα καθιστάς τρωτό τον εαυτό σου, ιδιαίτερα όταν, όπως ο Έκερβαλντ και η ομάδα του, βοη-

θάς μεγαλοεγκληματίες. Αν και στην αρχή δεν ήξεραν ότι πρόκειται για μεγαλοεγκληματίες».
«Αλλά ήταν;»
«Ο, ναι, και μάλιστα όχι τίποτα ηλίθιοι. Αυτοί είχαν χάκερς τέτοιου επιπέδου που εγώ μόνο ονειρεύομαι να προσλάβω και το επάγγελμά τους ήταν να εκμεταλλεύονται τις πληροφορίες. Ίσως, λοιπόν, μπορείς να καταλάβεις τι συνέβη: όταν αντιλήφθηκαν με τι ασχολούνταν οι δικοί μας στην NSA, αυτοί ήδη κάθονταν πάνω σε χρυσό θρόνο».
«Σε περίπτωση εκβιασμού».
«Μιλάμε για μεγάλη υπεροχή και φυσικά αυτοί την εκμεταλλεύονται στο μάξιμουμ. Οι δικοί μας δεν είχαν κλέψει μόνο από μεγάλες εταιρείες. Είχαν λεηλατήσει και μικρές οικογενειακές επιχειρήσεις και μοναχικούς καινοτόμους που πάλευαν να επιβιώσουν. Αυτά δε θα ήταν καθόλου όμορφα αν έβγαιναν προς τα έξω και έτσι προέκυψε η άκρως δυσμενής κατάσταση: οι δικοί μας ήταν αναγκασμένοι να βοηθήσουν όχι μόνο τον Έκερβαλντ και την ομάδα του αλλά και τους εγκληματίες».
«Εννοείς τους "Σπάιντερς";»
«Ακριβώς και ίσως όλοι οι συμμετέχοντες να ήταν ικανοποιημένοι για κάποιο χρονικό διάστημα. Αυτές είναι μεγάλες δουλειές και όλοι γίνονται πλούσιοι στο άψε-σβήσε. Αλλά τότε κάνει την εμφάνισή της μία ιδιοφυΐα, ένας κάποιος καθηγητής Φρανς Μπάλντερ, κι αρχίζει να ψάχνει με την ίδια επιδεξιότητα που τον χαρακτηρίζει ό,τι κι αν κάνει και έτσι μαθαίνει για τη δραστηριότητα ή τουλάχιστον για ένα μέρος της και τότε όλοι χέζονται πάνω τους και αντιλαμβάνονται ότι πρέπει να κάνουν κάτι. Σ' αυτό το σημείο δε γνωρίζω ακριβώς τη διαδικασία λήψης των αποφάσεων. Αλλά μαντεύω ότι οι δικοί μας πιστεύουν ότι θα είναι αρκετή η νομική διαδικασία με τα μπουμπουνητά και τις απειλές των δικηγόρων. Αλλά δεν τους βγαίνει όταν βρίσκονται στην ίδια βάρκα με τους παράνομους. Οι "Σπάιντερς" προτιμούν τη βία, και λίγο αργότερα εγκλωβίζουν τους δικούς μας για να τους φέρουν ακόμα πιο κοντά τους».
«Για τ' όνομα του Θεού!»

«Ακριβώς, αλλά αυτό είναι μόνο ένα μικρό απόστημα στην υπηρεσία μας. Ελέγξαμε και την υπόλοιπη δραστηριότητα κι αυτή...»

«Είναι σίγουρα ένα θαύμα υψηλής ηθικής», είπε κοφτά ο Μίκαελ. «Αλλά το έχω χεσμένο. Εδώ μιλάμε για ανθρώπους που δε διστάζουν να κάνουν οτιδήποτε».

«Η βία έχει τη δική της λογική. Πρέπει να ολοκληρώσει κανείς αυτό που έχει αρχίσει. Αλλά ξέρεις τι ήταν το αστείο σ' αυτήν την περίπτωση;»

«Δε βλέπω τίποτα το αστείο».

«Το παράδοξο τότε: δε θα ήξερα τίποτε απ' όλα αυτά αν δεν είχαμε μία εισβολή χάκερ στο εσωτερικό μας δίκτυο».

«Ακόμα ένας λόγος για να αφήσεις τη χάκερ στην ησυχία της».

«Και θα το κάνω, μόνο να μου πει πώς το έκανε».

«Γιατί είναι τόσο σημαντικό αυτό;»

«Κανένα καθοίκι δε θα ξανακάνει εισβολή στο σύστημά μου. Θέλω να ξέρω ακριβώς πώς έγινε για να μπορέσω να λάβω μέτρα. Μετά θα την αφήσω στην ησυχία της».

«Δεν ξέρω πόσο αξίζουν οι υποσχέσεις σου. Αλλά είναι και κάτι άλλο που αναρωτιέμαι», συνέχισε ο Μίκαελ.

«Ρίξ' το!»

«Ανέφερες δύο άντρες, τον Μπάρκλεϊ και τον Άμποτ, έτσι δεν είναι; Είσαι σίγουρος ότι η όλη ιστορία σταμάτησε σ' αυτούς; Ποιος είναι ο επικεφαλής του τμήματος βιομηχανικής κατασκοπείας; Πρέπει να είναι μία από τις κορυφές σας, έτσι δεν είναι;»

«Δυστυχώς, δεν μπορώ να σου πω τ' όνομά του. Είναι απόρρητο».

«Τότε πρέπει να το αποδεχτώ».

«Πρέπει να το κάνεις», είπε αμετακίνητος ο Εντ και εκείνη τη στιγμή ο Μίκαελ παρατήρησε ότι είχε ξαναρχίσει η κυκλοφορία.

ΚΕΦΑΛΑΙΟ 28
ΑΠΟΓΕΥΜΑ 24 ΝΟΕΜΒΡΙΟΥ

Ο καθηγητής Τσαρλς Έντελμαν στεκόταν στο πάρκινγκ του νοσοκομείου Καρολίνσκα και αναρωτιόταν τι στο διάβολο ήταν αυτή η ιστορία στην οποία είχε δεχτεί να συμμετάσχει. Σχεδόν δεν το καταλάβαινε και κανένας δε θα μπορούσε να ισχυριστεί ότι είχε διαθέσιμο χρόνο γι' αυτό. Αλλά τώρα είχε πει ναι για μία συνάντηση που τον ανάγκαζε να ματαιώσει μία σειρά άλλων συναντήσεων, διαλέξεων και συνεδρίων.

Παρ' όλα αυτά ένιωθε έναν παράξενο ενθουσιασμό. Είχε μαγευτεί όχι μόνο από το αγόρι αλλά και από τη νεαρή γυναίκα που έδειχνε σαν να είχε έρθει μετά από καβγά σε σοκάκι, αλλά οδηγούσε μία καινούργια BMW και εκφραζόταν με ένα ψυχρό κύρος. Χωρίς καν να το συνειδητοποιήσει, είχε απαντήσει «ναι, οκέι, γιατί όχι;» στις ερωτήσεις της, παρά το ότι αυτό ήταν ασύνετο και βιαστικό και το μόνο ίχνος αυτοπεποίθησης που έδειξε ήταν όταν αρνήθηκε όλες τις προσφορές της για χρηματική αμοιβή.

Θα πλήρωνε ως και το ταξίδι του και το δωμάτιο του ξενοδοχείου ο ίδιος, είπε. Ενδεχομένως να ένιωθε ενοχή. Σίγουρα τον παρακίνησε η καλή του θέληση για το αγόρι και ακόμα σιγουρότερα είχε ξυπνήσει μέσα του η επιστημονική του περιέργεια. Ένας σαβάντ που και ζωγράφιζε με φωτογραφική ακρίβεια και παραγοντοποιούσε πρώτους αριθμούς τον εντυπωσίαζε βαθιά και προς μεγάλη του έκπληξη αποφάσισε να αγνοήσει ως και το δείπνο μετά την απονομή των Νομπέλ. Η νεαρή γυναίκα τον είχε κυριολεκτικά μαγέψει.

Η Χάνα Μπάλντερ καθόταν στο τραπέζι της κουζίνας στην Τουργκάταν και κάπνιζε. Ένιωθε ότι δεν είχε κάνει τίποτα άλλο από το να κάθεται εκεί και να καπνίζει έχοντας έναν κόμπο στο στομάχι και, ομολογουμένως, της είχε δοθεί μεγάλη υποστήριξη και βοήθεια. Αλλά δεν έπαιζε και κανέναν ρόλο αυτό, γιατί είχε φάει και πάρα πολύ ξύλο. Ο Λάσε Βέστμαν δεν άντεχε την ανησυχία της. Πιθανώς τον αποσπούσε από τη δική του αγωνία.

Αυτός σηκωνόταν όρθιος και ξεφώνιζε: «Δεν μπορείς καν να φροντίσεις το παιδί σου;» και συχνά χρησιμοποιούσε τις γροθιές του ή την πετούσε σαν κουρέλι τριγύρω στο διαμέρισμα. Έτσι θα τρελαινόταν και τώρα. Με μία απρόσεκτη κίνησή της είχε στάξει καφέ στις πολιτιστικές σελίδες της εφημερίδας Ντάγκενς Νιχέτερ, ενώ ο Λάσε είχε μόλις κακολογήσει μία θεατρική κριτική που θεωρούσε στημένη, για μερικούς συναδέλφους που δεν τους γούσταρε.

«Τι σκατά έκανες;» ούρλιαξε αυτός.

«Συγγνώμη», είπε εκείνη γρήγορα. «Θα το σκουπίσω».

Είδε, όμως, από την έκφρασή του πως αυτό δε θα έφτανε. Κατάλαβε ότι θα τη χτυπούσε πριν καν το καταλάβει ο ίδιος και έτσι ήταν καλά προετοιμασμένη για το χαστούκι και δεν είπε τίποτα ούτε καν κούνησε το κεφάλι της. Ένιωθε μόνο πως γέμιζαν δάκρυα τα μάτια της και η καρδιά της κόντευε να σπάσει. Αλλά τελικά δεν είχε να κάνει με το χτύπημα. Το χαστούκι ήταν μόνο η αφορμή. Το πρωί είχε δεχτεί ένα τηλεφώνημα με τόσο αόριστες ειδήσεις, που σχεδόν δεν το κατάλαβε: Ο Άουγκουστ είχε βρεθεί αλλά είχε χαθεί πάλι και «πιθανώς» ήταν καλά, «πιθανώς». Η Χάνα δεν καταλάβαινε καν αν έπρεπε να ανησυχεί λιγότερο ή περισσότερο μετά το τηλεφώνημα.

Σχεδόν δεν άντεχε ν' ακούσει και τώρα οι ώρες είχαν περάσει και τίποτα δεν είχε συμβεί και κανένας δε φαινόταν να ξέρει τίποτα περισσότερο, οπότε ξαφνικά σηκώθηκε όρθια χωρίς να νοιάζεται αν θα έτρωγε πάλι ξύλο ή όχι. Πήγε στο σαλόνι και άκουσε τον Λάσε να έρχεται πίσω της ξεφυσώντας. Στο πάτωμα υπήρχαν ακόμα τα χαρτιά που ζωγράφιζε ο Άουγκουστ και απ' έξω ακουγόταν η σειρήνα κάποιου ασθενοφόρου. Ακούγονταν και βήματα έξω στη σκάλα. Ήταν κάποιος που ερχόταν στο σπίτι; Χτύπησε η πόρτα.

«Μην ανοίξεις. Θα είναι κανένας μαλάκας δημοσιογράφος», ούρλιαξε ο Λάσε. Ούτε και η Χάνα ήθελε ν' ανοίξει. Ένιωθε άσχημα για όλων των ειδών τις συναντήσεις. Αλλά δεν μπορούσε να το αγνοήσει, έτσι δεν ήταν; Ίσως ήθελε η αστυνομία να την ανακρίνει ακόμα μία φορά ή ίσως... ίσως ήξεραν κάτι περισσότερο τώρα, κάτι καλό ή κακό. Πήγε προς την πόρτα κι εκείνη τη στιγμή θυμήθηκε τον Φρανς. Θυμόταν που αυτός στεκόταν εκεί έξω και ήθελε να πάρει τον Άουγκουστ. Θυμήθηκε τα μάτια του, την απουσία της γενειάδας του και τη δική της επιθυμία για την παλιά ζωή της πριν από τον Λάσε Βέστμαν όταν χτυπούσαν τα τηλέφωνα, όταν οι προσκλήσεις έρχονταν βροχή και ο φόβος δεν είχε μπήξει τα νύχια του μέσα της. Μετά άνοιξε την πόρτα χωρίς να βγάλει την αλυσίδα ασφαλείας και στην αρχή δεν είδε τίποτα, μόνο το ασανσέρ εκεί έξω και τους καφεκόκκινους τοίχους. Μετά ήταν σαν να την διαπέρασε ρεύμα και για μια στιγμή δεν ήθελε να το πιστέψει. Πραγματικά, ήταν ο Άουγκουστ! Τα μαλλιά του ήταν ένα ανακατεμένα, τα ρούχα του βρόμικα και στα πόδια του φορούσε ένα ζευγάρι μεγάλα παπούτσια γυμναστικής, αλλά την κοίταζε με το ίδιο σοβαρό, ανέκφραστο βλέμμα όπως συνήθως και τότε εκείνη έβγαλε την αλυσίδα και άνοιξε. Δεν περίμενε βέβαια ότι ο Άουγκουστ θα εμφανιζόταν μόνος του. Όμως και πάλι ξαφνιάστηκε κάπως. Δίπλα στον Άουγκουστ στεκόταν μία νεαρή γυναίκα με δερμάτινο μπουφάν, με γρατσουνιές στο πρόσωπο και χώμα στα μαλλιά και κοίταζε προς τα κάτω στο πάτωμα. Στο χέρι της κρατούσε μία μεγάλη βαλίτσα.

«Είμαι εδώ για να σου αφήσω τον γιο σου», είπε εκείνη χωρίς να σηκώσει το βλέμμα της.

«Θεέ μου», είπε η Χάνα. «Θεέ μου».

Δεν της έβγαινε τίποτε άλλο και για λίγο στεκόταν σαν παράλυτη στο άνοιγμα της πόρτας. Μετά άρχισαν να τρέμουν οι ώμοι της. Έπεσε κάτω στα γόνατα και αδιαφόρησε τελείως που δεν άρεσαν στον Άουγκουστ οι αγκαλιές. Τον έκλεισε μέσα στα μπράτσα της και ψιθύριζε «αγόρι μου, αγόρι μου» ώσπου να της έρθουν δάκρυα και το παράξενο ήταν ότι ο Άουγκουστ την άφησε να το κάνει. Φαινόταν μάλιστα έτοιμος να πει και κάτι – σαν να είχε μάθει να μιλάει ανάμεσα σ' όλα αυτά που συνέβαιναν. Αλλά δεν πρόλαβε. Ο Λάσε Βέστμαν έκανε την εμφάνισή του στο άνοιγμα της πόρτας.

«Τι σκατά... εδώ είναι αυτός;» ούρλιαξε και έδειχνε σαν να ήθελε και πάλι να τη χτυπήσει.

Αλλά μαζεύτηκε γρήγορα. Κατά κάποιον τρόπο ήταν μία πολύ καλή παράσταση. Σε ένα δευτερόλεπτο άρχισε να λάμπει με εκείνο το μεγαλειώδες παράστημα που συνήθιζε να εντυπωσιάζει πολύ τις γυναίκες.

«Μας παραδίδετε το αγόρι και μάλιστα στην πόρτα μας», συνέχισε αυτός. «Πολυτέλεια! Είναι καλά ο μικρός;»

«Μια χαρά είναι», είπε η γυναίκα στο άνοιγμα της πόρτας με μονότονη φωνή και χωρίς να ρωτήσει μπήκε μέσα στο διαμέρισμα με τη μεγάλη βαλίτσα της και τις μαύρες λασπωμένες μπότες της.

«Βεβαίως, έλα μέσα», είπε ξινισμένα ο Λάσε. «Έμπα».

«Είμαι εδώ για να σε βοηθήσω να μαζέψεις τα πράγματά σου, Λάσε», είπε η γυναίκα με την ίδια ψυχρή φωνή.

Αλλά αυτή η ατάκα ήταν τόσο παράξενη, που η Χάνα ήταν σίγουρη ότι άκουσε λάθος και ήταν ξεκάθαρο ότι ούτε κι ο Λάσε κατάλαβε. Έμεινε να στέκεται με ανοιχτό το στόμα και μια ηλίθια έκφραση στο πρόσωπό του.

«Τι λες;» είπε αυτός.
«Θα μετακομίσεις».
«Μου κάνεις πλάκα;»
«Καθόλου. Θα φύγεις από το σπίτι αμέσως τώρα και δε θα ξαναπλησιάσεις τον Άουγκουστ. Τον βλέπεις για τελευταία φορά».

«Είσαι τελείως βαρεμένη!»

«Το αντίθετο, είμαι πολύ γενναιόδωρη. Είχα σκεφτεί να σε πετάξω στη σκάλα εκεί έξω και να σε κάνω κομμάτια. Αλλά τώρα έχω μαζί μου μια βαλίτσα. Σκέφτηκα να βάλεις μέσα μερικά πουκάμισα και σώβρακα».

«Τι σόι έκτρωμα είσαι εσύ;» ούρλιαξε ο Λάσε έκπληκτος και οργισμένος, ενώ ταυτόχρονα κινήθηκε απειλητικά καταπάνω της και για ένα ή δύο δευτερόλεπτα η Χάνα σκέφτηκε ότι θα τη χτυπούσε. Αλλά κάτι τον έκανε να διστάσει. Ίσως ήταν το βλέμμα της γυναίκας ή πιθανώς το απλό γεγονός ότι αυτή δεν αντιδρούσε όπως οι άλλοι. Αντί να κάνει πίσω και να δείχνει φοβισμένη, χαμογελούσε ψυχρά. Έπειτα έβγαλε από την τσέπη της μερικά τσαλακωμένα χαρτιά και τα πρότεινε στον Λάσε.

«Αν εσύ κι ο φίλος σου, ο Ρόγκερ, αρχίσετε να νοσταλγείτε τον Άουγκουστ μπορείτε να κοιτάζετε αυτά εδώ και να τον θυμόσαστε».

Ο Λάσε τα 'χασε από τη χειρονομία. Ξεφύλλιζε σαστισμένος τα χαρτιά. Μετά στράβωσε άσχημα τα μούτρα του και τότε δεν μπόρεσε παρά να κοιτάξει τα χαρτιά και η Χάνα. Ήταν ζωγραφιές και σ' αυτήν που ήταν πάνω πάνω φαινόταν... ο Λάσε, ο Λάσε που απειλούσε με τις γροθιές του και έδειχνε τελείως παρανοϊκός και μετά αυτή δε θα μπορούσε καν να το εξηγήσει. Δεν ήταν μόνο ότι κατάλαβε τι συνέβαινε όταν ο Άουγκουστ ήταν μόνος στο σπίτι με τον Λάσε και τον Ρόγκερ. Είδε και τη δική της ζωή. Την είδε καθαρότερα και ευκρινέστερα απ' ό,τι εδώ και χρόνια.

Ακριβώς έτσι, με το ίδιο συσπασμένο, οργισμένο πρόσωπο την είχε κοιτάξει ο Λάσε εκατοντάδες φορές –η τελευταία πριν από κανένα λεπτό– και αντιλήφθηκε ότι αυτό ήταν κάτι που κανένας δε χρειάζεται να υπομένει, ούτε η ίδια ούτε κι ο Άουγκουστ. Η γυναίκα την παρατηρούσε με μια καινούργια ένταση και τότε η Χάνα την κοίταξε λοξά και θα ήταν σίγουρα παρατραβηγμένο να πει κανείς ότι υπήρχε κάποια ιδιαίτερη επαφή μεταξύ τους. Αλλά σε κάποιο επίπεδο πρέπει να είχαν καταλάβει η μία την άλλη. Η γυναίκα ρώτησε:

«Έτσι δεν είναι, Χάνα; Δε θα φύγει αυτός από δω;»

Αυτή ήταν μία άκρως επικίνδυνη ερώτηση και η Χάνα κοίταξε προς τα κάτω, τα μεγάλα παπούτσια που φορούσε ο Άουγκουστ.

«Τι παπούτσια είναι αυτά που φοράει;»
«Δικά μου».
«Γιατί;»
«Φύγαμε βιαστικά το πρωί».
«Και τι κάνατε;»
«Κρυβόμασταν».

«Δεν καταλαβαίνω...» άρχισε η Χάνα, αλλά δεν πρόλαβε να πει περισσότερα.

Ο Λάσε την άρπαξε βίαια και την ταρακούνησε.

«Δε θα εξηγήσεις σ' αυτήν την ψυχοπαθή ότι ο μόνος που θα φύγει από δω είναι η ίδια;» ούρλιαξε αυτός.

«Ναι, ναι», είπε η Χάνα.

«Κάν' το τότε!»

Αλλά μετά... Δεν μπορούσε να το εξηγήσει. Ίσως είχε να κάνει με την έκφραση του Λάσε ή ίσως ήταν η αίσθηση από κάτι το ακλόνητο στο σώμα και στο ψυχρό βλέμμα της νεαρής γυναίκας. Ξαφνικά η Χάνα άκουσε τον εαυτό της να λέει:

«Θα φύγεις από δω, Λάσε! Και δε θα ξαναγυρίσεις ποτέ!»

Νόμιζε ότι δεν ήταν αλήθεια. Ήταν σαν κάποιος άλλος να μιλούσε με το στόμα της και μετά τα πράγματα έγιναν πολύ γρήγορα. Ο Λάσε σήκωσε το χέρι του για να τη χτυπήσει. Αλλά δεν ήρθε κανένα χτύπημα, όχι απ' αυτόν. Η νεαρή γυναίκα αντέδρασε αστραπιαία και τον χτύπησε στο πρόσωπο δύο, τρεις φορές, σαν ένας καλογυμνασμένος πυγμάχος, ρίχνοντάς τον κάτω μετά, με μια κλοτσιά στα πόδια του.

«Τι στο διάβολο!» πρόλαβε μόνο να πει, τίποτε άλλο.

Ήταν εκεί, πεσμένος στο πάτωμα, και η νεαρή γυναίκα στεκόταν από πάνω του, και μετά η Χάνα θα θυμόταν πολλές φορές τι είχε πει εκείνη τη στιγμή η Λίσμπετ Σαλάντερ. Ήταν σαν η ίδια να είχε πάρει πίσω κάτι δικό της με εκείνα τα λόγια και κατάλαβε πόσο έντονα και εδώ και πόσο πολύ καιρό επιθυμούσε να εξαφανιστεί ο Λάσε Βέστμαν από τη ζωή της.

Ο Γιαν Μπουμπλάνσκι νοσταλγούσε τον ραβίνο Γκόλντμαν.

Νοσταλγούσε τη σοκολάτα πορτοκάλι της Σόνια Μούντιγκ, το καινούργιο του διπλό κρεβάτι και μία άλλη εποχή του χρόνου. Αλλά τώρα του είχαν αναθέσει να βάλει τάξη σε αυτήν την υπόθεση και αυτό ήταν που θα έκανε. Ήταν αλήθεια πως ήταν ευχαριστημένος σε έναν βαθμό. Ο Άουγκουστ Μπάλντερ ήταν σώος και αβλαβής και στον δρόμο για τη μητέρα του.

Ο δολοφόνος του πατέρα του είχε συλληφθεί χάρη στη Λίσμπετ Σαλάντερ, αν και δεν ήταν σίγουρο ότι θα επιζούσε. Ήταν βαριά τραυματισμένος και νοσηλευόταν στην εντατική του νοσοκομείου Ντάντεριντ. Λεγόταν Μπορίς Λέμπεντεφ αλλά εδώ και πολλά χρόνια ζούσε με το όνομα Γιαν Χόλτσερ και ήταν κάτοικος Ελσίνκι. Ήταν ταγματάρχης και παλιός στρατιώτης στον σοβιετικό στρατό, ενώ είχε και παλαιότερα εμπλακεί σε πολλές έρευνες για δολοφονίες αλλά δεν είχε καταδικαστεί ποτέ. Επίσημα ήταν επιχειρηματίας, με μία ιδιόκτητη εταιρεία στον τομέα της ασφάλειας και είχε και φινλανδική και ρωσική υπηκοότητα – πιθανώς κάποιος είχε επέμβει, αλλάζοντας τα στοιχεία του στα αρμόδια αρχεία.

Και τα άλλα δύο άτομα που βρήκαν στο εξοχικό είχαν αναγνωριστεί από τα δακτυλικά τους αποτυπώματα: ήταν ο Ντένις Βίλτον, ένας παλιός γκάνγκστερ της συμμορίας του Σβάβελσε που είχε φυλακιστεί για ληστεία και για κακοποίηση και ο Βλαντιμίρ Ορλόφ, ένας Ρώσος καταδικασμένος στη Γερμανία για μαστροπεία, του οποίου και οι δύο γυναίκες είχαν πεθάνει κάτω από ατυχείς και ύποπτες συνθήκες. Κανένας τους δεν είχε πει ακόμα λέξη γι' αυτά που είχαν συμβεί και γενικότερα δεν είχαν πει απολύτως τίποτα και ο Μπουμπλάνσκι δεν είχε ιδιαίτερες ελπίδες ότι θα το έκαναν αργότερα. Τέτοιοι τύποι δε συνηθίζουν να μιλάνε στις ανακρίσεις. Από την άλλη, όμως, αυτό ήταν μέσα στους κανόνες του παιχνιδιού.

Εκείνο που πραγματικά δεν άρεσε στον Μπουμπλάνσκι ήταν η αίσθηση ότι αυτοί ήταν οι στρατιώτες και ότι υπήρχε ένας αξιωματικός από πίσω τους, καθώς και ότι υπήρχαν διασυνδέσεις στα υψηλά στρώματα της κοινωνίας και στη Ρωσία και στις ΗΠΑ. Ο Μπουμπλάνσκι δεν είχε κανένα πρόβλημα που κάποιος δημοσιογράφος γνώριζε περισσότερα για την υπόθεση απ' ό,τι ο ίδιος. Ήθελε μόνο να προχωρήσει παραπέρα και δεχόταν με ευγνωμοσύνη πληροφορίες απ' όπου και να έρχονταν. Αλλά οι βαθιές γνώσεις του Μίκαελ Μπλούμκβιστ για την υπόθεση υπενθύμιζαν στον Μπουμπλάνσκι τη δική τους αποτυχία, τη διαρροή κατά τη διάρκεια της έρευνας και τον κίνδυνο στον οποίο είχαν εκθέσει το αγόρι. Δε θα σταματούσε ποτέ να νιώθει οργή γι' αυτό και ίσως οργίστηκε ακόμα περισσότερο και ενοχλήθηκε που η διοικητής της ΕΥΠ, η Χελένα Κραφτ, ήθελε τόσο ανυπόμονα να τον βρει - και δεν ήταν μόνο η Χελένα Κραφτ. Οι συνάδελφοι του τμήματος πληροφορικής της Γενικής Διεύθυνσης της αστυνομίας τον έψαχναν και ο Γενικός εισαγγελέας Ρίκαρντ Έκστρεμ και ένας καθηγητής από το πανεπιστήμιο του Στάνφορντ ονόματι Στίβεν Γουορμπάρτον από το MIRI, που σύμφωνα με την Αμάντα Φλουντ ήθελε να του μιλήσει για έναν «σημαντικό κίνδυνο».

Ο Μπουμπλάνσκι ήταν ενοχλημένος μ' αυτά και με χίλια άλλα πράγματα. Εκτός αυτών, κάποιος χτυπούσε την πόρτα του γραφείου του. Ήταν η Σόνια Μούντιγκ, που έδειχνε κουρασμένη και ήταν τελείως αμακιγιάριστη. Υπήρχε κάτι το καινούργιο και γυμνό στο πρόσωπό της.

«Και οι τρεις που συλλάβαμε εγχειρίζονται», του είπε. «Θα πάρει λίγο χρόνο ώσπου να μπορέσουμε να τους ανακρίνουμε».

«Να προσπαθήσουμε να τους ανακρίνουμε εννοείς».

«Ναι, ίσως. Αλλά πρόλαβα πράγματι να κάνω μια μικρή κουβέντα με τον Λέμπεντεφ. Είχε τις αισθήσεις του λίγο πριν τον πάνε για εγχείρηση».

«Και τι είπε;»

«Ότι ήθελε να μιλήσει με έναν παπά».

«Γιατί όλοι οι τρελοί και οι δολοφόνοι είναι θρήσκοι στις μέρες μας;»

«Ενώ όλοι οι λογικοί επιθεωρητές αμφισβητούν τον Θεό τους, εννοείς;»

«Ε, καλά».

«Αλλά ο Λέμπεντεφ έδειχνε αποκαρδιωμένος κι αυτό είναι καλό, νομίζω», συνέχισε η Σόνια. «Όταν του έδειξα τη ζωγραφιά, την απώθησε με λύπη».

«Δηλαδή δεν προσπάθησε να ισχυριστεί ότι η ζωγραφιά ήταν επινόημα;»

«Έκλεισε μόνο τα μάτια του κι άρχισε να μιλάει για τον παπά του».

«Έχεις καταλάβει τι θέλει αυτός ο Αμερικανός καθηγητής που τηλεφωνεί όλη την ώρα;»

«Τι... όχι... επιμένει να μιλήσει μαζί σου. Νομίζω ότι αφορά τις έρευνες του Μπάλντερ».
«Κι ο νεαρός δημοσιογράφος, ο Ζάντερ;»
«Γι' αυτόν είναι που θέλω να μιλήσουμε. Τα πράγματα δε φαίνονται καθόλου καλά».
«Τι ακριβώς γνωρίζουμε;»
«Ότι δούλευε ως αργά και μετά έφυγε από το περιοδικό. Προσπέρασε το ασανσέρ Καταρίνα στο Σλούσεν, μαζί με μία όμορφη γυναίκα με κοκκινόξανθα ή σκουρόξανθα μαλλιά και ακριβά, πολυτελή ρούχα».
«Δεν το έχω ξανακούσει αυτό».
«Ήταν κάποιος νεαρός που τους είδε, ένας φούρναρης από το Σκάνσεν που λέγεται Κεν Έκλουντ και μένει στο ίδιο οίκημα όπου έχει τα γραφεία του το *Μιλένιουμ*. Είπε ότι φαίνονταν ερωτευμένοι ή τουλάχιστον ο Ζάντερ».
«Δηλαδή εννοείς ότι μπορεί να ήταν κάποια "γλυκιά" παγίδα;»
«Είναι πιθανόν».
«Κι αυτή η γυναίκα είναι ενδεχομένως η ίδια που είδαν στο Ινιαρέ;»
«Το εξετάζουμε αυτό. Αλλά εκείνο που με ανησυχεί είναι ότι πήγαιναν προς την Γκάμλα Σταν».
«Το κατανοώ».
«Αλλά όχι μόνο επειδή εντοπίσαμε το σήμα του τηλεφώνου του Ζάντερ στην Γκάμλα Σταν. Ο Ορλόφ, αυτό τα κάθαρμα, που με φτύνει μόνο όταν προσπαθώ να τον ανακρίνω, έχει ένα διαμέρισμα στο στενό Μόρτενς Τρότζιγκσγκρεντ».
«Έχουμε πάει εκεί;»
«Όχι ακόμα, είμαστε καθ' οδόν. Μόλις το μάθαμε. Το διαμέρισμα είναι γραμμένο σε μία από τις εταιρείες του».
«Ας ελπίσουμε ότι δε θα βρούμε τίποτα δυσάρεστο εκεί».
«Ναι, ας ελπίσουμε».

Ο Λάσε Βέστμαν ήταν πεσμένος κάτω στο χολ στην Τουρσγκάταν χωρίς να καταλαβαίνει γιατί είχε φοβηθεί τόσο πολύ. Ήταν μόνο μια γκόμενα, μια πανκ με *πίρσινγκ*, που δεν του έφτανε ούτε ως το στήθος. Θα μπορούσε να την πετάξει έξω σαν μικρό ποντίκι. Όμως ήταν σαν παραλυμένος και δεν πίστευε ότι αυτό είχε να κάνει με τον τρόπο της κοπέλας να παλεύει ή ακόμα λιγότερο με το πόδι της πάνω στην κοιλιά του. Ήταν κάτι άλλο, κάτι απροσδιόριστο στο βλέμμα της ή σε όλο της το παρουσιαστικό. Για μερικά λεπτά, έμεινε ακίνητος σαν ηλίθιος και άκουγε:

«Μόλις πριν από λίγο μου έγινε η υπενθύμιση», είπε αυτή, «ότι υπάρχει ένα φοβερό λάθος στην οικογένειά μου. Θεωρούμαστε ικανοί να κάνουμε οτιδήποτε. Τις πιο απίθανες βιαιοπραγίες. Ίσως να είναι κάποιο είδος γενετικής βλάβης. Εγώ προσωπικά το έχω αυτό εναντίον των αντρών που κακοποιούν γυναίκες και παιδιά, τότε γίνομαι άκρως επικίνδυνη και όταν είδα τις ζωγραφιές του Άουγκουστ μ' εσένα και τον Ρόγκερ, ήθελα να σας κάνω κομμάτια. Θα μπορούσα να μιλάω πολλή ώρα γι' αυτό. Αλλά νομίζω ότι ο Άουγκουστ πέρασε πάρα πολλά, οπότε υπάρχει μία μικρή πιθανότητα για σένα και τον φίλο σου να τη βγάλετε κάπως φτηνά».

«Εγώ είμαι...» άρχισε ο Λάσε.

«Σιωπή», συνέχισε αυτή. «Δεν πρόκειται για διαπραγμάτευση, ούτε καν για συνομιλία. Σου λέω τους όρους μόνο, αυτό είναι όλο. Νομικά δεν υπάρχει κανένα πρόβλημα. Ο Φρανς ήταν αρκετά προνοητικός και έγραψε το διαμέρισμα στον Άουγκουστ. Κατά τ' άλλα ισχύουν τα εξής: μαζεύεις τα πράγματά σου σε ακριβώς τέσσερα λεπτά κι εξαφανίζεσαι από δω. Αν εσύ ή ο Ρόγκερ ξανάρθετε εδώ ή με οποιονδήποτε άλλον τρόπο έρθετε σε επαφή με τον Άουγκουστ, θα σας βασανίσω τόσο σκληρά, που θα γίνεται ανίκανοι να κάνετε κάτι ευχάριστο για την υπόλοιπη ζωή σας. Εν τω μεταξύ ετοιμάζω μία καταγγελία για την κακοποίηση στην οποία υποβάλατε τον Άουγκουστ και σ' αυτό το σημείο δεν έχουμε όπως ξέρεις μόνο τις ζωγραφιές. Υπάρχουν μαρτυρίες από ψυχολόγους και ειδικούς. Έρχομαι και σε επαφή με τις εφημερίδες και τους πληροφορώ πως έχω υλικό που τα αποδεικνύει όλα και εμβαθύνει στην εικόνα σου, που έγινε γνωστή σε σχέση με την κακοποίηση της Ρενάτας Καπουσίνσκι. Τι ακριβώς της είχες κάνει, Λάσε; Δεν της δάγκωσες το μάγουλο και την κλότσησες στο κεφάλι;»

«Δηλαδή, θα πας στον Τύπο».
«Θα πάω στον Τύπο. Θα προξενήσω σ' εσένα και στον φίλο σου όποια ζημιά μπορείς να φανταστείς. Αλλά ίσως –λέω ίσως– να τη σκαπουλάρετε από τον μεγαλύτερο εξευτελισμό, αν δεν ξαναπλησιάσετε τον Άουγκουστ και τη Χάνα, και δε θα κακοποιήσετε ποτέ ξανά γυναίκα. Στην ουσία, σας έχω χεσμένους. Θέλω μόνο ο Άουγκουστ και όλοι εμείς οι υπόλοιποι να μη σας ξαναδούμε. Γι' αυτό θα ξεκουμπιστείς από δω κι αν είσαι μαζεμένος σαν ένας ντροπαλός, μικρός, φοβισμένος καλόγερος, ίσως να φτάνει. Αμφιβάλλω γι' αυτό, η συχνότητα υποτροπής όσον αφορά την κακοποίηση γυναικών είναι υψηλή, όπως ξέρεις, κι εσύ κατά βάθος είσαι ένα κάθαρμα, ένας ελεεινός, αλλά με λίγη τύχη – ίσως τότε... Κατάλαβες;»

«Κατάλαβα», είπε αυτός και μίσησε τον εαυτό του που το είπε.

Αλλά δεν έβλεπε άλλη πιθανότητα από το να συμφωνήσει και να υπακούσει και γι' αυτό σηκώθηκε, πήγε στο υπνοδωμάτιο και μάζεψε στα γρήγορα λίγα ρούχα. Μετά πήρε το παλτό και το τηλέφωνό του και βγήκε έξω. Δεν είχε την παραμικρή ιδέα πού θα πήγαινε.

Ένιωθε πιο τιποτένιος απ' ό,τι σε όλη την προηγούμενη ζωή του και εκεί έξω έπεφτε ένα εκνευριστικό χιονόνερο που τον χτυπούσε από τα πλάγια.

Η Λίσμπετ άκουσε να κλείνει η εξώπορτα του διαμερίσματος και τα βήματα να χάνονται στις σκάλες. Κοίταξε τον Άουγκουστ. Ο Άουγκουστ στεκόταν ακίνητος με τα χέρια κολλημένα στο σώμα του και την κοίταζε με έντονο βλέμμα, πράγμα που την ενόχλησε. Αν μόλις πριν από λίγο είχε τον πλήρη έλεγχο της κατάστασης, ξαφνικά ένιωθε αβέβαιη· και τι διάβολο συνέβαινε με τη Χάνα Μπάλντερ;

Αυτή έδειχνε να είναι έτοιμη να ξεσπάσει σε κλάματα, και ο Άουγκουστ... αυτός άρχισε να κουνάει το κεφάλι του κι αυτήν τη φορά δεν ήταν οι πρώτοι αριθμοί αλλά κάτι τελείως διαφορετικό. Η Λίσμπετ δεν ήθελε τίποτα περισσότερο από το να φύγει από κει.

Αλλά παρέμεινε. Η αποστολή της δεν είχε τελειώσει ακόμα. Έβγαλε δύο αεροπορικά εισιτήρια από την τσέπη της, μία κράτηση ξενοδοχείου και ένα χοντρό πάκο χρήματα, σε κορόνες και ευρώ. «Θέλω μόνο από το βάθος της καρδιάς μου...» άρχισε η Χάνα.
«Σιωπή», τη διέκοψε η Λίσμπετ. «Εδώ είναι τα εισιτήρια για το Μόναχο. Πετάτε στις επτά και τέταρτο απόψε και η κατάσταση επείγει. Θα σας μεταφέρουν κατευθείαν στο "Σλος Ελμάου". Είναι ένα ξενοδοχείο πολυτελείας όχι μακριά από το Γκάρμις Πάρτενκιρχεν. Θα μείνετε σε ένα μεγάλο δωμάτιο στον τελευταίο όροφο, στο όνομα Μίλε, και θα λείψετε τρεις μήνες σαν αρχή. Έχω έρθει σε επαφή με τον καθηγητή Τσαρς Έντελμαν και του εξήγησα τη σημασία της απόλυτης μυστικότητας. Αυτός θα σας επισκέπτεται συχνά και θα φροντίζει ώστε ο Άουγκουστ να έχει την κατάλληλη θεραπεία και βοήθεια. Ο Έντελμαν θα κανονίσει και για μία κατάλληλη και εξειδικευμένη σχολική εκπαίδευση».
«Αστειεύεσαι;»
«Σιωπή, είπα. Αυτά είναι πολύ σοβαρά θέματα. Η αστυνομία έχει τώρα τη ζωγραφιά του Άουγκουστ και έχουν συλλάβει τον δολοφόνο. Αλλά τα αφεντικά του είναι ακόμα ελεύθερα και είναι αδύνατον να προβλέψει κανείς τι σχεδιάζουν. Πρέπει να φύγετε από το διαμέρισμα αμέσως. Εγώ έχω άλλα πράγματα να κάνω. Αλλά έχω κανονίσει να σας πάει ένας οδηγός στην Αρλάντα. Ίσως να δείχνει λίγο μυστήριος. Αλλά είναι οκέι. Μπορείτε να τον λέτε "Πανούκλα". Κατάλαβες;»
«Ναι, αλλά...»
«Δεν υπάρχουν αλλά. Άκουσέ με: καθ' όλη τη διάρκεια της διαμονής σας εκεί, δε θα χρησιμοποιήσετε πιστωτική κάρτα ούτε θα κάνεις χρήση του τηλεφώνου σου, Χάνα. Έχω κανονίσει ένα κρυπτογραφημένο τηλέφωνο για σένα, ένα Blackphone αν χρειαστεί να σημάνετε συναγερμό. Ο αριθμός είναι ήδη προγραμματισμένος. Όλα τα έξοδα του ξενοδοχείου είναι δικά μου. Θα σας δώσω εκατό χιλιάδες κορόνες σε μετρητά για τυχόν έκτακτα έξοδα. Έχεις καμία ερώτηση».
«Ακούγεται θεότρελο».
«Όχι».

«Αλλά πώς έχεις εσύ την ευχέρεια...;»
«Την έχω».
«Πώς θα σε...»
Η Χάνα δεν είπε τίποτε άλλο. Τα είχε τελείως χαμένα και φαινόταν να μην ξέρει τι να πιστέψει. Και ξαφνικά έβαλε τα κλάματα.
«Πώς θα μπορέσουμε να σ' ευχαριστήσουμε».
«Να με ευχαριστήσετε;»
Η Λίσμπετ επανέλαβε τη λέξη σαν να ήταν κάτι το ακατανόητο και όταν η Χάνα ήρθε προς το μέρος της με ανοιχτά τα χέρια, αυτή έκανε λίγο πίσω και είπε με τη ματιά καρφωμένη στο πάτωμα: «Μαζέψου! Μαζέψου και τελείωνε με ό,τι σκατά παίρνεις τώρα, χάπια ή ό,τι άλλο είναι. Μπορείς να μ' ευχαριστήσεις μ' αυτόν τον τρόπο».
«Βεβαίως, φυσικά...»
«Και αν κάποιος θελήσει να βάλει τον Άουγκουστ σε κάποια κλινική ή ίδρυμα, τότε εσύ θα το αντιπαλέψεις σκληρά και αλύπητα. Θα στοχεύσεις στο αδύνατο σημείο τους. Θα γίνεις σαν πολεμίστρια».
«Σαν πολεμίστρια;»
«Ακριβώς. Κανένας δε θα μπορέσει...»
Η Λίσμπετ σταμάτησε να μιλάει και σκέφτηκε ότι αυτά δεν ήταν και τίποτα σπουδαία λόγια αποχαιρετισμού. Αλλά έφταναν. Γύρισε και κατευθύνθηκε προς την εξώπορτα. Δεν έκανε πολλά βήματα. Ο Άουγκουστ άρχισε να μουρμουρίζει πάλι και τώρα ακούστηκε τι είπε το αγόρι.
«Μη φύγεις, μη φύγεις...» μουρμούρισε.
Ούτε και γι' αυτό είχε καμία καλή απάντηση η Λίσμπετ. Είπε μόνο σύντομα: «Θα τα καταφέρεις», και μετά πρόσθεσε σαν να μιλούσε στον εαυτό της: «Ευχαριστώ για το ξεφωνητό σου το πρωί», και τότε ακολούθησε σιωπή και η Λίσμπετ σκεφτόταν αν έπρεπε να πει και τίποτε άλλο. Αλλά τελικά, στράφηκε και βγήκε έξω από την πόρτα. Από πίσω της η Χάνα φώναξε:
«Δεν μπορώ να σου πω τι σημαίνει αυτό για μένα!»
Αλλά η Λίσμπετ δεν άκουγε πια λέξη. Κατέβαινε ήδη τη σκά-

λα και κατευθυνόταν προς το αυτοκίνητό της στην Τουρσγκάταν. Όταν έφτασε στη Βέστερμπρουν τηλεφώνησε με το Redphoneapp της στον Μίκαελ Μπλούμκβιστ, που της είπε ότι η NSA βρισκόταν στα ίχνη της.

«Πες τους χαιρετίσματα ότι κι εγώ βρίσκομαι στα δικά τους». Μετά πήγε στον Ρόγκερ Βίντερ και τον φόβισε μέχρι θανάτου. Κατόπιν πήγε στο σπίτι της και άνοιξε το κρυπτογραφημένο αρχείο της NSA, αλλά και πάλι δεν κατάφερε τίποτα.

Ο Εντ και ο Μίκαελ είχαν δουλέψει σκληρά όλη τη μέρα στο δωμάτιο του «Γκραν Οτέλ». Ο Εντ είχε μία φανταστική ιστορία για τον Μίκαελ κι αυτός θα μπορούσε να γράψει το σπουδαίο άρθρο που ο ίδιος, η Έρικα και το *Μιλένιουμ* χρειάζονταν τόσο πολύ κι αυτό ήταν πολύ καλό. Όμως, δεν εξαλειφόταν η στενοχώρια που ένιωθε κι αυτό δεν οφειλόταν μόνο στο ότι είχε εξαφανιστεί ο Αντρέι. Ήταν κάτι με τον Εντ που δεν πήγαινε καλά. Γιατί είχε κάνει την εμφάνισή του τώρα και γιατί κατέβαλλε τόσο πολλή ενέργεια για να βοηθήσει ένα μικρό σουηδικό περιοδικό που βρισκόταν μακριά απ' όλα τα κέντρα εξουσίας των ΗΠΑ;

Ήταν αλήθεια ότι το όλο εγχείρημα μπορούσε να ιδωθεί ως ανταλλαγή εκδούλευσης. Ο Μίκαελ είχε υποσχεθεί να μην αποκαλύψει την εισβολή και είχε δώσει τουλάχιστον εν μέρει την υπόσχεση ότι θα προσπαθούσε να πείσει τη Λίσμπετ να μιλήσει με τον Εντ. Αλλά αυτό δεν έφτανε σαν εξήγηση και έτσι ο Μίκαελ αφιέρωσε πολύ χρόνο στο να ακούει τον Εντ σαν να διάβαζε ανάμεσα από τις αράδες.

Ο Εντ φερόταν σαν να έπαιρνε τεράστια ρίσκα. Οι κουρτίνες ήταν τραβηγμένες και τα τηλέφωνα βρίσκονταν σε ασφαλή απόσταση. Επικρατούσε μία αίσθηση παράνοιας μέσα στο δωμάτιο. Πάνω στο κρεβάτι υπήρχαν απόρρητα ντοκουμέντα που είχε διαβάσει ο Μίκαελ αλλά δε θα χρησιμοποιούσε αποσπάσματα απ' αυτά ή θα έβγαζε αντίγραφα και πότε πότε ο Εντ διέκοπτε την αναφορά του για να συζητήσει λεπτομέρειες σχετικές με την προστασία του απορρήτου. Ο Εντ ήταν εμμονικά προσεκτικός στο να μη μπορεί η διαρροή να οδηγήσει στον ίδιο και πότε πότε άκουγε με νευρικότητα τα βήματα στον διάδρομο, ενώ καμιά-δυο φορές είχε κοιτάξει έξω από ένα άνοιγμα της κουρτίνας για να βεβαιωθεί ότι δεν τους παρακολουθούσε κανένας εκεί έξω, αλλά... ο Μίκαελ δεν μπορούσε να αποδιώξει τη σκέψη ότι τα περισσότερα απ' αυτά ήταν θέατρο.

Ένιωθε ολοένα και περισσότερο ότι ο Εντ είχε τον απόλυτο έλεγχο της κατάστασης, ότι ήξερε ακριβώς τι έκανε και στην πραγματικότητα δε φοβόταν καθόλου. *Ενδεχομένως η ενέργειά του αυτή γίνεται με την άδεια των ανωτέρων του*, σκέφτηκε ο Μίκαελ, ναι, ίσως είχαν μοιράσει κι έναν ρόλο σ' αυτό το παιχνίδι στον Μίκαελ χωρίς αυτός να ξέρει ποιος ακριβώς ήταν αυτός ο ρόλος.

Γι' αυτό δεν ήταν μόνο ενδιαφέροντα αυτά που έλεγε ο Εντ αλλά κι αυτά που δεν έλεγε και το τι ήθελε να πετύχει με τη δημοσιοποίησή τους. Υπήρχε ξεκάθαρα ένα στοιχείο οργής στην όλη υπόθεση. «Μερικοί ηλίθιοι» στο τμήμα Επιτήρησης Στρατηγικών Τεχνολογιών είχαν εμποδίσει τον Εντ να παλουκώσει τον χάκερ που είχε κάνει εισβολή στο σύστημά του μόνο και μόνο επειδή δεν ήθελαν να πιαστούν με κατεβασμένα τα παντελόνια, πράγμα που τον τρέλαινε, είπε αυτός, κι ο Μίκαελ δεν είχε κανέναν λόγο να υποψιάζεται κάτι άλλο σ' αυτό το σημείο κι ακόμα λιγότερο να αμφιβάλλει ότι ο Εντ ήθελε ειλικρινά να εξοντώσει αυτά τα άτομα, «να τους συντρίψω, να τους κάνω κομματάκια κάτω από τις μπότες μου».

Ταυτόχρονα φαινόταν ότι υπήρχαν κι άλλα πράγματα στη διήγησή του, με τα οποία ο Εντ δεν ένιωθε το ίδιο άνετος. Καμιά φορά ο Εντ φαινόταν σαν να πάλευε με κάποιου είδους αυτολογοκρισία και τότε ο Μίκαελ διέκοπτε και πήγαινε στη ρεσεψιόν να τηλεφωνήσει στην Έρικα και στη Λίσμπετ. Η Έρικα απαντούσε με το πρώτο χτύπημα και παρά το ότι και οι δυο τους ήταν ενθουσιασμένοι με την επιτυχία, υπήρχε κάτι βαρύ και μελαγχολικό στη συνομιλία τους. Ο Αντρέι ήταν ακόμα εξαφανισμένος.

Η Λίσμπετ δεν απαντούσε καθόλου. Μόνο στις 17:20 επικοινώνησε μαζί της κι εκείνη ακουγόταν αφηρημένη και μακρινή. Του είπε απλώς στα γρήγορα ότι το παιδί ήταν τώρα ασφαλές στη μητέρα του.

«Πώς είσαι εσύ;» τη ρώτησε αυτός.
«Οκέι».
«Ακέραια;»
«Σε γενικές γραμμές».
Ο Μίκαελ πήρε μια βαθιά ανάσα.
«Έχεις χακάρει το εσωτερικό δίκτυο της NSA, Λίσμπετ;»
«Μίλησες με τον "Εντ-Νεντ";»
«Δεν μπορώ να το σχολιάσω».
Δεν μπορούσε ούτε καν με τη Λίσμπετ να το κουβεντιάσει. Το απόρρητο ήταν ιερό γι' αυτόν.
«Ώστε ο Εντ δεν είναι και τόσο βλάκας», είπε η Λίσμπετ λες κι εκείνος είχε πει κάτι άλλο.
«Δηλαδή το έχεις κάνει».
«Πιθανώς».
Ο Μίκαελ ένιωσε ότι θα ήθελε να την κατσαδιάσει και να τη ρωτήσει με τι στο διάβολο ασχολιόταν. Όμως είπε όσο πιο ήρεμα μπορούσε:
«Είναι διατεθειμένοι να μη σε καταδιώξουν, αρκεί να τους συναντήσεις και να τους πεις πώς το έκανες».
«Πες τους χαιρετίσματα πως έχω βρει κι εγώ τα ίχνη τους».
«Τι εννοείς μ' αυτό;»
«Ότι έχω περισσότερα απ' ό,τι νομίζουν».
«Οκέι», είπε σκεφτικός ο Μίκαελ. «Αλλά θα μπορούσες να συναντήσεις...»
«Τον Εντ;»
Διάβολε, σκέφτηκε ο Μίκαελ. Ο Εντ ήθελε να της το αποκαλύψει μόνος του αυτό.
«Τον Εντ», επανέλαβε αυτός.
«Είναι ένα θρασύ καθοίκι».
«Αρκετά θρασύς. Αλλά μπορείς να σκεφτείς το ενδεχόμενο να τον συναντήσεις αν κανονίσουμε εγγυήσεις ότι δε θα συλληφθείς;»
«Δεν υπάρχουν τέτοιες εγγυήσεις».
«Συμφωνείς να επικοινωνήσω με την Άνικα, την αδερφή μου, και να την παρακαλέσω να σε εκπροσωπήσει;»
«Έχω άλλα να κάνω τώρα», είπε αυτή, σαν να μην ήθελε να μιλή-

σει περισσότερο για το θέμα κι εκείνος δεν κρατήθηκε και της είπε:
«Αυτή η υπόθεση με την οποία ασχολούμαστε...»
«Τι τρέχει μ' αυτήν;»
«Δεν ξέρω αν την έχω καταλάβει καλά».
«Ποιο είναι το πρόβλημα;» είπε η Λίσμπετ.
«Πρώτ' απ' όλα, δεν καταλαβαίνω γιατί η Καμίλα εμφανίζεται ξαφνικά μετά από τόσα χρόνια».
«Υποθέτω ότι περίμενε την κατάλληλη ευκαιρία».
«Πώς το εννοείς αυτό;»
«Πάντα ήθελε να επιστρέψει και να εκδικηθεί γι' αυτά που έκανα στην ίδια και στον Ζάλα. Αλλά ήθελε να περιμένει ώσπου να είναι δυνατή σε όλα τα επίπεδα. Τίποτα δεν είναι σημαντικότερο για την Καμίλα από το να είναι δυνατή και τώρα είδε ξαφνικά μία πιθανότητα, μία ευκαιρία να πετύχει μ' έναν σμπάρο δυο τρυγόνια, τουλάχιστον αυτό μαντεύω. Μπορείς να τη ρωτήσεις την επόμενη φορά που θα πιείτε ένα ποτήρι μαζί».
«Έχεις μιλήσει με τον Χόλγκερ;»
«Ήμουν απασχολημένη».
«Πάντως η Καμίλα δεν το πέτυχε. Εσύ τα κατάφερες, ευτυχώς».
«Τα κατάφερα».
«Αλλά δε σε ανησυχεί ότι μπορεί να επιστρέψει οποτεδήποτε;»
«Το έχω σκεφτεί».
«Οκέι, καλά. Και ξέρεις ότι εγώ και η Καμίλα δεν κάναμε τίποτα περισσότερο από το να προχωρήσουμε μαζί μία μικρή απόσταση στη Χουρνσγκάταν;»
Η Λίσμπετ δεν απάντησε στην ερώτηση.
«Σε ξέρω, Μίκαελ», του είπε μόνο. «Και τώρα συνάντησες και τον Εντ. Υποθέτω ότι θα πρέπει να τον ζηλεύω κι αυτόν».
Ο Μίκαελ χαμογέλασε μοναχός του.
«Ναι, σίγουρα θα πρέπει να τον ζηλεύεις», απάντησε αυτός.
«Και έχεις δίκιο. Δε θα τον εμπιστευτούμε χωρίς λόγο. Φοβάμαι ότι μπορώ να γίνω ως και ο ωφέλιμος ηλίθιός του».
«Δεν ακούγεται σαν ρόλος για σένα, Μίκαελ».
«Όχι, και γι' αυτό θα ήθελα να ξέρω τι έμαθες όταν έκανες την εισβολή σου».

«Ένα σωρό ενοχλητικά σκατά».
«Για τη σχέση του Έκερβαλντ και των "Σπάιντερς" με την NSA;»
«Αυτά και λίγα ακόμα».
«Που είχες σκεφτεί να μου τα πεις;»
«Αν ήσουν συμμαζεμένος, θα το έκανα», είπε εκείνη με ένα περιπαικτικό ύφος κι αυτός δεν μπόρεσε να μη χαρεί, έστω και λίγο.

Μετά ο Μίκαελ χαμογέλασε, γιατί εκείνη τη στιγμή κατάλαβε με τι ακριβώς ασχολιόταν ο Εντ.

Το κατάλαβε με τόση ένταση, που του ήταν δύσκολο να το κρύψει, όταν αργότερα επέστρεψε στο δωμάτιο του ξενοδοχείου και συνέχισε να δουλεύει με τον Αμερικανό ως τις δέκα το βράδυ.

ΚΕΦΑΛΑΙΟ 29
ΠΡΩΙ 24 ΝΟΕΜΒΡΙΟΥ

Δε βρήκαν τίποτα το δυσάρεστο στο διαμέρισμα του Βλαντιμίρ Ορλόφ στο σοκάκι Μάρτιν Τρότζιγκσγκρεντ. Το διαμέρισμα ήταν καθαρό και περιποιημένο, το κρεβάτι στρωμένο και τα σεντόνια αλλαγμένα. Το καλάθι για τα άπλυτα στο μπάνιο άδειο. Όμως υπήρχαν σημάδια πως κάτι δεν πήγαινε καλά. Οι γείτονες είπαν ότι το πρωί είχαν πάει εκεί μεταφορείς και μετά από μία λεπτομερή εξέταση βρέθηκαν σταγόνες αίματος στο πάτωμα και στον τοίχο πάνω από το κρεβάτι. Η σύγκριση του αίματος με ίχνη σιέλου από το διαμέρισμα του Αντρέι έδειξε ότι ανήκαν στον νεαρό δημοσιογράφο.

Ωστόσο κανένας από αυτούς που είχαν συλληφθεί –τους δύο που ακόμα μπορούσαν να επικοινωνήσουν– δεν έδειχνε να γνωρίζει κάτι για τις σταγόνες αίματος ή που να έχει να κάνει με τον Ζάντερ και γι' αυτό ο Μπουμπλάνσκι και η ομάδα του επικεντρώθηκαν στο να συγκεντρώσουν περισσότερες πληροφορίες για τη γυναίκα που ήταν μαζί με τον Αντρέι Ζάντερ. Ο Τύπος δεν είχε γράψει μόνο χιλιόμετρα για το δράμα στο Ινιαρέ αλλά και για την εξαφάνιση του Αντρέι Ζάντερ. Οι δύο μεγάλες απογευματινές εφημερίδες, η *Σβένσκα Μόργκονποστεν* και η *Μέτρο* δημοσίευαν μεγάλες φωτογραφίες του δημοσιογράφου. Κανένας από τους ρεπόρτερ δεν είχε καταλάβει ακόμα τη σχέση μεταξύ των δύο συμβάντων. Αλλά αναφέρονταν ήδη εικασίες ότι ο Αντρέι μπορεί να είχε δολοφονηθεί και συνήθως αυτό όξυνε τη μνήμη του κόσμου ή τουλάχιστον τους έκανε να θυμούνται κάτι που τους φαινόταν ύποπτο. Τώρα συνέβαινε ακριβώς το αντίθετο.

Οι μαρτυρίες που κατέφθαναν στην αστυνομία και που κατατάσσονταν ως αξιόπιστες ήταν πολύ αδύναμες και όλοι όσοι ανέφεραν κάτι –εκτός του Μίκαελ Μπλούμκβιστ και του φούρναρη από το Σκάνσεν– έτειναν στο ότι η γυναίκα δεν ήταν ένοχη κάποιας παρανομίας. Όλοι όσοι την είχαν συναντήσει είχαν αποκομίσει μία πολύ καλή εντύπωση. Ένας μπάρμαν που σέρβιρε τη γυναίκα και τον Αντρέι Ζάντερ στο μπαρ «Παπαγκάγιο» επί της Γετγκάταν, καυχιόταν μάλιστα για τη γνώση του περί της ανθρώπινης φύσης και ισχυριζόταν με σιγουριά ότι αυτή η γυναίκα «δεν ήθελε το κακό κανενός».

«Ήταν ένα θαύμα, μια κούκλα».

Αυτή ήταν ένα θαύμα, ικανή για όλα τα πιθανά και τα απίθανα και απ' ό,τι αντιλαμβανόταν ο Μπουμπλάνσκι θα ήταν πάρα πολύ δύσκολο να κάνουν το σκίτσο της. Όλοι όσοι την είχαν δει την περιέγραφαν με διαφορετικό τρόπο και αντί να περιγράψουν τη συγκεκριμένη γυναίκα περιέγραφαν τη γυναίκα των ονείρων τους. Ήταν σχεδόν γελοίο και ως εκείνη τη στιγμή δεν είχαν φωτογραφίες από τις κάμερες παρακολούθησης. Ο Μίκαελ Μπλούμκβιστ είπε ότι η γυναίκα ήταν σίγουρα η Καμίλα Σαλάντερ, δίδυμη αδερφή της Λίσμπετ, και αποδείχτηκε πως υπήρχε μία δίδυμη αδερφή πριν από πολύ καιρό. Αλλά εδώ και πολλά χρόνια δεν υπήρχε ούτε ίχνος της σε κάποιο αρχείο, λες και είχε πάψει να υπάρχει. Αν ζούσε ακόμα η Καμίλα Σαλάντερ το έκανε με άλλη ταυτότητα και στον Μπουμπλάνσκι δεν άρεσε καθόλου αυτό, κυρίως όταν έμαθε ότι στη θετή οικογένεια που άφησε πίσω της όταν έφυγε από τη Σουηδία, υπήρχαν δύο ανεξιχνίαστοι θάνατοι και οι αστυνομικές έρευνες που διενεργήθηκαν τότε ήταν ελλιπείς και γεμάτες με ίχνη και στοιχεία που κανένας δεν ακολούθησε ποτέ.

Ο Μπουμπλάνσκι διάβασε το υλικό και ντρεπόταν για τους συναδέλφους του, που ούτε ως ένδειξη κάποιου είδους σεβασμού προς την οικογένεια δεν μπόρεσαν να προχωρήσουν ως το βάθος της υπόθεσης, αφού ήταν ξεκάθαρο το θέμα ότι και ο πατέρας και η κόρη της οικογένειας είχαν αδειάσει τους τραπεζικούς τους λο-

ΤΟ ΚΟΡΙΤΣΙ ΣΤΟΝ ΙΣΤΟ ΤΗΣ ΑΡΑΧΝΗΣ 489

γαριασμούς ακριβώς πριν από τον θάνατο τους ή ότι ο πατέρας την ίδια εβδομάδα που βρέθηκε κρεμασμένος είχε αρχίσει να γράφει ένα γράμμα με τις εισαγωγικές λέξεις:
«Καμίλα, γιατί είναι τόσο σημαντικό για σένα να μου καταστρέψεις τη ζωή;»
Υπήρχε ένα τρομακτικό σκοτάδι γύρω από αυτό το άτομο που όλοι οι μάρτυρες είχαν μαγευτεί μαζί του.

Η ώρα ήταν τώρα οκτώ το πρωί και ο Μπουμπλάνσκι καθόταν στο γραφείο του στην αστυνομία βυθισμένος ξανά σε παλιές υποθέσεις που ήλπιζε ότι μπορούσαν να φωτίσουν την εξέλιξη των γεγονότων. Γι' αυτό ήξερε –και πολύ καλά μάλιστα– πως υπήρχαν εκατό άλλα πράγματα που ακόμα δεν είχε προλάβει να καταπιαστεί μαζί τους και αναπήδησε εκνευρισμένος και γεμάτος τύψεις όταν άκουσε πως είχε επίσκεψη.

Ήταν μία γυναίκα που είχε ανακρίνει η Σόνια Μούντιγκ, η οποία όμως επέμενε να τον συναντήσει και αργότερα ο Γιαν αναρωτιόταν αν εκείνη τη στιγμή ήταν ιδιαίτερα δεκτικός, ίσως επειδή δεν περίμενε τίποτε άλλο εκτός από προβλήματα και δυσκολίες. Η γυναίκα στο άνοιγμα της πόρτας δεν ήταν ψηλή, αλλά είχε ένα ανάστημα βασίλισσας και έντονα μαύρα μάτια που τον κοίταζαν λίγο μελαγχολικά. Ίσως να ήταν δέκα χρόνια νεότερή του, φορούσε ένα γκρίζο παλτό και ένα κόκκινο φουστάνι ή κάτι που έμοιαζε σαν σάρι.
«Το όνομά μου είναι Φαράχ Σαρίφ», του είπε. «Είμαι πανεπιστημιακή καθηγήτρια πληροφορικής και κοντινή φίλη του Φρανς Μπάλντερ».
«Ναι, ναι», είπε αυτός αμήχανα. «Κάθισε, αγαπητή μου. Συγγνώμη για την ακαταστασία».
«Έχω δει και χειρότερα».
«Τι λες, αλήθεια; Κατά σύμπτωση, δεν είσαι εβραία, έτσι;»
Αυτό ήταν τελείως ηλίθιο. Η Φαράχ Σαρίφ δεν ήταν φυσικά εβραία – και τι ρόλο έπαιζε τέλος πάντων τι ήταν αυτή ή τι δεν ήταν. Αλλά του είχε ξεφύγει και ρώτησε. Ήταν ιδιαίτερα δυσάρεστο.

«Τι... όχι... είμαι Ιρανή και μουσουλμάνα, αν υποθέσουμε ότι είμαι κάτι τώρα πια. Ήρθα εδώ το 1979».

«Καταλαβαίνω. Λέω βλακείες. Πού οφείλω την τιμή της επίσκεψης;»

«Παραήμουν αφελής όταν μίλησα με τη συνάδελφό σου, τη Σόνια Μούντιγκ».

«Γιατί το λες αυτό;»

«Επειδή έχω περισσότερες πληροφορίες τώρα. Είχα μία μακρά συνομιλία με τον καθηγητή Στίβεν Γουορμπάρτον».

«Ναι. Με έχει ζητήσει. Αλλά ήταν τόσο χαοτικά εδώ. Δεν έχω προλάβει να του τηλεφωνήσω ακόμα».

«Ο Στίβεν είναι καθηγητής κυβερνητικής στο Στάνφορντ και κορυφαίος ερευνητής της τεχνολογικής μοναδικότητας. Αυτός δουλεύει σήμερα στο MIRI, ένα πανεπιστημιακό τμήμα που ασχολείται με το πώς η τεχνητή νοημοσύνη θα μας βοηθήσει και όχι το αντίθετο».

«Ακούγεται καλό», είπε ο Μπουμπλάνσκι, που ένιωθε άσχημα κάθε φορά που γινόταν αναφορά σ' αυτό το θέμα.

«Ο Στίβεν ζει λίγο στον δικό του κόσμο. Μόλις χθες άκουσε τι συνέβη στον Φρανς και γι' αυτό δεν επικοινώνησε νωρίτερα. Αλλά μου είπε ότι μίλησε με τον Φρανς την περασμένη Δευτέρα».

«Για ποιο πράγμα;»

«Τις έρευνες του Φρανς. Ξέρεις, από τότε που ο Φρανς έφυγε για τις ΗΠΑ ήταν πολύ αινιγματικός. Ούτε καν εγώ που ήμουν πολύ κοντά του δεν ήξερα με τι ασχολιόταν, αν και θα τολμούσα να πω, λίγο αλαζονικά, ότι είχα καταλάβει μερικά πράγματα. Αλλά τώρα φάνηκε ότι είχα κάνει λάθος».

«Με ποιον τρόπο;»

«Θα προσπαθήσω να μην μπω σε τεχνικές λεπτομέρειες. Φαίνεται ότι ο Φρανς δεν είχε μόνο εξελίξει το παλιό του πρόγραμμα τεχνητής νοημοσύνης αλλά είχε εξελίξει και νέους αλγόριθμους και νέο τυπολογικό υλικό για τους κβαντικούς υπολογιστές».

«Νομίζω ότι δεν απέφυγες τις τεχνικές λεπτομέρειες».

«Οι κβαντικοί υπολογιστές είναι υπολογιστές που βασίζονται στην κβαντική μηχανική. Ως σήμερα είναι κάτι καινούργιο. Η

"Google" και η NSA έχουν διαθέσει τεράστια ποσά σε έναν υπολογιστή που ήδη τώρα, σε μερικούς τομείς, είναι τριάντα πέντε φορές πιο γρήγορος από οποιονδήποτε άλλο υπολογιστή. Επίσης και η "Σολιφόν", εκεί που δούλευε ο Φρανς, ασχολείται με κάποιο παρόμοιο πρότζεκτ, αλλά αυτή ακριβώς είναι η ειρωνεία – κυρίως αν όλα τα στοιχεία είναι σωστά: η "Σολιφόν" δεν έχει προχωρήσει τόσο πολύ όσο οι άλλοι».

«Οκέι», είπε αβέβαιος ο Μπουμπλάνσκι.

«Το μεγάλο πλεονέκτημα με τους κβαντικούς υπολογιστές είναι ότι οι στοιχειώδεις κβαντικές μονάδες, τα *κιούμπιτ*, μπορούν να εμφανιστούν αθροιστικά και στις δύο καταστάσεις ταυτόχρονα».

«Τι;»

«Δεν μπορούν μόνο να δουλέψουν με το 1 και το 0 όπως οι παραδοσιακοί υπολογιστές, αλλά μπορούν να είναι 1 και 0 ταυτόχρονα. Το πρόβλημα είναι ότι απαιτούνται ιδιαίτερες μέθοδοι υπολογισμών και βαθιές γνώσεις φυσικής, κυρίως στον τομέα που εμείς ονομάζουμε κβαντική κυματική, για να δουλέψουν επαρκώς αυτοί οι υπολογιστές και σ' αυτό δεν έχουμε φτάσει και πολύ μακριά. Οι κβαντικοί υπολογιστές είναι ως τις μέρες μας τελείως εξειδικευμένοι και δυσκίνητοι στη λειτουργία τους. Αλλά ο Φρανς –δεν ξέρω πώς να το εξηγήσω– είχε απ' ό,τι φαίνεται βρει κάποια μέθοδο που μπορούσε να το κάνει αυτό πιο άνετα και ευέλικτα και γι' αυτό είχε επαφές με μία σειρά εργαστηριακών επιστημόνων, δηλαδή με άτομα που μπορούσαν να εξετάσουν και να επιβεβαιώσουν τη μεθοδολογία του. Αυτό που είχε επιτύχει ήταν τεράστιο – τουλάχιστον θα μπορούσε να είναι. Όμως δεν ένιωθε μόνο περήφανος γι' αυτά που είχε βρει και γι' αυτό επικοινώνησε με τον Στίβεν Γουορμπάρτον. Ταυτόχρονα είχε μία βαθιά ανησυχία».

«Γιατί;»

«Μακροπρόθεσμα, διότι υποψιαζόταν πως η δημιουργία του μπορούσε να αποβεί επικίνδυνη για τον κόσμο, υποθέτω. Αλλά αυτό που ήταν άμεσα επείγον ήταν ότι γνώριζε πράγματα για την NSA».

«Τι είδους πράγματα;»

«Δεν ξέρω σε ποιο επίπεδο. Μάλλον είχε εικόνα από το βρόμικο μέρος της βιομηχανικής κατασκοπείας με την οποία ασχολούνται αυτοί. Αλλά ξέρω πολύ καλά τι συνέβαινε σε κάποιο άλλο επίπεδο. Είναι σήμερα γνωστό ότι η οργάνωση δουλεύει σκληρά για να εξελίξει κβαντικούς υπολογιστές. Για την NSA αυτό θα ήταν σκέτος παράδεισος. Με έναν αποτελεσματικό κβαντικό υπολογιστή θα μπορούσαν στο μέλλον να σπάσουν όλες τις κρυπτογραφήσεις, όλα τα ψηφιακά συστήματα ασφαλείας. Και σε μία τέτοια περίπτωση, κανένας δε θα μπορεί να προστατευτεί από το άγρυπνο μάτι της οργάνωσης».

«Τρομερά απαίσιο», είπε ο Μπουμπλάνσκι με τέτοια έμφαση, που εξέπληξε και τον ίδιο.

«Αλλά υπάρχει ακόμα ένα σενάριο που είναι πολύ χειρότερο: τι θα γίνει αν ένας τέτοιος υπολογιστής πέσει στα χέρια εγκληματικών οργανώσεων;» συνέχισε η Φαράχ Σαρίφ.

«Καταλαβαίνω πού θέλεις να φτάσεις».

«Και φυσικά αναρωτιέμαι για κάτι ακόμα: τι βρήκατε σ' αυτούς που συλλάβατε».

«Λυπάμαι, τίποτα τέτοιο», είπε αυτός. «Αλλά οι συγκεκριμένοι τύποι δεν είναι και τίποτα ιδιοφυΐες. Αμφιβάλλω αν θα τα κατάφερναν με τα μαθηματικά του γυμνασίου».

«Δηλαδή ο ειδικός διέφυγε;»

«Δυστυχώς έτσι είναι. Αυτός και μία ύποπτη γυναίκα χάθηκαν χωρίς ν' αφήσουν ίχνη πίσω τους. Προφανώς έχουν πολλές ταυτότητες».

«Ανησυχητικό».

Ο Μπουμπλάνσκι έγνεψε καταφατικά και κοίταξε τα μάτια της Φαράχ που τον κοιτούσαν παρακλητικά και ίσως ήταν γι' αυτό που αντί να βουλιάξει στην απελπισία τού ήρθε μία ελπιδοφόρα σκέψη.

«Δεν ξέρω τι σημαίνει βέβαια...» είπε.

«Τι πράγμα;»

«Έχουμε τεχνικούς που έλεγξαν τους υπολογιστές του Μπάλντερ. Δεν ήταν και εύκολο όπως καταλαβαίνεις με το σκεπτικό του περί ασφαλείας. Αλλά τα καταφέραμε. Είχαμε λίγη τύχη μπορεί να πει κανείς κι αυτό που μπορέσαμε να διαπιστώσουμε αρκετά γρήγορα ήταν ότι πιθανώς είχε κλαπεί ένας υπολογιστής».

«Το υπέθεσα», είπε αυτή. «Που να πάρει ο διάβολος».

«Ήρεμα, ήρεμα, δεν τελείωσα ακόμα. Καταλάβαμε επίσης ότι περισσότεροι υπολογιστές ήταν συνδεδεμένοι μεταξύ τους και αυτοί με τη σειρά τους, κατά χρονικά διαστήματα, συνδέονταν με ένα σούπερ-υπολογιστή στο Τόκιο».

«Ακούγεται λογικό».

«Ακριβώς, και γι' αυτό μπορέσαμε να δούμε έναν μεγάλο φάκελο, ή τουλάχιστον κάτι μεγάλο, που πρόσφατα είχε σβηστεί. Δεν μπορέσαμε να τον ανακτήσουμε αλλά διαπιστώσαμε πως αυτό είχε γίνει».

«Εννοείς ότι ο Φρανς έσβησε την έρευνά του;»

«Τελικά δεν είμαι και σίγουρος. Αλλά το σκέφτηκα αυτό όσο μιλούσες».

«Δε θα μπορούσαν να το έχουν κάνει οι δολοφόνοι;»

«Που πρώτα το αντέγραψαν, εννοείς, και μετά το έσβησαν από τους υπολογιστές του;»

«Ναι».

«Δυσκολεύομαι να το πιστέψω αυτό. Ο δολοφόνος ήταν μέσα στο σπίτι ελάχιστο χρονικό διάστημα και δε θα προλάβαινε ποτέ να κάνει κάτι τέτοιο ούτε θα είχε τις απαιτούμενες γνώσεις».

«Οκέι, ακούγεται ελπιδοφόρο παρά τα όσα έχουν συμβεί», συνέχισε η Φαράχ Σαρίφ διστακτικά. «Είναι μόνο ότι...»

«Ναι;»

«Δεν μπορώ να το συνδυάσω με τον χαρακτήρα του Φρανς. Ήταν αυτός το άτομο που μηδένισε το σπουδαιότερο πράγμα που είχε κάνει ποτέ; Θα ήταν σαν... δεν ξέρω... σαν να ακρωτηρίαζε το μπράτσο του ή ακόμα χειρότερα, σαν να σκότωνε κάποιον φίλο, μία εν δυνάμει ζωή».

«Καμιά φορά πρέπει να κάνει κανείς μεγάλες θυσίες», είπε ο Μπουμπλάνσκι σκεφτικός. «Να καταστρέψει κάτι που αγάπησε και έζησε μαζί του».

«Ή κάπου υπάρχει ένα αντίγραφο».

«Ή κάπου υπάρχει ένα αντίγραφο», επανέλαβε αυτός και έκανε ξαφνικά κάτι τόσο παράξενο: της πρότεινε το χέρι του.

Η Φαράχ Σαρίφ προφανώς δεν κατάλαβε. Κοίταζε μόνο το χέρι σαν να περίμενε ότι θα της έδινε κάτι. Αλλά ο Μπουμπλάνσκι δε φάνηκε να το βάζει κάτω.
«Ξέρεις τι λέει ο ραβίνος μου;»
«Όχι», απάντησε αυτή.
«Πως αυτό που χαρακτηρίζει έναν άνθρωπο είναι οι αντιφάσεις του. Επιθυμούμε ταυτόχρονα να είμαστε και να μην είμαστε στο σπίτι μας. Δε γνώρισα ποτέ τον Φρανς Μπάλντερ και ίσως αυτός να νόμιζε ότι είμαι μόνο ένας χαζός γέρος. Αλλά σίγουρα ξέρω ένα πράγμα: μπορούμε να αγαπάμε και να φοβόμαστε ταυτόχρονα τη δουλειά μας, ακριβώς όπως ο Φρανς Μπάντλερ φαίνεται ότι αγαπούσε και ταυτόχρονα άφησε τον γιο του. Το να είναι κανείς ζωντανός, καθηγήτρια Σαρίφ, απαιτεί αντιφάσεις. Πρέπει να απλώνεται κανείς προς πολλές κατευθύνσεις και αναρωτιέμαι μήπως ο φίλος σου βρισκόταν σε μεταβατικό σημείο. Ίσως πράγματι να κατέστρεψε το έργο της ζωής του. Ίσως, τώρα στα τελευταία του, να ορθώθηκε μπρος στη αντίφασή του και να έγινε ένας αληθινός άνθρωπος με την πλήρη έννοια της λέξης».
«Νομίζεις;»
«Δεν ξέρω. Αλλά είχε αλλάξει, έτσι δεν είναι; Είχε καταδικαστεί και δεν μπορούσε να φροντίσει τον γιο του. Ωστόσο, το έκανε και κατάφερε να βοηθήσει το παιδί να ανοιχτεί και να αρχίσει να ζωγραφίζει».
«Αυτό είναι αλήθεια, επιθεωρητά».
«Λέγε με Γιαν».
«Οκέι».
«Ξέρεις, ο κόσμος με αποκαλεί "Μπούμπλα" καμιά φορά».
«Είναι επειδή μπαμπαλίζεις τόσο όμορφα;»
«Χα, όχι, πραγματικά δεν το πιστεύω αυτό. Αλλά ένα πράγμα ξέρω με απόλυτη σιγουριά».
«Και τι είναι αυτό;»
«Είναι ότι εσύ είσαι...»
Δεν πήγε παραπέρα, αλλά ούτε και που χρειάστηκε. Η Φαράχ Σαρίφ του έστειλε ένα χαμόγελο που με όλη την απλότητά του έκα-

νε τον Μπουμπλάνσκι να αρχίσει να πιστεύει και πάλι στη ζωή και στον Θεό.

Οκτώ η ώρα το πρωί η Λίσμπετ Σαλάντερ σηκώθηκε από το μεγάλο κρεβάτι της στη Φισκαργκάταν. Και πάλι δεν είχε κοιμηθεί αρκετά, όχι μόνο επειδή είχε δουλέψει με τον κρυπτογραφημένο φάκελο χωρίς το παραμικρό όφελος. Είχε ακούσει βήματα έξω στη σκάλα και πότε πότε έλεγχε τον συναγερμό και την κάμερα παρακολούθησης έξω στον διάδρομο. Δεν ήξερε ούτε αυτή ούτε και κανένας άλλος αν η αδελφή της είχε φύγει από τη χώρα.

Μετά την ταπείνωση στο Ινιαρέ δε θα ήταν καθόλου απίθανο να ετοίμαζε η Καμίλα μία νέα επίθεση με ακόμα μεγαλύτερη ένταση ή να έκανε έφοδο η NSA στο διαμέρισμα. Η Λίσμπετ δεν είχε καθόλου ψευδαισθήσεις γι' αυτό. Αλλά τώρα το πρωί απόδιωξε αυτές τις σκέψεις, πήγε με αποφασιστικά βήματα προς το μπάνιο, γδύθηκε από τη μέση και πάνω και κοίταξε την πληγή.

Σκέφτηκε ότι φαινόταν καλύτερα κι αυτό δεν ήταν βέβαια όλη η αλήθεια. Αλλά ακολουθώντας μία παράλογη παρόρμηση αποφάσισε να πάει στο κλαμπ πυγμαχίας στη Χουρνσγκάταν και να κάνει προπόνηση.

Ο πόνος έπρεπε να καταπολεμηθεί με πόνο.

Μετά καθόταν εξαντλημένη στα αποδυτήρια και δεν άντεχε ούτε να σκεφτεί. Ακούστηκε το κινητό της. Δεν έδωσε σημασία. Πήγε στο ντους και άφησε το ζεστό νερό να τρέχει πάνω της και σιγά σιγά άρχισαν να ξεκαθαρίζουν οι σκέψεις της και τότε έκανε την εμφάνισή της η ζωγραφιά του Άουγκουστ. Αλλά αυτήν τη φορά δεν ήταν κάτι από την απεικόνιση του δολοφόνου που την αιχμαλώτισε, όσο κάτι που ήταν γραμμένο στο κάτω μέρος του χαρτιού.

Η Λίσμπετ είχε δει την έτοιμη ζωγραφιά μόνο μερικές στιγμές εκεί πάνω στο εξοχικό του Ινιαρέ και τότε ήταν απολύτως συγκεντρωμένη στο να τη στείλει στον Μπουμπλάνσκι και στην Μούντιγκ και αν έστω την είχε αναλογιστεί θα είχε εντυπωσιαστεί όπως όλοι οι άλλοι για την απόδοση των λεπτομερειών. Αλλά τώρα που την ξανάφερνε στο μυαλό της με τη φωτογραφική ματιά της, την ενδιέφερε πολύ περισσότερο η εξίσωση που ήταν γραμμένη κάτω από τη ζωγραφιά και βυθισμένη σε βαθιές σκέψεις βγήκε από το ντους. Ήταν μόνο αυτό, δεν άκουγε ούτε τις σκέψεις της. Ο Ομπίνζε έκανε φασαρία του σκοτωμού εκεί έξω.

«Σκάσε», του φώναξε. «Σκέφτομαι».

Αλλά δε βοήθησε και πολύ. Ο Ομπίνζε ήταν εκτός εαυτού και κάποιος άλλος εκτός της Λίσμπετ θα το καταλάβαινε αυτό. Ο Ομπίνζε είχε εκπλαγεί από το πόσο κουρασμένα και χαλαρά χτυπούσε αυτή τον σάκο κι αμέσως μετά ανησύχησε όταν η Λίσμπετ χαμήλωσε το κεφάλι και μόρφαζε από πόνο και στο τέλος αυτός είχε τρέξει ξαφνικά προς το μέρος της, της σήκωσε το μανίκι της φανέλας, είδε την πληγή και τότε έκανε σαν τρελός.

«Είσαι ηλίθια, το ξέρεις; Τελείως θεότρελη!» της φώναζε.

Αυτή δεν άντεχε να απαντήσει. Οι δυνάμεις της λες κι είχαν στερέψει από μέσα της, ακόμα και η ζωγραφιά χάθηκε από τις σκέψεις της και τελείως εξαντλημένη έκατσε στον πάγκο των αποδυτηρίων. Δίπλα της καθόταν η Γιαμίλα Αχέμπε, μία σκληρή κοπέλα που συνήθιζε να προπονείται και να κοιμάται μαζί της, μ' αυτήν τη σειρά, γιατί όταν πυγμαχούσαν άγρια μεταξύ τους το ένιωθαν συνήθως σαν προκαταρκτικό αυτού που θα ακολουθούσε. Μερικές φορές δεν είχαν συμπεριφερθεί κόσμια στο ντους. Καμία απ' τις δυο τους δεν ακολουθούσε τους κανόνες καλής συμπεριφοράς.

«Συμφωνώ με τον φωνακλά εκεί έξω. Είσαι άρρωστη στο κεφάλι», είπε η Γιαμίλα.

«Ίσως», απάντησε η Λίσμπετ.

«Η πληγή φαίνεται τρομερά άσχημη».

«Θα επουλωθεί».

«Αλλά εσύ έπρεπε να πυγμαχήσεις».

«Προφανώς».

«Θα πάμε σπίτι μου;»

Η Λίσμπετ δεν απάντησε. Χτύπησε πάλι το τηλέφωνό της, το έβγαλε από τη μαύρη τσάντα της και κοίταξε την οθόνη.

Ήταν τρία μηνύματα με το ίδιο περιεχόμενο από απόρρητο

νούμερο και όταν τα διάβασε έσφιξε τις γροθιές της και σκλήρυνε πολύ η έκφρασή της. Τότε η Γιαμίλα ένιωσε ότι θα μπορούσε να κοιμηθεί με τη Λίσμπετ Σαλάντερ μία άλλη μέρα.

Ήδη στις έξι το πρωί ο Μίκαελ ξύπνησε με καμιά-δυο καλές ατάκες στον νου του και στον δρόμο για τη σύνταξη μεγάλωνε το άρθρο από μόνο του στις σκέψεις του. Στο περιοδικό δούλεψε με απόλυτη συγκέντρωση και ούτε καν αντιλαμβανόταν τι συνέβαινε γύρω του, αν και πότε πότε οι σκέψεις του πήγαιναν στον Αντρέι. Παρά το ότι ακόμα ήλπιζε, αντιλαμβανόταν ότι ο Αντρέι είχε θυσιάσει τη ζωή του για το άρθρο του και γι' αυτό προσπαθούσε να τιμήσει τον συνάδελφο σε κάθε αράδα που έγραφε. Είχε σκεφτεί να γράψει το ρεπορτάζ σε επίπεδο ιστορίας της δολοφονίας του Φρανς και του Άουγκουστ Μπάλντερ, μία διήγηση για ένα οκτάχρονο αυτιστικό αγόρι που είδε τον πατέρα του να δολοφονείται και παρά την αναπηρία του βρήκε τρόπο να ανταποδώσει το χτύπημα. Αλλά σε κάποιο άλλο επίπεδο ο Μίκαελ ήθελε να είναι μία εκπαιδευτική ιστορία για έναν νέο κόσμο παρακολούθησης και κατασκοπείας όπου τα σύνορα μεταξύ του έννομου και του παράνομου εξαλείφονται κι ήταν πράγματι αλήθεια πως η συγγραφή της ήταν εύκολη. Συχνά ανάβρυζαν οι λέξεις από μέσα του.

Από μία παλιά πηγή στην αστυνομία είχε προμηθευτεί τα στοιχεία της έρευνας για την ανεξιχνίαστη δολοφονία της Κάισα Φαλκ στη Μπρόμα, της νεαρής γυναίκας που ήταν φίλη ενός από τους ηγέτες της συμμορίας του Σβάβελσε. Αν και δεν είχε βρεθεί ο δολοφόνος και κανένας από αυτούς που ανακρίθηκαν κατά τη διάρκεια της έρευνας δεν είπε πολλά, ο Μίκαελ μπόρεσε να συμπεράνει ότι το κλαμπ των μηχανόβιων έγινε κομμάτια από μία βίαιη διάσπαση και ότι υπήρχε μία νέα αβεβαιότητα μεταξύ των μελών του, ένας έρπων φόβος που ένας από τους μάρτυρες είχε αποκαλέσει «Lady Zala».

Παρά τις σημαντικές προσπάθειες οι αστυνομικοί δεν είχαν καταλάβει σε ποιον αναφερόταν το όνομα. Αλλά ο Μίκαελ δεν είχε την παραμικρή αμφιβολία ότι η «Lady Zala» ήταν η Καμίλα και ότι αυτή βρισκόταν πίσω και από μία νέα σειρά παρανομιών και στη Σουηδία και στο εξωτερικό. Όμως είχε δυσκολίες να βρει αποδείξεις κι αυτό τον εκνεύριζε. Στο ρεπορτάζ την ονόμαζε «Θάνος». Ωστόσο δεν ήταν η Καμίλα και οι σχέσεις της με το ρωσικό κοινοβούλιο που ήταν το πρόβλημα. Αυτό που ανησυχούσε περισσότερο τον Μίκαελ ήταν η επίγνωση ότι ο Εντ Νίντχαμ δε θα ερχόταν ποτέ στη Σουηδία να αποκαλύψει άκρως απόρρητες πληροφορίες αν δεν ήθελε να κρύψει κάτι πολύ μεγαλύτερο. Ο Εντ δεν ήταν ανόητος και ήξερε ότι ούτε κι ο Μίκαελ ήταν. Γι' αυτό η αφήγησή του δεν ήταν σε κανένα της σημείο ιδιαίτερα ωραιοποιημένη.

Το αντίθετο, έδινε μία αρκετά κακή εικόνα των ΗΠΑ. Αλλά... όταν ο Μίκαελ κοίταξε λίγο πιο προσεκτικά τα στοιχεία είδε ότι ο Εντ περιέγραφε μία οργάνωση κατασκοπείας που λειτουργούσε καλά και συμπεριφερόταν αρκετά κόσμια αν εξαιρεθούν οι παράνομοι του τμήματος Επιτήρησης Στρατηγικών Τεχνολογιών – κατά σύμπτωση το ίδιο τμήμα που δεν επέτρεπε στον Εντ να παλουκώσει τη χάκερ του.

Ήταν σίγουρο ότι ο Αμερικανός ήθελε να βλάψει σοβαρά μερικούς από τους συνεργάτες του, αλλά αντί για να βουλιάξει όλη την οργάνωση αυτός ήθελε περισσότερο να την κάνει να πέσει στα μαλακά και γι' αυτό ο Μίκαελ δεν εξεπλάγη ιδιαίτερα ούτε θύμωσε όταν η Έρικα εμφανίστηκε πίσω του και με ανήσυχη έκφραση του έδωσε ένα τηλεγράφημα από το ΤΤ:

«Μας έφαγαν το θέμα τώρα;» είπε αυτή

Το τηλεγράφημα του AP*, που ήταν μεταφρασμένο, έλεγε:

«Δύο από τους διευθυντές της NSA, ο Τζόακιμ Μπάρκλεϊ και ο Μπράιαν Άμποτ, έχουν συλληφθεί ως ύποπτοι για οικονομικές ατασθαλίες και απολύθηκαν αυτοστιγμεί εν αναμονή δίκης.

»"Είναι όνειδος για την οργάνωσή μας και δε φειδόμαστε δυνάμεων προκειμένου να αποκαταστήσουμε τα προβλήματα και να τι-

---

* Associated Press. (Σ.τ.Μ.)

μωρήσουμε τους ενόχους. Όποιος δουλεύει στην NSA πρέπει να έχει υψηλό ηθικό παράστημα και υποσχόμαστε ότι κατά τη διάρκεια της δίκης θα επιτύχουμε τη δέουσα διαφάνεια που απαιτούν και επιτρέπουν τα εθνικά μας συμφέροντα ασφαλείας", δήλωσε ο γενικός διευθυντής της NSA, ναύαρχος Τσαρλς Ο' Κόνορ στο ΑΡ».

Το τηλεγράφημα, εξαιρουμένου του τσιτάτου του ναυάρχου Ο' Κόνορ, δεν περιείχε τίποτα το ιδιαίτερα κατατοπιστικό και δεν ανέφερε τίποτα για τη δολοφονία του Μπάλντερ ή κάτι άλλο που θα μπορούσε να συνδεθεί με τα γεγονότα της Στοκχόλμης. Αλλά ο Μίκαελ κατάλαβε ακριβώς τι εννοούσε η Έρικα. Τώρα που η είδηση είχε δει το φως της δημοσιότητας, η *Ουάσινγκτον Ποστ*, οι *Νιου Γιορκ Τάιμς* και όλη η παγάνα των σημαινόντων Αμερικανών δημοσιογράφων, θα έπεφταν με τα μούτρα στην ιστορία και τότε θα ήταν αδύνατον να ξέρει κανείς τι άλλο θα έβρισκαν.

«Όχι καλό», είπε αυτός σκεπτικός. «Αλλά ήταν αναμενόμενο».

«Ήταν;»

«Είναι ένα μέρος της στρατηγικής που τους έκανε να έρθουν σ' επαφή μαζί μου. Αυτό είναι έλεγχος ζημίας. Θέλουν να ανακτήσουν την πρωτοβουλία κινήσεων».

«Τι εννοείς;»

«Υπήρχε ένας λόγος που διέρρευσαν όλα αυτά σ' εμένα. Κατάλαβα από την πρώτη στιγμή ότι κάτι παράξενο υπήρχε στην ιστορία. Γιατί να θέλει ο Εντ να μιλήσει μαζί μου εδώ στη Στοκχόλμη και μάλιστα στις πέντε το πρωί;»

Η Έρικα είχε, ως συνήθως, κάτω από απόλυτη εχεμύθεια πληροφορηθεί για τις πηγές και τα στοιχεία που γνώριζε ο Μίκαελ.

«Δηλαδή νομίζεις ότι η ενέργειά του είχε την έγκριση των προϊσταμένων του;»

«Το υποψιάστηκα από την πρώτη στιγμή. Ωστόσο δεν καταλάβαινα με τι ασχολιόταν στην αρχή. Συναισθανόμουν μόνο πως κάτι πήγαινε στραβά. Και μετά μίλησα με τη Λίσμπετ».

«Και τότε κατάλαβες;»

«Διαπίστωσα ότι ο Εντ ήξερε ακριβώς τι είχε βρει αυτή όταν τους χάκαρε και είχε κάθε λόγο να πιστεύει ότι εγώ θα μάθαινα τα

πάντα για το θέμα. Αυτός ήθελε πάση θυσία να μειώσει τη ζημιά».
«Όμως δεν είναι ακριβώς και καμιά παιδική ιστορία αυτή που σου έδωσε».
«Κατάλαβε ότι εμένα δε θα μου αρκούσε κάτι ωραιοποιημένο. Μου έδωσε ακριβώς τόσα, υποθέτω, ώστε να νιώσω ικανοποιημένος: θα είχα το άρθρο μου και δε θα ερευνούσα παραπέρα».
«Ναι αλλά εκεί την πάτησε».
«Ας ελπίσουμε ότι είναι έτσι. Δεν καταλαβαίνω, όμως, πώς μπορώ να προχωρήσω παραπέρα. Η NSA είναι κλειστή πόρτα».
«Ακόμα και για ένα παλιό λαγωνικό σαν τον Μπλούμκβιστ;»
«Ακόμα και γι' αυτόν».

ΚΕΦΑΛΑΙΟ 30
25 ΝΟΕΜΒΡΙΟΥ

Στο τηλέφωνο έγραφε: *«Την επόμενη φορά, αδερφή, την επόμενη φορά».* Το μήνυμα είχε σταλεί τρεις φορές, αλλά αν ήταν από κάποιο τεχνικό λάθος ή από μία ηλίθια εμμονική σαφήνεια, αυτή δεν μπορούσε να το κρίνει. Τώρα δεν έπαιζε κανέναν ρόλο.

Το μήνυμα ήταν σαφώς από την Καμίλα, αλλά δεν έλεγε τίποτα που η Λίσμπετ δεν είχε ήδη καταλάβει. Τίποτα δεν μπορούσε να είναι καθαρότερο απ' ό,τι τα συμβάντα στο Ινιαρέ που είχαν μόνο ενισχύσει και εμβαθύνει το παλιό μίσος. Έτσι λοιπόν θα υπήρχε σίγουρα μία «επόμενη φορά». Η Καμίλα δε θα τα παρατούσε αφού είχε φτάσει τόσο κοντά, δεν υπήρχε καμία τέτοια περίπτωση.

Γι' αυτό δεν ήταν το ίδιο το περιεχόμενο στο μήνυμα που την έκανε να σφίξει τις γροθιές της στα αποδυτήρια. Ήταν οι σκέψεις που της γεννούσε και η μνήμη αυτού που είχε δει στα βράχια νωρίς το πρωί, όταν εκείνη και ο Άουγκουστ κάθονταν στις φτέρνες τους στο κοίλωμα ενώ έπεφτε το χιόνι και οι σφαίρες σφύριζαν από πάνω τους. Ο Άουγκουστ δε φορούσε παλτό και παπούτσια, με αποτέλεσμα να τρέμει σύγκορμος και η Λίσμπετ αντιλήφθηκε σε πόσο δύσκολη θέση βρίσκονταν.

Είχε ένα παιδί να φροντίσει και ένα αστείο πιστόλι ως όπλο ενώ αυτοί ήταν πολλοί και είχαν αυτόματα και γι' αυτό έπρεπε να τους χτυπήσει με αιφνιδιασμό. Αλλιώς εκείνη και ο Άουγκουστ θα σφάζονταν σαν αρνιά. Είχε ακούσει τα βήματα των αντρών και την κατεύθυνση από όπου έρχονταν οι σφαίρες τους - στο τέλος και την ανάσα τους και το τρίξιμο από τα ρούχα τους.

Αλλά το αξιοσημείωτο ήταν ότι παρόλο που στο τέλος είδε μία ευκαιρία, δίστασε και άφησε πολύτιμο χρόνο να χαθεί. Μετά απ' αυτό σηκώθηκε γρήγορα πάνω και στεκόταν ξαφνικά μπροστά στους άντρες, οπότε δεν υπήρχε άλλος χρόνος για δισταγμούς.

Έπρεπε να εκμεταλλευτεί τα δέκατα του δευτερολέπτου του αιφνιδιασμού και γι' αυτό πυροβόλησε δύο, τρεις φορές και από παλιά ήξερε πως σε τέτοιες στιγμές χαράσσεται μέσα σου μία ιδιαίτερη θέρμη και δε βρίσκονται μόνο το σώμα και οι μύες σε ετοιμότητα αλλά αυξάνει και η ικανότητα παρατήρησης.

Η κάθε λεπτομέρεια φωτιζόταν με μία παράξενη διαύγεια και έβλεπε την κάθε εναλλαγή της περιοχής γύρω της σαν να κοιτούσε μέσα από μεγεθυντικό φακό. Διέκρινε την έκπληξη και τον φόβο στα μάτια των αντρών, τις ρυτίδες και την ασυμμετρία στα πρόσωπά τους και στα ρούχα τους και φυσικά τα αυτόματα που κινούνταν και έριχναν σφαίρες όπου να 'ναι και μόλις είχαν αστοχήσει. Εντούτοις δεν ήταν τίποτε απ' όλα αυτά που της προξένησε τη μεγαλύτερη εντύπωση. Ήταν μόνο μια σκιά πιο πάνω στα βράχια που έπιασε με την άκρη του ματιού της και δεν αποτελούσε κίνδυνο αλλά την επηρέασε περισσότερο από τους άντρες που είχε χτυπήσει. Η σκιά ανήκε στην αδερφή της. Η Λίσμπετ θα την αναγνώριζε από απόσταση χιλιομέτρων παρόλο που δεν είχαν ιδωθεί εδώ και χρόνια. Ήταν σαν να είχε δηλητηριαστεί ο τόπος από την παρουσία της και μετά η Λίσμπετ αναρωτιόταν μήπως θα μπορούσε να είχε πυροβολήσει κι αυτή.

Η αδερφή της στεκόταν εκεί λίγο παραπάνω και φυσικά αυτό ήταν απροσεξία εκ μέρους της όπως και γενικά το να είναι εκεί έξω στην πλαγιά. Αλλά πιθανώς δεν μπορούσε να αντισταθεί στον πειρασμό να δει την αδερφή της να εκτελείται και η Λίσμπετ θυμόταν πως άγγιζε τη σκανδάλη και ένιωθε μια παλιά ιερή οργή να βροντοχτυπάει το στήθος της. Όμως δίστασε για μισό δευτερόλεπτο και δε χρειαζόταν περισσότερο. Η Καμίλα πετάχτηκε πίσω από έναν βράχο και μία αδύνατη φιγούρα πήδηξε από τη βεράντα και άρχισε να πυροβολεί και τότε η Λίσμπετ πήδηξε προς τα πίσω στο κοίλωμα και έτρεξε ή πιο σωστά κυλίστηκε κάτω μαζί με τον Άουγκουστ και έφτασαν στο αυτοκίνητο.

Όταν έφευγε από το κλαμπ πυγμαχίας και τα θυμόταν αυτά, το σώμα της τεντώθηκε σαν να ετοιμαζόταν για νέα μάχη και σκέφτηκε ότι ίσως δεν έπρεπε να πάει στο σπίτι της αλλά να φύγει για κάποιο διάστημα από τη χώρα. Αλλά κάτι άλλο την οδήγησε στον υπολογιστή και στο γραφείο της. Ήταν αυτό που είχε δει μπροστά της στο ντους πριν διαβάσει τα μηνύματα της Καμίλας και παρά τις μνήμες από το Ινιαρέ αυτό γέμιζε ολοένα και περισσότερο τις σκέψεις της.

Ήταν μία εξίσωση –μία ελλειπτική καμπύλη– που ο Άουγκουστ είχε γράψει στο ίδιο χαρτί όπου είχε ζωγραφίσει τον δολοφόνο και που με την πρώτη ματιά είχε μία ιδιαίτερη λάμψη γι' αυτήν, αλλά τώρα που το ξανασκέφτηκε πάλι την έκανε να ταχύνει το βήμα της και λίγο πολύ να ξεχάσει την Καμίλα. Η εξίσωση ήταν:

$$N = 3034267$$
$$E : y2 = x3 - x - 20; P = (3.2)$$

Δεν ήταν τίποτα το μοναδικό στα μαθηματικά, ούτε είχε κάτι το ιδιαίτερο. Αλλά δεν ήταν αυτό το αξιοπρόσεκτο. Το φανταστικό ήταν ότι ο Άουγκουστ είχε ως αφετηρία τον αριθμό που αυτή είχε επιλέξει τυχαία εκεί έξω στο Ινιαρέ και μετά, στη συνέχεια, είχε σκεφτεί και γράψει μία σημαντικά καλύτερη ελλειπτική καμπύλη απ' ό,τι εκείνη που είχε γράψει η ίδια στο χαρτί στο κομοδίνο όταν το αγόρι δεν ήθελε να κοιμηθεί. Δεν είχε πάρει καμία απάντηση τότε, ούτε καν κάποια ελάχιστη αντίδραση και είχε πάει για ύπνο σίγουρη ότι ο Άουγκουστ, ακριβώς όπως τα δίδυμα με τους πρώτους αριθμούς για τα οποία είχε διαβάσει, δεν κατανοούσε τίποτε από αφηρημένες μαθηματικές έννοιες αλλά αντιδρούσε σαν κάποιο είδος μηχανής παραγοντοποίησης πρώτων αριθμών.

Αλλά διάβολε... είχε κάνει λάθος. Μετά, όταν ο Άουγκουστ έκατσε τη νύχτα και ζωγράφισε δεν είχε προφανώς μόνο καταλάβει, της είχε ρίξει κανονικά στ' αυτιά εκλεπτύνοντας τα μαθηματικά της και γι' αυτό δεν έβγαλε καν ούτε τις μπότες ούτε το δερμάτινο τζάκετ της. Μπήκε με φόρα μέσα στο διαμέρισμά της και άνοιξε τον κρυπτογραφημένο NSA φάκελο στον υπολογιστή και το πρόγραμμά της με τις ελλειπτικές καμπύλες. Μετά τηλεφώνησε στη Χάνα Μπάλντερ.

Η Χάνα δεν είχε κοιμηθεί σχεδόν καθόλου επειδή δεν είχε πάρει τα χάπια της. Όμως ένιωθε αναζωογονημένη από το ξενοδοχείο και το περιβάλλον εκεί γύρω. Η εντυπωσιακή ορεινή περιοχή τής υπενθύμιζε πόσο άσχημα είχε ζήσει και νόμιζε ότι σιγά σιγά κατέβαζε στροφές και ακόμα πως ο ριζωμένος φόβος στο σώμα της μειωνόταν. Αλλά από την άλλη, μπορεί να ήταν μόνο ευσεβής πόθος και αναμφίβολα τα είχε λίγο χαμένα από το όμορφο περιβάλλον.

Κάποια φορά στο παρελθόν έμπαινε σε αυτού του είδους τους χώρους με απόλυτη αυτοπεποίθηση: *Κοιτάξτε με, έρχομαι*. Τώρα ήταν φοβισμένη και ταραγμένη και είχε δυσκολία να φάει παρά το ότι το πρωινό ήταν πλουσιοπάροχο. Ο Άουγκουστ καθόταν δίπλα της και έγραφε επίμονα τους αριθμούς του – ούτε κι αυτός έτρωγε αλλά τουλάχιστον έπινε ατελείωτες ποσότητες φυσικό χυμό πορτοκάλι.

Χτύπησε το νέο κρυπτογραφημένο κινητό της και στην αρχή φοβήθηκε. Αλλά ήταν φυσικά η γυναίκα που τους είχε στείλει εκεί. Απ' ό,τι ήξερε η Χάνα κανένας άλλος δεν είχε τον αριθμό και σίγουρα αυτή θα ήθελε να μάθει πως περνούσαν. Γι' αυτό άρχισε η Χάνα να περιγράφει πόσο φανταστικά και εκπληκτικά ήταν εκεί. Αλλά προς μεγάλη της έκπληξη η γυναίκα τη διέκοψε απότομα:

«Πού είσαστε;»

«Τρώμε πρωινό».

«Να τελειώσετε αμέσως και να πάτε πάνω, στο δωμάτιό σας. Ο Άουγκουστ κι εγώ πρέπει να δουλέψουμε».

«Να δουλέψετε;»

«Θα στείλω μερικές εξισώσεις που θέλω να τις κοιτάξει ο Άουγκουστ. Κατάλαβες;»

«Δεν καταλαβαίνω».

«Δείξ' τες μόνο στον Άουγκουστ και τηλεφώνησέ μου μετά για να μου πεις τι έγραψε».

«Οκέι», είπε σαστισμένα η Χάνα.

Μετά πήρε κάνα-δυο κρουασάν και ένα γλυκό και πήγε με τον Άουγκουστ προς τα ασανσέρ.

Επί της ουσίας μόνο στα αρχικά στάδια τη βοήθησε ο Άουγκουστ. Αλλά έφτανε. Μετά είδε καθαρότερα τα λάθη της και μπόρεσε να κάνει βελτιώσεις στο πρόγραμμά της και με βαθιά αυτοσυγκέντρωση δούλευε ώρα με την ώρα, ώσπου ο ουρανός σκοτείνιασε εκεί έξω και το χιόνι άρχισε να πέφτει πάλι. Αλλά ξαφνικά —αυτή ήταν μία από κείνες τις στιγμές που πάντα θα κουβαλούσε μαζί της— συνέβη κάτι παράξενο με τον φάκελο μπροστά της. Αυτός κομματιάστηκε και άλλαξε μορφή και τότε ήταν σαν να τη διαπέρασε ρεύμα και ύψωσε τη γροθιά της στον αέρα.

Είχε βρει τα κλειδιά των πρώτων αριθμών και έσπασε το αρχείο και για μερικά δευτερόλεπτα ήταν τόσο ενθουσιασμένη που σχεδόν δεν μπορούσε να το διαβάσει. Μετά άρχισε να εξετάζει το περιεχόμενο και ξαφνιαζόταν ολοένα και πιο περισσότερο, στιγμή τη στιγμή. Ήταν στ' αλήθεια πιθανό; Ήταν κανονική βόμβα και πολύ μακριά απ' οτιδήποτε είχε σκεφτεί. Το γεγονός ότι ήταν καταγραμμένο και πρωτοκολλημένο μπορούσε μόνο να εξαρτάται από την αξιοπιστία του RSA αλγόριθμου. Αλλά εδώ είχε, απλωμένη μπροστά της, όλη τη βρόμικη μπουγάδα. Το κείμενο δεν ήταν εύκολο να ερμηνευτεί και ήταν γεμάτο από εσωτερική φρασεολογία, παράξενες συντομεύσεις και κρυπτογραφημένες υποδείξεις. Αλλά επειδή εκείνη ήξερε το θέμα, τα καταλάβαινε και είχε προλάβει να διαβάσει τα τέσσερα πέμπτα του κειμένου, όταν κάποιος χτύπησε την πόρτα της. Αδιαφόρησε παντελώς γι' αυτό.

Ήταν σίγουρα μόνο ο ταχυδρόμος που δεν μπορούσε να στριμώξει κάποιο βιβλίο μέσα στη θυρίδα ή κάτι άλλο παρόμοιο, τελείως ασήμαντο. Μετά, όμως, σκέφτηκε πάλι το μήνυμα της Καμίλας και κοίταξε στον υπολογιστή της τι έδειχνε η κάμερα εκεί έξω στον διάδρομο. Και τότε πάγωσε.

Δεν ήταν η Καμίλα, αλλά ο άλλος κίνδυνος που παραμόνευε και που μέσα σε όλα αυτά τον είχε ξεχάσει τελείως. Ήταν ο Εντ, ο καταραμένος Εντ, που με κάποιον τρόπο είχε βρει τα ίχνη της. Όχι ότι έμοιαζε καθόλου με τις φωτογραφίες που υπήρχαν στο διαδίκτυο. Αλλά σίγουρα δεν ήταν κι αγνώριστος· έδειχνε κακόκεφος και αποφασισμένος και το μυαλό της σκεφτόταν γρήγορα. Τι θα έκανε; Δεν της ήρθε τίποτα καλύτερο από το να στείλει τον NSA φάκελο στην PGP ζεύξη που είχε με τον υπολογιστή του Μίκαελ. Μετά έκλεισε τον υπολογιστή και πήγε να ανοίξει την πόρτα.

Τι είχε συμβεί με τον Μπουμπλάνσκι; Η Σόνια Μούντιγκ δεν καταλάβαινε. Εκείνη η πονεμένη έκφραση που έβλεπε στο πρόσωπό του τις τελευταίες εβδομάδες είχε εξαφανιστεί. Τώρα χαμογελούσε και σιγοτραγουδούσε – βεβαίως και υπήρχαν λόγοι για να είναι κανείς χαρούμενος. Ο δολοφόνος είχε συλληφθεί. Ο Άουγκουστ Μπάλντερ είχε σωθεί παρά τις δύο απόπειρες δολοφονίας και οι ίδιοι είχαν καταλάβει ένα μέρος από τα κίνητρα και τις διασυνδέσεις γύρω από την εταιρεία «Σολιφόν».

Συγχρόνως, όμως, απέμεναν πολλά ερωτηματικά και ο Μπουμπλάνσκι που εκείνη γνώριζε δεν πανηγύριζε ποτέ χωρίς λόγο. Αυτός συνήθιζε να ασχολείται περισσότερο με τα προβλήματα ακόμα και σε στιγμές θριάμβου και γι' αυτό δεν καταλάβαινε τι τον είχε πιάσει. Περιφερόταν στον διάδρομο κι έλαμπε ολόκληρος. Ως και τούτη τη στιγμή, που καθόταν στο γραφείο του και διάβαζε την ανάκριση του Σίγκμουντ Έκερβαλντ –που δεν έλεγε απολύτως τίποτα– είχε ένα χαμόγελο στα χείλη.

«Σόνια, αγαπητή μου συνάδελφε, εδώ είσαι!»

Εκείνη αποφάσισε να μη σχολιάσει τον υπερβολικό ενθουσιασμό του και μπήκε κατευθείαν στο θέμα.

«Ο Γιαν Χόλτσερ είναι νεκρός».

«Τι μου λες».

«Έτσι χάθηκε και η τελευταία μας ελπίδα να μάθουμε κάτι για τους "Σπάιντερς"», συνέχισε η Σόνια.

«Πίστευες ότι ήταν στα πρόθυρα να ανοιχτεί;»

«Σε κάθε περίπτωση, δεν ήταν κι απίθανο».
«Γιατί το λες αυτό;»
«Ο τύπος έσπασε τελείως όταν εμφανίστηκε η κόρη του».
«Δεν το ήξερα. Τι συνέβη;»
«Η κόρη λέγεται Όλγα», είπε η Σόνια. «Ήρθε εδώ από το Ελσίνκι όταν έμαθε ότι ο πατέρας της ήταν τραυματισμένος. Αλλά όταν την ανέκρινα και κατάλαβε ότι ο Χόλτσερ είχε προσπαθήσει να δολοφονήσει ένα παιδί, έκανε σαν τρελή».
«Πώς, δηλαδή;»
«Μπήκε έξαλλη στον θάλαμο όπου ήταν εκείνος και του είπε κάτι στα ρωσικά, με πολύ άγριο ύφος».
«Κατάλαβες τι;»
«Προφανώς ότι μπορούσε να πεθάνει μόνος του κι ότι αυτή τον μισούσε».
«Ζόρικα πράγματα δηλαδή».
«Ναι και μετά μου εξήγησε ότι θα έκανε όλα όσα περνούσαν από το χέρι της για να μας βοηθήσει».
«Και ο Χόλτσερ πώς αντέδρασε;»
«Αυτό εννοούσα προηγουμένως. Προς στιγμήν νόμισα ότι τον είχαμε εκεί που θέλαμε. Ήταν τελείως κομμάτια και είχε δάκρυα στα μάτια. Δεν πιστεύω στ' αλήθεια ότι η ηθική μας αξία κρίνεται πριν από τον θάνατο. Αλλά ήταν σχεδόν συγκινητικό να το βλέπει κανείς: αυτός που είχε κάνει τόσα κακά στη ζωή του να είναι συντετριμμένος».
«Ο ραβίνος μου...» άρχισε ο Μπουμπλάνσκι.
«Όχι, Γιαν, μην αναφέρεις τον ραβίνο σου τώρα. Άσε με να συνεχίσω. Ο Χόλτσερ άρχισε να μιλάει για το πόσο απαίσιος άνθρωπος είχε υπάρξει και τότε του είπα ότι ως χριστιανός έπρεπε να επωφεληθεί και να ομολογήσει, να μας πει για ποιον δούλευε και εκείνη τη στιγμή, το εννοώ, ήταν πάρα πολύ κοντά στο να το κάνει. Δίσταζε και κοιτούσε δεξιά κι αριστερά. Αλλά αντί να ομολογήσει, άρχισε να μιλάει για τον Στάλιν».
«Για τον Στάλιν;»
«Ότι για τον Στάλιν δεν αρκούσε να τιμωρούνται μόνο οι ένοχοι, αλλά εξόντωνε και τα παιδιά και τα εγγόνια και όλους τους

συγγενείς. Νομίζω πως ήθελε να πει ότι και τα αφεντικά του ήταν έτσι».
«Δηλαδή ανησυχούσε για την κόρη του».
«Όσο και να τον μισούσε η κόρη του, αυτός ανησυχούσε και τότε προσπάθησα να του πω ότι μπορούσαμε να τη βάλουμε σε πρόγραμμα προστασίας. Αλλά τότε ο Χόλτσερ άρχισε να γίνεται όλο και πιο απόμακρος. Έπεσε σε απάθεια και αφασία. Μετά από μία ώρα πέθανε».
«Τίποτε άλλο;»
«Όχι τίποτα περισσότερο από το ότι ένας σούπερ ευφυής ύποπτος έχει χαθεί και εμείς δεν έχουμε ακόμα ίχνη του Αντρέι Ζάντερ».
«Το ξέρω, το ξέρω».
«Και όλοι όσοι έχουν κάποια γνώση γι' αυτό δε λένε κουβέντα».
«Το παρατήρησα. Δε μας έρχεται τίποτα εύκολα».
«Όπως και να 'χει, μάθαμε ένα πράγμα», συνέχισε η Σόνια.
«Ξέρεις, ο άντρας που η Αμάντα Φλουντ αναγνώρισε στη ζωγραφιά του Άουγκουστ από το φανάρι...»
«Ο παλιός ηθοποιός».
«Ναι, Ρόγκερ Βίντερ λέγεται. Η Αμάντα τον ανέκρινε για να δούμε αν είχε κάποια σχέση με το αγόρι ή τον Φρανς Μπάλντερ και νομίζω ότι η Αμάντα δεν περίμενε και πολλά απ' την ανάκριση. Αλλά ο Ρόγκερ Βίντερ ήταν πολύ ταραγμένος και πριν προλάβει η Αμάντα να τον πιέσει, ξέρασε όλες του τις αμαρτίες».
«Τι λες;»
«Ναι και δεν ήταν κι ακριβώς αθώες ιστορίες. Ξέρεις, ο Λάσε Βέστμαν και ο Ρόγκερ είναι παλιοί φίλοι από τα νιάτα τους, από το "Επαναστατικό Θέατρο", και συνήθιζαν να βλέπονται συχνά τα απογεύματα στην Τουρσγκάταν όταν η Χάνα έλειπε κι αυτοί έλεγαν χοντράδες και μεθούσαν. Συχνά ο Άουγκουστ καθόταν στο διπλανό δωμάτιο και έφτιαχνε τα παζλ του, ενώ ο Λάσε και ο Ρόγκερ δεν του έδιναν σημασία. Αλλά μία από εκείνες τις μέρες η μητέρα έδωσε στο παιδί ένα μεγάλο βιβλίο μαθηματικών, το οποίο χωρίς καμία αμφιβολία ήταν πολύ πάνω από το επίπε-

δό του. Όμως το παιδί το ξεφύλλιζε με μανία και έβγαζε διάφορες κραυγές σαν να βρισκόταν σε έξαψη. Ο Λάσε εκνευρίστηκε, πήρε το βιβλίο από το παιδί και το πέταξε στα σκουπίδια. Απ' ό,τι φαίνεται, αυτό τρέλανε τον Άουγκουστ. Τον έπιασε κάποιου είδους κρίση και τότε ο Λάσε τον κλότσησε τρεις-τέσσερις φορές».
«Πολύ κακό».
«Και δεν ήταν παρά μόνο η αρχή. Μετά απ' αυτό, ο Άουγκουστ συμπεριφερόταν ύποπτα, είπε ο Ρόγκερ. Το αγόρι τους κοιτούσε με ένα μυστήριο βλέμμα και μια μέρα ο Ρόγκερ βρήκε το τζιν μπουφάν του κομμένο σε μικρά, μικρά κομματάκια· μία άλλη μέρα κάποιος είχε αδειάσει όλες τις μπίρες από το ψυγείο και είχε σπάσει όλα τα μπουκάλια με τα αλκοολούχα ποτά κι εγώ δεν ξέρω τι άλλο...»
Η Σόνια σταμάτησε.
«Ναι, και;»
«Η κατάσταση εξελίχθηκε σε πόλεμο χαρακωμάτων και υποψιάζομαι ότι ο Λάσε και ο Ρόγκερ στα μεθύσια τους άρχισαν να πιστεύουν μυστήρια πράγματα για το παιδί – έφτασαν σε σημείο να το φοβούνται. Ίσως άρχισαν να μισούν στα σοβαρά τον Άουγκουστ και μερικές φορές τον χτυπούσαν και οι δύο. Ο Ρόγκερ είπε πως ένιωθε τελείως σκατά και μετά δεν ξαναμίλησε ποτέ με τον Λάσε γι' αυτό. Εκείνος δεν ήθελε να τον χτυπάει. Αλλά δεν μπορούσε να κρατηθεί. Ήταν σαν να ξαναγύριζε στα παιδικά του χρόνια, είπε».
«Και τι εννοούσε μ' αυτό;»
«Δεν ήταν εύκολο να καταλάβω. Αλλά προφανώς ο Ρόγκερ έχει έναν μικρότερο απ' τον ίδιο ανάπηρο αδερφό και καθώς μεγάλωναν εκείνος ήταν ο καλός, ο προικισμένος γιος. Ενώ ο Ρόγκερ ήταν συνεχώς μία απογοήτευση, ο αδερφός έπαιρνε επαίνους, βραβεία και όλη την εκτίμηση και μαντεύω ότι αυτό γέννησε μία μεγάλη πικρία. Ίσως ασυνείδητα ο Ρόγκερ να εκδικιόταν και για τον αδερφό του. Δεν ξέρω...»
«Ναι;»
«Μιλούσε πάρα πολύ περίεργα. Είπε πως ένιωθε σαν να προσπαθούσε να απελευθερωθεί από την ντροπή».
«Αρρωστημένο».

«Ναι, και όμως το πιο παράξενο απ' όλα ήταν ότι ξαφνικά τα ομολόγησε όλα. Η Αμάντα είπε πως φαινόταν πανικοβλημένος. Κούτσαινε όταν έφυγε και είχε δυο μελανιές στα μάτια. Ήταν σχεδόν σαν να ήθελε να τον συλλάβουμε».
«Περίεργο».
«Ένα άλλο πράγμα που με εκπλήσσει ακόμα περισσότερο...» συνέχισε η Σόνια Μούντιγκ.
«Τι είναι;»
«Είναι ότι ο προϊστάμενός μου, ο σκεπτόμενος κατσούφης, ξαφνικά λάμπει σαν ήλιος».
Ο Μπουμπλάνσκι έδειξε να ντρέπεται.
«Ώστε φαίνεται».
«Ξεκάθαρα».
«Ναι, ναι», ψέλλισε. «Δεν είναι τίποτα το σπουδαίο, απλώς μία γυναίκα δέχτηκε την πρόσκλησή μου για δείπνο».
«Μη μου πεις ότι είσαι ερωτευμένος!»
«Ένα δείπνο είναι μόνο», εξήγησε ο Μπουμπλάνσκι και κοκκίνισε.

Δε του άρεσε του Εντ. Αλλά το ήξερε το παιχνίδι. Ήταν λίγο σαν να ξαναβρισκόταν στο Ντόρτσεστερ. Ό,τι και να γίνει, δε θα υποχωρήσεις. Θα χτυπήσεις δυνατά ή θα κάνεις πόλεμο νεύρων στον αντίπαλο με ένα σιωπηλά σκληρό παιχνίδι εξουσίας. Κι αυτός σκέφτηκε, γιατί όχι.

Αν ήθελε να το παίξει σκληρή η Λίσμπετ Σαλάντερ, θα το έπαιζε κι αυτός σκληρός, οπότε την κοίταξε με βλέμμα πυγμάχου βαρέων βαρών στο ρινγκ. Αλλά δεν του 'κατσε.

Εκείνη τού ανταπέδωσε το ψυχρό βλέμμα και δεν είπε λέξη. Ήταν σαν μονομαχία, μία σιωπηρή, αποφασιστική μονομαχία και στο τέλος ο Εντ βαρέθηκε. Είχε την εντύπωση ότι η όλη κατάσταση ήταν γελοία. Η τύπισσα είχε αποκαλυφθεί και συντριβεί. Αυτός είχε σπάσει το ψευδώνυμό της και την είχε βρει κι εκείνη έπρεπε να είναι ευχαριστημένη που δεν έκανε έφοδο με τριάντα κομάντος να τη συλλάβει.

«Νομίζεις ότι είσαι ζόρικη, έτσι;» είπε αυτός.
«Δε γουστάρω τις απρόσκλητες επισκέψεις».
«Δε γουστάρω κόσμο που παραβιάζει το σύστημά μου, οπότε μία η άλλη. Ίσως, όμως, θέλεις να μάθεις πώς σε βρήκα».
«Αδιαφορώ».
«Σε βρήκα μέσω της εταιρείας σου στο Γιβραλτάρ. Ήταν έξυπνο να την ονομάσεις "Επιχειρήσεις Σφήγκα";»
«Προφανώς όχι».
«Για έξυπνο κορίτσι, έκανες πολλά λάθη».
«Για έξυπνο αγόρι, έχεις προσληφθεί σ' ένα τελείως σάπιο μέρος».
«Πιθανώς σάπιο. Αλλά είμαστε απαραίτητοι. Είναι ένας φρικτός κόσμος εκεί έξω».
«Ιδιαίτερα όταν κυκλοφορούν τύποι όπως ο Τζόνι Ίνγκραμ». Δεν το περίμενε αυτό. Πραγματικά δεν το περίμενε. Αλλά κράτησε τη μάσκα του – ήταν καλός και σ' αυτό.
«Είσαι διασκεδαστική», της είπε.
«Σιγά τη διασκεδαστική. Να διατάζεις δολοφονίες και να δουλεύεις με κακοποιούς στο ρωσικό κοινοβούλιο για να κάνεις γερές μπάζες και να τη σκαπουλάρεις, αυτό είναι πράγματι διασκεδαστικό, έτσι δεν είναι;» είπε εκείνη και τότε αυτός δεν μπόρεσε να κρατήσει άλλο τη μάσκα του, ούτε στο ελάχιστο, και για μια στιγμή δεν μπορούσε ούτε καν να σκεφτεί.

Πού στο διάβολο τα είχε βρει αυτά; Ο Εντ ζαλίστηκε. Αλλά τότε κατάλαβε –και έπεσε τουλάχιστον λίγο ο σφυγμός του– ότι η κοπέλα λογικά μπλόφαρε κι αν για ένα δευτερόλεπτο την είχε πιστέψει, αυτό οφειλόταν μόνο στο γεγονός ότι στις χειρότερες στιγμές του είχε φανταστεί πως ο Τζόνι Ίνγκραμ ήταν ένοχος για κάτι παρόμοιο. Αλλά αφού του είχε βγει ο πάτος στη δουλειά, ο Εντ ήξερε καλύτερα από οποιονδήποτε άλλο ότι δεν υπήρχαν καθόλου αποδείξεις προς αυτήν την κατεύθυνση.

«Μην προσπαθείς να μου πλασάρεις τις βλακείες σου», της είπε. «Έχω το ίδιο υλικό μ' εσένα και πολύ περισσότερο».

«Δεν είμαι και τόσο σίγουρη γι' αυτό, Εντ, εκτός αν έχεις κι εσύ τα κλειδιά του RSA αλγόριθμου του Ίνγκραμ».

Ο Εντ Νίντχαμ την κοίταξε και τον κατέλαβε μεμιάς ένα εξωπραγματικό συναίσθημα. Είχε σπάσει τους κωδικούς κρυπτογράφησης; Ήταν αδύνατον. Ακόμα κι εκείνος, με όλα τα μέσα και με όλους τους ειδικούς που βρίσκονταν στη διάθεσή του, είχε αντιληφθεί ότι δεν άξιζε τον κόπο ούτε και να το προσπαθήσει. Αλλά τώρα αυτή ισχυριζόταν... Όχι, αρνιόταν να το πιστέψει. Πρέπει να έχει γίνει με κάποιον άλλο τρόπο, ίσως να είχε κάποιον πληροφοριοδότη στον στενό κύκλο του Ίνγκραμ. Όχι, ήταν αδιανόητο. Αλλά δεν πρόλαβε να το σκεφτεί περισσότερο.

«Έτσι έχει η κατάσταση, Εντ», είπε εκείνη με ένα νέο αυταρχικό ύφος. «Εσύ είπες στον Μίκαελ Μπλούμκβιστ ότι σκέφτεσαι να μη με ενοχλήσεις αν σου πως πώς έκανα την εισβολή μου. Είναι πιθανό να λες αλήθεια. Είναι, επίσης, πιθανό να μπλοφάρεις ή να μην έχεις να πεις το παραμικρό αν αλλάξει η κατάσταση. Μπορούν να σε απολύσουν. Δε βλέπω τον παραμικρό λόγο να σε εμπιστευτώ, εσένα ή αυτούς για τους οποίους δουλεύεις».

Ο Εντ πήρε μια βαθιά ανάσα και προσπάθησε να την αντικρούσει.

«Σέβομαι τη στάση σου», της απάντησε. «Αλλά όσο παράξενο κι αν ακούγεται, κρατάω πάντα τον λόγο μου κι όχι επειδή είμαι ιδιαίτερα καλό άτομο – το αντίθετο. Είμαι ένας εκδικητικός τρελός, ακριβώς όπως κι εσύ, κορίτσι. Αλλά δε θα είχα καταφέρει να επιζήσω αν είχα εγκαταλείψει κόσμο σε σοβαρές καταστάσεις κι αυτό μπορείς να το πιστέψεις ή όχι. Αλλά αυτό για το οποίο δεν πρέπει να έχεις την παραμικρή αμφιβολία είναι ότι σκέφτομαι να σου κάνω κόλαση τη ζωή αν δε μιλήσεις. Σε μία τέτοια περίπτωση, θα μετανιώσεις που γεννήθηκες, πίστεψέ με».

«Ωραία», είπε αυτή. «Είσαι ζόρικος άντρας. Αλλά είσαι κι ένα περήφανο καθοίκι, έτσι δεν είναι; Θέλεις με οποιοδήποτε τίμημα να μη βγει προς τα έξω το χακάρισμα που σας έκανα. Αλλά σε αυτό το σημείο πρέπει δυστυχώς να σου ανακοινώσω ότι εγώ είμαι πλήρως προετοιμασμένη. Η κάθε λέξη θα δημοσιευτεί πριν καν εσύ προλάβεις να πιάσεις το χέρι μου και παρόλο που στην πραγματικότητα δεν το γουστάρω, θα σε ταπεινώσω. Προσπάθησε μόνο να καταλάβεις τι γλέντι έχει να γίνει εκεί έξω στο διαδίκτυο».

«Λες μαλακίες».
«Δε θα είχα καταφέρει να επιζήσω αν έλεγα μαλακίες», συνέχισε αυτή. «Μισώ αυτήν την κοινωνία της παρακολούθησης. Χόρτασα από Μεγάλους Αδελφούς και υπηρεσίες στη ζωή μου. Αλλά είμαι έτοιμη να κάνω κάτι για σένα, Εντ. Αν το βουλώσεις προς τα έξω, σκέφτομαι να σου δώσω πληροφορίες που θα ενισχύσουν τη θέση σου και θα σε βοηθήσουν να καθαρίσεις τη σαπίλα στο Φορτ Μιντ. Δε θα πω τίποτα για την εισβολή μου. Αυτό είναι θέμα αρχής για μένα. Αλλά μπορώ να σου δώσω μία ευκαιρία να εκδικηθείς αυτό το κάθαρμα που σε εμπόδισε να με συλλάβεις».

Ο Εντ κοίταζε την παράξενη γυναίκα μπροστά του. Μετά έκανε κάτι που δε θα το ξεχνούσε εύκολα.

Άρχισε να γελάει.

ΚΕΦΑΛΑΙΟ 31
2 ΚΑΙ 3 ΔΕΚΕΜΒΡΙΟΥ

Ο Ούβε Λεβίν ξύπνησε ευδιάθετος στο ανάκτορο Χέρινιε, μετά από μία μακρά διάσκεψη περί ψηφιοποίησης των ΜΜΕ, που τελείωσε με μία μεγάλη γιορτή όπου το αλκοόλ και η σαμπάνια έρρεαν ασταμάτητα. Ένας ξινισμένος, αποτυχημένος συνδικαλιστής της νορβηγικής εφημερίδας *Κβέλτσμπλαντετ* είχε βέβαια πει ότι οι φιέστες του «Σέρνερ» «γίνονται όλο και πιο ακριβές και πολυτελείς όσο πιο πολλούς απολύετε», και είχε προκαλέσει μια σκηνή κατά την οποία έπεσε κόκκινο κρασί πάνω στο πανάκριβο σακάκι του Ούβε.

Αλλά ευχαρίστως το ξεχνούσε αυτό, ιδιαίτερα αφού τη νύχτα πήρε μαζί του στο δωμάτιο τη Ναταλί Φος. Η Ναταλί ήταν οικονομολόγος, είκοσι επτά ετών, σέξι του σκοτωμού και παρά το μεθύσι του την είχε πηδήξει και τη νύχτα και το πρωί. Τώρα η ώρα ήταν ήδη εννιά, το κινητό του χτυπούσε και σφύριζε κι αυτός ένιωθε πως ακόμα ήταν φτιαγμένος, κυρίως με το σκεπτικό όλων αυτών που είχε να κάνει. Από την άλλη, ήταν ένας μαχητής σε αυτόν τον τομέα. «Work hard, play hard» –«Δούλεψε σκληρά, παίξε σκληρά»– ήταν το ρητό του. Και η Ναταλί, Θεέ μου!

Πόσοι πενηντάρηδες έριχναν μία τέτοια γυναίκα; Όχι πολλοί. Αλλά τώρα έπρεπε να σηκωθεί. Ένιωθε ζαλισμένος και λίγο άσχημα, οπότε πήγε τρικλίζοντας στην τουαλέτα για να κατουρήσει. Μετά κοίταξε τις μετοχές του. Αυτός ήταν συνήθως ένας καλός τρόπος ν' αρχίσει η μέρα του μετά από μεθύσι και γι' αυτό πήρε το κινητό του και μέσω του διαδικτύου μπήκε στο χαρτοφυλάκιο των μετοχών του και στην αρχή δεν καταλάβαινε. Κάποιο λάθος πρέπει να είχε γίνει, κάποιο τεχνικό σφάλμα. Οι μετοχές του είχαν βουλιάξει κι όταν τρέμοντας κοίταξε αυτές που είχε, είδε κάτι άκρως παράξενο. Ήταν το μεγάλο του ποντάρισμα στη «Σολιφόν» που είχε εξανεμιστεί. Δεν καταλάβαινε τίποτα και τελείως εκτός εαυτού μπήκε στους ιστότοπους των χρηματιστηρίων και παντού έγραφαν το ίδιο πράγμα:

NSA και «Σολιφόν» οι εντολείς της δολοφονίας του καθηγητή Φρανς Μπάλντερ.
Η αποκάλυψη του περιοδικού *Μιλένιουμ* συγκλόνισε την υφήλιο.

Τι ακριβώς έκανε μετά δεν είναι ξεκάθαρο. Πιθανώς ούρλιαζε και έβριζε και χτυπούσε τη γροθιά του στο τραπέζι. Θυμόταν αμυδρά ότι κάποια στιγμή η Ναταλί ξύπνησε και αναρωτήθηκε τι συνέβαινε. Αλλά το μόνο που ήξερε εκείνος στα σίγουρα ήταν ότι στάθηκε πάνω από τη λεκάνη της τουαλέτας και έκανε εμετό σαν να ήθελε να βγάλει τα σωθικά του.

Το γραφείο της Γκαμπριέλας Γκρέιν στην ΚΥΠ ήταν ασυνήθιστα τακτοποιημένο. Η Γκαμπριέλα δε θα ξαναγύριζε ποτέ εδώ. Τώρα καθόταν λίγο γερμένη προς τα πίσω στην καρέκλα της και διάβαζε το *Μιλένιουμ*. Το εξώφυλλο δεν ήταν όπως το περίμενε για ένα περιοδικό που δημοσίευε το *σκουπ* του αιώνα. Η σελίδα ήταν αρκετά καλή, μαύρη. Προξενούσε ανησυχία. Αλλά δεν είχε φωτογραφίες και στο πάνω μέρος της έγραφε:

«Στη μνήμη του Αντρέι Ζάντερ».

Λίγο πιο κάτω έγραφε:

«Η δολοφονία του Φρανς Μπάλντερ και η εξιστόρηση πώς η ρωσική μαφία συνεργάστηκε με την NSA και τη μεγάλη αμερικανική εταιρεία πληροφορικής».

Στη δεύτερη σελίδα υπήρχε ένα πορτρέτο του Αντρέι και παρόλο που η Γκαμπριέλα δεν τον είχε συναντήσει ποτέ, συγκινήθηκε βαθιά. Ο Αντρέι ήταν όμορφος και λίγο εύθραυστος. Το χαμόγελό του ήταν ντροπαλό. Υπήρχε ταυτόχρονα κάτι έντονο και αβέβαιο στο πρόσωπό του. Σε ένα κείμενο δίπλα, γραμμένο από την Έρικα Μπέργκερ, αναφερόταν ότι οι γονείς του Αντρέι είχαν σκοτωθεί από βόμβα στο Σαράγιεβο. Έγραφε επίσης ότι ο Αντρέι αγαπούσε το περιοδικό *Μιλένιουμ*, τον Λέοναρντ Κοέν και το μυθιστόρημα του Αντόνιο Ταμπούκι *Έτσι ισχυρίζεται ο Περέιρα**. Οι αγαπημένες του ταινίες ήταν τα *Μαύρα Μάτια* του Νικήτα Μιχάλκοφ και το *Αγάπη είναι* του Ρίτσαρντ Κέρτις και παρά το γεγονός ότι ο Αντρέι μισούσε τους ανθρώπους που πλήγωναν τους άλλους, δυσκολευόταν να μιλήσει άσχημα για οποιονδήποτε. Η Έρικα θεωρούσε ότι το ρεπορτάζ του για τους άστεγους της Στοκχόλμης ανήκε στην κλασική δημοσιογραφία. Και συνέχιζε:

«Όταν γράφω γι' αυτό το δράμα τρέμουν τα χέρια μου. Χθες το βράδυ ο φίλος και συνεργάτης μας Αντρέι Ζάντερ βρέθηκε νεκρός σε ένα φορτηγό καράβι στο λιμάνι Χαμαρμπιχάμνεν. Είχε βασανιστεί. Είχε υποφέρει τρομερά. Θα ζήσω μ' αυτόν τον πόνο την υπόλοιπη ζωή μου. Αλλά είμαι και περήφανη. Είμαι περήφανη που είχα το προνόμιο να δουλέψω μαζί του. Δεν έχω συναντήσει ποτέ άλλοτε έναν τόσο αφοσιωμένο δημοσιογράφο και έναν τόσο αυθεντικά ευγενικό άνθρωπο. Ο Αντρέι ήταν είκοσι έξι χρονών. Αγαπούσε τη ζωή και τη δημοσιογραφία. Δολοφονήθηκε γιατί ήθελε να προστατεύσει ένα μικρό αγόρι που λέγεται Άουγκουστ Μπάλντερ και όταν εμείς τώρα, σε αυτό το τεύχος, αποκαλύπτουμε το μεγαλύτερο σκάνδαλο της εποχής μας, τιμούμε τον Αντρέι σε κάθε γραμμή. Ο Μίκαελ Μπλούμκβιστ γράφει στο μεγάλο ρεπορτάζ του:
» "Ο Αντρέι πίστευε στην αγάπη. Πίστευε σε έναν καλύτε-

---

* Το βιβλίο κυκλοφορεί στα ελληνικά σε μετάφραση Ανταίου Χρυσοστομίδη, από τις εκδόσεις Άγρα (Αθήνα, 2010). (Σ.τ.Ε.)

ρο κόσμο και μία δικαιότερη κοινωνία. Ήταν ο καλύτερος απ' όλους μας!"»

Το ρεπορτάζ που κάλυπτε περισσότερες από τριάντα σελίδες του περιοδικού ήταν η καλύτερη δημοσιογραφική πρόζα που είχε διαβάσει ποτέ η Γκαμπριέλα Γκρέιν και παρόλο που έχασε την αίσθηση του χρόνου και πότε πότε είχε δάκρυα στα μάτια, χαμογέλασε όταν έφτασε στα λόγια:

«Η κορυφαία αναλύτρια της ΕΥΠ Γκαμπριέλα Γκρέιν έδωσε δείγματα μοναδικής τόλμης για την υπεράσπιση των ανθρώπινων αξιών».

Το βασικό μέρος του άρθρου ήταν αρκετά απλό. Μία ομάδα καθοδηγούμενη από τον διοικητή Τζόνι Ίνγκραμ –δεύτερο στην ιεραρχία μετά τον γενικό διοικητή της NSA Τσαρλς Ο' Κόνορ και με στενές επαφές στον Λευκό Οίκο και στο Κογκρέσο– είχε εκμεταλλευτεί για λογαριασμό του τον μεγάλο όγκο απόρρητων πληροφοριών για διάφορες εταιρείες πληροφορικής που έχει στην κατοχή της η οργάνωση, ενώ προς βοήθειά του είχε μία ομάδα αναλυτών στο ερευνητικό τμήμα «Υ» της εταιρείας «Σολιφόν». Αν η ιστορία τελείωνε εκεί, θα ήταν ένα σκάνδαλο εν γένει κατανοητό.

Αλλά η εξέλιξη των συμβάντων απέκτησε τη δική της εφιαλτική λογική όταν η εγκληματική οργάνωση «Σπάιντερς» έκανε την εμφάνισή της στο όλο δράμα. Ο Μίκαελ Μπλούμκβιστ μπόρεσε να παρουσιάσει αποδείξεις για το πώς ο Τζόνι Ίνγκραμ άρχισε τη συνεργασία του με το πασίγνωστο μέλος του ρωσικού κοινοβουλίου Ιβάν Γκριμπάνοφ και τη μυστηριώδη ηγετική φυσιογνωμία των «Σπάιντερς» με το ψευδώνυμο «Θάνος», και πώς αυτοί λεηλατούσαν μαζί τις ιδέες και την τεχνική των εταιρειών υψηλής τεχνολογίας που κόστιζαν κολοσσιαία ποσά και τις πουλούσαν. Όμως οι συνέταιροι έπεσαν στο βάθος της αβύσσου όταν ο καθηγητής Φρανς Μπάλντερ ανακάλυψε τα ίχνη τους και τότε αποφάσισαν να τον βγάλουν από τη μέση κι αυτό ήταν το πιο ακατανόητο στην όλη ιστορία. Ένας από τους υψηλά ιστάμενους διοικητές της NSA γνώριζε ότι ένας Σουηδός ερευνητής επρόκειτο να δολοφονηθεί και δεν έκανε απολύτως τίποτα για ν' αποτρέψει τη δολοφονία.

Ταυτόχρονα –κι εδώ έδειχνε ο Μίκαελ Μπλούμκβιστ το μεγαλείο του– η Γκαμπριέλα δεν κλονίστηκε από την περιγραφή της πολιτικής εικόνας, αλλά από το ανθρώπινο δράμα και την υφέρπουσα επίγνωση ότι ζούμε σε έναν νέο, αρρωστημένο κόσμο όπου όλα παρακολουθούνται, και τα μικρά και τα μεγάλα, κι αυτό που μπορεί να αποφέρει οφέλη είναι σαφώς εκμεταλλεύσιμο.

Μόλις είχε τελειώσει η Γκαμπριέλα το διάβασμα, αντιλήφθηκε ότι κάποιος στεκόταν στην πόρτα του γραφείου της. Ήταν η Χελένα Κραφτ, καλοντυμένη όπως πάντα.

«Γεια σου», της είπε αυτή.

Η Γκαμπριέλα δεν μπόρεσε να μη σκεφτεί πως είχε υποψιαστεί ότι η Χελένα ήταν εκείνη που έκανε τις διαρροές. Αλλά αυτό ήταν μόνο ο δικός της δαίμονας. Εκείνο που είχε νομίσει πως ήταν η ντροπή του υπόπτου δεν ήταν τίποτα περισσότερο από την ενοχή της Χελένας, επειδή η έρευνα δε διεξαγόταν με επαγγελματικό τρόπο – αυτό είχε πει τουλάχιστον η Χελένα κατά τη διάρκεια της μακράς συνομιλίας τους μετά που ο Μίκαελ Νίλσεν είχε ομολογήσει και συλληφθεί.

«Γεια σου», απάντησε η Γκαμπριέλα.

«Δεν μπορώ να σου πω πόσο λυπάμαι που φεύγεις», συνέχισε η Χελένα.

«Όλα έχουν το τέλος τους».

«Έχεις καμιά ιδέα για το τι θα κάνεις;»

«Θα μετακομίσω στη Νέα Υόρκη. Θέλω να δουλέψω για τα ανθρώπινα δικαιώματα και όπως γνωρίζεις, έχω εδώ και καιρό μία πρόταση από τον ΟΗΕ».

«Είναι πολύ λυπηρό για εμάς, Γκαμπριέλα. Αλλά σου αξίζει».

«Ώστε η προδοσία μου ξεχάστηκε;»

«Όχι απ' όλους μας, να είσαι σίγουρη. Αλλά εγώ δεν το βλέπω σαν τίποτε άλλο πέρα από ένα δείγμα του καλού σου χαρακτήρα».

«Ευχαριστώ, Χελένα».

«Σκέφτεσαι να κάνεις τίποτα σημαντικό στο γραφείο πριν φύγεις;»

«Όχι σήμερα. Θα πάω στο μνημόσυνο του Αντρέι Ζάντερ στη λέσχη των δημοσιογράφων».
«Ακούγεται υπέροχο. Εγώ θα κάνω μία ενημέρωση στην κυβέρνηση γι' αυτό εδώ το μπέρδεμα. Αλλά το βράδυ θα κάνω μια πρόποση για τον νεαρό Ζάντερ και για σένα, Γκαμπριέλα».

Η Αλόνα Κασάλες καθόταν και παρατηρούσε από απόσταση τον πανικό με ένα κρυφό χαμόγελο. Κυρίως παρατηρούσε τον ναύαρχο Τσαρλς Ο' Κόνορ, που βάδιζε στο πάτωμα όχι σαν αρχηγός της μεγαλύτερης μυστικής αστυνομίας του κόσμου αλλά σαν ένα δαρμένο σχολιαρόπαιδο. Από την άλλη, σήμερα όλα τα ηγετικά στελέχη της NSA ήταν ταπεινωμένα και αδύναμα – εκτός του Εντ φυσικά. Βέβαια ούτε κι αυτός ήταν χαρούμενος. Χειρονομούσε και ήταν ιδρωμένος και φουρκισμένος. Αλλά εξέπεμπε κύρος και ήταν φανερό πως και ο Ο' Κόνορ τον φοβόταν. Αυτό, βέβαια, δεν ήταν και τόσο παράξενο. Ο Εντ είχε επιστρέψει από το ταξίδι του στη Στοκχόλμη με πραγματικούς δυναμίτες· έκανε τα πάντα άνω-κάτω και απαιτούσε βελτίωση σε όλα τα επίπεδα. Ο αρχηγός της NSA δεν του ήταν και ιδιαίτερα ευγνώμων γι' αυτό. Εκείνο που θα ήθελε να κάνει αμέσως και με μεγάλη του ευχαρίστηση, ήταν να στείλει τον Εντ κατευθείαν στη Σιβηρία.

Όμως δεν μπορούσε να κάνει τίποτα. Ζάρωσε το κορμί του καθώς πλησίαζε τον Εντ, που κατά τη συνήθειά του ούτε που σήκωσε το βλέμμα του να κοιτάξει. Ο Εντ αγνοούσε τον αρχηγό της NSA ακριβώς όπως συνήθιζε να αγνοεί όλους τους κακόμοιρους που δεν είχε χρόνο να ασχοληθεί μαζί τους και κανένας δε θα μπορούσε να ισχυριστεί ότι τα πράγματα έγιναν καλύτερα για τον Ο' Κόνορ όταν άρχισε η συνομιλία μεταξύ τους.

Ο Εντ έδειχνε να ξεφυσάει περισσότερο και παρά το ότι η Αλόνα δεν άκουγε, φανταζόταν και μάλιστα αρκετά καλά τι λεγόταν ή πιο σωστά, τι δε λεγόταν. Η ίδια είχε μακρές συνομιλίες με τον Εντ και ήξερε ότι ο συνάδελφός της αρνιόταν να αποκαλύψει πού είχε βρει τις πληροφορίες. Δε θα υποχωρούσε ούτε εκατοστό σ' αυτό και της Αλόνας τής άρεσε πολύ.

Ο Εντ συνέχισε να παίζει σε υψηλό επίπεδο και η Αλόνα ορκίστηκε σε ό,τι είχε ιερό να παλέψει για την αξιοπρέπεια του τμήματός τους. Θα παρείχε στον Εντ όλη την υποστήριξη που μπορούσε αν του παρουσιάζονταν προβλήματα. Ορκίστηκε να τηλεφωνήσει επίσης στην Γκαμπριέλα Γκρέιν και να κάνει μία τελευταία προσπάθεια να τη φιλοξενήσει, αν ήταν πράγματι αλήθεια ότι εκείνη βρισκόταν στον δρόμο για τις ΗΠΑ.

Ο Εντ δεν αγνοούσε συνειδητά τον αρχηγό της NSA. Αλλά δε διέκοψε αυτό που έκανε –να κατσαδιάζει δύο από τους συνεργάτες του– επειδή ο ναύαρχος στεκόταν μπροστά του και μετά από κανένα λεπτό γύρισε και του είπε κάτι αρκετά φιλικό, όχι για να τον καλοπιάσει ή να εξιλεωθεί για την αδιαφορία του, αλλά επειδή το εννοούσε.

«Τα κατάφερες περίφημα στην ανακοίνωση Τύπου».

«Μπορεί», απάντησε ο ναύαρχος. «Αλλά ήταν σκέτη κόλαση».

«Να χαίρεσαι που σου έδωσα χρόνο να προετοιμαστείς».

«Να χαίρομαι; Τρελός είσαι; Έχεις δει τις εφημερίδες στο διαδίκτυο; Έχουν δημοσιεύσει όλες τις φωτογραφίες μ' εμένα και τον Ίνγκραμ μαζί. Νιώθω τελείως βρόμικος».

«Φρόντισε τότε, που να πάρει ο διάβολος, να ελέγχεις καλύτερα τους στενούς συνεργάτες σου από δω και πέρα».

«Πώς τολμάς να μου μιλάς έτσι;»

«Μιλάω όπως στο διάβολο γουστάρω. Έχουμε κρίση στην υπηρεσία κι εγώ είμαι επικεφαλής της ασφάλειας και δεν έχω χρόνο ούτε πληρώνομαι για να είμαι ευγενικός».

«Πρόσεξε τη γλώσσα σου...» άρχισε να λέει ο αρχηγός της NSA.

Αλλά τα έχασε όταν ο Εντ σηκώθηκε όρθιος με όλο το αρκουδίσιο ανάστημά του – θέλοντας να ξεμουδιάσει την πλάτη του ή να δείξει το κύρος του.

«Σε έστειλα στη Σουηδία για να μπορέσεις να τα κανονίσεις όλα αυτά», συνέχισε ο ναύαρχος. «Αλλά όταν επέστρεψες όλα πήγαν κατά διαβόλου. Σκέτη καταστροφή».

«Η καταστροφή είχε ήδη γίνει», φώναξε ο Εντ. «Το ξέρεις το

ίδιο καλά όπως κι εγώ πως αν δεν είχα πάει στη Σουηδία και δεν είχα δουλέψει ώσπου να μου βγει ο πάτος, δε θα είχαμε καθόλου χρόνο να προετοιμάσουμε μία καλή στρατηγική και, ειλικρινά, ίσως χάρη σ' αυτό μπορείς τώρα να κρατήσεις τη δουλειά σου».

«Εννοείς ότι πρέπει να σ' ευχαριστήσω;»

«Πράγματι! Πρόλαβες να πετάξεις έξω τα καθάρματά σου πριν από τη δημοσιοποίηση της ιστορίας».

«Και πώς κατέληξαν όλα αυτά τα σκατά στο σουηδικό περιοδικό;»

«Σου το εξήγησα χίλιες φορές».

«Μου είπες για τον χάκερ σου. Όλα όσα έχω ακούσει, όμως, είναι φαντασίες και φλυαρίες».

Ο Εντ είχε υποσχεθεί στη «Σφήγκα» να την κρατήσει έξω από τούτο δω και σκεφτόταν να τηρήσει τον λόγο του.

«Πολύ υψηλού επιπέδου φλυαρίες τότε», απάντησε αυτός. «Ο χάκερ, όποιος στο διάβολο κι αν είναι αυτός, πρέπει να έσπασε τα αρχεία του Ίνγκραμ και να τα προώθησε στο *Μιλένιουμ* κι αυτό είναι πολύ κακό, συμφωνώ μαζί σου. Αλλά ξέρεις τι είναι το χειρότερο απ' όλα;»

«Όχι».

«Το χειρότερο απ' όλα ήταν ότι είχαμε την ευκαιρία να συλλάβουμε τον χάκερ, να του κόψουμε τ' αρχίδια και να σταματήσουμε όλη τη διαρροή. Αλλά μετά μας ήρθε διαταγή να σταματήσουμε τις έρευνες και κανένας δεν μπορεί να ισχυριστεί ότι εσύ με υποστήριξες ιδιαίτερα σ' αυτό».

«Σε έστειλα στη Στοκχόλμη».

«Αλλά τους δικούς μου τους έστειλες σε άδεια και όλο μας το κυνήγι σταμάτησε. Τώρα τα ίχνη έχουν εξαλειφθεί και φυσικά μπορούμε ν' αρχίσουμε πάλι το κυνήγι. Αλλά θα ήταν πλεονεκτικό για εμάς τούτη τη στιγμή αν μαθευόταν ότι ένας ασήμαντος χάκερ μάς πήρε και τα σώβρακα;».

«Ίσως όχι. Αλλά σκέφτομαι να χτυπήσω σκληρά το *Μιλένιουμ* κι αυτόν τον ρεπόρτερ, τον Μπλούμστρεμ – να είσαι σίγουρος γι' αυτό».

«Μπλούμκβιστ, λέγεται Μπλούμκβιστ, και συμφωνώ, κάν' το.

Καλή τύχη, σου λέω μόνο. Αυτό θα ενίσχυε πραγματικά τη δημοτικότητά σου: να μπουκάρεις σε σουηδικό έδαφος και να συλλάβεις τον μεγαλύτερο ρεπόρτερ στην ιστορία της δημοσιογραφίας αυτήν τη στιγμή», είπε ο Εντ, και τότε ο αρχηγός της NSA μουρμούρισε κάτι ακατάληπτο και έφυγε από κει.

Ο Εντ ήξερε καλύτερα απ' τον καθένα ότι ο επικεφαλής της NSA δε θα συλλάμβανε κανέναν Σουηδό δημοσιογράφο. Ο Τσαρλς Ο' Κόνορ πάλευε για την πολιτική του επιβίωση και δεν είχε περιθώρια για επικίνδυνα παιχνίδια. Ο Εντ αποφάσισε να πάει στην Αλόνα για να μιλήσουν λίγο. Χρειαζόταν να κάνει κάτι ανεύθυνο και αποφάσισε να της προτείνει μία μπαρότσαρκα.

«Έλα να πάμε έξω και να πιούμε στην υγειά της κόλασης», της είπε γελώντας.

Η Χάνα Μπάλντερ στεκόταν στην κορυφή του μικρού λοφίσκου έξω από το ξενοδοχείο «Σλος Ελμάου». Έσπρωξε ελαφρά τον Άουγκουστ και τον είδε να γλιστράει προς τα κάτω σε ένα παλιό έλκηθρο που είχε δανειστεί από το ξενοδοχείο. Μετά, όταν ο γιος της είχε σταματήσει σε μία καφέ παράγκα εκεί κάτω, άρχισε να κατηφορίζει προς το μέρος του. Αν και ο ήλιος διακρινόταν λίγο, έπεφτε ένα ελαφρύ χιόνι. Αλλά δε φυσούσε καθόλου. Πέρα μακριά υψώνονταν προς τον ουρανό οι κορυφές των Άλπεων και μπροστά της απλωνόταν απέραντη η εξοχή.

Η Χάνα δεν είχε ξαναμείνει ποτέ σε τόσο εντυπωσιακό μέρος σε όλη της τη ζωή και ο Άουγκουστ επανερχόταν αρκετά καλά χάρη στη συμβολή του Τσαρλς Έντελμαν. Αλλά τίποτα δεν ήταν εύκολο. Ένιωθε άσχημα. Και τώρα που περπατούσε στον λόφο, αναγκάστηκε να σταματήσει δύο φορές, πιάνοντας το στήθος της. Η αποτοξίνωση από τα χάπια –που όλα περιείχαν βενζοδιαζεπίνες*– ήταν χειρότερη απ' ό,τι είχε φανταστεί και τις

---

* Οι βενζοδιαζεπίνες αποτελούν μία κατηγορία φαρμάκων με ηρεμιστικές, υπνωτικές, αγχολυτικές, αντισπασμωδικές, αναισθητικές και μυοχαλα-

νύχτες ξάπλωνε διπλωμένη στα δυο και έβλεπε τη ζωή της κάτω από ένα ανελέητος φως. Καμιά φορά σηκωνόταν, χτυπούσε τη γροθιά της στον τοίχο και έκλαιγε. Καταριόταν χίλιες φορές τον εαυτό της και τον Λάσε Βέστμαν.

Όμως... υπήρχαν φάσεις που ένιωθε τελείως καθαρή και βίωνε σύντομες στιγμές που ήταν κοντά στην ευτυχία· στιγμές που ο Άουγκουστ ασχολιόταν με τις εξισώσεις του και τις σειρές των αριθμών και καμιά φορά απαντούσε στις ερωτήσεις της με μονοσύλλαβα και εκείνη ένιωθε ότι πράγματι βρισκόταν στα πρόθυρα ν' αλλάξει.

Δεν καταλάβαινε ακριβώς το αγόρι. Αποτελούσε ακόμα ένα αίνιγμα γι' αυτήν και καμιά φορά μίλαγε με αριθμούς, μεγάλους αριθμούς που τους πολλαπλασίαζε με άλλους μεγάλους αριθμούς και φαινόταν να νομίζει ότι αυτή θα τον καταλάβαινε. Αλλά χωρίς καμία αμφιβολία κάτι είχε αλλάξει και δε θα ξεχνούσε ποτέ πώς είχε δει τον Άουγκουστ να κάθεται στο γραφείο του δωματίου τους την πρώτη μέρα και να γράφει μεγάλες εξισώσεις, σαν τρεχούμενο νερό, που αυτή φωτογράφιζε και μετά τις έστελνε στη γυναίκα στη Στοκχόλμη. Αργά τη νύχτα εκείνης της μέρας ήρθε ένα μήνυμα στο Blackphone της Χάνας:

«Πες του Άουγκουστ ότι σπάσαμε τον κώδικα!»

Δεν είχε ξαναδεί ποτέ άλλοτε τον γιο της τόσο ευτυχισμένο και παρόλο που δεν καταλάβαινε τι αφορούσε δεν είπε ούτε λέξη στον Τσαρλς Έντελμαν γι' αυτό – αρκεί που σήμαινε κάτι σημαντικό για την ίδια. Άρχισε να νιώθει κι εκείνη περήφανη, μάλιστα, απίθανα περήφανη.

Η Χάνα άρχισε να ενδιαφέρεται με πάθος για το σύνδρομο σαβάντ και ενώ ο Τσαρλς Έντελμαν ήταν ακόμα στο ξενοδοχείο κάθονταν συχνά μαζί, αφού πρώτα πήγαινε για ύπνο ο Άουγκουστ,

---

ρωτικές ιδιότητες. Χρησιμοποιούνται συχνά για να προσφέρουν ανακούφιση σύντομης διάρκειας στις καταστάσεις σοβαρού άγχους ή αϋπνίας. (Σ.τ.Ε.)

και μιλούσαν ως τις πρωινές ώρες για τις ικανότητες του γιου της και για πολλά άλλα. Δεν ήξερε, όμως, αν ήταν και καλή ιδέα που είχε πέσει στο κρεβάτι με τον Τσαρλς.

Από την άλλη, δεν ήταν και τελείως σίγουρη ότι ήταν και κακή ιδέα. Ο Τσαρλς της θύμιζε τον Φρανς και σκέφτηκε ότι αυτοί, όλοι μαζί, μάθαιναν ο ένας τον άλλον σαν μία μικρή οικογένεια, αυτή, ο Τσαρλς και ο Άουγκουστ, η μικρή αυστηρή αλλά γλυκιά δασκάλα Σαρλότ Γκρέμπερ και ο Δανός μαθηματικός Γενς Νίρουπ που τους επισκέπτονταν και διαπίστωσαν ότι ο Άουγκουστ, για κάποιο λόγο, είχε μανία με τις ελλειπτικές καμπύλες και την παραγοντοποίηση των πρώτων αριθμών.

Με κάποιον τρόπο όλη η παραμονή τους εδώ κόντευε να γίνει ένα εξερευνητικό ταξίδι στον παράξενο γαλαξία του γιου της και τώρα, καθώς κατηφόριζε την πλαγιά και ο Άουγκουστ κατέβαινε από το έλκηθρο, το ένιωσε για πρώτη φορά εδώ και πάρα πολλά χρόνια:

Θα γινόταν μία καλύτερη μητέρα και θα έφτιαχνε τη ζωή της.

Ο Μίκαελ δεν καταλάβαινε γιατί ένιωθε τόσο βαρύ το σώμα του. Ήταν σαν να κινιόταν μέσα σε νερό. Εκεί έξω γινόταν χαμός, φυσούσε ένας αέρας νίκης κατά κάποιον τρόπο. Σχεδόν όλες οι εφημερίδες, οι ιστότοποι, οι ραδιοφωνικοί σταθμοί και τα τηλεοπτικά κανάλια ήθελαν να του πάρουν συνέντευξη. Δεν έδινε συνέντευξη σε κανέναν και ούτε που χρειαζόταν. Όταν παλιότερα το *Μιλένιουμ* είχε δημοσιεύσει μεγάλες ειδήσεις είχαν υπάρξει στιγμές που αυτός και η Έρικα φοβούνταν ότι τα άλλα ειδησεογραφικά μέσα ήθελαν να τους επιτεθούν και τότε είχαν σκεφτεί να εμφανίζονταν στρατηγικά στα σωστά φόρα και καμιά φορά μοίραζαν και λίγες από τις πληροφορίες τους. Τώρα τίποτα τέτοιο δεν ήταν απαραίτητο.

Η είδηση είχε σκάσει από μόνη της και όταν ο επικεφαλής της NSA Τσαρλς Ο' Κόνορ και η υπουργός Εμπορίου των ΗΠΑ Στέλλα Πάρκερ σε μία κοινή συνέντευξη Τύπου ζήτησαν με έμφαση συγγνώμη γι' αυτά που είχαν συμβεί, εξαλείφθηκαν και οι τελευταίες αμφιβολίες ότι η ιστορία ήταν παρατραβηγμένη ή αστήρικτη και επί του παρόντος βρισκόταν σε εξέλιξη μία έντονη συζήτηση για τα επακόλουθα της αποκάλυψης στα πρωτοσέλιδα του παγκόσμιου Τύπου.

Παρά τον μεγάλο αναβρασμό, όμως, και τα τηλέφωνα που δε σταματούσαν να χτυπάνε, η Έρικα είχε αποφασίσει να διοργανώσει στα γρήγορα μία γιορτή στη σύνταξη. Πίστευε ότι όλοι άξιζαν να ξεφύγουν λίγο απ' αυτόν τον σαματά και να πιουν ένα ποτήρι κρασί. Η πρώτη έκδοση των πενήντα χιλιάδων αντιτύπων είχε ήδη εξαντληθεί από χθες το απόγευμα και ο συνολικός αριθμός των επισκεπτών στον ιστότοπο, που ήταν και στα αγγλικά, είχε φτάσει τα μερικά εκατομμύρια. Προτάσεις για έκδοση βιβλίου κατέφθαναν από παντού, ο αριθμός των συνδρομητών αυξανόταν λεπτό το λεπτό και οι διαφημιστές έκαναν ουρά.

Εκτός αυτού, είχαν αγοράσει το μερίδιο του «Σέρνερ Μίντια». Παρά τον τεράστιο φόρτο εργασίας, η Έρικα είχε κανονίσει την αγορά μερικές μέρες πριν. Αλλά αυτό δεν ήταν κανένα παιχνίδι. Οι εκπρόσωποι του «Σέρνερ» ήξεραν την απόγνωσή της και την εκμεταλλεύτηκαν στο έπακρο και για κάποιο χρονικό διάστημα η ίδια και ο Μίκαελ νόμιζαν ότι δε θα τα κατάφερναν. Την τελευταία στιγμή τούς είχε έρθει ένα σεβαστό ποσό από μία ύποπτη εταιρεία από το Γιβραλτάρ, που έκανε τον Μίκαελ να χαμογελάσει, και έτσι μπόρεσαν να αγοράσουν το μερίδιο των Νορβηγών. Η τιμή ήταν βέβαια τρομερά υψηλή δεδομένης της κατάστασης τότε. Ωστόσο, θα μπορούσε να θεωρηθεί καλή επένδυση ένα εικοσιτετράωρο αργότερα, όταν δημοσιεύτηκε το *σκουπ* στο περιοδικό και η αξία του *Μιλένιουμ* ανέβηκε στα ύψη. Γι' αυτό τώρα ήταν πάλι ελεύθεροι και ανεξάρτητοι, αν και δεν είχαν προλάβει καλά καλά να το νιώσουν.

Ακόμα και κατά τη διάρκεια του μνημόσυνου για τον Αντρέι Ζάντερ στη λέσχη των δημοσιογράφων διάφοροι συνάδελφοι και φωτογράφοι τους τραβολογούσαν και παρόλο που όλοι, χωρίς εξαιρέσεις, ήθελαν να τους συγχαρούν, ο Μίκαελ ένιωθε να εγκλωβίζεται και να πνίγεται και δεν ήταν τόσο εκδηλωτικός όσο θα ήθελε, ενώ συνέχισε να κοιμάται απαίσια και να ταλαιπωρείται από πονοκεφάλους. Τώρα το απόγευμα τα γραφεία της σύνταξης είχαν ξαφνικά αλλάξει όψη. Στο μεγάλο τραπέζι υπήρχαν μπουκάλια σαμπάνιας, κρασί, μπίρα και φαγητά από ένα γιαπωνέζικο κέτερινγκ. Άρχισε να έρχεται κόσμος, πρώτα και κύρια οι συνεργάτες και οι έκτακτοι φυσικά, αλλά και αρκετοί φίλοι του περιοδικού, ακόμα και ο Χόλγκερ Παλμγκρέν, που ο Μίκαελ τον βοήθησε να μπει και να βγει από το ασανσέρ και τον αγκάλιασε δύο, τρεις φορές:

«Το κορίτσι μας τα κατάφερε», είπε ο Χόλγκερ με δάκρυα στα μάτια.

«Συνηθίζει να το κάνει», απάντησε χαμογελώντας ο Μίκαελ και έβαλε τον Χόλγκερ σε τιμητική θέση στον καναπέ της σύνταξης, δίνοντας εντολή να γεμίζουν το ποτήρι του μόλις κόντευε να αδειάσει.

Ήταν υπέροχο να τον βλέπει εκεί. Ήταν υπέροχο να βλέπει όλους τους παλιούς και νέους φίλους, την Γκαμπριέλα Γκρέιν για παράδειγμα, τον επιθεωρητή Μπουμπλάνσκι – που πιθανώς δεν έπρεπε να καλέσουν με το σκεπτικό της επαγγελματικής τους σχέσης και τη θέση του *Μιλένιουμ* ως ανεξάρτητου οργάνου που ασκεί έλεγχο στην αστυνομική εξουσία, αλλά που ο Μίκαελ επέμενε να έρθει εδώ και που προς μεγάλη του έκπληξη, όλη την ώρα στεκόταν και μίλαγε με την καθηγήτρια Φαράχ Σαρίφ.

Ο Μίκαελ τσούγκρισε το ποτήρι του μ' αυτούς και με όλους τους άλλους. Φορούσε ένα τζιν παντελόνι και το καλύτερο σακάκι του και κατ' εξαίρεση ήπιε αρκετά. Αλλά αυτό δεν τον βοήθησε ιδιαίτερα. Δεν μπορούσε να διώξει από μέσα του την αίσθηση του κενού και του βάρους κι αυτό οφειλόταν φυσικά στον Αντρέι. Ο Αντρέι υπήρχε κάθε δευτερόλεπτο στις σκέψεις του. Η σκηνή που ο συνάδελφος καθόταν στη σύνταξη και παρά λίγο να πάει μαζί του για μπίρα είχε τυπωθεί στον νου του σαν μία στιγμή καθημερινή και τόσο σημαντική συγχρόνως. Η ανάμνηση του Αντρέι του ερχόταν όλη την ώρα και είχε δυσκολία να συγκεντρωθεί στις συζητήσεις.

Βαρέθηκε όλους τους επαίνους και τα κολακευτικά λόγια –μόνο το μήνυμα της Περνίλας «γράφεις στ' αλήθεια μπαμπά» τον άγγιξε πραγματικά– και πότε πότε έριχνε καμιά ματιά προς την πόρτα. Είχαν καλέσει φυσικά και τη Λίσμπετ, που θα γινόταν το τιμώμενο πρόσωπο αν εμφανιζόταν. Εκείνη, όμως, δε φαινόταν και φυσικά αυτό δεν ήταν κάτι που τον παραξένευε. Αλλά ο Μίκαελ θα ήθελε τουλάχιστον να την ευχαριστήσει για τη μεγαλόπρεπη χειρονομία της με το «Σέρνερ». Από την άλλη, τι γύρευε τώρα; Χάρη στο εκπληκτικό της ντοκουμέντο για τον Ίνγκραμ, τη «Σολιφόν» και τον Γκριμπάνοφ είχε μπορέσει εκείνος να βγάλει όλη την ιστορία και είχε κάνει ως και τον «Εντ-Νεντ» και τον Νίκολας Γκραντ της «Σολιφόν» να του δώσουν αρκετές λεπτομέρειες. Αλλά με τη Λίσμπετ είχε μιλήσει μόνο μία φορά, τότε που της είχε πάρει συνέντευξη, όσο αυτό ήταν δυνατόν, για το τι είχε συμβεί εκεί έξω, στο εξοχικό στο Ινιαρέ.

Είχε ήδη περάσει μία εβδομάδα και ο Μίκαελ δεν είχε την παραμικρή ιδέα ποια ήταν η γνώμη της για το ρεπορτάζ. Ίσως να είχε θυμώσει επειδή αυτός τα είχε δραματοποιήσει αρκετά – τι άλλο θα μπορούσε να κάνει μετά τις λακωνικές της απαντήσεις; Ίσως πάλι να ήταν θυμωμένη που δεν είχε αναφέρει την Καμίλα με το πραγματικό της όνομα, αλλά είχε γράψει μόνο για μία Σουηδέζα-Ρωσίδα με την ονομασία «Θάνος» ή «Αλκέμα» ή ήταν γενικά απογοητευμένη που εκείνος δεν είχε φανεί πιο σκληρός και δεν είχε δώσει μεγαλύτερες διαστάσεις στην όλη ιστορία.

Δεν ήταν εύκολο να ξέρει και τίποτα δεν έγινε καλύτερο όταν ο γενικός εισαγγελέας Ρίκαρντ Έκστρεμ άρχισε να εξετάζει το ενδεχόμενο να μηνύσει τη Λίσμπετ για παράνομη στέρηση ελευθερίας και οπλοκατοχή. Αλλά τώρα έτσι είχε η κατάσταση και στο τέλος ο Μίκαελ τα παράτησε και έφυγε από τη φιέστα χωρίς καν να πει αντίο – βγήκε έξω στη Γετγκάταν.

Ήταν φυσικά κακός ο καιρός και μη έχοντας τι άλλο να κάνει, κοίταξε τα μηνύματα στο κινητό του. Ήταν τελείως αδύνατον να κάνει μία επισκόπηση. Ήταν συγχαρητήρια, προτάσεις για συνεντεύξεις και καμιά-δυο άσεμνες προσκλήσεις. Αλλά όπως ήταν αναμενόμενο τίποτα από τη Λίσμπετ και ψιλομουρμούρισε λίγο γι' αυτό. Μετά έκλεισε το τηλέφωνο και κατευθύνθηκε προς το σπίτι του με ασυνήθιστα βαριά βήματα για έναν άντρα που μόλις είχε κάνει τη δημοσιογραφική επιτυχία της δεκαετίας.

Η Λίσμπετ καθόταν στον κόκκινο καναπέ της στη Φισκαργκάταν και κοίταζε αφηρημένα προς την Γκάμλα Σταν και το Ρινταρφιέρντεν. Ήταν πριν από έναν χρόνο που είχε αρχίσει το κυνήγι της αδερφής της και της κληρονομιάς του πατέρα της και χωρίς καμία αμφιβολία είχε πετύχει σε πολλά σημεία.

Είχε βρει τα ίχνη της Καμίλας και είχε χτυπήσει σκληρά τους «Σπάιντερς». Οι σχέσεις τους με τη «Σολιφόν» και την NSA είχαν διαλυθεί. Το μέλος του ρωσικού κοινοβουλίου Ιβάν Γκριμπάνοφ πιεζόταν σκληρά στη Ρωσία, το τσιράκι-δολοφόνος της Καμίλας ήταν νεκρός και ο πιο κοντινός της συνεργάτης, ο Γιούρι Μπογκντάνοφ, όπως και πολλοί άλλοι τεχνικοί πληροφορικής καταδιώκονταν και ήταν αναγκασμένοι να κρύβονται. Όμως, η Καμίλα ήταν στη ζωή – πιθανώς είχε φύγει από τη χώρα και προετοίμαζε το έδαφος για να στήσει κάτι καινούργιο.

Τίποτα δεν είχε τελειώσει. Η Λίσμπετ είχε μόνο τραυματίσει το θύμα κι αυτό δεν αρκούσε. Γύρισε αποφασιστικά τη ματιά της και κοίταξε πάνω στο τραπέζι μπροστά της. Εκεί υπήρχαν ένα πακέτο τσιγάρα και ένα τεύχος του *Μιλένιουμ* που δεν είχε διαβάσει. Πήρε στα χέρια της το περιοδικό. Μετά το άφησε. Μετά το ξαναπήρε και διάβασε το μεγάλο ρεπορτάζ του Μίκαελ. Όταν διάβασε και την τελευταία αράδα, κοίταξε για λίγο την πρόσφατα τραβηγμένη φωτογραφία του. Κατόπιν σηκώθηκε απότομα, πήγε στο μπάνιο και μακιγιαρίστηκε. Έβαλε ένα στενό μαύρο μπλουζάκι κι ένα δερμάτινο μπουφάν και βγήκε έξω στο δεκεμβριανό βράδυ.

Κρύωνε. Ήταν ντυμένη πολύ ελαφρά. Αλλά δε νοιάστηκε ιδιαίτερα και κατευθύνθηκε προς τη Μαριατόργετ. Προχώρησε αριστερά στη Σβεντενμποργσκάταν και μπήκε στο εστιατόριο «Σουντ». Πήγε στο μπαρ και ήπιε εναλλάξ ουίσκι και μπίρα. Επειδή πολλοί από τους θαμώνες ήταν καλλιτέχνες και δημοσιογράφοι, δεν αποτέλεσε έκπληξη το ότι αρκετοί την αναγνώρισαν ούτε και το ότι έγινε αντικείμενο μίας σειράς συζητήσεων και παρατηρήσεων. Ο κιθαρίστας Γιούχαν Νούρμπεργ, που από τα χρονογραφήματά του στο περιοδικό *Βι* είχε γίνει γνωστός για την ικανότητά του να παρατηρεί τις μικρές, αλλά σημαίνουσες λεπτομέρειες, σκέφτηκε ότι η Λίσμπετ δεν έπινε σαν να το απολάμβανε, αλλά το έκανε περισσότερο σαν δουλειά που ήθελε να τελειώσει. Υπήρχε κάτι το μεθοδικό στις κινήσεις της και κανένας δεν τολμούσε να την πλησιάσει. Μία γυναίκα, η Ρεγκίνε Ρίχτερ, που δούλευε ως ψυχολόγος και καθόταν σ' ένα τραπέζι εκεί δίπλα, αναρωτιόταν αν η Σαλάντερ είχε προσέξει έστω και ένα πρόσωπο στο μπαρ. Δεν μπορούσε καν να πει αν γενικά η Λίσμπετ είχε ρίξει μια ματιά έστω στο εσωτερικό του μπαρ ή αν είχε δείξει ενδιαφέρον για κάποιον εκεί μέσα. Ο μπάρμαν Στέφε Μιλντ νόμιζε ότι η Λίσμπετ ετοιμαζόταν να κάνει έφοδο κάπου.

Στις 21:15 πλήρωσε με μετρητά και βγήκε έξω στη νύχτα χωρίς να πει λέξη ή να κάνει κάποιο νεύμα. Ένας μεσήλικας με κασκέτο, που ονομάζεται Κένετ Χέεκ, ο οποίος δεν ήταν και ιδιαίτερα νηφάλιος ή αξιόπιστος αν πιστέψει κανείς τις πρώην συζύγους του και γενικά όλους τους φίλους του, την είδε να διασχίζει τη Μαριατόργετ σαν να «ήταν στον δρόμο για μονομαχία».

Παρά την παγωνιά, ο Μίκαελ βάδιζε αργά προς το σπίτι του βυθισμένος σε σκέψεις. Χαμογέλασε αμυδρά όταν συνάντησε τους παλιούς θαμώνες έξω από το «Μπίσοπ Αρμς»:

«Ώστε, δεν είσαι τελειωμένος!» του φώναξε δυνατά ο Άρνε ή όπως αλλιώς τον έλεγαν.

«Ίσως όχι ακόμα», απάντησε ο Μίκαελ και σκέφτηκε προς στιγμήν να πάει για μια τελευταία μπίρα και να κουβεντιάσει με τον Αμίρ.

Αλλά ένιωθε χάλια. Ήθελε να μείνει μόνος και γι' αυτό συνέχισε προς το σπίτι του. Ανεβαίνοντας τη σκάλα στο εσωτερικό του σπιτιού τον κατέλαβε ένα δυσάρεστο συναίσθημα –ίσως ως επακόλουθο όλων αυτών που είχε περάσει– και προσπάθησε να το αποδιώξει. Όμως δεν τα κατάφερε, ίσα ίσα που η δυσαρέσκειά του έγινε εντονότερη όταν κατάλαβε ότι είχε καεί μία λάμπα στο επάνω πάτωμα.

Ήταν θεοσκότεινα εκεί πέρα. Ο Μίκαελ βράδυνε το βήμα του και ξαφνικά αντιλήφθηκε κάτι, μια κίνηση. Την επόμενη στιγμή διέκρινε αμυδρά μία λεπτή δέσμη φωτός σαν από κινητό και θολά σαν ένα φάντασμα, εμφανίστηκε στη σκάλα μία αδύνατη φιγούρα με ένα μαύρο, σπινθηροβόλο βλέμμα.

«Ποιος είναι εκεί;» είπε τρομαγμένος.

Αλλά τότε είδε: ήταν η Λίσμπετ και παρόλο που στην αρχή έλαμψε το πρόσωπό του και άνοιξε την αγκαλιά του, δεν ανακουφίστηκε όπως περίμενε.

Η Λίσμπετ έδειχνε οργισμένη· τα μάτια της βαμμένα μαύρα και το σώμα της τεντωμένο, σαν να ήταν έτοιμη για επίθεση.

«Είσαι θυμωμένη», είπε αυτός.

«Αρκετά».

«Και γιατί, καλή μου;»

Η Λίσμπετ έκανε ένα βήμα μπροστά, φανερώνοντας το χλομό της πρόσωπο κι αυτός σκέφτηκε μια στιγμή την πληγή της.

«Γιατί έρχομαι επίσκεψη και κανένας δεν είναι εδώ», είπε εκείνη και τότε ο Μίκαελ πήγε προς το μέρος της.

«Αυτό είναι ανεπίτρεπτο, έτσι δεν είναι;»

«Έτσι πιστεύω».

«Αλλά αν σε καλέσω να έρθεις μέσα;»

«Τότε είμαι δυστυχώς αναγκασμένη να δεχτώ την πρόσκληση».

«Τότε μπορώ να σε καλωσορίσω», της είπε και για πρώτη φορά εδώ και πολύ καιρό ένα πλατύ χαμόγελο ζωγραφίστηκε στο πρόσωπό του. Έξω στον νυχτερινό ουρανό έπεσε ένα άστρο.

ΕΥΧΑΡΙΣΤΙΕΣ ΤΟΥ ΣΥΓΓΡΑΦΕΑ

Ένα μεγάλο ευχαριστώ στην ατζέντη μου, την Μαγκνταλένα Χέντλουντ, στον πατέρα και τον αδερφό του Στιγκ Λάρσον, Έρλαντ και Γιούακιμ Λάρσον, στους εκδότες μου Εύα Σεντίν και Σουσάνα Ρομάνους, στον επιμελητή Ίνιεμαρ Κάρλσον και στις Λίντα Άλτροβ Μπεργ και Κατρίν Μορκ του Nordstedts Agency.

Επίσης, ευχαριστώ τον Ντάβιντ Τζακόμπι, ερευνητή ασφαλείας στο εργαστήριο Kaspersky, τον Αντρέας Στρέμπεργσον, καθηγητή μαθηματικών στο πανεπιστήμιο της Ουψάλας, τον Φρέντρικ Λαουρίν, ερευνητή-διευθυντή του Ekot, τον Μίκαελ Λάγκστρεμ, VP services Outpost24, τους συγγραφείς Ντάνιελ Γκόλντμπεργ και Λίνους Λάρσον, καθώς και τον Μενάχεμ Χαράρι.

Και φυσικά, την Αν μου.

Διαβάστε επίσης...

ΣΤΙΓΚ ΛΑΡΣΟΝ
MILLENNIUM

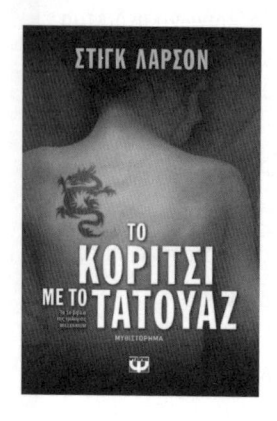

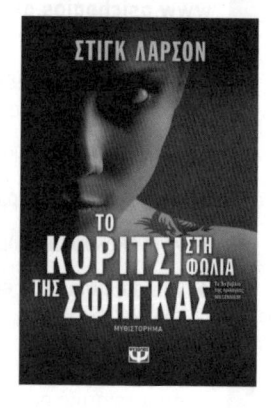

Αγαπητές αναγνώστριες, αγαπητοί αναγνώστες,

Ευχαριστούμε για την προτίμησή σας και ελπίζουμε το βιβλίο που κρατάτε στα χέρια σας να ανταποκρίθηκε στις προσδοκίες σας. Στις Εκδόσεις ΨΥΧΟΓΙΟΣ, όταν κλείνει ένα βιβλίο, ανοίγει ένας κύκλος επικοινωνίας.

Σας προσκαλούμε, κλείνοντας τις σελίδες του βιβλίου αυτού, να εμπλουτίσετε την αναγνωστική σας εμπειρία μέσα από τις ιστοσελίδες μας. Στο **www.psichogios.gr** και στις ιστοσελίδες μας στα κοινωνικά δίκτυα μπορείτε:

- να αναζητήσετε προτάσεις βιβλίων αποκλειστικά για εσάς και τους φίλους σας·
- να βρείτε οπτικοακουστικό υλικό για τα περισσότερα βιβλία μας·
- να διαβάσετε τα πρώτα κεφάλαια των βιβλίων & e-books μας·
- να ανακαλύψετε ενδιαφέρον περιεχόμενο & εκπαιδευτικές δραστηριότητες·
- να προμηθευτείτε ενυπόγραφα βιβλία των αγαπημένων σας Ελλήνων συγγραφέων·
- να εγγραφείτε στο πρόγραμμα επιβράβευσης, κερδίζοντας αποκλειστικά προνόμια και δώρα·
- να λάβετε μέρος σε άλλους συναρπαστικούς διαγωνισμούς·
- να συνομιλήσετε ηλεκτρονικά με τους πνευματικούς δημιουργούς στα blogs και τα κοινωνικά δίκτυα·
- να μοιραστείτε τις κριτικές σας για τα βιβλία μας·
- να εγγραφείτε στα μηνιαία ενημερωτικά newsletters μας·
- να λαμβάνετε προσκλήσεις για εκδηλώσεις και avant premières·
- να γίνετε δωρεάν συνδρομητές στο εξαμηνιαίο περιοδικό μας στον χώρο σας.

Εγγραφείτε τώρα χωρίς καμία υποχρέωση στη Λέσχη Αναγνωστών & την κοινότητα αναγνωστών μας στο **www.psichogios.gr/site/users/register** ή τηλεφωνικά στο **80011-646464**. Μπορείτε να διακόψετε την εγγραφή σας ανά πάσα στιγμή μ' ένα απλό τηλεφώνημα.

Τώρα βρισκόμαστε μόνο ένα «κλικ» μακριά!
Ζήστε την εμπειρία – στείλτε την κριτική σας.

Εκδόσεις ΨΥΧΟΓΙΟΣ
Εσείς κι εμείς πάντα σ' επαφή!

www.psichogios.gr